FIRST TOUCH

LE PALACE - SAISON 1

Titre de l'édition originale : *First Touch*

Pour la traduction française :
Photo de couverture : © Shutterstock

Collection New Romance® dirigée par Hugues de Saint Vincent
Ouvrage dirigé par Sophie Le Flour

Département de Hugo Publishing
34-36, rue La Pérouse
75116 Paris
www.hugoetcie.fr

ISBN : 9782755636819
Dépôt légal : mars 2018
Imprimé en France par Corlet
N° d'imprimeur : 193836

NEW ROMANCE®

LAURELIN PAIGE

FIRST TOUCH

LE PALACE - SAISON 1

Traduit de l'anglais (États-Unis) par Claire Sarradel

Hugo Roman

PROLOGUE

Quand j'ai eu le message d'Amber, cela faisait déjà six ans que je ne lui avais pas parlé. J'ai ressenti comme un choc en entendant le son de sa voix sur le vieux répondeur de ma mère. Ce n'est pas comme si nous avions cessé de nous voir parce que nous étions en *mauvais termes*, mais plutôt parce que nous n'avions *plus rien à nous dire*. Pour la première fois depuis le début de notre amitié, nous n'étions plus sur la même longueur d'onde. Il n'y avait plus qu'une chose à faire : continuer notre chemin, chacune de notre côté.

Je me suis repassé ses derniers mots si souvent dans ma tête que c'est comme s'ils avaient été gravés par un pro avec du super matériel dans la partie « audio » de mon cerveau. Ils résonnent encore en moi, nets et précis : « *Je suis sûre qu'un jour, ça viendra. Par contre, ça n'arrivera pas en même temps pour toi et pour moi.* »

Alors je l'ai quittée pour vivre mes propres expériences, pour faire en sorte que ça arrive, et elle a pris la tangente, direction le Mexique, histoire de retrouver son dernier *sugar daddy* sur son yacht, pour qu'il lui achète un bikini de luxe et le bourre de billets de cent dollars avant de la bourrer, elle, avec le truc pathétique qui lui sert de bite.

Depuis, nous vivons chacune de notre côté. J'ai grandi, mûri. Je me suis complètement réinventée et j'ai laissé mon passé derrière moi. Pourtant, sur le répondeur, le son de sa voix me semble aussi jeune et vivant que lorsque nous avions vingt-trois ans. J'ai immédiatement ressenti une envie et des regrets que je ne m'étais pas autorisée à éprouver depuis nos adieux.

Je me suis laissée emporter par son ton joyeux et exubérant :

« *Emily. Ça fait une éternité qu'on ne s'est pas parlé, je sais. Mais je pense à toi, ces derniers temps. Bon Dieu, je ne suis même pas sûre que ce soit encore ton numéro.* »

Là, elle a marqué une minuscule pause, le temps de soupirer ou de changer d'avis, puis elle a repris :

« *Bon, c'est pas grave. Je voulais juste te demander si tu avais toujours cet imper bleu ? Tu me manques. Bisous.* »

En fait, elle n'a pas dit grand-chose. Sa voix est restée ferme et posée, elle n'a trahi aucune émotion. Mais il y a un truc dont je suis sûre et certaine : Amber est en galère et elle a besoin de mon aide.

1

Même la tête immergée, je l'ai senti s'appocher. Mes bras continuent à me faire avancer avec efficacité et mes jambes à me propulser, mais à mesure que l'eau ruisselle sur ma peau nue, je ressens des picotements un peu partout. Il est là. Je ne suis pas seule.

Je continue à nager. Je poursuis ma progression pour rejoindre l'autre bout du bassin. Au lycée, quand je faisais des compétitions de natation, je me répétais toujours les mêmes mots : *D'abord ce bras, puis l'autre, et ensuite ce bras, et encore l'autre.* Maintenant, ils me tournent en boucle dans la tête, mais entre chaque mouvement, j'ai ajouté son nom : *D'abord ce bras, Amber, puis l'autre, Amber, et ensuite ce bras, Amber, et encore l'autre, Amber.*

Lorsque j'atteins le mur en ciment, je culbute pour faire demi-tour comme une pro et j'enchaîne avec une autre longueur. Je ne veux pas qu'il sache que j'ai décelé sa présence. Je dois contrôler cette situation et, étrangement, l'ignorer me donne l'impression d'avoir plus ou moins pris le dessus. Plus facile de me concentrer si je me focalise uniquement sur Amber, si je me rappelle pourquoi je fais ça. Enfin, au début. Jusqu'à ce que je commence à fatiguer et que la sensation de le savoir si proche n'emporte pas la mise dans la lutte acharnée qui se déroule dans ma tête pour attirer son attention.

Je me force à faire trois longueurs de plus, l'anticipation de le savoir enfin tout près, de pouvoir lui parler me donne l'impression que, dans mon ventre, un papillon fait tout ce qu'il peut pour échapper à sa chrysalide. J'ai de bonnes raisons de l'ignorer – mais quelles sont les siennes ? Après tout, il n'a pas cherché à m'interrompre. Et si ce n'était pas lui mais l'un de ses gorilles ? Non, si c'était quelqu'un d'autre, on m'aurait certainement déjà fait dégager. Alors pourquoi me laisse-t-il continuer comme ça ?

Toute cette curiosité me démange, elle me bouffe à tel point que je suis incapable de résister à la tentation de sortir la tête de l'eau.

Au moins, j'ai réussi à finir ma longueur.

Puis, après m'être essuyé les yeux, je regarde autour de moi.

Je m'attendais à ce qu'il soit assis de mon côté, au bout de la piscine, alors je suis vraiment surprise de l'apercevoir installé sur une chaise longue, juste là. Sous sa masse de cheveux quasi noirs, son visage est sérieux, ses traits coupés à la serpe. Des lunettes de soleil aux montures métalliques assorties à un début de barbe lui donnent un air plus décontracté et plus dangereux que sur ses photos sur Internet. Même vêtu d'un peignoir de bain blanc comme on en trouve dans les hôtels, il est intimidant. Ses pieds nus sont croisés au niveau des chevilles. Son coude est posé sur le bras de son fauteuil et son visage est encadré par son pouce et son index, il me dévisage certainement de son regard perçant caché derrière ses verres fumés de grande marque.

J'ai le cœur qui bat à toute vitesse. Cet homme est tristement célèbre et, si j'en crois les rumeurs, dangereux aussi – multimilliardaire, propriétaire d'hôtels de luxe et bad boy légendaire. Mais ce n'est pas la peur qui guide ma réaction ; c'est l'excitation. Non pas parce qu'il est dix fois plus sexy en chair et en os – même si c'est vrai –, mais parce qu'il est là.

Reeve Sallis.

À quelques mètres à peine. Après tous les efforts que j'ai déployés pour y parvenir, il est enfin à portée de main. Première étape : validée.

Je puise dans les émotions qui m'agitent pour essayer de les faire passer pour une simple inquiétude :

« Oh ! Je ne m'étais pas rendu compte que je n'étais pas seule. »

Un petit sourire innocent vient orner mes lèvres, soutenu par un léger battement de cils, juste ce qu'il faut pour flirter. Cette expression m'a rapporté quelques verres gratuits, mais aussi un manteau de fourrure et un bijou ou deux. Mais ça, c'était avant. Il y a plusieurs années. Je suis un peu rouillée et j'espère qu'il ne l'a pas remarqué.

Son regard a comme une texture, je la sens sur ma peau lorsqu'il me répond :

« Et moi, par contre, je m'en suis aperçu parce que je devrais être seul ici. Je dois être tout aussi surpris que vous.

– Oui, probablement, dis-je en déglutissant avec difficulté.

– Je vais vous aider à sortir. »

Il se lève rapidement et en deux pas à peine me rejoint au bord du bassin, puis il se baisse pour m'offrir sa main.

Dans mes tripes, je sais qu'il vaudrait mieux sortir de l'eau. Je me suis introduite dans une partie privée de sa propriété et cet homme est très puissant.

Mais dans mon cœur, je sais que je ne peux pas renoncer aussi facilement. Alors j'ignore la boule en formation dans mon ventre et je garde les pieds sur terre, enfin dans l'eau, et je lui réponds :

« Non merci. J'ai encore quelques longueurs à faire. »

Il esquisse un léger sourire.

«Ah non. C'est terminé. »

Une fois encore, il tend la main vers moi.

J'ignore son geste et souris de plus belle en me lançant dans une offensive de charme :

«Ah, vous êtes de ce genre d'homme, alors?

– Quel genre est-ce là?», demande-t-il en laissant tomber sa main, la tête inclinée sur le côté.

Derrière ses lunettes, je sens son regard impérieux, et même accroupi, il exsude l'assurance et la confiance en lui. Mon regard se balade sur les muscles saillants de son cou qui disparaissent sous le peignoir. Comme tout dans son attitude, ils semblent exiger mon respect, ou plus probablement, ma capitulation.

Oui, je connais les hommes dans son genre.

«Le genre à obtenir tout ce qu'il veut quand il veut.

– Eh bien, oui, répond-il un petit rire aux lèvres», tout en tendant encore une fois sa main vers moi.

Je suis tentée. Je ferais bien une longueur de plus. Mais je ne le connais pas assez bien pour savoir si ça l'énerverait ou l'intriguerait. Alors, sur un petit: «C'est bon!», je sors toute seule de la piscine en prenant soin de refuser son aide. Je sais qu'il est bien trop tôt pour un premier contact physique. J'abandonne le terrain en suivant ses directives, mais c'est à moi de décider quand nous nous toucherons pour la première fois.

«Ah, vous êtes de ce genre de femme, alors?»

Il se redresse à mes côtés et me tend une serviette sur laquelle est brodé le nom *Sallis* en lettres d'or sur le côté.

Je l'accepte. Après tout, je dégouline de partout, y compris sur ses pieds. Alors que je me sentais à l'abri du regard dans l'eau translucide du bassin, j'ai maintenant l'impression d'être presque nue dans mon bikini saumon. Ce qui était mon intention, mais quand même. Enveloppant le bout de mes cheveux dans le tissu-éponge, je mords à l'hameçon:

«Quel genre est-ce là?

– Le genre à ne pas accepter l'aide d'un homme.»

À une époque, rien n'aurait pu être plus faux. J'étais très dépendante, en fait, je dépendais d'un homme ou d'un autre pour mettre un toit sur ma tête, me nourrir, me vêtir et me distraire.

Mais c'était il y a plusieurs années. Aujourd'hui, je ne compte que sur moi. C'est peut-être le plus difficile dans le rôle que je dois jouer – céder le contrôle que j'ai gagné de dure lutte. Me soumettre.

Si je dois en arriver là pour obtenir les réponses dont j'ai besoin, je m'y plierai et j'en ferai même encore plus.

J'incline la tête sur le côté pour essorer mes cheveux et les faire goutter au sol.

« Mais non, voyons. Regardez, j'ai pris votre serviette. »

Ses yeux sont toujours dissimulés derrière ses lunettes, mais je sais qu'il me mate. Je sens son regard s'attarder sur ma peau. J'en ai la chair de poule sur les bras.

« Je vous en prie, rétorque-t-il en s'arrêtant sur ma poitrine. Il y en a des tas à disposition dans le coin. »

Je sens mes joues rougir, je suis certaine qu'il a fait exprès d'utiliser cette expression. Il ne sert à rien de le nier, j'ai bel et bien l'air d'être « à disposition ». Ma poitrine s'est développée très tôt et généreusement, jusqu'à me faire remplir un bonnet E. Adolescente, elle me gênait. J'étais la seule à avoir cette masse qui gigotait sur le torse en cours de sport. Alors je la cachais sous des tee-shirts XXL et des soutiens-gorge de sport. Il a fallu que je rencontre Amber pour apprécier le pouvoir que le hasard de la génétique m'avait donné. C'est elle qui m'a appris à accepter et à aimer mon corps, mais aussi à l'utiliser à mon avantage.

Ce souvenir en tête et celui d'*Amber*, aussi, me poussent à faire abstraction de ma gêne et à me contorsionner pour passer la serviette partout en exposant mon décolleté.

« C'est la preuve que vous avez tort. J'aurais pu en attraper une toute seule comme une grande. J'ai choisi d'accepter celle que vous m'avez tendue.

– Effectivement, vous marquez un point. »

En fait, j'en marque même deux. Mes tétons sont fièrement dressés, tous les deux. Bien sûr, c'est à cause de la fraîcheur matinale, exacerbée après la chaleur de l'eau, et j'ai envie de croiser les bras dessus en me relevant, mais je m'applique à suivre leur exemple et à me redresser sur toute ma hauteur avec fierté.

Reeve a dû se saisir de mes chaussures pendant que je nageais, et à présent, il me les tend. J'accepte de les prendre en soupirant.

«Vous avez vraiment envie que je m'en aille, c'est ça ?

– Que puis-je répondre ? Je suis attaché à mes petites habitudes. Faire quelques longueurs tout seul en fait partie.

– Tiens donc, je ne vous aurais pas pris pour un homme aussi rigide.»

Les médias le dépeignent comme un être impulsif et inconstant. Je sais très bien qu'il y a une différence entre la réalité et ce que le public perçoit, mais connaissant Amber, il me paraît plus logique que Reeve soit ce mec-là plutôt que le rôle qu'il joue en ce moment même.

Il me regarde d'un air désapprobateur comme si j'étais une sale gamine et rétorque :

« Et maintenant, qui se fonde sur des préjugés ?

– Touché.»

Je m'installe sur un transat pour mettre mes sandales. Me pencher en avant est superflu à ce stade.

« Mais puisque vous êtes là... »

Tendue, je l'observe dénouer la ceinture de son peignoir.

Je peux le faire, je peux le faire.

Je me répète ce mantra pour me rappeler que c'est pour cette raison que je suis venue – pour faire le nécessaire. Peu importe que je n'en aie aucune envie. À l'époque, je me serais pliée à l'exercice pour bien moins que ça. Et avec des hommes bien moins attirants, me dis-je en le voyant laisser tomber son peignoir sur la chaise derrière lui.

Merde alors, Reeve Sallis est une bombe.

Genre, chaud bouillant. Il ne porte rien d'autre qu'un maillot de bain – Dieu merci, ce n'est pas un slip moulant –, mais la perfection de son corps de nageur n'en est pas moins révélée. Ses bras et son torse sont longs et sculptés, ses épaules larges et sa taille fine. Les muscles de son abdomen sont si bien dessinés qu'on peut compter au moins huit carreaux sur sa tablette de chocolat. J'ai du mal à m'empêcher de les caresser. Je n'arrive pas à m'imaginer leur dureté sous ma main et ne serait-ce pas merveilleux de le découvrir ?

Pendant que je l'observe de manière éhontée – d'ailleurs je le mate tellement que je dois baver et j'ai certainement arrêté de respirer –, il prend le temps de s'asseoir sur la chaise longue face à la mienne.

« J'espère que vous ne m'en voulez pas. J'avais un peu chaud. »

Ah oui, c'est un peu chaud, c'est sûr. Plus qu'un peu, même. Et rien à voir avec le brasier super moderne qui court tout le long de la piscine derrière les transats. Ce n'est pas ça qui fait brûler ma peau de l'intérieur.

– Bien entendu. Je ne vous en veux pas.

Mais vu ma façon de le dire, je donne l'impression de le vouloir, lui. En fait, je suis surtout déçue qu'il ait invoqué cette raison pour se déshabiller.

Bon Dieu, Em, tu déconnes ou quoi ? Tu es saoulée parce qu'il n'a pas envie que tu lui tailles une pipe ? Sérieux, je me dégoûte. Je veux dire, bien sûr que c'est super qu'il ne soit pas repoussant, parce que je vais probablement devoir me le taper à un moment ou un autre, mais d'en avoir envie, c'est autre chose. Dans quelle catégorie de salope ça me fait rentrer ?

Les vieilles habitudes ont peut-être la dent plus dure que je ne l'aurais cru. Impossible de savoir si c'est ce que je veux.

Manifestement, Reeve n'est pas conscient de la bataille qui se déroule dans ma tête.

« Bien, dit-il. Alors nous devrions probablement avoir une petite conversation.

– Donc c'est l'heure de l'interrogatoire ? Il fallait bien que ça arrive. »

Avec ce corps qu'il vient juste de me dévoiler, pas sûre d'être capable de me concentrer. Et il n'a pas encore retiré ses lunettes de soleil, ce qui est très perturbant. C'est probablement pour cette raison qu'il les garde sur le nez.

« Heureusement que vous adoptez mon point de vue. Sinon, ce serait bien moins sympa. »

Je finis d'attacher mes chaussures et me lève avant de lui répondre :

« Parce que c'est sympa, là ? »

Le front barré d'un pli soucieux, il se tapote les lèvres d'un long doigt avant de répondre :

« Je ne l'ai pas encore tout à fait décidé. »

Il a dit ça sur un ton très bas, vif, un ton qui semblerait bien plus honnête qu'il n'en avait l'intention. Il change immédiatement de tactique et agrippe les bras du fauteuil avant de reprendre :

« Mais revenons à l'interrogatoire. Que faites-vous ici ? »

Je n'aurais pas cru qu'il commencerait par là. Je m'attendais à un « Qui êtes-vous ? », mais qu'il ait choisi de prendre le problème par un autre bout est très révélateur. Il se fout complètement de savoir qui je suis. Tout ce qu'il voit, c'est que j'ai interféré avec son planning.

Merde.

Pour que mon plan fonctionne, Reeve doit avoir envie de faire ma connaissance. Au moins, il ne m'a pas encore envoyée chier. J'ai encore une petite chance de le ferrer.

« J'avais envie de nager à la fraîche.

– Je vais supputer que vous êtes cliente de l'hôtel », rétorque-t-il en laissant légèrement dépasser l'un de ses sourcils par-dessus la monture de ses lunettes.

Je mords ma lèvre inférieure en hochant doucement la tête. Même après ce petit échange plaisant, il y a encore une chance pour qu'il me fasse dégager. Une sacrée chance, même. Mon petit mordillement pourrait bien me donner un air innocent.

Bon, d'accord. Il a vu mes seins. Dès que ma poitrine est exposée, je perds toute crédibilité. Impossible de me faire passer pour innocente, même si je l'étais vraiment. Ce qui n'est pas le cas.

L'interrogatoire reprend :

« Il y a six autres piscines ouvertes au public dans ce complexe. Celle-ci est la seule qui me soit réservée le matin. Pourquoi avez-vous choisi la mienne ?

– J'avais envie d'être tranquille.

– Faux, dit-il comme s'il appuyait en même temps sur un buzzer de jeu télévisé. Vous n'avez pas envie d'être tranquille. Vous introduire ici n'a pas dû être aisé. Vous avez manigancé pour y arriver et c'était difficile.

– Pas tant que ça », dis-je en haussant les épaules d'un air nonchalant.

C'est la vérité. J'ai facilement découvert que tous les managers de l'hôtel pouvaient reprogrammer ma carte magnétique et me laisser entrer dans la zone réservée à l'usage de Reeve aux horaires voulus. Après quelques jours à laisser traîner mes oreilles, j'ai trouvé un veilleur de nuit qui m'a semblé assez vulnérable pour céder à mes avances. Il a deux fois mon âge, il est en bonne voie pour devenir chauve et porte une perruque des plus ridicules. J'étais prête à lui faire une petite branlette. En fin de compte, un billet de cent dollars a fait l'affaire. Ce qui m'a surprise. J'ai grandi en acceptant que mon corps soit mon seul atout et j'ai appris à l'utiliser. Je n'ai pas encore tout à fait réussi à m'habituer au fait d'avoir de l'argent et à m'en servir plutôt que de monnayer mes charmes.

« Ce n'est pas très flatteur pour mes équipes.

– Ou c'est flatteur pour moi.

– Ah. Vous n'avez pas envie de créer des ennuis. »

Ce n'est pas une question. Pour l'allumer, j'imite son geste et me tapote les lèvres avant de lui répéter une phrase qu'il m'a dite :

« Je ne l'ai pas encore tout à fait décidé. »

Il rit. C'est bon signe.

«Voyez-vous, dis-je en étirant mes bras au-dessus de ma tête. Je n'éprouve aucune loyauté envers la personne qui m'a aidée. Mais pas plus qu'envers vous.

– Vous me le diriez si je vous le demandais, dit-il en se penchant vers moi, un sourire aux lèvres.

– Peut-être. Vous me le demandez ?»

Je n'hésiterais pas une seule seconde à balancer le veilleur de nuit. Mais pas tout de suite. Il veut obtenir une information en ma possession – ce qui l'oblige à me parler. Je garderai certainement le secret jusqu'à notre prochaine rencontre, même s'il me le demande plusieurs fois.

Enfin c'est l'idée générale. Mais c'est alors que Reeve me surprend :

« Non, peu importe. Je me fous de mon personnel pour le moment. Je suis plus intéressé par vous.»

Mon pouls s'accélère, comme si je venais d'avaler un expresso bien serré. Parce que c'est une petite victoire. C'est même un triomphe. Aucune autre raison de m'en réjouir. Vraiment aucune.

Reeve joint ses mains du bout des doigts et les pointe vers moi :

« Pourquoi cette piscine ?»

Je l'imite en me penchant vers lui, mes mains croisées juste sous mon menton :

« J'avais envie de vous rencontrer.»

J'en ai surtout besoin. J'ai une longue liste de questions et, pour autant que je sache, Reeve Sallis est le seul à avoir les réponses.

« Ah, enfin la vérité sort au grand jour. Pourquoi souhaitiez-vous me rencontrer ?»

Il semble véritablement perplexe.

«Vous plaisantez ?»

Il y a certainement des milliers de femmes qui veulent devenir sa bimbo du mois. On dit qu'il traite bien ses jouets sexuels. Il a assez d'argent pour les gâter sans même se rendre compte de la dépense. Et puis il y a aussi celles qui souhaitent le rencontrer juste pour s'approcher d'une célébrité. Et en plus il est, eh bien, il est encore plus sexy que n'importe quel homme n'a le droit de l'être.

Mais s'il a besoin qu'on lui flatte l'ego, allons-y…

«Vous êtes quelqu'un de très intéressant, Reeve Sallis. Sans parler du fait que c'est un plaisir de vous regarder. Qui ne souhaiterait pas vous fréquenter?

– Quelques noms me viennent en tête et je suis certain qu'il y en a encore bien d'autres que je ne pourrais pas nommer. Vous auriez pu me rencontrer de plein d'autres manières.»

Même s'il ne relève pas mon commentaire sur son physique, j'ai vu sa bouche esquisser une expression qui me laisse savoir qu'il s'en réjouit.

J'en suis toute chose. Pourquoi?

Bon. On va dire que c'est le stress. Pas le choix. Je canalise mes émotions dans mes paroles en laissant le ton de ma voix devenir un peu plus rauque, comme à bout de souffle:

«J'avais envie de vous rencontrer seule à seul. Sans vos gorilles, ni votre public.

– Beaucoup de gens auraient peur de se retrouver seul en ma compagnie.

– Qui a dit que je n'avais pas peur?»

Je le devrais. Il a une certaine réputation et d'après ce que je vois, soit elle est complètement surfaite, soit il a un certain talent pour cacher le pire. Son côté dangereux est probablement exagéré, mais si c'était faux? Et si je courais un véritable risque?

Il est tout à fait possible que je sois effrayée pour une bonne raison. En toute honnêteté, c'est certainement à cause de son allure. Mais je ne peux pas laisser la peur ou la fascination l'emporter. Je n'ai pas le choix, je dois aller jusqu'au bout de mon plan. Pour Amber.

«C'est un cocktail intéressant, commente Reeve en penchant la tête sur le côté. Une harceleuse qui éprouve de la peur.

– Juste assez pour que ça reste drôle. Et non, je ne suis pas une harceleuse, M. Sallis. C'est juste ma curiosité qui l'emporte sur ma raison.»

Quand je pense qu'avant je vivais pour ce petit frisson.

«J'apprécie votre curiosité. Et votre philosophie de la peur.»

Puis il change subitement de tactique et reprend:

«Je pense avoir commencé par la mauvaise question. Je ne sais même pas qui vous êtes.»

Sur ce, il retire ses lunettes de soleil et je suis incapable de réprimer mon petit cri de surprise. Ses yeux… d'un bleu-gris tout à fait commun, on pourrait facilement passer à côté. En fait, ce sont ses sourcils qui font tout, c'est eux qu'on remarque. Ils sont épais et bien dessinés. Ils assombrissent son visage et détournent l'attention de l'expression glaciale de ses iris juste en dessous.

Mais son regard m'interpelle. Je retrouve quelque chose en eux – une tristesse, ou un désir inassouvi qui captive tout autant qu'il hante la personne en face.

Je me reconnais dans ce regard.

Reeve le remarque. Dès qu'il s'en aperçoit, il tourne la tête pour observer la ligne d'horizon. Je ne peux pas lui en vouloir. Même si c'était fugace, cet échange n'en était pas moins révélateur. Bien trop intime pour des gens qui ne se connaissent pas.

Lorsqu'il revient vers moi, il a dissimulé cette expression et reprend:

«J'ai l'impression de vous avoir déjà vue. On n'aurait pas déjà couché ensemble, par hasard?

– Non, pas du tout, je réponds en riant.

– Très bien. Enfin, ajoute-t-il rapidement avant que je ne puisse feindre l'indignation, je détesterais vous avoir oubliée.

– Non, ce n'est pas le cas. Et ça n'arrivera pas. Enfin, vous ne m'oublierez pas.»

Je fais exprès de lancer cette petite allusion comme quoi nous finirons bien par coucher ensemble. C'est la seule opportunité que j'ai de pouvoir m'offrir sur un plateau. Si j'en faisais plus, je ferais trop fille facile et je me retrouverais immédiatement reléguée dans la catégorie « coup d'une nuit ». J'ai plutôt besoin de devenir son jouet du moment, sur un mois au moins.

Pour l'instant, le plus important, c'est de lui dire mon nom. Je dois être honnête, c'est trop facile de me reconnaître, je ne peux pas me permettre de mentir. Et puis, je n'ai aucune raison de le faire. Si Amber lui a déjà parlé de moi, elle a probablement mentionné mon vrai nom, pas celui que j'ai choisi quand je me suis réinventée. Bien sûr, il est tout à fait possible qu'elle ait découvert ma nouvelle identité. Elle aurait pu la mentionner en passant : « *Oh, cette fille, là ? Tu sais, la voix dans cette série ? Avant, on était copines…* »

C'est un risque que je dois prendre. Alors je tends la main et me présente :

« Moi, c'est Emily. Emily Wayborn. »

Reeve hésite. Est-il aussi déterminé que je le suis à garder le contrôle sur notre premier contact physique ?

Quelle que soit la source de sa réticence, il la dépasse rapidement et accepte mon geste. Sa poignée de main est ferme, sûre d'elle, agressive, même. Il serre légèrement trop fort, mais à peine. Il me retient quelques secondes sans rien dire et je ne sais pas trop comment – il y parvient tout de même –, mais il me fait passer un message lui aussi. Une promesse. Il veut que je sache comment ça se passera.

Au lit.

Avec lui.

Et moi.

Il sera puissant, dominateur et intense à l'extrême. Presque trop intense, mais à peine suffisamment.

Est-ce que ça s'est passé comme ça quand il était avec *elle*. Est-il *presque* devenu *trop intense ?*

Je ne peux pas me permettre de m'attarder là-dessus. Alors plutôt que de m'appesantir sur le sujet, j'en change – Reeve Sallis a de belles mains. De très belles mains.

Après ce qui semble être une éternité et pourtant un laps de temps bien trop court, il me relâche et reprend :

« C'est un plaisir de vous rencontrer, Emily Wayborn, un plaisir toutefois nuancé. Après tout, vous avez interféré avec ma séance de natation.

– Je pense être capable de ne procurer que ce type de plaisir. »

Ouh là, c'est beaucoup plus cochon dit à haute voix que dans ma tête. En fait, peut-être pas. Bon Dieu, niveau confiance et flirt, je frôle le zéro absolu. Je poursuis alors :

« Quoi qu'il en soit, j'ai souvent droit au truc du "déjà-vu".

– Je n'ai pas recours à ce type de subterfuge. Je le pense.

– Je vous crois. »

Bon, l'espace d'un instant, j'ai eu peur de lui rappeler quelqu'un pour d'autres raisons. Car je suis le portrait craché d'Amber. Nous étions inséparables et on se ressemblait tellement à une époque que tout le monde nous prenait pour des sœurs. Mais c'était il y a des années. J'ai tellement changé, alors qu'elle est restée exactement la même.

Non, s'il pense m'avoir déjà vue quelque part c'est pour l'autre raison. Un peu gênée, je lui réponds avec embarras :

« C'est parce que je suis célèbre. Enfin, le son de ma voix l'est. Je suis l'ordinateur dans la série *NextGen*.

– Vous me faites marcher ?

– Même pas. »

Je prends une grande inspiration et je répète la phrase d'accroche de mon personnage en usant du ton chantant dont je me sers pour le rôle :

« User Error. »

Il éclate de rire. De bon cœur. Avec sincérité et sans se retenir.

C'est effectivement drôle quand on y pense. Pendant toutes ces années, j'ai fait des tonnes d'efforts pour maintenir un corps de rêve, en allant d'audition en audition, à essayer de sortir du lot, et quand je décroche enfin le rôle qui me le permet, je finis par n'utiliser que mes cordes vocales. Depuis deux ans, cette série remporte un succès phénoménal.

NextGen est l'histoire d'une famille qui vit dans un futur relativement proche. Elle est au croisement entre *Her*, le film de Spike Jonze, et le dessin animé *Les Jetson*. J'y joue le rôle de l'unité centrale qui régit le foyer – celui de l'ordinateur qui contrôle tous les aspects de leur vie. Du jour au lendemain, des milliers de personnes se sont mises à me reconnaître, enfin seulement quand je parle.

L'ironie dans tout ça, c'est que j'ai un corps de rêve. Une silhouette parfaite que personne ne voit jamais. C'est drôle, quand on y pense. En tout cas, moi je le pense.

Lorsque son rire s'efface suffisamment pour le laisser parler, il présente ses excuses :

« Désolé de l'admettre, mais je ne l'ai jamais vue. Par contre, j'ai entendu parler de vous. Enfin, de la série. C'est un sacré succès.

– Effectivement... »

Je n'ai rien d'autre à dire, alors j'ajoute :

« Eh bien, ça paye les factures. »

Il me sourit encore et cette fois-ci, je remarque l'ébauche d'une fossette quand il répond :

« Au moins, je sais que vous ne me courez pas après pour mon argent.

– Je ne me fais pas autant de fric que ça, dis-je en riant à mon tour. Et qui dit que je vous cours après ?

– Ce n'est pas le cas ? Quelle tristesse. »

Mon estomac refait un salto. J'ai réussi à attirer son attention. Il est temps de tirer ma révérence. La prochaine fois que je le croiserai, ce sera par hasard, du moins en apparence, et si je joue bien mon jeu, il me demandera de sortir avec lui.

« Désolée de m'être imposée dans votre emploi du temps, M. Sallis...

– Reeve, me reprend-il.

– Reeve. Je vous laisse à vos longueurs, maintenant. »

Son nom glisse bien trop facilement sur ma langue. Quand je me lève, il m'imite et me dit :

« Après tout le mal que vous vous êtes donné, vous n'allez pas rester pour m'admirer ? Quelle déception. »

Je dois admettre que je suis tentée. Je mate encore une fois son corps parfait. Dans l'eau, il doit avoir l'air d'un dieu.

Mais je dois le planter pour garder le dessus sur notre échange. Je dois le laisser sur un goût d'inachevé qui lui donne envie de me revoir :

« Est-ce une si grande ambition que de vous apprendre qu'on n'obtient pas toujours ce que l'on veut ?

– C'est ambitieux. Et c'est également faux. Je veux que vous vous joigniez à moi pour le dîner, ajoute-t-il d'une voix profonde et sûre d'elle-même. Et vous allez m'obéir. »

C'est une affirmation – pure et simple.

Et merde, je n'avais pas prévu ce coup-là.

« Présenté comme ça, je suppose que c'est le cas.

– Ce soir. Sept heures et demie. Au Cherry Lounge.

– Je croyais que ce salon était fermé. »

Je séjourne ici depuis plus d'une semaine et il est indisponible depuis le début.

« Il l'est lorsque je suis en ville. J'y prends mes repas. Et c'est là que nous dînerons ce soir. »

Même s'il n'a pas bougé, j'ai soudain l'impression qu'il s'est brusquement rapproché de moi. Comme si sa présence irradiait un peu plus de son corps, envahissant mon espace personnel. Je suis troublée, mais j'arrive tout de même à lui demander :

« Formel ou décontracté ?

– Vous ne pouvez pas venir dans cette tenue pour jouir de ma présence ? »

Son sourire est tellement canaille que son sous-entendu ne l'est pas et, même si je lui jette un regard sévère, j'ai également un sourire aux lèvres. Je suis parcourue de frissons, car même si mes motivations pour m'approcher de lui sont très particulières, Reeve Sallis arrive à *me* toucher, moi. J'ai lu des articles sur son charme naturel et son sex-appeal, mais rien ne m'avait préparée au choc de le voir en personne. C'est indescriptible. Tous les adjectifs que j'essaye de lui accoler me semblent plats et artificiels. Il est attirant au possible, provocant et dominateur.

Et, oui, il me fait peur. Il a probablement fait des choses terribles – des choses qui suffiraient à effrayer toute personne dotée de la moitié d'un cerveau. Et pourtant, si je ne faisais pas ça pour Amber, je pourrais tout de même passer outre ces rumeurs. Je pourrais être subjuguée par son charisme. Quand on parle de Reeve Sallis, c'est peut-être ce qu'il y a de plus effrayant.

Il se reprend avant d'ajouter :

« Ne répondez pas à cette provocation. C'était déplacé et de toute façon, je ne vous vois pas réagir comme je le voudrais. »

C'est faux. Ma réaction pourrait être tout à fait conforme à ses désirs, si ça me permet d'obtenir ce que je veux. Ce dont j'ai besoin.

Mais pas tout de suite. Je ne peux pas encore me permettre d'aller aussi loin.

« C'est amusant, cela ressemblait à des excuses, jusqu'à ce que vous ajoutiez quelque chose qui mérite un autre *mea culpa*. Et si j'ignorais tout ce que vous m'avez dit ces dernières secondes et qu'on recommençait ? Quelle tenue dois-je porter pour le dîner ce soir, Reeve ?

– Rien de trop habillé. Mais une robe, s'il vous plaît. Ce serait un crime de couvrir vos magnifiques jambes », dit-il, le regard pourtant rivé à ma poitrine.

Ça tombe bien, c'est là que je veux qu'il se pose. Encore une victoire. Une petite victoire, certes. D'un côté, il est attiré par mon physique, mais si ses yeux s'étaient plantés dans les miens, pas sûre de pouvoir garder l'avantage.

Heureusement, peu de monde réussit à regarder ailleurs. J'ai des super seins.

Je redresse un peu plus ma poitrine pour lui faire savoir que j'apprécie son attention, et j'ajoute :

«Je sais exactement ce que je vais mettre. En attendant, à ce soir.»

Il lève le regard vers moi et maintient le silence juste assez longtemps pour menacer de me faire perdre le contrôle. Juste assez pour que j'aperçoive le fardeau de sa retenue. Puis, sans un mot de plus, il tourne sur ses talons et plonge dans la piscine dans un mouvement si parfait qu'il éclabousse à peine autour de lui.

Malgré mon intention de partir, je reste assez longtemps pour le voir faire deux longueurs. Il est fascinant. Son corps est à la fois solide et souple et ses bras magnifiques lorsqu'ils se tendent et se plient, fendant l'eau au prix de mouvements précis et puissants. Son petit cul parfaitement musclé pourrait retenir mon attention pendant des heures.

Même s'il ne relève pas la tête, je suis certaine qu'il décèle ma présence, tout comme j'ai senti la sienne. Il y a une sorte d'attraction entre nous. Un courant magnétique qui met de l'électricité dans l'air tout autour de moi. Pourtant, il s'est éloigné. Je n'aurais jamais pu simuler ça, et franchement, ça m'arrange. Les prochaines étapes n'en seront que plus faciles.

Du moins, j'espère que c'est pour ça que je me réjouis de cette attirance mutuelle. Aucune envie d'envisager une autre possibilité.

2

Je tourne légèrement mon visage pour regarder un œil, puis l'autre dans le reflet du miroir de la salle de bains de la suite de luxe que j'occupe depuis la semaine dernière. J'ai utilisé deux techniques d'ombrage différentes pour maquiller mes paupières – la première douce et naturelle, l'autre sensuelle et provocante. Normalement, je ne stresse pas autant quand je me prépare. J'aurais dû facilement choisir le style qui correspond le mieux à l'occasion. Mais ça fait tellement longtemps que je n'ai pas fait d'efforts vestimentaires pour un homme. Ce changement de sujet dans mes réflexions me ramène sur un terrain à la fois familier mais aussi étranger. D'instinct, j'essaye de lutter contre ce courant. Je m'accroche à cette femme que je suis devenue, une femme farouchement indépendante.

Pourtant, il y a cette voix dans ma tête. Elle me parle constamment depuis que mes souvenirs ont refait surface en écoutant le message d'Amber. Elle me guide à présent, comme elle me guidait alors. « *Qu'est-ce que préférerait Reeve ?* »

Mon regard ne cille pas, mais je ne me vois plus, je suis perdue dans des souvenirs qui me semblent si réels que j'ai l'impression que la scène se déroule sous mes yeux. C'est Amber que je vois dans le reflet. Elle plisse les yeux pour appliquer une épaisse couche de mascara sur ses longs cils. Puis elle pince ses lèvres recouvertes de gloss et se tourne vers moi pour me parler :

« *Trouve ce qu'il aime en toi et mets le paquet dessus. Si c'est ton cul qui l'intéresse, enfile un jean skinny et le boulot est fait. Il se foutra de ce que tu tartines sur ton visage s'il ne le regarde qu'en attendant de pouvoir te mater l'arrière-train.* »

Quand nous nous sommes rencontrées, elle avait dix-sept ans. Elle était tellement vivante, belle, audacieuse. Je la croyais sage et avisée aussi. Elle avait conscience de choses que je ne calculais même pas. Je ne savais pas encore que l'oncle auquel elle rendait visite le week-end n'était pas de sa famille, ni qu'elle vivait des cadeaux qu'il lui faisait. Je ne savais pas pourquoi elle avait fait irruption dans ma vie. Je ne savais pas qu'elle avait emménagé sur le canapé du dealer qui me servait de voisin parce qu'elle avait fugué de chez elle, qu'elle avait fui l'homme qui l'a violée lorsqu'elle avait tout juste neuf ans – son père. Tout ce que je savais, c'est qu'elle avait débarqué dans mon petit monde de pauvreté, terne et sans intérêt et qu'elle brillait plus que tout ce qui m'entourait. Elle m'a immédiatement fascinée. J'étais muette d'admiration devant elle. Amoureuse, même. Putain, elle est presque devenue ma grande passion. Je l'aurais suivie n'importe où.

Et c'est ce que j'ai fait. Je l'ai accompagnée dans toutes ses péripéties. Jusqu'à ce que j'atteigne ma limite.

Je cligne des yeux, chassant mon souvenir avant que la culpabilité ne me ronge et prenne un goût amer dans ma bouche. Je me demande si la vivacité de mon souvenir implique qu'elle n'est plus de ce monde, et ce n'est pas la première fois. Si elle… nous avait quittés – impossible de penser au mot qui commence par « M » – alors je suis certaine qu'elle me hanterait. Elle était douée pour ça dans la vie, alors comment ne pourrait-elle pas l'être dans la m… ?

Sa pseudo-présence est comme une épée à double tranchant pour moi. Elle m'aide, mais elle me distrait aussi.

Elle me rappelle des souvenirs mais les tourne en dérision. J'ai besoin d'elle car elle a créé la femme que j'étais avant, celle que j'ai besoin de ressusciter. Impossible de laisser ces idées me bouleverser. Je ne peux pas la laisser faire. Elle ne recommencera pas.

Je grimace en me mettant à parler toute seule – enfin à lui parler à elle :

« Je suis sûre que tu ne vas pas me quitter, Amber. Mais tu dois me laisser respirer. »

Je croise mon regard dans le miroir et poursuis mon monologue, dépitée :

« Et voilà que je parle à des amis imaginaires, maintenant. Vingt-neuf ans, c'est un bon âge pour devenir dingue, non ? »

Ce serait bien plus drôle, si mon capital génétique n'était pas porteur d'une longue lignée de personnes atteintes de troubles mentaux.

Au moins, j'ai décidé de ce que je voulais faire de mes paupières.

Poussant un soupir, j'attrape une lingette pour retirer les fards et le trait d'eye-liner de mon œil le plus provocant. J'ai déjà remarqué que Reeve est branché gros seins. En mettre une tonne sur mon regard nuirait à l'ensemble, du moment que je choisis les bons vêtements. Et j'ai ce qu'il faut.

Je termine mon maquillage par un coup de blush subtil et un rouge à lèvres discret avant d'enfiler ma robe. Tout à l'heure, je lui ai dit que j'avais la tenue idéale pour notre rendez-vous, mais c'était un mensonge et ce n'était pas le premier. J'en sais assez sur lui pour déterminer ce qui pourrait être la tenue idéale. Quelques heures dans les magasins m'ont permis de la trouver – une simple robe trapèze pêche qui m'arrive à mi-cuisses. Le bas est évasé, ce qui me fait plus flirter avec le côté coquette que salope, sauf que le décolleté est plongeant. Pas trop, mais il n'en faut pas beaucoup pour que mes seins prennent le devant de la scène. Cet achat a été mûrement réfléchi, et pourtant, la robe est assez basique pour avoir l'air d'être simplement sortie de ma garde-robe.

Après l'avoir enfilée, je m'observe une fois de plus dans le miroir. Un chignon lâche retient mes cheveux, mon rouge à lèvres longue tenue est mat et le bas de ma robe est suffisamment ample pour que je puisse bouger sans problème. J'ai l'air chic et décontractée, mais je suis également parfaitement équipée pour m'envoyer en l'air.

On redresse les épaules, me murmure le souvenir d'Amber. *Tu es canon. Il va te manger dans la main.*

Je lui réponds à voix haute encore une fois:

«J'espère bien. Je fais ça pour toi.»

Que je parle à mon reflet ou au souvenir qui m'accompagne depuis plusieurs semaines, rien n'est moins sûr.

Même si le parc de l'hôtel Sallis Paradise de Palm Spring s'étale sur plus d'une centaine d'hectares, le Cherry Lounge n'est qu'à cinq minutes de marche de ma suite. Je pars un peu en avance pour éviter d'avoir à me presser. Pourtant, lorsque j'arrive, mon front est couvert de sueur et mon cœur bat à tout rompre, mais c'est certainement à cause du stress. Je m'arrête à la porte en lisant un panneau mentionnant que le salon a été privatisé et en me demandant si je dois frapper ou directement entrer. Ne voulant pas avoir l'air timide et indécise, je décide d'y aller. J'essuie mon front du plat de la main, prends une grande inspiration et appuie sur la poignée. Qui s'abaisse.

Dès que je mets un pied dans le salon, je suis accueillie par l'un des sbires qui semblent toujours accompagner Reeve Sallis. On les retrouve sur pas mal de photos que j'ai vues de lui lorsque je préparais ma mission en faisant des recherches sur Internet. Celui-ci me paraît grand et sérieux. Un dragon tatoué sur son cou s'échappe parfois du col de sa chemise et son visage est orné de deux cicatrices particulièrement marquantes. Sa veste de costume est assez ajustée pour que je puisse déceler la bosse de l'étui de revolver sur sa hanche.

Une oreillette pend sous son lobe, comme un bijou, mais j'imagine qu'elle le relie à tous les autres larbins du magnat.

« Par ici, mademoiselle Wayborn, dit-il sans aucune chaleur en m'indiquant l'autre côté du salon de réception. Monsieur Sallis a demandé que le dîner soit servi dans le patio. »

Je lui montre que je l'ai entendu d'un signe de tête, puis je mets le cap sur la direction indiquée. Là encore, j'applique l'un des préceptes qu'Amber m'a enseignés.

« *Tu dois te distinguer du personnel. Tu dois montrer que tu n'es pas une employée et que tu es différente. Que tu as plus de valeur que ceux qui lavent par terre, font à manger et conduisent les voitures.* »

Et ceux qui portent une arme à la ceinture. Ça je l'ai ajouté dans ma tête toute seule comme une grande. Ce n'est pas la première fois que je croise un garde du corps. Ils faisaient partie du kit de base des hommes qui m'entretenaient dans ma vie précédente. Généralement, c'est plus pour le folklore qu'autre chose, mais l'homme qui me suit a déjà eu sa part d'action. Je jette un coup d'œil discret par-dessus mon épaule pour le regarder. Il m'observe, ça je m'en doutais, mais son expression est mauvaise, dure et menaçante. On dirait qu'il me prend pour une ennemie. C'est effectivement le cas – mais comment peut-il le savoir ?

J'ai une petite crise de panique à l'idée que je pourrais aller au-devant des ennuis et tomber dans un piège. Cet homme pourrait me tirer plusieurs balles dans le dos avant même qu'on entende le premier coup résonner dans l'hôtel.

Même s'il n'est pas trop tard, même si je me dirige vers un funeste destin, je suis déterminée à aller jusqu'au bout. Je me réconforte en serrant les bras autour de mon torse et me concentre sur le patio qui approche. Non pas que l'homme que je suis sur le point de rencontrer soit moins effrayant. En fait, il l'est encore plus. Pourquoi cette idée me provoque-t-elle un lâcher de papillons dans le ventre ? Aucune idée.

C'est le stress. Rien d'autre.

L'arrière du salon est intégralement vitré et, en approchant, je m'aperçois que l'espace extérieur est entouré de parois de verre également. Au loin, les derniers rayons du soleil colorent le ciel au-dessus de la ville nichée au creux des montagnes, déjà éclairée pour la nuit. Un feu crépite dans un grand foyer, repoussant les ombres du crépuscule. Son reflet attire mon attention en s'agitant sur le mur de verre. J'ai déjà franchi les portes et suis à mi-chemin vers l'âtre avant de remarquer Reeve debout, le regard perdu dans le paysage.

J'arrête d'avancer pour le détailler des pieds à la tête. Je suis de plus en plus contente qu'il n'ait pas remarqué mon arrivée, comme ça je peux reprendre mon souffle en paix. Car tout l'air qui traînait encore au fond de mes poumons s'évapore lorsque je l'aperçois. Il est légèrement de profil, ce qui me permet de déceler la ligne brute de sa mâchoire et la finesse de ses traits. Ses mains sont enfouies dans ses poches, ce qui étire sa veste sur sa carrure musclée et moule de plus belle son cul de nageur. Même dans cette tenue – sa silhouette à moitié dissimulée, son corps caché par son costume gris clair –, je le trouve captivant.

Je l'observe en détail. Les reflets de la flambée forment des ombres dansantes sur son visage, l'effet est envoûtant. Non, je dirais plutôt que je suis envoûtée. Je pars en vrille. Est-ce qu'Amber s'accroche à lui comme à moi ?

Sans bouger d'un cil, il me surprend en m'apostrophant :

«Allez-vous vous joindre à moi, ou préférez-vous rester à bouder dans un coin ?»

Un sourire soulève la commissure de mes lèvres. Évidemment qu'il sait que je suis là. Ignorant les frémissements d'un reste de trac qui me picote la peau, je fais quelques pas vers lui. *Showtime*.

«Je vais me joindre à vous, dis-je sur le ton confiant du personnage que j'incarne. J'ai été momentanément distraite par la vue.»

Il se tourne vers moi et je fais exprès de continuer à le détailler de façon évidente pour qu'il comprenne mon sous-entendu. Puis nos regards se croisent. Ma respiration s'accélère sous le choc, un arc électrique me parcourt le dos. Son léger mouvement de sourcils me fait comprendre que lui aussi l'a ressenti et cette idée provoque une vague de chaleur dans tout mon corps. Je n'ai pas été attirée par un homme depuis tellement longtemps. Si longtemps que j'ai oublié ce qu'on ressentait, j'ai oublié à quel point cette sensation peut être dévorante. Troublante. Réconfortante.

J'en suis déconcertée. Je suis une actrice. Je passe ma vie entourée de jolis visages et de corps parfaitement modelés, et pourtant, aucun ne m'a fait le même effet que celui de Reeve Sallis. Il doit y avoir un truc d'ironique là-dedans, c'est certain. Le karma me joue un tour bien merdique.

Ou tout est dans ma tête, peut-être. Ou alors c'est *Amber* qui est dans ma tête – je ne suis intéressée par lui que par transfert parce que c'est ce qu'elle éprouvait. Ses émotions ont probablement déteint sur les miennes, comme celles d'un esprit qui n'a pas trouvé la paix et qui hante les lieux qu'il a aimés. Même si ma théorie puise son explication dans le paranormal – même si c'est complètement dingue –, cette hypothèse est la plus rassurante que je puisse trouver et je me fonde là-dessus pour avancer.

Mais c'est alors qu'il m'appelle par mon prénom. Et à l'entendre – ce « Emily » qui roule sur sa langue, impudique et scandaleux –, je m'en retrouve comme marquée. Je suis Emily Wayborn, autrefois connue sous le nom d'Emily Barnes et personne d'autre. Il n'y a pas de place pour Amber dans les trois syllabes qu'il a énoncées.

Il étudie mon apparence, le regard brûlant :

«Vous êtes superbe.»

Mon cœur bat un peu plus fort en l'entendant me complimenter, mais je décèle quelque chose d'étrange dans sa remarque.

«Vous avez l'air surpris.»

Un sourire glisse sur ses lèvres alors qu'il réduit la distance entre nous et me répond:

«Je pensais que pour être plus séduisante il ne vous fallait que peu de vêtements. J'avais tort.»

À l'écouter, j'ai l'impression qu'il y a mûrement réfléchi. Ce qui veut dire qu'il a pensé à moi… *moins vêtue*.

La chair de poule se répand sur ma peau, contredisant la chaleur qui embrase mes entrailles.

«Je suis flattée.

– Non, c'est faux.

– Je vous demande pardon?

– Ne laissons pas le mensonge s'insinuer entre nous, Emily», dit-il en se penchant vers moi, une main fermement posée sur mon coude.

Je me raidis d'un coup et mon cœur repart de plus belle, mais pour une toute autre raison.

«Je ne vois pas ce que vous…

– Vous savez que vous êtes séduisante, m'interrompt-il. Assumez.»

Je souris et le nœud qui s'est formé sous mon épaule se détend.

«La beauté est subjective, Reeve. Oui, je sais que beaucoup de monde trouve mon apparence attirante. Je fais beaucoup d'efforts pour m'en assurer. Mais ça ne veut pas dire que vous avez la même opinion que les autres. En toute honnêteté, je suis flattée.»

Il s'écarte un peu, mais sans me lâcher.

«C'est le cas. Sinon, vous ne seriez pas ici.»

C'est une petite victoire qui ressemble beaucoup à une sensation de soulagement. Toute cette opération, tout ce jeu de dupes repose sur l'attirance de Reeve pour moi. Même si j'étais confiante après notre échange ce matin, les heures qui se sont écoulées depuis ont laissé le doute s'insinuer en moi.

Un serveur apparaît semble-t-il de nulle part en poussant un chariot à vin. Deux verres sont déjà remplis d'un liquide translucide. Reeve le chasse d'un simple signe de tête. Il délaisse alors mon bras pour attraper un verre.

«Je me disais que l'occasion appelait un meursault. C'est un cépage de chardonnay», précise-t-il en me le tendant.

Je marque un temps d'arrêt. Il y a cinq ans, je l'aurais accepté sans y réfléchir à deux fois. À présent, je suis dans un autre état d'esprit, plus prudente et inquiète de consommer une boisson que je n'ai pas vu sortir d'une bouteille ouverte devant moi. De ce que j'ai appris sur Reeve lors de notre brève interaction, c'est qu'il est réfléchi et qu'il aime contrôler toute situation. Avant d'accepter un verre de vin, il est du genre à vouloir le goûter. Alors pourquoi l'a-t-il fait servir en avance. La paranoïa commence à m'envahir. Il remarque mon hésitation et ajoute :

« Il y a du saumon au menu. Je vous assure que ça va très bien avec. Cela vous pose un problème ? »

Impossible d'improviser une réponse probante en aussi peu de temps, alors je joue la carte de l'honnêteté :

«Je me demandais si vous étiez du genre à glisser de la drogue dans les verres de vos invitées.»

Il m'observe alors le regard ardent et incrédule.

« Bon, Emily. Nous savons tous les deux que je n'ai pas besoin de vous droguer pour vous mettre dans mon lit.»

Il semble satisfait de son effet en voyant mes joues rougir et il ajoute :

« Mais j'accepte volontiers d'échanger nos verres si vous le souhaitez.

– Non, ça ira, dis-je en me saisissant du premier verre qu'il m'a tendu.

– Venez, dit-il en réprimant un petit rire. Notre entrée nous attend.»

Il m'escorte à la seule table dressée dans le patio. Cette fois-ci, la pression de sa main sur mon bras n'est plus menaçante – c'est chaud. Solide. Réconfortant.

Attention, il est probablement toujours aussi dangereux. Même si ta culotte commence à être trempée.

Ce n'est pas la voix d'Amber qui me lance cet avertissement, c'est toujours la mienne. Pourtant, je pense encore à elle lorsque Reeve tient ma chaise. Et aussi quand il s'installe face à moi. Pareil en déposant ma serviette sur mes genoux avant de manger un peu de salade, déjà servie. Je la laisse prendre du poids dans mes pensées, comme une lune noire qui viendrait éclipser tout éclair de désir attisé par sa présence. Cette idée en tête et quelques gorgées de vin suffisent à calmer mon stress et la seule chaleur que je ressens est celle du feu et de l'alcool qui se répand dans mes veines.

Nous finissons notre salade en silence. Lorsqu'il termine son assiette, Reeve la repousse sur le côté, trois serveurs débarquent dans la seconde. Le premier rafraîchit nos verres, le deuxième emporte nos couverts et le troisième dépose le plat suivant – un filet de saumon en croûte d'herbes sur un lit de riz. Ils se retirent ensuite, toujours sans un mot.

Ils continuent à nous surveiller. Chacun de nos mouvements est observé avec soin. Ils en ont probablement déjà vu de toutes les couleurs depuis qu'ils travaillent pour lui. Ils pourraient bien m'aider à trouver les réponses à mes questions, mais il me faudra commencer par gagner leur confiance. Un personnel aussi proche n'est pas enclin à divulguer les secrets de son employeur à la première venue. Voire pas du tout.

Mais bon, ils pourraient bien me servir pour mon plan B.

Lorsque je me concentre à nouveau sur mon hôte, je me rends compte qu'il m'observe avec attention.

« Le service est impeccable, vos équipes sont bien formées.

– Oui.

– C'est admirable. »

J'attaque mon plat, en espérant changer le sujet de la conversation. Reeve continue à me dévisager et je laisse un gémissement de pur plaisir s'échapper de ma gorge en sentant le poisson fondre sur ma langue. Même si je n'ai pas trop faim, je remarque qu'il est réellement délicieux.

Reeve continue à étudier mon comportement une minute de plus avant de se saisir de ses couverts.

« Parlez-moi de vous, *Emily Wayborn.* »

Il prononce mon nom comme s'il essayait de l'analyser. Ou comme s'il ne croyait pas que c'était réellement le mien.

«Avant, c'était Emily Barnes.»

Je lui offre cette explication. Il l'aurait facilement trouvé tout seul en jetant un coup d'œil à ma page sur Wikipédia.

– Pourquoi avoir changé ?

– Oh, je ne sais pas trop. On dirait bien qu'à Hollywood, tout le monde a un pseudonyme, alors pourquoi pas moi ? Et puis *Barnes* est très commun, franchement pas sexy.

Et je croyais qu'un nouveau nom me permettrait de plus facilement passer ma vie précédente sous silence. Non pas que ça ait intéressé quiconque. Amber a toujours été la seule à s'en soucier et elle m'a dit avec une certitude sans appel qu'elle ne chercherait pas à me retrouver.

« Je suppose que le nom Emily *Wayborn* glisse plus facilement. Quoi d'autre ? »

Même en mangeant, son regard intense ne me quitte pas, sa concentration est au maximum.

« Sur moi ? Que voulez-vous savoir ? »

C'est une conversation assez commune lors d'un premier rendez-vous, je devrais facilement pouvoir lui répondre. Mais, pour la plupart, les hommes que j'ai fréquentés dans le passé n'en avaient rien à faire de moi. Tout ce qu'ils voulaient savoir, c'est si je prenais la pilule. Si c'est ce que Reeve veut réellement découvrir, mieux vaut en venir directement au fait.

« Les trucs intéressants, répond-il en haussant les épaules. Pas ce que je peux apprendre en regardant sur Google.

– Vous avez déjà fait vos recherches ? Ou est-ce prévu pour plus tard ? »

J'imagine qu'il a déjà fait faire une enquête poussée avant de me permettre de fouler le sol de ses salons privés. Il se penche ensuite vers moi, comme pour partager un secret, et me dit :

« Je ne le vous dirai jamais. Bon, d'accord, ajoute-t-il en buvant une gorgée de vin avant de sourire d'un air coupable. J'ai fait ma petite enquête. Je ne dîne pas avec n'importe qui. Mais ne prenez pas la grosse tête pour autant. »

L'idée que Reeve Sallis soit allé chercher des informations sur moi en me googlelisant plutôt que demander à quelqu'un de le faire pour lui me donne le sourire. En plus, il laisse tomber le masque de prudence qui a accompagné tout le début de cette conversation et, même si j'essaie de maintenir à distance mon attirance pour lui, je préfère nettement le tour badin que prend notre échange. Je le taquine pour continuer à flirter avec lui :

« Eh bien, vous voilà déjà un expert sur le sujet.

– Pas le moins du monde. Parlez. »

Son regard est rieur, mais le ton de sa voix autoritaire et cet ordre donné en un seul mot me donne des frissons.

« Ok, je réponds en m'essuyant la bouche. Je suis fille unique. Née à Fresno. J'ai grandi à Bakersfield. Mon père est parti quand j'étais en primaire. Ma mère était – enfin, elle est encore – pas très bien, dans sa tête. Ça allait encore quand j'étais petite, mais elle assurait le minimum vital. J'ai eu une enfance très médiocre. Avec des résultats scolaires médiocres. Je n'avais pas les moyens de me payer des études universitaires et en toute honnêteté, ça ne m'intéressait pas. Alors je me suis lancée dans le mannequinat, ce qui a débouché sur des publicités, même télévisées, et j'ai connu le succès grâce à mon rôle dans *NextGen*. »

Tout est vrai. J'ai décidé d'utiliser mon passé sans mentir pour la même raison que j'ai voulu garder mon nom. Je m'attends à ce que Reeve fasse une enquête sur moi, et avec le type de pouvoir qu'il détient, je sais qu'il est en mesure de découvrir tout ce qu'il veut sur moi. Le truc, c'est de lui en dire suffisamment pour qu'il n'éprouve pas le besoin d'aller fouiner.

Il accompagne mes révélations de petits mouvements de tête, comme s'il les confirmait avant de les enregistrer. Un peu comme je le ferais s'il partageait quoi que ce soit avec moi. J'ai de bonnes raisons de stocker des informations sur lui ; mais quelles sont les siennes ?

Il est prudent. Cet homme a des ennemis. Il doit se renseigner sur son entourage. Tu sais comment faire.

« Quoi d'autre… dis-je en me mordant la lèvre pour trouver comment conclure le résumé de mon autobiographie. J'avais vraiment besoin de vacances avant de reprendre mon tournage la deuxième semaine de janvier, alors je suis venue dans votre hôtel. Oh, et je suis une vraie blonde.

– Il y a plusieurs méthodes pour vérifier ça, vous savez », dit-il en levant un sourcil inquisiteur.

Je sens comme un fourmillement entre mes jambes.

«Ah oui ? Comment ça ? Dites-m'en plus.

– On verra plus tard. Peut-être.»

Son regard ténébreux me dit que c'est un peut-être bien probable.

Très bien.

Ou pas. Je n'ai pas encore tranché. Mieux vaut que je découvre ce que je cherche sans avoir à coucher avec lui. Non ? Il y a fort peu de chance pour que je m'en approche suffisamment sans lui faire prendre son pied. Là, c'est sûr, c'est une bonne nouvelle qu'il y pense. Et tant mieux si mon corps semble intéressé aussi. Car ce sera plus facile comme ça, bien entendu.

Mais le plus important, c'est la conversation. Peut-être même plus que la partie sexuelle de mon plan. Reeve ne me laissera jamais entrer dans sa vie s'il ne me fait pas confiance. Je dois avoir l'air complètement transparente. Dans le petit jeu de la séduction pour trouver un mec pour nous entretenir qu'Amber et moi avons longuement pratiqué, la première étape est de paraître vulnérable. Les hommes aiment les femmes vulnérables. Les hommes riches paient des fortunes pour baiser les femmes vulnérables. En fait, ils paient des fortunes aux femmes vulnérables pour les baiser.

La majeure partie du temps, je ne l'ai pas été avec eux. Mais je sais faire croire que je le suis. C'est pour cette raison que je suis devenue actrice – parce que je savais déjà très bien que j'étais douée pour jouer un rôle.

À l'époque, ils étaient bien définis, c'est certain. Mes mensonges aussi. *Oui, j'ai vingt et un ans et je suis majeure. Oui, vous êtes mon premier. Oui, c'est tellement bon.*

Maintenant, mes mensonges le sont plus par omission et c'est ce qui les rend plus difficiles à manier. Alors qu'avant tout était clair comme de l'eau de roche, je navigue maintenant dans les eaux troubles des demi-vérités. Ce qui veut dire que je dois passer ma vie au crible et filtrer ce que je peux dire pour écarter ce qu'il faut taire tout en priant pour avoir l'air de ne rien cacher, comme si on lisait en moi comme dans un livre ouvert.

Au moins, la ligne de démarcation est limpide. Je peux parler de mon enfance banale à Reeve, mais je ne peux pas lui dire qu'à dix-sept ans j'ai rencontré une fille qui m'a aidée à m'extraire de cette banalité. Je peux admettre que j'ai fréquenté des hommes riches, pas que j'ai passé plusieurs années à exercer la profession d'escort. Je peux lui révéler que je suis venue dans son hôtel pour me ressourcer, pas que je cherche à retrouver la personne que j'ai voulu à tout prix laisser derrière moi.

C'est à Amber que s'arrêtent mes vérités. Je répondrai aux questions de Reeve, mais je laisserai de côté tout ce qui la concerne. En fin de compte, j'espère que c'est lui qui me dira *tout* ce qui la concerne.

3

«Vous êtes encore proches ?»

Je lève les yeux de mon assiette, paniquée. Reeve ne peut pas me parler d'Amber. Il doit faire allusion à quelqu'un d'autre. Je me repasse rapidement tout ce que je lui ai dit ces dernières minutes et j'essaie de trouver avec qui je pourrais être proche dans les personnes que j'ai mentionnées.

«Vous parlez de ma mère ?»

Il hoche la tête pour me répondre et je laisse échapper un soupir tant je suis soulagée.

« Non, pas vraiment. Elle habite toujours à Bakersfield et moi à West Hollywood. Je lui rends visite quand je peux. Je paye quelqu'un pour s'occuper d'elle le reste du temps.

– Ça ne remplace pas l'amour d'un enfant.»

Il m'énerve à me juger comme ça.

« Et la coquille vide qu'elle a toujours été ne remplace pas franchement l'amour d'une mère non plus.»

Je regrette immédiatement la dureté de mes paroles. C'est contre-productif, et en toute honnêteté, il n'a rien dit de plus que je ne me suis infligé à moi-même au cours de mes très nombreux examens de conscience quand je me sens d'humeur à culpabiliser. Je devrais me moquer de ce qu'il pense de moi, pourtant j'éprouve le besoin de m'expliquer :

« La plupart du temps, elle ne me reconnaît même plus. Elle est atteinte de démence, c'est dû à l'alcool. Probablement à cause d'une schizophrénie non diagnostiquée. C'est ce qu'a dit le spécialiste que je lui ai fait consulter. D'après lui, il est difficile d'être sûr et, au stade où elle en est, il n'y a plus grand-chose à faire. Je lui ai rendu visite la semaine dernière, pour Noël. Nous sommes allées manger dans un restaurant chinois. Au milieu du dîner, elle m'a accusée de vouloir l'empoisonner. Elle avait oublié qui j'étais. Elle s'est mise à crier qu'elle ne m'avait jamais vue avant. Elle est devenue agressive. Violente. Le propriétaire du restaurant a appelé la police. »

Je serre les dents en me rappelant à quel point cet épisode m'a attristée, puis je reprends :

« Ce n'était pas la première fois qu'elle me faisait le coup. J'aurais dû m'y attendre. C'est juste que… quand je l'ai vue, à Thanksgiving, elle allait bien. »

Ce jour-là, elle m'avait accueillie l'œil brillant et m'avait serrée fort dans ses bras. Pour une fois, j'avais été la première à mettre fin à cette étreinte. Puis elle s'est rappelée du message sur son répondeur.

« *C'est de la part d'Amber, ma chérie. Je l'ai sauvegardé pour toi.* »

J'ai cru qu'elle s'était emmêlée dans ses souvenirs, mais j'ai voulu lui faire plaisir et j'ai écouté le message. Et là, j'ai entendu sa voix. La voix de mon amie. D'un seul coup, c'est comme s'il ne s'était écoulé que quelques heures depuis notre séparation, et non pas des années. Chaque sensation, chaque souvenir vibrait en moi, de façon si vivace. J'ai passé le reste de la journée complètement bouffée par elle. Elle me manquait. Je me suis posé des tonnes de questions.

C'est seulement maintenant que je me rends compte que la dernière fois que j'ai vu ma mère en forme, c'était ce jour-là. Et pendant toute la journée, j'ai été obsédée par Amber.

Soudain, ma gorge se serre et mes yeux se chargent de larmes. Je ne suis pas du genre sentimental, mais je suis sur les nerfs depuis plusieurs semaines. Je n'ai jamais aimé que deux femmes dans ma vie et je les ai perdues toutes les deux de façon si différentes. Pour ma mère, c'est irrémédiable. Mais je pourrais bien réussir à retrouver mon amie.

Reeve s'agite sur sa chaise, ce qui me ramène au présent. Je jette un coup d'œil au paysage pour essayer de reprendre contenance. Merde, comment j'ai fait pour me mettre dans cet état. Je lui fais un petit sourire contrit. Grâce à ces souvenirs d'Amber, j'ai eu l'air vulnérable. Je l'en remercie en silence.

Quand je reviens à lui, mon sourire se fait tremblotant et je reprends :

« Bref. Elle a eu des jours meilleurs. Et j'ai dû oublier qu'elle n'était pas comme ça la plupart du temps.

– C'est horrible, commente-t-il avec tendresse et sincérité. Je suis certain que vous faites du mieux que vous pouvez. Ne soyez pas trop dure avec vous-même. »

Même si je ne le connais que depuis cinq minutes, je suis à peu près certaine que c'est ce qui s'approche le plus d'excuses formelles pour lui.

J'en suis émue.

Je lui réponds d'un signe de tête, j'ai peur d'en dire plus.

Reeve repousse son assiette et se lève. Je n'ai pas mangé grand-chose, mais je suis plus que satisfaite que le repas prenne fin. Je me lève aussi pour le suivre. Il est près du banc en pierre à côté de l'âtre. Nous pourrions nous asseoir tout près l'un de l'autre, mais je fais exprès de laisser un espace entre nous. Je ne sais pas s'il est nécessaire de m'approcher plus. Il fait complètement nuit, maintenant. Les seules lumières qui nous éclairent proviennent des quelques lampes disséminées dans le patio et de la lueur du foyer. C'est magnifique, on pourrait même dire que l'ambiance est romantique. Peut-être un peu étrangement flippante, mais bizarrement, je m'y sens à l'aise.

Je fais comme si j'étais perdue dans ma contemplation des flammes qui dansent jusqu'à ce que les serveurs finissent de débarrasser la table. Dès qu'ils s'en vont, je relance la balle dans le camp de Reeve :

« Et vous ? Vous étiez proches de vos parents avant qu'ils ne meurent ? »

Il hésite à me répondre. Est-ce à cause du sujet de la conversation ou parce qu'il n'aime pas être interrogé ? Mais finalement, il se met à parler :

« Oui.

– Vous aviez seize ans, c'est ça ?

– On dirait bien que je ne suis pas le seul à savoir manier Google.

– Alors, en gros, vous étiez un gamin, réponds-je en éludant son commentaire, à la tête d'un immense empire. Vous avez dû vous sentir accablé.

– Emily, rétorque-t-il en me fixant durement. Je ne suis pas du genre à être facilement bouleversé. »

C'est un avertissement. Pourtant, je l'ignore.

« Même à l'adolescence ? Vous n'avez pas besoin de simuler une telle bravade pour moi. Que vous ayez été fort et stoïque ou triste et complètement dépassé, je suis tout de même impressionnée. »

Il garde le silence un instant et soupire avant de me dire :

« C'était un peu de tout ça. Mais on m'avait formé à gérer des hôtels. Mon père était beaucoup plus âgé que ma mère. Un drogué du travail. Il avait déjà eu une crise cardiaque. Je connaissais mon avenir, à plus ou moins long terme. Et heureusement que je n'ai pas immédiatement hérité de toutes les responsabilités. Le conseil d'administration s'est occupé de l'entreprise jusqu'à mon vingtetunième anniversaire.

– Qu'avez-vous fait entre-temps ? »

Ce n'est pas que j'ai besoin de le savoir. Je lui pose cette question surtout parce que je veux qu'il se sente à l'aise pour me faire des confidences. Mais également, aussi choquant que ça puisse paraître, parce que je suis véritablement intéressée.

« J'ai vécu avec mes grands-parents en Grèce. »

Il remarque ma surprise et reprend :

« À ce que je vois, vous n'aviez pas vu ça dans vos recherches. »

Je lui réponds d'un signe de tête et il poursuit :

« Ce n'est pas de notoriété publique. La famille de ma mère est… disons, compliquée. Alors je ne parle pas souvent d'eux car les médias déformeraient probablement mes propos pour en faire ce qu'ils veulent. Et honnêtement, ça ne regarde personne d'autre que moi. »

Il s'arrête là et je me dis qu'il n'en dira pas plus là-dessus, me mettant dans le même panier que tous les gens qui ne devraient pas être concernés par ses problèmes personnels. Mais il me surprend en continuant :

« J'y ai vécu jusqu'à mes dix-huit ans, puis je suis rentré aux États-Unis, pour mes études.

– Vous êtes allé à Stanford, n'est-ce pas ? »

J'attends qu'il me confirme la réponse d'un signe de la tête, puis je continue :

« Et vos grands-parents – vous êtes encore proches ?

– Non. Mon grand-père est décédé il y a quelques années. Et je n'ai pas vu ma grand-mère depuis que j'ai quitté le pays. Mais je lui envoie une carte tous les ans pour son anniversaire.

– Un petit courrier ne remplace pas l'amour d'un petit-fils », dis-je pour le taquiner, ou plutôt pour le défier.

Reeve m'assassine du regard, mais un sourire narquois danse sur ses lèvres lorsqu'il répond :

« Non, effectivement. Mais puisque la dernière chose qu'elle m'ait dite en partant était "Si tu t'en vas, ne prends pas la peine de revenir", je me dis qu'une carte va au-delà de ce à quoi elle s'attend. Ou qu'elle mérite. »

Je digère cette information et le relance :

« On dirait bien que l'histoire ne s'arrête pas là.

– Effectivement, confirme-t-il en se levant pour prendre place au coin de l'âtre, face à moi. Mais je n'ai pas envie d'en parler. »

Je repose mon poids sur mes mains, derrière moi et je le regarde avec attention. Si les circonstances n'étaient pas ce qu'elles sont, je me demande s'il est le genre de type que je pourrais apprécier. Vraiment apprécier. Le genre de mec qui me détruirait, en fait.

Plus important, est-il le genre d'Amber ? Ou n'était-il qu'un pigeon comme les autres ? Et si c'était le cas, qu'est-ce que Reeve avait à gagner dans leur transaction ?

« À quoi pensez-vous ?

– Que vous savez décidément comment faire pour être fascinant. J'imagine que vous savez également l'être en grec.

– Être grec et fascinant, répète-t-il en jouant sur les mots avec humour. Je parle le grec, oui.

– Dites quelque chose pour moi.

– Une autre fois. »

Il me détaille de son regard intense et reprend :

« Vous savez ce qui est fascinant ? »

Voilà. C'est bon. J'aime ça. J'aime cette expression brute et carnassière. Je me la joue faussement effarouchée.

« Quoi ? *Moi ?*

– Oui, très. »

Cette expression si particulière lui revient, son regard croise le mien, il s'introduit en moi, dans des replis profonds, sacrés et délicats. Des replis que j'ai déjà comblés de secrets et de souvenirs d'Amber, avec son intrusion par-dessus, j'ai l'impression de manquer d'espace.

Et quand il me regarde comme ça, j'ai une envie inexplicable de faire de la place. Rien que pour lui.

D'instinct, je voudrais me détourner, mais je me force à supporter son examen. Et c'est alors que je remarque que ce n'est pas facile pour lui non plus. Ma respiration s'accélère et se fait superficielle.

« Mais non, voyons. Je suis surtout d'un ennui mortel. »

Mais il n'y a rien d'ennuyeux dans notre échange. Rien de chiant dans ce qui se trame entre nous. C'est un lien puissant et brûlant, comme une sorte de câble qui ne fonctionne que lorsqu'on le tient des deux côtés.

Puis il pivote et le feu est dans son dos. Son visage est plongé dans la pénombre quand il me répond :

« Une femme qui part à la conquête d'un homme ne peut pas être assommante. »

Même si je suis incapable de lire son expression, le ton de sa voix me révèle qu'il est soudain devenu très dur. Accusateur, même, et le courant électrique qui nous relie s'est fait encore plus fort.

« Je ne suis pas vraiment partie à votre conquête. Je ne savais même pas que vous seriez dans cet hôtel quand j'ai fait ma réservation. »

Je mens. Bien sûr que je cherche à le conquérir. Et même si je n'étais pas tout à fait certaine de le trouver à Palm Spring, je savais qu'il s'y rend souvent pour les fêtes de fin d'année. Il m'a fallu plus d'une semaine pour trouver comment le rencontrer sans personne d'autre autour.

« Puis, quand vous avez su que j'étais là, vous avez décidé de… ?

– J'ai décidé de vous rencontrer. »

C'est un interrogatoire, comme au bord de la piscine tout à l'heure, mais celui-ci est plus appuyé. Je fais comme si de rien n'était et j'essaie de retrouver le ton badin de notre conversation.

« Ce n'est certainement pas la première fois qu'on vous aborde, non ? Comment faites-vous pour rencontrer des femmes, Reeve ? »

Même s'il conserve un masque impassible, son regard se pose partout – à l'intérieur comme à l'extérieur. Il me touche, il me caresse, j'en ai les joues en feu, et pas que les joues.

« Normalement, je ne rencontre que les femmes que je souhaite connaître, dit-il. Normalement, j'amorce la démarche. »

Bon sang, dans le genre mâle alpha, il est pas mal, lui. Si je n'étais pas déjà sûre à cent pour cent qu'Amber n'aurait jamais supporté une relation avec un vrai dominateur, j'aurais pu le ranger dans la catégorie à apprécier les rapports maître-esclave. Du coup, il doit être pour le moins autoritaire avec ses maîtresses, tout comme il semble l'être avec tout le monde.

« *C'est vous* qui avez lancé l'invitation à dîner.»

Je lui propose cette explication en espérant apaiser son irritation évidente. Espérant me dédouaner de la violation que je lis dans son regard.

Mais non.

«C'est vous qui *vouliez* que je vous invite à dîner.

– J'avais envie de vous revoir.»

Le ton de ma voix n'est pas aussi stable que je le voudrais. Je perds du terrain. J'ai l'impression que le contrôle m'échappe.

Voulant le reprendre à tout prix, j'ajoute avec audace :

«Ce n'était pas nécessairement le dîner qui m'intéressait. C'était surtout le *dessert.*»

Pour faire bonne mesure, je le détaille des pieds à la tête.

«Pour être honnête, Emily, au risque de paraître brutal, je ne suis généralement pas intéressé par les femmes aussi directes que vous.»

Mais c'est mon comportement direct qui m'a valu cette invitation. Et malgré ses paroles, je le vois redresser les épaules et relever le menton. À l'évidence, il est flatté.

Et puis bon, dans tout mon arsenal, mon corps est la seule arme dont je sache vraiment me servir.

« Généralement, dis-je en me levant pour répéter le mot qu'il a choisi. Ça ne veut pas dire tout le temps.»

Il penche la tête sur le côté pour m'observer.

Je suis sûre et certaine qu'il a envie de m'embrasser. Mais s'il le fait, il me prendra tout le reste de pouvoir que j'ai encore.

Je ne peux pas le laisser faire. Il me faut agir en premier.

Soudain déterminée, je fais un dernier pas vers lui et pose la paume de ma main sur sa braguette. La refermant sur l'épaisse masse de chair que je sens en dessous, j'ai le souffle coupé. Je suis surprise de déjà le sentir aussi ferme.

« Mais il semblerait que ça puisse aussi dire pas tout de suite.»

Son membre tressaute quand je le serre dans ma main, mais le reste du corps de Reeve demeure immobile. Quel contraste avec ce que je ressens – stressée, agitée, envahie. Excitée. Je le caresse, mon cœur bat plus vite en le sentant durcir. Il me semble naturel de tomber à genoux devant lui et de détacher sa ceinture tant bien que mal avec mes mains tremblantes sous l'urgence extrême que je ressens qui n'a que très peu à voir avec mon envie de retrouver Amber…

J'ai à peine le temps de m'occuper de la boucle qu'on m'attrape les avant-bras pour brusquement m'obliger à me relever. Je me débats pour qu'on me libère, mais mes mains sont maintenues croisées dans mon dos. En me tortillant, j'arrive à voir que la personne qui me retient n'est autre que le garde du corps que j'ai rencontré en arrivant.

Je me tourne vers Reeve, qui est toujours calmement adossé à la cloison près de l'âtre. Sur ses lèvres, l'esquisse d'un sourire espiègle m'inquiète. Avait-il tout prévu ? Était-ce un piège, après tout ? Ou Reeve est-il un gros dégueulasse qui laisse son personnel participer à ses jeux sexuels ?

Il laisse quelques instants s'écouler avant de prendre la parole :

«J'aurais probablement dû vous avertir que ce type d'incident pouvait survenir. Généralement, mes hommes insistent pour faire une fouille au corps à toute personne passant du temps en tête à tête avec moi. Je leur ai dit de sauter cette étape avec vous, mais évidemment, ce changement en a rendu certains un peu nerveux.»

Alors c'est un malentendu. Mon cœur ralentit un peu.

«Je n'allais pas lui faire de mal, dis-je par-dessus mon épaule. Tout le contraire, en fait.

– C'est peut-être vrai, rétorque Reeve. Mais je n'ai pas l'habitude que les femmes se jettent sur moi, et eux non plus. Comme je vous le disais, c'est toujours moi qui fais le premier pas.»

Sur ce, il échange quelques mots avec son garde du corps dans une langue que je ne connais pas – certainement du grec. C'est peut-être parce qu'il utilise ce langage avec son équipe de sécurité qu'il n'a pas voulu le parler devant moi. J'attends qu'ils finissent de discuter et que Reeve explique au gorille qu'il peut me relâcher.

Mais non, il resserre sa prise.

Reeve se redresse et, une moue hypocrite sur le visage, il m'annonce:

«Je sais que ça va vous paraître étrange, Emily, mais Anatolios insiste pour effectuer une fouille corporelle dans l'instant. Il a toutefois accepté que l'honneur me revienne pour ne pas trop vous embarrasser.»

Là, j'aurais préféré que le garde du corps s'en charge. La seule idée que les mains de Reeve se baladent sur mon corps me rend toute chose et je n'ai pas envie d'être attirée par lui, je ne veux pas être excitée; j'ai envie d'être en colère. Je le suis, d'ailleurs. Parce que je suis convaincue qu'il ne s'agit que d'une petite manœuvre dont il a le secret. Je ne crois pas un seul instant que quiconque *laisse* Reeve faire quoi que ce soit. Cet homme fait ce qu'il veut, quand il veut.

Alors quand je le vois faire deux pas vers moi, j'essaie de trouver du réconfort dans le fait qu'il ait envie de me toucher. Tout comme je désire promener mes mains sur lui.

Son garde du corps, Anatolios, change de position et me pousse en avant comme un fidèle serviteur qui ferait une offrande à son maître.

Reeve me regarde droit dans les yeux. Il savoure ce moment. Il aime ça, oh que oui.

«Ça ne prendra qu'un instant, Emily. Inutile de vous inquiéter.»

Pas un mot ne sort de ma bouche. Tout ce que je pourrais dire ne m'apporterait que des ennuis. Mieux vaut le laisser faire ce qu'il veut et espérer que ma coopération me rapportera un peu de sa confiance.

Il commence par poser ses mains sur mon cou, le contact est explosif. Puis il descend vers mon décolleté et s'arrête à la naissance de mes seins. Sous la pulpe de ses doigts, ma peau se réveille et s'embrase dans le sillage de sa caresse à peine effleurée. Il glisse ensuite sur mes flancs, le long de mon torse, et il revient sous ma poitrine, s'y attarde et se dirige enfin vers ma taille. Il passe ensuite sur mes hanches. Explore l'extérieur de mes cuisses sans que son regard enflammé ne quitte le mien. Son examen ne ressemble en rien à celui qui est opéré par la sécurité dans un aéroport lorsqu'ils cherchent une arme bien cachée. Non, lui, il me caresse. Il me séduit. Il me torture.

Il se penche pour continuer son exploration jusqu'à mes chevilles. Là, il s'arrête et jette un coup d'œil à Anatolios. Sans que j'aie le temps de me rendre compte de ce qu'il se passe, le gorille écarte mes jambes d'un coup de pied derrière moi. Je pousse un discret juron, mais je ne résiste pas. Reeve reprend sa torture en poursuivant son exploration sur mes mollets, mes genoux et toujours plus haut, sur la peau si sensible de l'intérieur de mes cuisses où chaque centimètre qu'il parcourt me donne envie de me tortiller dans tous les sens. Il bute enfin sur la barrière de ma culotte.

Je prends une inspiration tremblotante. Je suis sur des charbons ardents, mon excitation est si forte que j'en ai comme des démangeaisons partout, cette torture me rend folle.

Reeve se redresse de toute sa hauteur, mais il garde sa main en place. Son regard se fait brillant lorsqu'il constate à quel point le tissu est trempé.

« J'aime beaucoup ça, Emily. Je suis très heureux de constater que votre intérêt pour moi est au moins partiellement sincère.

– Tout est absolument sincère », dis-je entre mes dents serrées.

Mais quel connard.

Il se rapproche encore plus et son souffle danse sur mon visage.

«J'ai envie de vous croire. Vraiment.»

Il glisse ses doigts dans ma culotte, ignore mon clitoris palpitant et se dirige directement sur mes petites lèvres, sur lesquelles il s'attarde un peu avant de plonger en moi et de commenter:

«Ah, vous mouillez. J'aime beaucoup ça.»

Je réprime un gémissement de dure lutte, je fais tout ce que je peux pour rester aussi stoïque que lui lorsque je l'ai caressé.

Mais c'est impossible. La tempête est déjà lancée, des spasmes secouent mon ventre alors que mon plaisir enfle et je suis incapable de taire les petits cris étouffés qui s'échappent de ma gorge.

Reeve pousse un gros soupir et presse son front contre le mien.

«Vous êtes très tentante, Emily Wayborn. Une véritable tentation.»

Le désir s'empare des traits de son visage, mais – dans sa posture, son maintien, sa façon de se tenir contre moi – je ne vois que du contrôle. Lequel l'emportera? Lequel ai-je envie de voir gagner?

De sa main libre, il caresse ma lèvre inférieure avec son pouce et reprend:

«Je suis tenté. Mais comme je vous l'ai déjà dit, je ne suis pas facilement victime de mes émotions.»

Il s'écarte brusquement, laissant mon corps tendu et en proie à un désir violent.

«Je viens de me souvenir qu'on m'attend pour affaires. Merci pour ce dîner très intéressant, Emily. Anatolios peut vous raccompagner jusqu'à votre suite si vous le souhaitez.»

Et là, il disparaît, sortant aussi rapidement que son personnel tout au long de la soirée.

Je pousse encore une série de jurons à mi-voix. Je n'ose même pas regarder le garde du corps qui m'a enfin relâchée. Je sais très bien qu'il jubile et se réjouit de mon humiliation. Je ne vais certainement pas le laisser me raccompagner. Sans un mot de plus, je mets un peu d'ordre dans ma tenue et fais le chemin inverse pour retourner d'où je suis venue, la tête haute, malgré le regard lourd de sens d'Anatolios qui me pèse dans le dos. Je ne m'attendais absolument pas à ce que la soirée se termine sur une note aussi pathétique, mais je l'assume avec grâce et dignité, enfin autant que possible.

De retour dans ma chambre, je m'effondre sur le lit, les poings serrés. Je me mets à boxer le matelas de toutes mes forces. *Putain. Merde. Fait chier.* Je suis frustrée et bouffée de désir. J'ai peur de ne plus jamais revoir Reeve. J'ai peut-être tout fait foirer. Je donne encore un bon coup au matelas pour me défouler.

Mais en réalité, mon trouble a très peu à voir avec Amber. Il est plus dû à ce que j'ai appris ce soir : Reeve Sallis aime le contrôle.

J'ai déjà eu affaire à ce type d'homme dans le passé. Je sais ce qu'ils aiment. Ils aiment baiser, mais ils veulent mener la danse. Ils aiment faire des cadeaux et distribuer les compliments presque autant qu'ils aiment les reprendre. Ils aiment faire du mal. Humilier. Manipuler. Ils laissent des traces. Des cicatrices. C'est ce type d'homme qui instille la peur. Ils aiment avilir les autres et les souiller de leur présence. C'est à cause de spécimens dans son genre que j'ai quitté ce milieu.

Et c'est pour ça qu'avec Reeve Sallis je suis sérieusement dans la merde. Parce que c'est de ce type de mec dont je ne peux pas m'empêcher de tomber amoureuse.

4

C'est la sonnerie de mon portable qui me réveille le lendemain. Je songe à l'ignorer, mais me dire que c'est peut-être Reeve suffit à me faire rouler de l'autre côté du lit pour l'attraper avant qu'il ne s'arrête.

« Emily. C'est Joe Cook. »

Je me frotte les yeux en essayant de me convaincre que je ne suis pas déçue. Reeve n'a même pas mon numéro. Non pas que ça ait la moindre importance.

Ensuite, le nom me fait enfin percuter et je me redresse. Beaucoup plus alerte.

« Joe, oui. Bonjour. Quoi de neuf ? »

S'il n'avait pas d'information à me révéler, il n'aurait pas pris la peine d'appeler. Je l'ai engagé quand j'ai compris que la police ne me servirait à rien pour retrouver Amber. Ce n'est pas vraiment leur faute. Je n'avais franchement pas assez de pistes à leur fournir pour les lancer dans leur enquête, tout simplement. Je les ai engueulés. Je les ai suppliés. J'ai passé un jour d'ouverture des soldes en entier au poste à essayer de faire ma déposition auprès d'une personne qui me prenne au sérieux. À la fin, un vieux détective m'a fait venir dans son bureau. Il a patiemment écouté mon histoire en entier. Il a écouté le message sur le répondeur de ma mère que j'avais pris soin d'enregistrer. Il m'a laissée expliquer pourquoi je sais qu'Amber a besoin d'aide, même si elle ne le demande pas. Je lui ai parlé de notre code d'urgence « imper bleu ».

Puis, avec tout autant de patience, il m'a ensuite expliqué pourquoi il ne pouvait rien faire.

«Vous n'avez tout simplement présenté aucun élément qui puisse justifier la disparition de cette personne. Je ne vous dis pas qu'il n'est rien arrivé à votre amie, tout ce que je vous dis, c'est que nous ne pouvons pas vous aider à la retrouver.»

J'ai à peine eu le temps d'ouvrir la bouche pour plaider ma cause qu'il a ajouté :

« Mais je connais quelqu'un qui peut vous aider. Il n'est pas donné, donné, mais ça vaut le coup si c'est important pour vous.»

Oui, c'est très important pour moi. J'ai quitté le poste de police dix minutes plus tard avec le numéro de téléphone de Joe Cook dans la poche.

Il a organisé un rendez-vous dans un minuscule *diner* à Hollywood, et au premier regard, j'ai vu qu'il était complètement différent de toutes les personnes que j'avais fréquentées jusque-là. J'ai davantage l'habitude de rencontrer des hommes charmants et séduisants, du moins à l'extérieur, avec les ongles manucurés, des costumes impeccablement entretenus par des professionnels et des voitures de luxe. Mi-chasseur de prime, mi-détective privé, Joe est arrivé sur sa Harley, habillé de cuir noir de la tête aux pieds, les bras et le cou recouverts de tatouages colorés. Son crâne était rasé et il n'a jamais retiré ses lunettes de soleil, même à l'intérieur. Bourru et brut comme il est, je ne serais pas surprise d'apprendre qu'il connaît le détective qui m'a donné son numéro à cause de son propre casier judiciaire.

Malgré la première impression qu'il m'a faite et son CV qui se résume à une phrase : «Je retrouve les gens durs à trouver», je sais que Joe est un pro. Il m'a prise au sérieux, il a soigneusement rassemblé les éléments sur mon amitié avec Amber pendant presque trois heures, sans jamais douter ou remettre en question les raisons qui m'ont poussée à recruter quelqu'un comme lui plutôt n'importe quel détective privé qu'on peut trouver sur Internet en un clic et facturant trois fois moins que lui à l'heure. Je ne suis pas idiote, Amber sait se planquer. J'ai besoin d'un réel pisteur dont les compétences ne se limitent pas à la prise de photos d'époux infidèles ou à retrouver des enfants après les avoir mis à l'adoption.

Joe est ce mec. C'est plus une intuition qu'autre chose, mais j'y ai suffisamment cru pour l'embaucher directement. Quand il m'a fait son premier rapport, il a mentionné des événements dans notre passé que je pensais enterrés pour de bon. Il a plus que fait ses preuves.

«J'ai retrouvé les parents, me dit-il au téléphone. En fait, j'ai parlé à la mère. C'est une connasse complètement dégénérée. Elle n'a jamais quitté sa maison de Santa Clarita, à une heure à peine de l'ancien lycée d'Amber, mais je parie qu'elle ne s'est jamais bougé le cul pour la chercher jusque-là. Elle a eu l'air saoulée quand j'ai prononcé le nom de sa fille. Elle dit qu'elle n'a pas eu de nouvelles depuis plus de dix ans. Elle la pensait morte. Elle n'a pas semblée intéressée, même quand je lui ai montré des photos d'elle après sa fugue. Je vois des gens merder tous les jours, alors crois-moi quand je te dis que rayon famille, c'est plutôt à chier comme cadre, Em.»

Même s'il ne peut pas me voir, je hoche la tête pour lui répondre :

«Oui, je sais.»

Amber n'a jamais vraiment parlé de ses parents, mais des quelques informations que j'ai glanées lors de nos conversations, j'avais compris que sa mère était du genre jalouse, en plus d'être une grosse conne. Jalouse de sa propre fille. Son père est la pire des raclures. Il l'a violée – sa propre fille – régulièrement et au lieu de chercher à la défendre, la mère d'Amber lui en a juste voulu.

Au moins, la mienne a essayé de m'aimer.

« Eh bien, c'était pas gagné comme piste. Vous avez vu son père, finalement ?

– Là, ça devient intéressant. Il n'était pas là. Il était à Folsom depuis quelques années.

– La prison ?

– Ouais. Il a été condamné à vingt-cinq ans de tôle pour agression sexuelle et viol sur mineure. Une gamine du quartier. Visiblement, il a baladé une môme à la sortie de l'école, enfin il a baladé popol dans la fillette sans jamais sortir de sa caisse. Et là, ça devient louche. Le gars s'est fait dézinguer début octobre. »

Le doigt que je mâchouillais sans réfléchir sort de ma bouche, grande ouverte.

« Attendez… Vous voulez dire qu'il a été assassiné ?

– Eh ouais. Attaqué avec "un objet tranchant non identifié". »

Les guillemets sont évidents, je les ai entendus, juste comme s'il lisait les notes sous son nez.

« Il a été déclaré mort sur place.

– Ah ouais. »

C'est assez atroce de l'entendre comme ça, mais quelque part, je suis dégoûtée. Si quelqu'un lui avait tranché la gorge avec un *objet tranchant non identifié* il y a plusieurs années, la vie d'Amber aurait été bien différente, non ? Je me demande si elle est au courant. Est-ce qu'elle s'est sentie vengée ? En fait, je me demande si elle ressent quoi que ce soit en ce moment.

Stop, je ne vais pas penser ce genre de trucs.

« Je crois savoir que les pédophiles se font souvent zigouiller en prison, non ?

– Zigouiller ? »

Joe semble amusé par mon vocabulaire, comme souvent lorsque j'essaie de parler un peu plus comme lui.

« Oui, ça arrive. Mais écoute un peu. C'est là que ça vire dans le bizarre. Les flics n'ont jamais chopé l'exécuteur, mais une de mes sources m'a dit que tout le monde sait qui a fait le coup : Nick Delatano. C'est un pion dans la mafia. »

Joe fait une petite pause et reprend :

« Ça veut dire qu'il a accepté de porter le chapeau pour autre chose ou qu'il protège quelqu'un de plus important que lui et qu'il sera récompensé pour son sacrifice. En gros, il bosse pour la pègre, même en taule. Et pas n'importe quelle branche, Emily – mais pour une organisation particulière : la mafia grecque de Philadelphie. Tu as déjà entendu parler d'eux ?

– Non. »

Toutefois, dès que j'ai entendu le mot « grec », j'ai eu des frissons partout.

« Certains disent qu'ils sont inactifs depuis une dizaine d'années, mais en gros ça veut dire qu'ils continuent à bosser discrètement. C'est comme les Italiens, tu vois, euh, ils sont spécialisés dans le blanchiment d'argent, la fraude fiscale, l'escroquerie, le trafic de drogue. Les assassinats. Sauf qu'eux, ils viennent de Grèce. »

Je ravale la grosse boule dans ma gorge. C'est forcément une coïncidence.

« Les gens de la mafia peuvent aussi détester les pédophiles.

– Je ne dis pas le contraire. Mais à ce qu'il paraît, Nick ne savait même pas que James Pries était un délinquant sexuel. Alors pourquoi un mec de la mafia est-il allé buter un pédophile ? »

Même si l'idée a déjà fait un bout de chemin dans ma tête, je ne suis pas encore prête à l'accepter.

« Il aurait pu le faire pour une centaine de raisons différentes. Ils se sont peut-être battus à cause d'un rouleau de papier toilette. Peut-être que James a résisté quand Nick a essayé de faire de lui sa petite copine derrière les barreaux. Ça n'a probablement rien à voir avec Amber.

– Peut-être, propose Joe sur un ton qui me fait comprendre qu'il n'y croit pas une seule seconde. C'est quand même intéressant quand on pense que le dernier homme avec qui on a vu Amber est Reeve Sallis, un gars qui a aussi des liens avec la mafia.

– C'est une rumeur.»

Bon Dieu, même moi j'entends que je suis sur la défensive.

Joe laisse passer quelques secondes avant de reprendre :

« Ouais, ouais, *des rumeurs*. C'est juste que je n'arrive pas à me sortir de la tête cette image de Sallis avec Vilanakis. Il n'y a pas beaucoup de monde pour réussir à approcher ce gars à ce point-là.»

J'ai déjà vu la photo dont il parle. C'est l'un des premiers trucs que Joe a découverts sur Reeve. Je l'avais trouvée moi-même sur Internet, mais je n'avais pas compris qui était l'homme en sa compagnie, ni quelle était son importance. Son nom n'était même pas cité dans la légende. C'était une photo merdique, prise sur un téléphone portable pendant un dîner de famille et postée sur un obscur blog. Je n'y avais pas prêté plus attention que ça, jusqu'à ce que Joe me l'envoie par e-mail environ deux semaines avant Noël avec ce simple message en accompagnement : « *Michelis Vilanakis. Gros patron de la pègre. C'est quoi le lien ?* »

C'est à cet instant que le plan qui mijotait dans ma tête en arrière-plan a commencé à devenir une nécessité.

Alors pourquoi ai-je tellement envie d'écarter le lien entre la mafia et James Pries ?

Si j'étais honnête envers moi-même, je dirais que c'est à cause de Reeve. Parce que maintenant, je le connais. Parce que je n'ai pas envie de penser de lui qu'il est *aussi* dangereux que ça. Parce que je n'ai pas besoin de trouver de raison supplémentaire d'être attirée par lui, enfin pas plus.

Mais Joe a raison.

« Je sais. Je sais. C'est juste qu'il n'y a aucune preuve et que je n'ai pas envie d'établir un lien tant qu'il n'est pas tangible et qu'on n'est pas sûrs qu'il soit solide et vérifiable. On pourrait passer à côté d'autres pistes qui pourraient nous aider à la trouver.

– À trouver ce qui lui est arrivé.»

Joe me reprend immédiatement. Il me fait bien remarquer que, d'après lui, mon amie est déjà morte. C'est l'une des premières choses qu'il m'a dites quand on s'est rencontrés :

« *Tu sais, quand une personne a disparu depuis plus de quarante-huit heures, on a plus de chance de la retrouver morte que vive.* »

Je lui avais répondu avec fermeté :

« *Amber n'est pas une simple statistique. Je la connais. Elle sait se planquer, elle sait comment faire pour disparaître. En fait, je ne sais même pas si elle a vraiment disparu. Tout ce que je sais, c'est qu'elle a besoin de mon aide.*

– Personne n'a réussi à la localiser. Ça veut dire qu'elle est portée disparue. Elle a disparu depuis plusieurs mois. Elle n'est plus en vie.

– Eh bien, disons que je ne suis pas d'accord. »

J'ai beaucoup de chance d'avoir quelqu'un pour m'aider. Si nous n'avons pas la même vision de la finalité de la mission, ce n'est pas grave. Le côté recherche reste le même.

Mais je ne me prive pas de lui rappeler mon point de vue, lui non plus d'ailleurs. Alors revenant au présent, je lui dis :

« Que ferez-vous quand vous la retrouverez vivante et en bonne santé ?

– Je te laisserai me dire *j'avais raison.*

– Alors ça, je n'y manquerai pas.»

Je mordille mes lèvres en me demandant si je dois partager avec lui ce que j'ai découvert depuis notre dernière conversation. Connaissant Joe, il voudra savoir qui est ma source. Mais comme chaque détail compte et peut se révéler vital, j'opte pour la vérité toute nue.

« D'ailleurs… Saviez-vous que Reeve avait vécu avec ses grands-parents maternels en Grèce pendant quelques années après le décès de ses parents ?

– Non. Où as-tu trouvé cette info ? »

Ça, c'est la question que je redoutais. Je n'ai pas dit à Joe ce que je faisais. Qu'il essaie ou non de me dissuader d'aller jusqu'au bout de mon plan, je sais qu'il ne l'approuverait certainement pas.

« Peu importe où j'ai entendu ça. Mais c'est fiable. C'est peut-être là que les rumeurs sur ses connexions avec la mafia grecque ont commencé ?

– Euh, peut-être. Ou c'est à ce moment-là qu'il a commencé à travailler pour eux. »

À l'entendre, on comprend que la deuxième proposition est la plus probable pour lui.

« Tu n'aurais pas appris le nom de famille des grands-parents, par hasard ?

– Ce n'est pas Kaya ?

– Eh bien, pour faire court, non, je ne crois pas. Sur le certificat de mariage de ses parents, il est écrit que le nom de jeune fille de sa mère est Kaya, mais le truc c'est que ce nom n'existe nulle part avant ce papier. Dans toutes les biographies que Sallis a fait publier, il dit que sa mère a grandi à Athènes et a rencontré son père lors d'un dîner dans l'un de ses hôtels là-bas. Elle était censée être tout juste sortie de l'école. Le problème, c'est que cet événement était sur invitation, seulement il n'y avait personne du nom de Kaya sur la liste. Alors disons qu'elle accompagnait quelqu'un d'autre. Ignorons la question de savoir qui se ferait accompagner d'une gamine inconnue au bataillon lors d'un rassemblement politique majeur. Parce que ce dîner avait pour but de faire de la lèche au gouvernement. Ce n'était pas rien, un Grec qui revenait au pays auréolé de succès pour le faire fructifier sur sa terre d'origine. La sécurité devait être au maximum. Elena aurait dû être sur la liste, même si elle accompagnait quelqu'un. Kaya doit être un nom d'emprunt ou ce n'est pas à cette occasion qu'elle a réellement rencontré Daniel Sallis. L'une de ces deux options est un mensonge. Ce qui nous amène à cette question : pourquoi mentir ? »

Probablement parce que les circonstances de leur rencontre ne sont pas un sujet de conversation adapté à tous les milieux.

Quand on parle d'hommes riches, j'ai un avis assez tranché et plutôt biaisé sur la question. D'expérience, je sais que la plupart d'entre eux s'achètent leur femme. Pourquoi le père de Reeve n'aurait-il pas fait la même chose ?

J'espère que le fils perpétue aussi la tradition, sinon, je perds mon temps ici.

Mais je n'en parle pas à Joe. Je laisse sa question sans réponse.

« Bon, c'est tout ce que j'ai pour le moment. Tu as autre chose à me dire ? »

Si je veux lui dire que j'ai décidé de partir à la conquête de Reeve toute seule, c'est maintenant ou jamais. Le mieux serait de tout lui avouer, au moins d'en parler à quelqu'un.

Mais pourrai-je aller jusqu'au bout de mon plan si quelqu'un d'autre est impliqué ? Reeve a bien trop de ressources. J'ai l'impression que si je mêle Joe à tout ça, il le découvrira, c'est viscéral. Et la dernière chose que j'ai envie de faire, c'est bien de mettre quelqu'un d'autre en danger.

« Nan. C'est tout ce que j'ai découvert.

– Alors on en saura plus quand j'aurai trouvé autre chose », dit-il en soupirant.

Je vais pour raccrocher le téléphone quand il me retient :

« Mais Emily ! N'oublie pas que pour moi, cette fille est morte. Je ferai ce que je peux pour trouver ta copine, mais si tout mène à Sallis, ce sera sans moi. Ce serait du suicide. »

Il m'avait déjà lancé cet avertissement quand il a accepté de prendre mon affaire :

« Tu ne trouveras personne pour affronter un mec comme lui. Et si quelqu'un accepte, barre-toi en courant. »

J'en ai assez de fuir. Et merde, j'ai peut-être des envies de suicide, au fond.

* * *

Je sais qu'Amber a commencé à fréquenter Reeve bien longtemps avant son coup de téléphone. J'avais vu une photo d'eux ensemble dans la rubrique «news» de *People.* Je ne lis que rarement ce magazine et quand je tombe dessus, généralement, je saute la section photos de stars sorties pour célébrer un truc quelconque. J'ai eu un coup de bol extraordinaire de tomber dessus. Le premier épisode de *NextGen* avait été diffusé quelques semaines avant et les critiques comme le taux d'audience indiquaient que cette série était la meilleure de la saison. Les paparazzis ont commencé à nous attendre à la sortie du studio et à venir aux événements organisés par la chaîne. Même si mon visage n'est pas célèbre, j'en avais aussi trouvé certains qui traînaient dans mon quartier. Parfois j'apercevais un flash sur le côté, ou un portable tendu vers moi. L'un de mes collègues m'avait dit que ma photo était dans *People* cette semaine-là, alors je l'ai acheté.

Là, dans mon petit deux-pièces sur les versants de la colline de West Hollywood, je me suis servi un verre de vin et confortablement installée dans mon canapé avant d'ouvrir le magazine. C'est sa photo qui a retenu mon attention en premier – ironiquement, elle était placée en face de la mienne sur la page suivante. Le cliché avait été pris lors d'un gala blindé de stars organisé dans l'un des hôtels de Reeve à Santa Monica. Il avait fourré ses mains dans les poches de son smoking, prenant un peu la même pose que lorsque je suis arrivée au Cherry Lounge hier, et elle était agrippée à son bras, un sourire absolument parfait aux lèvres. Je me souviens l'avoir trouvée amaigrie et avoir constaté qu'elle avait teint ses cheveux dans un blond un peu plus clair.

C'est marrant, moi aussi. J'ai été captivée par cette image un bon bout de temps avant de finalement lire la légende: *La dernière conquête de Reeve Sallis.* Son nom n'est même pas cité. Jusqu'à cet instant, je me disais que j'avais tellement progressé par rapport à elle, surtout si je pensais à là où je l'avais laissée dix ans plus tôt. De nous voir face à face dans les pages de ce magazine, comme ça, même en photo, j'ai pu comparer nos destins et j'ai pris conscience que je n'étais pas allée bien plus loin qu'elle. Elle sans nom et moi sans visage. Au moins, elle, elle accompagne quelqu'un. Elle n'était pas toute seule.

Après ma conversation avec Joe, j'ai ouvert le coffre de la chambre d'hôtel et ai sorti le gros dossier dans lequel j'ai rassemblé toutes les informations en ma possession sur Amber, y compris cette coupure de presse. C'est là que tout a commencé – quand j'ai vu son visage et que j'ai compris qu'elle était toujours en vie. Non pas qu'à cette époque je la croyais décédée. Elle n'existait plus seulement à mes yeux et cette photo me l'a comme ressuscitée. Après cet épisode, je n'ai plus beaucoup pensé à elle. Je n'ai pas cherché à la retrouver sur Internet, ni rien. Mais bon, quelque chose avait changé. Les souvenirs ont commencé à facilement me revenir en mémoire. J'avais plus aisément son nom sur le bout de la langue. Je pensais la croiser dans la foule alors qu'elle n'y était pas.

Je m'assure que le verrou est tiré et que le panneau « Ne pas déranger » est bien sur la poignée de ma porte et je sors tous les papiers sur mon lit pour retrouver cette photo. Quand je la trouve, je m'applique à la regarder avec précision en me demandant où elle a été prise exactement. Je l'ai classée comme l'événement du vingt-sept janvier, puisque c'est la date de parution du magazine, mais ce n'est évidemment pas la date de ce gala. En lisant tous les articles sur la page, je vois qu'on mentionne une soirée de Nouvel An à laquelle je n'avais pas prêté attention auparavant.

C'était il y a un an à peine. *Un an.* La diffusion de *NextGen* a débuté juste après les fêtes de fin d'année pour remplacer une autre série qui venait de se terminer et ma vie a entièrement changé. Reeve Sallis a-t-il eu le même effet sur Amber ?

Sur un coup de tête, je décide de tout classer par ordre chronologique pour me remémorer en détail ses dernières semaines publiques. Je place la photo dans *People* en haut, à gauche de mon lit. Quelques secondes plus tard, je change d'avis et la déplace un peu.

Joe a trouvé quelque chose. Elle vivait dans un hôtel. Un hôtel du groupe Sallis. Le dix-neuf octobre, elle a quitté sa chambre et plus aucune adresse n'a été enregistrée depuis.

« *C'est son truc,* avais-je dit à Joe. *Elle cible le mec qu'elle veut. Elle s'en approche. Elle emménage chez lui. C'est donc le dix-neuf octobre qu'elle a commencé à habiter avec Reeve.*

– *Ha. C'est une rapide.* »

J'ai bien l'intention d'être encore plus rapide qu'elle.

Je prends le bloc de feuilles siglées fournies par l'hôtel sur la table de chevet et j'écris : *Treize août / dix-neuf octobre / hôtel.* Et je mets cette feuille en haut, à gauche.

Amber n'a été photographiée en compagnie de Reeve que très peu de fois. En dehors de cet instantané dans *People*, il n'y a pas grand-chose. J'ai passé des heures sur Internet pour en trouver d'autres. Je les ai toutes imprimées pour les mettre dans mon dossier et là, je les aligne toutes dans le désordre puisque aucune n'est vraiment datée, sauf une. C'est celle que je range en dernier. Sur la légende, on peut lire : *Memorial Day à hôtel Sallis Paradise de Palm Spring – 28 mai.* L'endroit exact où je séjourne actuellement. C'est la dernière trace que Joe a réussi à trouver. Même s'il a dit qu'il n'enquêterait que sur Amber, il est allé fouiner un peu dans les affaires de Reeve et a découvert des travaux de rénovation dans sa maison de Beverly Park, l'année précédente, et sa résidence était restée inhabitable. Joe en a déduit que pendant tout ce laps de temps, Reeve est allé d'hôtel en hôtel pour se loger. À l'heure actuelle, il fait des recherches pour déterminer son itinéraire l'été dernier et essayer de trouver si Amber l'a accompagné. C'est une tâche qui prend du temps, car Reeve voyage beaucoup et immanquablement dans son jet privé. Il n'est pas toujours facile de trouver les plans de vol utilisés par les particuliers et visiblement, ils sont, en plus, souvent erronés.

Après cette photo à Palm Spring vient la transcription du message sur le répondeur. Je l'ai noté sur papier pour m'y référer plus facilement. Il est daté du dix-sept août, soit trois mois pleins après qu'elle a été aperçue pour la dernière fois. Trois mois avant de me laisser ce message énigmatique. J'ai envie d'en vouloir à ma mère, j'ai envie de me dire qu'elle était trop partie dans ses propres délires pour me prévenir et me dire qu'il y a un message pour moi chez elle. Mais si elle ne m'en a pas parlé, c'est parce que je ne suis pas allée la voir pendant plusieurs mois, et après tout, il n'y a pas d'urgence à transmettre un message à propos d'un imperméable bleu, non ?

J'essaye de ne pas trop m'appesantir sur tous ces mois perdus. La culpabilité pourrait me ronger bien trop facilement.

Ce message est la dernière preuve qu'Amber était en vie. Elle a tout simplement disparu après ça. Lorsque Joe a appelé l'une des chargées de relations publiques de Reeve pour savoir s'il pourrait entrer en contact avec elle, on lui a donné une réponse toute faite : *M. Sallis et Mlle Pries ont mis un terme à leur relation. Nous ne savons pas où est Mlle Pries.* Elle n'a même pas dit à quand remontait leur rupture, mais quand Joe a demandé si Reeve fréquentait quelqu'un en ce moment, on lui a répondu « non » sur un ton ferme et définitif.

Mi-septembre, Reeve a été photographié au bras d'une autre femme lors d'un événement mondain, et encore une fois à une soirée d'Halloween, mais avec une autre fille, toutes les deux inconnues au bataillon. Ces images constituent une nouvelle rangée sur mon lit. À côté d'elles, je pose la réponse de son service communication. Sur une autre feuille, j'écris la nouvelle information trouvée par Joe : *James Pries assassiné / octobre.* Celle-là, je la retiens en passant en revue toutes les preuves étalées devant moi, espérant trouver un lien, un indice, n'importe quoi.

Mais même en examinant le problème sous tous les angles possibles, je n'arrive pas à trouver de lien avec l'assassinat de James Pries. Amber m'a laissé ce message en août. Reeve a été aperçu au bras d'autres filles en septembre. En toute logique, on peut en déduire que sa disparition a eu lieu entre son appel et le premier événement auquel il a participé sans elle. Son père est mort après.

Malgré mes beaux discours à Joe, dans mes tripes, je sais que tout est lié. Une heure plus tard, quand je remets tous les papiers dans ma grosse pochette, j'inclus celui où j'ai mentionné le meurtre de James Pries.

J'appelle ensuite le service d'étage pour commander un brunch et je passe le reste de ma journée dans ma suite à me renseigner sur la mafia grecque sur Internet. Je découvre tout un tas de choses sur la branche de Philadelphie et apprends à reconnaître ses principaux acteurs. Je piste toute information qui mentionnerait le nom de Sallis. Quand j'ai fait le tour de la question, j'appelle encore pour me faire livrer le dîner, cette fois-ci, puis je poursuis mes recherches sur Amber en espérant trouver des bribes d'informations que j'aurais loupées.

Puis je m'occupe de Reeve. Je fouille partout sur Internet pour trouver des photos de lui, des articles. Je lis tout ce que je trouve, même si ce n'est pas la première fois que je tombe dessus. Puis je recommence.

Quand la nuit tombe, mes yeux sont si fatigués que je suis incapable de continuer à regarder mon écran. Je ferme mon ordinateur portable et jette un coup d'œil dans le miroir accroché au-dessus du bureau sur lequel je m'étais installée.

« Eh bien, dis-je à mon reflet aux yeux rougis. Il est temps de faire face à ce que j'essaye d'ignorer depuis vingt-quatre heures. J'ai merdé avec Reeve. »

Je m'étais dit que je m'étais retranchée dans ma chambre parce que je devais faire des recherches. En vérité, je voulais rester joignable, au cas où il appelle. Je me suis auto-persuadée qu'il allait essayer de me parler, qu'il me donnerait une deuxième chance. Bon sang, en toute honnêteté, je ne sais même pas où j'ai déconné. Il s'est passé bien trop de temps depuis que j'ai séduit quelqu'un pour la dernière fois et je ne sais plus ce que je fais. Est-ce que ça mérite de retenter le coup ?

L'idée qu'il pourrait bien refuser m'est insupportable.

Je repose mon visage entre mes mains et fais mon possible pour garder le contrôle sur mes émotions en répétant encore et encore : « J'ai merdé, Amber. J'ai merdé. »

C'est peut-être mon imagination, aucun doute là-dessus, mais j'entends sa voix me rassurer dans ma tête. Ses paroles sortent directement de ma mémoire, elles n'ont rien de neuf, mais je l'entends me dire :

« Ça, c'était aujourd'hui. C'est tout. Demain est un autre jour et tout sera différent. »

5

Le lendemain, je change de plan. Reeve ne veut pas entendre parler de moi, mais Amber est toujours portée disparue et je suis toujours aussi déterminée à la retrouver. Il me reste moins d'une semaine avant de devoir retourner en studio à Burbank, ce qui veut dire que je n'ai plus que quelques jours à passer dans cet hôtel. Même si je ne sais pas combien de temps elle y est restée, je sais qu'Amber y a fait un long séjour. L'un des membres du personnel doit certainement se souvenir d'elle, non ? Le truc, c'est qu'il faut que je trouve les bonnes personnes.

Dans le coffre, il n'y a pas que mon dossier. J'y ai aussi fourré quelques accessoires que j'ai utilisés lors de différents shootings photo, comme des lentilles de contact colorées marron et une perruque brune pour usage professionnel. Elle est si bien faite qu'elle est quasi indétectable, surtout lorsque je la porte sous un chapeau et que j'accompagne le tout de lunettes de soleil et d'une robe légère par-dessus mon maillot de bain pour sortir. Première étape : piscine. Amber a toujours aimé l'eau, presque autant que moi. Elle aime se laisser porter par le courant, flotter, et ensuite sécher son corps, allongée au soleil. Puis recommencer. La piscine de prédilection de Reeve est réservée aux nageurs qui font des longueurs lorsqu'elle n'est pas privatisée pour son usage personnel. Je doute qu'il l'ait laissée s'amuser tranquillement pendant qu'il y faisait ses exercices matinaux. En plus, il nage tôt le matin, ce qui n'est pas la meilleure heure pour prendre le soleil, et d'ailleurs, Amber est rarement réveillée à une heure aussi matinale. Heureusement pour elle, il y a six autres piscines dans le complexe et elles sont ouvertes toute la journée. Je décide de commencer mon enquête par la plus éloignée de ma chambre et de toutes les écluser en revenant.

Il n'y a pas de surveillant de baignade, alors je mets le cap sur les préposés aux serviettes. Je reste un quart d'heure dans le jacuzzi de la première piscine pour donner un aspect ordinaire à mon approche. Rester plantée devant lui à dégouliner n'a pas fait de mal non plus. Après tout, je reste une femme qui sait faire usage de ses charmes. Mais mon plan n'a servi à rien, ma cible ne travaille pas dans cet hôtel depuis assez longtemps pour pouvoir m'aider. Je refais le même coup à la deuxième piscine pour obtenir le même résultat. Dans la troisième, c'est une femme qui s'en occupe et elle se contente de me grogner dessus. La quatrième est réservée à l'usage des familles – Amber n'y aurait jamais mis les pieds, plutôt mourir que de fréquenter un endroit infesté d'enfants. Je répète tout de même mon petit manège, au cas où il y ait une rotation des employés de piscine. Cette fois-ci, je tombe sur quelqu'un qui effectivement travaillait déjà ici l'été dernier, mais il était dans l'équipe ménage.

Quand j'arrive à la cinquième, je commence à être sérieusement frustrée. Le cadre est plus calme. Je plonge les pieds dans l'eau et m'en trouve apaisée. Plus concentrée. Lorsque je me lève pour gagner le coin serviettes, je suis prête à refaire ma scène.

L'employé est jeune. La petite vingtaine. Il a le regard rivé à l'écran de son portable lorsque j'approche, donc il ne me voit pas. Ruisselant d'eau, je l'apostrophe derrière son comptoir :

« Bonjour.

– Besoin d'une serviette ? demande-t-il sans lever les yeux.

– Moui. »

Il en attrape une au-dessus de la pile à portée de main et la glisse sur le comptoir.

« Puis-je en avoir une en plus, s'il vous plaît ?

– Euh, oui, pas de problème », répond-il en levant enfin les yeux.

J'ai enfin attiré son attention. Il range son téléphone dans sa poche et attrape une serviette dans le bac derrière lui.

« Prenez-en une de celles-ci. Elles sortent tout juste du séchoir. »

Il essaie de caresser ma main en me la tendant, mais je ne le laisse pas faire. S'il veut une récompense, il va devoir bosser.

« Oh, merci. C'est… »

Je fais tournoyer la serviette pour la mettre en cape sur mes épaules, m'assurant au passage que son regard tombe là où je veux qu'il aille. Puis je la serre autour de moi.

« C'est très agréable. »

D'accord, il n'a peut-être pas besoin de beaucoup plus bosser que ça.

« Il vous faut autre chose ? Besoin d'aide pour quoi que ce soit ? »

Maintenant, il me sourit. Il est prêt à rendre service. Je fais mine de réfléchir avant de lui répondre. J'avise son badge et je me lance :

« Vous travaillez ici depuis longtemps, euh, Eric ?

– Bientôt trois ans.

– Alors, oui, vous allez peut-être pouvoir m'aider. »

Je me penche par-dessus son comptoir en essayant d'avoir plus l'air de flirter que celui d'une fille aux abois.

« L'une de mes copines a passé un peu de temps ici l'été dernier. Elle a environ mon âge. Elle est blonde et on fait la même taille. Je me demandais si vous vous rappeliez d'elle. Elle s'appelle Amber.

– Je suis désolé. Il y a trop de filles qui viennent ici pour que je me rappelle de toutes, dit-il visiblement déçu.

– J'ai une photo d'elle.»

Je plonge la main dans mon énorme sac de baignade et en sors une photo issue de mon dossier que j'y avais mise juste avant de quitter ma chambre, ce matin. J'en utilise une prise ici même. Même si j'ai d'autres photos plus anciennes, je ne suis pas prête à admettre que je connaissais Amber quand j'étais plus jeune au cas où les réponses à mes questions me ramènent du côté de Reeve. Bon Dieu, je suis complètement parano. De toute façon, cette photo est la plus récente dont je dispose et je me dis que de la voir dans le bon cadre ne peut qu'aider.

Le petit jeune y jette un coup d'œil. J'observe la transformation de son visage lorsqu'il la reconnaît. Puis il devient soucieux. Le temps qu'il repousse l'image vers moi, il est devenu nerveux.

« Euh, non. Vraiment pas. Je ne sais rien sur elle.»

Ce mec n'est pas un bon menteur. Et pourquoi essaie-t-il de me mitonner, d'ailleurs ?

Je me penche encore un peu plus, espérant qu'un aperçu de ma poitrine puisse le persuader de me lâcher la vérité.

«Vous êtes sûr ? Je sais qu'elle était là. Elle sortait avec le proprio et… »

Le gars commence à secouer la tête avant même que je ne termine ma phrase et me coupe :

« Nan. Je ne la connais pas. Excusez-moi, je dois plier ces serviettes. Bonne journée.»

Il se tourne alors en m'offrant son dos. Je reste là une minute ou deux avant de reprendre mon sac et de me diriger vers la chaise longue la plus proche. Je m'y installe et jette un nouveau coup d'œil vers le coin serviettes. Le comportement du type est bel et bien bizarre, non ? Ou c'est moi qui me suis mise à imaginer des trucs ? J'ai recommencé ?

«Vous êtes complètement dingue », dit une voix derrière moi.

Je me tourne pour trouver un homme portant un polo réglementaire de l'hôtel. Il ramasse des serviettes usagées autour de la piscine et en récupère une sur le fauteuil vide derrière moi.

«Je vous demande pardon ?»

Il continue son travail un peu plus loin et, sans me regarder, il continue à mi-voix :

«Vous ne pouvez pas poser de questions sur une fille que Sallis s'est tapée et vous attendre à ce qu'on vous réponde.»

Mon front se plisse d'incompréhension, jusqu'à ce que je me rende compte que cet homme a dû entendre ma conversation avec le mec des serviettes. Et si ma curiosité n'avait pas déjà été piquée auparavant, elle l'est maintenant complètement.

« Est-ce qu'il exige votre silence ?

– Sallis ? Non, pas vraiment. C'est tacite. On ne touche pas à ses copines, on ne parle pas d'elles. Point final. Ce n'est pas écrit noir sur blanc. Le personnel est au courant, c'est tout », explique-t-il comme s'il n'y avait plus rien à dire là-dessus.

Mais ce n'est pas le cas.

« Mais comment vous faites pour savoir ? Il y a dû avoir quelque chose ou quelqu'un pour donner cette impulsion au début.»

Reeve, par exemple. C'est tout à fait le genre de chose que je le vois faire avec son désir de tout contrôler tout en ayant l'air distant. J'en mettrais ma main au feu.

Mais le gars chasse mon idée d'un haussement d'épaules en me répondant :

«Aucune idée.»

Il me jette un coup d'œil et doit avoir saisi la force de ma détermination, parce qu'il s'arrête de travailler et vient s'asseoir sur la chaise longue à côté de la mienne. Il en fait peut-être des tonnes, mais il regarde partout autour de nous pour voir si quelqu'un nous surveille, puis il se penche vers moi et me dit tout bas :

« Ok, ce n'est pas moi qui vous l'ai dit, mais il y a eu du grabuge. Une fois. Un jour, un cuistot a fait un commentaire pas très sympa sur la fille qui sortait avec Sallis.»

Même si ça me paraît ridicule, je baisse le ton à mon tour pour lui demander :

« Que lui est-il arrivé ? Il s'est fait virer ?

– Il s'est fait assassiner.

– Assassiner ? À cause d'une banale réflexion ? »

Mon estomac fait une chute dans mes entrailles. Puis je me rends compte que le gars est mort de rire.

«Vous vous moquez de moi.

– Oui, complètement, répond-il le sourire aux lèvres en se redressant.

– Ordure ! », lui dis-je en lui rendant son sourire pour rebondir sur sa blague.

Je prends maintenant le temps de le regarder des pieds à la tête, discrètement, derrière mes lunettes de soleil. Il est mignon. Dans le genre gentil et sympa. Propre sur lui et avec de bonnes manières. Du genre à ne rien tenter lors d'un premier rendez-vous. Peut-être même pas lors du deuxième. C'est probablement le genre de type qui me ferait beaucoup de bien.

Mais je ne suis absolument pas intéressée. Du tout.

« Désolé, dit-il en ne le pensant pas une seconde. Je n'ai pas pu m'en empêcher. En toute vérité, il n'y a aucune anecdote derrière ce que je vous dis. Faites-moi confiance – Sallis est un bon employeur, mais ce n'est pas le genre de mec avec qui on a envie de se fâcher. Il est plus du genre à être respecté. Personne ici n'irait chercher les emmerdes.

– Vous avez l'air sûr de vous, là-dessus, dis-je en le regardant d'un air concentré. Vous devez travailler ici depuis un sacré bout de temps. Vous étiez là, vous, l'été dernier ?

– Sérieux, demande-t-il en riant. Après ce que je viens de vous dire ?

– Vous ne m'avez donné aucune raison d'avoir peur de poser ma question.»

Je parle sur un ton sérieux, mais je laisse filtrer un air taquin en reprenant :

«Allez. Je ne le dirai à personne. Alors... vous étiez là ? C'est ça, hein ? Vous bossiez ici l'été dernier.»

Il me répond d'un rire et d'un mouvement de tête avant de prendre la parole :

« Merde. Je n'arrive pas à croire que je fais ça. Faites-moi voir cette photo.»

Il jette un coup d'œil autour de lui encore une fois en me la prenant des mains. Il la regarde une seconde à peine avant de me la rendre.

« C'est mademoiselle Pries.

– Oui ! Oui, c'est elle ! »

C'est surprenant. Je suis complètement bouleversée rien que d'entendre son nom. Folle de joie de trouver quelqu'un qui puisse simplement me confirmer qu'Amber a bel et bien résidé ici. Alors que je le sais déjà, il n'y a rien de nouveau là-dedans.

«Alors vous la connaissiez ?

– Pas vraiment, je savais simplement qui c'était. Tout le monde savait. Personne ne lui adressait la parole ni rien, mais on la voyait.

– Ok, ok, dis-je trop excitée pour réfléchir. Vous connaissez quelqu'un qui lui parlait ?

– Je ne sais pas. Peut-être au spa. J'ai entendu dire qu'elle y passait pas mal de temps. Mais là-bas personne ne vous répondra, alors ne perdez pas votre temps.»

Je note dans un coin de ma tête de penser à prendre rendez-vous pour un massage et m'engueule moi-même silencieusement de ne pas y avoir pensé toute seule.

«Vous savez quand elle est partie ? »

Il me fait signe que non encore une fois, alors je l'incite à me répondre tout de même :

« Grosso modo. La saison. N'importe quoi.»

Il réfléchit à ma question et il finit par me dire :

« Je crois qu'elle est partie en juin, peut-être. Probablement. En même temps que Sallis. Avant que vous me posiez la question, non, je ne sais pas où ils sont allés. Sallis n'est revenu ici qu'aux alentours d'Halloween.

– Avec elle ?

– Non, seul, répond-il en continuant à agiter sa tête.

– Et vous ne savez vraiment pas où ils sont allés ? demandé-je en me mordant la lèvre inférieure. Aucune idée ?

– Vous n'abandonnez jamais, vous, hein ? dit-il en riant encore. Honnêtement, je n'en sais rien. Sallis n'est pas censé avoir une maison quelque part ? Ils y sont allés. Ou dans un autre hôtel. Je suis sûr qu'il reste dans ses autres propriétés à différents moments de l'année, comme ici. »

Il y a près d'une centaine d'hôtels clubs Sallis comme celui-ci dans le monde. Dire qu'il est allé dans l'un d'entre eux est loin de m'aider.

« Qui pourrait connaître ses déplacements ?

– Quelqu'un qui pourrait me mettre une sacrée raclée si je vous le disais. Et ce n'est probablement pas une bonne idée d'aller poser ce type de question-là non plus.

– Eh bien, merci. J'apprécie votre aide. »

Je plonge la main dans mon sac pour extraire un billet de cent dollars de mon portefeuille et le lui tends. Il le refuse d'un geste.

« Hors de question. J'ai eu bien assez tort de vous raconter tout ça. Je ne veux pas qu'on m'accuse en plus d'avoir pris votre argent en échange. Dire que j'ai été ébloui et décontenancé par la beauté d'une femme est une meilleure excuse.

– Vous me flattez. »

D'un certain côté, j'aimerais pouvoir être charmée aussi facilement. J'aimerais qu'on puisse me charmer tout court, même. Mon interlocuteur hésite un peu avant de reprendre :

« Non. Je pense toujours que vous êtes dingue. Mais si vous avez envie de passer une soirée de dingue, justement, venez me retrouver ici à sept heures. Ce sera la fin de mon service. Au fait, moi c'est Greg.

– Trish », lui dis-je en lui serrant la main.

Je ne viendrai pas le retrouver. J'ai déjà obtenu tout ce que je pouvais de lui. Mais il m'a bien aidée, alors je le dédommage d'une gentillesse :

« Je vais y réfléchir, Greg. »

Je me demande s'il m'aurait proposé de sortir avec lui ou aurait été communicatif s'il avait su que j'ai dîné avec son boss il y a à peine quarante-huit heures. Ce rendez-vous me fait-il rentrer dans la catégorie des intouchables ? Mieux vaut ne pas poser la question.

Greg s'en va et je reste quelques minutes de plus dans ma chaise longue pour réfléchir à la suite de mon plan. D'après ce que je viens d'apprendre, il n'y a aucune raison de continuer à interroger le personnel de l'hôtel car personne ne voudra me parler. Bien entendu, *ce mec* m'a tout de même donné du grain à moudre, même après avoir essayé de m'en décourager. Ce qui veut dire que j'ai encore une petite chance de déterrer une information ou deux. Si j'ai du bol. Ou si je me débrouille bien.

De toute façon, je suis trop crevée pour continuer ce petit jeu aujourd'hui. Un grondement dans mon estomac me pousse vers La Cabana, le petit restau près de la piscine. N'ayant aucune envie d'attendre qu'on vienne me servir à table, j'opte pour une place au comptoir et commande un tacos au poulet avec un verre de sauvignon blanc directement à la barmaid – qui visiblement s'appelle Lucy, d'après son badge. Je garde ma perruque, mais je retire mon chapeau avec précaution pour ne pas la bouger. Mon couvre-chef sur le bar, j'attends qu'on m'apporte mon repas en cherchant le numéro de téléphone du spa sur mon portable. Le temps que mon assiette arrive, j'ai pris rendez-vous pour un massage le lendemain matin.

En mangeant, je me rends compte que ma conversation avec Greg était somme toute très satisfaisante, même si je n'ai pas vraiment appris quoi que ce soit d'utile. Je savais déjà qu'Amber avait résidé ici l'été dernier. Maintenant, je suppose que je savais déjà qu'elle a dû quitter l'hôtel vers la fin juin. Peut-être. Probablement. Il m'a aussi dit qu'elle n'était plus avec Reeve à Halloween. Mais ça, je l'avais déjà découvert grâce à cette photo datant du mois de septembre dans laquelle on voit Reeve au bras d'une autre femme. En fait, le plus intéressant dans tout ce que j'ai découvert lors de ces conversations, c'est qu'une partie du personnel de Reeve Sallis croit qu'il n'accepterait pas qu'on parle de lui.

Et franchement, ça me fait une belle jambe.

Poussant un soupir, j'écarte mon assiette avec les reliefs de mon repas et pose ma tête sur le comptoir. Lucy m'interpelle :

« On dirait bien que vous avez besoin d'un autre verre. »

Je suis son regard dirigé sur mon verre vide et lui réponds :

« Oui. Je crois que vous avez raison.

– Je dois ouvrir une autre bouteille. Attendez deux minutes. »

Lorsqu'elle part, je repose ma tête sur mon bras, le coude posé sur le bar et je laisse mon regard se promener sur le mur d'à côté. Il est en partie recouvert de photos encadrées de toutes les tailles. En continuant à l'observer, je me rends compte qu'il y a des gens dessus, comme une collection de portraits de famille chez des personnes âgées, pas dans un bar. Intriguée, je me lève pour les regarder de plus près.

Les photos ont été prises sur le vif. Dans ce même restaurant. Reeve figure sur plusieurs d'entre elles. Sur l'un des clichés, on le voit vêtu d'une chemise décontractée et d'un bermuda, une main posée sur l'épaule de quelqu'un, et de l'autre, il tient une bouteille de bière étrangère. Il a la même tenue partout, alors je me dis qu'elles ont dû être prises lors du même événement. Impossible de voir à quelle occasion c'était, ni quand cette fête a eu lieu.

Mais si elles sont récentes…

Même si je vais naturellement observer celles où se trouve Reeve, je ne manque pas d'étudier les différents visages, cherchant celui d'Amber. J'espère l'y trouver. Et je ne me prive pas de me rincer l'œil sur celles du patron. Il est bien trop photogénique pour cela. Trop beau. Trop attirant.

« Il est canon, hein ? »

Je jette un coup d'œil par-dessus mon épaule pour y trouver Lucy qui me tend un verre de vin. Je l'accepte en la remerciant d'un petit signe de tête.

« Il est pas mal. »

Petite concession avant de me remettre à détailler les clichés. Je m'étais arrêtée à une petite photo de moins de dix centimètres de côté, encadrée. Reeve est au milieu, entouré de deux femmes vêtues de minuscules hauts de maillot de bain et de longues jupes. Plusieurs des boutons de sa chemise sont défaits, comme si la soirée était bien avancée. Il sourit de toutes ses dents et son regard est brillant. On dirait qu'il passe un bon moment et même si je suis plutôt attirée par son expression sérieuse, qu'on voit régulièrement dans les médias, je trouve que la joie lui va bien aussi.

Je désigne la collection de photos sur le mur et lui demande :

« Et d'abord, quand ont-elles été prises, celles-là ? »

Lucy a regagné sa place derrière le bar et me répond en essuyant le comptoir :

« Pour son trentième anniversaire. C'était une sacrée fête. Pas trop de monde. Juste une centaine de personnes, des amis et de la famille. On avait privatisé la piscine et tout a été organisé ici. »

Reeve a maintenant trente-six ans. Amber ne sera pas sur ces photos. Je continue tout de même à les regarder et je suis attirée par l'une des femmes qu'on y voit. Sa tête est légèrement tournée et sa main placée devant sa bouche pour couvrir son éclat de rire, il est difficile de voir son visage. Mais quand je la reconnais, mon souffle est coupé :

– Waouh, c'est Missy Mataya.

C'est à cette femme que Reeve doit sa réputation d'homme dangereux. Ils sont sortis ensemble un petit bout de temps. Ou il la baisait. Enfin, quelle que soit la nature de ses relations avec ses copines. Comme la plupart des filles en compagnie desquelles on le repérait, il n'a jamais admis la moindre relation et s'ils ont eu des gestes intimes l'un pour l'autre en public, ils n'ont jamais été captés par un objectif. Comme toutes les fréquentations féminines de Reeve, Missy était une vraie bombe. Elle était en bonne voie pour devenir la prochaine mannequin superstar. Exotique. Jeune. Adorée de tous.

Et puis un jour – probablement peu de temps après cette fête – elle est tombée d'une falaise. Elle en est morte. Elle a peut-être sauté. Elle a peut-être été poussée. Personne ne le sait. Certains disent qu'elle a probablement attenté à ses jours. D'autres pensent que c'était un accident. Nombreux sont ceux qui accusent son amant. Ils séjournaient sur son île privée dans le Pacifique, et après tout, toutes les autres personnes qui étaient du voyage se sont accordées pour dire que la dernière personne avec qui elle a été vue était Reeve.

Le magnat n'a jamais été du genre à s'inquiéter des rumeurs et des accusations en tout genre et il n'a pas dérogé à sa règle. Il n'a pas fait publier de communiqué de presse. Il n'a partagé son histoire avec personne. Tous les journalistes qui ont essayé de l'interviewer à l'époque ont été éconduits. La police a déclaré qu'il avait été interrogé et écarté de la liste de suspects, mais quand personne n'a été mis en examen, le climat s'est tendu. Les fans de Missy ont lancé une offensive en relations publiques contre Reeve en noyant les réseaux sociaux sous des tonnes de news l'accusant d'avoir menti et d'être un meurtrier. Puis d'autres personnes ont rejoint le mouvement. Beaucoup de gens sont prêts à haïr un homme comme Reeve. Des concurrents. Des citoyens moyens qui pensent que tous les riches sont malfaisants. Des théoriciens du complot persuadés que Reeve a acheté la police. Des membres de congrégations religieuses extrémistes plus qu'heureuses de pouvoir crucifier un débauché notoire.

Il a publiquement ignoré ces accusations, aussi facilement que toutes les autres. Ce n'est pas comme si ces entreprises en diffamation allaient avoir un quelconque effet. Sur un plan purement juridique, Reeve Sallis est innocent. Néanmoins, une bonne partie du peuple de ce pays pense qu'il est comme tous les hommes riches qui se sont servis de leur argent et de leur pouvoir pour s'affranchir de son crime.

Je n'ai jamais eu d'opinion sur cette affaire. Même après la disparition d'Amber, j'ai refusé de prendre en compte la mort de Missy. Il n'existe aucune preuve pour discréditer la thèse de l'accident. J'ai besoin de me fonder sur des faits, et non sur des rumeurs.

Lucy me répond :

« Missy est là-dessus ! Zut, je croyais que toutes ses photos avaient été retirées.

– Pourquoi ? je demande en me tournant vers elle. Il vous a demandé de les retirer ? »

Ce n'est qu'après avoir posé ma question que je me rends compte que la réponse n'a aucune importance. Je ne saurai pas plus s'il l'a assassinée ou pas.

« Oh, non. Pas lui, me répond Lucy. Mais il y a trop de… Vous voyez, quoi. Avec ces photos au mur, les gens ont tous leur mot à dire sur le sujet, et franchement, on a déjà tout dit sur cette fille. Moi je dis, qu'elle repose en paix, la pauvre.

– Bien sûr. C'était la meilleure chose à faire. »

Je me demande si je dois faire pareil et laisser tomber.

Mais c'est impossible. Avant, son cas ne m'intéressait pas, mais c'est une opportunité pour en savoir plus et elle ne se représentera pas deux fois. Alors je relance Lucy :

« Est-ce que les gens – enfin les clients de l'hôtel – disent des choses sur eux ? dis-je en désignant la photo d'un mouvement de tête.

– Vous voulez savoir s'ils disent que le patron est un assassin ? Oh oui. Enfin, pas directement. Mais ça arrive. »

À la différence de Greg, Lucy ne semble pas du tout faire attention à ce qu'elle dit. J'en suis surprise. Même s'il n'y a pas beaucoup de monde, des oreilles indiscrètes peuvent toujours traîner.

Si elle n'est pas inquiète, alors moi non plus.

«Vous pensez que c'était vraiment un accident?»

C'est la version légèrement plus polie de la question que j'ai envie de poser: *Vous pensez qu'il l'a tuée?*

Même avec ma version édulcorée, Lucy a l'air un peu choquée par ma question, mais à la fin, elle me répond:

«Bon Dieu, je n'en sais rien. Probablement. Si quelqu'un peut se sortir d'un meurtre, c'est bien lui. Mais bon, cette fille était dingue. D'ailleurs, à l'époque, lui aussi un peu. Plus que maintenant, quoi. Ils faisaient tout le temps la fête. Les accidents arrivent plus facilement quand on fait n'importe quoi, si vous voyez ce que je veux dire. En fait, qu'il soit coupable ou pas, rien ne m'étonnerait vraiment. Et quand on y pense, il ne l'a jamais pleurée. Pas ici, en tout cas.»

Plongée dans ses souvenirs, Lucy agite une main pour sortir de sa transe:

«Mais quoi qu'il se soit passé, cet hôtel n'a pas besoin de réveiller tous ces commérages avec cette photo. Ça ne vous embêterait pas de la retirer pour moi, s'il vous plaît? Je vais en mettre une autre à la place dans le cadre. J'en ai quelques-unes qui traînent ici, prises à la même soirée.»

Je la décroche du mur et la lui tends en me rasseyant à ma place. Comme Lucy a l'air d'humeur bavarde, j'ai d'autres questions pour elle:

«On dirait que vous êtes là depuis un sacré bout de temps. Vous avez rencontré ses autres copines? Celle avec qui il est sorti l'été dernier, par exemple? Amber Pries?

– Mademoiselle Pries? Elle est venue ici quelques fois, annonce-t-elle en relevant les petites griffes métalliques à l'arrière du cadre. Je ne lui ai jamais vraiment parlé, sauf pour prendre ses commandes. Elle aussi, c'était une sacrée fêtarde. Elle aimait bien lever le coude. Je suis sûre que sa liste des plaisirs ne se limitait pas à ça non plus. Elle adorait flirter, même quand elle était avec M. Sallis.

– Je vous parie qu'il n'était pas très fan de son comportement.»

Ça, c'est du Amber tout craché. Généralement, ses conquêtes appréciaient de la voir aussi sociable. Ils aimaient voir qu'elle aimait être partagée.

Mais je n'ai pas besoin qu'on me dise ce que Reeve en pensait et je me déteste un peu d'écarter la possibilité que c'était peut-être son mobile pour l'éliminer.

«Ah ça, c'est sûr. Il n'appréciait pas du tout. Ils se sont parfois disputés ici à cause de ça. Mais il l'aimait vraiment bien celle-là, alors je pense que pour elle, il aurait supporté beaucoup de choses. Quand il est revenu avec une autre à l'automne dernier, il avait franchement l'air déprimé. Ça ne m'étonnerait pas d'apprendre que cette fille a fricoté avec d'autres types sous son nez un peu trop souvent et que c'est pour cette raison qu'il a rompu.»

Ou pire.

Non, je ne peux pas laisser mes pensées aller dans cette direction. Même si cette explication donne un prétexte à Reeve, ça ne veut pas dire qu'il lui… *aurait fait du mal.* Non ?

« C'est intéressant », je réponds en voyant que Lucy semble attendre une réaction de ma part.

Elle me dévisage quelques secondes et reprend tout excitée :

«Vous savez quoi, je viens de comprendre à qui vous me faites penser. Votre voix. On dirait celle de l'ordinateur dans la série, *NextGen.*»

L'espace d'un instant, je me demande si je ne devrais pas admettre la vérité et lui faire le coup du « User Error » que je sais qu'elle attend, mais en fin de compte, je lui sors ma réponse habituelle :

« Oui, on me le dit souvent, mais non. »

Même quand je ne suis pas de sombre humeur comme maintenant, je n'aime pas avoir affaire aux fans. Son excitation retombe légèrement et elle continue :

« C'est sympa d'avoir la même voix qu'une personne célèbre. La série est vraiment super. »

Elle repère un client qui l'appelle à l'autre bout du bar et s'excuse un instant après avoir reposé la photo, sortie de son cadre.

Je bois une gorgée de vin et ramasse le cliché l'air de rien. Le cadre en couvrait une partie. Je le vois maintenant en intégralité. Et sur la partie jusque-là cachée, je repère un autre visage familier.

Mon pouls s'accélère quand je jette un coup d'œil pour voir si Lucy est toujours occupée. Je fais gaffe à ne pas attirer l'attention en glissant la photo dans mon sac. Je dépose ensuite un billet de cinquante dollars pour couvrir mon addition et sors discrètement.

De retour dans ma chambre, je sors la photo de mon sac pour l'étudier en détail. Puis je la compare à celle sur mon téléphone, que Joe m'a envoyée il y a quelques semaines. Sans l'ombre d'un doute, l'homme aux côtés de Reeve sur les deux images est le même : Michelis Vilanakis. Les voir ensemble sur une photo peut être anecdotique et classé comme une coïncidence. Ce sont deux hommes de pouvoir exerçant de hautes fonctions. Rien de révolutionnaire là-dedans. Mais de s'afficher ensemble deux fois, lors d'un événement aussi personnel que l'anniversaire de Reeve, m'oblige à accepter le fait qu'ils se connaissent tous les deux.

Alors au juste, quelles sont les relations de Reeve avec le chef de la mafia grecque ? Ils ont tous les deux une réputation de play-boy, mais Vilanakis a bien vingt ans de plus que Reeve. Leur amitié aurait donc quelque chose d'étrange. Mieux vaut envisager une relation professionnelle. Et si Reeve fait des affaires avec Vilanakis, il participe alors aux activités de la pègre.

Je me laisse tomber sur le bord de mon lit en essayant de comprendre ce que je ressens maintenant que je suis au courant. Je *devrais* avoir peur. Et je devrais faire preuve de plus de prudence. C'est le cas, d'ailleurs.

Mais en fait, pas vraiment. Parce que ça ne change rien, en définitive : Amber est toujours portée disparue. La personnalité de Reeve n'en est pas différente non plus. C'est toujours l'homme que j'ai rencontré, un homme puissant en lien avec la mafia. Ou pas. Un homme qui donne aussi facilement des ordres qu'il sait charmer. Un homme qui a posé ses mains sur mon corps et m'a touchée parce qu'il l'avait décidé. Un homme qui m'a excitée et émoustillée tout en me ridiculisant.

Mais merde, pourquoi me suis-je jetée sur lui comme ça ?

Je roule des épaules pour essayer de détendre les nœuds qui se sont installés au milieu de mes muscles en me lamentant sur ma situation. Rien de ce que j'ai appris aujourd'hui ne pourra rattraper ce que j'aurais découvert si je n'avais pas fait foirer mon plan pour me rapprocher de lui. Je suis tellement dégoûtée que j'en ai le cœur brisé.

Je m'affale sur le lit et finis par me rouler en boule. *Demain.* J'essaye de me remonter le moral, mais je n'arrive pas à retrouver les mots apaisants que j'ai réussi à conjurer hier soir. Au moins, quand le soleil se lèvera à nouveau, je pourrai profiter d'un massage. J'ai quand même quelque chose de bien qui m'attend.

6

C'est le jour de mes dix-sept ans que j'ai partagé un mec pour la première fois avec Amber.

Elle traînait dans le quartier depuis environ six mois et nous étions devenues amies. Nous avions les mêmes goûts en matière de bouffe, de musique, de films, et à la différence de toutes les autres filles qu'on connaissait, on préférait toutes les deux se faire un bon rail de coke que de fumer un joint. Elle disait qu'on avait des goûts de luxe et qu'on était plus du genre champagne que bière.

Même si nous avions le même âge, nos vies étaient jusque-là très différentes. Le jour, j'allais au lycée pour essayer de prétendre que mes notes pouvaient me mener quelque part pendant qu'elle regardait le téléachat sur le câble en mangeant des chips sur le canapé de mon voisin. Amber avait laissé tomber l'école et, puisqu'elle avait aussi fugué de chez elle, personne ne la poussait à aller en cours jusqu'à ce qu'elle obtienne son bac alors que c'est le seul truc que ma mère m'imposait.

À l'époque, je détestais absolument tout. Le bahut. Ma mère. Mon quartier. Mon corps. Tout sauf Amber. Elle était marrante. Insolente. Sexy. Elle était énergique et énergisante. Elle représentait tout ce que je voulais être. Et je comptais pour elle. Elle m'aimait même peut-être un peu. Si j'étais allée chez le psy à l'époque, j'aurais peut-être compris que c'était probablement pour ça que je la collais tout le temps – parce que je la voyais un peu comme la figure maternelle que je n'ai jamais connue. Je sais que c'était complètement déconnant. Mais qui peut dire pourquoi deux personnes se lient instantanément ? Tout ce que je sais, c'est que j'étais chiante et insipide et qu'elle m'a sortie de là.

Elle possédait aussi des tas de trucs dont je rêvais. Des trucs qu'on se procure avec de l'argent. Ses vêtements étaient de marques luxueuses, sa manucure toujours impeccable. Un jour, elle a même baissé sa culotte pour me montrer le résultat de son épilation à la cire façon ticket de métro. Chaque fois que je lui demandais où elle trouvait l'argent, elle me répondait simplement que « son oncle » s'en occupait. Même quand nous nous sommes rapprochées, elle ne m'a rien dit de plus sur ce mystérieux membre de sa famille.

Deux jours avant mon anniversaire, elle m'avait annoncé :

« J'ai une surprise pour toi. Prépare-toi à passer le week-end avec moi. »

Alors ce vendredi-là, j'ai séché les derniers cours de la journée pour la retrouver à la gare routière où elle a acheté deux billets pour Santa Monica. Même si je n'ai pas réussi à lui faire avouer le moindre indice sur ce qu'on allait faire, ni où on allait exactement, j'ai passé les deux heures de trajet à être excitée comme une puce. Quoi qu'elle ait pu avoir en tête, je savais, sans l'ombre d'un doute, que ce voyage marquerait le début de la prochaine phase de ma vie. J'étais prête. Tellement prête.

Une fois arrivée devant la gare routière, Amber a taxé une clope à un mec qui faisait de la musique dans la rue alors que je regardais partout autour de moi. J'enregistrais mentalement ce paysage inédit. Une décapotable rouge garée tout près a attiré mon attention, enfin, plus spécifiquement, l'homme qui s'y était adossé. Il était plus âgé que nous, genre aussi vieux que ma mère, mais séduisant. Pas parce qu'il était beau mec – même s'il avait encore une silhouette ferme et athlétique –, mais à cause de ce qu'il dégageait. Du charisme. De l'assurance. Une aura de mec friqué. Il a attiré mon attention et, en bonne adolescente impatiente, pleine d'hormones et de désirs, je me suis mise à me poser des tonnes de questions. Qu'est-ce que ça ferait d'embrasser un homme comme lui ? Qu'est-ce que je sentirais, allongée sous ce type ? J'avais déjà couché avec plein de garçons. Des mecs du lycée. Je n'avais encore jamais rencontré de gars qui savait ce qu'il faisait et même alors que je ne l'aurais jamais admis à voix haute, j'en crevais d'envie. J'y pensais tout le temps.

Amber a suivi la direction de mon regard et a immédiatement laissé tomber sa cigarette en se mettant à couiner :

« Il est là, Em ! Viens, on y va.

– C'est qui *il* ?

– Mon oncle ! »

À peine ai-je eu le temps de poser ma question qu'elle me tirait déjà vers l'homme que j'observais. Elle a alors balancé son sac sur la banquette arrière de la voiture et s'est jetée dans ses bras en encerclant sa taille de ses jambes. Puis elle s'est mise à l'embrasser et à le tripoter comme je l'ai fait à plus d'une occasion avec des gars du lycée derrière le gymnase. Jamais en public au milieu de la rue. Jamais avec un homme qui a besoin de se raser tous les jours.

Une fois leur petite démonstration terminée, Amber est retombée sur ses pieds et a fait les présentations :

« Rob, je te présente Emily. Em, voici Rob. »

Il m'a peut-être dit un truc. Je ne sais plus trop, car j'étais trop occupée à la dévisager, la bouche grande ouverte.

« Oh, Emily, Rob n'est pas vraiment mon oncle. Allez, monte », a-t-elle ajouté en s'installant sur le siège passager.

Elle s'était trompée sur les raisons de mon étonnement. Je lui ai fait un grand sourire, c'était loin d'être le premier ou le dernier ce jour-là, et je suis montée à l'arrière de la voiture.

Si Amber n'avait pas déjà été la fille la plus cool que j'avais rencontrée à l'époque, elle le serait devenue à cet instant.

Rob nous a conduites dans un restaurant chic pour nous faire manger des trucs de luxe et a même réussi à nous faire servir un champagne hors de prix. Si ses mains ne quittaient jamais vraiment le corps d'Amber, il ne m'a pas écartée de la conversation. Il me demandait ce que je pensais des huîtres, si je savais qu'elles étaient aphrodisiaques, ou même si je connaissais ce mot. Il était très gentil. Intéressant et intelligent. Sexy. Sa façon de toucher ma copine, sa façon de regarder mon tee-shirt extra-large et mon jean baggy, comme s'il savait ce qu'ils cachaient. Comme s'il était quand même intéressé.

Aux toilettes, Amber a préparé un rail de coke sur son miroir de poche. Puis, me montrant un petit sac de poudre blanche, elle m'a dit :

« Joyeux anniversaire de la part de Rob. Il est marié, je ne peux le voir que lorsqu'il arrive à échapper à sa femme pendant le week-end. Alors, c'est ici qu'on se retrouve. Son autre maison est à Riverside. Il t'aime bien, tu sais. »

J'avais envie de lui poser tellement de questions. Comment l'avait-elle rencontré ? Pourquoi ne m'en avait-elle pas parlé ? Est-ce que leur différence d'âge posait problème, juridiquement parlant ? Et elle a vraiment dit qu'il était *marié ?*

Mais elles ont toutes été éclipsées par le compliment d'un homme très séduisant. Je lui ai répondu que moi aussi je l'aimais bien, en me demandant si ce n'était pas bizarre de dire un truc pareil sur le mec de ma meilleure copine. Enfin, si c'est son mec. En fait, le plus bizarre du bizarre, n'était-ce pas son commentaire ?

Puis la cocaïne a commencé à faire effet et je ne me suis plus trop posé de questions.

Ensuite, il nous a ramenées chez lui, dans une magnifique maison de style méditerranéen avec des fenêtres allant du sol au plafond, donnant sur la baie. Rob nous a encouragées à mettre des vêtements plus confortables, alors nous avons filé dans la plus grande chambre à l'étage où Amber a enfilé un caleçon de mec et un débardeur. Moi, je n'avais pris qu'un autre tee-shirt tout con, mais Amber m'a prêté l'un de ses débardeurs et a déniché un boxer dans le tiroir à sous-vêtements de Rob. En l'enfilant, je lui ai demandé :

« Tu es sûre que ça ne l'embêtera pas ?

– Non, a-t-elle répondu en riant. Absolument pas. »

Quand nous fûmes de retour au rez-de-chaussée, Rob nous attendait, la chemise déboutonnée et les pieds nus. Mon regard n'arrêtait pas de descendre sur sa peau dévoilée et sur la ligne de poils qui plongeait sous la ceinture de son jean. Et le sien n'avait de cesse de revenir sur les courbes généreuses de ma poitrine à travers le fin tissu de ce qui me servait de vêtement.

Il nous a resservi du champagne et de la cocaïne. Quand nous nous sommes mises à glousser, la tête légère et complètement étourdies, il a sorti une caméra et nous a demandé de nous rapprocher. Sur le canapé, Amber a avancé vers moi, jusqu'à ce qu'elle soit si près qu'elle a glissé son bras autour de mes épaules. Puis il s'est agenouillé par terre devant nous et nous a encouragées :

« Ouais, comme ça. Vas-y. Vous pouvez vous toucher ? Amber, pose ta main sur les magnifiques seins d'Emily. »

Devant ce compliment, mon corps est entré en réaction. Amber m'avait déjà dit que je devrais plus exhiber ma poitrine. La sienne était plus petite et elle m'avait souvent avoué être jalouse de mon bonnet E. Mais tout ce que mes seins m'inspiraient, c'était de l'embarras et des complexes. Jusqu'à ce moment. Jusqu'à ce qu'un homme tellement inatteignable pour moi me dise qu'ils étaient magnifiques et que ma meilleure amie pose sa main dessus. Sous la caresse d'Amber, mes tétons ont durci.

D'une voix rauque, quasi étranglée, Rob nous a dit :

« Merde, Emily. Tu aimes ça, hein ? Ton corps me dit que tu aimes. Maintenant, embrassez-vous. »

Je n'ai hésité qu'une seconde à peine, mais quand la bouche d'Amber s'est posée sur la mienne, j'étais prête. C'était étrange et différent – plus doux et plus humide que tous mes baisers jusqu'alors. Je n'ai pas été émoustillée par ses lèvres sur les miennes, mais plutôt par l'excitation de Rob, par ses grognements et de le voir se frotter l'entrejambe à travers son jean. C'est là que j'ai goûté pour la première fois le pouvoir que me conférerait la sexualité. Je pouvais mettre un homme dans cet état. Je pouvais faire mettre à genoux un mec puissant et sûr de lui. Là où cette révélation aurait pu me bouleverser dans d'autres circonstances, avoir ma meilleure amie à mes côtés n'a fait que booster ma confiance en moi. Singulièrement, ce moment a été le plus électrisant de toute ma vie.

Amber s'est soudain arrêtée en annonçant qu'elle devait aller faire pipi. Elle a fait un petit signe de la main avant d'aller aux toilettes, mais elle a regardé une dernière fois par-dessus son épaule en nous faisant un clin d'œil avant de disparaître. À moi, ou à Rob ? Je n'en étais pas trop sûre.

Rob a reposé sa caméra et m'a observée, le regard trouble. Puis il a pris la place d'Amber sur le canapé à mes côtés. Sa main a esquissé des cercles sur mon genou et mon cœur s'est mis à battre à vive allure. Puis, alors que ses doigts remontaient le long de ma cuisse, il m'a dit :

« Tu es vraiment canon dans mon boxer. Je te parie que tu l'es aussi quand tu l'enlèves. »

La chair de poule s'est répandue sur toute ma peau et je me suis légèrement raidie. Non pas parce qu'il me faisait peur, pas du tout. Mais ce qu'il me faisait ressentir me foutait la trouille, et puis, c'était le mec d'Amber.

« Tu as déjà couché avec un homme ? »

Sa caresse flirtait avec le bas de mon short – *de son short*.

« Je ne suis plus vierge. »

Ce n'était pas ce qu'il voulait savoir, mais je ne savais pas quoi répondre. Il s'est alors approché et m'a égratigné l'épaule de ses dents.

« Mais as-tu déjà rencontré un homme qui sait quoi faire de sa bite ? Tu as déjà eu des relations avec quelqu'un qui a su te faire jouir ? »

J'ai frissonné. Était-il au courant ? Mon désir de relations sexuelles matures était-il si évident ?

Il s'est penché sur moi pour m'embrasser et je me suis forcée à reculer. Jetant un coup d'œil dans le couloir, j'ai dit :

« Et Amber ?

– Tu sais pourquoi Amber t'a fait venir ici, non ? », a-t-il demandé après une petite pause sans pour autant s'écarter.

Il caressait ma lèvre inférieure de son pouce et son autre main a trouvé l'élastique de ma culotte. Instinctivement, mes hanches se sont précipitées vers lui, le suppliant de me toucher là, de me toucher juste à côté de là où ses doigts se trouvaient déjà.

« Elle t'a fait venir pour moi. »

J'aurais dû être écœurée. J'aurais dû avoir envie de vomir. J'aurais dû être terrifiée. J'aurais dû être en colère contre mon amie de m'avoir fait venir jusqu'ici sous le prétexte de mon anniversaire alors qu'en fait je n'étais qu'un cadeau pour son « oncle » le gros pervers.

Mais non. Je n'ai rien ressenti de tout ça. Tout le contraire, même. Je me suis sentie belle. Désirée. Assez intéressante pour qu'Amber accepte de partager son amant avec moi. J'étais prête à retirer tous mes vêtements et à laisser Rob faire ce qu'il voulait avec mon corps.

Sauf qu'il avait plus à m'offrir :

« Qu'est-ce que tu veux, Emily ? »

Ses doigts ont glissé sous ma culotte et trouvé mon clitoris sous l'amas de boucles humides qui s'y trouvaient. Personne d'autre que moi n'avait mis ses mains dessus jusqu'à présent. Sous la pression de son pouce contre la petite boule de nerfs, mon souffle s'est coupé. J'étais certaine que j'allais exploser.

Et il m'avait posé une question… Comment pouvais-je répondre ? Tout ce que j'ai réussi à sortir, c'était un « s'il vous plaît » étranglé.

Rob s'est mis à déposer une ligne de baisers sur le contour de mon visage en me disant :

« Je te le donnerai. Tout ce que tu veux. Amber aime bien qu'on soit aux petits soins pour elle. Elle aime aller au spa. Au salon de beauté. C'est ce que tu veux aussi ? »

Les caresses sur mon clitoris se sont faites de plus en plus intenses alors qu'un doigt se faufilait à l'entrée de mon intimité et il a continué :

« Ou des vêtements ? Je préférerais te voir porter quelque chose qui t'irait mieux. Qui dévoilerait un peu plus ce magnifique corps. »

Il s'est incliné vers mon torse pour prendre mon téton entre ses dents à travers le débardeur.

« Demain, on ira te chercher une nouvelle garde-robe. Ça t'irait ?

– Oui. »

À ce stade, j'aurais dit oui à n'importe quoi. Oui à ses caresses. Oui à ce qu'il me faisait ressentir.

Rob a pris cette réponse pour un assentiment et dès que ce oui a été prononcé, ses lèvres se sont posées sur les miennes. Sa langue a envahi ma bouche comme ses doigts ont envahi ma chatte. Lorsque j'ai joui, mon orgasme a été rapide, intense et incroyable.

Ce n'était que le début.

Amber a fini par nous rejoindre et nous avons continué à jouer comme ça toute la nuit, tout le week-end, même, nous embrassant, nous caressant, nous faisant jouir à tour de rôle. C'était sexy et coquin comme rien de ce que je m'étais imaginé sur le sexe. Et c'était peut-être mal sur un plan moral. Parce que Rob était marié. Parce qu'Amber et moi n'avions que la moitié de son âge. Parce qu'Amber et moi étions encore *mineures*. Parce que Rob nous a acheté des cadeaux pour qu'on le laisse mettre son sexe dans nos chattes et nos bouches.

Mais pour ma part, c'était la première fois de ma vie que j'avais l'impression de faire quelque chose de bien. Même si je n'allais pouvoir tirer le maximum de ma sexualité tout juste découverte que bien plus tard, je savais déjà que c'était comme ça que je m'en sortirais. Mes notes ne me permettaient pas de m'inscrire à la fac et de faire des études satisfaisantes, et alors ? Qui a besoin d'un diplôme universitaire quand on a un corps comme le mien ? Qui a besoin d'un boulot quand on peut se faire entretenir par un homme ?

Et la cerise sur le gâteau : ma meilleure amie à mes côtés pour traverser tout ça. C'est top, non ?

7

Assise et penchée en avant, je me frotte le front en regardant le formulaire posé sur mes genoux. Je déteste ces trucs. C'est vraiment la partie super chiante de chaque passage au spa. Je me suis souvent demandé si leur but n'était pas de stresser les gens pour que le massage semble encore plus relaxant. Mais peut-être que tout le monde ne les déteste pas autant que moi. Chez le médecin, je suis honnête quand je coche les cases, mais franchement, je ne comprends pas en quoi la moitié des informations récoltées ici sont pertinentes pour se faire étaler de la lotion sur la peau.

La paperasse imposée à tout nouveau client dans le spa de Reeve est tout aussi irritante que les autres. Dire que j'utilise un moyen de contraception ne me dérange pas trop, enfin je crois, mais les autres questions me hérissent. *Avez-vous déjà été enceinte ? Avez-vous consommé de la drogue ? Si oui, lesquelles ?* Alors je fais comme toujours, lorsque je trouve les questions inutiles : je mens.

Je rends le formulaire au masseur qui vient me chercher en lui annonçant :

« J'ai fait de mon mieux.

– J'en suis certain, mademoiselle Wayborn. Je m'appelle Geoffrey et c'est moi qui vais m'occuper de vous aujourd'hui. »

Il s'adresse à moi avec cet accent prétentieux qu'on retrouve dans tous les spas de luxe, une sorte de snobisme obligatoire qui reflète le standing des lieux. Ou l'affirmation d'une homosexualité flamboyante. Dans un cas comme dans l'autre, rien à faire. Geoffrey a l'air d'avoir des mains puissantes et c'est tout ce qui compte. Mon dos est tout noué.

«Vous souhaitez insister sur une zone particulière de votre anatomie, aujourd'hui ?

– Non. Aucune.»

Impossible de me souvenir de la dernière fois où je me suis sentie détendue. Même maintenant, je suis incapable de lâcher prise sur la source de toutes mes tensions. Je lui pose la question pour laquelle je suis venue. La question que je ne devrais probablement pas poser :

«Vous travaillez ici depuis longtemps, Geoffrey ?»

Il me déballe alors son CV, pensant probablement que j'ai des doutes sur ses compétences. Dès que j'apprends qu'il travaille ici depuis quatre ans, je le laisse parler sans plus écouter grand-chose. J'ai l'information qu'il me faut. À la fin de son monologue, je le relance :

« L'été dernier, auriez-vous croisé une cliente appelée Amber Pries ? »

Est-elle venue se faire masser dans cette cabine ? Est-ce que Geoffrey s'est occupé d'elle ? D'ailleurs, il a l'air renfrogné en me répondant :

« Je suis désolé, Mademoiselle. Les privilèges d'une relation client/thérapeute m'empêchent de vous divulguer ce type d'information.

– Bien entendu. Où avais-je la tête ? »

J'aurais probablement dû lui filer un billet de cent dollars. Il est peut-être trop tard. Mais bon, que pourrait-il savoir ? Quand on se fait masser, les conversations sont rares. Si Geoffrey s'est occupé d'Amber, il aura vu son corps, mais que pourrait-il me dire d'utile dessus ?

« S'il n'y a pas d'autres questions… »

Je me tâte pour partir. Ou demander les services de quelqu'un d'autre. Je pourrais aussi mettre le paquet pour tirer quelque chose de lui, genre la clef pour la salle des archives. Mais je suis fatiguée et j'en ai marre de me faire claquer des portes au nez. Honnêtement un massage me ferait le plus grand bien. J'en ai franchement besoin.

« Non. Je suis prête.

– Eh bien. Déshabillez-vous. Gardez sur vous ce qui vous semble confortable. Puis allongez-vous sur le ventre sur la table. Placez votre visage dans le trou et couvrez-vous avec la couverture. Je reviens dans quelques minutes. »

Ayant fréquenté un sacré paquet de spas dans ma vie, je connais la procédure standard. Je me déshabille complètement et m'installe. Puis je ferme les yeux.

Comme toujours, j'ai un moment de calme et de silence, seule avec mes pensées qui se dirigent vers Amber. Où est-elle à présent ? Est-elle dans une situation plus confortable que celle dans laquelle je l'ai laissée, ou pire ? Est-ce qu'elle a fini par me pardonner ? Est-ce qu'elle a compris que j'en avais besoin ?

Geoffrey revient dans la cabine sans prendre la peine de frapper. Il ne prononce pas un mot lorsqu'il se met au travail. Il commence par passer légèrement sa main sur ma colonne vertébrale, de la naissance de mes fesses à ma nuque. J'ai toujours aimé cette entrée en matière, le premier contact. Le « bonjour », en quelque sorte. Celui-ci est plus ferme que ceux que j'ai déjà expérimentés et ose descendre plus bas que d'habitude. Il est assuré et montre qu'il sait ce qu'il fait. Tout ce à quoi je m'attendais dans un spa Sallis. Malgré mes sentiments contrastés de ces derniers jours, cet acte tout simple m'aide à me retrouver et je commence enfin à me détendre.

Geoffrey descend la couverture jusqu'à ma taille et l'air frais me donne la chair de poule. Je me réchauffe vite grâce à la lotion et au passage rythmé de ses mains. Il continue à travailler sur mon dos et mes épaules pendant de longues minutes silencieuses, défaisant les nœuds qui s'y étaient formés. Puis il s'attaque à mes bras. Ensuite à mes jambes. Il apaise les tensions qui s'y étaient formées comme par magie, l'une après l'autre.

Mon esprit se vide et je ne pense plus qu'à la situation présente. *Il est doué. C'est exactement ce dont j'avais besoin.* Et là, je me laisse aller.

Les souvenirs remontent à la surface, comme dans un brouillard, une nuée de rêves. Les mains de mon masseur se fondent avec celles d'autres personnes dans mon passé. Elles deviennent celles d'Amber et de Rob. Puis d'Amber et de Reeve. Et seulement celles de Reeve. La caresse se fait érotique et intense. À travers ce baiser – sans ménagement –, j'ai eu l'impression de revivre une scène que j'avais déjà vécue, sauf qu'elle était différente. Complètement faussée. Parce que j'ai aimé ça alors que je n'aurais pas dû. Parce qu'il est censé être horrible et méchant. Il était censé me blesser. Perdue dans mes sensations, je le repousse et je vois Amber sur le pas de la porte. Et c'est à ce moment que viennent les mots que je connais par cœur, ces mots qui se sont gravés dans ma mémoire :

« *Espèce de salope dégénérée. Tu savais que je l'aimais connasse.*

– *Non. Je ne savais pas. C'est* lui *qui a commencé.* »

J'essaye toujours de lui faire la même réponse, mais quand j'arrive enfin à parler, tout va de travers. Parce que je dis le contraire. En fait, à haute voix, je prononce le mot « *Oui* ».

Reeve rit doucement à travers le brouillard.

« Le rêve est agréable ? »

J'ai dit quelque chose ? *Oui.* Je lui ai dit « *oui* ».

Puis il reprend en me disant :

« Retournez-vous, maintenant. »

Sortant de ma transe, je cligne des yeux. Lève la tête. Et trouve la couverture soulevée au-dessus de mon corps. Je ne vois pas le visage de Reeve. Il veut que je me retourne.

Il la tient pour que je puisse changer de position sans heurter ma pudeur.

Et ce n'est pas Reeve, grosse idiote. C'est Geoffrey.

Je me tortille et mon visage n'est plus orienté vers le sol.

Sauf que lorsque la couverture retombe sur moi, c'est bel et bien le visage que Reeve qui me surplombe. C'est quoi ce délire ? Putain, mais quand est-il entré ?

« Euh, bonjour. »

Je me redresse précipitamment en agrippant la couverture, toujours un peu perdue entre rêve et réalité. Quand Geoffrey est-il parti ? Ai-je dormi plus longtemps que je ne le crois ? Ai-je parlé dans mon sommeil ? La honte. Je m'essuie la bouche en espérant ne pas y trouver de bave.

Le sourire de Reeve est diabolique, comme souvent avec lui – et du coup j'en ai des picotements à l'intérieur des cuisses.

« Bonjour. Vous avez apprécié votre sieste ?

– J'ai apprécié le massage *avant* la sieste. Geoffrey est vraiment très… »

Je m'interromps quand je remarque que Reeve porte un pantalon de costume et une chemise, mais pas de veste. Ses manches sont roulées au-dessus des coudes et il ne porte pas de cravate. Je percute enfin.

« C'était vous depuis le début, c'est ça ?

– Prête pour la suite ?

– Bien sûr. »

Il m'a répondu par une question, je n'ai pas besoin de confirmation. C'était bien lui.

Je suis encore en train de rêver. Pas d'autre explication. Je me rallonge sur la table et ferme les yeux.

La couverture est remontée sur mes cuisses, mes jambes sont exposées. J'entends le bruit de la pompe du flacon de la lotion. Reeve attrape l'un de mes pieds et commence à enduire ma cheville de produit, descendant ensuite sur la voûte plantaire. Seul son pouce est posé sur mon talon, il dessine des mouvements verticaux en appuyant modérément.

Je lutte pour réprimer le gémissement qui menace de s'échapper. C'est bon. Tellement bon. *Trop* bon.

Trop bon pour que ce ne soit qu'un rêve.

Merde, *ce n'est pas* un rêve. J'ouvre soudain les yeux d'un seul coup et je constate qu'il m'observe avec un petit sourire satisfait aux lèvres. Comme s'il attendait que mon regard croise le sien. Ou comme s'il observait les émotions qui s'affichent sur mon visage.

Je me redresse en m'accoudant à la table. C'est *vraiment* Reeve. Il est *vraiment* là.

« Désolée, je planais complètement.

– Je n'avais pas remarqué. »

Son visage est sombre et je n'arrive pas à savoir s'il se moque de moi ou pas. En fait, le pire, c'est que je ne comprends pas ce qu'il fait là. Reeve n'est pas du genre à agir sans raison. Sa démarche est-elle amicale ? Est-ce sa façon de me montrer que c'est lui qui fait le premier pas ? Il a bien insisté pour me faire remarquer qu'il préférait être celui qui décide.

J'espère que c'est ça. Parce que ça voudrait dire qu'après tout je n'ai pas complètement merdé. Ce qui impliquerait que le plan A est toujours d'actualité. Et que donc il pourrait y avoir une suite à ce que Reeve et moi avons commencé et qu'elle pourrait devenir très importante pour moi.

Mais quand je pense à la conclusion de notre rendez-vous l'autre soir, je suis presque certaine que le côté surprise amicale est purement illusoire. Et il y a une certaine froideur dans le ton de sa voix. Quelque chose de menaçant. Ou est-ce le fruit de mon imagination alimentée par les bribes de mon rêve ?

« Vous réfléchissez trop, m'admoneste Reeve comme s'il pouvait lire dans mes pensées. Allongez-vous et laissez-vous aller. »

Son regard quitte le mien pour se concentrer sur ses mains. Il remonte le long de mon mollet, s'affairant à faire partir les nœuds qui s'y sont installés. Ses caresses sont si particulières, très concentrées. Une réponse parfaite à mes besoins.

Résignée, je reprends ma position allongée. Mais impossible de laisser mon esprit voguer librement. Plus maintenant. Il y a trop de tensions entre Reeve et moi et alors que ses mains me transforment en amas léthargique, le trouble électrique entre nous monte encore d'un cran. Maintenant que je sais que ce n'est pas Geoffrey qui est penché sur moi, l'expérience est très différente. Le massage n'est plus seulement agréable, il est aussi sensuel. À présent, la fermeté des mains de Reeve sur mon corps ne reflète plus simplement une bonne maîtrise de la technique, c'est aussi un geste intime. J'ai l'impression que ma couverture ne cache plus grand-chose. Et surtout, je ne suis plus détendue, je suis excitée.

D'autant que j'ai l'impression que ses mains montent plus haut. Toujours plus haut. Quand il plie mon genou. Quand les muscles autour de mes hanches sont en mouvement. Quand ses doigts sinuent le long de mes cuisses, encore plus haut, et encore un peu plus, puis ils effleurent les lèvres de mon sexe.

Le sang boue dans mes veines. Un désir. Une envie. Un besoin. Je dois faire appel à toutes les forces qui me restent pour ne pas gigoter ou me tortiller. Tout pour ne pas avoir à le supplier de… quoi ? M'en donner plus. Je ne peux rien penser d'autre. J'en veux plus, c'est tout.

Pour rester concentrée, je fais exprès de l'observer alors qu'il est en pleine invasion de mon intimité. Il semble absorbé. Il se contrôle. Comme un professionnel, alors que ce n'est même pas son boulot. Il est maître de lui. Toujours aux commandes.

Mais c'est son intensité silencieuse qui le trahit. Je vois ce que l'effort lui coûte. Le désir masque les traits de son visage. Je vois son regard se perdre sur ma peau. J'arrête de me demander ce qu'il y a entre nous et me projette dans ce que nous pourrions être.

Il tire sur la couverture, je suis pleine d'espoir. Mais il se contente de couvrir ma jambe et recommence l'opération sur l'autre. Sauf que cette fois-ci, il m'adresse la parole :

« J'espère que vous êtes bien détendue, Emily. Parce qu'il faut qu'on parle. »

D'un seul coup, une vague d'appréhension se déverse dans mes entrailles. Une conversation est loin d'être ce que j'avais envisagé pour la suite des événements. Quoi qu'il ait à me dire, je suis incapable de l'écouter. Je suis bien trop troublée.

Mais sans qu'il ait à ouvrir la bouche, je sais que c'est ce qu'il avait en tête. Il me touche – comme il l'entend. Et j'écoute, que je le veuille ou non.

Alors je me redresse une fois de plus sur mes coudes et lui accorde toute l'attention dont je dispose. Son pouce reprend son merveilleux parcours sous mon pied lorsqu'il me dit :

« Quand les gens pensent que vous avez réussi à vous tirer d'un meurtre, leur réaction est très intéressante. »

Mon ventre se noue. Aucune conversation débutant par un assassinat ne peut bien se finir. Remontant sur mon tibia, il poursuit :

« La plupart d'entre eux ont peur de vous. Ils se retirent d'un partenariat. Ils cessent de venir à vos événements. Ils refusent catégoriquement d'être vus en votre compagnie. Quand on perd ces relations-là, rien de bien terrible. Il ne sert à rien d'avoir des pleutres à ses côtés. Bon débarras.

– Je ne suis pas lâche. »

Je lui ai répondu sur la défensive, mais je ne sais pas trop pourquoi je me suis sentie visée. Ni pourquoi je suis stressée à l'idée qu'il se réjouisse d'être débarrassé de moi, alors que je devrais plutôt espérer le contraire.

Il lève son visage vers le mien, l'air clairement amusé, et répond :

« Non, vous n'êtes pas lâche. Vous n'avez pas peur. Ou plutôt, vous n'avez pas assez peur. »

Je réprime à peine le frisson qui menace de me faire trembler de la tête au pied. Sa déclaration ressemble à une menace, et là encore, j'ai envie de me défendre. De lui dire que je suis bien assez effrayée comme ça. Mais où veut-il en venir, bon Dieu ? Quand je songe à mon état d'excitation malgré tout ce que j'ai appris sur lui, malgré le ton de sa voix d'assez mauvais augure, eh bien, il pourrait bien avoir raison. Je devrais vraiment avoir plus peur que ça.

Son amusement se transforme en quelque chose qui ressemblerait plus à de l'admiration. Puis il se concentre à nouveau sur ma jambe et, comme il a baissé son visage, je ne suis plus en mesure de décrypter ses expressions. Mais lorsqu'il repousse ma cheville en arrière pour me faire plier le genou, son toucher change d'intention. Il parcourt l'intérieur de ma cuisse d'un seul doigt. Doucement. Légèrement. Et juste quand il arrive à l'endroit où j'aimerais qu'il aille, il s'arrête immédiatement. Une seconde passe. Puis deux.

Et il reprend ses mouvements fermes plus bas, là où il les avait laissés. Il a repris contrôle sur lui. Pour le moment. Il reprend son discours sur un ton glacial :

« Puis il y a les autres gens. Ceux qui vous respectent. Ils ne sont pas nécessairement vos amis, parce qu'ils vous craignent aussi – probablement plus que ceux qui gardent leurs distances. Ils continuent à vous soutenir financièrement. Ils vous invitent à leurs fêtes. Au mariage de leurs enfants. Ils cherchent votre compagnie. Parce qu'ils se disent que s'ils arrêtent... vous voyez. »

Mon cœur bat à tout rompre. Soudain, je ressens une certaine vulnérabilité qui n'a rien à voir avec ma nudité ni avec la fragilité de mon gabarit par rapport au sien.

Comme pour me prouver quelque chose, la pression des mains de Reeve sur mon corps augmente, ses doigts creusent ma chair avec un mordant à la fois délicieux et douloureux.

« En fin de compte, c'est une forme de pouvoir très intense. Un peu comme disposer d'une fortune. Je suis certain que vous voyez un peu de quoi je veux parler avec votre récent succès télévisé. Imaginez cette sensation multipliée par un milliard. »

Ma réponse se limite à un «Mmmhmm» qui est plus une réaction involontaire au travail de ses mains qu'autre chose. Là encore, il atteint le haut de ma cuisse. Là encore, le bout de ses doigts flirte avec mes chairs intimes.

Bon Dieu de merde, je mouille. Et je tremble. Cette fois-ci, laissera-t-il ses doigts s'échapper? *Entrer en moi?*

Non, ses mains quittent mon corps. Il m'incite à baisser la jambe que j'avais relevée et me cloue à la table de son regard.

«Ça ressemble également au pouvoir d'une personne très séduisante. Un autre privilège que vous comprenez.»

Il détaille mon corps des pieds à la tête, et pourtant, la couverture nous sépare toujours. Il pousse un soupir et reprend:

«J'imagine que vous saisissez effectivement très bien ce que c'est.»

C'est une accusation. Ses dents serrées et le poids de son regard me le confirment. Quels que soient les espoirs que j'avais, il est dorénavant évident que ses intentions sont loin d'être amicales. Ça ressemble plus à une expédition punitive. Je ne sais pas encore trop pourquoi. Pour être allée dans sa piscine. Pour m'être servi de ma beauté pour attirer son attention. Pour m'être jetée sur lui sans sa permission. Je pensais que son humiliante fouille au corps avait été ma punition. Je me suis peut-être plantée.

Mon regard tombe sur son entrejambe et me donne une légère satisfaction. À l'évidence, il bande. Il me punit peut-être, mais il s'inflige le même traitement.

Reeve se tourne vers la porte et j'ai peur qu'il ne s'en aille. Mais non, il attrape un tabouret dans un coin et revient vers moi pour s'installer à hauteur de ma tête. Je garde les paupières baissées. Elles ne sont pas fermées, mais mi-closes, car si je regarde ailleurs que le bout de mes pieds, je peux le voir – oui, il est *aussi près que ça* –, et c'est intimidant. Pourquoi s'est-il assis, d'abord? Pourquoi renoncer à la possibilité de me toiser? Toutefois, debout, il a l'air moins menaçant. J'ai l'impression d'être encore plus vulnérable dans cette position.

Tous mes sens sont décuplés et j'essaye de ne pas paniquer. J'ai un goût de fer dans la bouche, un peu comme si je m'étais mordu la langue. C'est peut-être le cas. Le tabouret craque. Il a bougé. Pourquoi ? La pompe du flacon de lotion est actionnée. Puis ses mains reviennent sur moi. Elles massent mes épaules en formant de petits cercles du bout des doigts. Comme auparavant, la pression est ferme et parfaitement adaptée à ce dont j'ai besoin, il dénoue mes muscles avec précision.

Je ferme les yeux. Il reprend la parole après de longues minutes de silence, d'une voix basse et apaisante :

« Il y a encore un autre groupe. Il ne compte pas beaucoup de membres, c'est celui des gens qui semblent… Comment le dire ? *Attirés*, c'est ça. Ces personnes se sentent attirées par l'idée du danger. Le mystère qui l'entoure. L'intrigue. À leurs yeux, c'est quelque chose de glamour. J'en ai souvent croisé. »

Ses mains descendent sur les muscles juste au-dessus de ma poitrine quand il poursuit :

« Elles veulent devenir votre ami. Elles veulent coucher avec vous. Elles veulent se faire baiser par vous. »

J'ouvre grand les yeux et incline la tête en arrière pour mieux le voir. J'ai envie de lui demander s'il croit que j'en fais partie. S'il croit que je suis attirée par lui parce que je le pense dangereux.

Mais je me tais. Parce qu'il a peut-être un peu raison.

Même si je le regarde, ses yeux restent fixés sur ses mains qui se promènent le long de mon sternum pour rejoindre le petit creux à la base de la gorge. Elles s'y attardent et je me demande s'il sent la rapidité des battements de mon cœur.

Lorsque ses doigts reprennent leur périple, ils se séparent pour glisser sur mon cou. Chacun de mes nerfs convulse sous l'effet de la terreur.

« Emily, je vous assure que tout ça est loin d'être aussi romantique que vous le pensez. »

Le ton de sa voix est si bas et mon sang bat si fort dans mes tempes que j'ai du mal à l'entendre.

« C'est une façade. C'est le pouvoir qui vous attire. La violence. Et non pas l'acte de tuer. »

Ses mains effleurent légèrement la peau de mon cou. Elles me chatouillent.

Pourtant, je sais très bien… Bon Dieu, il pourrait m'anéantir. Il pourrait les serrer et tout serait terminé.

« En réalité, Emily, un meurtre est chaotique et définitif. Et c'est douloureux. »

Mes dents sont serrées. Tous les muscles de mon corps sont raidis. Je n'étais pas préparée à ça. J'ai enfin peur.

Brusquement, ses mains retombent sur mes épaules et je laisse échapper un gros soupir de soulagement.

Puis il reprend son massage. Ses mouvements sont si puissants que des larmes me viennent aux yeux. Même si c'est douloureux, je préfère cette partie aux caresses précédentes autour de mon cou.

« Vous avez posé des questions sur moi, Emily. »

L'air quitte à nouveau mes poumons. Voilà mon crime. J'ai merdé pour la deuxième fois. Vraiment merdé. Comment ai-je pu croire que toutes mes questions passeraient inaperçues ? J'ai vraiment cru que Reeve ne verrait *rien ?*

« Je ne suis pas content. »

Impossible de m'en empêcher, je gémis.

« Oh, Emily. Chut. »

Il passe sa main sur mes cheveux, comme pour me caresser. Ce geste a peut-être vocation à me calmer, mais je comprends qu'il est aussi terrifiant qu'il a l'intention de l'être. Il poursuit son discours :

« Je comprends, ma jolie. Je ne peux pas vous en vouloir. Vous voulez savoir ce qui est arrivé aux femmes que j'ai fréquentées. C'est intelligent. Vous voulez savoir si vous pouvez prendre leur place. Vous voulez savoir si vous êtes au même niveau. Vous voulez savoir pourquoi elles ne sont plus avec moi. Vous voulez savoir si je suis aussi dangereux que ce que les gens disent. C'est ça ? »

Je réponds d'un hochement de tête, la gorge trop serrée pour pouvoir parler.

« J'ai besoin de l'entendre, Emily. C'est bien ce que vous vouliez savoir, n'est-ce pas ? »

Mon « oui » sort un peu comme un nouveau gémissement, mais il l'accepte.

« Très bien. »

Il dessine les traits de mon visage du bout des doigts, allant de mon menton à mon front, s'arrêtant au niveau des tempes pour les masser.

« Le problème avec les hommes qui sont effectivement de véritables menaces, Emily, c'est qu'on ne se rend compte du danger que lorsqu'il est trop tard. »

Je suis parcourue d'un frisson. Mais même si ma respiration est entrecoupée de sanglots et que mes lèvres tremblent, je suis toujours aussi excitée et c'est indéniable.

Je le hais. C'est décidé. Je le hais et il me hait.

Ses mains retombent sur ses cuisses en faisant un gros bruit juste avant qu'il ne reprenne :

« Vous savez quoi ? Puisque vous êtes aussi curieuse, je vais vous avouer quelque chose : Toutes mes relations se sont terminées pour une bonne raison. Vous n'avez pas besoin d'en savoir plus. »

S'il a l'intention de m'éliminer, il ne dirait pas ça. Il me raconterait tout. Non ?

Je ne parierais pas là-dessus, mais je m'accroche à cette idée.

Il incline son visage vers le mien. L'arête de son nez repose contre ma joue. Une larme s'échappe pour courir le long de mon visage alors qu'il murmure à mon oreille :

« Quant à savoir si vous êtes à la hauteur, Emily : oui. Vous êtes l'une des rares femmes que je peux effectivement trouver à la hauteur. »

Il mordille le lobe de mon oreille, provoquant un frisson de peur et d'excitation qui vient se fracasser sur mes nerfs déjà soumis à rude épreuve.

Et soudain, il se redresse et sourit. Cet enfoiré de merde a le culot de me faire son sourire diabolique.

« Sympa cette conversation, Emily. Ça c'est bien passé, non ? »

Heureusement qu'il n'insiste pas pour que je réponde, car je le refuse. Je suis trop effrayée. Trop en colère. Il n'a jamais eu l'intention de me faire mal, seulement de m'intimider. Et il a pris son pied. Ce qui fait de lui un connard de première.

Il va pour partir et je reste aussi immobile que possible. J'attends le bruit de la porte qui se ferme pour me lever, m'habiller et me tirer d'ici le plus vite possible.

Mais au lieu de partir, il reprend la parole :

« Oh et je pense que vous avez pris la bonne décision hier soir en décidant de ne pas retrouver mon ancien préposé aux serviettes. Comme vous l'avez constaté, ce n'est qu'un gamin. Ce que vous cherchez ne peut être fait que par un homme. »

C'est bon. Je suis furieuse. Il s'est foutu de ma gueule. Il m'a terrifiée. Il m'a humiliée et réprimandée, et maintenant il veut me faire croire qu'il est le seul à pouvoir me donner ce dont j'ai besoin, et pourtant, il a bien fait exprès de me montrer qu'il est hors de ma portée. Sa faiblesse, c'est moi. Il me veut tout autant qu'il me déteste et peut-être même que je le déteste.

Alors je me redresse et me tourne vers lui en faisant exprès de laisser tomber la couverture et lui dis :

« On dirait que vous êtes jaloux, Reeve. »

Il se retourne vers moi et son regard s'illumine en voyant mon corps dénudé. Il a l'air d'être en proie à un sentiment d'excitation primitif, ce qui provoque un regain d'ardeur dans ma poitrine, et mes tétons se mettent à pointer de plus belle. Il pose sa main sur la grosse bosse derrière sa braguette et entreprend de se caresser quand il me répond d'une voix tendue :

«Je suis peut-être jaloux. Mais d'expérience, je sais qu'il ne faut pas laisser ce sentiment dicter mes actes.»

La main toujours pressée contre son membre, il me dit une dernière phrase :

« Quittez mon hôtel, mademoiselle Wayborn.»

Et là, il s'en va.

Je laisse échapper un grognement exaspéré.

Je m'habille aussi rapidement que possible et je me dépêche de retourner dans ma chambre où je plie bagage à toute vitesse. Moins d'une heure après ce massage, j'ai déposé mes clefs à la réception, payé ma note et je retourne chez moi. Terminé. J'en ai fini avec lui. Tout ça n'était qu'une très mauvaise idée. Ce mec est taré. Un putain de manipulateur de merde.

Sur les deux heures de route qui me séparent d'Hollywood, et au cours des jours qui suivent, les mots de Reeve me suivent partout, ils me hantent presque aussi efficacement qu'Amber. Oui, c'était un avertissement. Il m'a prouvé qu'il était une menace. Il s'est assuré que je sache qui il est et ce qu'il est capable de faire. Et ça a fonctionné, je suis plus que convaincue.

Mais je suis incapable d'oublier cette lueur dans son regard – cet éclat qui me dit qu'il veut me dévorer. Cette étincelle qui me fait savoir qu'il ne se contrôle qu'à peine. Cette incandescence qui transparaît lorsqu'il se caresse à travers son pantalon.

Il m'a menacée, mais cet éclair me fait regretter de ne pas l'avoir mis au pied du mur.

8

Dans les coulisses, l'assistante de production m'adresse un grand sourire lorsqu'elle me repère. Habillée de noir de la tête aux pieds, elle fait un peu tâche en jean et tee-shirt à manches longues alors qu'autour d'elles toutes les stars sont en tenue de soirée. Se penchant en avant, elle couvre le micro de son casque et me murmure :

« Mademoiselle Wayborn, vous passez dans dix minutes. »

Avec tous ces applaudissements, j'ai du mal à l'entendre, mais il est facile de lire sur ses lèvres. Pour lever tout malentendu, elle lève ses dix doigts en l'air.

Je la remercie à mi-voix en accompagnant mes mots d'un signe de tête et me tourne vers un miroir pour vérifier mon rouge à lèvres tout en faisant mon possible pour m'empêcher de vomir. Les performances en public me fichent une trouille bleue. Je préfère nettement avoir affaire à la caméra : un clap au début, un autre à la fin, et la possibilité de recommencer la prise.

Pour la quinzième fois en un quart d'heure, je regrette d'avoir accepté de présenter une remise de prix. Mon agent pensait que ce serait bien pour moi de me montrer un peu, tout comme le chargé des relations publiques de la série. Mais bon, la seule raison pour laquelle j'ai été sollicitée, c'est parce que Ty Macy qui joue avec moi dans *NextGen* a été nominé pour le prix du Meilleur Acteur dans une comédie et ce cher Ty a décidé que la cérémonie des SAG Awards était une perte de temps, même s'il avait de bonnes chances de remporter le prix. Alors ils m'ont demandé de participer au show, comme ça, s'il gagne, je peux récupérer la récompense à sa place directement depuis la scène. Cela m'évite d'avoir à me lever de mon fauteuil au fin fond du public et de gaspiller de précieuses minutes pour aller le chercher sur scène.

Moins de temps, c'est moins d'argent à dépenser sur le budget. À Hollywood, ce qui compte le plus, c'est d'en garder le maximum dans la poche des producteurs. Tout n'est qu'économie. À moi la gloire et les paillettes.

Je suis aussi de mauvaise humeur. Et stressée. Alors que je m'attendais à reprendre facilement le rythme des tournages, cela fait deux semaines et ce n'est toujours pas le cas. C'est Amber – elle est toujours portée disparue, et elle occupe toutes mes pensées. Je refuse d'attribuer mon manque de concentration à Reeve Sallis. Le fait que j'aie compté les jours depuis que j'ai quitté son hôtel – il s'en est très exactement écoulé dix-neuf – ne veut rien dire du tout. C'est simplement le décompte depuis ma décision d'abandonner mon plan A pour retrouver Amber. C'est seulement pour cette raison que je les dénombre.

Bien entendu, je n'ai pas encore trouvé de plan B. Ce qui peut aussi expliquer mon humeur désastreuse en continu depuis ce jour-là.

Tu te fais des rides sur le front quand tu es sur les nerfs. Amber m'avait fait cette réflexion quand nous étions amies et je ne manque pas de voir ma peau se plisser, maintenant. Prenant une grande inspiration, je redresse le dos, je rejette mes épaules en arrière et force mon visage à se détendre. J'en profite pour appliquer une autre couche de gloss sur mes lèvres avant de remettre le tube dans la poche de ma robe de gala – qui est quand même ce qu'il y a de mieux dans cette soirée. Quand j'ai dû choisir ma tenue, ma seule exigence a été d'avoir des poches. Je déteste être enchaînée à une pochette ou un sac à main.

En mettant la main dedans, je sens mon téléphone vibrer. Je n'ai pas l'intention de répondre, juste de voir qui m'appelle. Mais c'est Joe. Je décroche alors immédiatement, et sans préambule il me dit :

« Elle a été repérée. »

Il me faut quelques secondes pour comprendre la portée de ses mots et, totalement excitée, j'en oublie de parler à mi-voix :

« Vous avez trouvé Amber ? »

L'assistante de production m'assassine du regard et pose son index contre ses lèvres pour m'intimer l'ordre de me taire. Je lui adresse mes excuses silencieuses du bout des lèvres et branche l'oreillette pour mieux entendre ce que Joe a à me dire malgré le brouhaha sur scène et dans le public.

« Non, je ne l'ai pas trouvée. Mais elle a été vue. Sallis est hors de cause. »

Je sens comme des picotements dans la nuque, mais je ne veux pas me laisser submerger par l'espoir tant que je n'en sais pas plus. Je m'éloigne de la scène, m'enfonçant dans les coulisses pour ne déranger personne, et je reprends la conversation :

« Comment ça ? Qui l'a repérée ?

– Je ne sais pas. On m'a envoyé une photo par SMS. Elle était dans un casino dans le Colorado et elle a l'air en forme. La photo est datée, et derrière elle, on voit un panneau qui fait de la pub pour le festival des machines à sous d'Halloween. Je te l'enverrai dès qu'on aura raccroché.

– Halloween. »

Je me repasse les dates dans la tête. Nous avions estimé qu'Amber avait disparu quelque part entre août et septembre, lorsqu'il a été vu au bras d'une autre femme.

« Est-ce que vous croyez qu'il aurait pu se remettre avec Amber en octobre ? Est-ce qu'on aurait commis une erreur dans notre reconstitution chronologique ?

– Je ne pense pas.»

La réponse de Joe est rapide et efficace. J'en déduis qu'il a déjà réfléchi à toutes les implications possibles avant de m'appeler. Puis il continue :

« Et Amber est avec un autre mec sur la photo.

– Quel mec ? »

J'entends des applaudissements derrière moi. Je jette un coup d'œil pour voir si c'est à mon tour d'entrer en scène et je constate avec soulagement que j'ai encore un peu de temps.

«Je ne sais pas qui s'est. On ne voit pas son visage. Mais ce n'est pas Reeve. Il n'était pas dans le Colorado à Halloween. Il a participé à une soirée de charité de la Toussaint à Hawaii, le tout sponsorisé par le Four Season.

– Et vous êtes certain que l'image n'a pas été photoshopée pour nous faire croire qu'elle a été prise à une autre date ?

– Je vais t'envoyer la photo. Tu verras.»

Une fois de plus, il a l'air sûr de lui en me répondant.

Il y a encore bien des choses à dire, des excuses à trouver avant de prouver que Reeve ne peut être totalement innocent de la disparition d'Amber. Mais franchement, pourquoi cette idée me tient-elle tellement à cœur ? Parce qu'il m'a menacée ? Parce que leur relation était houleuse ? Parce que je n'arrive pas à m'arrêter de penser à lui, même si je n'ai que cette affaire en tête.

Ce n'est pas lui. C'est une bonne chose.

« Eh bien d'accord, alors. J'imagine qu'on peut laisser tomber l'enquête sur Reeve.

– J'ai déjà mis en place toutes les ressources nécessaires pour fouiller un peu plus. Je garderai un œil sur lui au cas où quelque chose d'autre arrive, mais c'est un assez bon signe. Et maintenant, tu n'as plus besoin de jouer les détectives amateurs et tu peux laisser tomber ton plan complètement dingue, enfin quel que soit le truc que tu faisais toute seule de ton côté.

– Qu'est-ce que vous… ? »

Sauf que dès que je pense à ses mots, je vois exactement de quoi il veut parler. Bien qu'il ne me voie pas, mes joues prennent une teinte bien rouge.

« Comment avez-vous… ?

– C'est mon boulot, Em, m'interrompt Joe. J'ai un indic qui le suit. Comment as-tu pu croire que je ne verrais rien ? »

Il n'attend pas ma réponse, ce qui tombe bien car je n'en ai aucune, et il poursuit :

« Et ce n'est pas mon boulot, mais j'ai envie de te dire que ce que tu as fait était complètement con. Non seulement tu t'es immiscée dans le cercle d'un homme probablement dangereux, mais en plus, tu n'as prévenu personne de ce que tu allais faire. Que se serait-il passé si Sallis avait découvert pourquoi tu étais dans son hôtel ? »

Je ne suis pas tout à fait sûre que Reeve n'ait rien découvert sur les raisons de mon séjour. Mais la question de Joe m'indique qu'au moins il n'est pas au courant de l'intégralité de ce qu'il s'est passé lors de mon voyage. Je prends garde à mes mots en formulant ma réponse pour ne rien lui avouer de plus :

« Il m'aurait fait dégager.

– Ou pire. Et qui aurait pu savoir que tu avais disparu, toi aussi ? »

L'idée m'a traversé l'esprit plus d'une fois.

« Eh bien vous, Joe. Mais j'entends ce que vous me dites. Je suis désolée d'être allée dans cet hôtel. C'était une erreur d'appréciation. Je ne recommencerai pas.

– Très bien. Parce que tu ne peux pas compter sur moi pour te sortir de la merde si tu plonges dedans. Je pourrais arriver trop tard. Surtout si tu ne me dis pas ce que tu mijotes. Et même si tu l'avais fait, je ne suis pas de taille face à un type pareil. »

Au nombre de mots qu'il emploie pour me gronder, j'entends toute sa frustration, même si le ton de sa voix reste neutre.

Je culpabilise. Pas assez pour m'empêcher de recommencer ce type de folie, mais il n'a pas à s'inquiéter. Reeve y a mis un terme lui-même.

Un autre tonnerre d'applaudissements retentit et je me tourne pour voir l'assistant de production me faire de grands gestes. Il y a une coupure publicitaire avant ma présentation, alors je sais qu'il me reste une minute ou deux.

«Joe, je dois y aller. Mais j'ai compris. Et merci.»

Juste au moment où j'allais lui dire au revoir, une idée me traverse l'esprit:

«Attendez – vous m'avez dit qui a envoyé la photo?

– Non. Envoi anonyme. J'ai quelques gars sur le terrain. Ça vient probablement de l'un d'entre eux.

– Ah. Ok.»

Si l'anonymat ne le gêne pas, moi si. L'assistante me fait de grands signes, maintenant.

«Je dois y aller, Joe. Encore merci.»

Je mets un terme à la conversation et prends place derrière le rideau. L'assistante est visiblement soulagée de me voir lâcher mon téléphone.

«Il vous reste une minute, Mademoiselle Wayborn. Je ferai le décompte des dix dernières secondes.»

Ce n'est qu'un instant plus tard que je sens une vibration dans ma poche. Sachant qu'il s'agit de la photo de Joe, je le sors et ouvre immédiatement le message en me tournant afin que l'assistante ne me voie pas encore plongée dans mon téléphone.

Comme toujours quand je vois une photo d'Amber, mon cœur manque un battement. C'est bien elle sur cette image et Joe a raison – elle a l'air en forme. On ne la voit que des hanches à la tête, mais son sourire en coin est bel et bien là, clair et assuré.

Je reconnais très bien cette expression sur son visage. C'est la même qu'elle a affichée lorsqu'elle a revu Rob après leur séparation, quand il nous a larguées et que nous

nous sommes trouvé un autre mec, plus riche et plus viril. Ou quand la femme d'un homme d'affaires de New York nous a surprises toutes les deux dans le lit de son mari. Ou quand elle m'a vue dans un lit d'hôpital, en plein état de choc et couverte de sang. C'est son sourire de la victoire. Comme si elle avait gagné un jackpot de dix mille dollars qu'on verrait affiché au-dessus de sa tête sur la photo – ce qui lui ferait certes plaisir mais serait loin de l'impressionner. Cette somme ne représente probablement que de la menue monnaie aux yeux de l'homme à ses côtés, avec son bras passé autour de la taille d'Amber. Même si la photo est tronquée, on voit distinctement son costume et que sa main est posée sur sa hanche dans un geste qui dénote l'intimité de leur relation. Le fait que son visage soit dissimulé est en quelque sorte représentatif: son identité importe peu, de toute façon. Tant que sa carte de crédit fonctionne, son nom, ses traits, sa personnalité, même, n'ont aucune importance.

La voir aussi contente d'elle me laisse un goût amer dans la bouche. Je suis plutôt douée pour ignorer les souvenirs qui remontent à la surface, mais maintenant, je me sens stupide de m'être autant inquiétée pour elle et pendant aussi longtemps. À l'évidence, elle va bien. Comme toujours. Elle n'a pas besoin de mon aide. Elle n'en a jamais eu besoin.

Mon pouce effleure l'écran pour répondre à son message. Je pourrais dire à Joe de laisser tomber l'enquête, pour m'épargner des dépenses inutiles et beaucoup de frustration.

Mais je repense à son message sur le répondeur. À notre phrase d'alerte. Et à ce pressentiment qui ne me lâche pas – mais qu'est-ce que c'est? Il y a un truc sur cette photo.

« Mademoiselle Wayborn. Mademoiselle Wayborn ! »

Je suis surprise de sentir le coup de coude de l'assistante. Merde, je suis à la bourre. Laissant tomber mon téléphone dans ma poche, je redresse les épaules, plaque un grand sourire sur mon visage avant d'accepter l'enveloppe remise par l'agent de sécurité et je m'avance sur la scène pour prendre ma place. J'ai les genoux qui tremblent, mais j'affiche un air assuré et confiant. L'énergie qui émane du public qui applaudit à tout rompre me dit qu'ils y croient.

C'est vraiment drôle les sourires – si on utilise le bon, personne ne sait ce qu'il se passe à l'intérieur. Je ne peux pas laisser tomber l'enquête à cause d'une photo. Je n'ai pas assez d'informations pour savoir si ce sourire est véridique. Amber semble être en forme. Mais elle a toujours su de quel sourire se servir.

* * *

« Mais quel connard, ce Ty. »

Chris me parle doucement tout en regardant les participants à la soirée et continue :

« Il savait qu'il allait gagner. En ne venant pas, il montre à tout le monde qu'il est au-dessus de nous. Quel enfoiré.

– Moui. »

À m'entendre, on pourrait me croire d'accord avec lui. Je sirote une coupe de champagne en regrettant de ne pas avoir réussi à m'esquiver. Généralement, je me sors plutôt bien de ces pince-fesses de luxe, mais là je suis préoccupée par cette photo et je n'arrive pas à comprendre ce qui me trouble à ce point.

Au moins, Chris Blakely n'a pas besoin que je participe activement à la conversation. Il est celui qui se rapproche le plus du concept d'ami dans mon entourage, et ces derniers temps, nous ne nous voyons plus que lors de ces événements pour le boulot. Nous nous sommes rencontrés il y a près de trois ans lors du tournage d'une publicité pour de la nourriture pour chiens, une importante campagne nationale. L'angle de la pub était complètement ridicule, mais Chris a rendu la journée très amusante et je l'ai laissé me raccompagner chez moi à la fin de la journée. Puis je l'ai laissé m'accompagner sous les draps.

On a recommencé un peu plus tard, quand je ne supportais plus la solitude. Je l'appelais et je profitais des bénéfices de notre amitié qu'il était plus que ravi de me procurer.

À part Chris, je n'ai couché avec personne en six ans. Les hommes étaient ma drogue. Rester loin d'eux est le seul moyen que j'ai trouvé pour rester clean. Le seul moyen de me réinventer. Coucher avec quelqu'un, même Chris, était une prise de risque. Je n'ai su qu'il n'était pas mon type qu'après me l'être tapé. J'ai eu du bol.

Et il a eu du bol que j'apprécie encore un petit coup vite fait de temps en temps.

Maintenant il est fiancé et moi je joue dans une série télé qui marche très bien. C'en est fini de nos petites aventures de cinq à sept.

«Ton discours était bien, dit-il en faisant référence aux quelques mots prononcés lorsque Ty a remporté l'un des Awards que j'ai présentés. Bien meilleur que ce que ce petit merdeux aurait pu sortir.

– Tu es juste dégoûté qu'il ait décroché ce rôle et pas toi.»

Est-ce que ça fait de moi une connasse de m'en réjouir ? Je n'ai aucune relation avec les acteurs de *NextGen*. Ainsi je peux bosser et tranquillement rentrer chez moi. Si Chris avait fait partie de l'équipe, il m'aurait été plus difficile de rester détachée.

« Carrément, je suis dégoûté. Mais ça ne change rien au fait que ce mec est un crétin. J'aurais fait un meilleur boulot que lui et je me serais pointé pour recevoir ma récompense et ma tape dans le dos. Tu sais quoi ? En fait, je suis content qu'il ne soit pas venu, ajoute-t-il en me toisant de la tête aux pieds. Et puis, tu étais bien plus jolie que lui ne l'aurait jamais été en recevant ce prix.

– Arrête tout de suite. Megan est juste aux toilettes.»

Il se débarrasse de mon commentaire d'un haussement d'épaules, sa future femme pourrait le choper en train de mater une autre fille et il s'en fout complètement.

« Tu es un fantasme vivant à toi toute seule, Em. Ça ne me coûte rien de te le dire – quand Meg est d'humeur coquine et pas moi, c'est à toi que je pense.

– Bon Dieu, Chris. Tu es sûr que ce n'est pas toi le connard dans cette histoire ? »

La philosophie d'Amber, c'était qu'un homme essaiera toujours de se glisser sous la jupe d'une fille, quoi qu'il lui en coûte. « *Dans ce cas-là, mieux vaut les faire casquer.* » J'ai cru qu'elle était désabusée, je l'ai espéré, mais dans les années qui se sont écoulées depuis notre séparation, je me suis rendu compte plusieurs fois qu'elle avait raison. Mais bon, j'habite à Hollywood. Ça aide. Ce milieu n'est pas si éloigné d'un bordel, à plus d'un titre.

Comme pour me prouver que j'ai raison sur ce point, Chris s'approche et me murmure à l'oreille :

« Je ne peux pas m'en empêcher. Tu m'inspires, quand je te vois, j'ai des pensées impures. Tu es faite pour ça. »

Intérieurement, je pousse un grognement et je l'incite à s'écarter. C'est toujours pareil. J'ai exploité cette faille dans le passé. Mais depuis quelques années, je me respecte un peu plus, et maintenant, ce type de commentaire et de regards me hérissent, alors qu'avant, pas du tout. C'est vraiment merdique de n'être reconnue que pour une seule chose : avoir gagné à la loterie génétique. Et c'est tout aussi merdique d'être traitée comme si j'étais responsable du fait que les hommes soient de gros porcs en chaleur.

C'est sûr que ça ne te faisait pas le même effet quand les remarques et les regards venaient de Reeve. Cette voix qui me réprimande dans ma tête ressemble plus à celle d'Amber qu'à la mienne. Du coup, c'est bien plus facile de lui dire d'aller se faire foutre.

Chris voit à quel point son comportement m'est insupportable et me demande :

« J'en fais trop ?

– Oui.

– Désolé. Je me calme.»

Il me regarde encore, et cette fois-ci, il n'y a aucune trace de désir en lui quand il reprend :

«Mais sérieux, comment vas-tu ? J'étais déçu que tu ne viennes pas à notre soirée pour le Nouvel An.

– C'était trop bizarre pour moi.»

Puis, avant qu'il commence à réfuter, j'ajoute :

«Et en plus, je n'étais même pas là.

– Cool. T'étais où ?»

Et maintenant je regrette d'avoir dit ça. Parce qu'il va falloir que je lui réponde :

«Juste à l'hôtel Sallis à Palm Spring.»

Et maintenant, je pense à Reeve. Une douleur se réveille dans mon ventre. Tout en bas.

«La vache, ça fait un bail que je n'y suis pas allé.

– Ah oui, tu connais ?»

Et dire qu'à la base c'était une petite conversation sans importance. On badinait, pas besoin de se concentrer.

«J'y allais super souvent, avant. Avec Missy.»

Que je le veuille ou non, il a toute mon attention.

«Missy ? Mataya ? Je ne savais pas que tu la connaissais.

– Ah bon ? J'imagine que c'était avant qu'on se rencontre. J'ai eu quelques contrats en tant que mannequin avec elle à ses débuts. On est vite devenus potes et on l'est restés jusqu'à ce qu'elle meure.

– Elle avait quinze ans quand elle a commencé. Oh, mon Dieu. Tu aurais pu être son père !»

Je dis ça, mais j'ai couché avec pas mal d'hommes plus âgés.

«Je ne me la tapais pas, rétorque-t-il le regard animé d'une lueur légèrement perverse. Enfin pas tout le temps, quoi.»

Honnêtement, ce type de comportement m'exaspère au plus haut point, mais ce qui m'intéresse, c'est ce que Chris pourrait bien m'apprendre. S'ils étaient amis quand elle est morte, si Chris a fréquenté son hôtel à Palm Spring, a-t-il une théorie ou des infos sur son décès ?

J'en suis encore à chercher le meilleur moyen de l'amener à me parler quand il commence tout seul :

« Ok, à l'époque, j'étais dans ma phase cocaïne même au petit déj. J'étais vraiment dans un sale état. Elle aussi d'ailleurs. Mais maintenant, on arrête de parler de Missy parce que Megan revient et je n'ai pas envie qu'elle en sache plus sur cette partie de ma vie. »

Je note dans un coin de ma tête qu'il faut que je l'appelle un de ces jours pour un café et des ragots sans sa copine et je me tourne vers elle pour me concentrer sur ce que je dois dire. Je me lance avec peut-être un peu trop d'enthousiasme :

« Megan ! J'adore ta robe. C'est une Terani, c'est ça ?

– Merci, Emily. »

J'entends qu'elle est possessive rien qu'au son de sa voix. Son comportement entier est précautionneux. Même si nous faisons la même taille, elle me regarde de haut et ajoute :

« Et toi… Qu'est-ce que tu es… *mignonne*… avec toutes ces poches. »

Le seul truc plus merdique que le comportement des hommes envers une belle femme, c'est celui d'une de ses semblables. La plupart du temps, les remarques assassines et les œillades pleines de jalousie me donnent envie de leur montrer à quel point je *pourrais* facilement leur piquer leur mec si j'en avais envie.

Malgré mon profond désir de lui rabaisser son caquet, je me maîtrise en ravalant ma remarque.

« C'est trop gentil. J'avais envie d'être à l'aise. Je me suis dit que personne ne me remarquerait, de toute façon. »

Bon, d'accord, j'ai été un peu vache. Parce qu'on me remarque. On me remarque toujours.

« Mais ne me laissez pas interrompre votre soirée. Ça m'a fait plaisir de te voir, Chris. »

Je me penche vers lui et le serre vaguement dans mes bras, comme on le fait dans le milieu. Ça aussi c'était un peu vilain. Même si l'intention est authentique, je n'ai amorcé ce contact que pour la faire chier. Je finis en la saluant d'un signe de tête en lui disant :

« À la prochaine. »

Je jette un coup d'œil à mon téléphone. Ça ne fait même pas une heure que la soirée a commencé et j'ai promis à mon agent d'y rester au moins deux. Quand j'ai voulu protester, il m'a dit avec beaucoup de tact : « *Tout le monde pense que tu es un laideron. Si tu veux que ton prochain rôle ne se limite pas au son de ta voix, mieux vaut leur montrer que ce n'est pas le cas.* »

Mais un rapide passage en revue de la salle de réception me prouve que son plan est pourri. Il y a quelques milliers de personnes devant moi – et toutes essaient de montrer qu'elles sont loin d'être laides. D'un seul coup, je me sens mal à l'aise, pas à ma place. Et si elle n'est pas ici, où est-elle ?

Je deviens claustrophobe, l'ambiance me pèse lourdement. Je vide ma coupe de champagne d'un trait et la repose sur le plateau d'un serveur avant de me frayer un chemin parmi la foule pour rejoindre la zone en extérieur aménagée sur un parking. L'air frais de la nuit me heurte de plein fouet, j'ai le souffle coupé et je le reprends à grandes goulées, comme si j'étais longtemps restée sous l'eau et que je rejoignais seulement la surface.

Amber et moi avons été des putes de luxe, des escorts. Ici, à Hollywood, j'ai l'impression de faire le même métier. C'est un peu pareil, non ? J'ai simplement quitté un lit pour en rejoindre un autre. Le paradoxe me fait rire. Il le mérite bien.

J'entends des bruits de pas derrière moi et je réprime la dernière trace d'humour qui menace de s'exprimer. Sans regarder par-dessus mon épaule, j'ai l'impression qu'il y a comme un changement dans l'air. Les cheveux fins sur ma nuque se hérissent sous le coup de l'électricité que je sens crépiter.

Je pivote sur moi-même en sachant très bien ce qui m'attend – *qui* m'attend.

Adossé au mur de béton à côté de la porte, il m'observe et son regard me cloue sur place. Il est magnifique et captivant. Son smoking le met plus en valeur qu'aucun vêtement ne pourrait le faire sur aucune silhouette, encore mieux qu'à tous ces jolis garçons qui fourmillent dans la salle derrière lui. Ces hommes, mes collègues, sont comme une mer de beauté – calme et sereine. Reeve est un océan, sombre, impérieux et tumultueux. Leur onde se meut avec douceur. Lui est immuable au beau milieu de la tempête qui s'abat sur lui.

Aussi facilement que ça, mon souffle, que je venais tout juste de réussir à contrôler, se retrouve chassé de mes poumons.

Il m'adresse la parole avant même que je me ressaisisse :

« Quelle coïncidence de vous retrouver au même événement que moi. »

Quel culot ! Son accusation me choque tellement que je lui réponds directement :

« Je ne cherche pas à vous suivre, si c'est ce que vous insinuez. »

Mon cœur s'emballe de peur et d'excitation. D'irritation aussi. Il me fait de l'effet et je n'aime pas ça. Je mérite peut-être ce qu'il m'a infligé dans son hôtel, mais là ? Là, on est sur mon territoire.

Faisant preuve d'une férocité surprenante, je rive mon regard au sien et je reprends :

« Je suis celle qui a sa place ici. Pas vous. »

Il éclate de rire et le son met de l'huile sur le feu de mon indignation, tout en précipitant une vague de chaleur entre mes cuisses, chaleur qui alimente ma rage.

Les mains dans les poches, Reeve s'approche de moi.

« Calmez-vous, Emily. Je ne fais que vous taquiner. Bien sûr que vous n'êtes pas là à cause de moi. Par contre, *moi*, je le suis peut-être à cause de *vous*. »

Il marque une pause assez longue pour que je me mette à paniquer en me rappelant son discours flippant la dernière fois que nous nous sommes vus. Il continue :

« Peut-être que cette fois-ci, c'est moi qui mène mon enquête. »

Ma colère monte encore d'un cran et surpasse mon sentiment de malaise.

« Vous enquêtez sur moi ? Pourquoi ? Pour m'effrayer ? Pour voir si c'est marrant de me tourmenter aussi quand vous n'êtes pas chez vous ? Comment osez-vous ? Vous vous pointez ici, vous vous immiscez dans mon univers et vous m'emmerdez juste parce que vous en avez envie. Vous créez un nouveau terrain de jeu. Comment osez-vous ? » Ses lèvres s'étirent dans un sourire de reproche.

« Maintenant je sais ce que vous avez ressenti. »

Je refuse de reconnaître mon humiliation, même si la rougeur que je sens se répandre sur mon visage vend assurément la mèche. La voix étonnement stable, je lui réponds :

« Merci pour la leçon, M. Sallis. Je vous assure que j'ai très bien compris ce que vous vouliez me dire. Vous n'avez pas besoin de poursuivre la démonstration. »

Je fais un pas vers la porte de sortie en espérant pouvoir marcher normalement. Des talons vertigineux et des genoux tremblants sont un très mauvais combo.

Je le contourne en prenant soin de garder autant de distance que possible entre nous. Mais je peux tout de même sentir la chaleur qui se dégage de son corps, comme les pulsations d'une musique entraînante dans une boîte de nuit. Je les sens vibrer. Venant du sol, elles se saisissent de mon corps et me font trembler. Je lutte contre cette sensation et me force un passage.

« Emily. »

Encore cinq pas et je serai de retour dans la salle de réception. Encore quelques pas…

Impossible de m'en empêcher – je m'arrête. Mais je ne me tourne tout de même pas vers lui. C'est tout ce que je peux faire pour résister.

« Ce que je vous ai fait au spa... »

Sa voix est aussi douce que la soie, mais aussi rêche qu'une barbe mal rasée. La texture de ses mots, tout comme le rappel de ce désastreux moment... Je vois bien qu'il me lance une perche. Je manque de me pencher vers lui pour mordre à l'hameçon et l'entendre continuer à me parler :

« Ce n'était pas très gentil. »

Je fais volte-face pour lui répondre :

« Vous croyez ?

– J'aime que ma vie privée le reste. J'étais en colère. »

Ce n'est pas une explication, on serait plus dans le registre du rappel. *Vous m'avez provoqué. Vous avez mérité ce que je vous ai infligé.*

« Alors vous m'avez fait croire que vous aviez envie de me tuer ? »

Admettons que j'ai mérité d'être réprimandée, mais en aucun cas de recevoir des menaces de mort.

« Euh. Je n'ai jamais dit que je...

– Si, lui dis-je pour l'interrompre en accompagnant mes mots d'un index vengeur. Si, c'est ce que vous avez fait. Vous avez simplement fait le nécessaire pour vous dispenser de le dire à haute voix. »

Il ouvre la bouche comme pour continuer à se défendre. Puis son visage change d'expression, ses traits s'assombrissent et son regard se fait brillant quand il me demande :

« Je vous ai fait peur ?

– D'après vous ? »

Un frisson me parcourt le dos. Il sait très bien qu'il m'a effrayée. Il l'a fait exprès. Ce que je n'avais pas compris, c'est à quel point il a aimé ça. Il s'approche pour continuer :

« Mais vous ai-je suffisamment fait peur ? »

Le ton de sa voix est rauque, abrasif, même, et pourtant, assez suave pour calmer mon envie de partir en courant. Il poursuit son interrogatoire :

« C'est ça, hein ? J'ai réussi. »

J'ai envie de lui répondre que c'est effectivement le cas. C'est presque la vérité, après tout. Notre dernière conversation m'a fait quitter son hôtel. Il m'a effrayée et je suis partie. J'ai laissé tomber mon plan.

Mais j'ai aussi des regrets. Je me suis convaincue que ma déception était entièrement liée à mon échec dans mon plan pour trouver Amber, mais c'est un mensonge. Cet homme m'a intriguée. Je n'arrête pas de penser à lui et là, alors même qu'il se dresse au-dessus de moi, alors même qu'il se rapproche encore un peu, alors même qu'il provoque une tornade d'inquiétude dans mon corps, je ne m'éloigne pas de lui. *Je n'en ai pas envie.*

Il m'observe quelques secondes, la tête penchée sur le côté et les yeux mi-clos. La chaleur qu'il dégage est encore plus brûlante lorsqu'il me fait face et me transperce du regard. Et tout comme lorsqu'on s'installe à côté d'un feu ardent, la sensation est plaisante mais néanmoins intense. Trop intense.

Et pourtant, je ne m'éloigne pas.

« Dois-je vous dire ce que je pense, Emily ? »

Tire-toi.

« En fait, je n'en ai strictement rien à foutre. »

J'essaye de prétendre que je ne suis pas complètement hypnotisée par lui, mais même moi, j'entends que je ne suis pas très convaincante.

« Vous voyez, je ne le crois pas. C'est vous qui êtes venue vers moi en premier, vous vous souvenez ?

– Puis vous m'avez envoyée chier. Et j'ai capitulé. Maintenant qui cherche à venir vers l'autre ? »

Reeve attrape l'une de mes mèches rebelles et joue avec en me répondant.

« Je vais vous dire ce que je pense, Emily, dit-il sur un ton hypnotique, mes quelques cheveux toujours dans ses doigts ; il les manipule avec tant de douceur. Je crois que vous aimez ça. Je crois que vous aimez avoir peur. »

Chacun de ses mots est comme une plume qui vient me chatouiller là où ma peau est le plus sensible. Sous le poids de la vérité de son regard, j'ai envie de me tortiller et de le chasser d'un geste. J'ai envie de m'éloigner. Pourtant, je crève d'envie qu'il appuie son geste, je crève d'envie que ses doigts se saisissent fermement de mes cheveux, j'ai faim de ses mots, je veux plus de dureté, de sa bouche, que j'aimerais ne plus entendre parler pour s'écraser contre la mienne.

« Je crois que vous êtes excitée. »

Je lève brusquement les yeux pour lui répondre en le regardant en face :

« Comme ça vous excite de me menacer ? »

Il laisse tomber sa main. Une ombre traverse son regard et j'ai l'impression qu'il est fâché que j'ose lui répondre. Ou fâché que j'aie découvert quelque chose de si intime. Ou fâché par mon honnêteté, et peut-être que ça le fait enrager que sa vérité m'afflige.

Ou peut-être n'est-ce pas de la colère, mais quelque chose d'autre, quelque chose de plus primitif, de plus profond et brut. Il se met à lentement sourire avant de reprendre :

« Je ne peux pas nier que l'exercice m'a bien plu. »

L'atmosphère est de plus en plus tendue entre nous. Nous partageons ça. Même si sa démonstration n'a pas été très gentille, même si elle a été carrément perverse – nous en avons tous les deux retiré une certaine excitation. Et maintenant que nous le reconnaissons tous les deux, la dynamique semble changer entre nous. Dorénavant, la porte est ouverte. Un de nous n'a plus qu'à s'avancer vers elle et à la franchir.

C'est Reeve qui fait le premier pas. Il attrape ma main et passe doucement son pouce sur la jointure de mes doigts.

J'ai la chair de poule et sa simple caresse provoque des décharges d'électricité dans mon bras et qui se répercutent partout.

« Bon, dit-il sans quitter nos mains du regard. Je ne peux pas vous promettre de ne jamais vous blesser. »

Une alarme se déclenche dans ma tête, mais la sensation est délicieuse. Elle affûte mon désir et aiguise mon ardeur.

« Du reste, je ne pense pas que ce soit le genre de discours que vous voulez entendre de la part de votre amant.

– Amant ? »

L'utilisation de ce terme m'a prise au dépourvu. Il me ramène aussi sur terre. Mais qu'est-ce que je fous ? Je détache ma main de la sienne et recule d'un pas. Impossible de lire quoi que ce soit dans l'expression de Reeve.

« De quoi pensiez-vous que nous parlions, au juste ? »

En fait, je ne pensais à rien. C'est ça le problème. Il y a une certaine attirance entre nous – ça, c'est évident. Je souhaitais en tirer parti quand je cherchais à l'utiliser pour retrouver Amber. Si j'avais encore une raison de croire qu'il est impliqué dans sa disparition, je pourrais considérer son geste comme une victoire. Mais je n'ai plus d'excuse pour lui courir après. Aucun prétexte pour me lancer dans une relation avec un homme qui est au minimum dangereux, sinon un assassin.

Et pourtant, j'ai encore envie de lui.

« Je ne sais pas, Reeve. Parce que vous parlez beaucoup, et tout ce que j'entends, ce sont des messages contradictoires.

– Je vais tâcher d'être plus clair. Écoutez-moi. Là, j'ai envie que vous entendiez ce que je vous dis. »

Et il dit quoi au juste ? Qu'il veut me mettre dans son lit ? Qu'il veut me faire peur et probablement mal parce qu'il pense que ça me plaît ?

Le truc horrible, c'est qu'effectivement, ça me plaît. Mais à quoi bon ? Lorsque j'ai fui il y a si longtemps, c'était pour échapper à des hommes comme lui. Parce que même si je les désirais, je savais que ce n'était pas bon pour moi.

Je savais que je n'avais pas la capacité de déterminer quel seuil de douleur et de peur était acceptable.

Qu'est-ce que Reeve m'avait dit au spa, au juste ? « Le problème avec les hommes qui sont effectivement de véritables menaces, Emily, c'est qu'on ne se rend compte du danger que lorsqu'il est trop tard. »

C'est un avertissement plein de sagesse.

Il attend une réponse de ma part, son regard est interrogateur.

« J'entends vos messages, dis-je avant de faire un effort pour continuer en accompagnant mes paroles d'un mouvement de tête. Mais le dernier était le plus fort. »

C'est assez satisfaisant d'être celle qui refuse, pour une fois. D'être celle qui a le dernier mot. Non pas que ce soit plus simple.

Toutefois, juste au moment où je m'apprête à revenir dans la salle de réception, Reeve vient se mettre à côté de moi. Il tend le bras pour m'empêcher de passer et s'agrippe au montant de la porte. Il ne me touche pas, mais il est si proche que je sens son souffle danser sur ma peau, le rythme de sa respiration entraîne dans son sillage une traînée de chair de poule.

Il me dit alors d'une voix épuisée, comme s'il ne se contrôlait plus complètement :

« Je ne sais pas pourquoi, mais il m'est impossible de ne pas penser à vous. Vous avez infiltré mon esprit. La sensation de votre corps sous mes mains ne me quitte pas. Ces parties de vous que je n'ai pas touchées me reviennent toujours en tête. Vos soupirs. L'expression de votre regard. Vous me hantez, Emily. »

J'ai les genoux en compote, mes entrailles ne sont plus que désir, tentation et excitation. Mais l'alarme se déclenche encore en entendant certains de ses mots « *Vous me hantez.* » « *Vous avez infiltré mon esprit.* » Je reconnais ces sentiments. Je les ai déjà vécus. Je suis là – avec lui. Mais aussi avec Amber.

Elle est le rappel dont j'avais besoin.

Je ravale la grosse boule logée dans ma gorge et je le regarde droit dans les yeux en lui disant :

« Maintenant, vous savez ce que j'ai ressenti. »

Cette fois-ci, il me laisse partir. Il me laisse avoir le dernier mot. D'un certain côté, je le regrette.

⋆ ⋆ ⋆

Un peu plus tard, dans la pénombre de mon appartement, alors que je navigue entre les eaux du sommeil et de la conscience, je n'arrive pas à me détacher de cette impression bizarre que j'ai ressentie en voyant la photo d'Amber, et soudain, je comprends tout. Je me redresse d'un seul coup. Suis-je en train de rêver ? Je suis à peu près certaine d'être éveillée, mais pour m'en assurer, j'attrape mon portable sur ma table de nuit. La photo d'Amber est toujours à l'écran. Je promène mes doigts dessus pour l'agrandir et zoome sur la zone dans laquelle on voit la main de l'homme posée sur sa taille.

Là, sur son majeur, je vois une grosse bague. Elle est très élaborée et comporte des pierres rouges disposées en forme de V. Je fais ensuite une recherche dans l'historique des messages de Joe pour retrouver la première image qu'il m'a envoyée, une photo sur laquelle on voit Reeve lors d'un dîner professionnel quelconque. Celle sur laquelle on le voit en compagnie d'un homme. Un homme qui porte également une bague. J'agrandis l'image. Mon souffle est coupé car je vois clairement que c'est la même chevalière.

Michelis Vilanakis, le patron de la mafia que j'ai déjà vu sur deux photos prises à des moments différents en compagnie de Reeve, est l'homme aux côtés d'Amber devant ce casino dans le Colorado. Cette découverte ne résout rien pour autant, elle ne fait que soulever d'autres questions. Une chose est sûre, Michelis figure maintenant sur la liste des gens sur lesquels il faut enquêter.

Et il y a trois heures à peine, je l'ai planté. *Bordel de merde.*

Mais avant que la déception ne m'étouffe complètement, je comprends autre chose : Reeve Sallis n'est pas du genre à laisser quelqu'un le quitter comme ça sans rien faire. Pourquoi est-il revenu à la charge s'il n'a pas d'intention derrière ?

Donc, tout ce qu'il me reste à faire, c'est attendre.

Je m'endors alors facilement, étrangement beaucoup plus en paix qu'une personne poursuivie des assiduités de Reeve Sallis ne devrait l'être.

9

Le lendemain, il m'envoie des fleurs. Elles m'attendent au studio quand j'arrive – un bouquet de lotus blancs, une essence qui symbolise à la fois la sensualité féminine et également un potentiel éveil spirituel. Elle est aussi associée à la mort.

Je les jette dans la poubelle de la salle de conférences, dans laquelle nous faisons notre séance hebdomadaire de lecture de textes, sans même prendre la peine d'ouvrir le message qui l'accompagne.

Le lendemain, c'est une bouteille de vin rouge. Un barolo cannubi de 2004, un cépage nebbiolo à la saveur tannique qui est censé décupler l'excitation des femmes.

Je la donne à Ty Macy pour le féliciter d'avoir remporté cette récompense dimanche soir. Là encore, le message va directement à la poubelle sans passer par la case lecture.

Mercredi, ce sont des chocolats à l'alcool, que je finis par manger – ma capacité de résistance à la tentation a des limites.

Jeudi, c'est une première édition du roman *Peyton Place* qui atterrit dans ma bibliothèque.

Vendredi, Reeve m'attend devant la porte de chez moi lorsque je reviens de mon footing matinal.

Je manque de tomber en l'apercevant.

Je savais qu'il viendrait un jour ou l'autre, mais honnêtement, je suis surprise que ce soit aussi rapide. Je pensais encore avoir une semaine de cadeaux extravagants avant qu'il ne se déplace en personne. J'avais laissé la lumière allumée devant la porte d'entrée alors je le repère de loin. Il s'est installé à moitié dans la pénombre du fauteuil en rotin que j'ai mis sur le palier. Même sans distinguer son visage, je sais que c'est lui. Je le reconnais à son maintien et à sa posture, alors qu'il se prélasse sur le siège. En plus, qui d'autre pourrait venir me rendre visite ? Personne.

Il porte un costume-cravate et je me demande pour la première fois ce qu'il fait de ses journées à part s'installer dans ses différents hôtels d'un bout à l'autre de la planète. Est-ce qu'il a un bureau ? Est-ce qu'il s'assied derrière ? Est-il toujours en costume ? À la fin de la journée, est-ce qu'il retire sa cravate et défait les boutons du haut de sa chemise amidonnée, révélant la musculature solide qu'il cache en dessous ? Ou travaille-t-il souvent chez lui en tenue décontractée et sexy, le téléphone vissé à l'oreille pour aboyer ses ordres à des sous-fifres en prenant des décisions capitales qui influent sur la vie de nombreuses personnes ?

Où qu'il travaille, je doute qu'il soit souvent levé et habillé tous les jours aussi tôt que ça. Le soleil ne se lèvera que dans une heure. C'est impressionnant. *Il est* impressionnant. Et aussi satisfaisant que ce soit d'avoir attiré son attention, je sais très bien que je suis complètement dépassée.

J'avais ralenti ma foulée avant de le repérer, mais je choisis de terminer ma course en marchant pour me donner le temps de me reprendre. Reprendre mon souffle. Reprendre le contrôle sur mon cœur qui bat à toute vitesse.

Se dispensant des formalités d'usage, lorsque je suis assez proche pour qu'il me parle, il me demande :

« Vous courez ? »

Je finis de monter les quelques marches qui me séparent de lui et le contourne en attrapant la clef accrochée à mon poignet.

« Je préfère nager. »

Enfin, surtout, je préfère ne pas transpirer. J'espère que je ne sens pas trop mauvais. Je vais garder mes distances, juste au cas où.

Sauf que je n'en ai strictement aucune envie. La charge d'électricité qui crépite entre nous monte encore et fait presque des étincelles alors que nous avons à peine échangé deux mots.

J'ouvre ma porte et entre chez moi. Reeve me suit, même si je ne l'y invite pas. *Un probable assassin vient d'entrer chez moi. Un homme qui m'a affirmé qu'il me ferait peut-être du mal. Dans ma maison.*

Soudain, je ne suis plus trop sûre que l'humidité que je sens entre mes cuisses vienne de ma transpiration.

J'accroche ma clef à la porte et regarde par-dessus mon épaule pour le voir disséquer mon appartement sans aucune honte. Il n'y a pas grand-chose à voir. Un peu moins de quatre-vingt-dix mètres carrés. En gros, il s'agit d'une cuisine ouverte sur un séjour spacieux et d'une chambre. Mes murs sont dépouillés, il n'y a que quelques tableaux génériques dessus. Il est relativement propre, quoiqu'un peu poussiéreux. Ce qu'il y a de bien avec les longues journées de tournage, c'est que je ne suis pas suffisamment chez moi pour y mettre le bazar.

Le plus important, c'est que rien ne me lie à Amber. J'avais des trucs sur elle : des photos, des souvenirs. J'ai fait exprès de tout retirer de ma déco.

Après avoir apparemment assez étudié mon environnement, il se tourne vers moi pour reprendre la conversation :

« J'ai une piscine.

– Bien entendu. »

Techniquement, moi aussi. Il y en a une dans la résidence. Mais je m'en sers rarement, à cause de sa forme irrégulière, elle est plus faite pour faire trempette que des longueurs.

« Vous devriez venir nager chez moi. Toute nue.

– Ah oui, toute nue ? Est-ce obligatoire ? »

Au spa, j'étais nue sous la couverture. Le souvenir réveille quelques papillons dans mon ventre. La sensation de ses mains sur mon corps était plus qu'incroyable, mais rien que de m'être retrouvée à poil en sa présence, dépourvue de tout vêtement, vulnérable, ça aussi c'était incroyable. Époustouflant et terrifiant, pas pour ses menaces, mais aussi un peu quand même.

Reeve s'appuie sur le dossier de mon canapé et campe ses mains de part et d'autre pour continuer à parler :

« C'est une préférence.

– De votre part, je ne suis pas étonnée. »

Je retire mes baskets d'un coup de pied et les laisse devant la porte de ma chambre.

« Je pense que c'en est aussi une pour vous. Sauf que vous vous jouez de moi.

– Non. Pas du tout. »

Puisqu'il m'observe, je retire mon débardeur et le jette sur le canapé. Le soutien-gorge de sport que je porte en dessous est surtout remarquable pour son maintien, mais il n'en reste pas moins révélateur.

Il me sourit, mais l'expression de son visage suggère qu'il méprise tout autant qu'il apprécie mon jeu de séduction. Son regard plongé dans le mien, il ramasse mon débardeur, le porte à son nez et *inspire fortement.*

Certaines personnes trouveraient ça dégoûtant. D'autres ne seraient pas excitées de voir son pantalon se faire plus étroit que quelques secondes auparavant. D'autres encore ne fantasmeraient pas sur toutes les pratiques vulgaires et infectes qui permettent à un homme tel que Reeve de prendre son pied.

J'essaye de prétendre que je suis l'une d'entre elles.

« Pervers. »

Il me fait un grand sourire et rétorque d'un air sans équivoque :

« C'est vous qui aviez l'air d'être à deux doigts de jouir, à l'instant.

– Oh, pauvre chéri, n'essayez même pas de croire que vous pouvez imaginer de quoi j'ai l'air quand je jouis. »

Je ne pense à regretter mes paroles que lorsque je les entends résonner entre nous après les avoir prononcées. Le visage de Reeve prend un air retors, sombre et coupable. Je sais qu'il a l'impression que je l'ai provoqué. Pourquoi pas, d'ailleurs ? C'est exactement ce que j'ai fait : je le teste. Je lui ai tendu une perche. Lancé un défi.

Il me dévisage avec intensité, comme un lion observe sa proie. Son observation est si minutieuse et si longue que je jurerais qu'il est capable de voir au-delà de mes apparences, derrière ma peau, mes os et mes chairs. Il voit au-delà de tout ce qui compose ma structure physique pour aller directement à cette portion de mon être énigmatique, compliquée et cachée. Il voit ce que nous avons en commun, ce côté sombre, ce côté brisé, ce côté Amber.

Cette partie sombre doit être trop laide, car il est le premier à détourner le regard. Il fait ensuite le tour de mon canapé pour inspecter ma bibliothèque. Puis, changeant délibérément de tactique, il me demande :

« Dites-moi, quelle est la nature de votre relation avec Chris Blakely ? »

Alors il m'a observée à cette cérémonie. Avant de venir me retrouver dehors.

Sa question sur Chris a l'air d'être anodine, mais elle est mûrement réfléchie. Une femme plus naïve aurait pu passer à côté, mais je connais trop bien les hommes comme lui. Il veut me faire savoir que je suis dans sa ligne de mire. Voilà ce qu'implique de faire partie de sa vie. Si l'envie lui en prend, il inspectera chacun des détails de ma vie ; il la régentera. Et il s'attend à ce que je m'y soumette.

Je n'arrive pas à savoir si ça me fait complètement flipper ou si ça m'excite.

Alors je tente une sortie évasive :

« C'est un acteur. Nous avons travaillé ensemble quelques fois. Nous sommes plus ou moins amis. »

Je vais dans la cuisine pour attraper un verre dans un placard. Je le remplis d'eau au robinet en me mordillant les lèvres, me demandant si je ne devrais pas jouer cartes sur table à propos de Chris. D'un certain côté, Reeve peut me soumettre à la question parce qu'il a déjà pris connaissance de nos petites aventures et il veut que j'avoue.

Mais personne n'est au courant de ça.

Et d'un autre, il peut avoir envie de savoir autre chose, peut-être ne souhaite-t-il pas que je découvre ce que Chris sait sur *lui*.

C'est un peu tiré par les cheveux, mais puisque j'ai bon espoir de coincer Chris pour qu'il m'en dise plus sur Missy dans un futur proche, je pense que moins j'en dis, mieux c'est.

Je bois un peu d'eau et repose mon verre avant de m'appuyer contre le plan de travail pour regarder Reeve. Il promène le bout de ses doigts sur les tranches des couvertures de mes livres. Je ne vois pas lesquels, alors j'essaye de me souvenir de ce que j'ai rangé par là. Mon autobiographie de Katharine Hepburn. Mon exemplaire de *Rebecca*.

Il s'interrompt et extrait un volume de l'étagère pour le feuilleter distraitement. Celui-là, je le reconnais directement. C'est *PostSecret*. L'un de mes beaux livres illustrés présentant les confessions extraordinaires d'anonymes vivant des vies ordinaires. J'ai tellement de livres illustrés dans ce style que ma bibliothèque en est pleine. Mais celui-ci est particulier, il présente des posts de blogs d'un projet artistique où des inconnus envoient des cartes postales sur lesquelles ils ont écrit leur secret. Certains passages ressemblent à mon journal intime. J'ai laissé plusieurs annotations à l'intérieur et des marque-pages pour y revenir facilement. J'ai toujours éprouvé du réconfort en les relisant.

Par contre, le voir dans les mains de Reeve n'a rien de réconfortant. Il passe d'une page à l'autre, s'arrêtant aux passages que j'ai marqués. Certains le font rire. D'autres le rendent plus sombre. Sur l'un deux, il lève le visage vers moi et hoche la tête comme pour me confirmer qu'il partage l'avis de ce qu'il vient de lire.

Je me repasse certaines de ces confessions que je connais par cœur, essayant de retrouver à laquelle il fait référence :

« *Encore et toujours. Usé.* »

«*J'ai plus peur dans ce tribunal que lorsqu'il a failli me tuer.* »

«*Je serais prêt à faire absolument n'importe quoi si je pensais que ça pouvait la rendre heureuse.* »

Quel que soit le passage qu'il lit, n'importe lequel – tous, même –, c'est extrêmement privé. Trop privé pour qu'il sache à quel point ils me parlent. Et pourtant, je ne l'arrête pas. Je le laisse s'immiscer un peu plus profondément sous ma peau.

C'est assez terrible comme ça qu'il se retrouve chez moi – dans mon appartement, payé de mes propres deniers. Sa présence me rappelle l'époque où tout ce que je possédais m'avait été donné par des hommes. Tout ce qui m'appartient maintenant, même si c'est peu de choses et de faible valeur, est véritablement à moi.

Essayant de me détourner de l'anxiété provoquée par l'invasion de Reeve dans mon espace privé, je lui demande :

« Pourquoi voulez-vous en savoir plus sur Chris, d'ailleurs ? Vous voulez que je vous arrange un coup avec lui ? Il a une fiancée, vous savez.»

Reeve m'assassine du regard avant de me répondre :

«Vous êtes mignonne.»

Il repose le livre à sa place sur l'étagère et vient dans ma direction. Lorsqu'il atteint la cuisine, il poursuit :

« Chris ne vous regarde pas comme s'il était fiancé à une autre.»

Ah. J'avais oublié que Reeve était jaloux. Ou j'ai sous-estimé la force de son désir. Étrangement, c'est un trait assez commun que j'ai retrouvé chez plusieurs des hommes qui ont peuplé mon passé, ces hommes qui ont tout. Je sais comment les caresser dans le sens du poil, je sais quoi leur dire pour apaiser l'insécurité qu'ils ressentent. D'habitude, je dis quelque chose comme : « *Aucun homme ne peut rivaliser avec toi, personne n'est assez viril.* » C'est peut-être ce qu'attend Reeve par rapport à Chris.

Mais je n'arrive pas à me résoudre à lui faire ce plaisir, alors à la place, je lui dis :

« Beaucoup d'hommes ne me regardent pas comme s'ils étaient fiancés à une autre. »

Reeve s'adosse au meuble de cuisine opposé au mien et me répond en me regardant en face :

« Je n'aime pas ça. »

Généralement, la jalousie est quelque chose d'ennuyeux, pourtant, chez Reeve, le phénomène est fascinant. Et, je le suspecte, dangereux aussi.

« Ah oui ? Qu'allez-vous faire, alors ? M'enfermer pour ne jamais me laisser sortir en public ?

– Je possède quelques beaux hôtels assez isolés que vous devriez apprécier. Ceux qui sont situés sur des îles sont si beaux que vous en oublierez que vous êtes dans une prison. »

Il me fait un sourire, toutes fossettes dehors. C'est subtil et on ne les remarque que lorsqu'il sourit de façon particulière, un peu comme maintenant. Et ses yeux… Je les croyais bleus, mais maintenant, j'aperçois des paillettes vertes dans ses iris. Elles dansent dans la lumière. Elles jouent avec et me font ressentir une sorte de chaleur. Comme si j'étais prise au piège.

Je me redresse pour prendre un peu de distance sans m'écarter.

« Regardez-vous un peu. Vous vous comportez comme si vous aviez des droits sur moi. Je crois bien vous avoir rembarré, l'autre soir.

– Regardez-vous un peu. Vous vous comportez comme si j'étais du genre à me faire dégager. Je crois que je vous ai déjà assez mise en garde comme ça. »

Il m'a répondu sur un ton badin, comme moi. Mais son intention est complètement différente.

Les battements de mon cœur se font irréguliers.

« C'est encore une menace ?

– Si vous en avez envie.»

Il reprend son observation comme tout à l'heure – ce regard scrutateur qui plonge directement en moi. Celui qui voit tout de mon côté sombre.

D'une certaine façon, il me révèle aussi le sien.

Mes lèvres tremblent, mais je n'ai pas peur. Enfin pas assez.

« Oui, j'en ai envie.»

Son regard se fait étincelant et avec ces quelques mots, nous venons de sceller un accord. Il m'aura. Il me baisera. Il me fera entrer dans son monde.

Et en échange, je vais le laisser me briser.

Je prends une inspiration tremblotante en prenant conscience des implications lourdes de notre marché silencieux. Il s'en aperçoit et redresse les épaules.

C'est maintenant. Il va commencer tout de suite. Il va me déshabiller, mais lui va garder ses vêtements, il va se contenter de libérer son sexe. Il sera grossier et vulgaire et il va me mettre en retard pour le boulot. Ça va commencer.

Je ne suis pas préparée pour ça.

Il contourne le bar qui sépare la cuisine de la pièce de vie pour me rejoindre. Il s'arrête à la limite de la zone et me dit :

«Alors pourquoi avoir ignoré toutes mes invitations ?

–Vos messages ? Euh… »

Je me tords les mains, plus stressée que j'en ai envie pour lui répondre :

«J'aurais peut-être dû les lire avant de les jeter à la poubelle.»

Il plisse les yeux sous le coup de la surprise.

«Vous les avez jetés sans les lire ?

– Ils ne semblaient pas très personnels. Des cadeaux génériques envoyés par l'un de vos laquais. Est-ce que vous les avez choisis vous-même ?»

J'avais prévu de lui dire ça un jour où l'autre, mais maintenant, ma réflexion me semble pénible. On dirait que les derniers mètres du parcours qui nous sépare sont jonchés d'obstacles. *Maintenant.* J'ai envie qu'il me rejoigne. *Tout de suite.*

« Oui, je les ai choisis moi-même. Chacun d'entre eux. Ils vous auraient semblé moins impersonnels si vous aviez lu les messages qui les accompagnaient. »

Merde, maintenant je regrette de ne pas l'avoir fait.

Mais je chasse sa remarque d'un haussement d'épaules nonchalant, faisant comme si ça n'avait aucune importance. Faisant comme si l'attirance qui crépite entre nous n'existait pas.

« Peut-être. Je préfère tout de même les invitations plus personnelles.

– Vous avez une assurance absolument démesurée. Certains iraient même jusqu'à dire que vous frisez l'égocentrisme.

– Venant de vous, dis-je en riant, c'est le comble.

– Pour ma part, ça n'a rien à voir avec une question d'ego. Je connais simplement ma valeur, répond-il sans la moindre trace d'humour.

– Et je connais la mienne, M. Sallis.

– D'accord. Je mords à l'hameçon, rétorque-t-il, amusé. Quelle valeur vous accordez-vous ?

– Déjà plus que des cadeaux passe-partout et des messages dictés à un sous-fifre. »

Je n'improvise pas. Si je veux parvenir à extirper quelque chose à Reeve sur Amber, c'est maintenant que tout se joue. Je ne dois pas me cantonner à un rôle de curiosité passagère. Je dois le prendre dans mes filets. Et pour y parvenir, je dois le repousser aussi loin que possible.

Ce qui m'aide sur ce coup, c'est que je crois vraiment ce que je lui dis :

« J'ai plus de valeur que le petit coup d'un soir sur lequel je sais que vous comptez. Je ne me fais pas jeter à la première utilisation. Et je ne donne pas dans la romance non plus. »

Il croise les bras et appuie son épaule contre le mur. « Dans quoi donnez-vous alors, exactement, Emily ? »

Je rassemble mes forces. J'ai conclu ce genre d'accord tellement souvent dans le passé. C'était tellement plus simple quand j'étais plus jeune. Quand je n'en avais rien à faire. Quand j'étais avec Amber. Elle disait que c'était une question de *rapport qualité/prix. Rien de moins que répondre à un besoin.*

Ma vie est tellement différente, maintenant, j'assume toutes mes dépenses. Mais la première partie de son conseil est toujours raisonnable.

« Je pratique l'échange, Reeve. Je vous donne une chose à laquelle vous accordez de la valeur en échange d'une autre qui compte pour moi. »

Il se détache du mur et raccourcit de moitié la distance entre nous en moins d'un pas.

« Emily, quand je baise, les deux parties en retirent une certaine valeur. Il n'y a pas besoin d'échange de biens en plus. »

Une vague d'excitation me traverse si rapidement que j'en ai la tête qui tourne. *Allez, maintenant.* Je le supplie silencieusement. Je suis prête à sauter la phase négociation. *On y va, c'est parti.*

Il ne cède rien.

La frustration s'empare de toutes mes terminaisons nerveuses, un peu comme une mouche qui vrombit derrière une fenêtre en voyant l'extérieur, elle pourrait y aller, si seulement elle pouvait traverser la vitre.

Si seulement il pouvait tendre la main vers moi…

J'ai tellement envie de lui sauter dessus, de sentir mes lèvres sur les siennes, d'apaiser la douleur qui enfle entre mes cuisses. Mais j'ai retenu la leçon que j'ai apprise à Palm Spring, ce jeu est bien plus efficace quand on joue sur le terrain de l'indifférence. Je ne peux pas lui montrer à quel point j'ai désespérément envie de lui. Je vais le laisser mener la danse. Je vais le laisser faire le premier pas. Je vais le laisser présenter ce qu'il a à m'offrir. Je vais attendre.

Par contre, je n'ai pas à m'en réjouir.

Je reprends mon verre d'eau et le vide dans l'évier, puis je lui dis :

« Je suis certaine que vous pensez être un cadeau divin pour toutes les femmes, Reeve. Mais je ne fonctionne pas comme ça. Il faut qu'on s'occupe de moi. Sinon mon vibromasseur me donne pleine satisfaction, merci beaucoup. »

Il est devant moi en une demi-seconde. Encore moins, même. Il me fait pivoter en me prenant par les coudes et plonge son regard dans le mien. Il étudie mes traits. Comme toujours.

« Je n'arrive pas à vous comprendre, Emily. Je ne sais pas si je vous aime bien ou si j'ai juste envie de vous baiser. »

Il est tendu quand il me parle, mais il semble se contenir. Il se presse contre moi jusqu'à me coincer contre le plan de travail et l'une de ses mains appuie sur ma nuque. Là – *maintenant* – maintenant qu'il me maintient de force et avec vigueur, il écrase sa bouche contre la mienne.

Au début, j'essaye de lui rendre son baiser. Lorsqu'il mordille ma lèvre inférieure, je tente d'aspirer sa lèvre supérieure. Lorsque sa langue envahit ma bouche, je passe la mienne contre ses dents. Mais toutes mes manœuvres semblent bizarres, à côté de la plaque, sans rythme, et je finis par arrêter d'essayer. Je cède. Je me rends.

Et c'est à ce moment-là que son baiser se fait dévastateur.

Il m'amène là où il veut que j'aille, il montre à mes lèvres comment bouger au moindre petit mouvement de sa tête, enjôlant ma langue des caresses délicates de la sienne. C'est un baiser qui prend tout – mon désir, ma passion, ma volonté. C'est un baiser égoïste et particulièrement créé pour Reeve et lui seul.

Mais en prenant, il donne également. Sa façon de me maintenir, sa façon de donner le tempo et de choisir les figures de style, sa façon de presser et pousser et sucer et caresser pour que je n'aie à décider de rien, pour que je n'aie qu'à être là et savourer – là est son cadeau et il me le donne sans hésitation ni retenue.

Il me propose une liberté que j'ai autrefois prise pour acquise. Et merde, qu'est-ce que ça m'a manqué. Alors, même si ce baiser est pour lui, à propos de lui, je prends aussi tout ce que je peux, encore et encore.

Lorsqu'il y met fin, j'ai l'impression que mes lèvres sont tuméfiées et enflées. J'ai la tête qui tourne et je ne sais plus où je suis. J'ai envie qu'il continue à m'embrasser. J'ai envie qu'il glisse une main dans mon short pour l'enfoncer dans ma chatte. Et ensuite, j'ai envie qu'il y mette son sexe.

Mais ce baiser me renvoie à un rôle que je connais bien. Un rôle qui me plaît plus que tous les autres. Un rôle de soumission.

« Vous viendrez nager chez moi dimanche matin, dit-il. À dix heures. Je vous enverrai l'adresse par SMS. »

Il m'embrasse encore – plus brièvement, mais avec plus de force. Il est plus exigeant, en plaquant son corps contre le mien pour écraser sa puissante érection contre moi.

Puis, d'un seul coup, tout est terminé.

Il s'écarte de moi, le regard fou. Il essuie sa bouche du revers de la main. Puis, en hochant la tête d'un air satisfait, il me dit :

« Prenez ce message comme votre invitation personnelle. »

Et là-dessus, il s'en va.

10

La relation qu'Amber et moi entretenions avec Rob a duré neuf mois, jusqu'à ce que sa femme engage un détective privé et découvre le pot aux roses. Il nous a alors larguées en disant qu'il voulait donner une chance à son mariage mais nous a laissé à toutes les deux un chèque.

J'ai appelé ça des *indemnités de licenciement*.

Mais quand on l'a revu quelque temps plus tard, il avait une gamine de seize ans à son bras et son alliance n'avait pas quitté son doigt. C'est là que j'ai appris ma première leçon – *les hommes ne changent jamais*.

J'étais encore trop naïve pour comprendre que cette règle ne n'applique pas qu'aux hommes.

Quand il a mis fin à notre relation, j'ai pris ça comme un signe. Ma mère était sur mon dos parce que je n'avais pas de boulot, il était temps de grandir, trouver du travail et prendre un appartement.

Amber n'avait pas les mêmes projets.

Elle a commencé par pleurer, comme toujours – ça aussi je l'ai découvert plus tard. Elle disait qu'elle avait le cœur brisé et qu'elle ne pourrait plus jamais aimer qui ce soit. Après une semaine de cirque, elle s'est levée, pleine de confiance et de détermination, et a dit :

« *Il est temps de partir à la chasse.* »

Moins d'un mois plus tard, nous vivions dans un appartement trois pièces à West Hollywood, avec Liam, un avocat trentenaire spécialisé dans les droits d'auteur qu'on avait rencontré dans un café. Notre arrangement avec Liam était d'une autre nature que celui que nous avions avec Rob. Il était gentil, convenable. Il ne nous offrait pas de cadeaux pour coucher avec lui, mais il s'occupait de nous.

Et on s'occupait de lui. Nous faisions les courses, la lessive et nous prélassions au bord de sa piscine pendant qu'il allait travailler. Lorsqu'il rentrait à la maison, nous lui préparions un dîner maison et le massions, puis il allait au lit avec une de nous. Il ne nous proposait pas de drogue. Il n'était pas marié, ni véritablement riche, mais il s'en sortait très bien financièrement parlant. Il aimait coucher avec une seule personne, plus qu'il appréciait les plans à trois généralement, et il choisissait toujours Amber pour ses pratiques en tête à tête. Ce qui m'allait très bien. Elle « l'aimait comme une folle » – selon ses mots – et il semblait véritablement l'apprécier en retour. Ils formaient un couple absolument adorable. J'étais la meilleure petite amie pour les extras.

D'un certain côté, je croyais que notre joyeuse petite famille pouvait durer pour toujours. Mais d'un autre, j'étais plus maligne que ça. Pas simplement maligne, mais j'avais aussi envie d'autre chose, que je n'arrivais pourtant pas à nommer. J'étais en ébullition. J'ai pris des cours de théâtre et fait quelques petits boulots de mannequinat pour des books de photographes. Amber, elle, accordait toute son attention à Liam et assumait le rôle de la femme au foyer, ce qui, dans sa tête, incluait de dépenser son argent.

Un jour, c'était un vendredi, Amber était en pleine virée shopping de l'extrême lorsque Liam est rentré à la maison sans prévenir. Il avait passé la matinée au tribunal et avait décidé qu'il ne servait à rien de retourner au bureau à cette heure-ci, alors il a pris le reste de sa journée. Je lui ai fait un sandwich et l'ai installé devant la télévision, comme l'aurait fait Amber si elle avait été là. Lorsque je lui ai apporté une bière, il s'est exclamé :

« Boire aussi tôt dans la journée ? Je ne devrais pas.

– Mais si.

– Tu as une mauvaise influence sur moi, a-t-il dit en me la prenant des mains pour boire une première gorgée. Je devrais t'attacher et te punir. »

C'était une remarque anodine, une taquinerie qui ne voulait rien dire, mais il me l'a lancée alors que je retournais dans la cuisine et, surprise, j'ai fait volte-face. Ce n'est pas la petite pique qui m'a décontenancée – ça nous arrivait souvent –, mais ce que j'ai ressenti. *Me faire punir.* Je n'y avais jamais pensé avant. On m'avait déjà donné la fessée. Rob l'avait fait. Mais c'était toujours dans le cadre d'un jeu sexuel, ce n'était jamais la conséquence d'un acte. Et cette idée, l'idée de me faire humilier et discipliner, était étrangement excitante.

Liam a dû deviner mes pensées en voyant l'expression de mon visage, car il a poursuivi :

« Tu aimerais ça, hein ? »

Il a posé cette question comme s'il avait enfin compris quelque chose sur moi qu'il n'avait pas encore su déceler. Comme si cette révélation l'intéressait. Comme si *moi* j'étais intéressée par lui d'une manière tout à fait inédite.

Et là, avant même que j'aie le temps de répondre – comme si je *pouvais* répondre à une question aussi étrange sans avoir le temps d'y réfléchir, il a enchaîné :

« D'ailleurs, ça me rappelle que j'ai un cadeau pour toi.

– Ah oui ? C'est quoi ? »

Je ne suis pas aussi surprise par ce cadeau que je l'ai été par cette idée de punition. Il nous en rapportait de temps en temps. Rien de bien coûteux. Des bijoux fantaisie, la plupart du temps. Des DVD de comédies romantiques.

« Ce n'est pas grand-chose. C'est juste un truc que j'ai vu qui m'a fait penser à toi. Il y a un sac dans ma sacoche à côté de la porte. Tu veux aller le chercher? Mais ramène-le ici avant de regarder dedans. Je veux t'expliquer ce que c'est.

– D'accord.»

Je suis allée chercher sa sacoche et y ai trouvé un sac bleu. Juste au moment où j'allais revenir dans le salon avec, il m'a interrompue :

«Attends.»

Son visage revêtait la même expression que lorsque j'étais partie – il avait l'air intéressé. Intense et chaleureux. Ce qui m'a donné les mêmes sensations, et mon cœur battait la chamade tant j'étais excitée de savoir ce qu'il allait me dire. C'est comme si toute une vie s'était écoulée entre ces quelques secondes. Puis il a enfin repris :

« Prend la poignée du sac entre tes dents et viens me rejoindre à quatre pattes.»

Sa demande était tellement étrange et venue de nulle part. Elle aurait dû soulever une tonne de questions, limite déclencher une dispute. J'aurais dû lui dire un truc comme : «Jamais de la vie, espèce de taré. Tu ne crois quand même pas que je vais ramper devant toi.» J'avais à peine dix-huit ans. J'avais eu quelques expériences sexuelles avec des partenaires qui étaient pour la plupart des adolescents et à part mes plans à trois avec Amber, je n'avais jamais vraiment rien fait d'osé ni de coquin.

Mais je n'avais jamais vraiment été très intéressée par le sexe. J'en avais tiré ce dont j'avais besoin et c'était sympa. C'est juste que rien ne m'excitait vraiment et que le jeu n'en valait pas toujours la chandelle, c'était beaucoup d'efforts pour pas grand-chose.

Jusqu'à ce jour, lorsque le petit copain d'Amber s'est affalé dans le canapé du salon, les pieds nus, sans sa veste, la cravate dénouée, et qu'il m'a demandé de me mettre à quatre pattes devant lui. Instantanément, ma bouche s'est mise à saliver et mon ventre à se nouer, je ressentais du désir et de l'excitation. M'entendre dire de faire quelque chose d'aussi humiliant, pervers et honteux… m'excitait.

J'ai mis la poignée du sac dans ma bouche et j'ai commencé à me baisser, mais il m'a encore arrêtée :

« D'abord, retire tous tes vêtements. »

Je l'ai fait. Sans hésiter.

Il m'a observée pendant que je me déshabillais, puis il m'a dit :

« L'autre jour, tu as déclaré que tu détestais les héros romantiques de nos jours, tu les trouvais trop gentils et mignons. Je l'ai bien noté et je me suis dit que tu pourrais apprécier ça à la place. »

Il a alors désigné le sac que j'avais extrait de sa sacoche.

Il a piqué ma curiosité, mais j'ai vite oublié tout ça. Parce que lorsque je me suis mise à genoux, le carrelage m'a fait mal et le sac me tirait sur les dents. Il se balançait lorsque j'avançais et tapait contre mes seins. La sensation était inconfortable et humiliante.

Mais moins je me sentais à l'aise, plus je me sentais humiliée, plus la situation était perverse et tordue, plus j'étais excitée.

L'expression du visage de Liam ne faisait qu'alimenter mon désir. Il m'observait comme si j'étais une bête, comme si je n'étais pas une personne, mais un animal domestique, qui doit être dominé et à qui on doit donner des ordres.

« Tu n'es pas comme Amber. »

Je n'ai pas eu besoin de lui demander ce qu'il voulait dire. Amber ne se serait jamais mise à genoux sur le carrelage ni n'aurait mouillé en accomplissant un acte aussi dégradant. Amber n'aurait jamais été excitée par une promesse de douleur et de soumission.

Non, je ne suis définitivement pas comme Amber.

Je n'ai jamais réussi à atteindre le canapé. Liam m'a sauté dessus avant même que je n'atteigne le centre de la pièce. Il s'est jeté sur moi et a attaché mes mains avec sa cravate. Il a abattu sa main sur ma fesse. Sans retenir son coup. Pour me punir. Il m'a baisée sans me ménager, sans pitié. Quand il a eu terminé, j'avais des bleus autour des poignets et des bras, mais aussi sur les seins.

Il m'avait marquée d'une autre façon aussi, c'était une marque invisible. Il m'a marquée avec les vérités qu'il m'a apprises sur moi. Avec les noms qu'il m'a donnés en me baisant, ces noms qui m'ont fait basculer de l'autre côté «*pute, salope, chienne*». Ils m'ont salie. Ils ont fait de moi une fille soumise, *différente d'Amber.*

Et ça m'a terrifiée.

Le temps qu'Amber rentre à la maison, j'avais eu le temps de me rhabiller et de me laver. Lorsqu'elle a frappé à la porte de ma chambre pour me demander si je souhaitais l'accompagner avec Liam pour sortir dîner, je lui ai dit que j'avais la migraine. Plus tard dans la soirée, elle l'a laissé dormir dans leur lit et est venue me rejoindre pour voir comment j'allais. Alors je lui ai dit:

«Je crois qu'il est temps de passer à autre chose. Liam est sympa, mais il ne peut pas nous acheter tous les trucs qu'on voulait comme avec Rob. C'est ça ce qu'on veut pour notre avenir? On pourrait avoir tellement plus.»

Elle ne semblait pas très convaincue, mais c'était une vraie amie et elle voulait me voir heureuse plus qu'elle ne voulait Liam. Je pense qu'elle pensait également mériter plus que ce qu'il pouvait lui procurer. Nous étions parties moins d'une semaine plus tard.

Il m'a fallu plus de temps pour voir ce qu'il y avait dans ce sac bleu, ce sac que j'avais tenu entre mes dents pour lui apporter en marchant à quatre pattes. C'était l'une des premières éditions de *Rebecca* de Daphné du Maurier. Pendant longtemps, j'ai refusé de l'ouvrir. Je le cachais sous mon lit en prétendant que ce cadeau n'existait pas, qu'il ne s'était rien passé avec Liam, que ce qu'il m'avait montré sur moi n'était pas réel.

En fin de compte, il n'était pas aussi facile que je l'aurais cru de fuir cette révélation. Et quand elle a refait surface, elle a été encore plus douloureuse qu'avec Liam – physiquement et émotionnellement.

11

Dimanche matin, je pars pour rejoindre Reeve. J'ai les jambes en coton. Je prévois large, une heure, même si je sais que je n'en ai pas pour plus de trente minutes de route en passant par Mulholland Drive. J'ai comme l'impression qu'il n'est pas de ceux qu'on fait attendre. Lorsque je trouve sa maison, je fais demi-tour et vais me garer un peu plus loin. Puis j'attends.

La patience a toujours été l'une de mes qualités. C'est une aptitude nécessaire quand on pratique la chasse à l'homme comme Amber et moi l'avons fait et à un moment donné, j'ai même appris que l'anticipation porte souvent ses fruits, sexuellement parlant. Mais avec Reeve, ça ne marche pas comme ça. J'ai déjà perdu deux nuits de sommeil à penser à lui, à son baiser, et malgré mes beaux discours, mon vibromasseur n'a rien fait pour soulager les palpitations qui agitent mon entrejambe. Même si me retrouver véritablement intéressée par un homme duquel je souhaite me rapprocher peut être utile, je reconnais que l'intensité de mon attirance pour Reeve est une faiblesse qui me distrait et me rend vulnérable.

Ce qui ne m'aide pas non plus, c'est que je ne porte rien sous ma grande robe de plage. Rien du tout. Mon intimité est à portée de main, ce qui m'électrise et attise encore plus mon désir qu'aucune culotte ne vient éponger. Et ça ne fera qu'empirer lorsque j'enlèverai ce dernier bout de tissu pour rentrer dans cette piscine. Même s'il ne m'a pas spécifiquement dit qu'il me voulait nue lorsqu'il m'a remis son invitation, il l'avait suggéré quelques minutes plus tôt et je refuse de jouer les prudes. Je veux qu'il me voie comme une femme forte. Il a besoin que je représente un défi à ses yeux. Je ne l'intéresserais pas s'il était facile de me briser.

A-t-il réservé le même sort à Amber ? Ou a-t-il refréné ses pulsions dominatrices avec elle ? Il semble fort peu probable qu'il ait contenu ses désirs, mais d'un autre côté, Amber et moi avons partagé plus d'un amant qui souhaitait la baiser d'une manière et moi d'une autre.

Mais Reeve n'a même pas couché avec toi. Et s'il n'était pas l'amant que j'imagine dans mes fantasmes ?

Je me fais rire toute seule. Bon Dieu, une chose est sûre, c'est que je tire beaucoup de plans sur la comète. Il est peut-être plus du genre grande gueule que grandes actions et je me serai infligé tout ce stress pour rien.

C'est drôle, cette idée est plus que décevante.

À dix heures précises, je remets ma voiture en route pour revenir devant chez lui. Sa maison est située au fond d'un cul-de-sac. Le chemin qui y mène comprend un virage, alors je ne peux pas la voir depuis la porte d'entrée. Je m'arrête devant l'interphone et baisse la vitre pour appuyer sur la sonnette.

La porte s'ouvre avant même que je ne la touche. Il m'attend. Un petit frisson me parcourt la nuque. Suivi par une manifestation interne d'auto-énervement. Je suis tellement pathétique, putain. Je me réjouis qu'une personne qui sait que je vais venir chez elle attende mon arrivée. Comme si ça voulait dire qu'il était excité par ma visite et non pas qu'il savait simplement recevoir.

Je continue à m'engueuler toute seule en suivant le chemin. Et c'est alors que je vois sa maison et le frisson suivant n'a rien à voir avec Reeve. Il est complètement lié à toute cette magnificence sous mes yeux. Ce n'est pas la plus grande maison dans laquelle je suis allée, ni la plus extravagante, mais elle est le reflet parfait du style que j'apprécie le plus – moderne, aux lignes épurées et avec des tonnes de fenêtres.

Devant cette porte de garage gigantesque, derrière laquelle se cachent probablement une Aston Martin et une Bentley, ma Prius n'a pas l'air très à sa place. Dans cet environnement, je me rends compte que j'avais oublié que j'apprécie *les belles choses.* J'ai passé des années à naviguer dans un univers de luxe – de joaillerie, de yachts, de vêtements hors de prix et de voitures de prestige. Alors que je n'ai jamais été matérialiste comme Amber, il y a certains petits luxes auxquels je m'étais habituée. Et même si j'éprouve une certaine fierté à savoir que tout ce que je possède est le fruit de mon travail, je ne peux pas dire que certaines choses ne me manquent pas. Ce qui implique qu'un nouveau palier d'excitation me saisit lorsque je remonte à pied l'allée qui me mène à la porte d'entrée. Reeve est un homme très riche. Et il semblerait bien qu'il possède de belles choses.

Il semble aussi apprécier de se savoir en sécurité. J'ai remarqué deux hommes armés patrouiller dans le jardin, et si j'en ai repéré deux, ça veut dire qu'il y en a au moins quatre. Sans compter les gardes du corps qui sont certainement à l'intérieur de la maison. C'est une chose d'avoir un dispositif de sécurité, mais là, c'est trop. Je suis déjà allée à des soirées très privées avec un service d'ordre moins important.

Tout comme au portail, la porte d'entrée s'ouvre automatiquement devant moi. Un majordome – avec une arme à la ceinture – m'accueille et propose de prendre mon sac avant de me laisser en compagnie de l'un des gorilles de l'hôtel de Palm Spring. Celui-là même qui m'a maintenue pendant que Reeve a effectué sa fouille au corps – Anatolios.

« Mademoiselle Wayborn. Veuillez entrer. Monsieur Sallis vous attend. Suivez-moi. »

Tout comme la dernière fois, le ton de sa voix est en contradiction avec ses mots de bienvenue, mais ce coup-ci il m'observe avec un peu plus d'intérêt. Son regard est insistant et lubrique.

« Je vous remercie. »

Je lui emboîte le pas, mais ce que j'ai envie de lui dire, ce serait plutôt : « *Veuillez nous laisser seuls au bord de la piscine.* »

Cette pensée est stupide, car d'expérience, je sais qu'il nous observera au moins de loin et vu le regard qu'il m'a adressé, je sais très bien qu'il prend son pied à jouer les voyeurs. Une fois encore, je me demande ce qu'il pourrait bien savoir sur les autres femmes qu'a fréquentées Reeve, sur Amber aussi. Mais bon, je sais que je n'aurai jamais de réponse à cette question. Même si je suis relativement sûre maintenant de connaître le prix qu'il me faudrait payer pour qu'il me parle, mais je n'ai pas envie d'en arriver là.

Depuis l'entrée, le plan de la maison commence à se dessiner. Elle est étroite, construite tout en longueur avec de larges pièces alignées les unes après les autres, donnant toutes sur le canyon qui s'ouvre devant elle. En fait, l'arrière de la maison est entièrement constitué de baies vitrées. Même de l'intérieur, la vue est absolument incroyable. Du genre à couper le souffle et me faire m'arrêter pour l'admirer. Il y a toujours quelque chose à voir, quel que soit l'angle. Un côté donne sur Franklin Canyon Park, les baies vitrées sur la droite, elles, donnent sur Fryman Canyon Park, et sur la gauche, sur le Sunset Strip.

Puis, une fois que je suis acclimatée à la grandeur du paysage, quand j'aperçois la piscine, mon cœur se met à battre plus fort et ma respiration devient plus irrégulière. Ou plus précisément l'homme en maillot de bain rouge assis sur une chaise longue à côté du bassin.

Et il est bien dommage que toutes les fenêtres n'aient pas un angle de vue parfait sur chaque centimètre du jardin – et de la piscine.

« Par ici, Mademoiselle Wayborn. »

Anatolios est quelques pas devant moi et me désigne une porte ouverte sur une pièce et non pas sur le jardin.

Je le questionne du regard et il s'explique :

« Si vous souhaitez vous changer. »

Me changer. Pour mettre un maillot de bain. J'hésite.

Ce n'est pas une question d'être mal à l'aise avec la nudité. J'ai été mannequin et j'ai interprété quelques rôles pour les chaînes du câble qui ne nécessitaient pas de costume. Avant ça, avec Amber, j'avais fait déjà tellement plus que simplement me déshabiller que, pour moi, ce n'est pas grand-chose.

Cette fois-ci, mon appréhension vient d'une toute autre source. Je serai nue. Avec Reeve. Devant son majordome et Anatolios qui se mettront certainement à bander et aussi quiconque de présent dans cette maison, tout comme toute personne avec une paire de jumelles de l'autre côté de la vallée.

L'intégralité de ce scénario m'excite dans des proportions incommensurables.

C'est aussi un facteur de plus contre moi dans la catégorie vulnérabilité. Si je fais ça, si je sors de cette pièce en laissant la scène se dérouler comme j'en ai l'intention, je ne pourrai plus faire machine arrière.

Mais ce n'est pas comme si je pouvais changer d'avis et décider de porter un maillot de bain – je n'en ai pas pris. Et honnêtement, faire demi-tour n'est plus possible depuis quelque temps déjà.

Redoublant de détermination, je décline la proposition d'Anatolios.

« Non. Ça va, merci. »

S'il est surpris, il ne le laisse pas transparaître. Il désigne la porte vitrée devant nous et me dit d'y aller.

Il ne m'accompagne pas plus loin, ce qui veut dire qu'on lui a demandé de prendre ses distances. On lui a demandé de me laisser seule avec Reeve.

Mon estomac se serre. Oh, bon Dieu, je suis foutue.

J'ai l'impression qu'il y a des kilomètres à parcourir pour le rejoindre sur sa chaise longue. Il lit quelque chose sur une tablette. D'un seul coup, je suis nerveuse et j'ai la tête qui tourne. J'en reste figée sur place.

Puis il lève la tête. Il me regarde directement comme s'il savait exactement où j'étais.

C'est l'invitation qu'il me fallait. En me concentrant sur lui, il m'est facile de faire ces quelques pas. Il porte des lunettes de soleil, mais l'inclinaison de sa tête et sa posture immobile m'indiquent que ses yeux sont braqués sur moi. Cet homme est un incube et il m'appelle d'un chant de séduction que je connais si bien que je n'ai pas besoin de l'entendre pour réagir. Mon corps fredonne naturellement sa mélodie. L'air vibre en harmonie, le rythme se fait de plus en plus fort à chaque pas.

Lorsque j'arrive à sa hauteur, je me rends compte que je souris depuis que je suis sortie de la maison.

«Vous voilà», dit-il en arborant ce sourire qui lui est propre.

Il irradie tellement que mon attention passe de son sourire aux contours musclés du bronze de son torse sans parvenir à se fixer. J'ai envie de le toucher, de suivre les creux et les bosses de sa musculature du bout des doigts. De les dessiner de ma langue.

Mais j'ai aussi envie de continuer à regarder ses lèvres sourire.

«Vous avez eu du mal à trouver l'adresse? Je n'ai pensé que plus tard que j'aurais dû vous faire envoyer une voiture.

– Non. C'est bon. Aucun problème.»

Je n'ajoute pas que j'aurais refusé s'il me l'avait proposé. Je préfère disposer de la liberté que me procure mon propre véhicule. Il doit lire entre les lignes car il ajoute:

«Vous ne l'auriez pas acceptée de toute façon. C'est bon, je comprends, enfin je crois. Mais vous auriez pu venir plus tôt, par contre. Au lieu d'attendre au bout de la rue.»

Le rouge me monte aux joues.

«Je suppose que j'aurais dû m'y attendre.»

Mais mon embarras passe vite lorsque je me rends compte qu'il m'attendait. Qu'il m'a guettée. Je devrais être énervée de me sentir observée à ce point-là. Mais en fait, je suis ridiculement ravie qu'il l'ait fait.

« Probablement.»

Il ne détourne pas le regard. Je n'ai pas envie qu'il s'arrête. Impossible de m'empêcher de le dévisager également. Nous sommes tous les deux coincés avec nos sourires un peu idiots.

Je me rends compte que c'est à cause de ce satané baiser. Il nous a propulsés de la phase du flirt à celle de l'action. De ce que nous imaginions ressentir en cédant à notre attirance, nous sommes passés à la réalité. Ce baiser a transformé ce qui n'existait que dans notre esprit en une chose vivante, brûlante et palpitante.

Ou peut-être n'est-ce que moi. Ce serait probablement pour le mieux. Parce que la seule chose de pire que de tomber sous le charme de Reeve, ce serait de croire qu'il est tombé sous le mien.

Je me force à détourner le regard.

«Tout est très beau ici. Votre maison. La vue. Je suis certaine que vous ne vous en lassez jamais.

– Ça n'est pas encore arrivé », répond-il sans me quitter des yeux.

Ça ne veut rien dire. Ça ne veut rien dire. Bien sûr qu'il aime me mater. Il a déjà avoué qu'il voulait me baiser, ce dont il n'aurait pas envie s'il ne trouvait pas mon apparence acceptable. Et de toute façon, ce n'est pas comme si c'était la première fois qu'on me faisait le coup et je ne me suis jamais posé de question là-dessus. Alors pourquoi tant réagir quand Reeve en est l'auteur ? Pourquoi, de tous les hommes que je me suis tapés – de tous ces mecs riches, attirants et fous de moi –, pourquoi est-ce celui-ci qui me rend toute chose ?

«Arrêtez de cogiter comme ça, Emily, et rejoignez-moi. Asseyez-vous. Ou bien comptez-vous accepter ma proposition et aller nager ? »

Il m'observe même dans mes pensées.

Je *pourrais* m'asseoir. Il y a un petit chauffage d'appoint entre lui et la chaise longue suivante et l'idée de m'y installer confortablement est très tentante.

Sauf que je ne pense pas que c'est ce qu'il veut vraiment. D'ailleurs, ce n'est pas ce que je veux, moi non plus. J'ai envie de faire avancer notre histoire. J'ai envie de lui montrer que je suis à la hauteur, que je peux assumer ses préférences.

J'ai *envie* de ce qu'il préfère.

« J'imagine que votre piscine est chauffée ? »

Il me répond d'un signe de tête affirmatif et enchaîne :

« Est-ce qu'on vous a montré où vous pouviez vous changer ?

– Anatolios s'en est chargé. »

Eh bien, c'est maintenant ou jamais. Je prends une grande inspiration et me tourne vers lui.

« Mais il me semble me souvenir que vous préfériez me voir sans maillot. Ai-je tort ?

– Pas le moins du monde. »

C'est mon imagination ou son sourire vient encore de légèrement s'élargir ? C'est la faute de ces satanées lunettes de soleil – si seulement je pouvais voir ses yeux.

« On n'est pas vraiment à l'abri des regards, ici.

– J'ai remarqué. C'est marrant, vous n'en aviez pas encore parlé. »

Il se penche en avant et pose ses coudes sur ses genoux. Il me lance un défi :

« Ça vous pose problème ? »

Ah, ce jeu. Celui où il me propose des défis un peu fous et où il s'attend à ce que je recule. À une époque, j'adorais ça, et même si ça fait une éternité que je n'y ai pas joué, je suis prise d'une vague d'adrénaline qui ne souffre d'aucune hésitation, comme si je n'attendais que le top départ.

Mes doutes se sont tous volatilisés. Mes mouvements sont pleins d'assurance.

« C'est vous le jaloux. »

J'attrape le nœud qui retient ma robe autour de mon cou et marque une petite pause avant de reprendre :

« Du moins, c'est ce que vous m'avez dit. Ça ne vous pose pas problème que d'autres personnes me voient ?

– Du moment que ça se limite à une *vision* sans ma permission, ça me va, répond-il en se rencognant dans son transat. En fait, je suis même plus qu'à l'aise avec cette idée.

– Alors tout va bien. »

Je tire sur le nœud de ma robe et la laisse tomber à mes pieds, mon corps est totalement nu. Ce n'est pas de très bon goût de regarder sa réaction, mais je ne peux pas m'en empêcher. De toute façon, son expression est en grande partie dissimulée par ses lunettes de soleil, mais il ne peut pas tout cacher. Le mouvement de sa pomme d'Adam lorsqu'il déglutit, pour commencer. Ses mains qui agrippent les accoudoirs, les jointures de ses doigts qui blanchissent. L'émergence de son membre à travers son maillot de bain.

Je ravale mon sourire satisfait pour lui demander :

« Et vous ? Vous allez nager nu également ?

– Je ne vais pas nager du tout. J'admire. »

Il contrôle ses cordes vocales, mais à peine. Il veut admirer. Ça change la donne. Pas tout, car j'aime qu'on me regarde, mais je m'étais dit qu'on m'observerait avec Reeve et non pas que lui serait le spectateur de la scène.

Je lui tourne le dos et avance vers le bord du bassin, me laissant le temps d'assimiler ce nouveau scénario. Avant de plonger, je pivote la tête vers lui et lui demande :

« Pourquoi ai-je l'impression de passer une audition ?

– C'est peut-être le cas ? »

L'eau n'est pas aussi chaude que je l'aurais cru, ou c'est peut-être le souvenir d'Amber qui me fait frissonner. Elle est comme mon ancre – elle me maintient en place, elle rend difficile ma remontée après mon plongeon, plus difficile que celle-ci ne devrait l'être.

Dans ma tête, je l'entends me dire : *Il aimait m'admirer, moi aussi.*

Cette idée me met sur la défensive et me rend jalouse, elle me poursuit pendant mes longueurs. Chaque respiration, chaque mouvement est un effort pour me débarrasser de son intrusion dans mon esprit. Ce qui est ridicule, car je ne suis là que pour elle, à la base, pour la retrouver. Pour la protéger.

J'en suis secouée. Pourquoi la nature de sa relation avec lui m'importe-t-elle ?

Au bout de vingt longueurs, je n'ai toujours pas de réponse. Tout ce que je sais, c'est que ça ne dérange pas Reeve que des gens me regardent, donc cela m'importe peu également. Mais je veux être la seule personne qu'il admire.

Cette révélation me pousse à sortir la tête de l'eau, cherchant l'air frais. Je m'accroche au bord du bassin et m'oblige à me calmer.

«Vous êtes superbe dans cette piscine.»

Je lève les yeux pour trouver le regard de Reeve fixé sur moi, ses lunettes de soleil ont maintenant disparu. Le compliment me réchauffe le cœur et j'en éprouve des picotements dans les jambes. Il n'aurait jamais pu dire ça à Amber, elle ne savait pas nager.

C'est minable. *Je* suis minable. Mais je souris quand même.

« Normalement, je devrais faire encore vingt longueurs de plus.

– Non, rétorque-t-il soudain d'une voix autoritaire. Abstenez-vous. Venez vous asseoir à côté de moi.»

Les picotements se répandent partout dans mon corps et s'intensifient en prenant un rythme régulier. Je suis nue, il m'admire et ça m'excite. Et même si, en définitive, mon objectif reste de retrouver mon amie, j'ai envie de lui. J'ai envie qu'il me désire aussi.

Je me hisse sur le bord du bassin et, en désignant le cou de Reeve d'un mouvement de tête, je lui demande :

«Je suppose que je ne peux pas me servir de votre serviette ?»

Ce sourire. Son sourire. Il m'achève à tous les coups.

« Si vous le souhaitez. Mais je préférerais vous voir sécher à l'air libre.

– Bien entendu, dis-je en fronçant les sourcils avant de m'essorer les cheveux.

– Ah, arrêtez de faire cette tête. Vous aimez ça. »

Mes tétons sont durs comme le béton parce qu'il fait froid, mais aussi parce *qu'effectivement*, j'aime ça. J'aime tout dans cette situation. Le fait qu'il le reconnaisse ne fait qu'accroître mon plaisir. Je laisse mon visage reprendre son expression normale. Mais je reste dans la même position. Je ne suis pas certaine que mes pieds puissent me porter.

Peut-être le comprend-il également, car il se lève, prend la serviette autour de son cou et l'étale sur la chaise longue à côté de la sienne, comme une couverture. Puis il s'approche de moi et me tend la main en me disant :

« Le chauffage devrait vous réchauffer assez rapidement. Venez. »

Ses doigts s'enroulent autour des miens et m'envoient des décharges électriques. Ou c'est peut-être à cause de sa façon de me regarder. Il s'attarde sur ma poitrine, sur la jonction de mes cuisses, son regard me caresse comme si c'était sa main. Comme s'il passait le plat de son pouce sur mon téton et la pulpe de ses doigts sur mon clitoris.

Il m'accompagne jusqu'à la chaise longue et je dois puiser dans mes réserves de volonté pour m'empêcher de l'attirer contre moi. Puis il relâche ma main, mais il continue à me toiser alors qu'en silence je l'appelle pour qu'il pose son corps contre le mien. Il finit par me demander :

« Désirez-vous boire quelque chose ? Un café ? De l'eau ? Un Mimosa ?

– Est-ce que l'un de vos gorilles me l'apportera ? »

À son sourire, je devine la réponse, alors je complète :

« Non, ça ira. Merci.

– Vous n'avez pas envie qu'on vous tienne compagnie ? »

Au ton de sa voix, je devine que la question n'est pas de savoir si je me soucie qu'on me voit nue – nous avons déjà tranché la question. En fait, il me demande de confirmer si, oui ou non, je souhaite que nos activités sexuelles restent entre nous ou qu'elles soient partagées.

J'aurais dû lui dire que la balle était dans son camp. J'aurais dû lui montrer que je suis prête à faire tout ce qu'il veut. C'est comme ça qu'on ferre un amant. Je sais comment ça se passe.

Mais si je ne le veux pas, c'est à cause de ce que j'ai découvert en nageant – je veux Reeve pour moi toute seule. Et je veux qu'il ne soit qu'à moi.

Ne peut-il pas le deviner comme il a déjà su déchiffrer tout le reste ? L'idée me fait grimacer, détourner le regard, même, mais je ne peux simplement pas me contraindre à changer ma réponse. Du coup, j'opte pour un air nonchalant en haussant les épaules pour poursuivre :

« La seule compagnie qui m'intéresse est déjà présente. »

Son petit rire me fait craindre d'avoir répondu à côté de la plaque, surtout lorsqu'il retourne sur sa propre chaise longue. Je réprime le soupir de frustration qui menaçait de m'échapper et serre mes cuisses l'une contre l'autre dans l'espoir de me soulager un tant soit peu.

Reeve se gratte le torse, et le regard perdu dans le vague, me dit :

« Vous êtes époustouflante, Emily. Je sais que vous en êtes consciente. Incroyablement magnifique. »

Ses mots admiratifs me semblent froids et distants, il les prononce avec autant de passion qu'une analyse statistique.

« Mais dans le coin, il y en a dix à la douzaine des jolies filles. Votre beauté ne vous rend pas spéciale.

– Alors mon audition est un échec ? »

La bosse dans son maillot de bain m'empêche de trop m'inquiéter. Il se tourne alors vers moi pour reprendre :

« *Au contraire.* Vous ne seriez pas ici sans vos atouts physiques. C'était la première étape. Vous voici dans la liste des finalistes. »

D'un geste de la main, il désigne son ventre et s'arrête à la limite de son maillot en poursuivant :

« Je suis très attiré par vous.

– Je vois ça, dis-je en inclinant la tête vers son érection.

– Je n'essaie pas de vous le cacher. En fait, c'est comme ça que vous passez la deuxième salve de sélections.

– Alors je l'ai passée il y a un petit bout de temps.

– Oui, effectivement. »

Il pose sa main à plat sur son sexe et je me sens comme emplie de lave en fusion. J'aimerais tellement que ce soit ma main à la place de la sienne. Un mot de sa part et je le prendrais dans ma bouche.

Mais Reeve est un maître de la patience. Un maître de la volonté.

Il laisse tomber sa main sur son flanc et poursuit :

« Bon Dieu, je ne peux pas m'arrêter de vous regarder. Vous êtes parfaite. Votre poitrine est somptueuse. Elle est naturelle, n'est-ce pas ? »

Je la sens plus lourde sous son regard.

« Oui. Vous pouvez la toucher, si vous le souhaitez. »

Je suis désespérée et pathétique. À deux doigts de me mettre à le supplier.

« Oui, je sais, répond-il en restant pourtant immobile. Et le reste de votre corps... Vos longues jambes, votre petit cul bien ferme. Votre joli minou. »

Il soupire en gémissant légèrement et mes cuisses tremblent de plus belle.

« Je suis très content de simplement vous regarder. »

Il a listé mes attributs physiques comme quelqu'un qui essaye de décider d'acheter un animal domestique. C'est une objectification flagrante de mon corps et je devrais en être dégoûtée, je devrais avoir la nausée.

Mais non, tout le contraire. Je suis brûlante, chaque terminaison nerveuse de mon corps s'éveille à une nouvelle ardeur. Alors pourquoi sommes-nous toujours loin l'un de l'autre ?

Je me roule en boule sur le côté pour mieux le voir et lui dis :

« J'aime vous l'entendre dire. Merci. Dois-je vous annoncer que j'aime vous regarder également ?

– Peu importe. Mais par pure curiosité, est-ce le cas ? »

La plupart des hommes s'attendent à ce genre de discours, même s'ils savent qu'il est mensonger. Je suis très douée pour leur faire croire que je le pense vraiment. Mais c'est avec une complète sincérité que je lui réponds, cette fois-ci :

« Oui.

– Bien, rétorque Reeve d'un air songeur. Peut-être était-ce important, après tout. »

Nous flirtons. Après tout ce que nous nous sommes dit, nous en sommes encore à danser l'un autour de l'autre. Je suis nue et il bande, mais au lieu de nous toucher, de nous embrasser, de nous repaître du corps de l'autre, nous flirtons.

Je me rassieds en me détournant de lui. Puis, en posant mes pieds sur le sol carrelé, je lui demande :

« Est-ce l'objectif de la journée ? Simplement se regarder ? Ou avez-vous d'autres projets pour moi ? »

Reeve se frotte les mains l'une contre l'autre pour me répondre :

« Tant de questions. Tant d'enthousiasme. »

Il les laisse tomber sur ses cuisses et penche la tête vers moi avant de poursuivre :

« Honnêtement, je n'ai pas encore pris de décision.

– N'importe quel autre homme m'aurait déjà attribué le rôle, à l'heure qu'il est. Pouvez-vous me dire ce qui vous manque pour vous décider ? Je suis à l'agonie. »

Je serre un peu plus les cuisses pour accentuer la force de mes propos, mais aussi pour essayer d'apaiser la douleur lancinante qui s'y est installée.

Reeve se redresse à son tour et me transperce de son regard, m'immobilisant pour me répondre :

«Vous voulez savoir ce dont j'ai besoin, Emily ? J'ai besoin que vous me disiez que vous savez qui est le boss dans cette histoire.»

Je ne cille même pas pour lui répondre :

« C'est vous bien sûr. Qui d'autre ?

– Nous n'en avons pas encore terminé là-dessus, rétorque-t-il en secouant la tête. C'est même un point crucial. Vous dites que je suis le boss, mais nous savons tous les deux que vous vous rebellez contre cette idée. Vous aimez également diriger les opérations.»

J'ouvre la bouche pour protester mais je me retiens de continuer. Pourquoi l'en dissuader ? C'est l'image que je projette depuis le début : je l'ai poussé, incité et forcé à agir parce que je pensais que c'était la seule manière possible de m'approcher de lui. N'est-ce pas ironique ? C'est tout l'inverse de ce que je désire. Ce qu'il souhaite vraiment obtenir de moi est exactement ce que j'ai envie de lui donner. Drôle, non ? Et ça, je m'empêche de le donner à quiconque depuis très longtemps.

J'enveloppe mes genoux du cercle de mes bras et me plonge dans l'observation de ma pédicure. Puis je finis par lui répondre honnêtement :

« Non. Ce n'est pas vrai. On a trahi ma confiance dans le passé et il m'est maintenant plus difficile de m'abandonner.»

Ma voix est lourde de sens, à deux doigts de craquer, pourtant les mots suivants me viennent facilement :

« Et peut-être n'est-ce pas très juste de vous demander d'être patient avec moi, mais je vous promets que je peux en valoir la peine. Parce que j'aime qu'on me dirige.»

Je lève enfin les yeux vers lui pour finir par lui avouer :

«J'ai envie que vous me dirigiez.»

Même si j'ai retiré mes vêtements quelques minutes après mon arrivée, je commence juste à me sentir véritablement nue.

Reeve me dévisage, il ne cille pas. Rien ne vient adoucir ses traits ou altérer l'expression de son regard, mais lorsqu'il reprend la parole, le son de sa voix est plus rauque, à vif, comme si ma supplique l'avait rendu à son tour plus vulnérable.

« Dans ce cas, il ne nous reste plus qu'à faire un essai. »

Je fouille son regard pour y chercher l'invitation que je déduis de ses paroles. Comme je ne suis pas certaine de la trouver, je tente ma chance et tombe à genoux devant lui et tends la main vers la cordelette de la ceinture de son maillot. Il la repousse directement. Mais avant même de ressentir de la frustration, il clarifie son geste :

« Non. Je suis certain que votre bouche est très agréable. Je l'ai embrassée et j'ai une bonne imagination. C'est plus votre chatte qui attise ma curiosité. »

Alors, j'avais bien raison. Alléluia de bordel de merde. Parce que je n'ai plus envie d'attendre. Mon corps est prêt. J'ai envie et besoin de le sentir en moi, plus que mon prochain souffle.

Je me laisse tomber sur mes coudes, derrière moi, et j'écarte les cuisses, puis je passe un doigt le long de ma fente à nu.

« Eh bien la voilà », dis-je en accompagnant mon geste d'un sourire coquin.

Le regard de Reeve se fait plus sombre et intense.

Puis, sans préambule, il se jette sur moi, me maintient contre le sol si dur, les bras le long du corps, tandis qu'il reste à quelques centimètres à peine au-dessus de moi. Même s'il a l'air en proie à un désir ardent, il semble également intransigeant et en colère.

« Ne m'allumez pas. Ne m'allumez jamais. Je prends ce que je veux, quand je le veux, comme je le veux. Ne songez même pas que vous pourriez influencer mes actes par les vôtres. Est-ce bien clair ? »

Je ravale la boule de peur et d'excitation qui me bloque la gorge.

« Oui.

– Qui dirige cette production ?

– Vous. »

Je peine à m'empêcher de bégayer, et merde, je mouille encore plus. Il hoche la tête une fois et continue durement :

« Maintenant je vais te baiser. Je ne vais pas mettre de capote. J'ai vu tes dernières analyses sanguines… »

Je suis trop surprise pour réfléchir avant de l'interrompre :

« Vous avez vu mon dossier médical ? »

Il pose brusquement sa main sur ma bouche sans me ménager. Puis il relâche un peu son étreinte, laissant ses doigts se promener sur ma lèvre inférieure.

« Je ne suis pas certain que tu aies compris qui je suis, Emily.

– J'apprends. »

Mon cœur bat à tout rompre. La main de Reeve descend plus bas, le long de mon cou, là où palpite mon sang à sa base.

« Non, pas encore. Mais bientôt. »

Mais bientôt. Ces mots sont une promesse que je brûle de le voir tenir. Je veux qu'il me montre quoi faire, qu'il m'apprenne à bien me comporter et me corrige. Je suis tellement désespérée d'apprendre à lui faire plaisir que je ne peux pas me l'expliquer.

Il presse son bassin contre le mien et je sens la pulsation de son sexe contre mes chairs à travers la fine barrière de son maillot.

« Tu en as toujours envie ?

– Plus que jamais. »

Ses lèvres esquissent un sourire appréciatif tandis que sa main avance vers la cordelette.

« Je me fous de savoir si l'expérience est plaisante pour toi ou non.

– Qu'est devenu le discours sur la valeur retirée par les deux parties ? »

Les mots à peine sortis de ma bouche, je me rends compte que je repousse mes limites. Mais Reeve ne fait que sourire d'un air suffisant.

« Ce n'est pas moi qui suis en plein test. C'est toi. Je n'accorde de valeur que lorsque je sais qu'elle est méritée.»

Ce n'est peut-être pas le meilleur moment pour lui renvoyer ses mots en pleine figure, mais ça sort tout seul.

«Vous avez une assurance absolument démesurée. Certains iraient même jusqu'à dire que vous frisez l'égocentrisme.

– Emily... »

C'est un avertissement, pourtant je jurerais qu'une lueur amusée anime son regard.

Mais bon, je suis allée trop loin, c'est une certitude. Et je ne sais même pas pourquoi. Je n'ai simplement pas pu m'en empêcher, comme si j'essayais de lui résister jusqu'à la dernière seconde et que quelque part je me détestais d'enfin lui céder.

Ou peut-être est-ce autre chose de complètement différent. Je sais simplement à quel point ce sera bon d'enfin me soumettre, à quel point ce sera gratifiant. Et ça me fait très peur. Presque autant que l'idée de ne jamais vivre ce moment.

Je suis tellement excitée. Chaque cellule de mon être est en feu, prête à entrer en combustion spontanée. Et Reeve est là, sur moi, à me dire qu'il va me prendre et que tout ce que j'ai à faire, c'est de le laisser agir. Je redeviens sérieuse et je lui dis :

« D'accord, c'est bon. J'arrête.

– C'est bien.»

Il pose ses coudes par terre, encadrant mon visage de ses bras, puis m'incite à écarter les cuisses d'un mouvement de genoux et prend place. Je sens l'extrémité de son sexe contre le mien, je le sens tressauter alors que son regard s'attarde sur mes lèvres et ma poitrine – lèvres qu'il n'a pas encore embrassées aujourd'hui, poitrine qu'il n'a pas encore touchée, ni léchée.

C'est à cet instant que je comprends qu'il ne le fera pas. Pas cette fois-ci. Il ne me caressera pas, ni n'explorera mon corps, même si je vois bien qu'il en a envie. Il va rendre notre rapport aussi stérile que possible. Pourquoi ? Je n'en ai pas la moindre idée. Pour dire qu'il s'est contrôlé ? C'est peut-être une sorte de défi jeté à lui-même. Ou une façon de se prouver quelque chose ?

Quelles que soient ses motivations, je ne peux pas le suivre. J'ai besoin d'être soulagée. Je suis partie trop loin dans mon excitation, c'est trop douloureux. Au risque de franchir encore la limite, je lui demande :

« Est-ce un problème si je m'implique ? Si je prends du plaisir ? »

Il hésite une fraction de seconde avant de me répondre :

« Pas le moins du monde, vas-y. »

Je pose une main sur son épaule et je baisse l'autre vers mon clitoris au moment où il me pénètre. Je pousse un cri, autant par surprise que par douleur, mais surtout par plaisir. Je n'étais pas franchement prête et merde, il est sacrément membré, ou alors il me complète à la perfection. Je ne sais pas, je ne l'ai pas vraiment vu, en fait.

Reeve plonge son regard dans le mien. Même s'il ne dit pas un mot, je vois qu'il est tout aussi choqué que moi par… Par quoi au juste ? Ce premier contact ? Notre complémentarité anatomique ? Les vagues d'électricité qui irradient depuis que nous nous sommes enfin unis ? Merde alors, il n'a même pas commencé à bouger.

Et c'est là qu'il s'y met.

Il bouge, dans un va-et-vient profond et régulier. Chaque fois qu'il me pénètre, c'est jusqu'au bout. Chaque fois qu'il repart en arrière, c'est jusqu'au gland. Son lent tempo langoureux me fait ressentir chaque centimètre de sa queue et il ne manque jamais de m'emplir, puis de me soulager. La tension s'accumule. Avec la pression que j'ajoute sur mon clitoris, je basculerai bientôt de l'autre côté. *Trop* tôt.

Reeve garde la même tête. Il se maîtrise, il est en plein contrôle, alors que moi, je pars en roue libre. Je commence à éloigner ma main quand Reeve me dit :

« Remets ta main en place. Continue à te toucher. »

Seul le ton rauque de sa voix trahit son excitation.

« Je croyais que tu te foutais de ce que je ressentais. »

Je parle de façon hachée tant ma respiration est laborieuse, et une lueur danse dans le regard de Reeve.

« Rien à foutre. Mais si tu jouis, ce sera meilleur pour moi. »

Je reprends mes caresses sur mon petit paquet de nerfs, doucement, mais même en retenant la pression, mon orgasme se met déjà à monter. C'est tellement érotique – l'attitude détachée de mon amant, sa façon primaire de me besogner, le fait que tout le monde puisse nous voir dans la maison. Mes ongles s'enfoncent dans son épaule et je mords ma langue pour essayer de rester aussi stoïque que lui alors que de petits soupirs de plaisir s'échappent de mes lèvres closes.

Reeve se penche en avant et modifie l'inclinaison de mes hanches, il s'enfonce alors encore plus profondément dans mes chairs. Puis il accélère la cadence, mes fesses frottent sur le sol nu. La voix encore plus rauque, à vif, il reprend :

« Puisque je fais tout ça seulement pour moi, tu n'as pas besoin de me dire si c'est bon. Parce que je m'en fous.

– D'accord. »

Mais merde, c'est trop. C'est tellement bon.

« Ah bon Dieu. C'est tellement. Ah.

– Tais-toi. N'essaie même pas de me parler. »

Le ton de sa voix ne fait que me précipiter encore plus vers mon plaisir.

« Je ne dis. Rien. Du tout. »

Mais j'y suis, ça déborde de partout et des sons incohérents sortent de ma bouche, ils n'ont aucun sens tout seuls, mais ensemble, ils révèlent à quel point la sensation est incroyable. Mon corps entier se met à trembler lorsque mon orgasme me déchire. Je ferme les yeux, serre les paupières et le laisse m'emporter.

Étrangement, j'arrive tout de même à entendre Reeve parler :

«Tu es en train de jouir. Je le sens. Putain, Emily, tu serres super fort.»

Il force son passage à travers mes chairs contractées, il continue son va-et-vient avec une détermination féroce. Lui aussi est en train de jouir, se projetant contre mon bassin en faisant jaillir sa semence en moi.

Une fois calmée, j'ouvre les yeux pour le découvrir toujours à quelques centimètres. Il me dévisage encore avec intensité. Je ne parviens toujours pas à déchiffrer l'expression de son visage, mais je décèle tout de même une attitude interrogatrice dans le froncement de ses sourcils. Ou de la confusion. Voire de l'irritation.

Je prends une grande inspiration tant bien que mal en me demandant ce qu'il lit en moi. De la déception, très certainement. Je ne m'attendais pas à renverser sa vision du monde, mais j'aimerais au moins savoir si je lui ai donné du plaisir.

Mais bon, il est encore en moi. C'est peut-être le cas.

J'ai l'impression que nous restons dans cette position pendant une éternité. Il finit par s'agenouiller en remontant son maillot de bain aussi rapidement qu'il s'est extirpé de mes chairs. Il promène un doigt solitaire le long de ma chatte complètement lisse et me dit :

« La prochaine fois que tu vas à l'institut de beauté, laisse-moi une piste d'atterrissage. Je n'aime pas avoir l'impression de baiser une gamine.»

Et là, il m'abandonne. Je me rhabille rapidement et le suis dans la maison, mais ni Reeve ni Anatolios ne viennent à ma rencontre. Le majordome me rend mon sac à main et je suis escortée jusqu'à la porte d'entrée.

12

J'ai à peine enfoncé ma clef dans la serrure que mon portable se met à sonner. Même si je jongle déjà à moitié pour tenir entre mes mains le courrier, le script des épisodes que nous allons tourner la semaine prochaine et le Coca light que j'ai acheté à la station-service en revenant du boulot, quand je vois le nom de Reeve s'afficher sur l'écran, je réponds.

Sans préambule, il m'annonce directement :

«J'ai envie de te voir.»

Le son de sa voix suffit à me faire des choses dans le ventre et mes pensées les plus salaces refont surface.

«Ah oui ?»

Je coince mon portable entre mon épaule et mon oreille pour ouvrir la porte. Une fois à l'intérieur, je laisse tout tomber sauf le téléphone et ma canette et je me retourne pour refermer la porte. C'est à ce moment-là que je repère une Bentley grise garée de l'autre côté de la rue. Je vis dans un quartier relativement bourgeois, mais quand même pas à ce point-là. Cette voiture attire mon attention.

Mais je ne maîtrise pas aussi bien ma curiosité que Reeve.

«Si ce n'était pas le cas, je n'en parlerais pas.»

Il y a comme un côté joueur dans le ton de sa voix, j'en suis toute chose, et déjà à bout de souffle.

On se calme, Emily.

« Est-ce que ça veut dire que j'ai réussi mon audition ? »

Comme c'est le silence radio depuis que je suis partie de chez lui il y a plusieurs jours, c'est le bazar dans ma tête, un coup je me dis qu'il réfléchit et qu'il prend son temps, un autre, je me dis que j'ai complètement merdé. Dans un cas comme dans l'autre, j'ai été plus que distraite ces derniers jours, sans parler de toutes ces piles que j'ai usées.

«Y avait-il un doute sur la question ? »

Je me laisse tomber sur le fauteuil de l'entrée et pèse mes prochains mots avec attention. Ce n'est pas le moment de me la jouer collante, après tout, mais j'ai envie qu'il m'attribue un rôle plus important que celui de plan cul régulier. Je finis par lui répondre :

« Il y a même beaucoup de questions. L'audition a eu lieu dimanche. On est vendredi et c'est seulement maintenant que je reçois un coup de fil. Tu ne te la jouerais pas un peu distant, Sallis ?

– Tu sais que les délibérations sont longues après un casting, rétorque-t-il le sourire dans la voix. Pour répondre à beaucoup de tes questions, je vais dire que tu as le rôle. Tu l'as décroché haut la main. Et maintenant, j'ai envie de te voir.

– *De me voir…* Histoire que l'on soit bien clairs, pourquoi veux-tu me voir ?

– J'ai envie de te baiser.»

Bon Dieu, comment fait-il pour me faire rougir aussi facilement ?

« Et quand souhaiterais-tu… ?

– Maintenant. Une voiture t'attend devant chez toi.»

La Bentley.

« Comme c'est attentionné. Mais pourquoi ne… »

Je m'interromps avant de finir par refuser de me faire conduire en voiture. Même si je déteste l'idée de me retrouver coincée chez lui sans mon propre moyen de transport, je dois faire un effort pour lui obéir.

« D'accord.

– Parfait. »

Je suis déjà à mi-chemin vers mon dressing à m'inquiéter de ce que je vais bien pouvoir mettre au dernier moment comme ça.

« Dis à ton chauffeur que j'arrive dans dix minutes.

– Non.

– Non ?

– Quoi que tu penses nécessaire de faire avant de me voir est inutile. »

Son impatience me fait tourner la tête. Je dois me contrôler pour qu'il ne m'entende pas glousser comme une dinde.

« Laisse-moi au moins mettre des vêtements qui n'ont pas été portés pendant un shooting de douze heures d'affilée. Ce sera réglé en cinq minutes. »

Ma jupe noir et blanc est propre. Je pourrais la mettre avec un top à bretelles rouge et une veste blanche, puis enfiler vite fait ma paire de Louboutin avec des petites touches rouges, celle aux talons de dix centimètres.

« D'accord, cinq minutes, me concède Reeve. Honnêtement, Emily, ne perds pas trop de temps à choisir une tenue. Quoi que tu aies sur le dos, ça ne le restera pas longtemps. »

* * *

Finalement, ce n'est pas si mal de me faire conduire jusque chez lui. J'ai le corps qui frétille de partout, du coup j'ai du mal à entendre ce qu'il se passe dans ma tête et j'ai désespérément besoin d'y mettre un peu d'ordre avant de revoir cet homme. Comme je n'ai pas à tenir le volant, j'ai le temps de me concentrer sur autre chose.

Tu as un but. Un but qui n'a rien à voir avec le truc que tu dois arrêter de sentir vibrer entre tes cuisses. J'ai passé beaucoup de temps à réfléchir à mon plan pour me rapprocher de Reeve, alors en gros, je sais quoi faire, mais puisque cette mission repose en grande partie sur de l'improvisation, tout n'est pas calé au millimètre près. Bien entendu, je cherche des signaux qu'Amber aurait pu m'envoyer, et idéalement, je pourrais gagner la confiance de Reeve à tel point qu'il pourrait laisser échapper quelque chose.

J'y crois à mort. Trop le style de M. Je Contrôle Tout.

Peut-être que si je m'introduis dans son cercle de proches… S'il me fait venir à ses dîners avec Vilanakis ou même d'autres amis, peut-être qu'à ce moment-là je pourrais trouver une piste valable.

Il s'est passé tellement de temps et même Joe n'a rien trouvé de neuf depuis plusieurs jours. Il y a de bonnes chances pour que je suive une piste qui s'est refroidie depuis bien longtemps.

Mais même si j'arrive trop tard pour sauver Amber, je dois découvrir ce qu'il lui est arrivé.

Ou tu cherches juste une excuse pour te jeter sur ce mec.

Et la revoilà, c'est sa voix que je viens d'entendre dans ma tête, aussi clairement que si elle était assise à côté de moi. Je lui réponds calmement :

« C'est peut-être vrai, Amber. Mais c'est aussi pour toi que je le fais.

– Vous avez dit quelque chose, Mademoiselle Wayborn ? »

Je lève la tête pour découvrir que le chauffeur me regarde dans le rétroviseur.

« Désolée, je parlais toute seule. »

Il me répond d'un sourire gêné. Il n'a probablement pas l'habitude de discuter avec les personnes qu'il véhicule. C'est une opportunité. Même si je sais que Reeve espionne tous ses employés, je dois bien pouvoir tirer quelque chose de ce type. Je me penche vers lui pour reprendre la conversation.

« Moi c'est Emily, au fait. »

Il hoche la tête une fois et me refait ce sourire bizarre qui me dit qu'il ne m'appellera jamais autrement que mademoiselle Wayborn.

« Et vous, votre nom, c'est... »

Son regard va et vient entre la route et le rétroviseur et il finit par me répondre :

« C'est Filip. »

Le personnel de Reeve est sérieusement formé à se taire. Je ne devrais pas avoir l'impression de devoir arracher les ongles de quelqu'un pour simplement connaître son nom.

Et maintenant qu'il me l'a dit, c'est l'impasse. Je réfléchis une seconde avant de le relancer :

« Aurais-je décelé un accent chez vous ? D'où venez-vous, Filip ?

– Egaleo, Mademoiselle. »

Je n'ai jamais entendu le nom de ce bled, mais je tente un truc :

« Est-ce en Grèce ?

– En banlieue d'Athènes », rétorque-t-il en hochant la tête.

Soit Reeve apprécie de communiquer avec ses employés dans un langage que la plupart des gens de ce pays ignorent, soit il aime s'entourer d'employés de son pays d'origine. Enfin de celui de ses parents. Difficile de ne pas dire que tout ça pue la mafia à plein nez. J'ai grandi au son des histoires d'Hollywood et je suis assez maligne pour savoir que la théorie la plus scandaleuse n'est pas toujours la plus proche de la vérité. Alors je dois lui accorder le bénéfice du doute.

Sauf qu'en arrivant chez Reeve, Filip m'ouvre la portière de la voiture. Il ne porte pas de cravate, et en passant, j'aperçois le bout d'un tatouage dans le col de sa chemise.

Je m'arrête en plein mouvement et lui dis :

« Il est intéressant ce tatouage. Qu'est-ce que ça représente ? »

Filip tire sur son col et le recouvre pour me répondre :

« Rien. M. Sallis vous attend à l'intérieur. Entrez directement. »

Mais j'ai pu voir ce que c'était avant qu'il ne le cache. C'est un V stylisé qui ressemble beaucoup au motif de la chevalière de Michelis Vilanakis.

* * *

Personne ne m'accueille à la porte quand j'arrive et j'actionne la poignée pour ouvrir sans difficulté. Je traverse l'entrée, les talons de mes chaussures résonnent dans la maison plongée dans le silence. Quand le long couloir finit par s'ouvrir sur le séjour, Reeve apparaît, vêtu d'un costume anthracite, d'une chemise noire et d'une cravate grise. J'oublie complètement Filip et son tatouage. Reeve est tellement saisissant, si captivant, si bouleversant – il me faut un instant pour reprendre mon souffle.

Instant que je n'ai pas.

Il me saute immédiatement dessus et pose une main sur ma hanche tandis que l'autre se mêle à mes cheveux. Il me tient comme ce matin-là dans ma cuisine et m'embrasse. C'est une déclaration. Il me possède. Il me dévore. Il lèche mes lèvres de caresses audacieuses et possessives, il dessine sa présence du bout de sa langue, il vole l'air de mes poumons et bouleverse mon univers.

Puis sa main quitte ma hanche pour remonter le long de ma poitrine et enfin – *enfin* – se pose sur mon sein. Sa prise est ferme, ses doigts s'enfoncent dans mes chairs et les malaxent, ils se contractent, comme ma chatte qui ne demande qu'à se serrer autour de sa queue. Je m'agrippe à sa veste pour ne pas perdre l'équilibre, prête à me plier à son désir de me plaquer sur le canapé, par terre ou contre le mur. Prête à le sentir remonter ma jupe autour de ma taille et plonger dans la chaleur de mon corps.

Juste au moment où je perds la tête et que mon désir commence à m'emporter, il interrompt notre baiser. Le sourire qui s'affiche sur ses lèvres est aussi grand que celui sur les miennes, c'est sûr.

« Merci de me laisser jouir de ta présence. Et avant que tu ne fasses une blague vaseuse sur le fait que tu n'aies pas encore joui, je t'assure que ça va venir. »

J'éclate à moitié de rire, l'autre moitié de mon corps est en train de fondre de désir par anticipation.

« Eh bien, contente qu'on ait répondu à cette question. »

Sa main est toujours posée sur mon sein et son pouce taquine mon téton alors que l'autre est encore enroulée autour de ma nuque. Il me regarde avec attention, avec une telle intensité, comme si malgré tout le temps qu'il avait passé à me détailler avec minutie il ne m'avait encore jamais vraiment vue.

Au bout d'un petit moment dans cette position, il reprend :

« Je suis un bien piètre hôte. Je devrais te dire de te mettre à l'aise, mais tout ce qui m'importe c'est d'être, moi, bien à l'aise dans ton corps. »

Ah bah pourquoi pas ? Mais tout ce qui sort, c'est un :

« Euh, ah. »

Sa bouche retrouve la mienne et ses mains se posent sur mon cul pour m'attirer contre lui. Si son dernier baiser a été intense, celui-ci est dévorant. Mon visage brûle des passages de sa barbe naissante et mes lèvres sont enflées de ses mordillements. J'enroule une de mes jambes autour de sa cuisse en m'ouvrant à lui, j'en suis quasiment à me frotter contre son intimité.

D'un seul coup, ma capacité de réflexion fait son grand retour. Je ne sais pas d'où ça sort, mais des idées commencent à m'assaillir de partout et elles entrent en compétition avec mes sens. Ces pensées fusent : *Waouh, je ne m'attendais pas à ça. Le déshabiller, ça dépasserait les bornes ? Je n'étais pas censée faire un truc en arrivant ? Si c'est ce qu'il me fait ressentir avec un baiser, comment vais-je survivre à cette nuit ?*

Je romps le lien entre nos lèvres et presse mes mains contre son torse pour mettre un peu de distance entre nous.

J'ai presque peur que Reeve n'accepte pas ma mise en retrait. J'ai aussi la trouille qu'il l'accepte.

Mais ce soir, il est en mode gentleman. Il prend mon visage en coupe et me demande :

« Que se passe-t-il ? »

Mon regard passe du col de sa chemise à son oreille, puis à son menton – partout où je ne serai pas distraite par ses lèvres. Je me promets d'y revenir un peu plus tard. Je dois d'abord me remettre Amber en tête. Me rappeler que je suis là sous un faux prétexte. Je pourrais peut-être avoir besoin d'exiger quelque chose de la part de Reeve, ce qui implique que je doive définir le rôle que je joue actuellement – celui d'une fille qui cherche un protecteur. Je dois lui demander… un truc… pour établir un marché qui régira notre relation, un échange de biens matériels contre mes faveurs. Je dois le faire maintenant, pendant qu'il est de bonne humeur. Mais que pourrais-je lui demander ?

Je ne sais pas et pourtant, il attend que je lui dise quelque chose.

Je m'éclaircis la gorge avant de reprendre :

« J'essaye de savoir si c'est le bon moment pour parler de ça. »

C'est une vérité partielle. En fait, j'essaie surtout de gagner du temps à essayer de me souvenir de ce que je demandais aux hommes dans le passé. À l'époque, j'avais besoin de tout le nécessaire, des vêtements, ou d'un logement. Maintenant, je n'ai plus *besoin* de rien.

« À moins que tu ne veuilles parler de ma bite, ce ne sera jamais le bon moment pour aborder un sujet particulier, rétorque-t-il sur le ton de l'humour. Alors mieux vaut crever l'abcès tout de suite. Viens t'asseoir près de moi. »

Il prend ma veste, ainsi que mon sac à main, et il les pose sur un fauteuil. Puis il enroule ses doigts autour des miens et me tire vers le canapé. Il s'y installe et je m'apprête à m'asseoir à côté de lui, mais il fait en sorte que j'atterrisse sur ses genoux. Il écarte mes cuisses pour que je finisse par être assise à califourchon sur lui, puis il passe ses mains dessus, me caressant de haut en bas, provoquant une série d'étincelles qui parcourt la surface de ma peau.

J'observe ses doigts disparaître sous l'ourlet de ma jupe, puis revenir lorsqu'ils descendent.

« C'est abominable, je suis incapable de me concentrer.

– C'est le but. Maintenant dis-moi ce qui te préoccupe.

– D'accord. »

Qu'est-ce que je voulais lui dire, au fait ? Je déglutis la boule dans ma gorge et m'assois confortablement sur lui le temps de reprendre mes esprits.

« Bon. »

Quelque chose de dur frotte l'intérieur de ma cuisse. Je baisse les yeux pour m'apercevoir qu'une bosse soulève son pantalon.

« Oh.

– Oui, je bande, réplique Reeve le regard sombre. Tu es assise sur mes genoux. À quoi t'attendais-tu ?

– Rien de moins. C'est juste que… »

J'essaie de changer de position pour éviter de me presser de façon aussi intime contre lui, mais il pose vite ses mains sur mes hanches pour me maintenir en place. La chaleur de son membre m'irradie.

« Comme je le disais, ça me perturbe. »

Il passe ses bras autour de mon cul pour me serrer encore plus.

« Bon, laisse-moi t'aider à clarifier la situation. Si tu ne me dis pas ce que tu as en tête dans les trois secondes, tu auras laissé passer ta chance. »

Bon Dieu. Ses mains. Sur mon cul.

On se concentre ! Je finis par réussir à dire quelque chose.

« Ton audition. J'ai eu le rôle. Mais je ne suis pas sûre que tu aies réussi la mienne. »

Gros mensonge. Bien sûr qu'il l'a réussie. Et pas qu'un peu.

« Ah, bien entendu. »

Il y a une certaine raideur dans sa voix, mais il entreprend tout de même de faire des petits cercles sur mes fesses avec ses doigts à travers ma jupe.

«Tu veux qu'on s'occupe de toi et les orgasmes ne sont pas ta seule monnaie d'échange.

– Eh bien… »

Est-ce que c'est ou l'un ou l'autre mais pas les deux ?

Ses lèvres esquissent un sourire de connivence avant de se reprendre :

« Correction – des orgasmes et autre chose. Pourquoi ai-je l'impression que tu vas être une petite amie très coûteuse ? »

Je prends une grande inspiration, troublée par ses caresses, épanouie par l'étiquette qu'il m'a donnée.

« Parce que c'est le cas. Mais je vais essayer d'en valoir la peine.

– Oh tu n'essaieras pas. Tu vas en valoir la peine. Tu n'as pas le choix.»

Sur ce, il abat sa main. Sur ma fesse. Avec force.

Je sursaute de surprise, mon visage rougit d'une vague de chaleur qui s'étend jusqu'aux tréfonds de mon être.

Son regard s'assombrit encore, me montrant qu'il aime ça. Il a aimé me donner une fessée. Il a aimé ma réaction. Il sait que j'ai aussi apprécié. Par contre, lui est capable de rester sur le sujet, pas comme moi.

«Alors, qu'est-ce que ça va me coûter, Emily ? Tu as un bon salaire, alors il va falloir que tu me dises ce que tu as en tête.

– Oui, mes cachets sont confortables.»

Je hoche la tête en parlant, parfaitement consciente que ses mains reviennent sur mes fesses, et je fais de mon mieux pour rester concentrée.

Et je n'ai toujours pas trouvé quoi lui demander, alors, je suis forcée d'improviser :

«J'assume mon appartement et mes dépenses courantes. Mais je dois aussi m'occuper de ma mère, alors je n'ai pas de quoi me faire des petits plaisirs et je les aime vraiment ces petits plaisirs. Parmi mes faiblesses, il y a les vêtements de créateurs et de couturiers.

– Si je faisais ce que je voulais, tu ne porterais jamais le moindre vêtement.»

J'oublie ce que font ses mains car maintenant Reeve se penche en avant pour mordre mon téton. Ma culotte passe d'humide à trempée.

«Ah.»

On se concentre.

«Je suis prête à tout pour des chaussures.»

Il lève la tête d'un coup, soudain intrigué.

«Bon, les chaussures, je peux suivre. Tu ne pourrais pas juste porter des chaussures, comme celles-ci, dit-il en jetant un coup d'œil à celles que j'ai aux pieds. Et des bas? Ceux qui tiennent tout seuls.»

Merde, j'aime vraiment quand il est tout doux comme ça. Son côté sombre ne l'a pas quitté, mais il sait aussi être drôle et léger. Comme lorsque nous nous sommes rencontrés à l'hôtel.

Ses autres hôtels. Je pourrais lui demander de m'accompagner dans ses autres hôtels, j'y trouverais peut-être une piste qui me mènerait à Amber.

«J'ai surtout envie de voyager. J'ai envie de voir du pays, mais pas n'importe comment. J'ai envie d'une expérience de première classe et je ne veux pas être seule.

– Et c'est la raison pour laquelle tu m'as ciblé.

– L'une d'entre elles.»

Je caresse son torse en promenant mes mains de haut en bas, me laissant le temps d'assimiler ce qu'il vient de me dire, et je continue sur un ton moqueur:

«*Ciblé!* Comme si j'étais une tireuse d'élite.»

Il s'éloigne de moi en se laissant tomber sur le dossier du canapé.

«Ce n'est pas le cas?»

Ça m'ennuie qu'il ait cette opinion de moi. Ça m'ennuie car il y a comme de la rancœur dans le ton de sa voix. Ça m'ennuie car son humeur semble avoir changé.

Ça m'ennuie surtout parce que c'est la vérité.

Je laisse tomber mes mains.

«Tu ne m'apprécies pas beaucoup, hein?

– Je ne sais pas encore.»

Il n'essaie même pas de me faire croire qu'il me taquine.

Ça fait mal. Plus que je ne le voudrais. Plus que ça ne le devrait.

Je me lève pour prendre de la distance moi aussi, sans grâce, mais vu la position dans laquelle j'étais, c'est normal. Je suis une idiote. Je ne devrais pas être blessée par ses mots. Et il n'arrange vraiment pas la situation. Il ne cherche pas à me retenir.

Je croise les bras sur ma poitrine et me dirige vers les baies vitrées qui donnent sur la piscine. La vue est presque plus belle encore de nuit. Les lumières miroitent dans l'eau, elles reflètent un glamour certain.

Un peu comme cette vie.

Maintenant je m'en souviens. J'avais oublié comment cette existence peut briller en surface alors qu'en fait, tout n'est que poudre aux yeux.

«Emily», soupire doucement Reeve.

J'observe son reflet dans la vitre. Il se lève et vient se mettre derrière moi. Il remonte ma jupe pour me pincer les fesses et reprend en me susurrant à l'oreille:

«J'ai *déjà* décidé que j'avais envie de te baiser. De te faire un tas de choses dépravées et sales.»

Il pourrait me pousser contre la vitre et me tringler sur place. Ça remplirait la partie dépravée de sa déclaration. Et ce serait probablement la meilleure façon de s'envoyer une femme qu'il n'apprécie pas plus que ça.

L'idée me creuse un trou dans la poitrine. Mais elle m'excite aussi et ça, c'est répugnant, non?

Reeve me regarde à travers mon reflet.

«C'est ce que tu veux aussi, n'est-ce pas, Emily?»

Il presse son corps contre le mien et continue:

«Pour une raison ou une autre, j'ai envie de te couvrir de cadeaux. Ce qui est une bonne chose, parce que je ne te donnerais jamais rien simplement par obligation.»

Je tourne légèrement la tête vers lui pour lui montrer qu'il a attiré mon attention. J'aimerais tellement lui dire qu'en vérité, je ne veux vraiment rien de lui. J'aimerais qu'on puisse «m'apprécier», pour une fois, et non pas qu'on «me paie».

Déposant une série de baisers le long de mon cou, il m'annonce:

«Voilà ce que je vais faire. Quand tu partiras d'ici tout à l'heure, tu prendras l'une de mes voitures. Je laisserai les clefs sur la table basse. Elle est à toi. Je la ferai mettre à ton nom dès demain. Ça suffira?»

Seulement si ça m'aide à trouver Amber.

«C'est un début. Je suppose que je ne vais pas faire la fine bouche.

– Je crois que tu vas faire beaucoup de choses avec ta bouche.»

Je m'écarte pour me retourner et lui faire face.

«Est-ce que ça veut dire que si j'utilise ma bouche pour te supplier de voyager, tu le ferais?»

Je le ferais. Je ferais n'importe quoi pour découvrir la vérité et me tirer le plus loin possible de ce mec. Ce mec qui m'hypnotise et attise toutes mes faiblesses. Je crains déjà que trouver les réponses à mes questions ne me suffise pas à rompre les liens de l'attrait qu'il a pour moi.

Il pose ses mains dans ses poches et se redresse pour me répondre:

«Ce que je veux dire, c'est que tu as gagné une voiture. Je vais réfléchir pour le reste. Et me supplier est toujours une bonne idée», ajoute-t-il en se remettant à sourire.

Une bonne idée, mais pas une nécessité. Si ce n'est pas nécessaire, il n'y aura pas le droit.

Après un petit moment de silence, il reprend la parole:

« Je vais aller chercher les clefs et sortir la voiture du garage. Tu vas aller m'attendre dans ma chambre. À l'étage, à droite, au bout du couloir. »

J'inspire avec difficulté. On y est. Oui, je l'ai déjà accueilli dans mon corps, mais je suis certaine que je n'ai pas encore été mise au parfum de ce qu'il attend de notre relation. Si j'ai envie de m'en aller, si j'ai le moindre doute, c'est maintenant qu'il faut agir, avant qu'il ne me remette ces clefs.

J'aurais dû avoir envie de m'enfuir. Mais non. Et soudain, je suis effrayée. Pas de ce que Reeve pourrait me faire, mais de ce que je pourrais le *laisser* me faire.

Je me force à écouter mon instinct de survie.

« Reeve. Est-ce que… Est-ce que tu dois me dire quelque chose ? Qu'attends-tu de moi… ? »

Son regard s'assombrit.

« Tu le sauras bientôt. »

Il marque une pause, il attend probablement que je lui obéisse et me mette en route pour sa chambre, mais je reste immobile.

« Quoi ?

– Est-ce qu'il me faut un mot d'alerte ? »

Son regard tressaute, mais il ne cille pas en me répondant :

« Emily, soit tu me fais confiance, soit tu ne t'en remets pas à moi. Si tu as besoin d'un mot d'alerte, alors tu ne devrais probablement pas être là. »

Il a raison – je ne devrais pas être là. Surtout quand je me précipite clairement dans une situation discutable sans qu'on me donne les moyens d'en sortir si besoin. Si j'ai retenu quelque chose de mon passé, c'est qu'il y a un moment pour partir en courant, et là, je devrais le faire.

Sauf que mon passé m'a aussi appris que j'étais incapable de fuir le danger.

« Eh bien, c'est une chance, je n'ai jamais été douée pour faire ce que je devrais. »

Cette fois-ci, je me mets en mouvement. Je m'avance vers l'escalier et je retire mon top en route. Je jette un coup d'œil par-dessus mon épaule et le jette par terre. Un sourire naît sur mes lèvres quand je le vois me regarder avec intensité, fou de désir. J'en suis un peu soulagée. Je suis peut-être en train de me jeter dans le feu, mais il y a une chance pour que je n'y aille pas toute seule.

13

Je laisse ma jupe dans le couloir à l'étage et mon soutien-gorge devant la porte de la chambre de Reeve. À l'image du reste de sa maison, ses quartiers privés sont sublimes et modernes. Ils s'étendent sur toute la largeur du bâtiment mais sont séparés en deux espaces distincts, l'un pour se détendre et l'autre pour dormir. Je bifurque à gauche, vers la chambre. Elle est meublée d'un lit king size, d'un fauteuil et d'une méridienne, d'un banc, d'une table de nuit et d'une commode. Pourtant, elle est tellement grande qu'elle paraît dégarnie. Les lignes épurées et l'espace vide ouvert sur la vue spectaculaire donnant sur les canyons prennent toute leur ampleur grâce aux baies vitrées allant du sol au plafond, poursuivant ainsi l'intention architecturale du rez-de-chaussée.

Je retire l'élastique qui retenait ma queue-de-cheval et commence à entortiller mes cheveux pour former un chignon en avançant vers la vitre. Sa chambre est située au-dessus du séjour et a donc la même vue. Mais comme elle est un peu plus haute, la perspective est différente. Encore plus majestueuse. L'œil est attiré non pas par le jardin, mais par l'autre côté de la vallée et par le ciel nocturne qui s'épanouit au loin. Au lieu du miroitement des faibles lumières artificielles, on aperçoit le chatoiement discret des étoiles à travers la brume qui recouvre Los Angeles, et derrière s'étend la voûte nocturne, plongée dans la nuit à perte de vue.

Ce paysage décrit ce monde de façon plus juste. Voilà ce qui se tapit sous la couche superficielle du glamour – la pénombre infinie. Je pourrais si facilement me laisser sombrer à nouveau dans ce monde, l'adopter, vivre pour lui, à n'espérer qu'un éclat occasionnel, un scintillement d'étoile. Mais d'expérience, je sais que parfois – *non, souvent* – la lumière ne s'aventure pas jusque-là.

Et je suis le genre de fille à me laisser dévorer par les ténèbres.

Je ne peux pas laisser faire ça. Pas cette fois-ci. Je ne peux pas me soucier de savoir si Reeve m'apprécie ou non. Je me suis envoyé une grande quantité d'hommes que je n'appréciais pas. Merde, ma vie aurait même été plus facile si certains d'entre eux ne m'avaient pas autant aimée. Je dois prendre cette indifférence comme un cadeau. Je dois trouver ma propre apathie.

À partir de maintenant, je ne m'attacherai pas. On met de la distance. De l'insensibilité. Le minimum de plaisir possible. Je vais simuler mes orgasmes. Mes sourires seront superficiels. Je suis une actrice. Ce n'est qu'un nouveau rôle.

Quand il revient dans la chambre, quelques minutes plus tard, je suis installée sur la méridienne, les jambes croisées. Je ne porte plus que ma culotte et mes chaussures à talon.

« Je ne portais pas de bas. C'est ce que j'ai pu faire de mieux en aussi peu de temps. »

Il me regarde avec attention en jetant sa veste sur la commode.

« J'approuve. »

Il reste sur place pour défaire le nœud de sa cravate, son regard ne me quitte pas.

« Ne retire rien d'autre. Mais prépare-toi. »

Putain, ça va être dur. Il me met déjà dans tous mes états, rien qu'en me regardant. Rien qu'en prenant le contrôle de la pièce en franchissant simplement le pas de la porte.

Rien qu'en donnant envie à chaque cellule de mon corps de tomber à genoux devant lui pour lui obéir.

Mais comment vais-je faire pour seulement *prétendre* me soumettre quand c'est exactement ce que j'ai envie de faire ? Je suis dans la merde.

En compartimentant, voilà tout. En me refusant toute gratification. Ça ne peut pas être plus dur qu'être constamment au régime. Je n'ai qu'à faire appel à toute ma volonté et à garder le contrôle.

J'affiche un sourire coquin sur mes lèvres et lui dis :

« J'imagine que j'ai le droit de t'aguicher un peu quand tu me le demandes. »

Il arque un sourcil interrogateur et s'attaque aux boutons de sa chemise. Doucement.

« Je prends ça pour un oui. »

J'écarte les cuisses et passe mes chevilles de part et d'autre de la méridienne. Puis, m'assurant avoir retenu son attention – ce qui est le cas –, je lèche le bout de mon index et le glisse sous ma culotte.

Son visage reste stoïque, mais à mesure que son regard glisse le long de mon corps, je le vois s'animer d'une sombre lueur. Comment est-ce seulement possible ?

La chemise maintenant ouverte, il détache une manche, puis l'autre.

« Dis-moi ce que tu veux, Emily.

– En plus de tout ce que je t'ai dit tout à l'heure ? »

Son strip-tease est en train de me tuer. Heureusement que ma culotte lui cache la vue. Comme ça il ne voit pas que je n'ai pas commencé à m'astiquer le clitoris. Il me serait impossible de le regarder en me touchant sans exploser.

Son regard se fait prédateur lorsqu'il retire sa chemise et la pose sur sa veste.

« Non. Ici. Maintenant. De moi. Que veux-tu ?

– Je te veux toi.

– Sois plus précise.

– Je veux ta bite.»

Je connais le script. C'est le genre de dialogue que tous les hommes veulent.

«J'ai envie de ta bite.»

Il retire maintenant sa ceinture, défaisant méticuleusement la boucle.

«C'est trop vague. Que veux-tu que je te fasse ? Dis-le-moi.»

L'anxiété commence à me saisir.

«Je veux tout ce que tu voudras.»

Mais ma voix semble faible. Hésitante.

Reeve fait glisser sa ceinture à travers les passants de son pantalon, puis l'agite dans un geste de frustration.

«Arrête de minauder.»

Le claquement de la ceinture me fait sursauter, tout comme son ton sec. J'ai déjà laissé tomber mon petit jeu, j'ai arrêté de prétendre que je me touchais. Maintenant, c'est mon ton sirupeux qui saute.

«Je ne minaude pas. J'essaye de faire ce que tu veux. C'est toi qui diriges. Tu t'en souviens ?

– Et là, je veux entendre ce que tu veux que je te fasse, dit-il en souriant avec peine. En détail.»

Je le dévisage, les yeux écarquillés. Rien ne me vient d'autre en tête que la vérité et la lui dire me rendrait trop vulnérable. Je serais à nu. Il me faut une autre réponse. N'importe quoi.

Ce silence est trop long.

«Si tu ne peux pas le dire, alors ce n'est pas nécessaire, dit-il en me tournant le dos pour sortir de la chambre. La clef de la voiture est sur l'îlot dans la cuisine. Tu peux y aller…

– Je veux que tu me baises ! » m'exclamé-je.

Les mots sortent tout seuls :

«Et que tu y ailles fort.

– Par où veux-tu commencer ? demande-t-il en se tournant vers moi. Ta bouche ? Ta chatte ?

– Là.»

Je secoue la tête comme pour effacer ma dernière réponse, sachant qu'il en voudra plus.

« Ma chatte.

– Sur le lit ?

– Non. Contre la fenêtre. Par-derrière. Je veux que tu me déshabilles et que tu me plaques contre la vitre. Comme ça j'aurai l'impression que n'importe qui peut me voir. Et tous ceux qui me verront sauront que je suis spéciale, parce que c'est moi que tu baises. »

Il me rejoint en quatre enjambées. Il m'attrape par les bras et me tire jusqu'à la fenêtre.

« Et tu ne veux pas que j'y aille doucement. Tu veux que je te prenne en y allant si fort que demain tu te souviendras que je t'ai démontée, pas une seconde tu ne pourras oublier que j'étais en toi ce soir. »

Oui. C'est ça. Oui. Je lui réponds d'un hochement de tête.

« Dis-le.

– Je ne veux pas que tu y ailles doucement. Je veux que tu me démontes. Comme ça je ne pourrai pas oublier que tu étais en moi ce soir. »

Merde, rien que le fait de dire ces mots – ces mots qui expriment ce que je veux vraiment obtenir de lui – me procure un effet dingue. Je suis encore plus excitée.

Il le sait, j'en suis certaine. Tout comme je suis certaine que cet homme peut lire dans mes pensées. Peut lire mon âme et sait ce qu'il faut faire pour me faire craquer.

Il desserre un peu les mains pour me donner un ordre :

« Sors ma bite, Emily. »

Mes mains tremblent lorsque je défais le bouton puis que je descends la fermeture Éclair de son pantalon. Et là, je pousse un petit cri de surprise en découvrant qu'il ne porte rien en dessous. Il est exactement comme je l'avais imaginé lors de notre première fois, sacrément bien membré.

Malgré la promesse que je me suis faite à moi-même de rester détachée, j'ai désespérément envie de le toucher.

De toute façon, il faut que je le fasse. Il l'attend. Je serre ma main autour de sa queue si dure et si volumineuse et je commence à la caresser. Mon regard va et vient entre ma main et son visage. Je ne sais pas trop ce que j'aime le plus regarder : son érection d'acier ou l'ardeur brûlante que je lis sur les traits de son visage. Généralement, lorsque je branle un homme, je tire du plaisir du pouvoir que ce geste me procure et je le retrouve ici aussi, avec Reeve. Mais ce qui me fait encore plus décoller, c'est l'anticipation de ce qu'il a en réserve pour moi et de ce que je sentirai quand son sexe brûlant sera en moi.

Non. Rien à foutre. C'est inévitable, mais je ne peux pas être impatiente. Impossible.

Sans me prévenir, il me fait brusquement pivoter sur moi-même et je me retrouve face à la vitre. Il place mes bras au-dessus de ma tête.

« Ne bouge pas. »

Impossible de désobéir à une voix pareille, même si j'en avais envie. Il glisse sa main sur mon torse pour prendre mon sein en coupe et je laisse échapper un gémissement involontaire. Je rêvais de cette caresse depuis que son regard s'est attardé sur ma poitrine. Qu'il me touche enfin, qu'il palpe mes chairs est encore plus érotique que je ne l'avais prévu. J'en tire encore plus de plaisir que je ne le souhaiterais. Je crois que je mourrais s'il arrêtait de me toucher.

Bon Dieu, il faut qu'il arrête ça.

Mais cet enfoiré prend tout son temps – il presse, il malaxe, il pince mes tétons – sans oublier de suçoter et mordiller ma nuque et mon cou. Quelque chose dans son approche me fait comprendre que clairement ces préliminaires sont pour lui, pour son bon plaisir et non le mien. Il en tire une certaine satisfaction. S'amuse-t-il simplement avec mon corps ? Ou marque-t-il son territoire ? Parce qu'il est certain que lorsque tout sera terminé, j'aurai des traces de son passage partout sur moi. Ce n'est peut-être pas si mal que je n'apparaisse jamais à l'écran. Il faudrait une sacrée dose de fond de teint pour cacher tous ces suçons.

J'en suis déjà à haleter et à me consumer de désir lorsqu'il se décide à descendre un peu plus bas, mais aussi étrange que cela puisse paraître, je contrôle toujours mes sens. Je prends ça pour une victoire. Un round pour moi sans me perdre dans son étreinte. Suis-je capable de tenir le suivant ? Mon cœur bat à toute vitesse dans ma poitrine alors que je me prépare à ce que ses doigts trouvent ma prochaine zone érogène et se mettent à la tourmenter. Je m'attends à ce qu'il s'attaque à mon clitoris, mais je suis surprise, et aussi soulagée, quand à la place il les enroule autour de ma petite culotte.

« Merci de m'avoir dit ce que tu voulais que je te fasse, Em. »

Il fait lentement glisser ma lingerie sur mon cul, tout doucement. Tout en séduction.

Le canyon. Les lumières. Concentre-toi sur la vue.

Mais je ne peux pas m'empêcher de l'entendre.

« Je ne te le demanderai pas toujours, dit-il en se penchant pour accompagner la chute de ma culotte. Et je ne suivrai pas toujours tes fantasmes. ».

Il fait passer le cap de ma chaussure au petit bout de tissu et en profite pour m'inciter à écarter les pieds quand je repose le premier par terre. Puis il continue :

« Mais toi tu me donneras toujours ce que je te demande. »

Donne-moi ce que je te demande. Ces mots sont lourds de sens pour moi. Ils me transforment. Quand je les entends, la femme forte et compétente que je suis se transforme en accro prête à tout pour obtenir sa drogue. *Les lumières. Compte les sources lumineuses sur les maisons en face.*

Abandonnant ma culotte autour de mon autre cheville, Reeve se relève, non sans laisser ses doigts remonter le long de ma jambe. Son regard croise le mien dans le reflet de la vitre. Puis il se presse contre moi, laissant son gland effleurer mon intimité, et il attrape mes hanches de ses deux mains pour me dire :

« Même si je ne te promets pas que tu aimeras toujours ce que je te fais, je te jure que je t'amènerai toujours là où tu as besoin d'aller. »

C'est alors qu'il me pénètre en me comblant totalement. Ma vue se brouille et ma gorge s'assèche. C'est si bon. Tout ce que j'attends. Il plonge en moi sans douceur et à toute vitesse. Il est déchaîné et implacable. En moi, tout se tend, la pression monte, mon corps se prépare. Je dois y mettre fin. Je dois continuer à compter ces satanées lumières. *Dix-sept. Dix-huit. Oh, putain…*

Je tiens bon. Mais à peine. Mon regard se rive à un coin de la vallée et je refuse qu'il en dévie, je me concentre tellement dessus que j'arrive à me détacher des choses fantastiques que me fait Reeve. Même quand sa main vient se poser sur mon clitoris pour le stimuler en le caressant rapidement, je m'accroche au paysage.

J'ajoute des petits soupirs. Pour lui. C'est facile. Je n'ai qu'à ouvrir la bouche et ils sortent tout seuls, mon corps sent le plaisir, même si ma tête fait tout pour le rejeter.

La tension reste concentrée dans mon ventre, mon orgasme est prêt à être libéré dès que je l'autoriserai à prendre son envol. Ce que je ne ferai pas. Je peux le faire. *Je suis en train d'y arriver.*

Je perds toute notion du temps, je me contrôle à peine. Je ne sais pas depuis combien de temps Reeve va et vient en moi, depuis combien de temps je lutte contre cette tornade interne qui menace. Une pellicule de sueur recouvre ma peau et mes jambes sont en coton, il doit donc être à la tâche depuis un petit bout de temps, mais l'épuisement que je ressens est certainement autant dû aux efforts que je fournis pour retenir ma jouissance qu'à l'activité physique elle-même.

Quoi qu'il en soit, je suis à bout de forces. Il faudrait qu'il termine et rapidement. J'ajoute alors des petits cris en plus de mes soupirs de plus en plus appuyés et de mes gémissements en espérant que ça l'aide à passer le cap. D'expérience, je sais que les hommes jouissent après avoir entendu ces sons. Ils aiment croire qu'ils affectent tellement leur partenaire qu'elle en est réduite à communiquer par sons incohérents et grognements. Peut-être que ça marchera sur Reeve aussi.

Sauf qu'il ralentit le tempo et tire brusquement sur mon chignon. D'un seul coup, mon visage se retrouve près du sien alors, évidemment, je pousse un autre cri. Puis il me parle à l'oreille avec beaucoup de calme :

« Ce soir, je ne jouirai pas tant que ta chatte ne convulsera pas autour de ma queue comme la dernière fois. Alors soit tu te décides à jouir, soit je continue à te prendre comme ça pendant longtemps. À toi de voir. Mais je te préviens, je ne vais pas te laisser te retenir sans rien faire. »

Mon contrôle cède. Les sensations reviennent avec force. Chaque parcelle de mon corps, chaque centimètre, chaque molécule est prête à s'embraser. Je ne lutterai plus. Pas seulement parce qu'il a vu clair dans mon jeu, mais aussi à cause de ce qu'il m'a dit, à cause de sa menace et de son exigence. En me rappelant ouvertement qui commande entre nous. Je ne peux plus rien contrôler, même si j'en avais envie. Il peut tout faire de moi. Je suis la criminelle qui vient de se faire coincer. Maintenant, il ne me reste plus qu'à me rendre.

Alors j'obéis.

Je ferme les yeux et laisse mon corps m'emporter. Reeve Sallis le possède complètement et lui fait ce qu'il veut. Maintenant, lorsqu'il pince mon téton, je sens une décharge électrique jusque dans mon intimité. Et quand sa main se glisse entre nos deux corps pour récupérer le fruit de mon excitation et l'introduire dans mon anus qu'il pénètre d'un doigt – mes cris ne sont pas simulés. Ils sont vrais. La tension s'était accumulée dans mes entrailles pendant si longtemps que lorsqu'elle se libère, j'en suis bouleversée. Elle me fracasse et j'agonise, elle me déchire en parcourant chacun de mes nerfs et m'agrippe pour me contrôler avec férocité.

Et enfin, la libération. Le bonheur de me sentir libérée de tout. Des points lumineux se promènent dans mon champ de vision et je me laisse tomber, de faiblesse, mes jambes ne me portent plus.

Reeve me rattrape et me porte jusqu'au lit où il me laisse m'effondrer. Il s'agenouille devant moi et soulève la partie inférieure de mon corps pour former un arc, puis il me prend avec force. Il me pénètre encore et toujours, il me baise en se livrant à sa fureur. Je ne me suis pas encore remise de mon orgasme précédent, pourtant un autre est déjà en formation.

Je vois trouble et j'ai du mal à me concentrer, mais je cherche son regard en espérant qu'il saisisse ma supplique silencieuse. Quand je le trouve, nos yeux ne se lâchent plus et il se passe quelque chose entre nous. Il n'y a pas de nom pour ça. C'est brutal, honnête et indéniable.

C'est alors que Reeve se rend également. Il pousse un grognement et se tend. Son corps entier convulse alors qu'il enfonce son sexe aussi profondément que possible en moi et son orgasme est aussi puissant que le mien. Sa jouissance entraîne la mienne, puis il tombe sur moi, épuisé.

Dès qu'il se reprend, il roule sur le côté pour s'éloigner. Il pose un bras sur ses yeux et me dit :

« Tu peux rester si tu veux. Ou partir. Comme tu veux. »

Et là, il s'endort.

Je reste allongée silencieusement, espérant que mon corps succombe au sommeil, mais ma tête tourne à plein régime. Elle veut tout disséquer et analyser. Ce sont mes émotions qui remportent la bataille. Elles sont partagées, mais toutes à leur intensité. Elles me disent de partir le plus loin possible.

En rassemblant mes vêtements, j'essaye de me convaincre de rester. *Il faut que tu te rapproches de lui. C'est ta chance. Accepte son invitation.*

Mais je m'habille rapidement. Et peu importent mes arguments, je ne peux pas me résoudre à retourner dans le lit de Reeve.

Je trouve les clefs à côté de mon sac et de ma veste. Derrière la porte, une voiture grise a été sortie du garage. Elle m'attend. Mes jambes encore en coton manquent de me faire tomber quand je la vois. Je ne m'y connais pas assez pour identifier le modèle, mais j'en sais suffisamment pour savoir qu'un coupé décapotable de chez Jaguar vaut une petite fortune. Et elle m'appartient. Reeve me l'a donnée en échange de ce qu'il s'est passé entre nous dans la chambre.

D'ailleurs, que s'est-il passé au juste ?

Je n'ai pas envie d'y réfléchir, mais les souvenirs commencent déjà à m'assaillir sans que je les aie invités. Même en m'installant derrière le volant et en me familiarisant avec le poste de conduite, je pense à lui. À nous. Même en démarrant le moteur et en roulant dans l'allée, même en me demandant comment je vais franchir le portail et lorsque je soupire de soulagement quand je le vois s'ouvrir automatiquement. Même en conduisant sur Mulholland Drive dans une voiture qui prend tous les virages avec tant d'aisance et de beauté qu'on croirait que c'est de l'art. Même pendant tout ça, je suis captivée par Reeve.

Je finis par me laisser emporter par toutes ces réflexions. Je me permets enfin de penser ce que je ne veux pas admettre – j'avais prévu de le capturer, mais c'est lui qui m'a eue. Impossible de lutter contre lui. Je suis foutue.

Et même si je vais continuer à chercher Amber – je n'abandonnerai jamais –, elle n'a plus aucun poids dans ma relation avec Reeve. Sans elle, je serais tout de même consumée par cet homme, complètement obsédée. Il me possède totalement.

À la première opportunité possible, je me gare sur le bas-côté et je fonds en larmes.

14

Trois fois que je relis le même paragraphe de mon livre et je ne sais toujours pas de quoi ça parle. Honnêtement, je n'ai allumé ma liseuse que pour empêcher les autres de venir me parler pendant l'heure du déjeuner. Comme mon rôle se limite au son de ma voix, je n'ai pas de loge, ce qui veut dire que je n'ai nulle part où me cacher sur le plateau. Au moins, la cafétéria est assez grande pour qu'il y ait plein de tables pour ceux qui se sentent d'humeur à socialiser. Un appareil électronique allumé sous mon nez est un message assez clair, je n'en fais pas partie.

Par contre, aujourd'hui, je n'arrive même pas à donner le change. J'ai trop de choses en tête. Trop de *Reeve* dans mes pensées. Il s'est écoulé quatre jours depuis que je l'ai laissé dans son lit et je n'ai eu aucune nouvelle. Même l'acte de propriété de la Jaguar m'est parvenu sans note d'accompagnement. Je l'ai reçu hier et, depuis, je suis en plein doute. Ai-je eu raison de partir ? Ai-je encore merdé ? A-t-il décidé que finalement il ne m'appréciait pas plus que ça ?

Je joue avec ma salade de thon plus que je ne la mange et je suis tellement dans ma bulle que je ne vois Joe arriver que lorsqu'il est à ma hauteur.

Le plateau est fermé au public et la sécurité est très stricte. Et je ne l'ai pas inscrit sur ma liste des personnes autorisées à me rendre visite.

« Comment avez-vous fait pour… ?

– C'est Vilanakis, m'interrompt-il en s'asseyant en face de moi avant de me lancer une enveloppe en kraft. Sur la photo. Elle est avec Vilanakis.

– Euh, ok. »

Je savais qu'il rattraperait son retard un jour ou l'autre. Mais je ne m'étais pas préparée à cette conversation.

« Comment avez-vous réussi à le découvrir ? »

En fait, ce que j'ai surtout envie de lui demander, c'est : *Est-ce que ça veut dire que vous allez vous remettre à filer Reeve ?* Parce que là il va falloir que je me prépare à une autre conversation qui se rapprocherait plus d'un système de défense. Joe secoue la tête pour me répondre :

« Peu importe. La question, c'est comment tu l'as découvert, toi ?

– Je, euh… »

Merde.

Joe sort un document de son enveloppe et le dépose devant moi.

« C'est arrivé hier. »

J'y jette un coup d'œil et je n'ai pas besoin de plus de temps pour comprendre de quoi il s'agit. C'est une copie de la carte grise qu'on m'a fait parvenir par coursier hier. Je crois que ça répond à la question de savoir si je dois me construire une défense. Incapable de le regarder en face, je me concentre sur ma fourchette que je balade dans mon assiette.

Joe se penche vers moi pour m'obliger à le regarder.

« Emily. Pourquoi Reeve Sallis t'a-t-il légalement cédé l'une de ses voitures ? L'une de ses luxueuses voitures, en plus ?

– Je croyais que vous le ne surveilliez plus, dis-je après avoir dégluti la boule dans ma gorge.

– Effectivement, mais j'ai encore quelques alertes en cas de comportement suspect. Et ça, ajoute-t-il en désignant le papier, ça c'est définitivement un comportement suspect. Tu veux me dire ce qu'il se passe ?

– C'est juste que. En fait. C'est… balbutié-je en me frottant le nez. C'est compliqué.»

Joe marmonne quelque chose sans sa barbe et m'adresse un regard sévère.

« Ce serait beaucoup plus simple de travailler pour toi si tu n'étais pas contre moi, tu sais.

– Je ne suis pas contre vous, Joe.»

J'ai parlé plus fort que je n'en avais l'intention. Je me reprends et m'avance vers lui autant que je baisse le ton de ma voix pour m'assurer que personne ne puisse m'entendre.

« Ce n'est pas pour Amber. C'est pour moi. En grande partie. Je ne peux ni l'expliquer ni m'en défendre. Tout ce que je peux vous dire, c'est de ne pas vous inquiéter pour Reeve et moi.

– Mais merde, Em, s'exclame Joe en abattant son poing sur la table avec tant de force que mon assiette en fait un bond. Ce n'est pas un homme bien. Je ne peux pas te protéger de ce qu'il pourrait te faire.»

Je couvre mon visage de mes mains.

« Je sais. Je sais », ajouté-je en les levant au ciel.

Je n'ai pas besoin que Joe me décrive les défauts de Reeve par le menu. Je sais que ce n'est pas un mec bien. Du moins, je sais qu'il n'est pas bien pour moi. En ce qui me concerne, c'est la même chose.

« Et je ne m'attends pas à ce que vous me protégiez. Je fais ça toute seule.»

Joe me regarde, il a l'air dépité en se rasseyant et poursuit :

« Bon Dieu, Emily. Je ne sais même pas quoi… As-tu encore envie de savoir ce qui est arrivé à Amber ?

– Oui.»

Comme il n'a pas l'air franchement convaincu, je me répète :

« Oui, plus que jamais. »

Je fouille son regard pour essayer d'y déceler un semblant de compréhension. Mais il n'y a rien. Joe est très doué pour cacher ses émotions. Je parie qu'il est très bon joueur de poker. Je pousse un soupir et reprends :

« Je ne m'attends pas à ce que vous compreniez. Mais j'espère que vous pouvez continuer l'enquête sans avoir à le faire. Je dois savoir où elle est. Et si je me perds dans ma quête pour la retrouver, c'est que ça devait arriver. C'est juste que… Il faut qu'on la retrouve. »

Joe me dévisage quelques secondes, l'un de ses genoux tape régulièrement contre le pied de la table. Il finit par pousser un juron et à sortir un autre papier de son enveloppe. Il le tourne pour le mettre dans le bon sens et le dépose devant moi.

Je l'attrape. Le document est agrafé dans un coin. Il y a plusieurs feuilles. On dirait une liste de numéros de téléphone. Je passe de l'une à l'autre et certains sont surlignés, d'autres rayés. L'un deux est entouré plusieurs fois. Ne comprenant pas ce que j'ai sous les yeux, je l'interroge du regard.

« Elle a passé ses derniers appels du ranch de Sallis dans le Wyoming.

– Quoi ? »

Je regarde à nouveau la feuille et je comprends qu'il s'agit du relevé d'appels de la ferme.

« Alors c'est de là-bas qu'elle m'a appelée ? Vous en êtes sûr ?

– Apparemment, c'est l'une de ses résidences préférées. Il y passe pas mal de temps. Ils y sont restés tout l'été après avoir quitté l'hôtel de Palm Spring. »

Il faut que j'aille là-bas. C'est la première chose qui me vient en tête même si je ne sais pas trop ce que je pourrais y faire ou y trouver quand j'y serais. Je repose le document sur la table et regarde Joe.

« Qu'allez-vous faire de cette information ?

– Je suis allé y faire un tour. J'ai laissé traîner mes oreilles, mais tout ce que j'ai trouvé, c'est une confirmation. Elle a bien passé l'été là-bas. Maintenant, je laisse tomber cette piste, dit-il en reprenant la liste de numéros pour la ranger dans son enveloppe. Depuis, on l'a vue ailleurs. Ce n'est plus nécessairement pertinent.

– Mais vous m'en avez tout de même parlé. Vous savez que je pense que ça l'est.»

Il doit aussi se douter que je vais essayer de faire quelque chose de cette information moi-même. Est-ce que ça veut dire qu'il me soutient même s'il ne me comprend pas ?

Joe fait craquer ses articulations avant d'ajouter :

« En fait, je pense que cette piste pourrait bien mener quelque part.

– Vraiment ?

– La rumeur dit que Vilanakis pourrait être impliqué dans une histoire de trafic.

– Trafic d'humains ? De femmes ?

– Oui.»

J'ai envie de vomir.

Il me laisse quelques secondes, le temps d'accepter ce qu'il me dit, mais même s'il m'avait laissé une heure, ça n'aurait pas été suffisant. Comment est-ce possible ? Ce que fait Amber, sa façon d'être – qu'on dise que c'est une pute ou une salope, c'est peut-être insultant, mais ce n'est pas loin de la vérité. Elle vend son corps. C'est indéniable. Mais c'est elle qui choisit de le faire. Ça ne veut pas dire qu'elle mérite d'être poussée vers quelque chose contre sa volonté. Elle ne mérite pas de devenir une esclave.

« Il faut d'énormes réseaux pour diriger une opération pareille, avance Joe d'une voix hésitante. Je me demande si Sallis ne serait pas impliqué.

– Mon Dieu. Non ! »

Cette fois-ci je dois me couvrir la bouche. Je n'ai pas encore franchi cette étape. Je n'avais pas encore intégré

Reeve dans l'équation de cette histoire de traite de femmes par Vilanakis et cette idée me répugne profondément.

J'ose m'aventurer à l'examiner. Reeve est un homme froid et dominateur et je subodore qu'il peut se révéler un amant cruel si l'envie lui en prend, mais puis-je envisager qu'il vende des femmes à des hommes qui feraient bien pire que lui ?

« Non, répété-je plus fermement. Ce n'est pas possible. »

J'ai consenti à ma propre soumission. Il l'a exigée, mais il ne m'y a jamais forcée.

« Tu en es sûre ? »

Joe laisse sa question m'imprégner avant de reprendre :

« Il n'est peut-être pas impliqué dans le pire des aspects. Il se contente peut-être de financer l'opération. Amber a peut-être découvert le pot aux roses. Elle a essayé de prévenir quelqu'un, elle t'a appelée et quand Sallis l'a découvert, il l'a refilée à son partenaire. »

Je suis incapable de croire à cette théorie. Suis-je aussi naïve que ça ?

J'ai comme un goût de bile dans la gorge. J'en repousse ma salade. Cette théorie est atroce, mais le scénario le plus simple n'est-il pas le plus probable ?

Impossible d'accuser Reeve sans preuve, mais je suis tout autant incapable de le défendre. Je prends une bonne inspiration, quand bien même instable, et je poursuis :

« Dans le personnel de Reeve, sa garde rapprochée j'entends, on dirait qu'ils sont tous grecs. Ils ont un accent. Ils parlent grec. C'est significatif ?

– Ça pourrait l'être.

– L'un d'entre eux, un chauffeur du nom de Filip, il a un tatouage autour du cou dont le motif ressemble à celui de la chevalière sur la photo avec Amber. La bague de Vilanakis.

– Emily... »

Je n'ai pas envie d'entendre sa mise en garde. Je continue :

« C'est peut-être le personnel de Reeve qui travaille pour Michelis. Vous y aviez pensé ? Peut-être que c'est quelqu'un de son staff qui a dénoncé Amber à leur boss. Reeve n'y est peut-être pour rien du tout ?

Joe approche sa main, la paume à plat contre la table, et me dit :

« Emily, tu dois t'éloigner de cet homme.

– Je… »

Il a raison. Bien sûr qu'il a raison. Mais :

« J'en suis incapable, Joe.

– Pourquoi ? Il t'a menacée ? Dis-moi ce qu'il s'est passé et je pourrai t'aider. »

Joe se lève et fait le tour de la table pour venir s'asseoir à côté de moi. Il baisse la voix et poursuit :

« Quelle que soit la nature de sa menace, Emily, même s'il t'a dit de n'en parler à personne, tu peux me le dire. Je pourrais obtenir de l'aide sans te mettre en danger. Je connais tout un tas de gens. On peut s'occuper de ce problème.

– Je croyais que vous ne pouviez pas me protéger », dis-je en ricanant avec mépris, mal à l'aise à cause de sa proximité et de sa sollicitude évidente.

Deux choses très inhabituelles chez Joe. Mais il me répond :

« C'est plutôt que je n'ai pas envie d'en venir là.

– Vous n'avez pas à le faire. Reeve ne m'a pas menacée. »

Pas comme j'aurais aimé qu'il le fasse.

« Et je ne peux pas le quitter. Est-ce qu'on peut s'en tenir là, s'il vous plaît ? Ne me posez plus de questions, d'accord ? »

Il semble lutter contre lui-même un instant avant de me répondre :

« D'accord. Plus de questions. Mais dis-moi que tu feras attention. »

Je me force à sourire et le regarde droit dans les yeux pour le rassurer.

« Promis. »

Ce n'est pas vraiment un mensonge, mais cette promesse est intenable. Être avec Reeve, compte tenu de sa nature profonde, implique de ne pas faire attention.

Mieux vaut ne pas le lui rappeler. Je change le sujet de la conversation :

« Alors sur quoi êtes-vous en ce moment ? Pour retrouver Amber ?

– Avec la mafia grecque dans tout ce bordel, cette investigation est encore plus complexe que je ne l'avais prévu au début.

– Êtes-vous en train de me dire que vous ne pouvez pas aller jusqu'au bout ? »

Jusqu'à cet instant, je ne m'étais pas rendu compte à quel point je comptais sur Joe, même si je mène ma propre enquête de mon côté.

« Non. Je peux le faire. C'est juste qu'il va me falloir un peu plus de temps pour rassembler les pistes dont nous avons besoin. Si Amber est tombée dans les filets d'un réseau de trafic d'… »

Il s'interrompt juste à temps, se rendant compte que la fin de sa phrase est trop violente pour moi. Puis il reprend :

« Bon. Euh. Ça va me prendre un petit bout de temps pour la trouver. Mais j'y arriverai. On y arrivera.

– Merci. »

Je le pense tellement que je le répète :

« Vraiment, merci.

– Je te tiens au courant, dès que j'ai du nouveau. Et ne m'appelle pas. Ton nouveau copain est du genre à faire surveiller ton téléphone. Je te ferai parvenir ici un portable jetable demain pour qu'on puisse communiquer. »

Sur ce, il se lève et commence à s'éloigner, mais se ravise après quelques pas et me dit :

« Hey, Emily, si toi aussi tu disparais, je viendrai te chercher. »

Je ne me suis pas encore remise de toutes ses révélations. Aucune réponse ne peut se former dans mon esprit.

Heureusement, il n'en attend pas et me quitte aussi brusquement qu'il est arrivé.

* * *

Les jours suivants passent sans la moindre nouvelle de Reeve, ce qui me laisse le temps de ruminer tant et plus tout ce que m'a dit Joe. Oui, ce qu'il m'a dit m'a fait peur. Pour Amber. Mais ça ne change rien à la curiosité que j'éprouve envers Reeve. J'ai déjà accepté mon attirance pour lui et transigé sur mon degré d'implication jusqu'au niveau du «peu importe». Il pourrait être la pire personne que mon imagination puisse créer, je serais toujours attirée par lui. Et jusqu'à ce qu'on me prouve qu'il est effectivement mauvais, et pas seulement par rumeur, je n'ai pas prévu de lutter contre ces sentiments.

Même si cette confirmation tombait, je ne suis pas sûre d'en être capable.

Le samedi, je désespère d'avoir un jour de ses nouvelles. Jusqu'à présent, il m'a montré qu'il était plus un amant des fins de semaine, donc s'il m'appelle, je sais que ce sera aujourd'hui. Ou alors j'espère simplement que ce sera aujourd'hui parce qu'on est ce satané jour du mois de février. Celui pour lequel tous les magasins font des stocks de chocolat et de vin. Au moins ces deux produits peuvent tout autant s'offrir à quelqu'un qu'on peut les utiliser pour soi.

J'en suis à me verser mon deuxième verre quand mon téléphone se met à sonner, il est seulement un peu plus tard que midi. C'est peut-être pour cette raison qu'il se passe un truc étrange dans ma poitrine quand je vois qui appelle, mais peut-être pas.

«Je ne t'aurais jamais crue du genre à partir, dit Reeve en se dispensant des salutations d'usage une fois encore.

– J'avais hâte de me balader dans ma nouvelle voiture.»

Je remonte mes pieds sous mes fesses dans le canapé et sors mon excuse sur un ton suffisamment sirupeux pour qu'il puisse cacher la vérité:

«Et j'avais une interview le lendemain matin. Mais bon, je me suis aussi dit que tu étais du genre à avoir besoin de ton espace vital.»

Rien de tout ça n'est faux, mais j'ai surtout envie qu'il ne sache pas qu'en fait j'ai paniqué et fui le plus rapidement possible.

« J'apprécie le geste. Mais ça ne me dérange pas que tu restes dormir. C'est sympa d'avoir quelqu'un à réveiller pour se l'envoyer à la fraîche de temps en temps. »

Alors il *voulait* que je reste. Ou il voudrait que je le fasse à l'avenir. Je trouve que c'est mignon qu'il n'arrive pas à me le dire directement.

« Mais pas de câlins, dis-je pour le taquiner.

– Les câlins sont permis si l'on suit mes conditions. »

Et merde, comment une conversation sur les câlins peut-elle me faire autant mouiller ?

« La prochaine fois, je resterai dormir.

– Ce soir. Tu resteras cette nuit. »

J'ai comme l'impression que mon cœur vient de faire un salto dans ma poitrine.

« D'accord.

– D'abord, je dois me rendre à un événement. Un truc de bal de la Saint-Valentin.

– Oui. »

Est-ce qu'il est en train de m'inviter ? C'est forcément ça. Avec qui irait-il, sinon ? Et pourquoi m'en parler si ce n'est pas pour m'y emmener ?

Mais bon, Reeve est comme toujours : imprévisible. Je retiens mon souffle et j'attends.

« Soit je peux passer te prendre quand je rentre à la maison, soit on peut se retrouver directement chez moi. »

Quand il dit « à la maison », je ne sais pas trop s'il parle de l'endroit où il se trouve ou d'un autre.

« Tu passes me prendre ?

– C'est d'accord. La soirée commence vers dix-neuf heures, normalement je devrais pouvoir m'éclipser vers vingt-trois heures. Disons que je peux être vers vingt-trois heures trente chez toi. »

Je me force à expirer lentement, surprise de me sentir délaissée de n'être conviée qu'en seconde partie de soirée après l'événement principal.

« Euh, tu sais quoi. Je te retrouverai. Chez toi.

– Tu es sûre ? Tu seras sur ma route.

– Certaine. J'ai une magnifique voiture. Ce serait une honte de ne pas la conduire. »

Peut-il entendre à quel point je suis déçue ?

Il n'a aucune obligation envers moi, quatorze février ou pas.

* * *

Même si Reeve n'a pas daigné m'accorder le droit de l'escorter ce soir, je prends la peine de me préparer pour lui. Je me dis qu'il sera en smoking et après tout, c'est un jour de fête. Ou peut-être ai-je simplement envie qu'il voie à côté de quoi il est passé.

Quoi qu'il en soit, un fourreau dos nu me semble des plus indiqués.

Il est près de minuit quand j'arrive devant son portail, qui s'ouvre immédiatement pour moi. Un nouvel employé m'accueille devant la porte et me prie d'entrer juste avant de sortir lui-même.

Il n'y a personne dans le séjour quand j'y entre et seule la salle à manger est éclairée. Le reste de la maison est plongé dans le noir. Sur la table, je vois une bobine de corde et une boîte recouverte de velours noir. Même à distance, je sais de quel genre de boîte il s'agit. Et ma curiosité est plus que piquée.

J'approche de la table pour l'ouvrir. Quand je vois le bijou à l'intérieur, j'en ai le souffle coupé. La chaîne est en argent, toute simple, mais les pendants en saphir et en diamant font la taille d'une pièce de monnaie. Je n'ai jamais vu ça. L'objet est à la fois magnifique et incroyablement précieux.

«Tu aimes?»

Je sursaute en entendant Reeve approcher. Puis je me mets à bégayer, parce que oui, je trouve ce bijou très beau, mais je suis sûre qu'il n'est pas pour moi, même si en fait j'en doute un peu quand même.

Il passe derrière moi et le retire de son écrin.

«C'est pour toi. Tourne.»

Je suis stupéfaite et même plus que ça. Sans voix. Abasourdie, je pivote sur moi-même pour lui présenter mon dos.

Il passe mes cheveux sur l'une de mes épaules et je les retiens pendant qu'il s'occupe du fermoir sur ma nuque. Je sens ses lèvres effleurer mon épaule pour y déposer un unique baiser.

«Joyeuse Saint-Valentin», murmure-t-il.

Puis, brusquement, il attrape mes cheveux rassemblés et tire violemment dessus avant de me dire:

«Maintenant, il faut le mériter.»

Il me déshabille, pour ne plus me laisser vêtue que de mon collier, et il me bande les yeux avec un torchon trouvé dans la cuisine. Il m'attache à la table de la salle à manger avec la corde et passe l'heure suivante – et même plus, peut-être – à éveiller mes sens, agacer mes nerfs. À me stimuler sans ménagement, me donner la fessée. Me conduisant à deux doigts de l'orgasme, puis m'en privant à la dernière seconde. Je peux à peine parler, à peine former un discours cohérent lorsqu'il grimpe enfin sur moi et effleure mon intimité de son sexe.

«Supplie-moi, dit-il. Il faut que tu me supplies.

– Pitié.»

Je n'arrive à rien articuler de plus que ça. Je répète encore et toujours ce mot, mais ce n'est pas assez pour lui et il se frotte contre moi, se rapprochant de son propre orgasme sans pour autant m'avoir pénétrée.

«J'y suis presque, Emily. Si tu veux jouir toi aussi, tu devrais parler maintenant.»

Je lutte contre le brouillard d'épuisement et de frustration. Je suis désespérée. Tellement désespérée. Désespérée au point d'enrager.

« Reeve, espèce de putain de connard d'enfoiré de ta mère. Je suis déjà en train de te supplier, putain, merde ! S'il te plaît, par pitié, enfonce-moi ta putain de bite dans la chatte et laisse-moi jouir. »

Il laisse échapper un petit rire qui se répercute partout sur mon corps. Puis il se penche vers moi pour me dire à l'oreille :

« Ce n'est pas ce que j'avais en tête, mais c'est quand même chaud, putain. »

Il me pénètre alors et bascule mon bassin pour créer une friction avec mon clitoris. Je n'en avais pas besoin de plus pour décoller.

Je m'écroule alors, complètement vidée et repue. Je ne me souviens pas de lui me détachant, ni me prenant dans ses bras, mais je me réveille brièvement lorsqu'il me met dans son lit. Je sens son baiser sur mon front et entends ces quelques mots murmurés :

« Je n'étais pas censé avoir envie de te garder, Emily. »

Malgré mon épuisement, les mots me restent en tête. Ils sont à la fois adorables et menaçants. Moi aussi j'ai envie qu'il me garde. Je suis plus que contente qu'il le fasse. Est-il en train de me dire qu'il y aurait une raison qui l'en empêcherait ? Ou qu'il ne le fera pas ?

Mais je suis trop fatiguée pour y réfléchir davantage. Je sombre dans un sommeil profond qui dure jusqu'au lendemain matin.

15

Le soleil aveuglant qui perce les baies vitrées me réveille. Reeve n'est pas là, mais je vois qu'on a dormi de l'autre côté du lit. Dommage, je ne m'en souviens pas. Je songe à mettre un oreiller sur ma tête pour me rendormir, mais mon esprit est déjà en plein travail et s'est mis à ruminer le milliard de trucs qui y traînent et il refuse de se taire. Une idée en particulier est dorénavant impossible à ignorer – maintenant que je suis avec Reeve, comment vais-je réussir à aider Amber ?

C'est elle, ma priorité. Reeve peut devenir plus que mon lien vers elle, mais il ne peut pas la remplacer. Je ne romprai pas cette promesse.

Je dois donc partir à la recherche de mes réponses et je n'en trouverai aucune sous la couette.

En plus, l'odeur du bacon qui se répand à travers la maison m'appelle comme une sirène au loin et je suis incapable d'y résister.

Puisque ma robe n'a pas réussi à arriver jusqu'au premier étage et que je préfère éviter de me donner en spectacle devant le personnel de Reeve, si je peux l'éviter, je fouille dans ses tiroirs jusqu'à dénicher un tee-shirt blanc tout simple et je descends le rejoindre.

Je ne m'attends pas à le trouver dans la cuisine, mais les sons, l'odeur du café et de la nourriture sont les seuls signes de vie que je décèle dans la maison, aussi est-ce ma première destination.

C'est pourtant bien lui que je découvre dans la cuisine. Il est debout derrière la gazinière et retourne des tranches de bacon dans une poêle avec une pince. Sur le plan de travail se trouve un saladier avec un reste de mixture à base d'œufs battus et juste au moment où j'arrive, quatre toasts jaillissent du grille-pain.

Je lui dis bonjour avec un sourire béat sorti d'on ne sait où et qu'il me rend. Il a l'air bien échauffé en laissant son regard se promener sur mon corps.

«J'aime bien te voir dans mes vêtements.

– J'aime bien porter tes vêtements.»

La voix qui vient de s'exprimer est la mienne, pourtant, je parle comme une satanée gamine. Je m'éclaircis la gorge et viens me planter face à lui. Nous sommes séparés par l'îlot central.

«Tu cuisines. Où est ton personnel?

– Je leur ai donné leur journée.

– Sérieux?»

Tout dans cette situation est plus que surprenant: personnel absent, Reeve aux fourneaux. Le dernier homme qui a cuisiné pour moi, c'était Liam, et il s'était contenté de mettre des steaks sur un grill pour faire des burgers. C'était il y a dix ans. Tant de choses ont changé depuis. D'autres pas.

Penser à Liam me déstabilise et je tape mon gros orteil contre la plinthe du meuble sans m'en rendre compte.

«J'aime bien ça. J'aime bien être vraiment seule avec toi.»

Ouh là. D'où ça sort, ça?

Reeve repose sa pince et me répond:

«Autant que tu aimes quand nous ne sommes *pas* vraiment seuls?»

Juré, je rougis jusqu'aux pieds. Comment fait-il pour savoir ces choses sur moi ? Comment fait-il pour comprendre quelles pratiques coquines me mettent dans tous mes états ?

« Cette rougeur te va bien, me taquine-t-il. Viens par là. »

Impossible de le regarder en face en faisant le tour de l'îlot. Dès que j'arrive à portée de main, il m'attire contre lui et je lèche mes lèvres, m'attendant à recevoir un baiser. J'en ai tellement envie.

Mais non, à la place, il triture le collier autour de mon cou.

« Je savais que cette couleur mettrait tes yeux en valeur. Mais il te va encore mieux quand tu ne portes rien d'autre.

– Aaaah, Sallis, tu es doué pour donner des messages contradictoires. Tu aimes bien quand je porte tes vêtements et tu aimes aussi que je n'aie rien sur le dos. C'est horriblement déroutant.

– Et tu es horriblement troublante. J'ai changé d'avis – retourne de l'autre côté du comptoir. »

Il me chasse d'une petite claque sur les fesses et se concentre sur la préparation du petit déjeuner. Il est peut-être aussi dérouté que moi par les relents de tendresse de notre conversation.

Quand j'y pense, *horriblement déroutant* est même un euphémisme. J'ai l'impression que peu importe le temps que je passe avec cet homme, il me laissera toujours perplexe. Je me demande si Amber a eu la même impression ou si elle a réussi à percer sa carapace. Je me demande aussi s'il lui a offert des bijoux qui mettaient en valeur la couleur de ses yeux et s'il lui a dit qu'elle était troublante. Je me demande s'il avait accordé une journée de congé à ses employés et s'il lui a préparé un petit déjeuner, s'il l'a embrassée dans la cuisine alors qu'elle n'avait rien d'autre que ses vêtements à lui sur le dos. Ou alors qu'elle n'avait rien sur le dos.

Généralement, quand je me pose des questions sur Amber, ce ne sont pas celles-ci qui retiennent mon attention et j'en ai honte. Mais du coup, je me rappelle que j'ai d'autres questions à poser. Des questions qui me permettront de récolter autant d'informations que Reeve me le permettra.

«Alors tu fais ça souvent?»

D'accord. Je suis faible. Mais c'est la seule porte d'ouverte, alors je me glisse dans l'embrasure. Ou alors c'est la seule que je vois.

«Un petit déjeuner? Tous les matins.»

Il va chercher des assiettes dans un placard, mais je reprends:

«Non, le préparer. Renvoyer ton personnel pour être tout seul avec une fille.»

Il semble réfléchir avant de me répondre:

«Je ne peux pas dire que c'est dans mes habitudes.

– Ne t'inquiète pas. Je ne vais pas prendre la grosse tête. Je sais, je n'ai rien de spécial.»

J'ajoute un clin d'œil pour faire bonne mesure et qu'il croie que je ne fais que lui renvoyer ses mots à la figure, pas que je cherche à tout prix à me faire rassurer, alors que soudain, j'ai désespérément envie qu'il le fasse.

«Tu sais, je vais te dire un truc, Emily. Je suis sorti avec pas mal d'actrices et tu es la seule à ne pas avoir fait des pieds et des mains en te contorsionnant dans tous les sens pour me distraire en permanence. Enfin, ailleurs que dans un lit.»

Il continue à cuisiner en me parlant et met une feuille de papier absorbant dans une assiette avant d'y déposer la tranche de bacon, et même si je ne suis pas sûre que c'est vrai, je lui dis:

«Je vais prendre ça pour un compliment.

– Ça pourrait en être un.»

Il me sort ça avec aisance, sans se plaindre ni quoi que ce soit, mais plus j'y pense, plus je trouve qu'il y a un truc qui me gêne dans son commentaire. Aurait-il envie que je sois différente quand je suis en sa compagnie?

Je pense à Amber. Elle est l'incarnation même de la fille distrayante. Elle était du genre incapable de rester assise dans un coin, elle voulait toujours aller dans un bar, chanter dans un karaoké le plus fort possible. Elle était turbulente et pleine d'entrain, haute en couleur, aussi, et même si j'avais toujours l'impression d'être comme elle quand j'étais en sa compagnie, ces traits de caractère ont disparu avec elle au cours de ces dernières années.

Reeve aimerait-il que je sois plus comme elle ? Je me suis concentrée sur la partie sexuelle de notre relation, mais dois-je aussi modifier mon comportement pour qu'il s'ouvre à moi ?

Ce n'est pas le genre de chose que je sais demander aussi ouvertement.

Je croise les bras et me penche sur le plan de travail avant de reprendre notre conversation :

« Tu ne voulais pas que tes autres petites amies soient plus distrayantes ?

– Généralement, je suis attiré par toutes les distractions possibles, mais c'est parfois épuisant aussi, répond-il en fronçant légèrement les sourcils.

– Et ta dernière ex en date ? Elle avait un bon capital distraction ?

– Elle était à la fois distrayante et épuisante.

– C'est pour ça que vous n'êtes plus ensemble ? »

Je ne me suis même pas rendu compte que j'allais poser cette question avant qu'il ne soit trop tard. Et ensuite, je prends conscience que c'est mon manque de confiance en moi qui m'a poussée à parler. J'espère que sa réponse m'apportera ce dont j'ai besoin. Il me jette un coup d'œil avant de se tourner pour continuer à dresser son assiette. Puis, revenant vers moi, il me dit :

« C'est compliqué. Mais oui. »

Je comprends parfaitement le côté épuisant. Amber l'était vraiment aussi, et en fin de compte, c'est l'une des raisons qui rendaient notre amitié impossible. Même si c'est elle qui a suggéré d'y mettre un terme, dans les faits, c'est moi qui suis partie. C'est moi qui l'aie abandonnée. C'est moi qui regarde toujours en arrière.

Pour toutes les raisons que je me suis données en partant, c'est peut-être celle qui m'a réellement poussée à le faire. Parce qu'à ce moment-là, j'étais épuisée.

Il est tout à fait possible que Reeve ait vécu la même chose.

«Alors tu as rompu avec elle ? Ou c'est elle qui t'a lâché ?

– Je ne sais plus trop, maintenant.»

Une fois encore, il a bien réfléchi avant de me répondre. J'étudie les traits de son visage pour essayer d'y trouver une explication. Jusqu'à présent, j'ai surtout vu du stoïcisme et du détachement en lui. S'il a eu le même comportement avec Amber, alors peut-être l'a-t-il jetée sans hésitation. Il a pu se lancer dans cette relation pour s'amuser, pour s'envoyer en l'air. Elle est très douée pour ces deux activités. Mais peut-être que Joe a raison. Quand tout a commencé à devenir sérieux, à devenir trop lourd à supporter – ce qui est relativement facile à imaginer si Amber est toujours aussi dingue et shootée qu'elle l'était la dernière fois que je l'ai vue –, est-ce que Reeve l'a refilée à son partenaire ? À cet homme qui vend des femmes comme elle à des gens prêts à payer beaucoup d'argent pour briser toute cette passion débridée ?

C'est probable.

Mais il m'est arrivé de voir des éclats, des petites lueurs de ce je-ne-sais-quoi en Reeve qui trahit de véritables émotions sous son masque de froideur et d'indifférence. C'est peut-être simplement dans ma tête, j'ai peut-être désespérément envie de retrouver ma propre humanité dans la dépravation du traitement que je permets aux hommes de m'infliger. Dans ce que *j'aime*. Mais je les sens encore maintenant dans le ton de sa voix. Dans sa façon de dire «*C'est compliqué.*» et «*Je ne sais plus trop maintenant.*» Il y a comme une tristesse en lui. Des regrets.

Ou alors c'est juste qu'il n'assume pas ce qu'il lui a fait, mais je trouve un écho à son discours dans mes propres remords, alors j'éprouve le besoin de lui dire un truc pour le consoler :

«Alors c'était peut-être une décision mutuelle. Dans votre meilleur intérêt à tous les deux. Même si je n'arrive pas à concevoir l'idée qu'on veuille te plaquer.»

Une fois sortis, mes mots semblent sirupeux et creux et non pas sincères. Je ne peux pas en vouloir à Reeve de les avoir pris comme ça. Incrédule, il penche la tête sur le côté et rétorque :

« On donne dans la flatterie, mademoiselle Wayborn ? Essaierais-tu déjà d'obtenir un nouveau cadeau ? Je suis surpris que tu sois déjà remise de tous tes efforts pour mériter le dernier.»

Non, je suis sincère. Je suis incapable de concevoir l'idée de te quitter.

Je suis tout aussi incapable de le lui dire à voix haute. Que se passera-t-il si je découvre qu'il a vraiment fait du mal à mon amie ? N'aurais-je pas envie de le quitter, à ce moment-là ?

Si. Bien sûr que si.

Mais ça ne sert à rien de laisser mes pensées partir dans cette direction. Et jusqu'à ce que je la trouve, jusqu'à ce que je découvre la vérité, je ne pourrai pas connaître le fond de ma propre pensée. Alors je reprends notre conversation :

« Ces deux cadeaux m'ont fait très plaisir et la méthode que tu as choisie pour me les faire mériter aussi. Cela dit, je suis une grosse gourmande. Tu me nourris – je suis certaine que c'est tout ce dont j'ai besoin pour refaire le plein.

– Grosse gourmande, en effet. Et oui, viens faire le plein.»

Son sourire, son ordre assez subtil, sa promesse sous-entendue – tout ça me fait de l'effet. J'ai envie de passer de l'investigation à l'expérimentation. Et de l'expérimentation à la concrétisation.

Mais je garde Amber en tête.

Du pouce, je caresse un défaut du plan de travail en ardoise et relance la conversation sur mon amie :

«Tu es toujours en bons termes avec elle ?»

J'aurais dû poser cette question depuis super longtemps. Même « *Tu vois encore certaines de tes ex ?* » aurait suffi. Je m'en étais empêchée car je ne pensais pas que Reeve me parlerait de son passé. Pas après sa façon de me traiter au spa.

Et puis, je savais que sa réponse ne m'aurait pas avancée à grand-chose. S'il avait répondu non, c'était peut-être parce qu'il n'était plus en capacité de lui parler. Ou que leur rupture avait été si terrible qu'il n'en avait plus envie. D'un autre côté, s'il avait répondu oui, je n'aurais pas pu lui proposer une relation avec moi, alors je n'aurais jamais vraiment su. Et à la fin, comment saurais-je s'il ne me ment pas, tout simplement ?

Il ne lève pas les yeux de l'orange qu'il pèle pour me répondre :

« Qui ? »

Voilà, moi je suis dans tous mes états et lui, il ne suit même pas le cours de notre conversation.

«Am…, euh. Ta dernière copine ? Tu la vois encore ? »

Merde, j'ai failli dire son nom. Il faut vraiment que je fasse plus gaffe.

Reeve sépare l'orange sur les deux assiettes, mais il se tourne alors vers moi, l'air soucieux. Je me tends, pensant qu'il a entendu ma bévue. Mais il dit :

« C'est quoi cet interrogatoire ? C'est pour quoi toutes ces questions ? »

Je me redresse, comme si cette nouvelle posture pouvait me donner une image plus sincère, en lui répondant :

« Ce n'est pas un interrogatoire, monsieur Parano. Je ne sais pas grand-chose sur toi. J'essaye d'en savoir plus.

– Tu essayes d'en savoir plus sur mes ex, dit-il en s'essuyant les mains dans un torchon. Pas sur moi. »

Mon regard se porte au loin, sur le reflet du soleil dans la porte du four.

«J'essaye aussi d'en savoir plus sur ce qui m'attend à l'avenir.

– Laisse-moi mettre les points sur les "i", dit-il avec assez de véhémence pour forcer mon regard à revenir vers lui. Les femmes que j'ai fréquentées avant n'ont rien à voir avec toi, Emily. »

Il a peut-être l'intention de me réconforter. Mais ce n'est pas le cas, car il a tort. J'ai tant en commun avec les femmes qu'il a fréquentées avant moi. Après tout, je ne serais même pas là s'il n'était pas question de l'une d'entre elles.

Il ne peut pas le savoir, mais je lui réponds tout de même méchamment :

« En d'autres termes, ne pose pas de questions.

– En d'autres termes, pose des questions sur *ton cas*.

– M'emmèneras-tu visiter un jour un de tes hôtels ? », rétorqué-je sans perdre un instant.

Mais en fait, ce que j'ai envie de lui demander, c'est : « *Tu ne préférerais pas que je sois elle ?* »

Il ne répond pas et son visage reste de marbre, alors je réplique :

« Voilà. C'est bien ce que je pensais. »

Son visage se fait légèrement moins dur, mais s'il avait l'intention de dire quelque chose d'utile, il est coupé dans son élan par la minuterie du four qui se met à retentir.

« L'omelette frittata est prête. Si tu t'assieds là, je t'apporte à manger. »

En gros, je me suis fait dégager. Mais seulement jusqu'au bar derrière nous. Le second îlot de cuisine n'a pas de placard en dessous, ni d'appareil électroménager inclus dedans. Il s'agit d'un comptoir sous lequel sont alignés des tabourets de bar d'un côté. J'en choisis un au milieu et j'observe Reeve finir de dresser nos assiettes en y mettant les œufs dedans. Je perds tout envie de bouder. Déjà, c'est un vrai délice de regarder son torse nu sculpté s'agiter au-dessus de ce pantalon de jogging suffisamment bas qui met en valeur la ligne sculptée en forme de V sur son abdomen.

Et en plus, il a bien dit qu'il ne faisait pas ça souvent. Qu'est-ce que ça implique pour moi ? Je lui ai menti quand je lui ai dit que je savais que je n'avais rien de spécial. Il y a trop de petits signes subtils qui suggèrent qu'il pourrait peut-être en être autrement. Enfin, dans la chambre.

Dès qu'on sort du domaine de la couette, j'ai moins de certitudes.

Et Amber ? A-t-elle cru elle aussi qu'elle avait un rôle particulier dans sa vie ? Était-ce le cas ?

Mieux vaut arrêter de me poser ce genre de questions, parce que je n'apprécierais peut-être pas certaines des réponses.

Je laisse m'échapper un soupir d'épuisement et suis prête à sourire de reconnaissance quand Reeve dépose une assiette devant moi et une autre à la place juste à côté. Pourtant, il ne s'assied pas tout de suite, il fait encore un aller-retour dans la cuisine pour aller chercher les couverts et les serviettes, puis un autre pour les tasses et la cafetière.

Alors qu'il remplit ma tasse, je désigne le *La Tribune* posé à côté d'un signe de tête et lui demande :

« Un journal ?

– C'est mal d'avoir le journal dans la cuisine ?

– Bienvenue dans une ère nouvelle, Reeve, maintenant tu peux avoir des nouvelles du monde sur un support qu'on appelle un iPad.

– Ce n'est pas pareil, rétorque-t-il avec emphase.

– Effectivement, réponds-je en buvant une gorgée de café. C'est mieux.

– Mon père lisait le journal le matin, me révèle-t-il en se glissant sur le tabouret à côté du mien. Plus le temps passe, plus mes souvenirs s'estompent, mais cette image de lui lisant le journal, le dimanche matin, celle-là est bien ancrée. Tant qu'ils continuent à imprimer sur du papier, je garderai mon abonnement.

– Je retire ce que je viens de dire. C'était exagéré. »

Ce n'est pas comme si je l'avais su, mais je ne peux pas m'empêcher de ressentir une forme de dégoût envers moi-même alors que je mets la première bouchée de frittata dans ma bouche.

« Bordel de merde. C'est absolument délicieux, Reeve.

– Merci. Je suis content que ça te plaise.

– Merci à toi de l'avoir préparé.»

Après tout, mieux vaut tard que jamais.

«Où un gars comme toi a-t-il appris à cuisiner comme ça?

– C'est ma grand-mère qui m'a appris. Elle pensait que tout bon Grec devait savoir y faire derrière les fourneaux.»

Il y a une certaine tendresse en lui lorsqu'il parle de sa famille, du respect, même, et j'ai l'impression qu'il m'en dirait plus si je l'y incitais. Je pourrais apprendre des choses utiles d'une pareille conversation, mais je n'arrive pas à me résoudre à me lancer là-dedans. Je ne ferais qu'utiliser ces informations pour mon bénéfice et même si c'est la raison pour laquelle je suis à ses côtés, j'ai l'impression que ce serait mal de profaner ses souvenirs pour l'utiliser. Alors du coup, je réponds sur un ton plus léger:

«Tu peux me nourrir quand tu veux.

– Ah oui, je peux le faire tout de suite?»

Il attrape un morceau d'orange dans mon assiette et s'approche en me disant d'ouvrir la bouche. Quand je lui obéis, il dépose le bout de fruit dans ma bouche mais continue à le tenir entre son pouce et mon index. Il me dit alors:

«Maintenant, suce.»

Je glisse ma langue sous le morceau d'orange et suce le fruit comme ses doigts jusqu'à ce qu'ils soient eux-mêmes trempés et un peu collants. Mon entrejambe n'est pas loin d'être dans le même état.

«Il faut que je me souvienne de ça, ça pourrait bien servir, dit-il d'une voix soudain devenue rauque.

– S'il te plaît, oui.»

Alors que nous reprenons la dégustation de notre petit déjeuner, Reeve attrape son journal et se plonge dans les pages «économie». J'en déduis qu'il préfère manger en silence. Je décide de lui laisser profiter de cet instant et je me saisis du cahier culture du journal.

«Est-ce que tu cherches à passer des auditions, en ce moment?»

Je tourne la tête vers lui et découvre qu'il me regarde du coin de l'œil.

« Non. La série va très bien marcher. Ça me suffit pour le moment. »

Ou du moins je ne suis pas dans la misère. Et puis, je ne me concentre pas vraiment sur ma carrière pour le moment.

Reeve me répond d'une sorte de bruit de gorge évasif et retourne à sa lecture. Je pourrais en déduire que ma réponse l'a ennuyé, mais je décèle autre chose dans son attitude. S'il a quelque chose à me dire, j'ai envie de l'entendre. Alors je me tourne vers lui pour le relancer :

« Tu n'approuves pas mon choix ? Vu toutes les autres femmes avec qui tu es sorti, c'est probablement embarrassant d'être vu en compagnie d'une fille qui joue la voix d'un robot absurde dans une série télé.

– Ne fais pas ça. Tu n'es pas ce genre de fille », répond-il en me jetant un regard sévère et désapprobateur. »

Quel genre de fille ? Ça, j'ai bien envie de le lui demander. Parce que ce qui me vient à l'esprit tout de suite, c'est que je ne suis pas Amber. Et ça, je le sais très bien. Il baisse son journal pour continuer à me parler :

« C'est juste que tu ne sembles pas tout à fait satisfaite de ton rôle dans cette série. Quand tu en parles, tu dévalorises toujours ta contribution. »

Je vais pour me défendre, mais je ne trouve rien. Alors je soupire et m'explique :

« Ce n'est pas un rôle de rêve, non. Mais la série marche très bien. Et pour l'année prochaine, la production a parlé de faire de mon personnage une simulation de forme de vie au lieu d'être une simple voix qui sort du mur.

– Alors on te verra, mais tu joueras un robot ? »

J'imagine probablement son ton moqueur, mais si ce n'est pas le cas, puis-je lui en vouloir ?

Je me laisse pousser un grognement et couvre mon visage de mes mains.

«Je sais, ce n'est pas franchement mieux, dis-je en écartant mes mains pour le regarder. Mais les rôles proposés par mon agent ne sont pas plus glorieux. Toujours les mêmes personnages superficiels. Des jolies filles, des stéréotypes de Californiennes de classe moyenne sans aucune substance. C'est tout aussi humiliant. Mais dans un autre registre.

– La malédiction de la beauté.»

Cette fois-ci, j'en suis sûre. Je sais qu'il se moque de moi. Je lui lance ma serviette en boule au visage.

« Ce n'est pas une malédiction. Mais avoir un physique avantageux ne me met pas toujours dans une position de force, malgré l'effet que ça a sur toi.»

C'est lui qui a évoqué le sujet quand nous étions au spa, et même si je vois ce qu'il veut dire, ça me fait plaisir de lui renvoyer ses opinions dans les dents.

Sauf que tout ne se passe pas comme je l'espérais.

«Je n'en suis pas si sûr. Je te parie que tu pourrais avoir les rôles que tu veux. Tu ne t'y prends pas de la bonne manière.

– Tu as raison, réponds-je laconiquement. Je devrais m'inviter chez mon agent un samedi ou l'autre pour nager toute nue dans sa piscine. Je pourrais certainement faire mon choix parmi tous ses scénarios.»

Il plisse légèrement les yeux, c'est la seule expression qui trahit que mes paroles lui ont déplu.

«Tu pourrais aussi exiger qu'il te présente de meilleurs rôles. Lui rappeler que oui, tu peux jouer les bimbo, mais puisque tu es également intelligente et pleine de talent, finalement tu ne fais que perdre ton temps avec lui. S'il n'arrive pas à en prendre conscience, alors tu as besoin d'un nouvel agent. Et grâce au succès de ta série, je suis sûr que tu n'auras aucun problème à trouver quelqu'un pour te représenter. Si c'est ce que tu veux vraiment, tu devrais te lancer.»

C'est une idée qui me trotte dans la tête depuis un petit bout de temps, je me dégonfle toujours pour une raison très simple : je suis bien dans mes petites habitudes. C'est devenu une sorte de routine : ils me disent quel rôle interpréter. Les hommes me le disent.

Mais voilà que Reeve me fait entendre un autre son de cloche. Il me dit que j'ai le choix. Il m'encourage à prendre mes propres décisions.

Je ne sais pas comment réagir, alors je flanche et l'envoie légèrement paître.

« Tu ne sais même pas si j'ai du talent. Tu ne m'as jamais vue jouer. »

Mais il ne va pas me laisser m'en tirer aussi facilement. Il penche la tête sur le côté pour rétorquer :

« Il y a des trucs qu'on sait, comme ça, sans preuve. »

On pourrait déduire des tonnes de choses d'une déclaration pareille et je me demande ce qu'il pourrait bien savoir d'autre *comme ça, sans preuve*. Que sait-il d'autre sur moi ? Mais plus que ces questions, ce qui me domine à cet instant, ce sont les émotions qui surgissent en moi, elles sont lumineuses et bruyantes. Il y a tout un carnaval qui se déclenche dans ma tête. Je ne suis peut-être pas super drôle, ni fougueuse et impertinente, ni « une distraction permanente » mais je suis là. Il m'a préparé un petit déjeuner. Il me dit que j'ai le choix et que c'est à moi de prendre mes décisions. Il m'a baisée et j'ai aimé ça. Et il a peut-être fait du mal à mon amie.

Mais il m'a préparé un véritable petit déjeuner.

J'attrape mon café et le bois à petites gorgées, le faisant glisser autour de la grosse boule qui se forme dans ma gorge. Reeve me dévisage encore et je me sens à la fois mal à l'aise et précieuse. Je suis complètement déstabilisée.

Il faut que je pense à autre chose. Du coup, je jette un coup d'œil au reste du journal empilé devant nous.

Il est ouvert à la section « société » et, dès que je vois l'article en pleine page, je resserre de plus belle mes mains autour de mon mug de café. C'est un compte rendu du bal de la

Saint-Valentin auquel Reeve s'est rendu la veille et, comme par hasard, une photo de lui est au centre de l'article. Il est magnifique dans son smoking noir de chez Dolce & Gabbana, presque aussi éblouissant que lorsque je l'ai vu dedans hier soir.

« J'aurais pu y aller avec toi », dis-je en lui désignant le journal.

Ma proposition n'est pas née d'une déception ou d'un besoin de faire progresser notre relation, mais d'une envie sincère de remplir ce rôle pour lui. D'être sa cavalière à ces soirées.

Je suis étonnée de ma propre déclaration et j'essaie de trouver un moyen de revenir en arrière, mais il me répond avant que je puisse ajouter quoi que ce soit.

« Merci, j'apprécie ton offre, m'avoue-t-il en faisant disparaître son sourire. D'ailleurs, je voulais te parler de ça. »

Le ton de sa voix est sérieux et je me prépare à encaisser ce qu'il va bien pouvoir me sortir.

« Je ne peux pas sortir avec toi officiellement pour le moment. Et nous ne ferons rien de public tous les deux. »

Ma poitrine se comprime et la boule est de retour dans ma gorge. J'ai envie de pleurer et de crier, mais rien ne sort. Alors je me redresse de toute ma hauteur pour lui répondre :

« Quand tu disais que je n'étais pas divertissante ni amusante, je n'avais pas compris qu'en fait, cela signifiait que c'était la misère d'être vu en ma compagnie.

– Misère, souligne-t-il en riant. Très drôle. »

Blessée par sa réponse, je l'assassine du regard. Je me sens humiliée par son amusement, j'ai l'impression que je vais tomber encore plus bas. Je refuse de lui révéler les émotions intenses que je ressens dans ces moments-là. Alors je me lève, prête à rassembler mes affaires pour partir sur-le-champ.

« Assieds-toi », m'ordonne Reeve, soudain redevenu sérieux.

Il attend que je lui obéisse, même à contrecœur, pour reprendre :

« Ce que je veux dire, c'est que je ne vais pas sortir avec toi en public *pour l'instant*. Je ne m'affiche avec aucune femme tant que nous ne sommes pas sortis ensemble au moins deux mois.

– Ah bon ? »

Je suis tout autant étonnée que soulagée.

« Non. Jamais. Sans aucune exception. »

Je fais le calcul dans ma tête pour voir quand s'achèvera ma propre période de probation.

« Alors tu ne sortiras pas en public avec moi avant fin mars ? »

Ses lèvres esquissent un sourire pour me taquiner. Mais aussi pour me lancer un défi :

« Si tu es toujours dans le coin.

– Je le serai, dis-je fermement.

– J'ai bien l'impression que ce sera le cas. »

Il se tourne vers moi et fait courir ses mains le long de mes cuisses nues. Il détourne mon attention, mais pas assez pour m'empêcher de lui demander :

« Pourquoi cette règle ?

– Pour plein de raisons différentes. Mais surtout parce que, malgré ce que pense l'opinion publique, je ne crois pas que les médias aient le droit d'interférer dans ma vie privée. Ils peuvent spéculer autant qu'ils veulent, mais je préfère leur donner aussi peu de grain à moudre que possible. »

Je connais des actrices et des acteurs qui pensent la même chose, ils louvoient pour éviter les paparazzis lors de leurs premiers rencards ou pour appeler un partenaire sexuel au milieu de la nuit. Reeve est parfaitement raisonnable d'adopter ce type de ligne de conduite, même si avoir gravé dans le marbre une sorte de période probatoire semble un peu inflexible.

Puis je comprends ce que cette décision implique quand il parlait d'aller dans ses autres propriétés, comme celle dans le Wyoming. J'ai un petit coup de blues en lui disant alors :

« Et c'est pour ça que tu ne m'emmèneras pas en voyage non plus.

– Tout à fait, répond-il en ayant presque l'air de s'en désoler. C'est aussi pour cette raison que nous ne nous verrons que le week-end jusqu'à ce moment-là. Je passe mes semaines à travailler et à faire de la promo et puisque je travaille beaucoup à la maison, n'importe qui peut venir à n'importe quel moment. »

Et merde.

Encore deux mois avant d'avoir la moindre de chance de me rendre là où j'ai le plus besoin d'aller.

Merde, merde, merde.

Je lui jette un regard noir en regrettant qu'il me touche comme ça et en déplorant de ne pas pouvoir me concentrer uniquement sur ma frustration.

« Il aurait peut-être fallu me parler de ça avant.

– Pourquoi ? »

L'éclat présomptueux de son regard me met encore plus les nerfs en boule.

« Parce qu'alors j'aurais su à quoi m'attendre. J'aurais été moins stressée sur certains plans si j'avais été au courant. »

Je repousse ses mains et pivote sur le tabouret pour mettre mes genoux bien en face du bar et m'éloigner de lui. *Deux mois.*

Merde.

« Tu as raison, répond calmement Reeve. J'aurais dû t'en parler. »

Je tourne légèrement la tête vers lui, surprise de l'entendre se déclarer coupable.

« Alors pourquoi ne l'as-tu pas fait ? »

On dirait qu'il a envie que je me retourne vers lui, mais je m'en empêche.

« Peut-être que j'aime bien te voir stresser. »

Oui. Je suis certaine qu'il dit la vérité.

« Peut-être es-tu juste un connard. »

Cette enflure se contente de me sourire. Puis il se fait un peu plus sérieux pour continuer :

« Peut-être que je ne te l'ai pas dit parce que j'espérais être du genre à faire des exceptions, dit-il avant de laisser un petit silence s'installer avant de reprendre : mais non. »

Je sais ce qu'il est en train de me dire. Je le sens dans mes tripes, dans mes chairs, et même si je ne sais pas pourquoi il espérait être quelqu'un qu'il n'est pas, ni ce qui l'a amené à désirer une chose pareille, *ni qui d'ailleurs*, je comprends parfaitement ce que c'est que de vouloir changer. D'essayer de le faire. De se rendre compte que c'est impossible.

Et je sais ce que ça fait d'espérer que les personnes qui nous entourent puissent vivre avec.

Mon irritation et ma rancœur se transforment. La mort dans l'âme, j'accepte ce qu'il me dit. Je suis déterminée à trouver Amber, même si ça veut dire qu'il me faudra plus de temps que je ne l'avais prévu au départ. Même si, à chaque étape de ma démarche, je me découvre encore plus de points communs avec mon adversaire. Même si je découvre qu'en fin de compte, il n'est pas un adversaire du tout.

Je pousse un soupir silencieux, bien déterminée à m'assurer qu'il m'a bien tout dit sur son inflexibilité envers cette règle.

« Et les filles avec qui tu n'as été vu en public qu'une seule fois ?

– Je les ai fréquentées au moins deux mois. Puis je suis sorti avec elles et elles ont probablement échoué dans leur mission de relations publiques. Ou alors je m'étais lassé.

– Tu es tellement désinvolte. Je répète ce que j'ai dit : "connard". »

Mais je pense à ce qu'il vient de me révéler « échoué dans leur mission de relations publiques ». Alors il y a des règles tacites dont je n'ai pas connaissance ? Y a-t-il d'autres obstacles à franchir dont j'ignore encore l'existence ?

Il se penche alors vers moi et me murmure à l'oreille :

«Arrête de te faire du souci, ma jolie. Tu as de si beaux yeux bleus. Je ne vais pas te jeter en pâture aux loups. Je préfère être celui qui te dévorera.»

Là aussi, je suis certaine qu'il dit la vérité. Et je ne pense pas qu'il se limite à une connotation sexuelle quand il parle de *me dévorer*, ce qui rend sa déclaration encore plus sexy. Mon corps est déjà prêt à ronronner depuis qu'il m'a caressé les cuisses, et maintenant, même s'il est sagement assis sur son propre tabouret, son souffle sur ma peau m'a laissée toute chose. Même avec tout ce remue-ménage dans ma tête, cette excitation reste constante – ce frémissement dans mon sang qui se met à bouillir en sa simple présence.

Cette discussion semble terminée, mais je ne suis pas encore prête à lâcher l'affaire :

«Y a-t-il des femmes qui n'ont jamais franchi la barre des deux mois ?

– Beaucoup. Beaucoup d'entre elles n'ont même jamais passé celle de la première nuit.»

Mais toi si, Emily. Et Amber aussi. Et toutes ces autres filles en compagnie de qui il a été photographié ces dernières années.

Je pose mes coudes sur le comptoir et appuie ma tête dessus avant de pivoter vers lui.

«Ah.

– *Ah ?* Comment ça, *Ah ?* Qu'est-ce que ça veut dire ?»

Comme il est toujours plus facile de montrer la paille dans l'œil de son voisin que de voir la poutre qu'on a dans le sien, je partage avec lui mon jugement plein d'hypocrisie :

« Ça veut dire que je savais que tu étais une salope, mais pas à ce point.

– Est-ce que tu viens juste de me traiter de salope ? »

Maintenant je suis aussi certaine qu'il a envie de me donner la fessée. Je lui réponds en souriant :

« La description semble convenir.

– C'est faux. C'est toi que ça définit.

– Et maintenant, qui traite l'autre de salope ? »

Je mérite qu'il me renvoie mon insulte dans les dents, mais cette définition ne me correspond pas… enfin plus.

« C'est moi. Absolument. »

Il se lève pour s'approcher, puis il me tracte au bord de mon tabouret, ce qui m'incite à écarter les genoux de part et d'autre de ses hanches, et il ajoute :

« Et en plus, tu aimes ça. »

Je pose mes deux mains sur son torse pour l'arrêter avec fermeté. Je ne le repousse pas, mais je ne le laisserai pas approcher d'encore plus près tant qu'il ne m'aura pas entendue :

« Quand on s'envoie en l'air, Reeve, oui, j'aime ça. Beaucoup, même. Mais pas dans une conversation normale. Surtout parce que si c'était vrai à une certaine époque de ma vie, maintenant, ça ne l'est plus. Du tout. Sais-tu que je peux compter le nombre d'hommes avec qui j'ai couché ces cinq dernières années sur les doigts d'une seule main ? »

Deux doigts suffisent, même, pour être plus précise. Il ne prend pas la peine de cacher sa surprise :

« Sérieux ?

– Oui, sérieux.

– Ah. »

Il ne prend pas non plus la peine de cacher sa satisfaction et continue :

« Alors je crois qu'il va falloir que je garde ce mot pour les moments où tu seras couchée sous mon corps.

– De préférence, s'il te plaît. »

Sans crier gare, il m'attrape et me propulse sur le plan de travail et coince mes bras au-dessus de ma tête. Son regard est animé d'un plaisir sombre et je me tortille pour essayer de me libérer, mais il ne fait que resserrer son emprise.

« Comme ça ? C'est ce que tu veux, petite salope ? Tu es une vilaine fille, putain. Une petite pute vorace. »

Oui. Exactement comme ça. Il me serre avec tant de force que le coin du plan de travail niché contre mes fesses me fait mal et il presse ses hanches sur mon bassin, mais je suis immédiatement excitée. Ma respiration se fait lourde et ma bouche comme mon sexe sont prêts pour l'invasion.

Son regard se pose sur mes lèvres, puis glisse vers mes yeux. Mes mains sont toujours prisonnières, mais il diminue la pression alors je fais mine de cesser de me débattre. Et sa façon de me regarder – avec intérêt et adoration – éveille quelque chose en moi. J'en ai la chair de poule et le cœur qui bat à toute allure.

« Emily. »

J'aime mon prénom quand c'est lui qui le prononce.

« Passe la nuit avec moi chaque fois que tu viens.

– D'accord. »

La boule dans ma gorge a fait son grand retour. J'ai envie qu'il m'embrasse, c'est possible après tout. Mais non, il se redresse et me dit :

« Regarde un peu ce que tu viens de faire. »

Je suis la direction de ses mains et remarque qu'une bosse déforme son pantalon. Inclinant sa tête vers l'escalier, il précise :

« Viens prendre une douche avec moi, comme ça tu pourras t'occuper de moi et me mettre la misère. »

Il me laisse ensuite plantée là, sûr et certain que je vais le suivre.

Ce que je fais. Bien entendu. Et à chaque pas que je fais derrière lui, je me remémore ce que j'ai découvert le jour où il est venu chez moi et m'a embrassée pour la première fois. Ce que j'ai choisi d'oublier d'une manière ou d'une autre. Que Reeve soit ou non un tueur en série, peu importe. Qu'il ait ou non poussé Missy Mataya de cette falaise, ou qu'il ait demandé à quelqu'un de le faire, ou – *par pitié faites que ce soit faux* – qu'il ait fait quoi que ce soit qui ait conduit à la disparition d'Amber, Joe a raison de se faire du souci pour ma sécurité.

Car peu à peu, j'acquiers la certitude que Reeve finira par me tuer.

16

La conséquence directe d'un charmant dimanche en compagnie de Reeve est un lundi plein de culpabilité. J'ai mal au ventre en conduisant vers mon super boulot dans mon incroyable voiture donnée par un homme captivant qui devrait être mon ennemi et non pas mon amant. Si je dois passer mes week-ends en sa compagnie, je dois optimiser le reste de mon temps libre pour me concentrer sur d'autres moyens pour retrouver Amber. Non pas que j'en aie beaucoup. Avec des journées de tournage de douze heures imposées par la production et très peu de pistes à me mettre sous la dent, ce n'est pas comme si je pouvais beaucoup avancer.

En arrivant à ma place de parking, je trouve une idée, un *truc* que je pourrais facilement faire : discuter avec Chris Blakely. Honnêtement, j'aurais dû programmer ce rendez-vous il y a déjà bien longtemps et si je n'avais pas été si consumée par ma fascination pour Reeve, ce serait déjà fait. Il pourra certainement m'apprendre quelque chose que j'ignore. Il pourra colporter quelques ragots sur leur relation. Rien que sa théorie sur la cause de la mort de Missy vaut bien une conversation.

Même si je ne partage pas la certitude de Joe sur le fait que mes conversations téléphoniques sont certainement espionnées, je me dis que quelques précautions ne peuvent pas faire de mal. Ajoutons que Chris ne m'a pas dit ce qu'il pensait de Reeve. Donc, je dois trouver une excuse pour le joindre. Je ne peux pas jouer la carte Missy. Coup de bol, j'ai trouvé le prétexte idéal pendant la séance de lecture des enregistrements de la semaine ce matin.

J'utilise le téléphone de la cafétéria pour l'appeler à la première pose venue. J'envisage de me servir du téléphone jetable de Joe, mais je pense que Chris ne prendra pas d'appel venu d'un numéro masqué. Par contre, un appel du studio, là, c'est sûr, il va décrocher. Aucun acteur ne sait leur résister.

Il répond à la première sonnerie.

« Salut Chris, c'est Emily.

– Emily. Salut. Je ne m'attendais pas à ça. Ça va ? Tu as perdu ton portable ?

– Non, comme une idiote je l'ai laissé à la maison et il fallait que je te parle tout de suite, alors j'utilise le seul que j'aie sous la main. »

C'est presque perturbant de constater à quel point il m'est facile de lui mentir.

« Eh bien, ça, c'est une promesse. Je ne sais pas ce que Megan va en penser, mais…

– Arrête ça, dis-je en l'interrompant. Je ne t'appelle pas pour ça. J'ai un plan pour toi. Je viens de découvrir qu'il va y avoir un nouveau personnage masculin dans la série lors de la prochaine saison et je sais que c'est le genre d'info que tu souhaites entendre le plus rapidement possible. »

En fait, je ne pense pas un instant que Chris ait la moindre chance de décrocher ce rôle, mais ça, il n'a pas besoin de le savoir.

« Sérieux ? C'est pour un caméo ou quoi ?

– Pour un vrai rôle. Celui du frère de la mère. Je me disais qu'on pourrait peut-être se voir pour que je te donne quelques tuyaux et te préparer pour l'audition. »

Avec un peu de chance, je pourrais bien piquer un petit scoop ou deux chez l'un des auteurs de la série histoire de rendre cette mascarade un peu plus crédible.

« Merde. Je ne suis pas en ville. Quand auront lieu les essais ?

– Pas avant la fin du tournage de cette saison. Ça n'a pas encore été annoncé. On a le temps. »

Je vais juste devoir trouver un moyen de le voir sans empiéter sur mon temps dédié à Reeve, alors je lui propose :

« Tu pourrais peut-être même venir me voir au studio. Quand reviens-tu ?

– La dernière semaine de mars. Je suis au Canada. Je tourne le prochain *Warrior*.

– Ils en tournent un autre ? »

Le premier film était le pire truc que j'aie jamais vu au cinéma.

« C'est une petite production indépendante. Il n'y avait pas beaucoup de chiffre à faire pour être rentable. Alors, on se voit quand je rentre. »

Il n'a pas tort à propos du film. Et à entendre le ton salace de sa voix, je songe franchement à lui poser mes questions au téléphone. Mais je veux qu'il me crache les pires saloperies dont il a connaissance. Celles qu'on obtient lors d'une conversation face à face quand on dispose d'un temps illimité, alors je réponds :

« Parfait, quand tu reviens. D'ici là, j'arriverai peut-être à mettre la main sur quelque chose. »

Je suis déçue qu'il ne soit pas libre plus tôt, mais ce n'est pas comme si j'allais aller bien loin avant que ma période de probation de deux mois avec Reeve soit terminée. Et puisque le tournage de la prochaine saison de *NextGen* sera terminé au même moment, je pourrai certainement profiter d'un soir de semaine pour le voir discrètement.

* * *

Le week-end suivant, je passe deux nuits chez Reeve : le vendredi, puis le samedi. Et le suivant aussi. C'est devenu notre routine. Parfois je m'inquiète de voir le temps filer, je m'inquiète pour Amber. À part ce rendez-vous avec Chris, je n'ai pensé à rien d'autre pour la retrouver et Joe est déjà sur toutes les pistes dont nous disposons. Il est de plus en plus sûr qu'elle a été prise dans les filets du réseau de traite de femmes mis au point par Vilanakis et il faudra pas mal de temps pour en venir à bout.

Moi, de mon côté, je suis de *moins en moins sûre* de tout ça. Pour Amber. Pour Reeve. Tout, quoi. Je n'ai vu aucune trace de lien avec la mafia depuis que je le fréquente. Aucune trace d'Amber non plus. Par contre, je vois des traces de moi – de la femme que j'ai été. Cette femme que j'ai fuie. Cette femme que j'ai oubliée avoir tant aimé incarner.

À chaque semaine qui passe, j'ai de moins en moins l'impression de jouer un rôle avec lui, comme si j'interprétais plutôt un personnage les jours de la semaine. J'ai dû mentir à Ty Macy quand il m'a harcelée pour savoir d'où venaient mes suçons. J'ai esquivé mon agent quand il a essayé de me mettre sur des auditions, voulant à la fois préserver mes week-ends et mes vacances pour être avec Reeve. Je me suis laissée porter par mes journées, une image de perfection figée à l'extérieur, mais frémissante de honte à l'intérieur. Le vendredi soir, dès que je sors du plateau, je mets Emily Wayborn en sommeil et je réveille Emily Barnes.

Un sursaut me prend au début du mois de mars, quand je me retrouve éveillée dans le lit de Reeve toute seule au milieu de la nuit. Impossible de me rendormir, alors je décide de me lever et de partir à sa recherche. J'enfile l'un de ses tee-shirts, trouvé dans sa commode, et je sors de la chambre. Il fait nuit et en jetant un coup d'œil dans la cage d'escalier, je vois qu'il n'y a pas une seule lumière d'allumée au rez-de-chaussée non plus. La maison est tranquille et je me rends compte que c'est la première fois que j'ai véritablement l'opportunité de l'explorer. D'habitude, il y a toujours Reeve ou l'un de ses gorilles dans le coin et je n'ai jamais eu aucune raison d'aller dans les autres pièces, de l'autre côté du bâtiment.

Mais là, c'est possible. Si on me surprend, je dirai que je le cherchais.

Les deux premières pièces que je visite sont des chambres d'amis tout ce qu'il y a de plus standard, chacune avec un lit, une commode et une table de chevet. La troisième semble être similaire au premier coup d'œil, mais c'est là que je remarque un magazine sur la table de chevet. La dernière personne qui y a dormi l'a probablement laissé là, mais quand je le ramasse, je me rends compte que c'est un numéro de *People* qui date de l'an dernier. Celui dans lequel figure ma première photo d'actrice célèbre. Celui dans lequel Reeve et Amber sont aussi.

Ça ne veut peut-être rien dire. Ou pas.

Refusant de me faire repérer en allumant le plafonnier, j'opte pour la lampe de chevet et je commence à fouiner. Il y a une boîte à bijoux et une brosse à cheveux sur la commode. Quelques cheveux blond pâle sont encore entre les picots. J'ouvre le tiroir du haut et découvre de la lingerie féminine. Dans le suivant, des jeans et des tee-shirts et encore des sous-vêtements. Dans le placard, il y a encore plus de fringues – des robes de soirée, des tops, des chaussures, des pantalons.

Reeve a fréquenté beaucoup de femmes. Ces affaires auraient pu être laissées par n'importe qui. Elles pourraient même appartenir à plusieurs femmes et avoir simplement été rassemblées ici pour un petit bout de temps. Elles pourraient aussi être réservées à l'usage de ses copines de passage.

Alors pourquoi suis-je aussi certaine qu'elles appartiennent à Amber ?

Probablement parce que c'est la dernière femme avec qui il est sorti. Mais si ce sont ses affaires, alors pourquoi sont-elles toujours là s'ils ne sont plus ensemble ?

Sur ma nuque, j'ai l'impression que mes petits cheveux se hérissent et je suis traversée par un frisson. Je n'ai pas envie d'être là. Impossible de savoir pourquoi tous ces effets personnels sont ici à moins de poser la question, et plus je reste longtemps dans cette pièce, plus je trouve d'explications. J'éteins la lumière et cette fois-ci, je pars vraiment à la recherche de Reeve.

Puisque le rez-de-chaussée me semble trop calme, je reviens sur mes pas et prends les escaliers pour aller au deuxième étage. Je n'y suis jamais allée non plus et je n'ai aucune idée de ce que je pourrais bien y trouver. Je l'entends avant de finir mon ascension. Il parle à quelqu'un, et même si c'est une bonne raison de ne pas m'approcher, j'ai besoin de lui. J'ai besoin qu'il me rassure. Je veux être certaine qu'il n'y a aucune raison de croire qu'il puisse faire quoi que ce soit pour blesser quelqu'un. Je veux m'assurer que c'est bien le vrai lui qu'il m'a montré, tout comme moi je lui ai révélé ma véritable personnalité.

Les escaliers s'ouvrent sur une grande pièce de style loft. Elle est plongée dans le noir, seulement éclairée par les rayons de la lune s'infiltrant par tout un pan de mur vitré. Il y a tout de même suffisamment de lumière pour saisir que c'est un bureau, comme l'indiquent les rayonnages de livres et les classeurs à tiroirs alignés contre la paroi interne de la maison. Reeve est installé derrière un grand bureau aux lignes racées dans un coin. Son visage et son torse sont illuminés par la lueur du grand écran d'ordinateur face à lui.

«Va te faire foutre.»

En l'entendant, je me fige sur place. Mais son regard ne quitte pas son écran. Il poursuit :

«Tu as juste les boules parce que j'ai tout nettoyé.

– Pour ça et d'autres raisons encore», répond une voix masculine avant de se mettre à parler en grec.

Je ne sais pas s'il est sur haut-parleur avec son téléphone ou sur Skype. Quoi qu'il en soit, quel genre d'homme pourrait bien parler à Reeve au milieu de la nuit ?

Je m'enveloppe de mes bras et me blottis dans la pénombre en l'observant, non pas pour l'espionner, mais parce que je suis véritablement curieuse et je suis à peu près certaine que, qui que soit son interlocuteur ou quoi que soit le sujet de sa conversation, ce n'est pas le genre de chose qu'il a envie que j'entende. Je devrais peut-être juste retourner me coucher.

« C'est comme ça, dans la famille, dit la voix dans l'ordinateur. On est rancuniers.

– Et Nikolas est particulièrement doué pour ça, rétorque Reeve sans quitter son écran des yeux. Pourquoi ne viens-tu pas me retrouver ?

– Te retrouver ? Moi ou Nikki ?

– Aucun d'entre vous. »

Il me regarde directement en face, maintenant.

« Emily. »

Il a détecté ma présence depuis le début. Bien sûr. Il tend la main pour que je vienne le rejoindre. Parce que c'est ce que j'ai envie de faire, parce que je ferais tout ce qu'il me demanderait, je lui obéis. Quand je suis assez proche de lui, il m'attire sur ses genoux et passe un bras autour de ma taille.

Et mes craintes, tout comme mes doutes, sont immédiatement calmées.

Maintenant que je peux voir ce qu'il y a sur son écran, je comprends mieux ce qu'il se passe. Les trois visages masculins sont chacun dans un cadre séparé. Dans un quatrième, je vois une animation représentant une table de jeux au milieu et un autre cadre présente deux cartes. Il y a aussi des petites boîtes avec des noms et des montants de paris et de gains.

« Poker en ligne ? »

Il y a quelque chose d'adorable à voir Reeve s'adonner à une activité aussi basique.

« On mise vraiment de l'argent, bien sûr. Et toi, tu es mon porte-bonheur. »

Quand je vois le montant de ses gains, je me dis qu'il ne semble pas avoir besoin de mes services.

Le nom de la personne sur la prochaine mise change et celui de *Nikki* apparaît. Un indicateur s'illumine ensuite pour montrer que c'est au tour de *Pet* de s'y mettre. Ce dernier s'aperçoit de ma présence en premier et demande :

« Qui est cette jolie petite chose ? »

Il doit avoir mon âge et ses traits semblent indiquer des origines méditerranéennes. La lumière naturelle abondante qui emplit l'arrière-plan de sa vidéo suggère qu'il est dans un autre fuseau horaire.

Reeve l'envoie chier :

« Pour toi, c'est personne. Place ta mise.

– Fais gaffe quand même », rétorque celui sous la case marquée *Nikki*.

Il a l'air plus âgé que Reeve, de dix bonnes années au moins. Il ressemble beaucoup à Pet. Peut-être sont-ils parents.

Le troisième, un gars nommé *Gino*, m'observe avec attention et dit :

« Ouais. Carrément. »

Je tire sur mon tee-shirt, me sachant parfaitement couverte, mais tout de même nue devant tous ces regards. Sans perdre son écran de vue, Reeve me dit doucement :

« Tu sais, ils ne te regardent que pour savoir ce qu'il y a dans mon jeu.

– Oh ! »

Je n'avais même pas pensé qu'ils pourraient essayer de décrypter mes émotions. J'ai du mal à réfléchir quand Reeve caresse ma cuisse avec son pouce. Il ne se rend probablement même pas compte de ce qu'il fait et il m'envoie des décharges électriques chargées de désir, au plus profond de moi.

Pet plisse les yeux et prend la parole :

« Sérieux, Reevis ? Tu es déjà en train de gagner. Tu ne pourrais pas laisser la fille nous dire quelque chose ?

– Ce serait une très mauvaise idée, dis-je. Je peux voir ses cartes, mais je n'y connais vraiment rien au poker. Je vous induirais en erreur.»

C'est totalement faux. Je joue aux cartes depuis que je sais compter jusqu'à dix. Je sais très bien que Reeve a une couleur et que si la cinquième carte du tableau est un deux ou un sept de cœur, il aura une quinte flush.

Mais je me tourne vers lui et lui demande :

« Reevis ?

– Comme dans *Beavis et Butt-Head*, intervient Pet. C'est son surnom depuis qu'il a quoi ? Quinze ans ?»

Puisque sur l'écran je vois qu'il est inscrit sous le nom de *Reevis*, j'en déduis que tous les autres utilisent également un surnom. *Gino* hoche la tête pour lui répondre :

« Ouais, à peu près.

– Et toi c'est Butt-Head, Petros. Lâche ta putain de mise, maintenant.»

Petros dit quelque chose en grec qui ressemble furieusement à un juron et tape quelque chose sur son clavier. On voit sur l'écran qu'il a validé son pari et l'indicateur passe sur le nom de *Reevis*.

Sa main monte plus haut sur ma cuisse, elle se glisse sous le tee-shirt, à la pliure de l'aine, et ses caresses m'empêchent de me tenir immobile. Impossible de ne pas me tortiller. Peut-être sait-il ce qu'il fait, après tout.

Il tourne la tête vers moi et je sens son souffle chaud caresser mon oreille lorsqu'il demande :

« Qu'en penses-tu, Em ? Je mets quoi dans le pot ?»

Gino dit quelque chose que je ne comprends pas et Petros lui répond en grec avant d'ajouter :

« Qu'est-ce que tu aides Reeve à faire, d'abord ?»

Il lui répond aussi quelque chose que je ne comprends pas et je le regarde, l'air interrogateur.

« Ils essayent de me convaincre de ne pas suivre ton conseil, puisque tu n'y connais rien au poker.»

Le regard qu'il m'adresse me fait comprendre qu'il voit très clair dans mon jeu, puis il me dit :

« Je leur ai dit que je te faisais confiance, de toute façon. »

Il a peut-être dit ça un peu en l'air, mais je suis à la fois aux anges et dégoûtée. Non, on ne peut pas me faire confiance. Et même si j'en ai très envie, je ne lui fais pas confiance non plus.

Mais ce n'est pas l'envie qui m'en manque. J'aimerais tellement qu'il ait confiance en moi, peu importe que je ne le mérite pas une seconde.

C'est pour cette raison, et tout aussi parce que je sais sa main très bonne, que je lui dis :

« Mets le paquet, va au tapis. »

Il lève son autre main pour caresser ma joue de son pouce et me dit :

« On ne fait pas d'omelettes sans casser des œufs, non ? »

Je hoche la tête pour lui répondre en silence. Je ne sais pas s'il parle de sa partie de poker et je ressens quelque chose de bizarre dans la poitrine.

« C'est parti. Tapis. »

Il laisse tomber sa main sur le clavier pour inscrire le montant de sa mise. Le logiciel retourne la dernière carte. C'est un deux de cœur. Reeve remporte le pot avec une quinte flush.

Les hommes sur l'écran grognent et se plaignent. Facile à comprendre, même sans maîtriser la langue. Reeve frotte son nez contre ma joue en se félicitant de la carte découverte. Il descend ensuite un peu plus bas pour s'attaquer à mon cou.

« Elle tombe bien, cette carte », dit-il.

Elle tombe bien parce qu'il a gagné, me dis-je. *Ce n'est ni une référence à sa couleur, ni à son chiffre.* Comment pourrait-il dire quelque chose d'aussi adorable et être sincère alors qu'il dispose de la garde-robe d'une femme dans l'une de ses chambres d'amis ?

Le logiciel est prêt pour une nouvelle partie et les hommes doivent tous cliquer pour s'y inscrire. Gino dit quelque chose qui semble réservé à Reeve, qui éloigne alors sa bouche de moi juste assez pour annoncer :

« Non. J'arrête. »

D'autres grognements se font entendre. Encore des plaintes. Nikki attire l'attention de Reeve en faisant un commentaire. Tous les mots se ressemblent, mais je jurerais avoir entendu *Michelis*.

Ou pourquoi pas *Nikolis*. Ce qui est peut-être son véritable prénom.

Quoi qu'il ait dit, Reeve n'apprécie pas. Il lui répond quelque chose d'un ton sec qui mène tous les autres à s'exclamer des « *Oooh* » en retour. Puis il se penche en avant et éteint l'écran.

« Qu'est-ce qu'ils ont dit ? Et qui sont-ils ? Des amis ? »

Reeve me fait changer de position et je me retrouve à califourchon sur lui. À califourchon sur son érection. Il me caresse la poitrine et je suis parcourue de frissons dans le dos. L'espace d'un instant, j'ai l'impression qu'il ne va pas me répondre, et vu la tournure que prend notre conversation, peu importe. Quand je songe à quel point je commence à craindre la vérité, ce n'est peut-être pas plus mal de l'éviter.

Mais c'est alors qu'il me dit :

« Ce sont mes cousins. Nikolis est mon oncle. »

Ah bah voilà, Nikolis.

« Ils m'ont demandé si j'accepterais de te partager. »

Il se penche et attrape l'un de mes tétons dans sa bouche, le suçant jusqu'à ce qu'il devienne dur comme la pierre à travers le tee-shirt.

Sa bouche comme ses mots me font battre le cœur à toute vitesse. À une époque, être partagée était quelque chose de commun pour moi. Ça ne m'ennuyait pas du tout. Maintenant, c'est tout le contraire. Je le ferais si Reeve me le demandait. Mais j'espère qu'il n'en a pas envie. J'aimerais tellement qu'il me veuille pour lui tout seul.

J'ai envie de savoir s'il y pense, mais comme toutes les questions qui me brûlent le bout de la langue, je n'arrive pas à me forcer à les poser. À la place, je lui demande :

«Tu as déjà fait ça ? Partagé une fille ? Avec eux ?

– Oui.

– Je suis contente d'avoir mis un tee-shirt.»

Je déteste cette fêlure dans le ton de ma voix. Je déteste cette impression de déception qu'il me procure alors qu'il ne s'agit même pas de moi.»

Reeve éloigne sa bouche de mon sein et fait rouler mon téton entre ses doigts.

«Je ne t'aurais pas demandé de me rejoindre si tu ne l'avais pas fait.»

Il semble bien moins intéressé par cette conversation que par mon corps. Soit il ne remarque pas que je suis troublée, soit il s'en fout.

«D'accord. Mais bon, tu leur as déjà fait profiter de tes copines avant. Tu as quand même laissé tout ton personnel me voir.»

Je suis tourmentée par énormément d'inquiétudes à propos de lui mais ça, ce minuscule problème de rien du tout, s'il pouvait le faire disparaître, tout irait pour le mieux. Ce serait un signe qui me montrerait qu'il n'est pas l'homme que je crains qu'il ne soit.

Il tire sur le bas de mon tee-shirt et d'un signe de tête me dit de lever les bras. Après l'avoir fait passer par-dessus ma tête, il me regarde droit dans les yeux pour me dire :

«Peu m'importe que mes employés t'aient vue, parce que je sais que tu aimes ça, commence-t-il avant de m'embrasser. Et oui, j'ai fait profiter ces petits cons de mes copines, mais rarement. Et jamais avant que j'en aie terminé avec elles.»

Ça me va. Ça me va plus que bien. Parce que c'est ce dont j'ai envie. Ce dont j'ai besoin, même.

Il laisse glisser ses lèvres autour de mon visage, puis sur mon cou, échauffant mon sang jusqu'à ce qu'il se transforme en rivière de lave, jusqu'à ce que je brûle d'un désir qui exige une satisfaction que lui seul peut m'offrir.

Reeve met un frein à ses baisers et extirpe sa queue engorgée de son pantalon. Il m'incite à me lever sur mes genoux et agrippe mes hanches pour se placer juste sous mon sexe, déjà humide et prêt à le recevoir.

C'est si bon. S'envoyer en l'air avec Reeve est toujours bon. Ce qu'il fait à mon corps est même au-delà du fantastique. Au-delà de ce que je n'aurais jamais cru que mon corps puisse éprouver.

Et ce qu'il fait à mon cœur ?

Je ne devrais même pas en avoir envie. Même pas l'accepter.

Mais je n'arrive pas à retenir la question qui veut quitter ma langue entre deux halètements :

« Alors qu'est-ce que tu leur as dit quand ils ont parlé de moi ?

– Que je n'étais pas sûr de me lasser de toi un jour. »

Il m'a répondu en me regardant droit dans les yeux. Sans ciller.

Et ces simples mots ont transformé ce « *ça me va* » en « *j'en veux plus* ». Il tire mon bassin vers le bas en levant le sien, enfonçant sa bite profondément en moi, propulsant mes hormones au pays du bonheur éternel. Envoyant d'autres parties de mon être les rejoindre au septième ciel – tous ces morceaux qui sont plus que des émotions et des sensations. Ceux qui contiennent plus de mon âme et de mon moi profond que mes récepteurs sensoriels.

Même si c'est moi qui suis au-dessus, heureusement que Reeve contrôle notre rythme, parce que je suis trop bouleversée, trop partie dans mon délire pour être capable de diriger quoi que ce soit d'autre que ma tentative de rester présente. Même ça, je suis tentée de le laisser s'envoler. De me laisser porter et qu'on s'occupe de moi. De laisser le plaisir me faire flotter jusqu'à ce que je me fasse écraser par lui, emportée par le fond.

Mais je reste avec lui, parce que c'est là qu'il veut que je sois – *avec* lui. C'est comme s'il s'attendait à ce que je me laisse aller et profite de l'expérience, mais d'abord, je dois faire un bout de chemin. Avec lui.

J'avoue, je manque de passer à côté. Il s'agrippe à mes hanches, me soulève et me rabaisse, enfonçant sa queue dans ma chatte, comme si je n'avais même pas besoin d'être là. Comme si je n'étais qu'un sex-toy, un corps tiède. Alors pourquoi serait-ce un problème si je l'utilisais de la même manière ?

Sauf que ce n'est là qu'un aspect de notre relation sexuelle. Il y a aussi tous ces mots qui ont été échangés avant. Et, quand il se lève pour m'allonger sur son bureau, coinçant mon corps entre le sien et le bord du meuble, puis qu'il lève mes cuisses pour aller plus loin, plus fort – c'est à ce moment-là que je deviens certaine qu'il n'y a pas qu'un échange de sécrétions corporelles entre nous et que toutes ces émotions ne sont pas que dans ma tête. C'est cet élément qui m'ancre à lui.

C'est dans son regard. Plus spécifiquement dans le fait qu'il ne rompt jamais le contact entre nous. Il me regarde en pensant tout le temps où son corps bouge dans le mien. Il m'observe avec une intensité qui ne faiblit jamais. Il me regarde comme si j'avais de la valeur pour lui. Aucun homme ne m'a regardée de cette manière quand il me baisait comme j'en avais envie. J'aime quand on me prend sauvagement, quand on me baise et que c'est obscène. J'aime être avilie et humiliée. J'aime qu'on me donne des ordres. J'aime qu'on me malmène comme une poupée gonflable et qu'on ne s'excuse pas pour un coin de bureau qui me rentre dans le dos ou que lorsque j'ai l'impression qu'on va me déchirer à force de me pilonner.

Comment quelqu'un peut-il me faire des choses pareilles et toujours me regarder comme si j'avais de la valeur ? Avec ce qui pourrait s'apparenter à de l'affection ?

Comment puis-je laisser quelqu'un me faire ça et avoir une opinion de moi-même meilleure que j'aie jamais eue ? Avoir des sentiments plus forts pour lui que quiconque dans ma vie ?

La plupart du temps, Reeve ne me montre pas ça. Généralement, il me prend par-derrière, alors nous n'avons pas du tout besoin de nous regarder. Souvent, il me fait jouir. Très fort. Encore et encore. Et parfois, il est plus primaire et animal et son plaisir n'est rien que pour lui. Il est toujours brusque. Toujours éprouvant. Il me baise comme il en a envie – il éjacule sur mes seins, dans ma bouche, dans ma chatte. Il me dira quand il voudra prendre mon cul, et là aussi, il fera comme il voudra.

Et parfois, rarement, au beau milieu de la nuit, il devient tendre. Il m'attire sur ses genoux, m'embrasse, me caresse. Il me laisse m'envoler, mais il me retient de son regard. Il me dit des mots qu'il n'a jamais osé prononcer quand il fait jour. Des mots que je n'oserais jamais lui retourner.

C'est dans ces moments-là que je me sens le plus en lien avec lui. C'est dans ces moments-là qu'il me fait le plus peur.

17

Après avoir quitté Liam, Amber et moi avons passé quelques années au Mexique dans un hôtel club. Nous avions déniché une chambre sur le long terme. Pour la garder, il nous suffisait de nous envoyer le gérant et, de temps en temps, son fils. Le reste du temps, on se tapait les clients. Souvent des hommes à la retraite, aux poches pleines et prêts à coucher avec n'importe qui. Trouver une petite chose blonde toute jeune : leur meilleur souvenir de vacances.

À cette époque, nous ne nous vendions plus en tarif groupé. Parfois, on couchait avec le même mec. Mais c'était rare. C'était plus dangereux que de rester avec le même homme tout le temps. Que de se faire entretenir comme une maîtresse. Parfois, pendant la saison basse, nous recevions moins d'attention que nous ne le souhaitions. La pension complète fournie par l'hôtel nous permettait de nous nourrir, mais nous n'avions pas toujours assez d'argent pour le reste. Le reste étant composé des épilations à la cire, des pédicures et de notre pilule.

Mais aussi dangereux qu'ait été ce mode de vie pour notre santé, je pensais que j'étais plus en sécurité. Émotionnellement parlant, du moins. Personne ne pouvait s'approcher de moi. Personne ne pouvait suffisamment me connaître pour savoir quoi que ce soit de moi. Ou du moins, c'est ce que je me racontais.

J'avais vingt et un ans quand Amber m'a sortie du pétrin pour la première fois.

Tout avait commencé comme toujours à l'époque – au bar. Amber et moi y allions le soir pour la sortie des spectacles. Assises au comptoir, nous attendions que quelqu'un vienne nous parler. Ça n'a jamais manqué. Généralement, les hommes étaient plus vieux que mon père, mais un soir, un étudiant d'une université prestigieuse quelconque, appelé Aaron, m'a trouvée. Il m'a dit qu'il allait passer son été à vendre des actions dangereuses au nom de son père et ciblait les vieux pleins de fric de l'hôtel. J'ai pensé que nous étions si similaires tous les deux. À plumer les portefeuilles bien garnis des vieux Républicains pleins de rides qui pullulent ici, mais chacun à notre façon.

J'ai aimé cette sensation de camaraderie. Et Aaron semblait bien m'apprécier. Il m'avait acheté de jolies choses à la boutique souvenirs. Il m'avait invitée à venir profiter du yacht de son père. Il a couché avec moi. Il était prétentieux et vaniteux, un vrai petit con, en fait. Mais je l'aimais bien, j'aimais bien les trucs cochons qu'il me faisait. Un jour, il m'a attachée et a posé des pinces sur mes tétons. Parfois il me mettait un collier pour me promener en laisse. Parfois il me frappait, et c'était vraiment sensuel. Parfois il me frappait, et ça faisait juste mal.

Parfois il invitait d'autres hommes à coucher avec moi. Des hommes qui étaient susceptibles d'être intéressés par ses produits financiers mais qui avaient besoin d'un peu de motivation. Aaron avait fait de moi ce bonus. Quand je n'en avais pas envie, quand les hommes étaient trop impatients, trop arrogants, je lui disais que je refusais de le faire. Et il me disait d'y aller quand même. Plus d'une fois je suis revenue couverte de bleus et en sang. Alors il me disait qu'il m'aimait et à quel point j'étais une fille géniale et comment je lui avais permis de gagner encore cent mille dollars. Puis il me jetait une serviette-éponge et un gant à la figure et me disait d'aller me nettoyer.

Quand je logeais chez Aaron, je retrouvais Amber tous les jours au bord de la piscine et je lui expliquais pourquoi j'avais des contusions sur le corps avec un grand sourire aux lèvres. J'aurais pu lui raconter ce qu'il se passait n'importe quand, mais qu'aurais-je pu lui dire ? Ce n'était pas comme si Aaron était violent avec moi. Du moins, pas tout le temps. J'ai aimé beaucoup des choses qu'il m'a faites. Je crevais d'envie d'éprouver encore ces sensations qu'il créait en moi. Je me disais que le reste n'était qu'une conséquence qu'il fallait encaisser si j'assumais d'être celle que je suis en vérité.

Vers la fin de l'été, Aaron était de plus en plus aux abois. Il devait se faire autant d'argent que possible. Son père lui avait donné un objectif qui aurait dû être impossible à atteindre, mais avec sa botte secrète, c'est-à-dire moi, il était plus proche du succès qu'il ne l'aurait jamais cru possible. C'est devenu son obsession. Ce qui veut dire qu'il est devenu de plus en plus exigeant. Il me poussait à divertir ses clients. Il me poussait à accepter des pratiques de plus en plus dépravées.

Et quand je ne suffisais pas à lui faire remporter un contrat, il se vengeait sur moi. Une nuit, sa violence a été telle qu'il a dépassé mes limites. Il s'est servi de moi comme jamais une femme ne devrait l'accepter. J'ai crié, mais je ne suis pas sûre de lui avoir jamais dit non.

J'ai passé la journée suivante roulée en boule sur des draps maculés de sang et d'autres substances. Quand il est parti travailler, je suis restée dans la chambre. Si j'avais pensé à aller chercher de l'aide, j'en aurais été incapable, je souffrais trop pour ça. Quand il est revenu le soir même, il a cherché à s'excuser. Mais cruellement. J'aurais apprécié son effort si je n'avais pas été blessée.

J'étais à peine consciente quand Amber a fait irruption dans la chambre. Je ne sais même pas comment elle a fait pour y arriver, mais je me souviens l'avoir entendue hurler qu'il devait s'éloigner de moi. Elle a beaucoup crié.

Sa voix m'a ramenée à la réalité et pour la première fois après plusieurs heures d'inconscience relative, j'ai compris ce qui était en train de m'arriver. On me battait, on me frappait, on me torturait pendant qu'on me baisait.

Amber n'était pas une menace pour lui. Il n'avait aucune raison d'arrêter.

« Elle aime ça, a-t-il dit. Tu ne savais pas que ta copine adorait se faire cogner ? Et elle est encore mieux qu'une pute parce qu'elle encaisse sans faire banquer. »

Elle l'a tiré de toutes ses forces. Elle lui a griffé l'épaule et je me souviens m'être dit que je devrais l'aider. Ou que je devrais lui expliquer qu'Aaron avait raison. Oui, c'est ça que j'aime. Et même quand je n'apprécie pas ce qu'on me fait, je l'accepte.

Mais alors son poids est devenu lourd sur moi et il a arrêté de bouger. J'ai regardé par-dessus son épaule et j'ai vu mon amie debout derrière lui avec une bouteille de tequila quasi pleine à la main et du sang qui coulait. Du sang coulait sur moi. Du sang qui n'était pas le mien.

Elle a fait rouler son corps rigide pour l'éloigner du mien sans prendre la peine de vérifier son pouls ou sa respiration avant de m'enrouler dans une couverture pour me ramener dans notre chambre.

J'ai passé les deux jours suivants à naviguer entre le sommeil et la conscience, mais chaque fois que je me suis réveillée, elle était là, à côté, pour prendre soin de moi. Elle m'a donné à manger, m'a rapporté des calmants qu'elle avait récupérés quelque part. Elle m'a nettoyée, retirant le sang et le sperme qui maculaient mon corps avec un gant tiède qu'elle n'a pas un seul instant laissé refroidir.

Et elle m'a parlé :

« Quand tu iras mieux, on retournera aux États-Unis. On reformera notre partenariat et plus rien de tout ça n'arrivera. »

Quand j'ai pu parler à nouveau, la première chose que j'ai demandée, c'est :

« Tu crois qu'il est mort ? »

Elle a secoué la tête pour me dire non, mais ses mots étaient plus honnêtes :

« Je ne sais pas. »

Plus tard, je lui ai avoué que ça avait duré tout l'été. Elle m'a prise dans ses bras et a pleuré avec moi dans le lit en me caressant les cheveux.

« Pourquoi tu ne me l'as pas dit ?

– Je n'y arrivais pas. »

C'était vrai. Chaque fois que j'ai eu l'occasion de lui parler, j'y ai pensé, mais les mots n'ont jamais franchi la barrière de mes lèvres. Parce que dans une certaine mesure, c'est ce dont j'avais envie. Parce que j'étais accro aux sensations qu'Aaron provoquaient en moi lorsqu'il allait trop loin. Un peu comme elle était accro à la cocaïne que le gérant de l'hôtel lui fournissait régulièrement.

Amber s'est méprise sur ce que je voulais lui dire. Elle a cru que les menaces d'Aaron m'avaient contrainte au silence. C'est alors qu'elle a eu cette idée :

« On devrait avoir un code secret. Un mot d'alerte. Un truc qu'on pourrait se dire quand on a besoin d'aide mais que personne d'autre ne comprendrait. »

Après cette idée, je me suis murée dans le silence. Qu'avais-je à dire ? Elle m'a sauvée d'une situation dans laquelle je me suis volontairement laissée embarquer. Embarquée par quelqu'un que j'ai désiré au-delà de toute raison. Quelqu'un qu'elle a probablement tué et, si elle n'était pas intervenue, j'aurais bien pu le laisser m'achever.

Elle m'a sauvée, c'est l'une des raisons pour lesquelles je l'aime. Mais c'est aussi pour cela que je la hais un peu.

Elle avait mis son iPod en fond sonore et une chanson triste que je ne connaissais pas passait en boucle. Elle faisait toujours ça quand elle découvrait un nouveau titre qu'elle aimait.

Plus intéressée par l'idée de changer le sujet de la conversation que par sa réponse, je lui ai demandé :

« Qu'est-ce qu'on écoute ?

– Tu aimes bien ? L'un des mecs que j'ai rencontrés la semaine dernière me l'a fait découvrir. C'est une reprise de Leonard Cohen. Ça s'appelle *Famous Blue Raincoat*, le célèbre imper bleu.

– C'est beau. »

J'ai fermé les yeux en espérant sombrer dans un sommeil sans fin. Mais Amber a gentiment secoué mon épaule pour me dire :

« Je suis sérieuse, Emily. On a besoin d'un mot d'alerte. N'importe quoi. »

Elle a alors fait une pause pour me laisser le temps de lui dire qu'elle avait raison. Comme je ne répondais pas, elle a proposé :

« Qu'est-ce que tu penses d'imper bleu ? On s'en souviendra, à cause de cette chanson. Ça te plaît ? Em ?

– Oui, ai-je répondu sans ouvrir les yeux. Ça me va.

– Alors c'est décidé. »

Cette décision a semblé la réconforter, comme si ça pouvait réparer tout ce qui pourrait nous arriver de mauvais.

De son côté, c'était de l'ignorance. *Imper bleu* ne pourra jamais m'aider. Car à quoi me sert un mot d'alerte si je sais que je ne l'utiliserai jamais ?

18

Nous finissons d'enregistrer la prochaine saison de *NextGen* le dernier vendredi du mois de mars, soit le jour où Chris Blakely m'envoie un SMS pour me dire qu'il est de retour. Je me sers du téléphone intraçable pour l'appeler et organiser un rendez-vous dès lundi.

Le week-end suivant avec Reeve est similaire aux autres. Je le quitte le dimanche soir en m'attendant à n'avoir de nouvelles de lui que le vendredi d'après. Mais alors que je m'apprête à partir pour rejoindre Chris, lundi après-midi, Reeve me surprend en m'appelant.

«Tu me manques, me dit-il en provoquant une série de frissons. Puisque tu ne tournes plus, j'aurais dû te faire rester hier soir.»

Il ne m'a jamais invitée à quoi que ce soit – il me dit quand je dois venir chez lui ; il me dit quand je dois partir.

Est-ce mal que ça m'excite ?

Je coince le téléphone entre ma joue et mon épaule pour me faire une queue-de-cheval à la va-vite.

« Mais ce sont les règles, dis-je pour le taquiner. J'ai encore deux jours avant de pouvoir être vue chez toi pendant la semaine. Mes deux mois de probation ne se terminent pas avant le premier avril.»

En fait, j'en suis même réduite à compter les heures. Non pas parce que j'ai hâte de voyager en sa compagnie, mais surtout parce que je suis fatiguée d'avoir à jongler entre mes deux vies.

Et à chaque jour qui passe sans chercher Amber, il m'est plus facile d'oublier que je suis censée le faire.

«Aux chiottes, ces deux jours, m'annonce Reeve.

– Qu'est-ce que tu entends par là ?

– J'entends que le gestionnaire de mon ranch dans le Wyoming est en ville avec une partie de son équipe.»

Je manque de faire tomber mon téléphone en l'entendant mentionner cette résidence – le dernier endroit où Amber a été aperçue en compagnie de Reeve.

«Je dois passer la journée avec eux, continue Reeve. Mais je les ai aussi invités à dîner à la maison. J'ai décidé que tu te joindrais à nous.

– Vraiment ?»

Je suis quasi aussi excitée de savoir qu'il veut me montrer que par les gens à qui il a envie de me présenter.

« Et après, si tout se passe bien, je vais te sodomiser. Prépare-toi comme bon te semble pour ça.»

Je laisse échapper un rire qui montre plus de nervosité que je ne le souhaiterais.

« Merci de m'avoir prévenue.

– Tout le plaisir est pour moi, rétorque-t-il d'une voix rauque. Et pour toi, également.»

Après avoir raccroché, je serre mon téléphone contre mon cœur. Il bat à toute vitesse tandis que j'essaye de saisir toutes les ramifications de cette nouvelle. Après toute cette attente, tout ce temps qui m'a éloignée encore un peu plus de mon objectif de retrouver Amber, je fais enfin une percée. Même s'il est tout à fait possible que je n'aie aucune opportunité de poser mes questions au personnel du ranch, au moins, j'ai une chance d'avancer. Une chance dont je compte tirer le maximum.

Mais l'emballement de mon cœur n'est pas seulement dû à ce dîner. Son plan pour *le reste de la soirée* me rend aussi nerveuse. Je n'ai rien contre, forcément. Je pourrais même être excitée. Certains hommes m'ont donné les meilleurs orgasmes de ma vie en passant par là. D'autres hommes m'ont aussi fait tellement mal en essayant que je me suis évanouie tant la douleur était insupportable. Je n'ai jamais accepté cette pratique sans une bonne dose d'inquiétude.

En toute honnêteté, normalement, je n'accepte jamais ça. Mais puisque je n'ai aucune volonté quand je suis avec un homme, je ne refuse jamais non plus. Il est arrivé que ce soit tant mieux pour moi. Mais la plupart du temps… eh bien la plupart du temps, quand on en vient à la sodomie, mes préférences n'entrent pas dans l'équation.

Jusqu'à présent, Reeve n'est jamais allé trop loin avec moi, mais je pense qu'il le pourrait. Je pense que parfois il a envie de me pousser dans mes retranchements. La question, en fait, c'est : est-ce que je lui fais assez confiance pour ça ? Et si ce n'est pas le cas, peu importe, non ? Parce que je sais très bien que je ne peux pas me faire confiance à moi-même pour connaître mes propres limites.

⋆ ⋆ ⋆

Chris et moi discutons du rôle dans *NextGen* depuis une heure. Je lui ai donné quelques conseils pour mettre son CV à jour et l'ai écouté me lire le morceau sélectionné pour l'audition. Maintenant il est temps d'enchaîner et de le faire parler de Missy.

Je n'ai pas encore trouvé comment faire, dois-je citer son nom comme ça négligemment ou directement en venir au fait ?

« Au fait, j'apprécie vraiment tout ce que tu fais pour moi, me dit Chris. Laisse-moi t'offrir une bière pour te remercier. »

Il se lève du canapé et se dirige vers le frigo. Je prends une grande inspiration et j'en profite pour me lancer :

« Au fait, je pense à un truc, depuis la dernière fois que je t'ai vu… »

Option grand plongeon, alors. Venons-en directement au fait.

« Balance. »

Chris ferme la porte du réfrigérateur d'un mouvement du pied et revient avec deux Coronas à la main.

C'est parti.

« Missy Mataya. »

Je me prépare au pire, je ne sais pas trop si le sujet est délicat ou pas. Chris ralentit et se fait soudain réservé.

« Eh bien quoi ? »

Donc, c'est délicat. Il va falloir que je fasse attention.

« Bah, c'est le mystère du siècle. Je n'ai jamais rencontré personne qui la connaissait vraiment, dis-je avant de faire une petite pause, espérant que ma curiosité semble innocente. Et tu m'as dit que tu avais séjourné dans un hôtel Sallis avec elle – ça veut dire que tu la voyais alors qu'elle sortait avec lui ? »

Il ouvre une bouteille et me la tend avant de répondre.

« Oui, effectivement.

– Bah merde. »

Je bois une gorgée et laisse le silence s'étirer entre nous, espérant qu'il me donne d'autres infos par lui-même. Comme il se tait, je le pousse un peu :

« Alors ?

– Alors… quoi ? demande Chris en me dévisageant. Tu veux savoir si je pense qu'il l'a tuée ? »

Au ton de sa voix, j'entends qu'il n'est pas content, mais il est trop tard pour faire demi-tour. Je lève le menton pour lui répondre avec fierté :

« Oui, absolument. »

Il me regarde avec attention. Puis il soupire et secoue la tête avant de boire une gorgée de bière.

J'ai l'impression d'être une sale colporteuse de ragots, prête à me nourrir de n'importe quelle rumeur comme tout le monde à Hollywood. Les enquêtes à charge de la presse, les paparazzis, les gens prêts à tout pour coucher avec une célébrité, pour devenir célèbre. Je me dégoûte autant que lui. Tout ce que je peux faire, c'est me montrer à la hauteur.

« C'est franchement de mauvais goût, non ? Désolée. Je suis trop curieuse pour mon propre bien. Je n'ai pas l'intention de devenir comme toutes ces connasses. »

Cette déclaration est tout ce qu'il fallait à Chris.

« Non, ça va. Avant on me posait tout le temps des questions et c'était hyper chiant, mais ça fait un bail que je n'y ai pas pensé, alors honnêtement, ça va, dit-il en se glissant sur le siège à côté du mien. C'était franchement dur à l'époque.

– J'en suis certaine. Il n'est jamais facile de perdre un ami. Peu importent les circonstances. »

Au moins, cette partie-là me vient naturellement, j'improvise en puisant largement dans mes expériences professionnelles. Chris reprend une longue gorgée de bière.

« Mais j'ai eu du bol, continue-t-il. Je ne bossais pas beaucoup à l'époque et j'ai passé beaucoup de temps avec elle lors de ses derniers mois.

– C'est pour ça que tu étais dans cet hôtel à Palm Springs ?

– Oui, répond-il en hochant la tête. Elle m'appelait pour me dire qu'elle se sentait seule, alors j'allais la rejoindre. On passait le temps ensemble, jusqu'à ce que j'aie une nouvelle audition. Je revenais en ville. C'était sympa. »

Je lui laisse un instant pour se plonger dans ses souvenirs avant de lui demander :

« Elle se sentait seule ? Elle n'était pas censée sortir avec Reeve Sallis ? »

C'est étrange de dire son nom aussi légèrement, comme si je ne le connaissais pas. Comme si c'était quelqu'un que je ne connaissais qu'à cause de son infamie notoire et non pas un intime.

J'ai presque l'impression de le trahir.

« Si, répond-il en contenant à peine son hostilité. Et c'est surtout à cause de ce connard qu'elle se sentait comme ça. Il était rarement dans le coin et quand il était là, il la traitait comme une chose qui lui appartenait. Comme si elle n'était qu'un jouet qu'il utilisait pour sa promo et lui tailler des pipes. Le reste du temps, il oubliait qu'elle existait. Il la laissait là avec des instructions très strictes pour l'empêcher d'aller où que ce soit. Elle ne devait parler à personne. J'étais l'un des rares à figurer sur la liste approuvée de ses amis. »

Là, j'ai vraiment l'impression de le trahir. C'est la version de Chris de leur relation. Je sais très bien comment les choses peuvent avoir l'air différentes, vues de l'extérieur. Je pourrais dire bien des choses pour le défendre, mais je m'en mords la langue pour m'empêcher de parler.

« Oh et elle me racontait les trucs qu'il aimait faire – des trucs cochons, vraiment sales. »

Il a prononcé le mot « *cochon* » comme si c'était répugnant. Je le relance en serrant les dents :

« Comme quoi ?

– Bon Dieu, je ne m'en souviens plus, maintenant. Mais je me souviens que c'était franchement déconnant et merdique, commente-t-il en s'appuyant contre le dossier, le bras à plat sur le coussin. Il faisait venir d'autres personnes dans leur chambre. Je me souviens de ça. Parfois pour les regarder. Parfois pour de grosses orgies. Et il aimait qu'elle lui taille des pipes en public. Le pire, quand même, c'est quand il n'était pas là. Il la prêtait à ses potes. Il leur laissait faire tout ce qu'ils voulaient avec elle. »

C'est marrant, je n'avais jamais remarqué à quel point Chris était collet monté, jusqu'à présent. Au lit, il est du genre mâle alpha – un peu brusque, à dire des cochonneries. Mais en dehors de ça, il est franchement plan-plan. Je m'étais tellement distanciée de mon passé que je m'étais laissée croire qu'un mec comme lui pourrait me satisfaire.

Rien ne pourrait être plus faux, c'est l'évidence même. Rien de ce qu'il me dit ne me semble particulièrement salace, et à mes yeux, tout cela est même plutôt excitant. Son jugement m'irrite. Je suis aussi jalouse d'une fille morte. C'est complètement con.

Je prends une bonne inspiration avant de lui demander :

« Qu'est-ce qu'en pensait Missy ? »

Après tout, c'est la seule chose qui comptait dans leur relation.

« Qu'est-ce que tu crois ? »

Il n'a probablement pas vraiment envie d'entendre ma réponse. Heureusement, il ne l'attend pas pour poursuivre :

« C'était horrible et dégradant. Mais elle ne voulait pas le quitter non plus. Putain, je n'ai jamais compris pourquoi. »

Parce qu'elle aimait ça. C'est une supposition de ma part, mais je ne la partagerai pas avec lui tant qu'il n'ira pas dans cette direction. Cette conversation n'a qu'un seul but : récolter des informations et non pointer du doigt l'étroitesse d'esprit de Chris.

« Mais c'était peut-être la paranoïa qui parlait. Elle prenait tellement de drogue. C'est aussi pour ça qu'elle restait – toute la drogue que lui refilaient ses potes. Elle était constamment sous coke. Ils lui en donnaient avant même qu'elle en demande. »

Ça me parle tellement, tout ce qu'il me dit.

« Ils faisaient ça pour qu'elle soit plus impliquée quand ils s'envoyaient en l'air.

– Ouais, c'est ce que j'ai toujours dit, répond-il en semblant soulagé que je partage son opinion. Mais elle n'a jamais vu ça comme un problème. »

Là encore, je ne sais que trop bien de quoi il parle. Amber non plus n'a jamais cru que c'était un problème, et quand je l'ai enfin obligée à m'en parler, c'était devenu à tel point qu'il était impossible de faire quoi que ce soit. Même si j'enfonce une porte grande ouverte, je partage avec lui la seule parole sage que j'aie pour lui :

« C'est tellement dur de s'en rendre compte quand on est dedans. »

Il hoche la tête pour marquer son accord, mais il semble méprisant en ajoutant :

« Elle se disputait avec lui à propos de ça. Ils se disputaient en permanence, en fait. Pour tout et n'importe quoi. Ils se gueulaient dessus et ensuite ils baisaient. Parfois tout le monde les regardait. »

Je me mords les lèvres, essayant de prendre du recul pour analyser la situation objectivement. Pour beaucoup de couples pour qui l'activité sexuelle est au premier plan de leur relation, une dispute peut être considérée comme des préliminaires. Si Missy avait été terrorisée, je me la serais plutôt représentée comme docile et prête à tout pour lui faire plaisir. Le portrait que me fait Chris dépeint plutôt une femme fougueuse et du genre à dire ce qu'elle pense.

D'expérience, je sais que ces caractéristiques ne sont pas les signes d'une relation abusive.

« Ce soir-là aussi ils s'étaient disputés, ajoute-t-il en me sortant de mes pensées.

– Tu veux dire le soir où elle est morte ? Tu étais là, dis-je le cœur soudain emballé.

– Ouais. C'est dingue, non ?

– Euh, ouais. »

Cette conversation avec Chris dépasse toutes mes attentes. Je lui prends la main sur la table et le supplie :

« Il faut que tu m'en dises plus. Je suis aux abois. »

S'il avait encore quelques réticences pour tout me raconter, elles disparaîtraient maintenant. Chris n'a jamais su résister à la possibilité de se mettre en avant.

« Il n'y a pas grand-chose à dire. »

Au ton de sa voix, je sais qu'il joue la carte de la fausse modestie. Il poursuit :

« Reeve organisait des grosses soirées. Il était célèbre pour ça à l'époque, et ce week-end-là, il en a organisé une énorme dans l'une de ses résidences dans le Pacifique. Tout le monde était là – tous les potes de Missy. Ceux de Reeve aussi. Des amis d'amis. Et tout le monde était soit bourré, soit défoncé. »

Il prend une gorgée de bière, son regard se perd dans le vague et je suspecte qu'il est parti avec ses souvenirs.

J'oublie de respirer, j'attends qu'il continue à parler.

Enfin, il se remet à table :

« Le dernier jour, Reeve et Missy se sont mis à s'engueuler dès le réveil.

– Tu sais à propos de quoi ? »

Même si une dispute n'est pas un signe de maltraitance, on peut par contre y trouver le mobile d'un meurtre.

« Tout et rien à la fois. Les fringues qu'elle portait. Les filles avec qui il passait ses journées. Son boulot. Il n'aimait pas la voir autant se droguer, mais comme je te le disais, c'étaient ses potes qui lui fournissaient toute cette came. Et ils se sont engueulés à propos de ses amis. Ils pouvaient à peine supporter d'être dans la même pièce. Je vais te dire un truc, si elle était rentrée chez elle après ce voyage, je pense qu'il l'aurait larguée dans la semaine. Je te jure.

– Alors tu crois qu'il l'a poussée. Tu penses qu'il l'a tuée. »

Avec tout ce qu'il vient de me dire et sa manière de présenter les choses, pour lui, c'est évident. Mais j'ai envie de l'entendre me le dire et j'ai envie qu'il m'explique pourquoi.

Chris semble réfléchir, son visage est hésitant, même si je suis certaine qu'il a une opinion déjà toute faite. Peut-être se demande-t-il s'il veut la partager avec moi.

Et pendant qu'il réfléchit, j'en fais de même. Je me demande si tout ce que m'a révélé Chris fait la moindre différence pour moi. Il a dépeint Reeve comme un homme de pouvoir, possessif, dominateur et difficile. Tous ces traits de caractère me plaisent énormément. Même si Chris me donne la preuve que Reeve a tué Missy, qu'il l'a poussée de cette falaise dans un accès de rage passionnée, je ne suis pas sûre que ça change quoi que ce soit pour moi.

En fait, non. Probablement pas.

Reeve a raison. Je n'ai pas assez peur de lui.

Chris se lève et s'avance vers la fenêtre, plongé dans le silence pendant si longtemps que je me dis que je suis peut-être allée trop loin avec mes questions. Je m'éclaircis la gorge, me demandant si je devrais lui présenter des excuses ou si je ne devrais pas plutôt y aller.

Il reprend la parole avant que je prenne une décision :

« La dernière fois que je l'ai vue, il était environ trois heures du matin, commence-t-il en regardant la cour. Reeve était introuvable et elle pétait un câble en direct devant moi en disant qu'elle allait le retrouver pour lui dire un truc. Pour lui dire "ce qu'elle avait fait". Je ne sais pas de quoi elle parlait. Elle n'arrêtait pas de dire que c'était un secret. Elle était pas mal bourrée. Et défoncée. Et moi aussi. Son discours n'avait ni queue ni tête, comme tout le monde à ce moment-là. Alors je ne lui ai pas prêté plus d'attention que ça. Même si elle était pas mal partie dans son délire. Et stressée. Peut-être effrayée aussi. »

Il se tourne ensuite vers moi et appuie son épaule sur le cadre de la fenêtre pour continuer :

« Tu sais ce que j'ai fait, alors ? Alors qu'elle était en panique ? Je suis allé me coucher. J'ai dormi alors qu'elle était au fin fond du désespoir. Je dormais pendant qu'elle luttait pour sa vie. Peut-être même qu'elle criait et pleurait. J'ai pioncé pendant qu'elle chutait et se précipitait vers la mort. »

Chris ferme les yeux en serrant ses paupières si fort que j'ai l'impression que je devrais dire quelque chose. Sauf que je ne vois pas ce que ça pourrait être.

Et je suis trop perdue dans ma propre culpabilité pour réfléchir. *Que faisais-je quand Amber avait besoin de moi ? Quand elle se débattait peut-être pour survivre. Quand elle pleurait et criait peut-être. Quand elle a éventuellement trouvé la mort ?*

« Je me suis réveillé tard le lendemain matin, poursuit Chris en me rappelant au présent. Et je n'ai pas eu le temps de lui dire au revoir avant de sauter dans le bateau qui devait nous ramener. Si j'avais essayé, peut-être qu'on aurait commencé à la chercher un peu plus tôt. Les gens auraient peut-être pu être questionnés avant de rentrer chez eux. Avant qu'il ne soit trop tard pour se rappeler qui a dit quoi à qui. J'aurais pu peut-être me rappeler plus de détails de sa crise de panique et de tout ce qu'elle m'a dit. J'aurais peut-être pu plus aider l'enquête si j'avais essayé de me rappeler tous ces détails directement plutôt que deux semaines plus tard quand la police est venue me voir. Je ne le saurai jamais.

– On ne peut pas vivre avec des "et si" toute sa vie. »

Ma réponse me semble aussi vide que je le suis. Il ignore mon commentaire et retourne s'asseoir en désignant un bout de ciel bleu.

« Mais ces circonstances et mes erreurs ne changent pas ce que je sais – il y avait quelque chose de bizarre et c'était un truc énorme, reprend-il soudain devenu intense. Même quand les garde-côtes sont venus me parler, je ne me souvenais plus très bien de tous les événements. Lorsqu'ils m'ont dit que mon témoignage n'était corroboré par aucun autre, je n'ai jamais changé ma version des faits. Un truc la perturbait. Alors oui, il y a des gens qui disent qu'elle est probablement tombée. Parce qu'elle était une épave et qu'il faisait nuit et que personne ne faisait attention à quoi que ce soit. Mais tu veux savoir si je crois qu'il l'a assassinée ? Eh bien, oui. C'est ce que je crois. Sans l'ombre d'un doute. Elle lui a dit un truc qu'il n'avait pas envie de savoir et je ne sais pas ce que c'est, mais je suis certain que c'est comme ça que ça s'est passé. Alors il l'a fait taire. Non, je ne l'ai pas vu la pousser. Non, je ne peux pas le prouver, mais je sais que c'est lui le meurtrier.

Et si par un malencontreux hasard ce n'est pas vraiment lui qui l'a poussée, c'est tout de même sa faute si elle est morte. Tout ça. Elle était là par sa faute. Elle était dans un état qui lui a fait quitter la sécurité de la maison par sa faute. Ce sont ses putains de potes qui lui refilaient de la coke comme s'il s'agissait de bonbons. C'était sa faute. Et c'était aussi sa faute si elle pensait devoir rester avec un connard de première comme lui. Il a pris une précieuse vie humaine et l'a transformée en chose, il l'a utilisée, Emily. Il a fait d'elle un objet. Il l'a détruite et ensuite il l'a tuée.»

C'était un beau moment, sur tellement de plans différents. Voir un homme parler avec une conviction que je ne lui avais jamais vue. Entendre le désespoir et la souffrance sous l'accusation. C'est un témoignage. Plus que ça, il a mis son âme à nu. Et au lieu de me retrouver dans sa déclaration – au lieu de me demander qui blâmer dans le cas d'Amber, j'en viens à m'interroger pour savoir si je pourrais accuser Reeve – au lieu de regarder dans le miroir, pour une fois, je regarde Chris.

Et je vois qui il est. Je comprends ce qu'il veut vraiment me dire.

«Tu l'aimais.»

Je vais au bout de mon idée en lui disant ces mots.

«Bien sûr que je l'aimais.

– Enfin, je veux dire que tu étais amoureux d'elle.

– Ouais. Ouais. Je crois que c'était vrai.»

Il s'adosse à son fauteuil, laissant son aveu tranquillement s'envoler.

«Merde.»

Je ne sais pas si ça change quoi que ce soit à son histoire. Est-ce qu'elle prend une nouvelle dimension tragique? Son opinion est-elle biaisée par ses sentiments? Est-ce que ce facteur change quoi que ce soit à mon interprétation de ces menus détails?

«Elle était au courant?

– Je le lui disais dès que j'en avais l'occasion, répond-il en laissant un sourire danser sur ses lèvres avant de reprendre son air lugubre. Ce qui n'était pas aussi souvent que je l'aurais voulu lorsqu'elle était avec lui. On était rarement seuls. Il avait tout le temps ses potes grecs avec lui.

– Tu parles de son personnel et de ses gorilles, non ? »

Je ne suis pas encore sortie en public avec Reeve. Quand ça arrivera, aurai-je la moindre chance d'aller fouiller dès que j'aurai une piste ? Ou Anatolios sera-t-il toujours sur mes talons ?

« J'ai entendu dire qu'il ne sortait jamais sans eux.

– Et il ne laisse jamais ses copines sans eux non plus. Et si ce n'est pas eux, c'est ses potes.

– Ceux qui donnaient de la coke à Missy ?

– Ouais. »

Pour le moment, je n'ai vu aucun ami de Reeve. Il est possible qu'il ait pris ses distances avec l'univers de la drogue après son décès. Mais bon, Amber aurait aussi été attirée par ce type d'amis. Peut-être pense-t-il simplement qu'il n'a pas besoin de ça pour me garder à sa botte.

Ou peut-être les ai-je déjà vus et ne m'en suis-je pas rendu compte.

« C'est qui ces potes ? Des gens célèbres ? Des collègues ?

– Des mecs qui viennent de Grèce. Je crois qu'il a grandi avec eux ou un truc dans le genre.

– Il a grandi aux États-Unis. Mais il a vécu en Grèce pendant quelques années. Est-ce qu'ils vivaient chez lui ? Ou lui rendaient-ils visite ? »

Je repense immédiatement aux hommes que j'ai vus dans l'écran lors de leur partie de poker. Ce sont les seules personnes avec qui je l'ai vu interagir. Mais c'était ses cousins, pas ses amis.

« Des mecs de passage. Certains d'entre eux étaient souvent là. À l'hôtel aussi, ils avaient leur propre chambre. Ils étaient cinq ou six – tous de la même famille. Enfin ils avaient tous le même nom de famille, du moins.

– Tu t'en souviens… ?»

Son visage se contorsionne lorsqu'il puise dans sa mémoire.

«Accorde-moi une minute. Ça me reviendra.»

Il tapote la table, comme si le battement de ses doigts sur le bois pouvait lui faire revenir la mémoire. Après une minute dans cet état, il pousse un grognement et finit par me dire :

« Nan. Je ne m'en souviens pas. Attends ! Pet. L'un d'entre eux s'appelait Pet.»

Petros. Le mec du poker ? Reeve ne peut pas connaître plus d'un Pet.

« Il y avait un Nikki ou Nikolas aussi ?

– Oui, Nikki. Un mec un peu plus vieux.

– Gino ? »

Il hoche la tête pour me répondre en silence.

Ce sont les cousins de Reeve. Il n'a jamais dit de quel côté de la famille, par contre.

« Leur nom de famille n'était pas Sallis ?

– Non.»

Joe a déjà établi qu'il pensait que le nom de jeune fille de sa mère était un faux, mais j'essaye quand même :

« Ce n'était pas Kaya ?

– Non, pas du tout. Et c'est quoi toutes ces questions ? demande-t-il en me regardant avec curiosité. Tu t'es mise à traîner dans le cercle de Reeve, c'est ça ?

– Je… euh… »

Je m'étais préparée à dire que j'étais simplement curieuse, mais à l'instant où j'ai commencé à balancer des noms c'est devenu plus compliqué. Je dois lui donner quelque chose – ou du moins sembler lui donner un truc :

« Une copine s'est retrouvée mêlée à des trucs qui impliquaient des connaissances de Reeve. Je me raccroche à ce que je peux, en fait.

– Oh putain, ça fout les boules. Mais heureusement, on dirait que ce ne sont pas les mêmes mecs.

– Oui. Heureusement.»

Mais si c'est une impasse de ce côté-là, il y a encore une personne sur qui je dois enquêter. Une personne que je sais être sur des photos avec Reeve.

« Il y a un autre mec, il s'appelle Michelis. Tu sais s'il était à la soirée sur l'île ou si tu l'as vu à l'hôtel ? Michelis Vilanakis ? »

Chris abat sa main sur la table et s'exclame :

«Vilanakis ! C'est ça !

– Il était là ? »

J'ai posé la question à tout hasard, mais je suis sous le choc de peut-être avoir mis le doigt sur quelque chose.

« Ouais, peut-être, confirme Chris en plissant le front comme s'il essayait de s'en souvenir. Je ne suis pas trop sûr. Mais Vilanakis, c'est le nom de famille des potes de Reeve. Pet et les autres, là.»

J'ai le cœur qui bat si fort que je ne suis pas sûre de l'avoir bien entendu.

« Le nom de famille de Pet, c'est Vilanakis ?

– Oui. J'en suis sûr. Je me souviens que Missy se foutait de lui en lui disant que son nom faisait un peu "vilain".»

J'ai l'impression que la pièce se met à tourner et que tout devient trop lumineux. J'ai même peur de vomir. Je me lève et ramène ma bière dans la cuisine pour la verser dans l'évier. Puis je m'asperge le visage d'eau froide. Ça ne m'aide pas. Le monde n'est plus le même. Il est sens dessus dessous. Bouleversé.

Reeve n'est pas seulement en relation avec Vilanakis. Il est de sa famille. Sa mère – c'est peut-être pour cette raison qu'on a changé son nom de jeune fille. Parce qu'elle s'appelait Vilanakis. Et si Reeve est resté vivre chez ses grands-parents maternels après la mort de ses parents, il a pu se rapprocher de cette branche de la famille. Il s'est peut-être familiarisé avec leurs affaires. Il s'est peut-être aussi impliqué.

Ça change tout, j'en suis certaine. Mais je ne sais pas trop jusqu'où s'étendent les ramifications de cette découverte. Pas encore.

« Emily, ça va ? Tu as peur pour ta copine, maintenant, c'est ça ?

– Hein ? dis-je ne me rendant compte que Chris est en train de me parler. Non ça va. C'est la bière, elle m'est montée à la tête.

– Prends un peu d'eau fraîche si tu veux. »

Je trouve une petite bouteille d'eau dans son frigo. J'ai à peine le temps de boire une longue gorgée que Chris enchaîne :

« Qu'est-ce que tu sais sur la famille Vilanakis ? »

J'hésite. Je ne veux pas trop lui en dire, mais je sais qu'il sautera sur Google dès que j'aurai le dos tourné.

« Pas grand-chose en fait. Sauf qu'ils font partie de la mafia grecque.

– Est-ce que tu es en train de me dire que Reeve Sallis est en relation avec la mafia ?

– Non, lui dis-je au désespoir en revenant à ses côtés. *Moi*, je ne dis rien. *C'est toi* qui me dis que tu l'as vu avec des gens dont le nom de famille est Vilanakis et je dis qu'il y a un Vilanakis à la tête d'une branche de la mafia. Il n'y a aucune raison de croire que ce sont les mêmes personnes. D'autant que tu as admis que tu ne te souviens plus si celui qui est incriminé était vraiment là ou pas. »

Mais moi, je sais que c'est la même personne. Je le sens dans mes tripes. Et, j'ai peur. Pas pour moi, mais pour Chris. C'est une chose de prendre des risques mais ce n'est pas juste de le mêler à tout ça.

Je commence déjà à culpabiliser.

« Ces mecs avaient vraiment l'air d'appartenir à la mafia. C'est tellement logique. Reeve et eux se comportaient comme des frères d'armes. »

Chris ne m'écoute plus, son visage s'éclaire, comme si cette révélation l'aidait à mettre de l'ordre dans son passé.

« Ils étaient vraiment louches, Em. Je ne les suivrais pas dans une ruelle sombre la nuit. Tu dois tirer ta copine de leurs griffes.

– J'essaye, crois-moi. Mais pour l'instant ce sont des suppositions et des hypothèses. Si tu n'as pas vu…

– Ah, Em! me coupe-t-il en bondissant presque sur son siège. Missy a mentionné Interpol. Dans son délire, elle a dit qu'elle voulait qu'Interpol soit impliqué.

– Elle a dit qu'elle allait contacter Interpol?

– Oui. Je l'ai même répété aux garde-côtes. Ils m'ont dit que j'étais le seul à en avoir parlé et qu'il ne s'agissait que de rumeurs s'il n'y avait personne pour étayer mon propos. Et même s'ils pouvaient trouver quelqu'un, sa propre parole ne tenait pas la route car elle était droguée.»

Mais si ce que me dit Chris est vrai, si Missy a vraiment essayé de contacter la police et si j'ai raison de croire que Reeve est un Vilanakis – et je sais que j'ai raison –, alors soudain, il y a un véritable mobile qui appuierait la thèse de l'assassinat.

J'ai besoin de m'asseoir.

Alors que je m'affaisse dans le canapé, Chris continue à se livrer:

«Je leur ai parlé des disputes, aussi. Tout le monde l'a confirmé et Reeve s'en est quand même sorti. Je pensais qu'il avait probablement réussi à corrompre assez de monde pour s'en tirer, mais maintenant je me demande s'il ne s'est pas servi de ses relations avec la mafia pour les forcer à classer l'enquête sans suite.»

C'est exactement ce que je me demande.

«Il y a une chance pour que n'importe qui dans la mafia soit impliqué dans sa mort et non pas Reeve?

– Impossible. Ils sont tous partis un peu plus tôt dans la journée. C'était l'un de leurs sujets de dispute. Elle voulait qu'ils restent; et lui voulait qu'ils se barrent. C'est sa décision qui l'a emporté. Ils sont partis en hélicoptère avant midi.

– Elle voulait qu'ils restent? Si Missy tenait quelque chose sur eux, pourquoi ne voulait-elle pas qu'ils partent?

– Mmm, rétorque-t-il en fronçant les sourcils. Peut-être qu'elle avait prévu de faire venir Interpol sur l'île pour les coincer. Mais s'ils étaient partis, elle ignorait peut-être où leur dire de les chercher.

– Ah oui. Pas con.»

En réalité, il n'y a pas assez d'éléments pour en tirer des conclusions fermes et définitives, mais il y a vraiment matière à relancer l'enquête. Enfin, pour ça, il faudrait que la police soit au courant de sa relation avec la mafia. À l'évidence, ils l'ignorent. S'ils avaient été au courant, le sujet aurait été évoqué.

«Tu sais, après tout ça, Reeve avait l'air bien moins copain avec ces mecs. Je les ai vus le prendre à part derrière l'église le jour de l'enterrement. Il leur a dit de se barrer. À l'époque, j'ai cru que c'était parce qu'il voulait s'éloigner de la drogue. Maintenant…

– Maintenant tu penses qu'il prenait ses distances pour qu'on ne découvre pas la nature de leur relation.

– Eh ouais.»

Nous restons assis côte à côte en silence. Je réfléchis, repliée sur moi-même et renfrognée. Chris, lui, par contre, semble excité par le nouveau développement de cette vieille affaire mystérieuse. Lorsqu'il est dans cet état, il parle. Je dois immédiatement mettre fin à ses envies.

«Tu ne peux parler de ça à personne, Chris. Tu le sais, non?

– Qu'est-ce que tu veux dire? Il faut en parler à quelqu'un.

– Non, c'est impossible.»

Je me rends alors compte que ça ne va pas le faire. Il est trop décidé à rendre justice à Missy.

«J'ai déjà mis un détective privé sur l'affaire. Pour ma copine. Je vais tout lui raconter. Et là je te dis ce qu'il va me dire, il faut faire profil bas. Si jamais l'info est divulguée, ce serait dommageable pour l'enquête.

– Je ne sais pas, dit-il en se frottant le visage.

– Chris, fais-moi confiance. Tu ne veux pas être mêlée à tout ça. Et ma copine pourrait être encore plus en danger si on se met à parler.»

Je pense ensuite à quelque chose de plus personnel qui lui parlera encore plus :

« Pense à ta carrière.

– Ouais, concède-t-il sur un ton hésitant. Ouais, tu as raison. Tu me tiens au courant s'il se passe quelque chose ?

– Si j'entends quoi que ce soit, oui. Mais c'est très lent les enquêtes comme ça, et honnêtement, ça pourrait déboucher sur une impasse.

– Il faut bien rendre justice à Missy, aussi. Au moins, donne-lui sa chance. »

Ne compte pas là-dessus. J'avale ma dernière gorgée d'eau, emportant en même temps la culpabilité que j'éprouve à l'idée de duper un ami.

Je pose la bouteille vide sur la table et regarde ma montre. Je dois me dépêcher si je veux être prête pour mon dîner avec Reeve.

J'ouvre à peine la bouche pour annoncer mon départ que Chris prend les devants :

« Je suis certain que tu as des tas de choses à faire. Mais avant d'y aller, tu veux qu'on se mette tout nus ?

– Chris ! m'exclamé-je, pas seulement indignée par son sens du timing. Tu es fiancé.

– J'avais une copine la dernière fois qu'on s'est envoyés en l'air, rétorque-t-il en souriant.

– Tu ne me l'avais pas dit.

– La conversation ne s'y prêtait pas.

– Non. Je ne veux pas coucher avec toi. Je ne veux pas faire ce coup à une autre femme, dis-je en me levant sans oublier de ramasser mon sac à main au passage. En plus, il faut que j'y aille. »

Et franchement, je ne coucherai plus jamais avec Chris, et pas seulement à cause de l'irruption de Reeve dans ma vie.

Merde. Reeve. Je ne sais pas trop ce que je vais faire avec lui maintenant que je sais tout ça. Mais je ne trouverai pas de solution à mon dilemme tant que je resterai là avec Chris.

Mon ami me suit jusqu'à ma voiture pour me dire au revoir et me serre dans ses bras avant de déposer un baiser sur ma joue.

« Encore merci. Et ça m'a fait du bien de parler de Missy. Ça m'aidera peut-être à tourner la page. Après tout, c'était un bon après-midi, même si tu as refusé mon invitation de te joindre à moi sous la couette.

– Je vais ignorer ce dernier commentaire, dis-je en le regardant d'un air sévère pour lui lancer un dernier avertissement. Et tu te rappelles, pas un mot, Chris.

– C'est compris.

– Tant mieux, dis-je en ouvrant la portière de ma Jaguar.

– C'est ta voiture ? demande-t-il avant de pousser un sifflement admiratif. Il faut vraiment que je décroche un rôle dans cette série. »

Je me maudis intérieurement de ne pas m'être garée un peu plus loin. Mais bon, si je n'assumais pas toutes les dépenses de santé de ma mère et que je ne faisais pas aussi attention à mon budget, je suppose que *j'aurais pu* acheter cette voiture avec mes cachets.

Décidant de ne pas m'expliquer, je lui souris et monte en voiture. Je démarre le moteur et m'éloigne en le saluant d'un geste de la main.

19

Tout de suite après être partie de chez Chris, je m'arrête sur le parking d'une pharmacie pour souffler un bon coup. J'essaye de faire le point sur ce que je viens d'apprendre et sur mes déductions hasardeuses en me massant les tempes. Je sépare ce que j'ignore encore de ce qui compte vraiment.

Même si j'ai honte de l'admettre, je me fous complètement d'obtenir justice pour Missy. Elle est morte. C'est triste. Mais je ne la connaissais pas et le passé reste le passé.

Par contre, les circonstances de sa mort sont importantes. Ou comment a-t-elle fait pour tomber, car après tout, il est encore possible que ce soit un accident. Bon, c'est sûr, il est plus que probable qu'on l'ait poussée. Poussée au silence avant qu'elle ne conduise la police droit dans les affaires de la famille Vilanakis. La famille de *Reeve*.

Non. Ça, ce sont des conjectures. Mais je parie que si j'appelais Joe pour lui dire de chercher la mère de Reeve sous le nom d'Elena Vilanakis et non pas d'Elena Kaya, il trouverait quelque chose.

Puis il me dirait de me tirer le plus loin possible. Il me répéterait ensuite que chercher Amber est une cause perdue. Il me dirait qu'il fera ce qu'il peut, mais ce ne sera pas grand-chose au regard des personnes qu'on a en face.

Je ferme les yeux et me tape la tête contre le volant. Puis je m'adresse à elle directement à haute voix pour la première fois depuis plusieurs semaines :

« Putain, Amber ! Dans quel merdier tu t'es fourrée ? »

Ne voyant pas d'autre choix possible, je serre les dents et sors mon téléphone anonyme, caché sous le siège conducteur. J'appuie ensuite sur le seul numéro préenregistré.

« Qu'est-ce qu'il se passe, Em ? »

Au son de sa voix, j'entends qu'il est inquiet. Ce qui me rend parano. Comme s'il savait ce que j'étais allée faire et quels étaient mes plans.

Puis je me souviens qu'il doit être stressé, car normalement, ce n'est jamais moi qui l'appelle.

« Pas grand-chose, dis-je aussi enjouée que possible. C'est juste que… »

Bon Dieu, Chris va me tuer. Bon, ce n'est pas grave, il ne le saura jamais. Alors je reprends :

« Je veux arrêter cette enquête. Je peux faire ça ? »

Je vais continuer à chercher Amber, mais je ne peux pas lancer Joe ou Chris vers le même destin que Missy. Il n'est pas juste de risquer la vie de tant d'innocents. Quant à moi… J'ai perdu mon innocence quand j'ai rejoint Rob dans cette chambre. Et elle s'est jetée dans la gueule du loup pour moi. Elle mérite que je fasse la même chose pour elle.

Après un long silence, Joe me demande :

« Pourquoi ? »

Je savais qu'il allait me poser la question, mais pourtant, je suis tout de même déstabilisée.

« Parce que je me suis enfin rendu compte que c'était une perte de temps et d'argent. »

Pitié, faites que j'ai l'air convaincante, même au téléphone.

« Est-ce que Sallis t'a menacée ?

– Non ! »

C'est la dernière chose que je voudrais que Joe puisse penser, d'autant que c'est faux. Je dois me montrer plus persuasive.

« Reeve n'est pas une menace du tout, Joe. En fait, plus j'apprends à le connaître, plus je suis certaine qu'il n'a rien fait. Les rumeurs à son sujet ne sont rien d'autre que des ragots. Il aboie plus qu'il ne mord. Si Amber est encore dans la merde, c'est parce qu'elle est avec Vilanakis, pas Reeve. Et je ne veux pas me mêler des affaires de la mafia. »

En gros, je viens de lui régurgiter tout son discours. Je ne peux pas faire mieux. Pourtant, ça ne prend pas.

« C'est louche ton truc, Emily. »

Je m'adosse au siège et regarde le paysage à travers le pare-brise.

« Je sais que ça en a l'air. Mais non. Tout va très bien et ma relation avec Reeve est maintenant plus importante que cette enquête. Je ne veux pas tout faire foirer. »

Ma voix se brise sur ces derniers mots et je me rends compte que c'est effectivement la vérité. Oui, je flippe plus que jamais de m'être lancée dans cette histoire avec lui, mais surtout parce que je ne supporte pas l'idée de lui donner une raison de me quitter.

Bordel, je déconne complètement. Je me pince l'arête du nez et reprends :

« Désolée. Je culpabilise vraiment de faire tout ça dans son dos.

– Je comprends ce que tu ressens, admet Joe. Tu es sûre qu'il ne te fera pas de mal ?

– Oui, complètement. C'est un chaton déguisé en lion. »

Encore des mensonges, mais je n'ai pas l'impression d'être aussi loin de la vérité que ça. Aussi effrayante que soit l'image qu'il se donne, il ne m'a jamais blessée.

C'est marrant de voir avec quelle facilité je peux me réconforter. Dans mes tripes, je sais que tout est factice, et dans ma tête, je me répète ce que j'ai dit à Chris tout à l'heure : « C'est tellement dur de s'en rendre compte quand on est dedans. »

« D'accord, dit Joe hésitant. Si tu me jures que…

– Promis. Juré. Vous pouvez envoyer votre dernière facture à mon comptable, je vous ferai verser le solde de ce que je vous dois.»

J'ai envie que cette conversation soit terminée. Même si je ne l'ai pas convaincu, il ne va pas continuer à travailler si je ne le paye plus.

«Ok, je vais m'en charger.

– Et Joe, j'apprécie vraiment tout ce que vous avez fait pour moi. Et merci.»

Je prends une autre grande inspiration de peur que les vannes lacrymales ne s'ouvrent à tout instant et, alors que je suis à deux doigts de raccrocher, je me souviens d'une question que j'ai encore à lui poser :

«Je vais jeter ce téléphone, maintenant. C'est bon ?

– Dans une poubelle, localisée dans un quartier dans lequel tu ne vas jamais. Supprime tous les SMS et l'historique d'abord.

– Compris.»

À la fin de l'appel, je me donne exactement une minute pour laisser mes larmes couler. Je ne sais même pas pourquoi je pleure, en plus. Parce que j'ai peur pour Joe et Chris ? Pour Amber ? Pour moi ?

Plus probablement parce que je suis seule, maintenant, plus personne avec qui enquêter.

Tant mieux. Peu importent les hommes qui sont entrés et sortis de notre vie, en fin de compte, il n'y a jamais eu qu'Amber et moi. J'ai eu tort d'impliquer quelqu'un d'autre, enfin presque.

Je sors de ma place de parking avec la ferme intention d'aller jeter le téléphone dans les poubelles derrière la pharmacie. Mais une voiture noire démarre derrière plus ou moins en même temps que moi, et même si elle en sort en premier, j'éprouve soudain une sorte de paranoïa. Parce que je suis quasi sûre que cette voiture me suivait avant que j'aille me garer.

J'attends un peu avant de le jeter. En route, je trouve une poubelle dans une station de lavage auto. Sûre de ne plus être suivie, je l'y jette. Puis je rentre à la maison.

Quand j'arrive, je trouve Reeve qui m'attend, assis dans le fauteuil sur mon palier, comme la première fois où il est venu me voir et, là encore, il porte un costume. Je lui souris en approchant. Même pas besoin de me forcer. Voilà l'effet qu'il a sur moi, aussi triste et pervers que ce soit. Il me rend heureuse. Il me donne envie d'être transparente et non plus secrète.

Mais Reeve ne partage pas ma joie. Son corps reste immobile, son visage impassible. Et avant même de mettre ma clef dans la serrure, avant même d'être suffisamment près pour sentir sa rage irradier, je sais que je suis dans la merde.

La folle envie de partir en courant me passe à la vitesse de l'éclair – pouf, elle est disparue avant même d'avoir eu le temps d'effleurer ma conscience. Ce n'est même pas possible. Il m'est impossible de fuir quelqu'un comme Reeve Sallis. Même s'il n'était pas si proche, il est tout à fait capable de me traquer pour me faire retrouver.

Et puis, je ne vois aucune raison logique qui puisse expliquer comment il aurait pu savoir quoi que ce soit sur mon après-midi, ni ce que j'ai découvert sur lui. C'est sûr, je vois qu'il est en colère, il a peut-être simplement passé une mauvaise journée. Bon Dieu, qu'est-ce que je suis douée pour me mentir à moi-même.

Ou tu es extrêmement douée pour rester en vie, me dit ma tête avec une voix qui ressemble abominablement à celle d'Amber.

Si c'était vrai, je ne laisserais pas ce meurtrier potentiel entrer chez moi. Et pourtant. J'en viens même à lui tenir la porte et à lui faire signe d'entrer.

Reeve se place derrière et me prend le battant des mains :

« Non. Après toi. »

Trois petits mots seulement, et pourtant, il dit tellement de choses avec. *C'est moi qui commande. C'est moi qui décide. Et c'est toi qui acceptes de suivre mes ordres. Et en plus, tu aimes ça.*

Est-ce que j'aime encore ça ? Maintenant que je sais tout ce que j'ai appris aujourd'hui ?

Aussi déconnant que ce soit, oui, j'aime toujours ça.

Alors même si je flippe tellement que j'en ai la nausée, je passe devant lui pour entrer chez moi, lui laissant tout loisir de m'attaquer par-derrière.

J'entends la porte se fermer. D'un seul coup, sans me laisser le temps de comprendre ce qu'il se passe, il m'écrase contre le mur, les mains fermement maintenues dans mon dos.

« Hé, dis-je en me trémoussant pour gagner un peu de liberté de mouvement. Tu me fais mal. »

Il ne fait que resserrer sa prise. Sans un mot, il se penche vers moi. S'approche de ma bouche. Je suis tellement soulagée que je lève le menton pour que mes lèvres aillent à la rencontre des siennes, plus excitée que je le devrais par la brutalité de ses salutations.

Mais il ne m'embrasse pas.

Non, il tient toujours mes bras derrière moi et s'agenouille doucement, m'effleurant du nez tout le long de mon corps. Une fois à genoux, son visage plaqué contre mon entrejambe, il inspire profondément par le nez. Plusieurs fois. Sentant l'odeur de ma chatte à travers mes vêtements. Me reniflant comme un chien inspecte sa chienne. C'est très bizarre, vulgaire, même, et pour le moins dépravé.

Et merde, j'en ai les jambes en coton.

Puis, aussi brusquement qu'il m'a attrapée, il me relâche. Il se lève et recule, prenant ses distances avec moi, comme s'il était Superman et moi sa kryptonite.

Je le dévisage, complètement abasourdie, et lui dis :

« C'est quoi ton délire, Reeve ?

– Non, rétorque-t-il sèchement. Ce n'est pas à toi de poser les questions, là.

– Si tu ne veux pas que je pose de questions, tu ferais mieux de te mettre à table, alors. »

Ce n'est peut-être pas une bonne idée de se disputer avec un membre de la famille Vilanakis, mais j'ai comme l'impression qu'on en viendrait bien là, que je le veuille ou non. Je sens sa colère, elle est palpable, et s'il m'en veut, j'aimerais vraiment savoir pourquoi. Parmi mes transgressions, laquelle est en cause ?

Son regard est glacial et tranchant lorsqu'il me dit :

« Chris Blakely. »

Mon estomac se retourne et en plus, il pèse une tonne. Pourtant, j'arrive à garder mon air impassible pour lui répondre :

« Eh bien quoi, Chris Blakely ? »

Sauf qu'il ne poserait pas de questions s'il n'était pas déjà au courant, alors je peux lui donner ce qu'il veut :

« J'ai passé l'après-midi avec lui, si c'est ce que tu cherches à savoir. »

Il se précipite vers moi et propulse son poing contre le mur, juste au-dessus de ma tête.

« Putain, mais oui, c'est ce que je veux savoir. Qu'est-ce que tu foutais avec lui ? »

Avant, il était calme. Il se contrôlait malgré son humeur de chien, mais là, il est complètement parti en vrille. Ses mains tremblent et il grogne plus qu'il ne parle.

Il est jaloux. Du moins je l'espère. Je peux facilement me défendre, puisque je suis innocente, enfin sur ce plan. Je me force à lui répondre sur un ton mielleux :

« Je ne faisais que l'aider à se préparer pour son audition, Reeve. C'est un ami et il essaie de décrocher un rôle sur *NextGen*. Je lui ai donné quelques tuyaux.

– Chez lui ? Toute seule ? Dans cette tenue ? »

J'inspecte mon short en jean avec mon tee-shirt à manches longues et col en V sous mon long gilet. Ce sont des vêtements de tous les jours, rien de particulièrement sexy là-dedans.

« Qu'est-ce que tu voudrais que je mette ?

– Quelque chose qui ne donne pas tes seins en spectacle. »

Maintenant il tourne en rond, il semble de plus en plus agité chaque fois que je dis quelque chose. Je croise mes bras sur ma poitrine et lui dis :

« J'ai de gros seins, Reeve. Il n'existe pas beaucoup de vêtements capables de les cacher. Et si tu suggères qu'il s'est passé quelque chose…

– Ce que je suggère, c'est de ne pas aller chez lui, seule, au milieu de la journée, me coupe-t-il. Quoi qu'il se soit passé entre vous. »

J'ai déjà fréquenté des hommes très directifs, mais j'ai tellement changé de mode de vie depuis que je ne suis plus dans la même situation que je suis complètement à l'ouest. Oui, Reeve me fait des cadeaux, mais il ne m'entretient pas et maintenant que je suis indépendante depuis plusieurs années, je ne suis pas prête à accepter que quelqu'un me dicte ma conduite à nouveau.

Ça m'énerve. Vraiment.

« Non, mais merde, à la fin. Tu ne me fais pas confiance ? »

Je jette mon sac à main et mon long gilet sur le canapé pour moi aussi pouvoir me mettre à arpenter la pièce et le pointer du doigt en continuant :

« Tu as le droit d'aller partout où tu veux, entouré de femmes toutes plus sublimes les unes que les autres, et moi je ne peux pas passer l'après-midi à donner un coup de main à un copain ? Je n'ai pas couché avec lui.

– Ce n'est pas ça le problème.

– Alors où est-il ? Tu veux juste avoir ton mot à dire sur mes activités ? Ça n'est jamais entré dans l'équation de notre relation. »

C'est étrange qu'il ne se soucie pas de savoir si je me suis envoyée en l'air avec Chris… À moins que…

Je fais demi-tour en serrant les poings et lui demande :

« C'est pour ça que tu m'as reniflée ? Tu essayais de savoir *si je sentais le cul ?* Tu aurais pu te contenter de me poser la question. »

L'idée me fait bouillir le sang, mais aussi de rage. Reeve me répond en haussant les épaules d'un air nonchalant :

« Ma méthode est plus rapide et bien plus efficace. »

Sur ce, il ramasse mon sac à main et l'ouvre. J'en reste bouche bée.

« Euh, excuse-moi, mais ça, c'est à moi.

– Tu as quelque chose à me cacher ? », continue-t-il en fouillant dans mes affaires.

En silence, je remercie tous les dieux possibles de m'avoir fait penser à me débarrasser de ce téléphone.

« Peu importe que j'aie quoi que ce soit à cacher. C'est *mon* sac à main. »

Au moins, Reeve semble plus calme à présent, préoccupé même alors qu'il continue à fouiner. Une minute plus tard, il sort les extraits de textes que j'avais portés à Chris et les passe en revue avant de les laisser tomber sur le canapé avec mon sac à main.

Contente de disposer d'éléments matériels pour étayer mon excuse de visite à Chris cet après-midi, j'affiche un sourire arrogant et enchaîne :

« Ce sont les bouts de script sur lesquels j'ai bossé avec Chris. Content, maintenant ? »

Il ignore mon commentaire et approche d'un pas, l'air menaçant.

« En fait, le problème, c'est que tu n'aurais pas dû voir ce mec, peu importe sur quoi tu bossais. Alors pourquoi penses-tu que c'était une bonne idée d'aller chez lui ? »

Maintenant que je suis face à face avec lui, je ne pense pas qu'il soit plus calme. En fait, il est même peut-être encore plus sur les nerfs, sa rage est contenue, maintenant, il la contrôle, mais il est prêt à déverser toute sa fureur accumulée.

Le plus sage serait de faire marche arrière, mais je dois savoir si mon crime consiste à avoir passé l'après-midi avec un homme ou alors avec *cet homme-là*. Reeve est-il au courant de ce qu'il sait sur Missy ? S'inquiète-t-il de savoir tout ce qu'il pourrait me dire ? J'ai un peu moins confiance en moi qu'il y a une minute ou deux, mais je lui demande quand même :

« Pourquoi n'aurais-je pas dû aller chez Chris ?

– Emily, commence-t-il sur un ton sans appel.

– Parce que tu ne l'aimes pas ? Parce que… ? »

Soudain une idée me traverse l'esprit et je change ma question :

« Mais au fait, comment sais-tu où j'ai passé l'après-midi ?

– Peu importe. Réponds à ma question.

– Mais *peu importe* comment. Jamais de la vie. Tu me fais suivre ? »

Bon Dieu de merde, et si c'était vraiment ça ? La voiture noire tout à l'heure – c'était certainement lui ! Ou l'un de ses gorilles, du moins. Et s'il avait mis mon téléphone sur écoute ? Ma maison ? Qui ai-je appelé ? Qu'ai-je dit ? Que peut-il savoir ?

« Seulement quand ta Jaguar est là où elle ne devrait pas être, m'informe-t-il en faisant encore un pas vers moi. Réponds à ma question. »

Parfois, je ne sais pas quand m'arrêter.

« Alors c'est pour ça que tu m'as donné cette voiture ? Pour me pister ? »

Comment ai-je pu être assez stupide pour ne pas y avoir pensé plus tôt ?

Aussi rapidement que la première fois, Reeve me propulse contre le mur. Il enroule son poing autour de ma queue-de-cheval et tire brusquement dessus. Puis il plaque son autre main sur ma bouche pour me faire taire. Il se penche vers moi, il est à quelques centimètres à peine de mon visage et me dit d'une voix flippante et très contrôlée :

« Arrête de poser toutes ces questions, Emily, ou sinon je vais péter un câble. »

Mon cœur bat à tout rompre et mes yeux sont grands ouverts. C'est sa main sur ma bouche qui m'achève. Normalement, son but est de m'empêcher de parler, mais j'ai plus l'impression d'étouffer. L'idée de le mordre me traverse l'esprit, mais ce n'est peut-être pas la meilleure chose à faire. Alors je me force à respirer fortement par le nez pour me calmer.

« Bon, reprend Reeve en tirant encore plus sur mes cheveux pour assurer sa prise. Comme je te le disais, c'est moi qui pose les questions. Alors je vais enlever ma main et tu vas me dire pourquoi tu pensais que c'était une bonne idée d'aller chez ce mec – ce mec qui se taperait tout ce qui bouge et tout le monde le sait à Hollywood, ce mec qui a très certainement envie de te baiser *toi* – sans parler de le serrer dans tes bras en pleine rue, là où n'importe quel connard avec un appareil photo peut obtenir une photo de vous deux en pleine action. »

Il retire sa main et je vais pour lui répondre. Mais je suis perturbée par ce qu'il a dit à propos de Chris. Est-ce qu'il s'inquiète à cause des paparazzis et non pas de Chris lui-même ?

Ma prochaine question m'échappe :

« Est-ce que ça a quelque chose à voir avec… ? »

Reeve tire encore plus fort sur mes cheveux et force ma tête à pencher sur le côté, pour me couper la parole :

« Prends tout le temps que tu veux, mais je veux que les prochains mots qui sortent de ta bouche soient ma réponse. Et rien d'autre. »

Putain. Je suis dans la merde.

Je suis en pleine dispute avec un démon. Un homme de pouvoir et d'argent. Un homme déçu par mon comportement. Je devrais être effrayée, prudente et lui donner ce qu'il veut. Et j'ai effectivement peur. Mais la prudence, ce n'est pas mon truc et les bad boys dominateurs sont ma plus grande faiblesse. J'ai envie de le voir me révéler le pire aspect de sa personne. J'ai envie de le garder.

Mais j'ai aussi envie de me soumettre. J'ai envie de lui faire plaisir, de le satisfaire et le charmer. J'ai envie de dire ce qu'il faut, plus que je n'ai jamais eu envie de le faire, mais je ne sais pas trop ce que c'est. Il va falloir que je devine. Et de ce qu'il m'a dit, on dirait que mon erreur en fait est d'avoir été vue en compagnie d'un homme tel que Chris. Je pourrais me retrouver cataloguée comme sa maîtresse dans les pires torchons à scandales. Je n'avais pas pensé que Reeve se souciait de l'opinion publique.

Peut-être ai-je eu tort.

«Je n'ai pas pensé à l'image que je renvoyais, dis-je enfin. Il m'a prise dans ses bras et je n'ai pas eu la présence d'esprit de l'arrêter.»

Il desserre un peu sa prise.

«Tu n'aurais jamais dû être seule avec lui tout court.»

Il approche encore son visage, ses lèvres sont à un souffle des miennes. Ses yeux, plantés dans les miens, sont durs et froids.

«Je n'aurais pas dû être seule avec lui tout court, répété-je alors qu'il prend l'un de mes seins en coupe. Même si c'était complètement innocent.»

Il tire encore sur mes cheveux et son autre main pince mon téton à m'en faire pousser un petit cri.

«Je n'ai pas envie d'entendre tes excuses, Emily. Ce que je veux c'est que tu me montres que tu as compris ton erreur.

– C'est bon. J'ai compris.»

Il triture mon téton déjà sensibilisé, sans me faire mal cette fois-ci. C'est un simple rappel.

«Alors dis-moi pourquoi tu n'aurais pas dû aller le voir.

– Parce que n'importe qui aurait pu se faire une fausse idée.

– Continue.

– On aurait pu nous voir.»

Je suis à bout de souffle, folle de désir et de désespoir. Je ferme les yeux pour savourer sa caresse et continue :

«Tout témoin de cette scène aurait pu croire que nous sommes ensemble ou déformer la vérité pour l'affirmer et je suis censée être avec toi.»

Clac. Sa main s'abat sur mon sein et me fait sursauter.

– *Censée* être avec moi ?

– *Je suis* avec toi. Je suis avec toi et je ne me suis pas comportée comme je le devrais, dis-je en lui caressant le torse de mes deux mains, bien déterminée à le rassurer. Je suis avec toi. Rien qu'avec toi.

– Effectivement.»

Il me relâche brutalement et s'éloigne.

Je le suis en le suppliant :

«Je suis désolée, Reeve. J'ai déconné. Je ne recommencerai pas. Promis.»

Je suis pathétique. Je ressemble à toutes ces femmes battues qui supplient leur amant de les frapper encore une fois, même s'il n'a pas levé la main sur moi. Il s'est comporté comme j'aime qu'on le fasse et la possibilité de perdre ça, de le perdre lui me ronge. Me bouffe complètement. J'ai sorti tout un tas d'excuses à Joe, mais je me rends compte maintenant à quel point j'étais sincère. Ma relation avec Reeve, ou quelle que soit la nature de nos échanges, est plus importante que tout ce qui pourrait s'interposer entre lui et moi.

Il m'ignore et me tourne le dos. On dirait qu'il essaie de prendre une décision. Une décision qui me concerne, très certainement. En a-t-il fini avec moi ? Va-t-il me donner une autre chance ou arrêter les frais ? Va-t-il mettre fin à notre relation en rompant ou cherche-t-il une solution plus permanente ?

Quels que soient les choix qui s'ouvrent à lui, même s'il songe à la pire des solutions, j'ai toujours une envie folle de lui. Je mets tout ce que j'ai dans ma prochaine supplique :

« Pitié, Reeve. Tu ne m'en avais jamais parlé… et je ne savais pas que c'est ce que tu attendais de ma part.»

Il fait volte-face, bien déterminé, et me répond :

« Puisque "je n'en avais jamais parlé", je ferais mieux de m'assurer que tu comprends bien ce que je vais te dire maintenant. Comme ça, tu ne pourras jamais raconter que tu ne savais pas ce que j'attendais de toi à l'avenir.»

Il détache la boucle de sa ceinture et j'imagine déjà ce qu'il pourrait en faire. Il pourrait me fesser avec, enfin j'espère. Pas m'étrangler. Mais il ne la fait pas glisser dans les passants de son pantalon. À la place, il se contente de descendre sa fermeture Éclair, de sortir son sexe et de m'ordonner :

« À genoux. »

Au ton de sa voix, j'entends qu'il est très en colère.

Je ne bouge pas.

Pitié, non. Pas comme ça. Quand il m'a dit au téléphone qu'il allait le faire, ça m'allait, mais je pensais avoir du temps pour me préparer, à la fois mentalement et physiquement. Quand il n'était pas en colère, ça passait.

« À genoux, Emily, sinon c'est moi qui vais te faire venir jusqu'ici et crois-moi tu n'aimeras pas ça. »

Je ne lui refuserai rien. Pas seulement à cause d'Amber ou de la peur de ce qu'il pourrait bien m'infliger si je le faisais, mais aussi parce que je ne sais pas comment lui désobéir. Je me mets à quatre pattes, tout doucement, ma tête tournée de l'autre côté, mes fesses offertes comme un cadeau. *Ne te crispe pas*, me dis-je en prenant une grande inspiration. Si je suis tendue, ce sera encore pire.

« Non, non. Pas comme ça, dit-il. Face à moi. »

Une fois encore, je reste immobile, certaine de ne pas avoir compris ce qu'il veut.

« Ce matin tu as dit… »

Perplexe, il plisse le front, et soudain il semble comprendre ce que je veux dire.

« Ça c'était ce matin. Je ne vais pas faire ça maintenant. Quand je te sodomiserai, ce sera pour le plaisir et non pas pour te punir. »

Je me mords la langue, avec force, pour qu'il ne voie pas à quel point je suis soulagée. Maintenant que mes craintes sont écartées et que je suis rassurée, je me souviens que moi aussi je suis en colère. Je fais demi-tour et m'agenouille, en affichant clairement que je fais la gueule.

Sauf que là, je vois son sexe, presque en érection dans sa main, et j'en ai l'eau à la bouche. Je me déteste de le désirer comme ça. Même en sachant qu'il pourrait être responsable de la mort de Missy. Même en sachant qu'il m'a fait suivre. Et même en sachant que c'est un vrai connard qui ne sait pas gérer sa jalousie autrement qu'en me tirant les cheveux et en me reniflant la chatte.

Bon Dieu, ce coup du reniflement.

Mais merde, putain. Ce mec est un connard et je mouille comme une dingue.

Il me regarde d'un air concupiscent en se caressant le sexe. Une fois. Deux fois.

« Enlève ton tee-shirt. »

Je lui obéis, en jetant mon vêtement par terre, le regardant à mon tour par en dessous. Son érection durcit encore, comme du béton, et sa colère se mue en désir pur et simple.

Il avance d'un pas vers moi et ma bouche s'ouvre toute seule, avant-même qu'il me dise : « Suce-moi. »

J'enroule ma main autour de son membre et l'accueille entre mes lèvres, puis je presse ma langue contre son sexe en glissant d'avant en arrière. Je recommence en allant encore plus loin. Et une fois encore en gémissant de me sentir avaler sa chair.

Il ne me laisse pas faire quoi que ce soit d'autre avant de prendre le contrôle. Il attrape ma tête de ses deux mains et guide mes mouvements. Brusquement. Avec une telle force que je dois me tenir à ses cuisses pour ne pas perdre l'équilibre. Ses doigts se mêlent à mes cheveux et pressent mon crâne lorsqu'il me pousse à aller encore plus loin à chaque va-et-vient, jusqu'à ce que je le prenne complètement en bouche, chaque fois jusqu'au fond de ma gorge. Jusqu'à ce que mon visage soit plaqué contre son bassin, mon nez contre sa peau et qu'il me maintienne dans cette position. Il me tient bien. Il me tient fermement.

Puis il me relâche. Il reprend alors les mouvements agressifs, manipulant ma tête pour faire de longs mouvements.

Il lève alors son bassin, pressant mon visage tellement fort contre son corps que je ne peux plus respirer par le nez, et sa queue est si profondément ancrée au fond de ma gorge que je manque de m'étouffer. C'est un message. *Prends ça. Prends ce que je te donne. C'est moi qui décide. C'est moi qui décide qui tu vois. C'est moi qui décide où tu vas. C'est moi qui décide si tu bouges. C'est moi qui décide si tu peux respirer.*

C'est bon, j'ai compris. J'arrête de lutter.

Il me relâche alors. Puis il me laisse même faire une pause pour reprendre mon souffle. Enfin, quelques secondes à peine. Et il reprend.

Cette fois-ci, il s'autorise à savourer l'instant, il n'essaie plus de me faire la leçon. Maintenant ma tête en place, il utilise ma bouche pour son plaisir.

« Oui, comme ça, me dit-il la voix rauque. Oh oui ! »

Ses mouvements sont profonds, rapides et exigeants, mais ce n'est plus un message. Maintenant il me parle pour me dire des choses qu'il veut que j'entende. Il s'exprime en phrases très courtes entrecoupées de soupirs :

« C'est dur de m'oublier. Hein ? Quand j'y vais jusqu'aux couilles. Dans ta bouche. Quand ma queue palpite. Contre ta langue. Quand je me sers de toi. Comme il faut. »

Je gémis contre sa bite. Oui comme il faut, je suis faite pour être utilisée exactement comme ça. Pour satisfaire les hommes comme lui. Pour le satisfaire, lui. C'est ce que *je veux*. Même quand ses mouvements se font désordonnés et que je sens son gland taper contre ma gorge, je veux tout lui donner. Je veux qu'il prenne tout. Je veux qu'il se serve de moi. Je veux qu'il voie que je sais où est ma place. Je veux qu'il sache que j'aime cette place.

Ça m'excite, même. J'ai tellement envie qu'il jouisse. Je veux qu'il explose dans ma bouche. J'avalerai tout, je lécherai chaque goutte qui coulera en sachant que c'est un cadeau. Je mouille, je suis excitée tant la perspective de le sucer jusqu'au bout me plaît.

Mais juste à l'instant où je suis certaine qu'il va jouir, il me repousse d'un seul coup.

J'essaye de revenir vers lui pour le reprendre, mais il pose une main sur mon crâne pour tenir ma tête et se sert de l'autre pour finir de se masturber. Quand il éjacule, il vise mes seins, me couvrant de sa semence laiteuse, m'arrosant de longs jets de sperme. Il me marque. Il me revendique comme sa chose. Il me rappelle encore une fois que je lui appartiens. Il me dit clairement qu'il s'attend à ce que dorénavant je me comporte comme telle.

Il ne me laisse pas l'aider à se nettoyer. C'est une punition, après tout, il me refuse même ce cadeau et ramasse mon tee-shirt pour essuyer les dernières gouttes qui s'échappent de son sexe.

Ce qui ne fait qu'encore plus m'exciter.

« Peut-être que maintenant tu arriveras à te souvenir à qui tu appartiens », dit-il en rangeant son matériel dans son pantalon de costume au cas où je n'aurais pas compris.

Je n'ose pas regarder ailleurs que par terre.

« Je m'en souviendrai.

– Mon dîner pourra être bref ou prendre plusieurs heures. Quoi qu'il en soit, tu m'attendras dans mon lit à vingt-deux heures. Nue, de préférence.

– Je ne viens plus dîner avec toi ? demandé-je en relevant brusquement la tête.

– Non. »

Il est debout devant le miroir à côté de la porte d'entrée. Il se repeigne, puis il redresse sa cravate.

Je me relève tant bien que mal, prête à le supplier de changer d'avis. J'ai besoin de discuter avec le personnel de son ranch, mais c'est bien plus que ça. J'ai besoin qu'il me désigne publiquement comme sienne tout comme il l'a fait dans le privé. Je dois lui prouver que je peux remplir mon rôle comme il le voudrait.

Mais avant même que je puisse lui sortir mon discours, il se tourne vers moi et me dit :

« Quelle image ça donnerait de te voir dîner en ma compagnie après avoir passé tout l'après-midi dans la maison d'un autre homme ? J'aurais l'air de ne pas pouvoir te contrôler. Je ne peux pas m'afficher publiquement avec toi tant que tu ne sauras pas te comporter comme il le faut. »

À l'intérieur, j'ai l'impression de complètement me dégonfler. Sa déclaration prouve qu'il me connaît bien. Il sait ce que je veux et refuse de me le donner. Elle est là, ma véritable punition pour mon erreur de cet après-midi. Voilà ce qui doit me faire le plus de mal, et c'est une réussite.

Il pose sa main sur la poignée de la porte et ajoute pour finir :

« Et Emily, lave-toi, mais ne te fais pas de petit plaisir solitaire. Je sais que tu as envie de jouir, mais c'est à moi de décider si tu le mérites ou non. Là, tu ne le mérites pas. »

Sur ces dernières paroles, il s'en va et je sais qu'il a raison. Je ne le mérite pas.

20

Je prends une longue douche pour me laver et pleurer. Il est facile d'ignorer mes larmes lorsqu'elles se mêlent aux jets d'eau chaude qui tombent sur moi. Je garde les yeux fermés et la tête levée vers le pommeau pour que cette eau salée qui m'échappe parte avec celle de la douche. Si je goûte à mes larmes, il faudra que je reconnaisse leur existence. Si je les sens sur ma langue, il faudra que j'admette leur origine.

Il n'y a plus d'eau chaude quand j'en ai terminé, mais j'ai encore quelques heures devant moi avant d'aller chez Reeve. Je me sers un verre de vin, tente de grignoter un bout de salade. Et quand je n'en peux plus, je rassemble mes affaires pour sortir. Il n'est pas encore sept heures, mais il a dit que je devais être dans son lit à dix heures *au plus tard*. Attendre dans sa chambre, entourée de ses affaires et de son odeur, est une meilleure solution que de rester poireauter à la maison toute seule.

Je dois faire le plein, alors je m'arrête à la station-service et j'en profite pour aller me chercher un café frappé au passage. Après m'être servie, je traîne dans les allées pour jeter un coup d'œil aux magazines en mâchouillant ma paille. J'en profite pour regarder ces visages que je reconnais. Quelqu'un approche derrière moi et je me pousse sans lever les yeux pour laisser passer cette personne, mais plutôt que de me contourner elle entre dans mon espace personnel. *Bien trop* près.

Je me tends.

Une respiration forte souffle sur ma nuque, suivie de près par le son d'une voix qui murmure à mon oreille :

« Si on te surveille, ne te retourne pas. Hoche la tête. »

Je fais demi-tour pour lui faire face.

« Putain de merde, Joe. Tu m'as foutu une trouille d'enfer. »

Parano à l'idée d'avoir été suivie par Reeve et ne voulant pas être vue en sa compagnie, je jette un coup d'œil à travers la vitrine pour voir si je ne repère pas la voiture noire de tout à l'heure et lui demande par-dessus mon épaule :

« Qu'est-ce que tu fous là, d'abord ? »

Joe ramasse un torchon à scandales et se met à le feuilleter pour répondre :

« Je voulais m'assurer que tu allais bien, j'ai vu Sallis partir de chez toi tout à l'heure. »

Super, maintenant, j'ai deux mecs qui me suivent partout.

« Je vais bien. Je t'ai dit que j'allais bien. Tout va bien. »

Une personne qui va bien n'aurait probablement pas éprouvé le besoin de le répéter autant de fois.

« C'est ce que tu dis, répond-il. Mais il fallait que je vérifie que tous ces "bien" n'étaient pas forcés. C'est ma responsabilité. »

Je le regarde à travers son reflet dans la vitrine. Il semble absorbé par la lecture de son magazine et non pas par ma présence. C'est comme ça qu'il me protège. C'est gentil, alors j'essaie de ne pas m'énerver contre lui.

Certaine de ne pas avoir repéré de voiture appartenant à Reeve où à ses gorilles, je me tourne vers Joe directement pour lui dire :

« C'est bon, tu as pu constater par toi-même que j'allais bien. Merci. J'apprécie ton geste.

– Alors tu es en sécurité ? »

Là, je n'en sais rien.

Mais je ne veux pas qu'il s'inquiète pour ça.

« Joe, ça va. Promis. Merci d'avoir voulu t'en assurer et surtout merci d'être resté discret. À l'évidence, je ne veux pas que Reeve soit au courant pour cette enquête. Ni qu'il sache que tu existes. Il est du genre jaloux. »

Aussi chiante qu'elle soit, au moins, sa jalousie révèle que j'ai un petit impact dans sa vie. Avant que Joe ne dise ce qu'il a sur le cœur, je me presse d'ajouter :

« Et pas jaloux comme s'il allait me faire du mal à cause de ça. Arrête de t'inquiéter. »

Bon, d'accord, Reeve m'a *déjà* fait mal.

« D'accord, admet Joe à contrecœur. Je te laisse tranquille. Mais je dois aussi te montrer un truc que j'ai reçu aujourd'hui. Après ton coup de fil. »

Il sort son téléphone et tapote sur l'écran. Il veut certainement me montrer la photo d'une personne absolument atroce avec qui Reeve est en relation. Ou un compte rendu d'un acte un peu douteux. Quoi que ce soit, je ne veux pas savoir ce que c'est et lui dis :

« J'ai mis un terme à l'enquête, Joe. Je ne suis pas intéressée par…

– On a encore aperçu Amber, me coupe-t-il.

– Quand ? »

Si on l'a vue, ça veut dire qu'elle est en vie, non ? Mon cœur bat à toute vitesse, j'ai la trouille de lui poser la question.

« Juste avant Thanksgiving. Une femme est venue aux urgences à Chicago. Elle avait deux côtes cassées. La description correspond à Amber et la date de naissance qu'elle a donnée aussi. Le médecin qui s'est occupé d'elle a noté des signes de violences subies, ce qui veut dire qu'il a pris des photos pour son dossier. C'est elle, non ? » ajoute-t-il en me collant son téléphone sous le nez.

Je regarde l'écran avec attention. Deux yeux bleus me regardent en face. Ils sont plus sombres que les miens, plus sombres que dans mon souvenir. Elle ne porte qu'un soutien-gorge noir et un collier représentant une colombe ornée de pierres précieuses qu'elle possède depuis aussi longtemps que je la connais. La photo est prise de côté, donc je n'arrive pas à distinguer son tatouage sur l'épaule avec son motif rouge de deux colonnes qui s'écartent l'une de l'autre. On voit d'anciens bleus encore couvrir son cou, son torse et sa poitrine. D'autres, plus récents, s'étalent sur tout son flanc. Je ne peux que deviner ce qui les a causés. En haut, on a essayé de l'étouffer. Puis des suçons. Ceux sur les côtes ont probablement été faits par des chaussures. On l'a battue.

J'ai eu ces mêmes marques sur mon corps à un moment où à un autre. Certaines étaient consenties, d'autres – comme celles sur son torse – non. La Amber que j'ai connue n'aurait toléré aucune d'entre elles. En passant ses blessures en revue, j'arrive à sentir sa douleur. Je ne supporte pas l'idée qu'elle ait eu à les endurer à ma place. J'ai mal rien qu'en la regardant, alors je me force à ne pas quitter cette image des yeux.

Joe me laisse une minute pour m'imprégner de ce cliché et finit par me dire :

« Elle n'a pas porté plainte. Elle est partie directement après avoir été autorisée à sortir le jour même. On ne sait pas si elle était seule ou accompagnée. Le numéro de téléphone et l'adresse qu'elle a donnés étaient tous les deux faux.

– Ce n'est pas Reeve, dis-je en levant brusquement les yeux vers Joe. Ce n'est pas lui qui a fait ça.

– Je ne l'ai pas pensé une seule seconde. Vilanakis a basé ses activités à Chicago et d'après le dossier, ce tatouage représente un V. »

Un V, comme le tatouage autour du cou de Filip.

Joe hésite, comme s'il essayait de décider de ses prochains mots. Ou quel ton utiliser.

« Et ce n'est pas fini. Désolé.

– Quoi ? Pourquoi êtes-vous désolé ? »

Il ne répond pas, et en observant son visage, je m'aperçois qu'il est d'humeur encore plus sombre que d'habitude.

Des traces d'émotion percent sous son masque de dureté. Il est à vif.

D'horreur, mes entrailles se crispent. J'imagine le pire.

Non. Ce n'est pas possible. Je dois l'entendre avant de le croire et il me dévisage, l'air abasourdi, ne disant pas un mot.

« Quoi ? Balance, Joe. Merde, dis-moi ce qu'il se passe !

– Ouais, bon... »

Il passe sa main sur son visage, en essayant de reprendre contenance, comme si ça lui permettait de remettre son masque en place. Il reprend :

« Quelques jours après son passage à l'hôpital, on a trouvé le corps d'une femme. Anonyme.

– Non... »

Je ne veux pas qu'il continue à parler. Mais j'en ai besoin.

« Dans une poubelle, quelques kilomètres plus loin, dit-il sur un ton égal, comme s'il racontait une histoire dépourvue de toute émotion.

– Non. »

Stop, pitié, stop. Ça ne peut pas être vrai. Mon cœur me fait mal, j'ai l'impression que ma poitrine s'ouvre en deux. Pour la deuxième fois aujourd'hui, j'ai l'impression d'étouffer. Sauf que cette fois-ci, je peux respirer autant que je veux, mais il n'y a plus d'espace pour mes poumons, mes émotions prennent toute la place, elles les compressent et les rendent inutiles.

« Le corps a été identifié comme celui de la femme sur la photo, dit Joe en désignant son téléphone.

– Non. Non. Non. »

J'ai les yeux qui piquent, des larmes m'échappent alors que je refuse de croire qu'elles sont nécessaires. *Elles ne le sont pas.* C'est impossible. Je me jette sur la première éventualité possible.

« *Qui* l'a identifiée ? Ils se sont peut-être trompés, Joe.

– Emily... »

Il pose une main sur mon épaule pour essayer de me réconforter, mais je le repousse et lui demande sur un ton exigeant :

« Montre-moi. Montre-moi les preuves.

– C'était il y a quatre mois maintenant. Le corps a été incinéré. Mais j'ai le rapport final. »

Quatre mois. Quatre mois, putain.

Il me montre une autre image sur son portable. C'est un rapport d'autopsie qui décrit le corps de cette femme blonde aux contusions et hématomes partout, avec ce tatouage sur l'épaule, le collier à la colombe autour du cou. Difficile de nier la vérité. C'est clair et net, ce cadavre est celui de mon amie.

Mais je n'arrive toujours pas à y croire. Je le refuse, même.

« Ce n'était pas elle. Ce n'était pas elle, Joe. »

J'ai la voix enrouée et je parle bien trop fort. Des gens nous regardent et je m'en moque. Qu'ils écrivent à la presse à scandale pour leur signaler que j'ai piqué une crise dans une station-service. Je m'en tape complètement.

La seule chose qui m'importe à l'heure actuelle, c'est de corriger ce... ce... quiproquo. Ce *mensonge.*

« Dis-le. Dis que ce n'était pas elle, Joe, dis-je en m'agrippant à sa veste. Putain, dis-le !

– Si, c'était elle, Emily, confirme-t-il en me prenant dans ses bras. C'était bien elle.

– Tu n'en es pas sûr. Tu ne peux pas le savoir.

– Si, je le sais. Eux aussi le savent. C'était bien elle. »

Il caresse mes cheveux et j'enfouis mon visage dans le creux de son épaule, non pas pour pleurer, mais pour me cacher. Pour échapper à l'absurdité que cet homme essaye de me faire croire.

Et pourtant, même en fermant les yeux et en retenant mon souffle, la vérité dans toute son atrocité s'insinue dans mes pensées et m'oblige à faire face à la réalité. Elle était morte avant même que je me mette à la chercher. Elle était morte avant même que je n'entende son message. Elle était déjà à la morgue alors que je me prenais la tête pour essayer de trouver un moyen de la localiser. Lorsque j'ai dit à Joe qu'elle était toujours en vie parce que c'était une battante, je mettais toutes mes forces dans la balance pour retrouver un cadavre. Les fois où j'ai imaginé sa voix dans ma tête et senti sa présence, c'est son souvenir qui s'adressait à moi de façon si vivace. Je ne l'ai peut-être pas imaginée, mais sa vie a laissé toutes ces traces et leur empreinte dans le monde. De réels vestiges de son esprit rassemblés pour créer son fantôme.

Je l'entends me parler à cet instant même : *J'étais morte. Je le suis depuis le début.*

Mes larmes imbibent sa veste, mais je ne dirais pas que je pleure. Je suis en état de choc. La réalité imprègne le passé d'une vérité que je m'étais construite et elle s'échappe par mes yeux. Je ne retiens rien. Je n'éprouve aucun chagrin. Enfin, pas encore.

Mais par contre, je suis en colère. Contre moi-même. Et en y pensant, aussi envers Joe. Je le repousse et lui demande :

« Comment ça se fait que tu n'as trouvé ces photos et ces rapports que maintenant ? Tu aurais dû les découvrir il y a super longtemps. Son nom n'aurait pas dû sortir dans les trucs que tu regardes quand tu fais des recherches ? S'ils ont identifié son corps après son passage à l'hôpital, alors il n'était pas anonyme. Pourquoi ne l'as-tu pas trouvée plus tôt ? »

Ma rage est complètement déplacée, mais ça me fait du bien de tout lui mettre sur le dos. Joe aurait pu m'épargner toute cette perte de temps et d'énergie. Il aurait pu m'empêcher de tant espérer.

On dirait qu'il s'attendait à ce que je l'accuse de tous ces torts, il est assez à l'aise avec les étapes du processus du deuil pour ne pas se défendre et simplement me donner des faits :

« Elle n'a pas donné son vrai nom à l'hôpital.

– Comment ça ? demandé-je en m'essuyant les yeux du revers de la main. Quel nom a-t-elle donné ?

– Le tien, répond-il en s'éclaircissant la gorge. Barnes. »

Mon vrai nom. Elle était dans la merde, à deux doigts de mourir, et elle pensait à moi. Pendant que je… quoi ?

Pendant que je savourais mon ascension vers la gloire et la célébrité. Que je me plaignais de l'inconvénient d'avoir une mère malade dont je m'occupais en signant des chèques dont le montant m'était indifférant. Même en cherchant Amber, en la croyant toujours en vie, combien de fois l'ai-je oubliée ? Alors que j'essayais de retrouver ma personnalité d'alors. Que je séduisais son ancien amant. Que je me perdais dans la fascination qu'il exerce sur moi.

Ce détail dans les circonstances qui entourent sa mort est infime. Ce n'est qu'une minuscule lacération au milieu de blessures graves. Mais elle me fait mal et elle se fraye un chemin qui s'ancre profondément en moi, me promettant de refaire surface à tous mes examens de conscience.

Toutefois, la blessure qu'il faut immédiatement soigner est plus grande, elle saigne à profusion et vide mon esprit comme si on m'avait tranché la carotide : Amber est morte.

Elle est morte.

J'essaye encore d'accepter cette idée. J'essaye de comprendre pourquoi. J'essaye d'accepter la cause et les conséquences de son décès.

Je me frotte le front de la main – encore. Et encore.

Je dois comprendre, je dois savoir tout ce qu'elle a enduré. Pourquoi a-t-elle terminé sa vie en femme battue et violentée. Une victime de violences. Son « propriétaire » lui a-t-il infligé tout ça ? Causait-elle trop de problèmes ? Était-elle tout simplement trop gênante pour être maintenue en vie ? Alors je demande :

« Tu penses que c'est ce réseau d'esclavage et de prostitution ?

– Ou Vilanakis en personne, répond-il en fourrant ses mains dans ses poches comme s'il était moins à l'aise maintenant qu'il ne me tient plus dans ses bras. Bon, je ne sais pas si ça peut te consoler, mais je ne suis plus aussi sûr que Sallis était impliqué là-dedans.

– C'est ce que je me dis aussi », dis-je trop rapidement.

Avant de réfléchir. C'est le mensonge qui me vient le plus facilement, celui qui glisse sur ma langue sans avoir à penser.

Et pourtant, même en reconnaissant que c'est un bobard, je continue sur ma lancée :

« On ne sait pas vraiment quand elle a rompu avec Reeve, d'abord. Non ? Peut-être qu'elle était avec Michelis quand elle m'a appelée. Peut-être qu'elle l'a rencontré grâce à lui. Parce qu'ils fréquentent les mêmes cercles. »

Ou parce qu'ils font partie de la même famille. Je ne sais pas pourquoi j'éprouve le besoin de continuer à garder ce secret, mais je le fais quand même.

« J'y ai pensé, répond Joe en mastiquant ses mots comme pour se préparer à les digérer. Je pourrais continuer à enquêter, si tu veux. Pour essayer de comprendre le fin mot de l'histoire.

– Tu ne peux pas prendre ce risque, dis-je en secouant la tête avec emphase. C'est trop dangereux. Ils… »

Je déglutis une grosse boule dans ma gorge pour essayer de me donner le temps d'être sûre de ce que je veux lui dire et je reprends :

« Je pense que la mort de Missy pourrait aussi être liée aux affaires de la famille Vilanakis.

– Est-ce que tu as quelque chose à me dire ? demande Joe en arquant un sourcil interrogateur.

– L'un de mes amis qui la connaissait m'a dit que plusieurs membres de la famille étaient dans son entourage. Ils étaient mêmes sur l'île le jour de sa mort.

– Et ton ami pense que c'était la mafia et pas Sallis ? Il croit que ce n'est pas un accident ?

– Peut-être un accident. Mais pas Reeve. Du tout. »

Impossible de m'arrêter de mentir pour lui. En vérité, je pense qu'il est partiellement responsable de la mort de Missy et je ne pense pas une seconde que lorsque Amber m'a appelée c'était à cause de Vilanakis, mais bien de Reeve.

Et je suis convaincue que même s'il n'a pas porté de coup fatal, Reeve détient une part de culpabilité en lui, c'est aussi un peu sa faute.

Pourtant, je continue à le défendre pour une multitude de raisons toutes plus compliquées les unes que les autres. Parce que j'ai peur que Joe essaie de m'empêcher de le voir. Parce que je ne veux pas que cette enquête le mette dans la merde. Parce que cet après-midi, il m'a rappelé que je lui appartenais et je suis déterminée à me comporter comme il le souhaite.

Parce que maintenant, plus que jamais, j'ai besoin d'utiliser Reeve pour obtenir des réponses à mes questions. Parce que je dois savoir ce qui est arrivé à Amber et il représente ma seule piste tangible.

Et s'il ne l'a pas tuée de ses mains, ma loyauté envers lui n'entre pas en conflit avec celle que j'ai jurée à mon amie. Du moins, c'est ce que je me dis et je ne vais certainement pas chercher à aller plus loin.

« Pourquoi as-tu voulu mettre un terme à cette enquête, Emily ? », demande Joe en me sortant de mon dialogue silencieux avec moi-même.

Je cligne des yeux en essayant de comprendre où il veut en venir, il doit encore chercher à savoir si on essaye de me faire taire. Mais je n'arrive pas à voir ce qu'il pense, alors je lui dis la vérité :

« Je ne veux pas te mettre en danger. Je ne veux pas être responsable de ce qu'il pourrait t'arriver.

– D'autres personnes pourraient encore être en danger, dit-il sur un ton plus calme. Elles pourraient être sauvées si nous découvrons ce qui est arrivé à Amber. »

Il veut continuer l'enquête. C'est un retournement de situation auquel je ne m'attendais pas. Quand nous nous sommes rencontrés, c'est moi qui suppliais Joe et c'est lui qui jouait les sceptiques. Alors je lui rappelle ses mots :

« Je croyais que tu ne voulais pas pousser cette enquête trop loin.

– Eh bien j'ai menti, admet-il en haussant les épaules. Maintenant je me sens impliqué dans cette histoire. Laisse-moi découvrir ce qu'il lui est arrivé.»

Ma gorge est tellement serrée que je me contente de hocher la tête. Puis, une fois la boule dans ma gorge avalée, je reprends :

«D'accord, mais tu arrêtes de fouiller du côté de Reeve. J'étais sincère quand je disais que je ne voulais pas que cette enquête s'interpose dans ma relation avec lui.

– Ok. Ok, soupire-t-il à contrecœur en cédant. Je trouverai un truc de créatif pour ta facture. Je dirai que c'était pour des leçons de tir.

– Je vais voir ce que je peux trouver grâce à Reeve, dis-je en forçant un sourire impossible à garder sur mes lèvres. Je ne suis pas allée aussi loin que je le pouvais encore.»

Joe redevient soucieux en me répondant :

«Tu ne peux plus la sauver, Emily. Tu n'as plus besoin de prendre de risques comme ça.

– Je sais.

– Ok. Parce que si tu as la moindre raison de croire que tu n'es pas en sécurité, je peux t'aider à lui échapper.»

C'est déconnant que je n'envisage même pas d'y réfléchir ?

«Je t'ai dit que…

– Je sais, je sais. Tout va bien, m'interrompt-il en se passant la main dans ses cheveux coupés si courts. Je vais te procurer un autre téléphone anonyme. D'ici là, ne te sers pas de ton portable pour m'appeler.»

Puis nous disons tous les deux, ensemble :

«Fais attention, prends soin de toi.»

Au moins, je sais qu'un de nous suivra ce conseil.

Comme anesthésiée, je paye pour mon café que je jette en sortant. Je m'assieds dans la voiture, un peu dans le brouillard, et je laisse le moteur tourner dans le vide pendant que la litanie des «si seulement», et toute la culpabilité qui va avec, commence à m'assaillir. Si seulement j'avais eu son message plus tôt. Si seulement je rendais plus souvent visite à ma mère. Si seulement j'avais essayé de la contacter quand j'ai vu sa photo dans ce magazine. Si seulement je ne l'avais jamais abandonnée. Elle m'a sauvé la vie et à la première occasion de lui renvoyer l'ascenseur, je la laisse tomber.

J'abats mon poing contre le volant de la voiture encore et encore. J'ai envie de me faire mal, j'ai envie d'aller mieux. Quelqu'un klaxonne derrière moi. Toutes les pompes sont prises et j'immobilise une file, mais je baisse ma fenêtre et j'insulte l'automobiliste. Puis je m'en vais sans oublier de faire un doigt d'honneur en m'insérant dans la circulation.

Je conduis sans vraiment savoir où je vais, je ne prête aucune attention au paysage ni à l'heure qu'il est. Je suis plongée dans le silence. Même les milliers de pensées qui veulent prendre le devant de la scène dans ma tête respectent cette trêve, quand bien même avec réticence. C'est comme si elles m'accordaient un moratoire pour que je trouve simplement comment faire pour *exister* dans un monde où Amber n'est plus. Comment faire pour que mon cœur continue de battre et que mes poumons ne cessent de fonctionner. Comment garder ma voiture sur la route, dans la bonne file et continuer à suivre le code de la route.

Quelque temps plus tard – des minutes, ou des heures, je ne sais pas trop –, mon répit prend fin et des bribes de pensées commencent à s'infiltrer et, avec elles, la conviction d'un plan d'action. Des promesses. *Les cousins de Reeve. Sa chambre d'ami. Aller dans son ranch. Rencontrer son staff.* Le point commun : lui. Il est ma seule chance de découvrir ce qui est arrivé à Amber. Il ne dispose peut-être pas de toutes les réponses, mais il en a quelques-unes.

Le temps que je fasse demi-tour pour me rendre chez lui, il me tire dans une autre direction. *Distraction. Réconfort. Raison. Préoccupation.* Il est la clef qui me permettra de découvrir tout ce que je dois savoir. C'est lui qui m'aidera à tourner la page, à trouver un refuge au milieu de toute cette souffrance, un endroit pour trouver la vérité, un endroit pour me cacher.

Pour le meilleur ou pour le pire, toutes les routes mènent à lui. C'est peut-être ça de lui appartenir complètement.

21

Il est dix heures et quart quand j'arrive chez Reeve. S'il me punit pour mon retard, soit. Tant mieux, même. Je le mérite.

Je prends une minute pour retoucher mon maquillage avant d'entrer, bien contente d'avoir mis du mascara waterproof. Un employé que je n'avais jamais vu me laisse entrer sans dire un mot. Ça ne me dérange pas. Je sais où je suis censée être et je me dépêche d'y aller au cas où Reeve m'y attendrait déjà.

En traversant le salon, j'entends des voix d'hommes et les sons très distinctifs d'une partie de billard qui commence. J'aurais pu passer à côté sans avoir la moindre envie de jeter un coup d'œil si je n'avais pas aussi entendu le rire d'une femme.

Je m'approche doucement du pas de la porte de la salle de jeux et regarde vite fait ce qu'il s'y passe. Reeve est là, il porte un jean un peu large et une chemise ouverte sur un tee-shirt. Il met du bleu sur sa queue de billard en discutant avec un autre homme qui n'a d'autre signe distinctif qu'une paire de bottes de cow-boy. Deux autres hommes jouent aux fléchettes de l'autre côté de la pièce tandis que deux filles tout en jambes qui ne peuvent pas avoir plus de vingt-deux ans les regardent.

Une troisième fille – une jolie blonde à forte poitrine – est à moitié affalée sur la table de billard et encourage Reeve à prendre son tour.

Avec toutes les émotions qui bataillent déjà dans mes entrailles, je suis surprise qu'une chose aussi minable et insignifiante que la jalousie puisse attirer mon attention et faire assez de remue-ménage pour que je la remarque. Mais pourtant, c'est bien le cas, je suis verte de jalousie. Je m'adosse au mur pour les observer, pour l'observer *elle* alors qu'elle les taquine et sort son numéro de charme, et j'ai un goût amer dans la bouche. Je suis censée être là, avec eux. Il y a trois femmes et quatre hommes. Grâce à moi, les équipes auraient été à égalité. Je devrais être rassurée de ne pas avoir été remplacée par une autre bimbo, mais ce n'est pas le cas. Un nombre de convives impair ne devrait pas signifier que quelqu'un a été écarté.

Je ne manque pas de remarquer qu'à une certaine époque, j'étais l'une d'elles – une jolie petite chose toute jeune. Un substitut pour de véritables émotions dans un emballage de sexe et de vice.

Tu n'es plus l'une d'elles ? Non, ce n'est pas la voix d'Amber que j'entends. Je ne le permettrais pas.

Et je suis peut-être encore comme ça. Mais au moins, c'est intentionnel. Elles sont là pour qu'on s'occupe d'elles et se faire entretenir. Ces filles sont des coquilles vides qui attendent d'être emplies du désir d'un homme, des écrans vierges sur lesquels n'importe qui peut projeter ce qu'il veut. Même en retirant Amber de l'équation, je ne suis là qu'à cause de mon identité – je suis une femme forte, indépendante et animée de ses propres désirs et besoins, qui ne sont satisfaits que lorsque je me soumets à un homme. Lorsque je me soumets à Reeve.

Je le regarde, penché sur la table, les yeux plissés pour se concentrer sur le bout de sa canne, et je me rends compte que malgré cette soumission que j'ai acceptée, je suis en colère. Je ne mérite pas d'avoir été jetée comme ça. Peu importe le tort que je lui ai causé. Si je ne m'étais pas juré à nouveau de découvrir la vérité à propos de la mort d'Amber, je serais partie. J'aurais quitté ce connard et bon débarras.

Mais je resterai, avec ma colère et tout ce qui va avec. Pour Amber. Ce qui veut dire que je dois canaliser mes sentiments et ignorer l'émotion qui les sous-tend : la peur. Elle est d'une autre nature que celle que j'associe à Reeve d'ordinaire. La peur de ne pas être celle qu'il veut. La peur qu'il ne comprenne pas que je pourrais facilement le devenir. Ce serait la cerise sur le gâteau de ma vie, ça. Non ?

Il joue son coup et envoie la boule précisément là où il le souhaitait. Directement dans le trou. D'intensément concentré, je vois qu'il devient content de lui et satisfait. Puis il écarquille les yeux, de surprise j'imagine, quand son regard se plante dans le mien.

Je me redresse, sachant pertinemment que je ne suis pas censée être là, mais je suis incapable de rompre le contact. De l'autre côté de la pièce, je lui dis en silence : *je suis là.* Et à le voir m'observer, j'ai presque l'impression qu'il est content de me voir. Peut-être parce que je suis le témoin de cette scène et que je le vois évoluer dans un monde dans lequel je n'existe pas. Je découvre une nouvelle strate de désespoir et je ne serais pas surprise qu'il le lise sur mon visage. Tant mieux pour lui. Félicitations.

Quelqu'un d'autre attire ensuite son attention, une personne plus proche de moi que de lui. Il hoche alors la tête et retourne à son jeu.

Je suis la direction de son regard et trouve Anatolios qui vient vers moi.

« Ce jeu est privé, dit-il. Je dois vous demander de partir.

– Oui. Oui. J'y vais. »

Connard. Et puis va te faire foutre, Reeve. Tu n'avais pas à me l'envoyer. Ce n'est pas comme si j'interrompais sa partie, et je suis à peu près certaine que ma détresse lui a procuré des sensations de victoire bien plus intenses. Je rumine mes pensées en tapant des pieds dans l'escalier, montant les marches vers la chambre de Reeve.

Une fois à l'étage, je vais dans sa salle de bains pour me laver le visage. J'en profite pour faire la leçon à mon reflet :

« *Regarde-toi un peu, tu boudes pour ne pas avoir à ressentir les vraies émotions qui te ravagent à l'intérieur. Tu penses mériter un peu de compassion ? Tu es pitoyable.* »

Je m'essuie et me détourne mais une autre voix vient me provoquer, toujours dans ma tête :

« *Qu'est-ce que tu vas faire, alors ?* »

Prendre mon courage à deux mains et me sortir les doigts du cul, voilà.

Reeve est occupé au rez-de-chaussée et son personnel s'occupe de lui et de ses invités. Ils viennent de mettre la musique et je sens les basses vibrer facilement jusqu'ici. Si je me sers du bruit comme jauge pour savoir si la fête continue à battre son plein, je devrais pouvoir explorer la maison. Mais vraiment, cette fois-ci, et non pas en battant en retraite quand ce que je trouve est trop difficile à regarder en face.

Il y a bien des choses dans lesquelles j'aimerais fouiller dans la chambre de Reeve, mais je veux tirer le maximum de cette chance. Je ne sais pas quand l'opportunité se représentera. Pour aller dans les chambres d'amis, il me faudrait traverser la passerelle qui surplombe les pièces de vie et on pourrait facilement me repérer d'en bas. Par contre, je peux tout aussi bien me faufiler dans les escaliers et grimper dans son bureau sans que personne ne s'en aperçoive. Alors j'opte pour cette solution.

La pièce est plongée dans la pénombre et il me faut bien une minute pour que ma vision s'ajuste. Une fois que j'y suis parvenue, je fonce sur son bureau. Il y a une petite lampe dessus, je l'allume. C'est son ordinateur qui m'intéresse le plus. Il est déjà allumé et l'écran noir m'indique qu'il est en veille. J'agite la souris en priant pour qu'il n'ait pas protégé sa session avec un mot de passe.

Ouf, il n'y en a pas.

Bah merde alors, j'aurais dû essayer de faire ça plus tôt. Si seulement je n'avais pas été aussi absorbée par Reeve.

Non, je ne vais pas me laisser bouffer par les « si seulement » maintenant. J'ai des choses bien plus importantes à faire. Je commence par ouvrir une partie de solitaire. Si jamais je me fais prendre, au moins j'aurai une excuse. Ce n'est pas comme si Reeve m'avait dit que je n'étais pas autorisée à aller dans son bureau ni à toucher à son ordinateur. S'il est en colère et veut me faire parvenir encore l'un de ses messages « clair et net » comme tout à l'heure, ça me va très bien. Plus que bien, même.

Après avoir joué quelques cartes pour sauver les apparences, je me mets à véritablement fouiner. Il a énormément de fichiers différents, mais en regardant rapidement leur organisation, je constate que certains d'entre eux ne semblent pas se référer à ses hôtels. Le premier, nommé *Options R.* contient des photos de cuisines modernes et de séjours. Lorsque j'en repère une qui ressemble énormément à celle qui a été construite au rez-de-chaussée, je me rends compte que ce sont ses recherches pour la rénovation de sa maison l'été dernier. Un coup d'œil à la dernière date de consultation du dossier me confirme qu'il n'a pas été ouvert depuis près d'un an. Jusqu'à aujourd'hui.

Merde. J'avais oublié que j'allais laisser des traces. Je décide alors de faire très attention à ce que je dois vraiment consulter. Ce qui me fait exclure d'office la plupart de ceux que j'avais sélectionnés. Les deux derniers, nommés *Kostas* et *Valentine*, sont tous les deux protégés par un mot de passe. Dans le Finder, je réorganise ma recherche de façon chronologique pour mettre en premier ceux qui ont été ouverts le plus récemment. Rien de particulier ne se démarque. Je passe en revue ceux qui ont été consultés l'été dernier et je m'aperçois que rien n'a été touché entre avril et octobre, ce qui est logique, puisque c'est à cette époque que les travaux de rénovation ont eu lieu.

Je décide alors d'aller voir dans ses mails, j'y trouverai plus de renseignements utiles puisqu'ils voyagent avec lui. En plus, les messages ouverts ne seront pas datés si je les consulte. Il y en a quelques-uns de non lus, tous ont trait à ses affaires. Le reste est archivé dans différents dossiers. Il y en a des dizaines et ils contiennent tous une arborescence complexe à l'intérieur. Je n'ai pas le temps de les trier comme je le souhaiterais, alors je fais une recherche plein texte. Quand je tape « *Vilanakis* », aucun résultat. Même chose pour *Michelis*. Il y a quelques occurrences sous *Missy*, mais rien de bien intéressant. Rien qui me dise qu'il l'a tuée.

Honnêtement, à quoi m'attendais-je ?

J'hésite avant de faire la prochaine recherche et prends une grande inspiration pour me préparer. Une fois prête, je me lance et je tape le mot *Amber*.

Il y a quatre résultats.

Je commence par le plus ancien. Il remonte au mois d'octobre de l'année où il a dû la rencontrer. Il a été envoyé par un détective privé et inclut une pièce jointe contenant un rapport assez basique sur elle. J'imagine que c'est sa procédure standard lorsqu'il s'intéresse à une fille.

Le suivant est une demande de passeport en urgence pour elle qui remonte au mois de juin, toujours l'an dernier. Il a probablement été envoyé juste avant leur voyage dans le Wyoming. La demande a été approuvée. Pourquoi a-t-elle eu besoin d'un passeport ? Et l'a-t-elle utilisé ?

Le message suivant est encore plus intrigant. Il date du premier novembre et comporte une seule pièce jointe. Son texte n'est composé que d'une ligne : « *Je l'apprécie énormément. Merci beaucoup. M.* » J'ouvre la pièce jointe et mon cœur manque de cesser de battre. C'est la photo de Michelis et d'Amber dans le Colorado que Joe m'a montrée. Celle qui lui a été envoyée de façon anonyme. Sauf que dans celle-ci, Michelis n'est pas coupé, et je peux voir que c'est lui qui a pris cette photo avec son portable.

L'expéditeur du message est <noreply>@mailmail.com, soit un service de réexpédition anonyme. Mais je devine que c'est Michelis qui l'a envoyé et que donc il est ce M. dans la signature. Est-ce lui qui a envoyé cette photo à Joe, alors ? Et si oui, pourquoi ? Et ce message : est-ce qu'il ne suggérerait pas que Reeve a offert Amber en cadeau à son oncle ?

Ne tire pas de conclusions hâtives. Ça pourrait être autre chose. Je ne sais pas quoi, mais je continue à défendre Reeve, même contre mes propres déductions.

Le dernier mail a été expédié depuis la même adresse. Il est daté de la veille de Thanksgiving et est tout aussi troublant. Pour simple message : « *Je me disais que ça pouvait t'intéresser. M.* ». En pièce jointe, l'autopsie de ce corps anonyme que Joe m'a également montré.

Je ne pensais pas pouvoir être encore plus abattue, mais visiblement c'est le cas. Parce que me faut-il une autre preuve pour me convaincre que Reeve est bel et bien impliqué dans la mort d'Amber ?

Sauf que je n'en suis pas encore sûre et certaine. Rien ne prouve que Reeve ait souhaité qu'elle meure. Il l'a peut-être partagée, comme il m'a avoué l'avoir fait avec d'autres femmes auparavant, et ensuite Michelis a peut-être décidé seul qu'il voulait mettre fin à ses jours. Reeve a peut-être pensé que son oncle s'occuperait bien d'elle et viendrait même à l'aimer. Peut-être Reeve a-t-il été tout aussi bouleversé que moi par la tournure prise par les événements.

Même si, franchement, c'est fort peu probable.

Quoi qu'il en soit, je devrais envoyer ces deux mails à Joe. Mais je ne suis pas encore prête à remettre Reeve au cœur de cette enquête. Pas encore, du moins.

Du coup, je me transfère ces messages à moi-même et fais ensuite disparaître les preuves.

Je suis épuisée, maintenant, trop crevée pour supporter de nouvelles révélations. Je ferme la boîte mail de Reeve et clique sur l'icône pour appeler le solitaire, mais j'ouvre par accident l'outil de gestion d'images à la place. Une suite de photos se met à défiler sur l'écran et toutes représentent les deux mêmes personnes : Reeve et Amber. Elles ont été prises l'une après l'autre, à côté de la piscine dans le jardin. Si je les fais défiler, rapidement, elles forment une sorte de petit film. On y voit Amber s'asseoir sur les genoux de Reeve sur une chaise longue et tous deux rient aux éclats dans les premières, puis s'embrassent sur les dernières. Le contraste avec les e-mails que je viens de lire juste avant est saisissant. Là, on voit l'histoire d'un couple follement amoureux.

Est-ce aussi celle d'un homme qui offre une femme à un meurtrier ? On dirait que c'est impossible, mais les images sont souvent trompeuses, non ? Elles ne révèlent pas toujours l'intégralité d'une histoire. J'ai vu cet après-midi même à quel point Reeve peut se mettre en colère quand il s'estime provoqué. S'il peut se comporter comme ça avec moi, impossible de savoir comment il était avec elle.

Qu'elles soient honnêtes ou non, je regarde ces photos avec attention pendant de longues minutes pour essayer de trouver une preuve comme quoi quelque chose n'allait pas. J'ai du mal à les regarder, pour nombre de raisons différentes. Parce qu'elle me manque. Parce qu'elle a l'air heureuse. Parce qu'elle ne le sera plus jamais. Parce que l'homme qui était la raison de sa joie sur ces images est aussi celui qui a provoqué sa mort.

Parce que cet homme ne m'a jamais regardée comme ça.

Impossible de continuer à encaisser tout ça. Je ferme la visionneuse, éteins la lumière et reviens discrètement dans la chambre de Reeve. Je me déshabille rapidement, me glisse sous les draps, j'enfouis mon visage dans un oreiller où je laisse enfin céder le barrage de ma tristesse et je me livre au deuil d'avoir perdu ma meilleure amie.

* * *

Je me réveille brusquement. Il fait noir dans la chambre, seulement éclairée par les lumières nocturnes à l'extérieur. Reeve se dresse au-dessus de moi. Il ne porte qu'un jean et tient le coin du drap dans la main.

« Merde, dis-je en me frottant les yeux. Je me suis endormie. Désolée. Quelle heure est-il ?

– Presque trois heures. Ne t'inquiète pas. Rendors-toi. Je ne faisais que te recouvrir. »

Il parle si doucement que j'ai du mal à en être sûre, mais je crois bien qu'il n'y a aucune animosité dans le ton de sa voix.

« Non, non. Je ne suis pas venue dormir dans ton lit. Je suis là pour que tu me possèdes. »

J'ai vraiment besoin de lui. J'ai besoin qu'il prenne le contrôle pour que je puisse totalement me laisser aller. Pour m'échapper. Pour oublier, ne serait-ce qu'un instant.

Il me sourit, mais c'est très bref et son regard ne suit pas son expression. Et, plutôt que de commencer un truc avec moi, il fait le tour du lit et déverse le contenu de ses poches sur la table de chevet.

J'ai soudain un mauvais pressentiment quant au déroulement de sa soirée. Et, laissant transparaître ma peur sans pour autant être directe, j'ajoute :

« À moins que tu n'aies pas besoin de moi.

– Emily, les filles en bas étaient là pour mes amis, répond-il en lisant en moi comme dans un livre ouvert. Je suis désolé si tu as mal compris mes intentions, mais je t'ai déjà expliqué mon point de vue sur les relations avec les autres femmes.

– Oui. Je m'en souviens. Tu ne coucheras avec personne d'autre tant que nous serons ensemble. Je m'assurais juste que rien n'avait changé après ce qu'il s'est passé aujourd'hui. »

J'ai l'impression que ma gorge est enrouée, probablement à cause de ma crise de tout à l'heure et aussi parce que je sens que quelque chose ne va pas. En plus de tout ce qui déconne déjà.

Il pousse un petit soupir, revient de mon côté du lit et s'installe au bord du matelas pour me répondre :

« D'ailleurs, il faut qu'on parle. Je… »

Il s'interrompt brusquement en se penchant pour me regarder d'un peu plus près et reprend :

« Tu as pleuré. »

Je suis sur le point de recommencer, après ses quelques mots méchamment flippants et son humeur plus que sérieuse. Mais il fait référence à mon apparence, qui ne doit pas franchement être reluisante, si je m'en réfère aux croûtes que je sens aux coins de mes yeux enflés. Même s'il ne pose pas de question, il attend une explication. Je pense rapidement me concocter une excuse du type : *J'ai croisé un vieux copain. Il m'a fait part d'une mauvaise nouvelle à propos d'une connaissance commune.*

Mais même en y faisant allusion aussi vaguement, je n'ai pas envie de partager la mort d'Amber avec lui. Il possède déjà tant de choses d'elle, tant de choses dont je suis dépourvue. Cette douleur m'appartient à moi seule et c'est privé.

Alors, même s'il risque de penser que mes larmes ont été causées simplement par son comportement, je me contente de hocher la tête.

Il me caresse alors le visage en me disant :

« Ce n'est pas ce que je voulais, Emily. »

Et merde, tout mon univers vient encore de basculer pour la énième fois aujourd'hui.

Il laisse tomber sa main et s'éclaircit la gorge. J'attends qu'il me dise encore des choses que je n'ai pas envie d'entendre. Et la voix chargée de remords, il continue :

« J'ai réagi de façon excessive tout à l'heure. Je le sais. J'ai dépassé les bornes. Tu l'as très bien dit, je ne t'ai pas spécifié mes attentes. »

Alors ça, je ne m'y attendais pas. Il me faut un petit moment pour comprendre qu'il fait référence à ma

« punition » de tout à l'heure. C'est ce qui s'approcherait le plus d'excuses de la part d'un homme qui, j'en suis certaine, n'en fait jamais. Du coup, je ne sais pas trop comment réagir. Sans parler du fait que je n'ai pas envie qu'il s'excuse pour son comportement.

Je passe ma langue sur ma lèvre inférieure et choisis mes mots avec soin avant de lui répondre :

« Non, tu avais raison d'agir comme ça. J'aurais dû le comprendre par moi-même.

– Comment aurais-tu pu faire ça ? demande-t-il un sourire sceptique aux lèvres. Tu ne sais pas lire dans les pensées, non ? À l'avenir, je vais essayer d'être plus clair d'emblée, ajoute-t-il, soudain redevenu sérieux après avoir fui mon regard.

– Eh bien, ça m'aiderait, mais vraiment, c'est moi qui ai déconné et je me sens très mal de t'avoir déçu à ce point.

– Ce n'est pas vraiment de la déception que j'ai ressentie. C'était… »

Il lève les yeux vers moi et l'espace d'un instant, c'est comme si je *pouvais* lire dans ses pensées. Comme s'il allait me dire que *c'était de la peur.*

Mais c'est débile. Un homme comme Reeve ? Éprouver de la peur ? De quoi ?

Il secoue la tête pour se débarrasser de son idée et reprend :

« Bon, passons. Parfois, je me laisse emporter. Je ne m'attends pas à ce que tu tolères ce type de comportement de ma part. Je veux que tu saches que j'essaie de m'améliorer. J'essaie de mieux me contrôler. »

Je suis perturbée. D'un certain côté, il fait preuve de compassion. Je suis folle de joie, mais aussi complètement ébranlée. Ce n'est pas ce que je veux de sa part. Et je suis à peu près sûre que ce n'est pas ce qu'il veut lui non plus. Alors pourquoi s'engage-t-il dans cette voie ?

Qu'elle qu'en soit la raison, je dois y mettre fin tout de suite, alors je lui dis :

« Non. Ne fais pas ça.

– Ne fais pas quoi ?

– N'essaie pas de te contrôler. Avec moi, je veux que tu sois *toi*, le vrai toi. Qui qu'il soit.»

Dès les mots sortis, je reconnais qu'ils sont vrais. Je le pense vraiment, et malgré tout ce à quoi je viens d'offrir de supporter et d'accepter de sa part. Il me regarde avec attention avant de répondre :

«Tu ne le penses pas vraiment. Je ne peux pas t'imposer mes pires défauts, mon tempérament et mon impulsivité. C'est injuste.»

Je suis perplexe. Je me demande d'où ça sort, tout ça. D'expérience, les hommes n'éprouvent des remords que lorsqu'ils pensent perdre quelque chose. Me perdre *moi*.

Reeve ne peut pas craindre de me perdre. C'est complètement illogique. Non ?

Je me redresse ; j'ai vraiment besoin de comprendre où nous en sommes.

«Tu penses que tu m'as blessée aujourd'hui, Reeve ? Tu penses que je pourrais te quitter ?»

Le regard qu'il m'adresse me fait comprendre que j'ai tapé dans le mille, alors je le rassure :

«Je ne ferais pas ça. Et la seule fois où je me suis sentie meurtrie, c'est quand j'ai eu l'impression que tu ne voulais plus de moi. Tout ce que tu m'as infligé, je t'ai laissé le faire. J'en avais envie. J'ai aimé ça.

– Emily, tu n'as pas besoin de dire…

– Je sais. Je suis honnête avec toi, là. J'ai aimé ça. Beaucoup, même.»

Comment ai-je fait pour passer à côté ? Il n'a pas compris. J'ai cru être si transparente avec lui. Apparemment, pas assez. J'en remets une couche :

«J'ai besoin que tu te comportes comme ça avec moi. J'ai besoin de cette attitude.»

Bon Dieu, je me sens tellement vulnérable. Mais il doit tout savoir :

« Ça m'excite. Tu t'en rappelles ? Rien que d'y penser maintenant, ça me rend dingue. »

Je ne mens pas. Je mouille.

Il semble surpris. Et circonspect. Il tire le drap, exposant mon corps dénudé. Son regard tombe d'abord sur ma poitrine et mes tétons dressés qui confirment mon excitation. J'écarte les cuisses pour l'inviter à vérifier de lui-même ce que j'affirme.

Il accepte l'invitation, passant ses doigts le long de ma vulve, puis il tombe sur l'ouverture de mon intimité, déjà trempée et enflée. Son regard monte brusquement vers le mien lorsqu'il me dit :

« Tu m'appartiens vraiment, alors ?

– Oui, je t'appartiens », dis-je en hochant la tête.

Il se lève et se débarrasse rapidement de son pantalon avant de plier l'une de mes jambes contre mon torse pour s'installer entre mes cuisses.

« Dis-moi ce que tu aimes dans tout ça. Décris-le-moi. »

Son membre effleure mes chairs, je sens son gland trembler de plaisir, me suppliant d'entrer. Je rue des hanches, voulant recevoir ce qu'il retient si près de moi.

Mais il refuse de céder. Pas encore.

« Dis-le-moi, Emily. »

J'ai tellement envie de lui, je suis en feu. Je serais prête à dire n'importe quoi pour qu'il me donne ce que je veux. Même la vérité.

« J'ai aimé quand tu as éjaculé sur mes seins. »

Il me pénètre d'un seul coup profond et me relance :

« Oui. Quoi d'autre ? »

Il se maintient au-dessus de mon corps. Il est en moi, mais ne bouge pas. Ça me tue. Mais il reste immobile à attendre que je lui réponde :

« Quand tu m'as reniflée. »

Il se retire enfin. Doucement. Trop doucement, et il me dit :

« Même quand tu as compris pourquoi ?

– Surtout à ce moment-là.

– Quoi d'autre ? demande-t-il en plongeant à nouveau.

– Quand tu as enfoui ta bite dans ma bouche si profondément que je ne pouvais plus respirer.»

Maintenant je parle très vite, les mots sortent tout seuls de ma bouche, car je sais qu'ils me permettent d'obtenir ce que je veux. Il se retire, puis revient en continuant :

« Oui. C'est bien. Gentille fille. Quoi d'autre ? demande-t-il en effectuant un mouvement circulaire du bassin.

– Quand tu as dit que je t'appartenais.»

Je lui réponds en murmurant presque, ma voix est pleine de désir et de vulnérabilité pure. Son tempo est maintenant régulier et à chaque passage il sollicite exactement les bonnes terminaisons nerveuses. Je soupire, je gémis, je suis de plus en plus vorace.

«Ah putain, Emily. Tu aimes te rappeler toute cette scène, c'est ça ?

– Oui.»

Il approche son torse du mien et se retient sur un coude, posé à côté de ma tête. De son autre main, il caresse ma joue dans un geste doux et plein de tendresse.

«Je le sens. Tu es tellement serrée. Tu y es presque, c'est ça ?

– Oui.»

Je suis à bout de souffle. J'y suis presque et bon Dieu, qu'est-ce que j'en ai besoin. J'ai besoin de me sentir bien, ne serait-ce qu'une minute. Même s'il ne me donne pas l'un de ces orgasmes époustouflants auxquels il m'a habituée. Même s'il est tendre et doux. Même si juste après je serai envahie d'un sentiment de culpabilité réservé à ceux qui ont survécu.

« Oui, répété-je. J'y suis.

– C'est bien. Je pense que tu le mérites.»

Sans me prévenir, il pose la paume de sa main sur ma bouche et mon nez. De force. Il ne me laisse pas respirer.

Et je sais – *je sais très bien* – qu'il fait ça pour moi, c'est sa façon de me présenter des excuses. Des hommes m'ont déjà fait ça, généralement, ils choisissent de m'étrangler, mais l'idée est la même. On joue avec le souffle. En privant le cerveau d'oxygène, on décuple la sensation de plaisir.

Mais ce que je sais surtout, c'est que Reeve me fait ça maintenant. Tout spécialement après sa punition de l'après-midi. Et d'un autre côté, il y a une minuscule partie de moi qui ne le sait pas. Elle est toute petite. Insignifiante. À peine digne d'être prise en compte, sauf que, aussi rabougrie soit-elle, elle est assez forte pour former une dissension avec le reste. Elle s'en trouve magnifiée. Comme une petite goutte de sang sur un grand drap blanc, impossible de passer à côté. Et cette toute petite partie de mon cerveau n'est pas sûre que Reeve fasse ça pour le plaisir, cette partie-là craint qu'il ne s'agisse d'un acte malveillant, comme une tache rouge sur mon sang-froid immaculé.

J'aurais dû retenir la leçon tout à l'heure, mais mon instinct de survie est très fort, alors je panique. Je secoue la tête dans tous les sens, mais il ne me lâche pas. Il ne desserre pas son étreinte. Je lutte et me débats, perdant mes dernières réserves d'oxygène, mais je suis incapable de garder mon calme. Je le repousse aux épaules et le griffe.

Mais il continue à me maintenir, son regard rivé dans le mien, et je vois à quel point ça l'excite.

C'est maintenant, me dis-je alors que ma combativité m'échappe. *C'est maintenant qu'il faut avoir peur.* Je pourrais mourir. Il doit certainement avoir plusieurs raisons de vouloir ma mort. À cause de ce que j'ai découvert. À cause de ma sale habitude de fureter un peu partout et de lui raconter des mensonges. À cause de mon enquête. À cause d'Amber. Ou tout simplement parce qu'il peut le faire.

Ma vision se brouille. Des taches noires apparaissent. Mes bras sont agités de soubresauts et mes mains retombent.

Et pendant ce temps-là, Reeve continue son va-et-vient. Et mon corps, ne semblant pas comprendre qu'il est en train de mourir, réagit à ses sollicitations. Mes chairs intimes se contractent et ma peau crépite d'électricité statique. Je serre son membre de toutes mes forces et ça y est, *j'y suis*. Au bord du précipice. Sans air. Prête à imploser.

Et là, Reeve retire sa main. Et c'est une détonation.

Mon orgasme se déchaîne avec la force d'un tsunami alors que j'essaie désespérément d'inspirer de l'air frais. Mes besoins primaires entrent en conflit – un besoin de se libérer de cette tension et de respirer –, mais c'est le plaisir qui l'emporte, trop puissant pour être maîtrisé. Il m'emporte avec lui, me démolit et me plonge dans des vagues d'extase qui se brisent sur moi et me coulent puis me noient dans le ressac, pour ensuite me propulser vers l'euphorie la plus complète. J'ai l'impression que ma tête tombe, à travers le lit, comme si j'avais perdu toute notion de gravité.

Je n'arrive toujours pas à reprendre mon souffle, à chaque fois je suis emportée par une autre déferlante et je n'arrive pas à inspirer assez d'air avant la prochaine.

Et je me demande si je vais mourir comme ça. Si je meurs en pleine explosion de jouissance, propulsée vers des sommets insoupçonnés. Serais-je autorisée à être dans cet état pour l'éternité ? Dans cet état de plaisir si bouleversant, si riche, si dévorant, si fort qu'il n'y a de place pour rien d'autre. Pas même la peur ou le doute, l'inquiétude, la honte ou le chagrin. Rien que ça.

Si c'est là qu'est Amber maintenant, alors elle a trouvé sa maison.

Mais je retrouve la vue et j'aperçois Reeve au-dessus de moi. Il m'observe de son regard intense sans ciller. Il semble aussi bouleversé que moi. Bouleversé *par* moi.

Et je n'ai plus envie d'être nulle part ailleurs qu'à ses côtés. Même si je suis en proie à la peur, au doute, à l'inquiétude et au chagrin. Même si ce n'est pas du tout ce qu'il veut. Même si ça ne peut pas durer, je me battrai pour rester à ses côtés.

Ma révélation me laisse prendre conscience que maintenant j'ai de l'air. Que je respire normalement. Que je suis vraiment déglinguée sexuellement parlant. Parce que j'ai envie de vivre, ne serait-ce que pour rester aux côtés d'une personne qui veut probablement ma mort. Une personne qui a probablement expédié mon amie vers la sienne.

Et cette prise de conscience déclenche un autre orgasme, bien plus calme, mais tout aussi intense. Il me détruit, il m'arrache un cri viscéral. Ce son est à la fois étrange et familier. À la fois primaire et complexe. Il est l'écho d'une gratification et d'un deuil.

Reeve me suit et laisse libre cours à sa propre jouissance, son corps convulse dans le mien en laissant un gémissement sourd s'échapper qui complète étrangement le mien dans une sorte d'harmonie. Puis il finit par s'effondrer sur moi.

Je dois faire appel à toutes les forces qu'il me reste pour ne pas le gifler.

Ou le taper. Le cogner avec mes poings jusqu'à ce qu'il me dise pourquoi il a fait un truc pareil, merde. Je veux le frapper jusqu'à ce qu'il comprenne à quel point je suis en colère, jalouse, paumée et effrayée devant ce qu'il m'a infligé. Je veux le battre jusqu'à ce qu'il me promette de ne plus jamais recommencer.

Mais je parviens à me contenir. Parce qu'en fait je ne veux pas vraiment qu'il me fasse une telle promesse. Je lui ai demandé de me livrer sa véritable personnalité. Et j'ai aimé ça, même si j'ai eu peur ou peut-être justement parce qu'il m'a foutu la trouille. Et c'est pour cette raison que j'ai honte de moi.

Ce dégoût me tombe dessus à pleine force. En plein dans le mille. Et une autre crise de larmes menace de m'assaillir. Pas les mêmes sanglots qui m'ont déchirée tout à l'heure quand j'étais seule. Pas même la tristesse, en fait. J'ai du mal à l'identifier, cette sensation est nouvelle, comme si des morceaux d'un tas de trucs essayaient de s'arracher de mon être d'un seul coup. C'est bouleversant.

Et en fait, c'est un peu parce que je n'ai jamais été capable de trouver la paix intérieure, et là, avec cet homme terriblement abominable, juste après avoir cru qu'il essayait de me tuer, le jour où j'ai appris la mort de ma meilleure amie, j'ai l'impression que cette sensation de paix commence à naître en moi. Ou alors c'est la conséquence d'un orgasme vraiment exceptionnel.

Mais c'est probablement plus lié à l'évolution de ma relation avec Reeve.

Il se redresse d'un coup, comme s'il avait senti que j'étais en pleine réflexion. Son mouvement brusque me fait sursauter et ma surprise continue encore lorsque, après s'être tourné vers moi, il me caresse le visage comme il le fait parfois, avec le dos de sa main. Mon pouls qui venait juste de se calmer repart à la hausse. Il n'est généralement pas très affectueux après une partie de jambes en l'air et me touche rarement aussi intimement que ça. Du coup, je suis sur mes gardes et un peu paranoïaque. Je m'évertue à ne pas me recroqueviller sur moi-même.

Mais son regard est chaleureux quand il croise le mien et je me rends compte qu'il essaie de voir comment je vais. Il s'assure que tout va bien. Il m'embrasse ensuite sur le front et là encore c'est une forme d'excuses, douces et sincères.

Lorsqu'il se retire, il semble en proie au regret et j'éprouve l'étrange désir de le réconforter. De lui dire que tout est en ordre, puis de le gronder pour avoir fait preuve de remords alors qu'il m'a donné ce dont j'avais besoin – une crainte de souffrir sans me blesser réellement.

Mais je suis paumée et complètement à l'ouest et tout ce que je peux faire, c'est de lui montrer avec mes yeux que j'accepte ce qu'il m'inflige, même si c'est inacceptable.

Il semble comprendre quelque chose. Les traits de son visage se détendent et un sourire vient jouer sur ses lèvres.

« Tu sais ce que j'ai préféré ? »

Il me faut au moins une minute pour comprendre ce qu'il vient de me dire. Il y a quelques instants à peine, il me demandait ce que j'avais préféré dans notre altercation cet après-midi, et pourtant, j'ai l'impression que c'était dans une autre vie.

Je parviens à lui répondre d'une voix assurée, mais des larmes me piquent les yeux et je me concentre pour les retenir :

« Non, quoi ? »

Apparemment, je n'y arrive pas super bien car il en essuie une du plat de son pouce et se penche vers moi pour en lécher une autre qui s'écoule le long de ma joue.

Un frisson me parcourt et je n'arrive pas à savoir si je suis émue ou horrifiée. Probablement un peu des deux.

Il s'écarte un peu et me regarde sérieusement pour me dire :

« Ce que j'ai préféré, c'est te voir venir ce soir quand même. »

Il dépose un baiser délicat sur mes lèvres, puis se laisse tomber sur le lit.

Et juste comme ça, je me suis remise à voler, aussi haut que lors de mon orgasme tout à l'heure. Il a ce pouvoir sur moi, que je le veuille ou non.

Je ferme les yeux, encore plus en proie à mes émotions maintenant, et pas très loin de tomber amoureuse d'un homme auquel je ne devrais même pas penser. Reeve est perturbant et au minimum compliqué. Il peut être tendre aussi facilement qu'il peut être vexant. Il est définitivement effrayant. Il a fait des choses vraiment flippantes. Il a même peut-être probablement fait des choses qui ont le pouvoir de me détruire. J'en suis certaine.

Mais rien de tout ça ne m'a fait partir en courant. Rien que ce fait révèle beaucoup de choses sur moi que je préférerais ne pas admettre. Des choses que je sais depuis des années mais que je refuse d'accepter. Depuis que je me suis forcée à ne plus voir Amber, je suis même allée jusqu'à minimiser ma tendance à la dépravation la plus complète et j'ai même affirmé que ce trait ne me définissait pas ni n'était maître de ma personnalité. Je ne peux plus faire ça maintenant. Cet aspect de ma personnalité me possède irrémédiablement et ce type de relation où un homme qui a ou non mes meilleurs intérêts à cœur décide de ce que je vais faire ou être et même de ce qui doit m'être infligé. Et ce fait implique que je suis peut-être encore plus perturbante et compliquée qu'il ne l'est lui.

Il implique aussi que j'appartiens corps et âme à cet homme et ce lien est bien plus profond que nous ne l'avions déterminé au début de notre relation. Je lui appartiens comme une bonne idée est attribuée à celui qui l'a conçue. Même si j'existais avant Reeve, c'est lui qui a rassemblé tous ces morceaux épars et m'a donné un nouveau nom. Maintenant, je sais que je ne serai plus jamais comme avant de l'avoir rencontré. D'une certaine façon, peu importe ce que l'avenir nous réserve, je serai toujours sienne.

Mais je ferai aussi toujours partie d'Amber. Elle a été la seule personne à discerner la femme que j'étais parmi les petits bouts de rien qui me composaient. Et rien qu'à cause de ça, je continuerai à chercher la vérité. Cette recherche menace ma relation avec Reeve, mais tant que je n'aurai pas mis un terme à l'histoire d'Amber, je ne pourrai jamais complètement me dévouer à lui.

Il change encore de position à mes côtés et remonte le drap qui s'était roulé en boule à nos pieds. Pendant qu'il me recouvre, il m'annonce :

« Je dois partir en voyage. Pour une semaine, au moins. Peut-être plus.

– D'accord. »

Bon, sa nouvelle vient perturber ma sensation de paix intérieure et me serrer le cœur.

Il s'allonge sur le flanc et m'attire contre lui pour m'envelopper entièrement. Ça aussi c'est nouveau et j'adore ça. Je suis sûre que ça provient de notre nouvel arrangement. Il se sent obligé de me protéger, comme moi j'ai envie de me chercher refuge en lui. Il enfouit son visage dans mon cou et j'apprécie la sensation de son souffle chaud sur ma peau. Puis il ajoute paresseusement :

«Tu m'accompagneras.

– D'accord.»

J'irais n'importe où pour le suivre.

«Bien, reprend-il en m'embrassant l'oreille. On part pour le ranch demain.»

Le ranch. Il me fait venir dans le ranch où Amber a été vue pour la dernière fois avec lui.

Je n'ai jamais été très religieuse, mais il m'est impossible de ne pas y voir un signe. Même les dieux veulent que je découvre ce qu'il lui est arrivé. C'est même eux qui pavent le chemin censé me conduire là où je dois me rendre pour le savoir.

Ou alors ils veulent que je partage son destin. Je n'ai pas encore tout à fait écarté cette possibilité non plus.

22

Reeve me réveille aux aurores le lendemain matin et m'envoie chez moi pour faire mon sac en me disant :

« Ne t'embête pas à prendre trop d'affaires. Il y aura tout ce qu'il faut à Jackson.

– D'accord, dis-je en enfilant mon jean de la veille.

– Je vais te laisser assez de temps pour que tu puisses passer chez l'esthéticienne. Tu as enfin assez de matière pour te faire épiler, commente-t-il en désignant mon entrejambe d'un mouvement de tête.

– Ah, tu as remarqué », réponds-je en rougissant.

Évidemment qu'il a remarqué, il y passe plus de temps que moi. Puis il ajoute avec un grand sourire :

« Ouais, et en plus, tu es une vraie blonde. »

Puis, juste au moment où je suis sur le point de sortir, il m'interpelle :

« Au fait, je voulais te demander. Tu es allée dans mon bureau hier soir ? »

Je tente de contenir le vent de panique qui se soulève en moi. Mais comment il a fait pour savoir ?

« Oui. Je m'ennuyais en t'attendant et je suis allée faire une partie de solitaire. Ça ne te dérange pas ?

– Bien sûr. Tu as laissé ta partie ouverte. Je l'ai terminée pour toi avant de venir me coucher. »

Mon cœur bat encore à toute vitesse, mais Reeve semble tout à fait à l'aise avec mon intrusion, alors j'affiche un grand sourire pour lui demander :

« Quelle idiote je fais. Est-ce qu'on a gagné, au moins ?

– Oh ma belle, je gagne toujours. »

J'ai du mal à lire ses traits quand il me dit ça.

* * *

Filip sonne chez moi à quatorze heures. J'attrape mes lunettes de soleil et mon bagage à main puis ferme ma porte tandis qu'il range ma valise dans le coffre. Il m'ouvre ensuite la portière arrière de la voiture et je me glisse à côté de Reeve. Sa tenue est décontractée. Il porte un jean un peu baggy et une chemise en flanelle. Une paire de lunettes type Aviator de Tom Ford dissimule son regard qui devrait être mis en valeur par la couleur de sa chemise, j'en suis certaine.

« Ou est ton chapeau de cow-boy ? », je lui demande pour le taquiner.

Le look western lui va étonnamment bien. Enfin, ce n'est pas vraiment une surprise – tout lui va.

« Je sortirai ma panoplie pour toi tout à l'heure. »

Il entrelace ses doigts avec les miens, ce qui me surprend agréablement, malgré son sourire moqueur lorsqu'il détaille ma robe tunique à fermeture Éclair et me dit :

« Il fait froid en cette saison dans le Wyoming, ma jolie. Tu vas te geler les jambes.

– J'ai une paire de leggings dans mon bagage à main. J'irai les mettre quand on atterrira.

– Très bien. »

Je lâche sa main à contrecœur pour boucler ma ceinture et il se met à caresser ma cuisse nue. C'est un substitut des plus acceptable, d'autant qu'il me dit :

« Mais là, je suis bien content que tu ne les aies pas mis. J'espère que j'aurai une chance d'en profiter.

– Tout de suite, ce n'est pas possible ? demandé-je en ronronnant probablement.

– Tout de suite, il faut qu'on parle. »

Sa main gauche reste là où elle est mais le ton de sa voix n'est plus du tout le même. C'est du sérieux. Je me crispe immédiatement et lui demande :

« Qu'on parle de quoi ?

– D'attentes. Je me disais que ce serait une bonne idée d'évoquer ce que nous attendons l'un de l'autre avant de nous fourvoyer dans des incompréhensions.

– Bonne idée. »

Il faut que j'arrête de me dire que toutes nos futures conversations sérieuses seront mauvaises. L'anxiété est un effet secondaire inhérent au mensonge, c'est compréhensible. Mais je n'ai pas à être aussi paranoïaque que ça.

« Vas-y. Je suis prête.

– Kaya ne ressemble pas à mes autres propriétés. C'est…

– Kaya ? »

Je l'ai interrompu et j'ignore son regard courroucé. C'est censé être le nom de jeune fille de sa mère, ce nom que Joe n'a pas été capable de vérifier. Alors j'enchaîne :

« C'est quoi Kaya ?

– C'est le nom du ranch. On y élève du bétail, mais nous avons une vingtaine de chalets que nous louons dans l'ouest du domaine, là où passe la rivière. La plupart des gens viennent pour pratiquer la pêche à la mouche, mais il y a aussi d'autres touristes.

– D'accord. »

J'ai envie de lui demander comment un ranch qui tourne encore est devenu l'un des hôtels du groupe, mais il continue son explication avant que je puisse en placer une :

« Nous serons hébergés dans la résidence principale. Les clients de l'hôtel n'ont pas le droit d'y entrer. Le bureau d'accueil est situé près du portail d'entrée et c'est là que sont centralisées toutes les interactions avec eux. Même sans ces clients, la maison est une vraie fourmilière. Les principaux employés viennent y manger et doivent y effectuer diverses tâches. Brent, qui manage tout le ranch, vit au-dessus de son bureau, mais parfois, il reste à la maison. Généralement quand il a trop bu. Il sera dans l'avion tout à l'heure.

– Compris.»

Ce ne sont pas les attentes que j'avais en tête quand il a lancé cette conversation, mais je suis bien contente d'être au courant de tout ça.

«En d'autres termes, je devrai éviter de me promener toute nue.

– C'est ça. Tu ne devras définitivement pas te promener à poil. Dans tous les cas.»

Il me parle avec sévérité. Comme s'il était énervé que j'aie évoqué le sujet.

«Pas besoin d'être méchant. C'était une blague.

– Moi je suis sérieux, rétorque-t-il avant de me jeter un coup d'œil puis de se frotter l'arête du nez avec deux doigts. Désolé de m'être emporté. Beaucoup d'hommes employés au ranch sont des saisonniers. Pour la plupart, je ne les connais pas. Je ne leur fais pas confiance. Je ne peux pas être sûr qu'ils te respecteront et c'est inacceptable à mes yeux.»

J'observe son profil et contemple ce qu'il vient de me révéler. Chez lui, il m'a fait me déshabiller devant son personnel si souvent que j'ai cru qu'il appréciait de traiter ses conquêtes – de me traiter *moi* – comme un objet lui appartenant. Qu'il aimait m'exhiber comme une voiture tape-à-l'œil. Et j'ai aimé ça parce que, en bonne petite perverse, je suis excitée quand on me rabaisse et me donne des ordres comme si je n'avais aucun droit.

Mais parfois, cette pratique coince au niveau confiance. Aussi excitant que je trouve que ce soit, j'apprécierais d'être tellement désirée par un homme qu'il refuserait que n'importe qui d'autre ait le droit de me regarder comme lui en a le droit. Parce que je serais aussi importante que ça pour lui.

Cette dernière déclaration, de la part de Reeve, est probablement le plus parfait des compromis. Il aime m'exhiber. Mais seulement quand il peut garantir ma sécurité.

C'est le type de relation que j'ai toujours désiré et je m'en rends compte seulement maintenant.

J'aimerais qu'il existe une méthode simple pour lui dire exactement ce que je ressens. Pour lui faire comprendre à quel point j'apprécie et comment je me sens en sécurité à ses côtés.

Mais il n'existe aucun moyen d'expliquer quelque chose que je ne comprends pas moi-même. Alors je me contente de lui dire :

« Merci.

– Maintenant, si je dis que tu peux te déshabiller en public, on peut passer outre la recommandation précédente, ajoute-t-il en me souriant légèrement.

– Je vois, dis-je en l'imitant.

– Sujet suivant, reprend-il en redevenant sérieux. Le petit déjeuner est servi tous les matins à six heures très précises. Si tu ne te réveilles pas, tu devras te débrouiller toute seule. Le déjeuner est à midi et le dîner à dix-huit heures trente.

– Et si je les rate ?

– Ce n'est pas une option. »

C'est de l'autorité pure et simple qui ne laisse aucune place à l'argumentation, un peu comme tout ce qu'il a énoncé auparavant. J'aime les règles. Elles structurent tout, ce qui me réconforte. J'imagine que certaines femmes doivent s'en irriter. Amber, par exemple. Reeve s'est-il comporté différemment avec elle ? Parfois les hommes nous traitent comme des personnalités individuelles. Ces règles me sont-elles uniquement destinées ?

Je l'espère. Autant pour elle que pour moi.

Mais même si j'adore qu'on m'impose un règlement, ça ne veut pas dire que je ne suis pas aussi une tête de mule. Je croise alors mes jambes et bats des cils en le regardant pour lui demander :

« Quoi d'autre, *monsieur ?*

– Ah non, réplique Reeve en me regardant d'un air renfrogné. Pas de monsieur avec moi. Je n'en veux pas, ça ne fait pas parti de mes attentes.

– Maître ?

– N'y pense même pas, répond-il en essayant de retenir son sourire.

– Papa ? »

Pitié, j'espère pas.

« Putain, jamais de la vie. Sers-toi de mon nom et arrête tes conneries. J'ai encore plein de choses à te dire.

– Bien sûr, M. Sallis.

– Tu auras ta propre chambre dans la résidence principale, reprend-il après m'avoir regardée d'un air sévère. Sers-t-en comme bon te semble. C'est ton espace privé. Mais ça ne veut pas dire que tu es libre de faire ce que tu veux. Je suis ta première priorité. C'est la raison de ta présence. Je m'attends à ce que tu sois à ma disposition quand j'en ai envie et tu dois dormir dans mon lit chaque fois que j'y suis. »

La dernière partie de son discours me rend toute chose, j'en ai des frissons dans les cuisses. C'est le principe premier qui sous-tend tous les autres – *Je suis ta première priorité.* Voilà ce qui me plaît tant chez Reeve. Il exige que je sois à son service. Que je pense à lui avant toute chose. Que je me permette d'être volontairement utilisée par lui selon son bon plaisir.

C'est pour cette raison que je suis une grande malade. Parce qu'il pourrait me dire qu'il veut que je saute d'un avion sans parachute, et si je crois que c'est ce qu'il veut vraiment, je le ferais probablement, mais je prendrais mon pied au passage.

Je suis tellement excitée et prise par ma propre leçon de morale que je manque de passer à côté de la fin de sa liste, alors je cherche à préciser :

« Dormir dans ton lit chaque fois que tu y seras ? Alors parfois tu découcheras ?

– Oui. Je dois aller travailler dans d'autres hôtels qui m'appartiennent dans le coin, confirme-t-il en regardant à travers le pare-brise, la tête à moitié ailleurs. Il m'arrive de devoir partir plusieurs jours d'affilée. »

Tu pourrais toujours me prendre avec toi. Mais j'ai surtout envie d'aller dans le Wyoming pour trouver ce qui est arrivé à Amber, pas pour Reeve. C'est franchement idéal comme situation.

Alors je ne sais pas pourquoi je continue à pousser dans l'autre direction :

« Combien de jours, par exemple ?

– Euh, je ne sais pas trop, répond-il en regardant sa montre, maintenant.

– Tu me diras quand tu partiras ? Et tu me préviendras de ton retour ? »

Reeve se penche en avant pour dire quelque chose en grec à Filip. Il mentionne l'autoroute 405, alors j'en déduis que c'est à propos du trafic et de notre heure d'arrivée. Quelle que soit la réponse du chauffeur, elle semble satisfaire Reeve. Il revient s'adosser au siège et se tourne vers moi.

J'ai la bouche ouverte, je suis prête à répéter ma question, car je ne suis pas certaine qu'il m'ait entendue, mais il prend ma joue en coupe et répond :

« Oui, Emily. Je te tiendrai au courant de mes déplacements. Tu sauras quand je partirai et je m'assurerai que tu saches quand je vais rentrer. Ne t'inquiète pas. D'accord ? Essaie simplement de t'éclater.

– Mais… »

La pression de sa main augmente en se posant sur mon cou lorsqu'il me coupe :

«Tu ne me contrediras jamais devant d'autres personnes. Tu fais ce que je te dis, pas de question, pas d'insolence.»

Mon regard se porte brièvement sur Filip et revient vers lui. J'imagine qu'il compte dans le lot des « autres gens ». Alors je pousse un soupir et demande :

« Est-ce que ça veut dire que je peux te contredire quand nous sommes seuls ?

– Et si tu essayais, pour voir ? réplique Reeve le regard brillant en ricanant.

– Très bien, on verra.»

J'ai comme l'impression que ça pourrait être marrant. Sauf que ça ne sert à rien s'il n'est pas là. J'avoue, je fais légèrement la gueule quand je lui demande ensuite :

« Est-ce là la fin de vos règles et de vos recommandations, M. Sallis ? »

Il passe son bras sur le dossier de la banquette et se tourne vers moi. Il m'observe en ayant l'air d'essayer de comprendre quelque chose, puis il finit par me répondre :

«Je ne pense pas que mes règles te gênent autant que tu le prétends.»

Je ferme ma bouche. Ce n'est pas ça qui me gêne. Mais l'origine de mon humeur n'est pas un sujet à aborder maintenant si l'on songe à la nature de notre relation, ou à son inexistence, plutôt. Elles sont mêmes ridicules quand on songe aux motivations personnelles qui m'ont conduite à participer à ce voyage.

Alors j'ignore son commentaire et me concentre sur ce que je dois savoir afin d'accomplir ma mission au mieux :

«Y a-t-il des endroits dans lesquels je n'ai pas le droit de me rendre ? »

Il sourit de toutes ses dents, comme si mon manque de réponse à sa remarque en était une en elle-même. Bien entendu, c'est le cas.

« Non. Tu peux aller où tu veux. Mon bureau est fermé à clef quand je n'y suis pas, mais si tu veux accéder à un ordinateur, il y en a un dans la bibliothèque. Le ranch est très beau et je suis certain que tu auras envie de l'explorer, mais il fait plus de huit mille hectares de nature sauvage et on ne capte pas toujours très bien. Alors si tu sors, tu ferais mieux de prendre une radio avec toi. Brent pourra te fournir le nécessaire. Si tu préfères être accompagnée dans tes sorties, Brent peut aussi désigner quelqu'un qui te fera découvrir le domaine ou te conduire jusqu'à Jackson.»

Il hésite alors, son visage est soudain fermé, impossible de savoir ce qu'il pense. Se concentrant à nouveau sur le paysage devant nous, il ajoute :

« Si tu préfères emprunter une voiture pour te déplacer toute seule, Brent peut aussi s'en charger.

– D'accord », dis-je doucement.

J'aimerais tellement que Reeve me propose de me faire découvrir le coin lui-même. Puis je regrette d'avoir envie de ça. C'est assez déraisonnable et, tout comme mon inquiétude à propos de ses absences, c'est un signe prouvant que j'ai développé des sentiments à son égard. Ça n'a jamais posé problème avec les autres hommes dans le passé.

Ou alors je manque simplement de confiance en moi et je suis à fleur de peau à cause de toutes les émotions que j'ai dû encaisser ces derniers jours. Oui, c'est certainement ça.

« Il y a un problème ?

– Strictement aucun », réponds-je en me tournant vers lui un grand sourire aux lèvres.

Puis, au cas où il insisterait pour avoir une vraie réponse, je passe à un autre sujet :

« Est-ce qu'il y aura... des événements... quand j'y serai ?

– De quoi tu parles ? De fêtes ?

– Je pensais plutôt à des soirées où les invités se rassemblent pour jouer au billard.»

Oui, je me prends encore la tête là-dessus. Je ferais mieux de régler ce problème tant que j'en ai encore l'opportunité et j'espère qu'il ne prendra pas ça pour un début de dispute.

« Il n'y a pas de table de billard au ranch, Emily, me répond-il en souriant d'un air niais avant de se pencher vers moi pour continuer d'une voix rauque. Mais si l'occasion se présente et que les employés se rassemblent un soir, tu seras invitée – non, *attendue*. »

C'est toujours mieux, mais pas encore tout ce que je veux.

« Est-ce qu'il y aura d'autres filles qui te lécheront les bottes lors de ces occasions ? »

Il recule alors mais laisse ses doigts caresser ma joue dans un geste plein de tendresse pour me répondre :

« La seule fille qui me léchera les bottes, ce sera toi. »

C'est ce que j'attendais, et mon petit cœur palpite dans ma poitrine. Bien évidemment, je dois me la jouer distante, alors je rétorque :

« Oh, alors tu t'attends à ce que je te lèche les bottes ?

– Non, je ne m'y *attends* pas. Mais tu y es très certainement *invitée*. »

* * *

Nous retrouvons Anatolios à l'aéroport. Il est accompagné d'un autre garde du corps que je ne connais pas et des hommes qui étaient chez Reeve hier soir. Il me présente comme sa petite amie, ce que je trouve adorablement surprenant. J'ai appris que Brent était le manager du ranch et le bras droit de Reeve. C'est lui qui portait les bottes de cow-boy hier. Les deux joueurs de fléchettes sont Charlie, qui supervise le bétail, et Parker, qui s'occupe des écuries.

Après avoir fait les présentations, Reeve se concentre sur ses employés et je prends mon rôle de potiche. Je reste accrochée à son bras tandis que nous traversons le terminal avant d'aller embarquer dans son jet privé. Dans l'avion, Anatolios et son second s'asseyent dans les sièges le plus proches des pilotes tandis que Reeve et ses hommes s'installent autour d'une table un peu plus loin. Ginger, l'hôtesse blonde à forte poitrine – Reeve a définitivement un « type » de fille préféré –, m'accueille et m'accompagne vers un fauteuil près d'eux.

Même si je n'ai aucune raison d'être jalouse de Ginger, je suis heureuse de constater que Reeve ne la calcule que pour lui demander quelque chose à boire. Puis il revient à sa conversation avec les employés du ranch. Je me demande s'il a déjà couché avec elle. C'est là que je me rends compte que je l'observe avec curiosité en cherchant des signes subtils qui me feraient penser qu'elle le connaît plus intimement.

Mais je n'en vois aucun et elle continue à être plus que courtoise envers moi. Du coup, je me demande combien de femmes elle a dû servir lors de ces vols, lorsque Reeve est absorbé par ses affaires. A-t-elle connu Amber ? Amber a-t-elle cherché son amitié ou l'a-t-elle ignorée ?

Si j'en avais l'occasion, j'aurais aimé entamer la conversation avec elle. Mais dès qu'elle a servi les boissons de tout le monde, Reeve l'envoie rejoindre Anatolios et les autres à l'avant de l'appareil.

Les hommes restent pris dans leur conversation longtemps après le décollage. Je les écoute pendant la première demi-heure de vol, mais je m'ennuie vite de tous ces échanges sur le ferrage des chevaux, le fourrage et le marquage du bétail. Alors je sors ma liseuse et me laisse emporter par ma lecture.

Nous sommes en vol depuis environ une heure quand j'entends un mot qui me fait dresser les cheveux sur la tête : *Michelis*. Je n'ai pas entendu pourquoi son nom est arrivé dans la conversation ni qui l'a évoqué, mais au ton de la voix de la personne qui a parlé, je sais que c'était une question. Les oreilles dressées, je fais semblant d'être plongée dans ma lecture, mais j'écoute Brent prendre la parole :

« On a retrouvé plusieurs poulets morts il y a quelques semaines. J'ai cru que c'était peut-être lui, mais je n'en suis pas sûr.

– Rien n'a été filmé ?

– Non. On a lancé un truc sur la caméra et elle a été déviée.»

Là, c'était Charlie, mais j'ai dû lever les yeux en vitesse pour m'en assurer. Je ne connais pas encore assez bien le son de leurs voix pour les identifier. Parker lui répond :

« Ce qui confirme que ce n'était pas un renard.

– Mais bien quelqu'un qui sait qu'il y a un équipement vidéo dans les granges », rétorque Brent.

Il y a ensuite un bref silence, puis Reeve reprend :

« Changez le système. Non, mieux encore, gardez-le pour faire croire que c'est toujours le même et mettez-en un en plus.

– Voilà, seconde Parker. C'est ce qu'il faut.

– Ce connard de première nous coûte une blinde avec ses conneries, dit Brent tout à sa frustration. Tu pourrais peut-être lui dire que ce n'est pas très sympa pour tes employés ? »

Reeve ne répond rien. Je jette un coup d'œil et le vois passer sa main sur le visage. Il a l'air hyper tendu, mais je ne sais pas trop s'il est en colère, ennuyé, ou s'il en a juste assez de cette conversation. J'essaie de le deviner, vu le sujet, mais c'est perturbant. Est-ce que Michelis s'est mis à faire des sortes de blagues au ranch ? Ou le commentaire de Brent est-il facétieux ?

Une longue minute plus tard, Brent ajoute d'un air sombre :

« Il t'a encore envoyé son invitation annuelle. Tu devrais peut-être y aller.

– Je ne vais même pas daigner répondre, rétorque-t-il brusquement. J'en ai assez de cette conversation. Et arrête de lui accorder autant de temps. Il a déjà quelque chose qui m'appartient auquel je tiens. Il n'aura rien d'autre.»

Il se lève ensuite et se dirige vers l'arrière de l'appareil en m'appelant par-dessus son épaule. Il me faut au moins une seconde pour me rendre compte que je n'ai plus besoin de prétendre que je ne l'écoute plus.

« Euh oui ?

– Joins-toi à moi.»

Je fourre mon Kindle dans mon sac, détache ma ceinture de sécurité et le suis. Vu son humeur, je crains un peu ce que je vais devoir encaisser toute seule face à lui, mais je sais aussi que c'est une opportunité. Si je peux réussir à le faire parler, peut-être me dira-t-il ce qui ne va pas. Peut-être m'expliquera-t-il pourquoi il est en colère contre Michelis. C'est peut-être même sérieux.

J'espère que ça l'est. J'espère que Reeve et Michelis ne sont pas aussi proches que je ne le croyais.

Est-ce que ça changerait la donne ?

Reeve a laissé la porte de la cabine arrière légèrement ouverte. Quand j'entre, il me demande de la refermer derrière moi.

À la seconde où je lui obéis, il se jette pour moi et me plaque contre la paroi pour me faire des suçons dans le cou alors qu'il soulève ma robe pour me malaxer les fesses.

Je gémis de façon tout à fait involontaire. *On repassera pour ce qui est de le faire parler.*

Essayant de garder le contrôle sur mes sens, je regarde la porte que je viens de fermer et je pense aux personnes de l'autre côté. La conversation que je voulais avoir avec lui me revient en tête. Je lui lance alors un avertissement :

« Reeve…

– Est-ce que tu es en train de te refuser à moi ? »

Son corps s'est immédiatement immobilisé, comme crispé. Je me mets automatiquement en colère. En gros, il me reproche de ne pas vouloir me plier à ses quatre volontés. Mais ce qui m'énerve le plus, c'est qu'en fait, j'aime ça. Mais puisque je ne lui ai pas encore vraiment dit *non* – comme si c'était possible –, je réponds alors :

« Non, ce n'est pas ça.

– C'est bien.»

Il reprend ses attentions avec sa bouche tandis que ses mains glissent sous ma culotte.

« Mais je suis sûre que tu es au courant qu'il n'est pas recommandé de s'envoyer en l'air dans les vingt-quatre heures qui suivent une épilation à la cire. »

C'est vrai, mais je n'ai jamais tenu compte de ce conseil de mon esthéticienne. Je me sers juste de cette excuse pour trouver une ouverture et le faire parler de l'origine de sa crispation.

Bon, d'accord, il n'a pas l'air très tendu, là. Ou s'il l'est, c'est de concentration pour réussir à m'exciter. Ses doigts flirtent avec la raie de mes fesses et il joue avec ma peau si sensible en les écartant.

« *Recommandé*, c'est le mot-clef de ta phrase, répond-il. Mais si tu préfères, il y a d'autres endroits que je peux explorer. »

Au cas où je n'aurais pas compris son message, il insère son pouce dans mon anus et commence à le masser doucement.

Mon Dieu, c'est si bon et je mouille vraiment comme une dingue. Mais j'ai besoin de plus de temps pour me préparer pour ça. Et j'espère que quand ça arrivera, je serai dans un lit, loin des autres gens, et qu'il y aura plein de lubrifiant.

« Non, non. On va y aller normalement, c'est bon.

– Oui, c'est bon. Très bon, même. »

Son pouce toujours en place, il glisse un autre doigt à l'entrée de mon vagin. Je tente une autre approche pour le détourner de son plan de séduction :

« Et au cas où tu l'aurais oublié, tes amis sont de l'autre côté de cette porte, dis-je en luttant pour parler malgré ses caresses.

– Je n'ai pas oublié, répond-il en retirant sa main, créant immédiatement une sensation de manque. Et ce ne sont pas mes amis. Ce sont mes employés. »

Il se penche pour faire tomber ma culotte sur mes chevilles et se redresse juste après pour dézipper ma robe sur toute sa longueur. Elle s'ouvre complètement et je sais que maintenant il n'y a plus aucune chance de lui faire changer d'avis, surtout quand son regard tombe sur ma chatte. Un sourire satisfait vient jouer sur ses lèvres et ses yeux se voilent de concupiscence. De son pouce, il caresse les petits poils, rescapés de mon rendez-vous au salon de beauté.

« J'aime bien, ça », dit-il.

Puis il pose ses mains sous mes hanches, me soulève et me porte jusqu'au canapé de cuir noir que je n'avais pas remarqué jusque-là, et il me laisse tomber dessus.

« Redresse-toi et installe-toi sur l'accoudoir, ordonne-t-il en retirant son pantalon pour exposer son érection déjà vaillante. Et écarte les cuisses. »

Je rejoins le coin du canapé et puisque ma culotte retient mes chevilles, je laisse mes genoux s'écarter d'eux-mêmes. Reeve s'agenouille devant moi et me pénètre sans autre forme de préliminaires.

« Tu mouilles tellement, j'ai juste à me glisser en toi. »

Sa voix rauque met le feu à ma peau, déjà parcourue de frissons. Il va et vient en moi avec aisance, s'assurant que chaque millimètre de son membre stimule chacun de mes nerfs.

« Tu me sens, là ?

– Oui, réponds-je, déjà à bout de souffle.

– Bien. Maintenant voyons à quelle vitesse je peux te faire jouir. »

Il change l'inclinaison de son bassin, se met à me pilonner pour de bon, et son gland tape directement là où je suis le plus sensible. Ma respiration s'accélère.

« C'est ça, dit-il avec fierté. Je sais où est ton point faible. »

Merde, il l'a toujours su. La tempête de plaisir commence à rapidement se lever. C'est trop rapide. Je suis déstabilisée. J'ai la tête qui tourne. Je me retiens d'une main au dossier du canapé et j'enroule l'autre autour de son cou pour me tenir. À m'envoler vers la jouissance aussi rapidement, je vais exploser comme une fusée sous pression, partant si haut et si loin dans un cri.

Je me mords les lèvres si fort pour essayer de minimiser mes cris que je sens le goût du sang.

« N'essaie pas de te taire, murmure Reeve en ralentissant légèrement.

– Quoi ? »

Enfin, c'est le mot que j'essaye de dire. Ça sort plutôt comme un son inarticulé d'une syllabe. Il semble me comprendre car il précise :

« N'essaie pas de te taire, ou j'arrête. »

Avec ses mouvements de bassin, je suis dans le brouillard, et en plus, une bonne partie de mes ondes cérébrales sont déjà occupées à essayer de garder le contrôle. Je fronce les sourcils et lui demande de confirmer :

« Je ne me tais pas ?

– Non, vas-y, précise-t-il en changeant encore l'angle de son bassin pour solliciter une autre zone tout aussi sensible. Je veux qu'ils t'entendent. Je veux qu'ils sachent ce que je te fais. Je veux qu'ils sachent que je suis en train de te baiser et que j'y vais à fond, comme tu aimes. »

Ma gorge est serrée et je maîtrise à peine mes gémissements. Il me contrôle si facilement, il a tellement de pouvoir sur moi qu'il peut me mener au bord de la destruction si rapidement. Je suis à nue devant lui. À vif et complètement vulnérable. Prise au dépourvu par sa facilité à m'annihiler à tous les coups.

Ça me fait peur. Et pas comme j'aime.

Alors au lieu de lui donner ce qu'il veut – comme *j'en* ai envie, moi –, je résiste. J'essaie de maintenir une sorte de semblant de moi-même. J'essaye de me retenir encore un petit instant. Et de toute façon, n'est-ce pas aussi excitant que d'essayer de garder le silence ?

« Reeve, je… »

Il me tire la tête en arrière en m'attrapant brusquement par les cheveux pour me couper.

« Si tu redis mon nom, Emily, tu as plutôt intérêt à le crier. »

Je manque de jouir sur l'instant. Après tout, la résistance n'est peut-être pas une option.

« Maintenant. »

Il tire encore une fois, et j'ai le souffle coupé de cette douleur si merveilleuse qu'elle provoque une série de décharges électriques jusque dans mes chairs les plus intimes. Il a considérablement ralenti le rythme et c'est à peine si son sexe entre et sort.

« Je t'ai dit ce que je voulais. Si tu refuses, très bien. Je vais me retirer et finir tout seul. Mais tu auras du sperme partout sur ta robe jusqu'à la fin de la journée. Quoi qu'il en soit, ces hommes sauront que tu t'es comportée comme la petite salope que tu es. À toi de voir. Tu comprends ? »

Ok, ça aussi, ça m'excite à mort. Encore plus que d'essayer de garder le silence.

« Je comprends, dis-je en me giflant mentalement. »

Comment ai-je pu croire que je pourrais résister face à lui. Il s'est déjà insinué si loin dans mon âme que c'est à peine si je me reconnais quand je me regarde ces jours-ci.

Laissant passer une respiration profonde, je plante mon regard dans le sien et fais le tri dans mes pensées pour ne plus penser qu'à lui. Rien qu'à ses mouvements réguliers. Rien qu'à son membre palpitant entre mes cuisses, qui me pénètre, qui m'envahit.

Levant mes jambes, Reeve change de position pour que mes chairs se resserrent autour de lui lorsque mon premier cri sans retenu m'échappe.

« C'est ça, dit-il en accélérant. Continue. Je vais t'aider. »

Posant sa bouche sur mon sein, il prend l'un de mes tétons entre ses dents et tire dessus. Je pousse un nouveau cri, plus fort que le précédent.

« Oui. Comme ça. Montre-leur à quel point tu es vilaine. »

Il se remet à jouer avec mes tétons, mordant l'un, serrant l'autre entre son pouce et son index. C'est tout ce qu'il me fallait. Je suis perdue.

Mes gémissements se transforment en hurlements, mon souffle haletant en cris. Chaque nerf de mon corps prend feu lorsque mon orgasme m'emporte, m'écrase et me déchire.

Alors que je suis anéantie, Reeve prend vie. Il est excité par ma destruction complète. Il me pilonne avec une fureur passionnée, allant plus loin encore qu'il n'est jamais allé, enjôlant mon orgasme pour le faire durer à force de mots cochons, alternant les encouragements et les réprimandes. Il y est presque – je m'en rends compte à ses propres grognements entrecoupés d'un souffle court –, mais au lieu de jouir en moi, il se retire. J'essaye de protester, mais je suis encore tout à ma jouissance. Avec un seul mouvement du poignet, il explose alors et projette sa semence sur ma chatte, enduisant de son sperme mon tout nouveau maillot, fraîchement épilé.

Il se redresse devant moi, s'aidant d'une main sur le canapé alors que nous peinons à reprendre notre souffle tous les deux. Dès que je retrouve l'usage de la parole, je me plains à moitié :

« Tu as dit que tu éjaculerais en moi si je n'étais pas silencieuse.

– Non. J'ai dit que je n'en mettrai pas partout sur ta robe. Et c'est ce que j'ai fait. »

Il secoue une dernière goutte de liquide blanchâtre pour le faire tomber sur le reste, puis se rajuste en me disant :

« Ne bouge pas.

– Je n'en avais pas l'intention. »

Il rejoint le lavabo de l'autre côté de la pièce, attrape une serviette dans le placard au-dessus et la mouille. Puis il revient et s'arrête à quelques pas pour observer mon corps sur toute sa longueur.

« Quoi ?

– Te voir comme ça, complètement offerte et couverte de mon sperme… commence-t-il avant de pousser un grognement.

– Tu m'as marquée comme il faut, cow-boy. »

Je suis relativement sûre d'avoir compris ça sur lui. Il me marque comme si je lui appartenais chaque fois qu'il manque de confiance en lui à propos d'une chose ou d'une autre. Quand je suis concernée. Lorsqu'il pense qu'il va me perdre. Alors pourquoi a-t-il cette impression maintenant ?

« C'est presque une honte de retirer tout ça, mais j'imagine que tu préfères.»

Il n'attend pas que je réponde pour se pencher vers moi et passer le tissu tiède sur mes chairs, me nettoyant avec une grande précision dans un geste très intime.

J'ai l'impression de me sentir plus proche de lui. Assez proche pour lui demander :

« Reeve, tout à l'heure, qu'est-ce qui t'a mis dans cet état ?

– Tu n'as pas besoin de t'en inquiéter.

– Mais je m'inquiète quand même dis-je en posant ma main sur sa joue. Je m'inquiète pour toi.»

Cette vérité me transperce et je tremble un peu en prenant mon prochain souffle. Il trouve les pans de ma robe et les rassemble pour me répondre :

– Ça, ce n'est pas quelque chose que j'attends de ta part.

– Ça ne change rien au fait que ce soit la vérité, dis-je alors qu'il remonte la fermeture Éclair.

– C'est mon boulot de m'inquiéter pour toi, dit-il en prenant ma main pour m'aider à me relever. Pas le contraire, finit-il en se penchant pour attraper ma culotte.

– Pourquoi ne pouvons-nous pas nous faire du souci l'un pour l'autre ? »

Il m'adresse un regard sceptique et passe ma culotte au-dessus de mes hanches, puis il me dit :

« On va bientôt atterrir.»

Le changement de sujet me met en rogne. Son attitude me met en colère. Son refus de me laisser m'approcher de lui m'énerve profondément et je lui dis :

«Tu es vraiment chiant. Non, ta virilité ne souffrira pas d'un peu de sollicitude. Et même si c'était le cas, tu as tout ce qu'il faut, voire même plus pour compenser. Alors peux-tu s'il te plaît me dire si tu vas bien ?»

Pour la première fois depuis le début de cette conversation, il me regarde en face. Son visage est un masque inamovible, mais dans la profondeur de son regard, je vois qu'il se livre à une lutte interne. Il finit par se radoucir. Il pose un bras autour de ma taille et m'attire contre lui. Sa bouche est à quelques centimètres de la mienne quand il me répond :

«Je n'allais pas bien. Mais maintenant, si.»

Sur ce, il m'embrasse, donnant à mes lèvres la forme qu'il souhaite, puis sa langue montre à la mienne comment le caresser avec affection et tendresse dans son autorité. Son baiser renforce le sens de ses mots. Il me montre comment j'ai fait pour le faire aller mieux.

Quelque chose me dit qu'il ne se réfère pas seulement à la conversation à laquelle il a mis fin en quittant la table, ce qui me permet de me perdre bien plus facilement dans son étreinte. De me perdre en lui. S'il me posait la même question, je pourrais presque lui donner la même réponse – *Je n'allais pas bien. Mais maintenant, si.* Depuis lui.

Enfin presque.

C'est juste qu'il y a Amber, aussi.

23

Le chauffeur de Reeve attaché au ranch nous retrouve à l'aéroport de Jackson. Il est trop tard pour dîner au domaine, alors nous allons dans un restaurant en ville. Je ne suis jamais sortie en public avec Reeve et j'ai été un peu surprise de voir que les deux gardes du corps se sont assis au bar et pas à table avec nous, non pas que ça me gêne. En fait, je ne sais pas trop comment fonctionne son équipe de sécurité. Lorsque je lui ai posé la question, Reeve m'a dit qu'Anatolios l'accompagnait partout, et généralement, il n'est pas allé plus dans les détails que ça.

«Alors pourquoi l'autre est-il venu en plus ?»

Je ne suis pas du genre parano, mais s'il y a une raison pour un renforcement de sécurité, j'ai envie de savoir.

«Tabor est là pour toi, répond Reeve. Quand je partirai, Anatolios viendra avec moi et Tabor restera pour s'occuper de toi.»

Pour me protéger ? Ou pour protéger Reeve de moi ? Je n'ai pas le courage de le lui demander, mais j'aurais bien aimé savoir si je devrais me sentir flattée ou plutôt vexée.

Après le repas, nous prenons tout notre temps, à boire quelques verres et à apprécier une conversation vive et joyeuse. Je découvre que Reeve est content de boire de la bière mais préfère un bourbon si le bar est bien fourni, ce qui est le cas. Je découvre également une véritable camaraderie entre lui et ses hommes, il plaisante et fait facilement des blagues avec eux. Il s'est occasionnellement comporté comme ça avec moi, mais je ne m'attendais pas à ça avec les employés de l'une de ses nombreuses propriétés. Je note dans un coin de ma tête de lui en parler plus tard.

Parker est le plus jeune, il a juste un an de plus que moi et c'est un véritable comique. Charlie, même s'il est plus calme, a un rire très communicatif. Brent est aux côtés de Reeve depuis quinze ans et dans le groupe c'est lui qui sait le mieux raconter les histoires. C'est lui qui mène la danse, flirtant avec les serveuses et nous rappelant comment ça se passait dans le bon vieux temps. Il travaille au ranch depuis qu'il est ado, il y était déjà lorsque le père de Reeve était encore en vie. J'essaye plusieurs fois de lui faire parler de la famille Sallis ou de ce qu'il s'est passé récemment au ranch – dans les mois pendant lesquels Amber y a séjourné, par exemple –, mais il n'a jamais mordu à l'hameçon. Il contourne mes pièges avec tant de talent que je manque presque de me rendre compte qu'il est guidé dans ses réponses.

Jusqu'à la fin de la soirée, quand je demande si des renards s'invitent souvent dans le poulailler et que je remarque un regard de connivence entre Reeve et Brent, un regard que je ne peux qu'interpréter comme un avertissement.

Si je ne l'avais pas vu, je n'aurais jamais pu percer Brent à jour. Pour me répondre, il approche sa chaise de la mienne, passe son bras autour de mes épaules et se penche pour dire :

« Il y a toujours des renards qui rôdent, choupette. Qu'ils soient dans le poulailler à se faire les dents sur la volaille ou dans la rivière à s'empiffrer de poisson, on ne peut jamais relâcher sa surveillance. »

Je ris pour masquer ma déception, aussi facilement qu'il a dissimulé d'où venaient ses ordres. J'espère qu'il m'apprendra plein de choses, mais je pense que même s'il pourrait plus facilement me parler quand Reeve ne sera pas dans les parages, je sens qu'il restera motus et bouche cousue. Il a l'air plutôt loyal. Mais ça ne veut pas dire que je vais renoncer aussi facilement.

Reeve me prend ensuite la main et ajoute :

« Parfois, le renard est même dans ton lit. »

Son sourire est aimable, mais il y a quelque chose de bizarre dans le ton de sa voix. Sa belle humeur s'est envolée et je regrette d'avoir cherché à fouiner.

Il fait nuit quand nous arrivons à Kaya. Nous nous arrêtons d'abord à la barrière de sécurité qui ressemble beaucoup à celle de chez Reeve, à la différence qu'ici il y a deux hommes en armes qui la gardent.

Après l'avoir franchie, le chauffeur se gare pour laisser Reeve courir dans le grand bâtiment à côté de la porte.

« C'est le PC sécurité, m'explique Brent. Les caméras du ranch y sont reliées. Les armes y sont toutes entreposées. Reeve garde aussi son propre trousseau de clefs dans le coffre qui y est installé. Il est allé les chercher. »

Les clefs, je comprends – je ne m'attends pas à ce qu'il garde les clefs de toutes ses propriétés chez lui à Los Angeles. Le dispositif de sécurité par contre me semble un peu excessif.

« Il y a beaucoup de sécurité ici pour un ranch. C'est comme ça partout ? »

Ou y a-t-il des mesures additionnelles mises en place à cause des relations de Reeve avec la mafia ?

Cette fois-ci, c'est Anatolios qui jette un regard dur à Brent pour l'empêcher de répondre, et de fait, je n'obtiens rien.

Dans la maison, nous tombons sur un autre homme en chemise devant la porte – à l'arme qu'il porte à la hanche, j'en déduis que c'est un autre vigile. Mais c'est peut-être aussi un truc très courant dans le Wyoming d'être armé. Notre chauffeur apporte nos bagages à l'intérieur et même s'il y a une tonne de choses à voir, il est bien trop tard et nous sommes trop fatigués pour faire autre chose qu'aller au lit. Reeve me montre ma chambre, qui est au bout du couloir desservant également sa suite. J'y dépose rapidement mes valises en attrapant au passage un peignoir et quelques affaires de toilette pour les mettre chez lui.

Une fois la porte de ses quartiers fermée, je découvre l'origine de sa mauvaise humeur. En fait, ce n'était pas du tout à cause des poulets ou de Vilanakis.

Il attaque les hostilités en détachant sa ceinture :

« Brent et toi, vous vous entendez plutôt bien. Par ici, il a une réputation de séducteur. Est-ce que ça va poser problème ?

– Pour moi ? Non. Il est marrant, mais il est aussi marié et je ne donne pas dans l'adultère. »

Enfin plus maintenant. Je prends conscience de mon erreur trop tard. Puis, les joues bien rouges, je me tourne vers Reeve pour compléter :

« Mais rien de tout cela n'a d'importance, maintenant. Il n'y aura pas de problème, parce que je suis là *pour toi.*

– Ouais, tu aurais dû commencer par là. »

Il serre encore les dents, mais il y a comme une lueur dans son regard qui vient contredire tout ça, comme s'il se demandait s'il devait être en colère ou pas.

Je décide de lui faciliter la vie. Exagérant mon expression, je fais la moue en lui disant :

« C'était très vilain. Je n'aurais pas dû faire ça. Il faut peut-être que tu me punisses. »

Ses traits se détendent, la lueur se fait coquine, sa ceinture coulisse à travers les passants de son pantalon et elle me fouette si bien les fesses avant qu'il me baise comme il faut que je sombre ensuite dans un sommeil profond.

* * *

Le lendemain matin, je suis réveillée avant le lever du soleil, par le sexe de Reeve qui se frotte contre le mien par-derrière. Ce magnifique petit coup vite fait me permet de rester à moitié éveillée et pourtant d'y gagner un charmant orgasme.

« Il faudra que ça te suffise pour quelques jours, me dit Reeve à la fin. Je pars ce matin, j'ai à faire dans le Nord.

– Ouais, tout le plaisir était pour moi, dis-je en faisant référence à notre dernière rapide galipette. Très bien, j'ajoute avant que mon sourire s'efface. Combien de temps dois-tu partir ?

– Trois jours. Je reviens après-demain. »

Il se penche vers moi pour retirer mes cheveux de mon visage. Il ne me sourit ni ne m'embrasse. Il ne me touche même pas la joue, il se contente de me regarder droit dans les yeux pendant quelques précieuses secondes. Il est tellement tendre que je n'arrive pas à mettre de mots sur cet instant. Je ne m'attendais pas à des adieux aussi tendres de sa part.

Lorsqu'il se redresse ensuite, il me fait un grand sourire et me dit :

« Et c'était complètement pour toi. Ton réveil personnalisé au ranch Kaya. Il est six heures moins le quart et je ne voulais pas que tu rates le petit déjeuner.

– C'est grand de ta part. Je te revaudrai ça. »

Mais au lieu de me lever, je roule sur l'oreiller dont il s'est servi et j'y enfouis mon visage pour respirer son odeur. Puis je me rendors, en partie parce que je suis épuisée, mais aussi parce que j'ai la ferme intention de dormir le plus possible en l'absence de Reeve.

* * *

Lorsque je reprends conscience, il est près de dix heures. Le soleil filtre à travers les rideaux et m'attire vers ses rayons comme la lumière des projecteurs fait venir plein de monde aux avant-premières. Je jette un coup d'œil au paysage pour découvrir des hectares de prairie verdoyante et de collines boisées. Au loin, des montagnes, couronnées de neige au sommet, s'étendent jusqu'au nuage solitaire qui se promène dans le ciel. Le paysage est magnifique, spectaculaire. Il me pousse à enfiler quelques vêtements et à sortir pour l'explorer dans les moindres détails.

Sauf que d'autres explorations sont prioritaires.

Reeve sera absent pendant trois jours et j'ai la ferme intention d'utiliser ce temps à bon escient. Tout en haut de ma liste des endroits dans lesquels je dois fouiner : la maison. Je veux la fouiller dans les moindres recoins de ses neuf cents mètres carrés et des poussières. J'espère aussi réussir à faire parler une partie du staff. Amber a passé un bon bout de temps ici, quelqu'un en a forcément subi les effets. Avec un peu de chance, je trouverai ce quelqu'un et il aura envie de parler.

J'ai loupé le petit déjeuner, mais je réussis à me procurer un peu de fromage et une pomme pour tenir jusqu'au déjeuner. Puis je retourne dans ma chambre pour prendre une douche et avoir une apparence décente. Je défais mes valises, puis je m'embarque dans un tour de la maison. Au sous-sol, je découvre une salle de sport parfaitement équipée ainsi qu'une salle de cinéma. La bibliothèque est au rez-de-chaussée ainsi qu'une salle à manger qui pourrait accueillir une centaine de personnes. Il y a également un solarium, un bureau et un salon. Le reste de la surface disponible est divisé en chambres à coucher. Aucune d'entre elles ne semble utilisée pour le moment, sauf celle qui est occupée par Tabor. Le bureau de Reeve est la seule pièce fermée à clef, comme il me l'avait dit.

Au cours de ma visite, je suis contente de me rendre compte que, même si Tabor est là pour moi, il ne me suit pas à la trace. Il est venu voir comment j'allais plusieurs fois pendant la journée et m'a demandé de le tenir au courant si jamais j'avais envie de sortir. Je suis extrêmement soulagée d'avoir le champ libre de faire ce que je veux.

C'est aussi sympa d'être consciente que Reeve l'a fait venir pour me protéger et non m'espionner.

À midi pile, je me rends dans la salle à manger pour le déjeuner. Un assortiment de sandwichs, de soupes et de salades est servi en buffet. Aucune sonnerie n'a retenti pour annoncer l'heure du repas, mais les garçons de ferme débarquent tous à l'heure exacte comme s'il y avait eu un signal sonore qu'eux seuls sont à même d'entendre. En tout, il y en a une cinquantaine. Parker et Charlie ferment la marche et vont s'asseoir dans un coin de la salle, loin de tout le monde. J'imagine qu'en tant que managers ils sont fatigués d'être tout le temps avec leurs équipes et ont envie de faire une pause.

Je me compose une assiette et observe la salle avec attention avant de décider d'aller m'asseoir à une table occupée par quelques hommes. Voilà, j'ai fait le premier pas. Je discute avec eux, je flirte innocemment pour essayer de leur soutirer en douceur quelques informations à propos des dernières visites de Reeve et des femmes qui l'accompagnaient. Tous les hommes à qui je me suis adressée m'ont volontiers répondu, mais aucun n'était là depuis assez longtemps pour savoir ce qu'il s'est passé l'été dernier. Comme Reeve l'a dit, la plupart d'entre eux sont des saisonniers qui viennent juste d'être engagés.

J'obtiens le même résultat au dîner, ce n'est pas brillant. J'essaie de ne pas me laisser abattre en allant me coucher ce soir-là, même si c'est dur. Sans Reeve, il y a de quoi se sentir très seule ici et ça ne fait qu'un jour. Je dors dans sa chambre, même si j'ai la mienne. Dans cette immense maison, c'est le seul endroit où je me sente à l'aise.

Je passe la matinée suivante dans la bibliothèque, d'abord à parcourir les rayonnages de livres, puis l'ordinateur en libre-service. Je me dis qu'Amber a pu s'en servir quand elle était là et si c'est le cas, elle a bien pu sauvegarder un document ou laisser des traces dans l'historique de navigation qui pourraient déboucher sur une piste.

Mais je ne trouve rien d'utile.

C'est au déjeuner suivant que la chance me sourit.

Cette fois-ci, au lieu de m'incruster dans un groupe, je choisis de m'installer à côté d'un homme assis tout seul vêtu d'un uniforme de vigile. Tabor et les gorilles que j'ai vus dans la maison ou autour portent des pantalons de costume et des chemises, mais les plantons devant le portail sont en uniforme, comme lui. Je suis encore intéressée par cette question encore laissée sans réponse du haut niveau de sécurité et il est à peu près certain que je n'obtiendrai rien des gorilles en costard.

Je me penche pour lire son nom sur son badge et lui demande :

« Ça ne vous dérange pas si je m'assieds à côté de vous, euh… Cade ? »

Il semble surpris que quelqu'un vienne lui parler et il regarde autour de lui, comme s'il voulait vérifier que je lui demande qu'il n'y a plus de place ailleurs.

« Euh. Non, pas du tout. »

Il y a peut-être une règle tacite qui interdit de parler aux hommes en uniforme, mais puisque Reeve ne m'en a pas parlé, je ne m'en inquiète pas trop.

« Super, merci ! »

Je m'installe pour grignoter mon sandwich et ma salade pendant que nous discutons de choses et d'autres comme la météo et de savoir si je connaissais déjà le Wyoming.

Je détourne doucement la conversation pour en venir à parler de son travail :

« Depuis combien de temps travaillez-vous ici, Cade ?

– Je viens juste de fêter mes dix ans d'ancienneté le mois dernier. »

Je manque de renverser mon plateau en me penchant en avant tant je suis excitée lorsque je lui réponds :

« C'est génial. Vous devez vraiment aimer travailler ici pour être resté aussi longtemps. Je suis certaine que vous avez de super histoires à raconter – comme les gens qui sont venus ici. Les femmes que Reeve a dû faire venir.

– Ah, répond-il en riant. Je vois ce que vous cherchez à savoir. Désolée, ma jolie, je ne suis pas autorisé à parler des… *invités* de M. Sallis.»

Merde, Cade est loin d'être con. Il poursuit :

« Mais bel effort. Bravo. Et pour info, ajoute-t-il en se penchant pour me parler à mi-voix, il n'y en a pas eu tant que ça. Alors vous pouvez vous considérer comme très spéciale.»

Spéciale. J'en doute, puisque Reeve m'a dit exactement le contraire. Pourtant, ne m'a-t-il pas montré à de nombreuses reprises après cette déclaration qu'en fait je l'étais ?

Mais bon, cette conversation n'a pas à être une totale perte de temps, alors je reprends en poussant un soupir authentique, quand bien même un peu exagéré :

« Eh bien, j'ai tenté le coup. Dans ce cas-là, dites-moi si c'est normal que la sécurité soit aussi élevée dans un ranch ?

– Un ranch, oui, dit-il en dodelinant sa tête comme pour réfléchir à sa réponse. Il y a toujours des gens pour essayer de vous voler votre cheptel. Le bétail apporte de grosses sommes d'argent. Par contre, probablement pas autant de sécurité autour de la maison. Mais la famille Sallis… tient à sa vie privée.»

Ouais, c'est une façon de voir. Ou alors elle tient à cacher ses affaires à tel point qu'ils en viennent à dissimuler le vrai nom de sa mère à quiconque tente de le trouver. Je cherche mon prochain sujet :

« Est-ce qu'il y a beaucoup de visiteurs extérieurs qui viennent au ranch ? Pas de la gent féminine. Juste, vous savez, des gens.»

Comme Michelis ou d'autres membres de la famille.

«Je ne suis pas autorisé à parler des personnes qui viennent séjourner ici, comme je vous l'ai déjà dit. Mais pour les autres visiteurs, je ne sais pas trop. J'ai toujours travaillé dans la salle de surveillance et je n'ai jamais opéré au portail principal.

– Il y a une salle de surveillance ici aussi ? Rien que pour la maison ?»

Je m'attendais à ce qu'il y ait quelques caméras sur le toit, mais certainement pas à un dispositif qui doit être géré via une présence humaine. Cade me répond :

« Ouais. On est trois et on travaille par tranches de huit heures. J'ai de la chance parce qu'il y a deux gars assignés à la maison pendant le jour, alors je peux demander à l'un deux de me couvrir pendant l'heure du déjeuner. Je devrais y retourner, par contre, termine-t-il en s'essuyant la bouche avant de jeter sa serviette en papier sur son plateau.

– Ça ne vous embêterait pas de me la montrer ? je demande pendant qu'il se lève. La salle de surveillance, je veux dire. Je suis nerveuse ici toute seule en pleine nature alors que Reeve est parti. Je suis sûre que vous comprenez.

Après tout, Reeve n'a pas dit que je n'avais pas le droit d'y aller.

– Je suppose que ça ne peut pas faire de mal, répond Cade en haussant les épaules. La sécurité est élevée, ici, je vous l'ai dit. Vous ne risquez rien. Mais si voir l'équipement vous rassure, je comprends. Vous avez fini de manger ? demande-t-il en désignant les reliefs de mon repas avant de les embarquer avec les siens quand je lui réponds d'un signe de tête. Alors suivez-moi. »

La salle de surveillance est cachée derrière une lourde porte au rez-de-chaussée. Je l'avais repérée la veille lors de ma visite, mais comme elle était fermée à clef, j'ai cru que c'était un local technique ou l'accès à la chaudière, puisque c'était la seule porte métallique.

Bien entendu, Cade en a la clef. Il nous laisse entrer et pendant qu'il échange un mot avec le type qui l'a remplacé pendant sa pause, je regarde partout autour de moi. Ce n'est pas très grand, environ quinze mètres carrés. Elle contient un bureau semi-circulaire et trois chaises à roulettes qui occupent la majeure partie de l'espace. Au-dessus, sur deux pans de mur entiers, on peut voir environ vingt-cinq moniteurs vidéo, dont plusieurs sont éteints. Sur un autre mur sont fixés deux placards métalliques, ouverts tous les deux. Je peux voir qu'ils sont remplis d'enregistreurs numériques et les clefs sont fichées dans chacune de leur serrure. Enfin, j'aperçois un portant garni d'une bonne douzaine d'armes à feu incluant des fusils d'assaut, des carabines, des pistolets et aussi ce que je pense être une mitraillette. En dessous, des tiroirs qui doivent être réservées aux munitions.

Cade congédie son remplaçant et nous ne sommes plus que tous les deux dans la pièce. Remarquant que je regarde toute cette artillerie, il me dit :

« Vous voyez ? On est sacrément bien préparés, ici. Et il y en a bien trois fois plus à l'autre salle de surveillance, près du portail principal.

– Préparés, c'est le mot. »

Mais préparés pour quoi ?

Je reviens aux écrans vidéo. M'installant dans l'une des chaises à roulettes, je les regarde avec attention. Chacun d'entre eux alterne entre deux ou trois points de vue. Il y a un écran par pièce dans cette maison, on dirait. Je rougis brutalement en repensant au petit jeu auquel Reeve et moi nous sommes livrés le jour de notre arrivée. Et à la séance du lendemain matin. C'est une chose d'être regardée pendant qu'on s'envoie en l'air, c'en est une autre d'être filmée sans qu'on le sache.

D'une façon aussi dégagée que possible, je demande à Cade :

« Il y a toujours quelqu'un, ici ?

– Ouaip. Vingt-quatre heures sur vingt-quatre, sept jours sur sept, répond-il en s'installant sur la chaise à côté de la mienne.

– Et toutes les pièces de la maison sont sous surveillance ? »

Dieu merci, je n'ai essayé pour l'instant de fouiner qu'en parlant à des gens. La dernière chose dont j'ai envie, c'est que quelqu'un me surprenne à faire quelque chose qui vaille la peine d'être signalé à Reeve. Et si toutes les pièces sont sous surveillance, pas étonnant que Reeve m'ait recommandé de ne pas me promener toute nue. Mais bon, je n'ai jamais cherché à savoir s'il a le même type d'équipement dans sa maison à Los Angeles. C'est tout à fait possible.

Cade me regarde maintenant d'un air soupçonneux. Il se demande probablement ce que j'essaye de voler.

« Oui, toutes les pièces sont surveillées.

– C'est juste que parfois… entonné-je en battant des cils. Eh bien parfois, Reeve et moi nous laissons nous emporter par notre passion, si vous voyez ce que je veux dire.

– Ah, répond-il en rougissant légèrement. Ne vous inquiétez pas. Nous ne surveillons activement que les pièces principales. Il n'y a aucune caméra dans les salles de bains et les toilettes et nous ne surveillons que quelques chambres. »

Comme la mienne, à ce que je vois. Il semble s'en rendre compte et son regard va nerveusement entre les écrans et ses mains en prenant soin de m'éviter.

Cherchant à me rassurer autant que lui, je lui dis :

« Je ne fais qu'entreposer mes vêtements dans ma chambre. Je dors dans celle de Reeve. »

Si je n'avais pas encore décidé où dormir en son absence, ce serait chose faite maintenant. Cade me désigne ensuite les écrans éteints et continue :

« Oui, oui, bien sûr. Là, ce sont les autres chambres. Pour préserver l'intimité de nos invités, les caméras ne sont généralement pas allumées.

Avec tous ces vigiles autour du ranch, difficile d'imaginer pourquoi Amber a choisi de m'appeler et d'utiliser notre mot d'alerte. À moins qu'elle n'ait eu peur de Reeve, et dans ce cas, est-ce que ça veut dire que son personnel est à l'aise avec ce qu'il a fait ? Est-ce qu'Amber m'a appelée pour des broutilles ? Comme si Reeve avait décidé de jouer de la ceinture sur elle comme il l'a fait avec moi et qu'elle avait paniqué ?

Je n'aime pas le cours de mes pensées, et pas parce que ça m'énerve de me dire qu'Amber aurait eu peur d'une pratique coquine que j'apprécie, mais parce que j'en éprouve une jalousie certaine.

Peu importe ce qu'il s'est passé entre eux, elle l'a eu la première et ça, ça ne changera jamais. Je vais devoir trouver un moyen de m'y habituer. Mais pas aujourd'hui, on dirait.

« Quoi qu'il en soit, même si nous ne les monitorons pas, ajoute Cade, toutes les pièces sont équipées de caméras et tout est enregistré sur support numérique et nous pouvons consulter nos archives s'il arrive quelque chose.

–Vous les gardez combien de temps, vos enregistrements ? »

Je suis à peu près certaine que ça ne doit pas être bien long, mais ça ne coûte rien de le demander. Mais en fait, j'ai tort :

« Une année entière, me répond Cade. »

Un an. Ce qui veut dire que les enregistrements d'Amber existent encore. J'en éprouve une vague d'émotions qui vient agiter toute ma poitrine. L'idée de voir ce qui l'a blessée ou tant effrayée n'est pas très confortable. Et si les images montrent l'intimité qu'elle a partagée avec Reeve, je ne sais pas si je serais capable de les encaisser.

Mais d'avoir l'opportunité de la revoir, même juste sur des images sans le son en noir et blanc…

Je dois voir ces enregistrements. Avec cette pièce occupée en permanence, c'est pratiquement impossible. J'ai charmé Cade, mais il ne semble pas du genre à déroger au règlement, même si je flirte avec lui comme une folle. Je décide de trouver qui sont les autres vigiles assignés à cette mission. L'un d'eux sera peut-être plus facile à manipuler. Ou à séduire, si je dois en arriver là.

« Alors… qui d'autre travaille ici ? Et à quelle heure prend-il son service ? »

« À six heures. C'est Mike. Donny est chargé des horaires de nuit. Aucun des deux n'est très sympa, par contre. Ils sont très respectueux du règlement. Ils ne parlent à personne. Ils viennent faire leur boulot et s'en vont. Vous avez eu de la chance de tomber sur moi aujourd'hui pour vous montrer cette pièce. Ils me botteraient certainement le cul tous les deux s'ils savaient que je vous ai laissée entrer.»

Bon, mauvais plan. Tant pis.

« Eh bien, j'apprécie ce que vous avez fait pour moi. J'ai moins peur, grâce à vous.»

Je soupire et reviens aux moniteurs. Je remarque maintenant qu'on ne voit rien sur la chambre de Reeve, alors j'ajoute:

«Je devine que la suite de Reeve n'est pas activement surveillée, non?

– Ah, il y a bien un enregistrement, mais le moniteur est situé dans un placard comme celui-ci dans son bureau, dit-il en désignant les petites armoires derrière nous. Les enregistreurs y sont aussi. Il n'y a qu'une seule personne qui y ait accès et c'est le grand chef lui-même.»

Bon, ça, c'est une bonne nouvelle. Parce que j'ai plus de chance de réussir à me glisser dans son bureau. Tout ce qu'il me faut, c'est son trousseau de clefs. Cade se penche vers moi et me fait un clin d'œil en ajoutant:

«Alors personne ne peut voir quoi que ce soit d'inconvenant.

– Dieu merci. Personne ne pourra vendre notre sex tape, réponds-je pour prétendre que c'est exactement pour ça que je pose la question.

– La lala, je ne veux rien savoir, dit-il en se couvrant les oreilles.»

Je prends ça comme mon signal de départ.

Je passe le restant de l'après-midi à discrètement fouiller dans les affaires de Reeve dans la suite. Je sais que personne ne me surveille directement, mais Reeve pourrait accéder aux enregistrements un autre jour et se rendre compte de ce que j'ai fait. S'il décide de me confronter là-dessus, je prendrai mon courage à deux mains et je lui dirai que je fouinais un peu partout, comme le font bon nombre de petites copines. Je n'aurai pas à lui dire si je cherchais quelque chose en particulier.

Je fais chou blanc, mais je ne perds pas tout espoir. J'ai vu Reeve mettre ses clefs dans sa poche lorsqu'il est allé les chercher au PC sécurité et je me dis qu'il doit certainement les garder avec lui tout le temps. Ce qui veut dire que je n'ai qu'à attendre qu'il revienne pour essayer de les lui confisquer. Tout ce que j'ai à faire, c'est de lui retirer son jean et d'attendre qu'il s'endorme, non ?

Heureusement pour moi, je n'ai jamais eu de problème pour lui faire retirer son pantalon.

24

Quand j'arrive pour dîner, ce soir-là, Charlie et Parker me font signe de me joindre à eux. Brent est également à leur table et même si je culpabilise légèrement de manger avec lui, je me dis que ce serait bizarre d'ignorer leur invitation, sachant que ce sont les trois seules personnes que je connais ici.

En plus, c'est une opportunité. Je vais voir s'ils peuvent me dire des choses intéressantes, puisque Reeve n'est pas là pour leur lancer des regards d'avertissement dès que la conversation devient fructueuse.

Malheureusement, ils sont toujours aussi silencieux et vigilants. Ils esquivent toutes mes ouvertures. Chaque réplique débouche sur une histoire qui n'a rien à voir.

Et enfin, Parker fait un faux pas.

Tous les trois boivent pas mal de bière pendant ce repas et Parker finit par être quasi saoul.

Sans la moindre incitation de ma part, il pose son coude sur la table, appuie sa tête sur sa main et me regarde d'un œil vitreux pour me dire :

« Vous savez quoi, Emily est la première femme que le patron a fait venir ici qui n'a pas de problème de drogue. C'est plutôt sympa, non ?

– Parker, l'avertit Brent.

– Non, mais tout ce que je dis, c'est que c'est sympa d'avoir une fille bien avec nous pour une fois, continue Parker en m'offrant un sourire un peu niais. Ça fait plaisir, Emily, un bon vent de fraîcheur.»

Charlie, qui est resté en retrait pendant la majeure partie du dîner, se met maintenant à parler :

«Tu n'as jamais aimé celle d'avant, mais ça ne veut pas dire que ce n'était pas une fille bien.

– Non, vraiment pas, s'exclame Parker en se redressant pour taper du poing sur la table. Et tu as raison, je ne l'aimais pas. Parce qu'elle était chiante et pénible. Je suis content qu'on s'en soit débarrassés, même si elle a fini comme...

– Parker ! intervient Brent en le claquant derrière le crâne. Tu parles un peu trop. Ferme-la.»

Je ne m'étais pas rendu compte à quel point j'avais réussi à me convaincre que Reeve n'avait rien à voir avec la mort d'Amber jusqu'à cet instant.

« Qu'est-ce que tu entends par "fini comme ça" ?

– Oublie, il n'aurait pas dû en parler, dit Brent.

– Mais il l'a fait et maintenant j'ai envie de savoir. Qu'est-ce que tu veux dire, Parker ? »

Pas envie, besoin.

Le regard de Parker se promène entre Brent, Charlie et moi et il finit par battre en retraite :

«Je ne sais pas. Je suis bourré.

– Il veut juste dire que c'était moche comme rupture, intervient Charlie. Pour beaucoup de raisons qui sont trop personnelles. Un employé ne devrait pas savoir ce genre de trucs sur son patron. Si vous voulez en savoir plus, il faudra le demander à Reeve.»

À ce moment-là, je me dis que je pourrais bien le faire. Toutes ces impasses me frustrent au plus haut point. À chaque nouvelle information glanée, j'ai la nausée de sentir mes théories être complètement bouleversées dans un mouvement perpétuel qui me rend malade. Je n'ai pas posé de questions à Reeve sur son passé depuis un petit bout de temps. Il est peut-être temps de m'y remettre.

Et puisqu'il ne rentre à la maison que demain soir, j'ai une journée entière pour trouver comment aborder le sujet.

Ou me dégonfler. Les deux solutions sont possibles, à ce stade.

* * *

Les hommes quittent la salle aux environs de neuf heures et soudain la maison se fait très calme et tranquille. Ça me stresse, surtout après la remarque de Parker. J'étais déjà mal à l'aise avec Reeve, sachant qu'il avait peut-être participé à la disparition d'Amber. Mais que son personnel soit aussi au courant, eh bien je me dis que je suis beaucoup plus en danger que je ne le craignais. N'importe qui pourrait venir m'attaquer n'importe quand. Putain, mais à quoi j'avais la tête quand j'ai décidé de partir en voyage avec lui ?

Oh merde. Ce qui me rappelle que Joe n'a pas eu le temps de me confier un nouveau téléphone anonyme avant de partir. J'ai depuis longtemps effacé son numéro de mon répertoire. Alors non seulement je n'ai aucun moyen de le contacter si nécessaire, mais en plus, personne ne sait où je suis.

J'essaie de m'endormir, mais je n'arrive qu'à me tourner et retourner entre les draps en sentant la panique monter. Je me sens de plus en plus isolée. Soit Reeve n'a rien fait d'horrible et je tire des conclusions erronées de ce que je sais et il me manque, ou c'est un monstre et mes déductions sont correctes et il me manque encore. Après une heure comme ça, j'enfile ma robe de chambre par-dessus ma chemise de nuit et je vais dans le bureau pour voir si la télévision n'arriverait pas à me changer les idées pour penser à autre chose – à n'importe quoi d'autre.

Je zappe de chaîne en chaîne pendant vingt minutes sans rien trouver. Et juste quand je suis sur le point de renoncer pour lire à la place, un visage bien connu apparaît à l'écran – celui de Chris Blakely.

C'est l'une de ces interviews qu'on ne diffuse que très tard le soir où l'animateur est assis derrière un bureau alors que l'invité se prélasse dans une chaise longue design. Ce n'est pas une émission populaire – on ne lui aurait pas posé l'une de ces questions sur l'évolution de sa carrière –, mais un truc qui ne trouve asile que sur le câble. Je ne reconnais même pas la rousse aux lèvres charnues qui pose les questions.

Au moins, j'ai quelque chose à regarder. Je jette la télécommande un peu plus loin et m'installe confortablement sur le canapé, puis j'écoute Chris parler :

« Ce n'est pas une théorie. Ce n'est pas une supposition. C'est un fait.

– Mais vous n'avez toujours pas dit pourquoi.

– Je ne vais pas vous dévoiler tout ce que je sais, mais je sais qu'il l'a fait – par contre, laissez-moi vous dire que quand je dis que je sais, c'est que j'ai des preuves. On a volé sa vie à Missy. Elle était au courant de choses qu'elle n'aurait pas dû savoir et Reeve Sallis s'en est occupé. »

Mon estomac fait un triple salto arrière. Non. Non, non, non, non. Il n'a pas fait ça.

« Si cette preuve est aussi irréfutable que vous le dites, comment Reeve Sallis a-t-il fait pour s'en tirer ? »

La fille aux grosses lèvres a l'air sceptique, ce qui est admirable quand on pense à la vitesse à laquelle tout Hollywood court après les ragots.

Chris se rencogne dans sa chaise avec un sourire satisfait pour lui répondre :

« C'est un homme riche et puissant. Les hommes riches et puissants se sortent de situations troubles en permanence. C'est la loi du capitalisme. C'est encore plus vrai quand ces hommes riches et puissants ont des liens avec des hommes encore plus riches et encore plus puissants. »

Et maintenant, il vient de faire référence à la mafia. Je me redresse, complètement crispée, regrettant de ne pas pouvoir m'arrêter de l'écouter, mais je ne peux pas m'en empêcher car je dois entendre tout ce que cet idiot a à dire.

« De quel genre de liens voulez-vous parler ?

– Je ne peux pas vous en dire plus. »

C'est bien, Chris. Arrête-toi là. Mais non, il continue :

« Mais en gros, ce sont des gens qui vivent en dehors de la loi.

– Des politiciens ?

– Non. Le mauvais genre. Je parle de ceux qui se sont organisés spécifiquement pour gérer des situations criminelles. »

Je grimace. Elle va continuer à poser des questions jusqu'à ce qu'il lâche le morceau. C'est comme ça qu'ils travaillent. Mais il est con ou quoi ?

Comme de bien entendu, sa prochaine question va droit au but :

« Comme la mafia ? »

Je perds mon souffle. *Putain.* Merde… putain.

Chris devient enfin méfiant en répondant :

« J'en ai déjà trop dit. Disons simplement que Reeve Sallis n'est pas innocent. Fin de l'histoire. »

Frustrée correspond à peine à ce que je ressens en cet instant. Je serais plutôt en colère. En rogne. Et aussi effrayée. Si Chris continue à ouvrir sa grande gueule, il va vraiment se mettre dans la merde. N'a-t-il rien appris de la mort de Missy ? Et ça, c'est sans parler de la rapidité avec laquelle on va pouvoir remonter jusqu'à Joe. Jusqu'à moi. Jusqu'à Reeve. Je ne suis pas seulement sur la ligne de touche, je suis en plein cœur de la mêlée. Sa minute de gloire pourrait bien avoir un prix, mais qui va devoir le payer ?

Je doute que ce soit lui.

Je suis trop contrariée pour continuer à le regarder. Je cherche la télécommande, mais n'arrive pas à la trouver, alors je m'avance vers la télévision pour éteindre directement le poste avant d'en entendre encore plus.

Lorsque je me retourne, je suis surprise de voir Reeve à l'entrée de la pièce. Il porte un costume bleu marine, sa cravate desserrée et sa veste déboutonnée.

Sans plus réfléchir, je souris. J'étais peut-être un peu stressée à cause de ce que m'a révélé Parker, mais en cet instant, je me rends compte que ce n'est pas l'émotion qui pèse le plus lourd sur mon cœur. Il m'a manqué. Vraiment. Plus que je ne voudrais me l'admettre, et je suis à deux doigts de courir me jeter dans ses bras, qu'il l'*attende* ou non.

Sauf qu'à la dernière seconde je remarque ses yeux plissés et son air sévère. J'en déduis qu'il a au moins entendu une partie de l'interview. Il ne va quand même pas croire que j'étais au courant depuis le début, non ? Enfin, je veux dire, c'est le cas, mais il n'y a aucune raison pour qu'il le sache. Et une chose est sûre, je n'étais pas au courant que Chris allait utiliser le fruit de notre réflexion pour tout balancer à la télévision.

Reeve s'est déjà fait des idées sur Chris et moi, dans le passé. Est-ce si déconnant de se dire qu'il pourrait recommencer ?

Merde, je n'en sais rien. Mais il est si tendu que j'ai l'impression qu'une tempête se prépare et que des éclairs crépitent partout autour de lui.

Soudain refroidie, je croise mes bras sur la poitrine. J'espère que je suis parano, alors je vais garder mon calme et je me force à sourire pour entamer la conversation :

« Tu rentres plus tôt que prévu. Je ne m'attendais pas à te voir avant demain.

– *Toi*, tu crois que je l'ai fait ? demande-t-il en me transperçant du regard.

– Fait quo… ? »

Je suis en plein milieu de ma question avant de me rendre compte de ce qu'il me demande. Je ferme la bouche. Je ne sais pas trop comment lui répondre et je ne suis pas prête pour me lancer dans un mensonge. Ni pour dire la vérité.

Il répète sa question, sa voix est sûre, ferme et contrôlée. C'est flippant.

«Toi, tu crois que je l'ai fait ?

– C'est le cas ?»

J'ai répondu sans ciller.

Il ferme les yeux une seconde à peine et ses épaules se voûtent légèrement. Lorsqu'il les rouvre, il me répond dédaigneusement par une autre question :

« C'est important ?

– Qu'est-ce que tu veux dire par là ?»

Bien sûr que c'est important. Sa réponse est même capitale.

« Ça veut dire que les gens semblent se faire leur opinion en se foutant de savoir si c'est la vérité ou non. Je ne t'ai pas prise pour l'une d'entre eux. À l'évidence, j'avais tort.»

Sur cette déclaration, il me tourne le dos et sort de la pièce. Je lui cours après pour lui renvoyer ses mots en pleine figure.

« Et merde, mais pourquoi tu tires toutes ces conclusions hâtives ? Parce que tu m'as vue regarder cette interview ? Ce n'est pas moi qui parlais à l'écran. C'était Chris.

– Chris, qui est ton ami.

– Ça ne veut pas dire que je dicte ses convictions. J'ai les miennes et mes propres opinions aussi.»

Venant de moi, l'argument n'est pas très honnête. J'ai bien influencé le cours de ses réflexions sur l'assassinat de Missy par Reeve.

Mais seulement dans ma tête. Mon cœur a tenu le coup.

Reeve grimpe l'escalier en survolant les marches deux par deux, se dirigeant vers les chambres pour continuer à me répondre :

« Et quand je t'ai demandé ce que tu en pensais, tu m'as répondu par une question. On ne dirait pas trop que tu as ta propre opinion sur le sujet, non ? Ou si c'est le cas, tu n'as pas trop envie de m'en faire part.»

Je le suis en trottant dans les escaliers pour ne pas me faire distancer.

«Je n'en sais rien, je n'ai pas de réponse toute faite. Ce qui veut dire que je ne partage pas l'opinion de Chris. Et c'est pour ça que je t'ai posé cette question. Pour ne pas tirer de conclusions hâtives.»

Arrivé dans sa suite, il jette sa veste sur un fauteuil et s'attaque à ses boutons de manchette. Je m'arrête sur le pas de la porte.

«C'est parce que je regardais Chris à la télévision ? Parce que tu es jaloux ?

– Chris n'a rien à voir avec ça.»

Il jette ses boutons de manchette sur la table de chevet et fait brusquement demi-tour, le regard éclatant de rage et de douleur.

«Ce n'était pas la bonne réponse, Emily. Tu aurais dû dire *non*.

– Quoi ?

– Tu m'as bien entendu.»

Je suis tout aussi surprise par son soudain accès de colère que par ses mots.

Il tire sur sa cravate pour la retirer et à sa posture, au ton de sa voix, l'idée me traverse qu'il pourrait bien s'en servir sur moi. Mais il la roule en boule et la fourre dans sa poche. Pour s'en servir plus tard, peut-être. Ou pour l'enrouler autour de ma gorge lorsqu'il en aura assez de cette conversation. Il l'enroulera et serrera fort, puis il regardera la vie quitter mes yeux.

Sauf que je ne crois pas vraiment qu'il pourrait faire ça. Pas à moi. Je le sens dans mes tripes et je n'ai rien pour étayer cette théorie.

Et pour Missy, je ne sais pas trop quoi penser.

«Je crois que c'était plutôt large d'esprit de ma part de dire que je n'en sais rien, mais toi, tu veux que je prenne automatiquement ta défense ?

– Oui. Effectivement. Quelque part, ça me semble normal de me dire que la femme avec qui je couche pourrait être de mon côté. Excuse-moi, je n'ai pas pensé à le mettre sur la liste des choses que j'attends de ta part.»

Son commentaire me pique tellement au vif que je regrette presque ma réponse de tout à l'heure.

Puis je prends un peu de recul et franchement, non. Je ne vais pas laisser passer ça. Aucun regret. Je me soumets à lui et joue beaucoup les innocentes, je ferais n'importe quoi, mais là, je ne céderai pas.

Et avec une certaine clarté d'esprit, je m'enflamme :

«Tu n'es pas sérieux, dis-je alors qu'il me tourne le dos pour déboutonner sa chemise. Tu ne peux pas t'attendre à ce que je sache si tu es innocent ou non. Pas quand tu m'as fait tout un tas d'allusions au fait que tu étais dangereux. Pas quand tu as tout fait pour conserver cette image. Quand tu voulais que j'aie peur de toi. Et maintenant, tu t'attends à ce que je pense naturellement que tu ne ferais jamais rien d'aussi terrible ? N'as-tu pas fait tout ton possible pour me le faire croire ?

– Je ne t'ai pas forcée à croire des choses que tu ne voulais pas envisager.

– Tu penses sincèrement que j'ai envie de croire que tu as tué quelqu'un ?»

Malgré tout ce que je lui dis, il me tourne encore le dos et ça m'énerve.

«Tu veux croire que j'aurais pu le faire, au minimum.»

Il a raison. C'est l'un de mes défauts et je suis à deux doigts de l'admettre volontiers. Puis je me ravise parce que même si je veux bien partager ça avec lui, ce n'est pas le sujet de cette conversation. Alors, au lieu de m'engouffrer dans cette brèche, beaucoup plus calme, mais les mains encore tremblantes, je lui dis :

«Je pense sincèrement que tu en es capable. Que tu l'aies fait ou non, je n'en sais rien.»

Il fait demi-tour pour me faire face. Sa chemise est grande ouverte et ses mains s'affairent à retirer sa ceinture. Il approche doucement pour me répondre :

« Oui. J'aurais pu. Je ne veux pas dire que j'ai simplement l'argent et les ressources nécessaires pour tuer une personne, mais j'en suis capable. Je peux mettre un terme à une vie sans aucune arrière-pensée – si c'est la bonne, dit-il en faisant encore un pas. Une vie qui le mérite, ajoute-t-il en avançant encore. Une vie qui me dérange. »

Il a une cravate dans sa poche et sa ceinture est maintenant dans sa main. Ce n'est pas le moment de le provoquer. Et pourtant, c'est ce que je fais :

« Est-ce que Missy t'a dérangé ? Sa vie était-elle *la bonne ?* »

Et celle d'*Amber ? Et la mienne ?*

Il s'écoule un quart de seconde sans que j'obtienne de réponse, mais ce laps de temps est pesant. Il me permet de comprendre que ce sont les questions que je me pose depuis que je l'ai rencontré et lorsqu'il me donnera les réponses, il faudra que je prenne une décision que je n'ai pas envie de prendre. Je vais devoir décider si je le crois quand il me dira qu'il est innocent. Ou décider si sa culpabilité me gêne. Je vais devoir décider de rester ou de partir.

Et si je dois prendre toutes ces décisions, je préfère les prendre en toute innocence. Je préfère choisir de le quitter quand le fait qu'il soit un assassin est une simple possibilité, plutôt que de rester en sachant qu'il en est vraiment un. Parce j'ai peur que ça se passe comme ça et je ne suis pas sûre de pouvoir vivre avec ça sur la conscience.

Alors je décide de fuir.

« Et puis merde, peu importe, dis-je déjà sur le pas de la porte. Ne me dis rien. Je ne veux pas le savoir. »

Je me dirige vers ma chambre d'un pas vif, ma décision est prise. Reeve est sur mes talons :

« Pourquoi ? Parce que si tu te rends compte que je suis innocent tu ne me trouveras plus aussi intéressant ? »

Il est si près de me comprendre et pourtant si loin de la vérité. J'ai l'impression qu'il m'offre un verre de sable alors que je suis morte de soif. Il essaie de me comprendre, à sa manière. En bon mâle alpha tyrannique, et ça me touche. Mais il est complètement à côté de la plaque.

J'allume la lumière dans ma chambre et vais directement vers le lit. Je sors ma valise et l'ouvre sur les draps en lui répondant :

« Je n'ai aucune raison de répondre, non ? Puisque tu as décidé que c'était ça. Et c'est toi qui te plains des gens qui se font leur opinion en se foutant de la vérité. »

Je tourne le dos à la porte, alors je jette un coup d'œil par-dessus mon épaule pour voir s'il a franchi le seuil.

« Ne fais pas ça, Emily. N'essaie pas de me faire passer pour un con. »

Au ton de sa voix, je comprends qu'on a dépassé le seuil d'alerte. Il est prêt à passer à l'acte.

« Je ne te fais pas passer pour un con. Et c'est exactement là où je veux en venir, dis-je en allant prendre mes tee-shirts dans la commode sans prendre la peine de les garder bien pliés. Tu as décidé de ce que je pensais. Quelles étaient mes motivations. Ce que je ressens. Tu te soucies de la réalité en ce qui me concerne autant que tu prends la peine de partager quoi que ce soit de réel à propos de toi. »

Oui, je le prends un peu pour un con. Je le pousse dans ses retranchements. Parce que même si je n'ai pas du tout envie de savoir qui il est vraiment, je me sens obligée de le lui demander. De faire un dernier effort pour essayer de trouver la vérité à propos d'Amber. De moi.

« C'est ce que nous avions convenu entre nous, depuis le début. Ne fais pas comme si… Qu'est-ce que tu fais ?

– Ma valise, dis-je en y jetant mes vêtements.

– Oh putain, mais pourquoi ?

– Je viens soudain de me rendre compte que ça ne sert à rien, tout ça, dis-je en allant chercher mes sous-vêtements cette fois-ci.

– Arrête.

– Ce dont nous avions “convenu” ne sert à rien, dis-je en revenant vers le lit.

– Arrête de faire ta valise. Tu ne partiras pas, répond-il en entrant dans la chambre, sans pour autant me gêner dans ma progression.

– Est-ce que tu vas m'en empêcher ? » demandé-je en me tournant vers lui.

Comme il ne me donne aucune indication, je reprends mon rangement.

« J'ai dit, arrête de faire ta valise. »

Il m'attrape brusquement le bras, dans un geste sans douceur. Mes sous-vêtements s'étalent par terre au lieu de finir dans ma valise et je me tourne vers lui en m'agrippant à ses avant-bras.

« Force-moi à rester, Reeve. Tu peux le faire. Tu as les ressources nécessaires. Tu es capable de faire tout ce que bon te semble. »

Il pourrait facilement me faire rester. En fait, il n'a qu'à me le demander.

« Je ne vais pas faire ça. Tu restes si tu veux. Je ne te force à rien. »

Il me lâche alors – il me repousse, même –, et tout espoir secret que j'avais d'un avenir entre Reeve et moi s'écroule, comme si je l'avais caché sur une étagère très haute où je pouvais prétendre qu'il n'existait pas. Jusqu'à maintenant, quand il vient s'écraser autour de moi.

« C'est bien ce que je me disais. »

Je me retourne pour rassembler mes sous-vêtements étalés par terre, pour m'éloigner de lui et qu'il ne voie pas les larmes s'accumuler dans mon regard.

Il reste immobile. Toujours debout derrière moi en me répondant :

« Ça ne peut être que ta décision, Emily. J'ai déjà retenu quelqu'un. Je ne recommencerai pas.

– Comment ça tu as retenu quelqu'un ? », dis-je en me retournant pour le regarder.

Il ouvre la bouche pour me répondre, puis il se ravise et me dit :

« Non, je vais pas faire ça. J'ai dit ce que j'avais à dire. Fais ce que tu veux. »

Sur ce, il fait demi-tour et quitte la chambre.

Oh putain, non. Il a laissé passer un truc et c'est ma chance de parler d'Amber avec lui. Mais ce n'est pas pour ça que j'ai envie d'en savoir plus. C'est parce que c'est la première fois qu'il partage quelque chose de tangible et de vrai avec moi et c'est comme de l'héroïne, pour moi. Ce petit avant-goût me fait crever d'envie d'en avoir plus. Là, je suis prête à me battre.

Je pars à sa poursuite dans le couloir à toutes jambes.

«Tu es une putain de poule mouillée.»

Il s'arrête devant la porte de sa chambre et se tourne doucement vers moi.

« Pardon ?

– Tu m'as bien entendue. »

Je fais un pas vers lui. Un seul. Je suis courageuse, mais pas téméraire. Je reprends :

«Tu me dis que c'est à moi de prendre une décision parce que tu ne veux pas être responsable de ce qu'il pourrait se passer entre nous. Ce n'est pas le comportement de quelqu'un de puissant. C'est celui d'un lâche. »

Je me rends compte que toute cette dispute tourne en fait autour de ça. Pas de sa culpabilité ou de son innocence, mais ça – nous. Notre relation. Ce qu'il se passe entre nous. Et aussi difficile que ce soit de lui faire entrer cette idée dans la tête, c'est quelque part inspirant de constater qu'il se livre intérieurement à une lutte tout aussi acharnée que la mienne. Comme si j'étais tout aussi importante pour lui qu'il l'est pour moi.

Son regard s'étrécit et il avance d'un demi-pas vers moi.

« Tu te fous de ma gueule ? »

Ou alors, il n'aime pas qu'on le pousse dans ses retranchements.

Non. Je ne pense pas que ce soit aussi simple. Je serre les poings, espérant que tout le courage qui me reste au bout des doigts remonte jusqu'à mon cœur pour continuer :

« Je constate, c'est tout. Mais tu as ta part de responsabilité, Reeve. Que tu le veuilles ou non. C'est à cause de toi si je n'ai pas une très bonne perception de ta personnalité. Tu es responsable des choses que tu m'as fait croire à propos de toi. À propos de nous.

– À propos de *nous ?* demande-t-il le regard furieux. Je n'ai jamais…

– N'ose même pas finir cette phrase, dis-je en le montrant d'un doigt plein de rage. Parce que si, c'est le cas. Tu dis une chose et ensuite tu me montres son contraire. Tu fais en sorte que je comprenne bien que je ne suis pas spéciale et ensuite tu fais tout ce que tu peux pour me faire comprendre le contraire. Eh bien, c'est terminé. Je ne me contente plus de ce petit jeu. Je peux encaisser la vérité tant que je sais que c'est la réalité. Alors tu veux que je choisisse de rester ou de partir ? Je vais te proposer autre chose à la place : dis-moi quelle est ma place ou sinon je m'en vais. »

Nous sommes dans une impasse. Nous nous dévisageons mutuellement alors que mes mots et mon ultimatum deviennent tangibles pour nous deux. Je n'avais absolument pas l'intention de dire ça, mais maintenant que c'est sorti, je ne reviendrai pas en arrière. Je suis sienne – nous le savons tous les deux. Mais soit je suis son jouet, soit je suis son trophée. Tout ce que je demande, c'est une définition.

Il ne m'a rien donné.

Il campe sur ses positions et moi sur les miennes, nous ne voulons reculer ni l'un, ni l'autre. Et plus je lui accorde de temps avant de répondre, plus je faiblis. Je dois aller jusqu'au bout.

Alors je fais demi-tour pour retourner dans ma chambre et finir de boucler mes valises.

Mes larmes s'accumulent dans mes yeux tandis que je rassemble quelques affaires dans l'armoire pour les ramener sur le lit. L'un après l'autre, je décroche mes vêtements de leur cintre et les jette dans la valise. Je n'ai pas vraiment envie de partir. Mais je ne peux pas rester. Pas comme ça. Mieux vaut partir, de toute façon. Je m'étais lancée là-dedans pour sauver Amber, et j'ai échoué. Au moins, je peux me sauver moi-même.

Mais c'est alors que je l'entends entre mes reniflements. Je l'entends derrière moi. Il approche si doucement, si furtivement que mon cœur se met à battre à toute vitesse.

Il approche. Il se place juste derrière moi et je me demande s'il va se servir de la cravate ou de la ceinture. Je suis comme paralysée et j'attends. Je ne me débattrai pas. C'est décidé. Peu importe. En fin de compte, c'est lui qui gagnera, alors je le laisse faire. Quand se sera terminé, il jettera mon sac dans une décharge. Personne ne me cherchera. On m'oubliera. Son corps est chaud dans mon dos. Je peux l'entendre pousser un soupir. Puis il me dit calmement :

« Je n'étais pas là. »

Je suis immobile, je n'ose même pas respirer.

« Je n'ai rien à voir avec ça. C'était pendant une soirée. Je baisais quelqu'un d'autre sur la plage. Elles étaient même plusieurs. On s'était filmés sur mon téléphone, pour le délire. Je ne savais pas que Missy me cherchait. Je ne savais pas qu'elle s'était dirigée vers les falaises. J'avais envoyé un lien vers notre vidéo à l'une des filles. L'échange a été daté. J'ai été complètement blanchi. Je peux te montrer les preuves si tu veux. »

Je secoue à peine la tête pour lui répondre. Si j'ai besoin de voir une datation de SMS pour être sûre de son innocence, alors notre histoire est déjà terminée. Je ne lui ai pas demandé de preuve. Je lui ai juste demandé sa version des faits et il me l'a donnée. Soit je le crois, sois je doute de ses mots.

Et je le crois vraiment. Pour aucune autre raison qu'il veut que je le fasse. Il n'a pas besoin de me parler – il n'a jamais rien dit à personne avant. Mais là, il vient de me raconter son histoire. Que ce soit la vérité ou non, ça veut dire qu'il veut que je reste. Alors je le crois.

Je crois aussi que ça pourrait être la vérité.

Je ne me tourne pas encore vers lui, parce que je lui en ai demandé plus. Alors je le relance :

« C'est elle la femme que tu as retenue ?

– Non, c'était quelqu'un d'autre. Missy ne représentait rien pour moi. Je la baisais. C'est pour ça qu'elle restait.

– Comme moi, dis-je en pivotant juste la tête pour le regarder dans les yeux.

– Non, rétorque-t-il d'un ton moqueur. Non, pas comme toi.

– En quoi sommes-nous différentes ? demandé-je en me tournant complètement pour m'ouvrir à lui.

– D'une part, elle était complètement défoncée et accro à la coke. Ensuite, ça me toucherait si tu partais. »

Il m'observe, comme s'il attendait quelque chose, comme s'il voulait que je reconnaisse que c'est la vérité, alors qu'il ne m'a pas donné ce que j'ai demandé, il ne m'a pas dit ce que je représentais pour lui mais m'a donné *quelque chose.*

Et ce quelque chose a du sens. Cette idée se terre dans ma poitrine et vient me donner un petit espoir auquel me raccrocher.

Mais je refuse de le lui montrer, parce que même si c'est *quelque chose*, ce n'est pas *suffisant.*

Je croise les bras pour me rassurer et lui demande :

« Qui veux-tu que je sois pour toi, Reeve ?

– Emily, commence-t-il en se frottant le visage de la main. Je ne voulais rien de toi. C'est toi qui m'as couru après.

– Il fallait bien que tu me le rappelles, ça, hein ? rétorqué-je rapidement.

–Vas-tu me laisser parler ? demande-t-il en inclinant la tête sur le côté, les yeux plissés.

–Vas-tu dire quelque chose d'utile ? »

Cette lueur qui anime son regard – celle qui me dit qu'il aimerait bien me donner la fessée, et pas nécessairement avec sa main. J'ignore le fourmillement dans mes chairs intimes et je tiens bon.

Son regard tombe sur ma bouche, sur ses coins abaissés dans une moue mécontente. Il les caresse de son pouce et finalement me dit :

« J'ai envie d'une relation plus sérieuse avec toi. »

De surprise, j'en ouvre la bouche. Sa main retombe.

« Mais ma dernière relation était tellement foireuse qu'à la fin, c'était à peine reconnaissable. Et je ne suis pas sûr que toutes mes relations à venir soient différentes.

– Dis-moi ce qu'il s'est passé. »

Je laisse tomber mes bras le long du corps. J'ai tellement envie de le toucher, mais j'ai peur de perdre du terrain. Pour une fois, je ne suis pas motivée par Amber. Je fais vraiment ça pour nous en lui demandant :

« Dis-moi et je pourrai essayer de faire en sorte que ça n'arrive plus.

– Non. Je n'ai jamais rien fait de pire. »

Là, je pense à Amber. Parce qu'il m'est impossible d'entendre qu'il lui a donné le pire de lui et ne pas penser que ce sont les pires choses qu'une personne puisse faire. Pas quand je sais ce qui a fini par lui arriver.

Mais même si je pense à elle, je ne suis pas sûre qu'elle soit encore importante.

Il lève brièvement les yeux vers moi pour reprendre :

« Je ne veux pas que tu le saches.

– Jamais ? »

Comme il se mure dans le silence, je l'incite à continuer :

« Tu peux m'en parler. Ça ne changera rien.

– Peu importe. »

On tourne en rond. Un pas en avant, un pas en arrière. Je ferme les yeux un instant et attrape la couette dans mon dos pour m'occuper les mains et ne pas être tentée de le toucher. Puis je les ouvre et lui demande sur un ton définitif :

« Que veux-tu de moi, Reeve ? C'est à toi de me le dire. »

Son regard ne me quitte pas. Il laisse cette flamme vaciller entre nous et flamboyer avant de déraper plus bas, le long de ma gorge, à la naissance de mes seins, là où ma poitrine se soulève à chaque inspiration. Une fois encore, il tend la main vers moi pour me toucher, cette fois-ci, il prend un sein en coupe.

Par réflexe, je me penche vers lui.

Son pouce fait des cercles sur mon téton jusqu'à ce qu'il se dresse. Puis sa main descend le long de mes côtes. Il approche encore, lève son visage vers le mien et effleure ma hanche en me demandant :

« Qu'est-ce que tu veux, toi ?

– Tout ce que tu me laisseras avoir, dis-je sans avoir besoin de réfléchir.

– Et si c'est tout ?

– Alors je prendrai tout. »

Nos voix ne sont plus que des murmures, comme si ces mots étaient plus faciles à dire à mi-voix, légèrement étouffés, pour nous obliger à vraiment les écouter pour les entendre. Et je l'ai entendu. J'ai entendu et je m'agrippe à toutes les implications qu'il y a derrière. Je m'agrippe à cette presque promesse de ce *tout*.

Sa main continue à glisser sur ma nuisette en satin, jusqu'en bas, puis elle remonte le long de ma cuisse pour se diriger vers mon intimité. Dans un instant, il y sera et il ne sera plus possible de parler.

Mais là, je pense encore à ce *tout*. Et je lui demande :

« Est-ce tout ce que tu as à m'offrir ?

– Là, tout ce que je veux, c'est te faire jouir », dit-il déjà perdu dans son désir.

Il tombe à genoux et passe ses mains sous ma culotte pour continuer :

«Je suis revenu plus tôt à cause de toi, dit-il en faisant glisser le petit bout de dentelle. J'ai besoin d'être en toi. J'ai envie de sentir ton corps sous le mien et à côté du mien.»

Il lève l'un de mes pieds pour le dégager du sous-vêtement, puis l'autre. Il remonte ensuite ma nuisette jusqu'à ma taille et lorgne mon corps dénudé avec avidité.

«Et maintenant, j'ai besoin de te faire jouir.»

Il pose une main sur mon ventre et me pousse légèrement vers le lit où il y a juste assez de place entre le bord du matelas et ma valise pour que je pose mes fesses. Il lève l'une de mes jambes par-dessus son épaule.

Puis il se penche vers mon sexe et aspire mon clitoris entre ses lèvres.

J'en ai le souffle coupé. D'une main, je m'accroche au cadre du lit et de l'autre au matelas. Depuis que nous sommes ensemble, il m'a donné du plaisir de bien des manières, mais il n'avait jamais mis sa tête entre mes cuisses. Parce que c'est un égoïste. Enfin peut-être. Parce que ce n'est pas son truc. Parce que ça n'a jamais été sa priorité. Je n'ai jamais su pourquoi et peu importe.

Mais en léchant mes chairs sur toute leur longueur, en glissant sa langue dans mon intimité et en descendant plus bas vers mon anus, je comprends pourquoi. Parce qu'avant, ça ne signifiait rien pour lui. Sa façon d'enfouir sa bouche, de me prodiguer du plaisir, de m'adorer, en prenant tout son temps est une sorte de message de sa part. Il me dit: « *Tu comptes pour moi. Je veux te donner ce que je peux et je commence par ça.*»

Je sais aussi que c'est stratégique. Je sais que si je cède maintenant, j'accepte sa non-réponse. Je sais que Mike ou Donny observe ce moment privé et très intime dans la salle de surveillance.

Et je m'en moque. Ce moment est essentiel. Il est beau et nécessaire, parce que c'est ce qu'il est malgré toutes ses lacunes.

Je sais que nous sommes peut-être en train de nous dire adieu.

Sa langue passe sur mes chairs et les pénètre, ses doigts sollicitent tous mes replis les plus sensibles, ses lèvres suçotent et mordillent. Il me domine, mais il n'a jamais été aussi subtil. Il n'y a rien de dégradant dans ce qu'il me fait. Rien qui ne m'embarrassera quand je me soumettrai plus tard. C'est égoïste parce qu'il fait ce geste pour lui, mais il est tout aussi désintéressé. Il est sincère et affectueux. C'est un progrès. *Le sexe à la vanille, c'est bon aussi.*

Il me fait jouir trois fois et chaque orgasme est plus puissant que le précédent. Immanquablement, il me coupe le souffle, puis me fait perdre pied. Je me dis que je ne peux plus continuer, mais il me montre que j'ai tort et m'envoie encore au septième ciel.

Au dernier, je me sens déchirée et incapable de bouger, trop fatiguée. Je ne peux plus lutter pour obtenir ce dont j'ai besoin de sa part. Il baisse alors ma jambe et dégage les cheveux sur mon visage et me dit :

« Reste, Emily. »

Une larme roule le long de ma joue, c'est peut-être un résidu de ma dernière extase. Il reprend :

« J'ai envie que tu restes. On peut trouver une solution tous les deux. Dis-moi oui. »

J'éprouve limite plus de plaisir et je tire plus de joie en entendant ces mots que lorsqu'il m'a fait jouir. Je lui réponds avec autant d'émotion que si j'acceptais une demande en mariage.

« Oui. Oui ! »

Il m'incite à me redresser devant lui, je suis à genoux sur le matelas lorsqu'il m'embrasse. Sa langue se fait douce et caressante contre la mienne. Ses lèvres sont fermes, mais cèdent devant les miennes. Je sens mon goût sur elles, tout comme mon désir et ma soumission. Voilà la saveur de la supplication, douce et implorante, vulnérable et à nu. Ce n'est pas vraiment un baiser qui prend ; ce baiser-là *demande*. Pour la première fois, il n'exige pas que je me plie à lui.

En retour, ce que je lui offre est honnête, volontaire et ouvert. Alors qu'avant cet homme était une rafale de vent que j'avais parfois la chance d'attraper – ou celle d'être saisie par lui –, nous sommes désormais tous les deux immobiles, nous nous rejoignons au milieu d'un commun accord. Nous avons créé cette dynamique. Tout est nouveau, maintenant. C'est un début. Un recommencement. La caresse de sa main sur ma joue, ce geste qu'il a déjà fait de nombreuses fois me semble neuf. Ses murmures, une nouveauté. Mes petits gémissements sont inédits. Mes genoux cèdent sous mon poids, il me tient plus fermement contre lui, tous ces soupirs entre nous – tout est nouveau.

C'est la première fois que nous capitulons.

Première étreinte.

Premier baiser.

Première caresse.

25

C'est un soudain changement de température qui me réveille le lendemain matin. Je parviens à me rendre compte que la couette a disparu et, les yeux toujours fermés, je tâtonne pour la retrouver.

« C'est moi qui l'aie enlevée », dit Reeve.

Je cligne des yeux en cherchant à repérer où il est au son de sa voix et je me rends compte qu'il est juste au-dessus de moi.

« Pourquoi ?

– Parce qu'il est l'heure de se réveiller. »

Il ne me réveille pas comme ça d'habitude. Normalement, il se sert plutôt de son sexe pour me sortir de la torpeur. Cette fois-ci, il est déjà tout habillé et porte ce que j'appellerais un uniforme pour le ranch, soit un jean et une chemise en flanelle.

Vu sa tenue, j'espère qu'il ne va pas déjà me quitter à nouveau. Il est rentré déjà tard hier soir et nous sommes restés éveillés encore plus longtemps, passant de ma chambre à la sienne, où nous nous sommes occupés pendant de longues heures avant de nous endormir.

Nos étreintes ont été merveilleuses et magiques et tous ces autres adjectifs dont les gens se servent pour décrire la façon dont ils « font l'amour ». Nous n'avons plus vraiment parlé après notre redécouverte mutuelle, toutefois, il y a encore bien des choses à dire. Avec un peu de chance, nous aurons le temps de nous y mettre aujourd'hui – s'il n'est pas accaparé par ses affaires.

Même si c'est le cas, j'ai attiré son attention.

Je me frotte les yeux de mes poings en lui disant :

« Je préfère ton autre méthode pour me réveiller.

– Moi aussi, ma jolie, dit-il en riant. Mais nous n'avons pas le temps, là. On a des trucs à faire.

– Comme quoi ? » je demande en réprimant un bâillement alors que j'essaie de me redresser.

S'il vient de me forcer à me réveiller juste pour que je ne manque pas le petit déjeuner de six heures du matin, je ne serai vraiment pas contente.

« On va passer du temps ensemble, ailleurs que dans un lit. »

Il s'assied sur le banc à côté du mur et enfile une botte.

Je me roule en boule sur le côté et enveloppe mes bras autour de mes jambes pour chercher un peu de chaleur en lui disant :

« Un lit n'a jamais été une condition pour que ta bite trouve le chemin de ma chatte.

– Non, effectivement, répond-il tout sourire en enfilant la seconde botte. Mais aujourd'hui, je vais mettre autre chose entre tes cuisses. Debout.

– D'accord, c'est bon. »

C'est même plus que bon. Il va passer la journée avec moi. Ou du moins, une bonne partie. Comme je l'ai dit hier soir, je prends tout ce qu'il me donne.

Je me sors du lit et vais dans sa salle de bain pour prendre une douche bien nécessaire.

Après m'être séchée et avoir enfilé un peignoir, je prévois de retourner dans ma chambre pour m'habiller, mais quand j'ouvre la porte, je tombe nez à nez avec Reeve, un plateau chargé de toasts, d'œufs et de fruits dans les mains.

«Tu sais, le petit déjeuner au lit, ça marche mieux si je suis encore au lit, lui dis-je pour le taquiner.

– Je t'ai laissée dormir tard, répond-il en me claquant une fesse assez fort pour me faire pousser un petit cri. Je n'avais pas à faire quoi que ce soit pour toi.

– Désolée, désolée, dis-je en m'inclinant théâtralement. C'est fort aimable à vous, M. Sallis. Je ne savais pas où j'avais la tête.

– Continue comme ça, ma jolie, dit-il sur un ton me suggérant qu'il aimerait beaucoup que je poursuive mon petit manège avant de complètement changer d'attitude. J'ai fait venir une tenue d'équitation et des bottes du magasin général, dit-il en désignant un sac sur le lit d'un mouvement de tête.

– Alors voilà ce qu'on va faire.»

Je suis déjà montée à cheval, mais très peu de fois, et c'était il y a plusieurs années. J'ai toujours eu envie de m'y mettre. Un ranch est le meilleur endroit pour ça.

«Oui. Et j'ai pris la liberté de prendre des sous-vêtements dans ta chambre.»

Je jette un coup d'œil dans le sac et trouve une culotte en dentelle blanche et le soutien-gorge assorti au-dessus du paquet emballé de papier qui doit, je l'imagine, contenir la tenue d'équitation.

«Mon ensemble le plus virginal. Petit coquin.

– Petite coquine, toi, veux-tu dire, réplique-t-il en souriant. Ce n'est pas moi qui vais les porter.»

Il me rejoint pour déposer un baiser sur mon front. Son attitude est très différente et je me sens tout excitée.

«Si je reste là, à côté de toi, ajoute-t-il à contrecœur, tu n'arriveras jamais à t'habiller. Et j'ai quelques trucs à faire en attendant. Tu me retrouves au rez-de-chaussée quand tu es prête ?

– D'accord, dis-je la bouche pleine de toast.

– Tu sais où est mon bureau ?»

Je hoche la tête pour lui répondre, soudain crispée, maintenant qu'il a mentionné cette pièce fermée à clef.

« Ne prends pas trois plombes. »

Il me détaille un instant, comme s'il appréciait de me voir, puis il me laisse.

À la minute où la porte se ferme derrière lui, je laisse un profond soupir m'échapper. Jusqu'à présent, la matinée a été parfaite. La journée qui nous attend promet d'être dans la même veine. Reeve va dépasser toutes mes espérances pour me prouver qu'il est prêt à s'engager dans notre nouvelle relation. D'une part, je suis soulagée, je sais à quel point il est facile de renier les promesses faites dans le noir. Mais du coup, j'éprouve tout un tas d'émotions que je n'arrive même pas à identifier, bien que la plupart d'entre elles soient plaisantes. Je suis aux anges. Je suis excitée. Je suis troublée.

Je suis flattée.

Mais je suis aussi bouleversée.

Tout se passe à une telle vitesse et j'ai toujours ce fardeau que je traîne derrière moi que je n'ai pas eu le temps d'examiner. Un fardeau qui s'appelle Amber. Alors que, d'un certain côté, j'ai envie de lâcher l'affaire sur tout et de m'engouffrer dans cette nouvelle relation avec Reeve, je ne peux pas non plus renoncer aux promesses que je lui ai faites à *elle* dans le noir. Que ça implique que je veuille toujours lui piquer son trousseau de clefs pour regarder les enregistrements ou pas, je ne l'ai pas encore décidé.

Et je n'ai pas besoin de le faire maintenant. Aujourd'hui, je me consacre à Reeve, pour déterminer ce que nous pourrions être l'un pour l'autre. J'ai donné assez de mon temps à Amber pour au moins profiter d'une journée pour moi.

⋆ ⋆ ⋆

Deux heures plus tard, je suis assise sur le dos d'un cheval alezan répondant au nom de Milo à me balader au milieu du paysage de montagne le plus beau que j'aie jamais vu. Reeve chevauche à mes côtés sur un étalon noir qui s'appelle Playboy. Je ne me suis pas privée de lui faire remarquer que ça lui allait très bien. Mon *petit ami* est un excellent cavalier. Même s'il reste généralement à mes côtés, il s'assure aussi de me montrer ses prouesses, partant de temps en temps au galop devant moi pour revenir quelques minutes plus tard.

Nous discutons de tout et de rien pendant la balade, principalement du paysage. Mais nous restons aussi plongés dans le silence, laissant la grandeur des montagnes nous imprégner. Nous laissons s'épanouir ce truc entre nous, sans le manipuler ni le forcer. Nous nous promenons depuis plus d'une heure maintenant et même si, techniquement, nous ne sommes pas plus près d'avoir déterminé la nature de notre relation, j'ai l'impression que nous avons atteint un stade important. Mon mal au coccyx en vaut largement la peine, même si je suis prête pour une pause.

Comme s'il pouvait lire dans mes pensées, Reeve me dit à cet instant :

« On est presque arrivés à la rivière. On va s'y arrêter pour laisser les chevaux boire avant de retourner au ranch. J'ai des sandwichs, on pourra déjeuner.

– Tu nous as préparé un pique-nique ? Oh la la, mon cow-boy. Attention, si tu ne fais pas gaffe, quelqu'un pourrait dire que tu es romantique.

– Tout doux, bijou, rétorque Reeve en riant. Il n'y a pas assez de vivres pour appeler ça un pique-nique. Mais je suis content que tu aies remarqué mes efforts pour t'impressionner. »

Comme s'il avait besoin de m'impressionner. Néanmoins, ses efforts sont véritablement prodigieux. Et étranges aussi, puisque personne n'a jamais fait l'effort de me séduire non plus. Je me sens comme déstabilisée et ça n'a rien à voir avec le fait que je sois perchée aussi haut au-dessus du sol. Je ne comprends pas trop tout ce qui est gentil et sentimental et, à vrai dire, ce n'est pas vraiment mon truc. C'est sympa à petites doses – c'est même nécessaire pour réparer ces morceaux de mon être en souffrance et en deuil. Mais j'espère qu'il n'a pas fait complètement table rase des précédents éléments de notre relation.

« Merci pour les vêtements, au fait. »

La tenue qu'il m'a donnée incluait un pantalon moulant élastique, une chemise blanche et une veste d'équitation. Avec ces bottes, je ressemble à une sorte d'idéal qu'on ne voit que dans les westerns. C'est pour cette raison que j'ajoute :

« Je pense que c'est autant un cadeau pour toi que pour moi.

– Tu es vraiment canon, répond-il après m'avoir observée d'un regard brûlant. Je ne vais pas te mentir. »

Il n'a rien d'autre à dire pour me faire fantasmer. Je le vois déjà me faire descendre de ma monture pour me ravager au milieu de toutes ces fleurs sauvages jaunes.

Je presse mes cuisses contre les flancs de Milo et essaie de me changer les idées en lui posant une question :

« Pourquoi ton père a-t-il acheté un ranch avec du bétail ? Enfin, les paysages sont extraordinaires, mais c'est bizarre parce que la plupart de vos hôtels sont plus dans le genre luxueux. »

Il laisse passer un silence entre nous. Assez long pour que je m'inquiète en me disant que tous ces changements ne sont finalement que superficiels et qu'il n'a toujours pas envie de s'ouvrir à moi. Mais c'est alors qu'il me jette un coup d'œil et se lance :

« Pour ma mère. Elle a toujours voulu vivre à la campagne. C'était une fille de la ville et elle voulait une… vie différente. Elle rêvait d'un mode de vie plus calme que celui dans lequel elle a été élevée. Mon père l'a rencontrée et l'a immédiatement emportée au loin, mais il avait déjà bâti son empire et la vie qu'il lui proposait ne changeait pas trop de la sienne. Encore des affaires, de l'avidité et tout ce qui vient avec le pouvoir. Elle a failli ne pas l'épouser à cause de ça.

Mais elle l'aimait. Et il l'aimait aussi. Alors il lui a promis qu'elle aurait son bout de campagne. Il a acheté ce ranch comme cadeau de mariage pour elle et l'a appelée Kaya. C'était le surnom qu'il lui avait donné.

– Il appelait ta mère Kaya ? »

Voilà qui explique l'origine de son prétendu nom de jeune fille.

« Oui, ça veut dire "roc", en grec. Ma mère a rompu tout lien avec sa famille quand elle a quitté le pays pour épouser mon père. C'est elle qui l'a voulu, mais la décision a été difficile à prendre et à assumer. Il disait qu'elle était aussi forte qu'un roc, explique-t-il en me souriant. Enfin parfois, il disait qu'il l'appelait comme ça parce qu'elle était aussi têtue et inébranlable qu'un bloc de béton. Les deux définitions lui allaient très bien. »

Il parle de ses parents sur un ton égal, sans le moindre sentiment, mais il y a ce truc – dans son langage corporel, dans le choix de ses mots –, et ce truc me révèle un attachement très profond pour eux. J'ai fait des recherches sur ces gens, j'ai lu plein de choses sur eux dans des articles dépourvus de tout contexte. Reeve insuffle la vie à ces deux personnages. Il les rend réels. Importants.

Il trotte devant moi, le sentier vient de se resserrer. Lorsqu'il s'élargit à nouveau, il reprend place à mes côtés et continue :

« Quoi qu'il en soit, on voyageait beaucoup quand j'étais petit. On visitait plein d'endroits différents et on suivait les travaux de tous les hôtels clubs en construction, mais c'est toujours ici qu'on revenait. Cette maison a toujours été notre foyer. Même s'ils ne sont plus là, j'essaye de revenir ici tous les ans pour y passer une partie de l'année. »

J'essaye de faire coïncider son histoire avec celle qui existe déjà dans ma tête. Elena Vilanakis, aussi connue sous le nom d'Elena Kaya, n'était pas heureuse avec sa vie. À cause de ses liens avec la mafia ? Daniel Sallis l'a-t-il sauvé de ce milieu ?

Puis est-ce ensuite Reeve qui a retissé des liens avec eux lorsque ses parents sont décédés et parce qu'il n'avait nulle part où aller ?

Mais ces questions sont pour Amber et aujourd'hui, je me consacre à mon amant.

« Merci de m'avoir fait venir ici avec toi, dis-je. Ça me touche énormément.

– Ça compte beaucoup pour moi. »

Nos regards se croisent et ne se quittent plus. Peut-être que la gentillesse et la douceur ne sont pas si mal à haute dose aussi.

Nous arrivons une minute plus tard à la rivière. Elle semble jaillir de nulle part. Je l'entends couler de loin, mais je ne la vois que lorsque nous y arrivons. Nous descendons de cheval et Reeve attache nos montures à un arbre. Puis nous nous installons sur un gros caillou qui sort de l'eau pour manger nos sandwichs.

« J'aime ces sons, dis-je quand j'ai fini de manger. La rivière qui gazouille et le vent qui souffle. C'est tellement paisible.

– On peut l'entendre de la maison quand tout est très calme, m'explique Reeve en s'accoudant derrière moi. C'est paisible et pourtant c'est le type de son qu'on entend de très loin.

– Je vois de quoi tu parles. Pendant la première nuit que nous avons passée ici, je me suis réveillée très tôt le matin. Je n'arrivais pas à dormir. Alors je suis sortie sur le balcon et je l'ai entendue.

– Pourquoi ne m'as-tu pas réveillé ? demande-t-il en fronçant les sourcils. Je t'aurais baisée jusqu'à ce que tu te rendormes.

– Je ne peux pas te réveiller pour que nous nous envoyions en l'air, m'exclamé-je en le regardant bouche bée.

– Pourquoi pas ?

– Parce que chaque fois que j'ai essayé de commencer un truc avec toi, ça ne s'est jamais bien passé pour moi. »

Il a été très clair là-dessus. C'est lui qui dirige. Je ne suis qu'une participante.

Il retrouve sa position assise et nous revoilà l'un à côté de l'autre.

« Eh bien, c'est vrai. Sauf que tu es encore là. Peut-être que tu ne commençais pas ce qu'il fallait. »

Je réfléchis à ce qu'il me dit en me repassant le film de nos interactions, essayant de trouver des indices manquants. Il doit probablement y en avoir des tas, mais je n'arrive pas à les voir.

Je me tourne vers lui et lui demande :

« Alors dis-moi, que se passerait-il si je te sautais dessus de temps en temps au lieu d'attendre que ce soit toi qui le fasse ?

– Essaye un peu de temps en temps et tu verras », répond-il en haussant les épaules.

Il se lève et me tend la main pour m'aider à me redresser. Il saute ensuite du caillou et se tourne vers moi pour me soulever et m'en faire descendre avec aisance. Le vent joue avec quelques mèches de cheveux qui se sont échappées et il les repousse d'une caresse. Nos regards se croisent dans un autre moment à l'eau de rose qui comprime mon petit cœur tout mou. C'est le genre de moment qui se termine par un petit smack et je ne peux pas m'empêcher d'espérer qu'il me pousse contre un arbre pour m'arracher mes vêtements dans sa hâte d'arriver dans ma culotte.

Mais j'y mets fin avant même qu'il ne se penche vers moi.

Nous avançons vers les chevaux et l'air est légèrement tendu entre nous. Je suis certaine que c'est parce que j'ai été trop abrupte. Sur un ton hésitant, il me demande :

« Je peux te poser une question ?

– Oui ? »

Je me prépare à devoir lui dire ce que je pense, je suis sûre que c'est ce qu'il veut savoir.

« Quand notre relation a débuté, tu m'as demandé si tu allais avoir besoin d'un mot d'alerte et je t'ai dit que ce n'était pas nécessaire. »

Je ne m'attendais pas à ça. Et ce n'est pas tout à fait la vérité non plus. Il a dit que si j'avais besoin d'un mot d'alerte, alors je ne devrais pas être là. Je le corrige :

« Ce n'est pas exactement comme ça que tu l'as présenté, mais passons.

– Je pense que j'avais tort. »

Je m'immobilise et lui demande :

« Tu crois que j'ai besoin d'un mot d'alerte ? »

Il continue à marcher et il lui faut quelques pas avant de remarquer que je me suis arrêtée. Il fait demi-tour et me répond les mains dans les poches :

« Je ne sais pas trop. Je ne me suis jamais servi de ça, mais je n'ai jamais fréquenté de femme qui ne m'ait pas clairement défini ses limites. »

Ma gorge se serre. Je l'ai laissé me faire des choses humiliantes et pourtant, étrangement, admettre ça est plus embarrassant que tout le reste.

Mon regard tombe sur la pointe de mes bottes quand je lui réponds :

« Peu importe que j'en aie un ou pas. Je ne m'en servirai jamais.

– Même si je vais trop loin ?

– Je ne sais pas ce que c'est, "trop loin", Reeve », dis-je en me serrant dans mes propres bras.

Il est silencieux, mais je sais que ça ne durera pas. Il va me demander de m'expliquer, je le sens. Et c'est certainement une conversation que nous aurions dû avoir il y a bien longtemps, même si je ne me suis acceptée telle que je suis que récemment. Maintenant qu'il a abordé le sujet, je ne peux plus l'éviter.

Alors je plonge tête la première, passant devant lui pour lui parler sans avoir à le regarder :

« C'est un problème que j'ai depuis longtemps. Je ne sais pas si je suis malade ou un truc dans le genre. J'aime quand les hommes me font des choses, des choses que d'autres femmes trouvent abominables. De la maltraitance, même. Enfin, plus que ça. J'en ai même besoin.

– Tu es naturellement soumise, dit Reeve tout juste derrière moi. Ça ne fait pas de toi quelqu'un de malade. De nos jours, les psychologues ne disent même plus que c'est une maladie, à moins que ça n'interfère avec ta vie.»

J'ai rejoint Milo maintenant et je lui caresse l'encolure, me servant de lui pour me concentrer.

«C'est ça le truc. C'est que parfois, ça interfère avec ma vie. Parce que je ne sais pas quand dire stop. Je ne sais pas comment dire non. Je laisse les hommes me faire du mal, Reeve. Vraiment beaucoup de mal.»

Amber a toujours mis ça sur le dos des hommes que j'ai fréquentés, mais s'ils ont leur part de responsabilité, moi aussi.

Je me tourne vers lui, mon regard brouillé de larmes encore non versées quand je continue :

«Quel genre de personne ne sait pas se défendre quand on la brise ? Qui suis-je pour crever d'envie qu'on me fasse subir de tels sévices et que je ne cesse d'y revenir ? Je comprends une partie du mécanisme. Par exemple, si quelqu'un d'autre prend le contrôle, alors je n'ai pas à admettre que j'ai mon mot à dire. Que j'aime ça. Ça m'aide à ne pas trop ressentir de honte. Mais cette partie de moi où je me laisse être déchirée en petits morceaux… »

Ma voix se brise. Je suis incapable de finir cette phrase. Je ne sais pas comment la terminer.

Je remue la tête pour essayer de me débarrasser de la boule dans ma gorge pour continuer :

«Mais je n'arrive pas à arrêter. Quand j'essaye, je suis morte à l'intérieur. Alors tout ce que je peux faire, c'est d'espérer avoir de la chance. Espérer que, qui que soit la personne avec qui je suis, elle se souciera assez de moi pour mieux me protéger que je n'en suis capable.»

Pendant ma tirade, Reeve reste patiemment debout, à m'observer, à m'écouter. Maintenant j'attends qu'il me dise quelque chose de banal et de rassurant. Quelque chose qui essaiera de faire disparaître ma honte en en diminuant sa source. Je ne lui en voudrai pas. Parce que comment réagir autrement face à quelqu'un d'aussi manifestement dingue ?

Mais il ne dit rien. Au lieu de ça, il s'approche, pose sa bouche sur la mienne et m'embrasse. Son baiser n'est pas doux, ni timide, tout comme il n'est ni agressif ni brutal. C'est juste un baiser qui n'a pas de réponse. C'est un baiser qui accepte.

Nous restons dans cette position pendant un long moment, tandis qu'il me laisse déverser mon anxiété et ma haine de moi en les accueillant de subtiles caresses de la langue et différentes pressions de ses lèvres. Il me laisse pleurer. Il me laisse me défaire de ma mue. Il me laisse être à vif sans prendre avantage de ma vulnérabilité comme tant d'autres l'ont fait.

Nous nous embrassons encore et encore et nous aurions probablement continué pendant longtemps si Milo ne nous avait pas poussés de sa tête. Nous nous écartons l'un de l'autre en riant doucement.

« Il est jaloux, dit Reeve. Il te veut entièrement pour lui. »

Il tire sur la tête du cheval pour qu'il l'enfouisse dans son cou en le caressant puis continue :

« Désolé, Milo. Elle est à moi et je ne la céderai pas. Tu n'es pas le seul qu'elle aime chevaucher. »

Mon rire ressemble beaucoup à un gloussement de gamine. C'est embarrassant.

« Tu la crois, toi ? Elle fait comme si ce genre de remarque la perturbait. Je sais que c'est faux. »

Je ne suis pas prête à renoncer tout de suite à notre moment d'honnêteté, alors je réponds :

« Ce n'est pas ce que tu as dit qui m'a mise dans tous mes états. »

Reeve abandonne le cheval et attire ma tête pour presser son front contre le mien. Il caresse ma joue du revers de sa main. Je ne me suis jamais sentie aussi proche de lui. En symbiose. Je suis certaine que nos cœurs battent à l'unisson. Nous sommes tellement en phase que je l'entends me dire ces mots dans ma tête : *J'essaye. Je vais continuer à essayer.*

En silence, je lui fais le même serment, même si je ne suis pas certaine de pouvoir tenir cette promesse.

* * *

En chemin pour rentrer à l'écurie, j'ai eu bien assez de temps pour me remettre de ma crise émotionnelle, mais je suis aussi stressée et nerveuse. Nous avons passé des heures à jouer la carte de la tendresse et de la romance et nous avons laissé de côté la facette vigoureusement sexuelle de notre relation. J'ai désespérément besoin de cette échappatoire que lui seul peut me procurer et j'ai de plus en plus peur qu'il se soit perdu dans la transition entre les différentes phases de notre relation maintenant que nous sommes d'accord pour l'explorer en *profondeur* et que notre *arrangement* n'a plus cours.

Nous rentrons Milo dans son box en premier et Reeve s'occupe ensuite de Playboy. J'attends qu'il referme la petite porte avant de pouvoir sortir des écuries avec lui. Mais dès que j'entends la serrure se refermer, il m'attrape sans crier gare, m'attirant fermement contre lui pour que je puisse sentir la ligne rigide de son sexe contre mon bassin.

« J'espère que la selle du cheval n'a pas trop laissé de traces, parce que tu ne vas pas pouvoir rester dans ce pantalon moulant encore une seconde de plus. Je te veux à poil. Je veux voir ta chatte. Je veux te pénétrer.

– Alors lâche-moi qu'on puisse rentrer à la maison. »

Il me relâche, mais seulement pour défaire sa ceinture quand il reprend :

« Je ne peux pas attendre aussi longtemps. Je bande tellement que c'en est douloureux.

– Tu veux faire ça ici ?

– Oui, ici. »

Mon cœur bat irrégulièrement. *Oh Bon Dieu, oui !*

D'un seul coup, il me pousse dans le box suivant et attrape mes poignets dans sa main pour les river au-dessus de ma tête. Sa respiration est lourde, comme la mienne, et la fraîcheur de l'air crée de petits nuages de condensation qui sortent de nos bouches pour se retrouver entre nous. Malgré la température, j'irradie de chaleur.

Voilà ce dont j'ai besoin. Voilà ce qui me manquait. D'anticipation, mon cœur bat la chamade et ma culotte est déjà trempée. Je frissonne et pourtant je transpire en même temps.

Sa bouche n'est qu'à quelques centimètres de la mienne, ses yeux ne s'écartent pas de mes lèvres et clairement l'effort qu'il produit pour se contenir est si puissant que je le lis sur les traits de son visage.

« Qu'est-ce que tu veux que je te fasse ? »

Ses mots volent autour de nous. Il m'a déjà posé cette question sous une forme ou sous une autre tant de fois. Il y revient tout le temps. *Que veux-tu ? Comment veux-tu que je te baise ?*

J'ai l'impression de ne jamais avoir la bonne réponse. Pour la première fois, je comprends pourquoi. Parce que je ne veux pas qu'on me pose la question.

Et si je connais Reeve comme je pense commencer à y parvenir, je ne suis pas sûre qu'il ait envie de la poser non plus. Il doit préférer prendre cette décision. Alors je lui dis :

« Non. *Toi*, tu me dis ce que je veux. *Voilà* mon désir. »

Son regard s'assombrit, me confirmant ma suspicion. Il aime ma réponse. C'est la bonne. Pour lui comme pour moi.

Il change de position et ne me retient plus que d'une main. De l'autre, il défait le premier bouton de ma veste. Puis, défaisant les boutons un à un, il me dit d'une voix basse et rauque :

« Tu as voulu baiser avec moi toute la journée. Tu n'as pas arrêté d'y penser, à tout ce que j'aurais pu te faire. Près de la rivière. Dans les champs. À cheval. »

Le dernier bouton est défait.

Oui !

«Alors pourquoi ne l'as-tu pas fait ?»

J'ai posé ma question dans un souffle, à voix si basse. Il me relâche et je me tourne automatiquement pour le laisser me retirer ma veste, qu'il jette par terre en me répondant :

« Parce que cette balade était un moment de tendresse. Et toi, tu avais des idées perverses.»

Oui, tellement oui.

Il sort ma chemise de mon pantalon en continuant :

« Alors maintenant, il va falloir être très sale parce que tu m'as fait attendre », ajoute-t-il.

D'un mouvement rapide, il arrache ma chemise pour l'ouvrir complètement. Les boutons volent partout. J'ai la chair de poule à cause de ses mots, de son acte primaire et aussi de l'assaut de l'air frais. Je tremble. Mes tétons sont déjà durs, ils pointent derrière la dentelle.

Il retire le bout de tissu déchiré de mes épaules avant de passer sa main dans mon dos pour défaire mon soutien-gorge. Alors que les bretelles retombent sur mes bras, son regard s'attarde sur ma poitrine, provoquant une vague de chaleur.

Peu importe le nombre de fois où il m'a vue nue, il ne manque jamais de me regarder de cette manière – comme un homme affamé. Comme s'il voulait me dévorer toute crue. Comme s'il n'allait jamais pouvoir être rassasié.

Je comprends ce qu'il ressent. Je ne peux pas m'imaginer un jour me lasser de ce regard.

Un sifflement attire mon attention dans l'allée qui jouxte l'entrée. Reeve me pince le menton pour faire revenir mon visage vers lui et me dit d'un ton autoritaire :

« Regarde-moi. Tu te fous de qui est dans le coin. C'est à moi de m'inquiéter de ça et c'est ce que tu veux. C'est moi qui décide qui peut te voir. J'ai raison ? »

Je lui réponds d'un hochement de tête, mais il ne s'en contente pas. Il force mon menton à remonter un peu plus haut et dit :

« Dis-le.

– Je veux que tu décides qui peut me voir.

– C'est bien. »

Ah mais merde, si je n'étais pas déjà trempée avant, maintenant c'est le cas. Il relâche mon menton, puis m'attrape par le bras et me traîne brusquement vers l'endroit où est stocké le fourrage, à quelques mètres de là. Des balles de foin sont empilées à diverses hauteurs. Il m'ordonne de me retourner et quand je lui obéis, il me pousse sur une meule à proximité.

Il glisse ses doigts autour de ma culotte et la fait descendre au maximum, au niveau de mes bottes.

« Tu veux me montrer ta chatte. Je vois que tu aimes ça, ma jolie. Maintenant écarte. »

Bougeant les pieds comme je peux, je commence à écarter mes cuisses, mais je suis trop lente, ou je ne vais pas assez loin, car Reeve pose une main sur mes reins et donne un coup de pied dans l'une de mes bottes, puis l'autre jusqu'à ce qu'elles soient assez loin l'une de l'autre. Il passe ensuite un doigt sur le tissu de ma culotte et commente :

« Tu es trempée, Emily. Ce n'est pas plus mal de la faire dégager. »

Sur ce, il attrape mon sous-vêtement des deux côtés et le déchire, comme ma chemise. Il tire sur le bout de fine dentelle de part et d'autre et m'en libère. La voix rauque d'appréciation, il continue :

« C'est magnifique, Em. Tu voulais que je voie ta chatte et maintenant je la vois parfaitement bien. »

Jetant un coup d'œil par-dessus mon épaule, je le vois à quelques pas de moi, en train d'admirer la vue. Appréciant d'être sous la lumière des projecteurs, mon intimité se contracte.

« Regarde devant toi, dit-il durement lorsqu'il me voit avant d'approcher. Tu ne veux pas voir ce que je vais te faire. Tu veux avoir la surprise. »

Oh oui tellement.

« Est-ce que je veux que tu me défonces ?

– Tellement. Et vite aussi », répond-il.

Sa main s'abat sur l'une de mes fesses et je pousse un petit cri. Il claque l'autre, puis caresse la morsure de son coup en faisant de petits cercles concentriques, étalant la brûlure sur l'ensemble de ma peau. Les dents serrées, je lui demande ensuite :

« Est-ce que j'ai envie que tu me fasses mal ?

– Oui. Et tu veux croire que je pourrais te faire très mal. »

Il me claque alors, des deux côtés et rapidement, avant de reprendre ses caresses. Il me connaît bien. Si bien. Il sait ce que je veux. Il sait comment me le donner.

Il sait même peut-être quand il devra s'arrêter.

Il me contourne pour arriver au niveau de mon visage et me dire :

« Donne-moi tes mains. »

Je lève mes poignets vers lui, puis il les entrave avec mon soutien-gorge, serrant aussi fort que possible avec ce matériel de fortune. Il se penche ensuite pour mettre son regard à hauteur du mien et il ajoute :

« Pas un mot. Ne bouge pas. Compris ? »

Je hoche la tête pour le lui montrer.

« Parker ? dit-il à voix haute. Il me faut une cravache.

– Laquelle ? répond son collaborateur.

– La tissée. Soixante centimètres. Lestée. Plus court, ça irait aussi. »

Ma peau fourmille de frissons de la tête aux pieds. J'ai envie de regarder derrière moi, pour voir si Parker est là. J'ai envie de m'asseoir dans une position plus élégante. C'est une chose d'être nue devant des inconnus. Une autre de l'être devant des gens que je connais et avec qui je ne couche pas. Et encore une autre d'être humiliée en leur présence.

Mais alors que l'anxiété monte d'un cran dans ma poitrine, mon excitation, elle, parcourt mes veines à toute vitesse, équilibrant mes émotions.

Reeve m'ignore pendant qu'il attend Parker. Il ne me parle pas, ne me touche pas, et alors que les secondes défilent comme des heures, ma respiration se fait plus lourde, mon cœur bat à tout rompre et mon intimité se contracte régulièrement.

Et enfin, *enfin*, j'entends des bruits de pas au loin. Ils ralentissent en approchant.

« Eh bien, c'est nouveau, dit Parker derrière moi sur un ton non dénué d'obscénité. Superbe embellie pour les écuries.

– Je n'ai jamais possédé de plus jolie pouliche. »

La main de Reeve, du moins je suppose que c'est la sienne, me caresse les flancs lorsqu'il commente ensuite :

« Magnifique arrière-train, bien rond.

– Effectivement », réplique Parker en sifflant avec appréciation.

Des pieds approchent et s'arrêtent juste avant que j'entende Reeve dire :

« Si tu la touches, je te brise la nuque.

– Compris, dit-il avant de marquer une pause. Voilà ce que tu as demandé. Amusez-vous bien. »

J'entends un bruit. Le bruit de Parker qui se retire, celui de ses éperons qui tintent à chaque pas. Son départ résonne dans les écuries quand quelque chose s'abat sur ma chatte. Pas fort, juste une évocation de coup.

« On va bien s'amuser, hein, ma jolie ? »

Il glisse l'objet sur les replis de mon sexe, puis le fait tourner autour de mon clitoris et ensuite redescend plus bas. Alors je ne peux que lui répondre d'un gémissement.

« Tu mouilles encore plus. Je sais que tu avais envie de ça. Tu veux voir ?

– Oui. »

Reeve revient vers ma tête et tend la cravache sous mon nez. Le bout est luisant.

« C'est toi, ça, dit-il en le mettant dans sa bouche avant de le sucer. Tu as bon goût, Em. »

C'est si bas. Si dépravé.

J'en suis tellement excitée que je suis quasi sûre de pouvoir jouir dans l'instant.

«Tu as envie de goûter ce que j'ai dans la bouche. Tu es tellement sale, je sais que tu aimes savoir le goût que tu as, autant que moi. Devine quoi, Em. Je vais te donner ce que tu veux.»

Il me tend à nouveau la cravache, mais plutôt que de la lever vers mes lèvres comme je m'y attendais, il me tape sous le menton avec et m'ordonne d'ouvrir la bouche.

Je sens ma mâchoire s'ouvrir et il fourre de la dentelle blanche entre mes lèvres – ce sont les vestiges de ma culotte. Il s'assure bien que la partie recouverte de coton imbibé soit bien sur ma langue et en me sentant, je suis à la fois répugnée et excitée. Ou, plus exactement, encore plus excitée. Je suis absolument incapable de comprendre ces réactions contradictoires. Elles se tirent et s'alimentent l'une l'autre, attisant mon désir, au-delà de tout ce que j'ai ressenti dans le passé. Mais il n'en a pas terminé :

« Mords ça », dit-il en me tendant une corde verte d'environ deux centimètres de diamètre.

Je lui obéis en faisant un peu plus entrer ma culotte dans ma bouche.

« Ne la laisse pas tomber, recommande-t-il. Compris ? »

Comme je ne peux plus parler maintenant que je suis bâillonnée, je lui réponds d'un simple mouvement de tête.

Il me félicite ensuite en revenant à mon arrière-train, faisant courir la cravache le long de mon corps au passage.

Il n'y a aucun avertissement avant le premier claquement de la cravache sur ma peau. Aucune préparation. Juste une tape, une brûlure vive et concentrée sur ma fesse, provoquant un grognement dans ma gorge et un mouvement de jambe, par réflexe.

Il ne caresse ni ne masse la morsure de la cravache, il ne me touche pas avant le coup suivant, sur l'autre fesse, maintenant, mais plus haut que sur la première. Il continue comme ça, un coup après l'autre, sans motif particulier, pour que je ne puisse pas me préparer au suivant. Il continue encore et encore jusqu'à ce que mes grognements deviennent des cris, que mes fesses soient en feu, que mes yeux luisent de larmes et que je souffre de tant serrer les dents.

Quand il est satisfait, mes chairs tremblent tant j'ai besoin de lui et j'imagine que mes fesses sont zébrées de rouge. Il presse son corps contre la peau cuisante de mon cul et je sens son gland venir se nicher à l'entrée de mon sexe.

Puis il me pénètre. Plongeant en moi d'un seul coup, vite et fort, allant directement au fond, si profondément que, le souffle coupé, je manque de laisser tomber la corde dans ma bouche. Mon orgasme qui montait petit à petit depuis qu'il avait commencé à me fesser, puis à me cravacher, explose en moi, un peu comme lorsqu'on ouvre une bouteille contenant un liquide gazeux qui a été secoué.

Alors que je grogne et convulse encore, je sens qu'on tire sur la corde dans ma bouche des deux côtés et je me rends compte que c'est Reeve qui les tient, tirant ma tête en arrière comme s'il s'agissait de rennes et que j'étais sa jument.

Et effectivement, il me chevauche. Il a enfoui son sexe en moi et d'une main, il maintient ma tête dressée grâce à ses rennes de fortune et l'autre s'agrippe à mes hanches. Et pendant tout ce temps, il continue à me parler. Il me dit des choses licencieuses, lubriques qui me font ruer et me débattre sous lui. Il me dit :

«Tu en as envie, parce que tu es une grosse salope. Tu es vilaine. Tellement dégueulasse, une vraie perverse qui veut être baisée comme une sale pute.»

Mon deuxième orgasme me tombe dessus encore plus rapidement. Il est talonné de près par le troisième qui me transperce douloureusement. Il comprime tout l'air dans mes poumons, mes jambes cèdent sous mon poids, même avec le support des balles de foin.

Reeve lâche la corde et la retire de ma bouche et me fait pivoter sur le dos. Il reprend son assaut en me pénétrant, alors que ma chatte continue à se contracter. Le soutien-gorge s'est un peu détaché au passage et j'ai maintenant les mains libres. Il se penche alors sur moi et m'immobilise tandis qu'il me baise avec une fureur et une ferveur renouvelées.

Le regard dans le vide au-dessus de moi, il reprend sa diatribe d'une voix enrouée, comme à vif:

« Et moi je suis le gros connard de pervers qui aime te dire toutes ces merdes. Celui qui aime te baiser comme ça. Qu'est-ce que ça fait de moi ? »

Le ton de sa voix est encore plus tendu et j'entends que son orgasme le surprend brutalement et le ravage avec force. Il plaque son bassin contre le mien, la texture de son jean irrite la peau fine et sensible de mes fesses. Il gémit et il grogne, ses doigts agrippent mes poignets et ses yeux se ferment durement.

Dès qu'il me libère suffisamment les mains, je m'assieds, crache ma culotte et tourne son visage vers le mien pour lui dire :

« Peut-être que ça fait de toi un homme fait pour moi. »

Je l'embrasse alors, ma bouche laisse son empreinte sur la sienne et mes lèvres façonnent les siennes avec une dévotion féroce et inflexible. Il me rend rapidement mon baiser, puis prend mon visage en coupe. Lorsque nos lèvres se séparent, nous nous agrippons mutuellement, blottissant nos têtes l'une contre l'autre alors que nous cherchons encore à reprendre notre souffle.

Il finit par se mettre à marmonner. Les sons incohérents se transforment pour former mon nom alors qu'il me caresse le dos à pleine main.

« Emily, Emily, Emily. Tu es en train de te geler. Il faut qu'on te réchauffe. »

Je ne m'en étais pas rendu compte avant qu'il me le fasse remarquer. Il ne fait qu'à peine dix degrés dehors et la température dans les écuries doit être à peu près la même.

« Eh bien, je ne pense pas que ma chemise me soit encore d'une grande utilité.

– Effectivement. Tiens, dit-il en prenant sa veste pour la passer autour de mes épaules. Habille-toi du mieux que tu peux. Je vais m'occuper de ça et ensuite on va aller te faire couler un bon bain. Puis, si tu es d'attaque, on pourrait peut-être aller au feu de camp.

– Je suis partante. »

Il s'éloigne d'un pas et revient immédiatement, puis incline sa bouche vers la mienne en disant :

« Encore un. »

Encore un et encore un et encore un. Pour toujours. Je les prendrais tous. Et même plus.

Reeve rejoint l'allée principale. Je remonte mon pantalon et referme sa veste du mieux que je peux sur ma poitrine. Je trouve mon soutien-gorge et ma culotte et les enroule dans ma veste. Nichant le paquet de tissu sous un bras, je fourre mes mains glacées dans mes poches. Dans les poches de Reeve. Ma main droite se ferme sur un objet métallique. Ses clefs. Je les sors pour les regarder, le cœur battant.

Il y en a neuf au total sur le trousseau. Certaines dorées, d'autre argentées. Je ne sais absolument pas ce qu'elles ouvrent, mais une chose est sûre, l'une d'entre elles donne accès à son bureau.

Avant de pouvoir trop réfléchir, avant de douter ou de remettre en question, ou de me dissuader de le faire, je fourre les clefs au milieu de mon paquet de vêtements. *On ne culpabilise pas. Ce qui est fait est fait.* Je déciderai plus tard de la prochaine étape.

« Prête ? me demande-t-il depuis l'entrée.

– Plus que prête. »

J'affermis ma prise sur le paquet de tissu et me dépêche de le retrouver, rationalisant déjà mes actes dans ma tête.

Il ne m'a pas vraiment laissé le choix. Il ne m'a toujours rien dit à propos d'Amber. Si je dois le découvrir par moi-même, c'est complètement justifié.

Peu importe que je ne lui aie pas parlé d'Amber non plus. Les choses évoluent entre nous, mais nous avons tous les deux encore des secrets.

26

De retour à la maison, Reeve me fait couler un bain avec du sel d'Epsom pour soulager ma peau des morsures de la cravache et mes muscles tendus de cette chevauchée, enfin, des deux chevauchées, plutôt. Plus tard, après dîner, nous sortons rejoindre quelques gars du ranch qui ont lancé un feu de camp. Un vendredi soir d'avril, par ces températures clémentes, d'après Charlie, est des plus indiqués pour une soirée « bibine et brasier », comme il le dit.

Brent et Parker nous rejoignent ensuite et même si ce dernier me fait des grands sourires de connivence chaque fois qu'il croise mon regard, je ne suis pas aussi mal à l'aise que je l'aurais imaginé. Ils sont ce que Reeve a de plus proche d'une famille, je m'en rends compte maintenant, ce qui explique ses liens avec le personnel de Kaya. À leurs côtés, il est plus détendu, il blague et rigole. Je ne l'ai jamais vu comme ça avec d'autres personnes. Non pas que je l'aie beaucoup vu avec beaucoup d'autres proches. Grâce aux histoires qu'ils partagent, j'en apprends pas mal sur la jeunesse et le passé de Reeve. Il s'est essayé aux drogues douces, aux jeux de hasard et a fréquenté bien des femmes.

« Beaucoup, beaucoup, beaucoup de femmes, précise Brent alors que Reeve donne un coup de pied dans sa botte.

Hé ! Mais c'est pour exprimer mon admiration, contre-t-il. Tu étais un dieu parmi nous.

– Ferme ta putain de grande gueule, rétorque Reeve en buvant une gorgée de bière. Je suis toujours un dieu.»

Lorsque les rires s'estompent, je lui demande :

« Qu'est-ce qui t'a fait rentrer dans le rang ? »

Les gars regardent mon petit ami encore une fois, comme s'il pouvait laisser passer ma question sans y répondre. Mais je découvre qu'en fait, il aime prendre son temps avant de répondre sur des sujets personnels et effectivement, il finit par parler :

« Missy, dit-il avant de déglutir. Quand elle est morte, j'ai eu l'impression de me prendre une grosse baffe en pleine gueule. Ma vie était complètement hors de contrôle. Alors j'ai arrêté la drogue, fait du ménage dans mes fréquentations, arrêté d'aller à ces soirées complètement dingues aussi, et...

– Et depuis tu es devenu un gros taré qui veut tout contrôler, dis-je en finissant sa phrase à sa place.

– Tu le connais si bien », répond Charlie alors que tout le monde rit.

Je commence.

Aux alentours de dix heures, le groupe se disperse – certains partent boire quelques bières en ville, d'autres doivent travailler le samedi et rentrent chez eux pour cuver.

« Il n'y a pas de semaine de cinq jours du lundi au vendredi quand on s'occupe du bétail, dit Charlie quand il nous quitte. Et cinq heures du matin, ça arrive très vite. Plus vite qu'on ne le pense.»

Et là, il ne reste plus que Reeve et moi. Assise sur un rocher, je change de position, en partie pour me tourner vers lui, mais aussi parce que mes fesses me cuisent, ce qui fait que je n'ai pas arrêté de gigoter de la soirée. Il le remarque et se tapote les cuisses pour m'inviter à m'y asseoir.

J'accepte volontiers l'invitation. Ce n'est pas franchement beaucoup plus confortable que le rocher, mais m'adosser à son torse, alors qu'il m'enveloppe de ses bras, améliore toute situation, à mon avis.

«Alors… un sacré fêtard, c'est ça?»

Je lui pose la question alors que je connais déjà la réponse. Les médias le décrivent comme tel et j'ai vu les preuves sur les photos de sa fête d'anniversaire à l'hôtel de Palm Spring. La description de ses soirées par Chris me l'a également confirmé.

Reeve hoche la tête mais n'en dit pas plus. Quand il reprend la parole, il doit répéter sa question, parce que je suis certaine de ne pas l'avoir entendu correctement la première fois.

«Tu es déjà tombée amoureuse?»

Je tourne la tête pour le regarder et voir s'il est sérieux. Il l'est. Je reprends ma position d'origine et lui réponds:

«C'est assez inattendu de ta part.

– Pourquoi? Parce qu'un fêtard ne peut pas être intéressé par des trucs aussi fleur bleue que l'amour? Je te le demande peut-être aussi pour voir si j'ai une raison d'être jaloux. Comme ça je pourrai le tuer.»

Je lève les yeux au ciel dans une attitude d'exaspération, mais ma poitrine se réchauffe, comme si le feu pouvait aussi me réchauffer de l'intérieur. Il enfouit son visage dans mon cou et continue:

«Je suis sérieux. Enfin pas sur tout, quoi. Dis-moi. J'ai envie de savoir.

– Non. Ça n'est jamais arrivé.»

À une époque dans ma vie, j'ai cru que c'était l'un de mes nombreux défauts. Je pensais être incapable de tomber amoureuse d'une personne ou d'avoir quelqu'un d'autre à aimer dans ma vie.

Mais il y a bien eu quelqu'un pour qui j'ai eu des sentiments. Quelqu'un qui m'a aimée. Quelqu'un qui m'a prouvé que l'image que j'avais de moi était erronée. Alors voulant être honnête avec lui, je lui réponds:

«Mais j'ai aimé une personne une fois. Une amie.»

Reeve change de position pour me regarder en face et me demande :

« Emily. Es-tu en train de me dire que tu es bi ? Parce que je crois que je commence à bander.

– Non, réponds-je en riant. Pas du tout. Je n'aime que les hommes. Enfin, j'ai eu des plans à trois. Avec elle.

– Ouaip, c'est définitivement une érection », commente-t-il en se rajustant.

Je sens une bosse sous moi. Je l'ignore, je préfère lui expliquer la nature de ma relation avec Amber.

« Ce n'était pas comme ça entre nous. Ce n'était pas sexuel, même si le sexe faisait partie de l'équation. Nous étions juste vraiment très amies. Nous avons affronté tellement de choses toutes les deux et elle m'a toujours comprise comme personne d'autre. »

Ou plutôt, elle me *comprenait*. Et puis Reeve semble aussi très doué pour savoir ce qu'il se passe dans ma tête.

« Et en plus, vous avez eu des plans à trois. On devrait l'appeler », suggère-t-il.

Il boit une gorgée de bière et au clin d'œil qu'il me fait ensuite, je comprends qu'il blague, mais je lui explique tout de même :

« Non, ce n'est pas une bonne idée. D'abord, je ne peux pas l'appeler. Nous ne nous voyons plus et j'ai perdu sa trace. »

Je lui prends la bouteille des mains et la finis d'un long trait avant d'ajouter :

« En plus, je ne pense pas pouvoir te partager avec elle. Avec personne, en fait. »

Reeve pose la bouteille vide par terre et prend ma joue en coupe pour me répondre :

« Je n'ai jamais attendu ça de ta part.

– Merci. »

Il m'embrasse ensuite, ou je l'embrasse, nos lèvres sculptées par la lumière du feu de camp. Ma chaleur interne transperce ma peau.

Il met fin à notre étreinte en premier. Sa bouche toujours à quelques centimètres à peine de la mienne, il me demande :

« Comment cela se fait-il que tu ne soies jamais tombée amoureuse de quelqu'un d'autre ? On ne peut pas dire que tu aies manqué d'opportunités. »

Je me détourne de lui et repose ma tête sur son épaule pour lui répondre :

« Oui, j'ai eu des amants. Mais je n'ai jamais rencontré quelqu'un en qui je pouvais avoir confiance.

– Pourquoi as-tu rompu avec elle, alors ? Avec ta copine. Si vous étiez si proches. »

C'est bizarre de parler d'Amber avec lui et pourtant, ça me paraît normal. Mais la réponse à sa question est difficile à partager, avec quiconque. Il m'est même difficile d'y repenser.

Alors je hausse les épaules pour lui dire :

« Les gens changent, parfois, ils évoluent différemment. »

Je me redresse et me retourne vers lui pour lui rendre la monnaie de sa pièce :

« Et toi ? Déjà tombé amoureux ?

– Deux fois, répond-il immédiatement à ma grande surprise. La dernière – tu me fais un peu penser à elle, parfois. »

Amber. Il aimait Amber.

Une boule se forme au fond de ma gorge. Je me sens complètement tiraillée. Je suis jalouse, c'est évident. Mais il y a autre chose, c'est comme si nous étions connectés tous les deux. Encore un truc qui nous rapproche.

Et je lui fais penser à elle.

« Comment ça ?

– Je ne sais pas trop. C'est difficile de mettre le doigt dessus, parce que vous êtes vraiment différentes. Par exemple, elle n'appréciait pas trop, eh bien, tout ce qui se passe dans la chambre. Et ailleurs. Elle n'aimait pas toujours mon approche des choses. Elle aimait les trucs cochons, mais n'était pas… soumise. Et enfin de compte, c'est ce qui nous séparés.

– Comment ça ?

– Peu importe.»

J'ai besoin qu'il me réponde. Pour moi. Pour nous.

« C'est elle la fille que tu n'as pas laissée partir ?

– Tu dirais que la confiance est un facteur important dans l'amour ? »

Je l'assassine du regard, lui laissant comprendre que je suis bien consciente qu'il esquive ma question.

Mais je lui réponds quand même, parce que c'est un sujet important pour moi :

« C'est *LE* facteur déterminant. Qu'y a-t-il d'autre ? L'affection ? Que se passe-t-il quand il pique une crise et te bat à t'en faire tomber dans les pommes ? Ou se tape tes copines ? La confiance, c'est tout ce qui compte.»

Je m'écarte de lui, me levant pour me dégourdir les jambes et essayer de dénouer la tension qui s'est installée dans ma poitrine, ou alors pour échapper à la chose que je semble toujours essayer de fuir.

Mais il me suit, comme toujours, voulant que je crache le morceau, voulant me dénuder.

Pour une fois, je cède à sa demande et lui explique :

« Et c'est pour cette raison que nous avons arrêté de nous voir avec mon amie. Parce que j'ai perdu confiance en elle.

– Que s'est-il passé ?

– C'est compliqué.»

Je regrette déjà de lui en avoir tant dit et j'ai aussi peur d'ouvrir les vannes déjà bien débordées de tous ces mots qui ont besoin de sortir, ces mots qui tentent déjà de s'échapper et qui fuiront à un moment ou à un autre.

Reeve tente d'endiguer le déluge et de le canaliser dans une direction plus naturelle :

«Vas-y. À l'évidence, tu as envie d'en parler.»

Alors parce que je me noie et que je suis un peu pompette, parce que *oui*, j'ai envie de parler d'elle, parce que j'ai envie de raconter cette histoire à quelqu'un depuis longtemps, parce que je veux lui révéler tous mes secrets, je prends une grande inspiration, puis m'assieds sur le rocher à côté de Reeve, pas trop sûre de savoir par où commencer. Je choisis de remonter après notre retour du Mexique. Nous étions rentrées depuis presque deux ans et avions recommencé à nous faire entretenir par des hommes sur le long terme, mais séparément. Alors je me lance :

« Ok. Comme je te l'ai dit, elle et moi avons partagé nos amants dans le passé, mais à cette époque, ça n'était pas arrivé depuis un petit bout de temps. Elle avait un copain. Il s'appelait Bridge.

– Bridge ? commente Reeve d'un ton railleur.

– Ouais. »

L'espace d'un instant, je m'inquiète qu'Amber lui ait raconté cette histoire. Ce n'est pas le genre de nom qu'on oublie facilement.

Sauf que la Amber que je connaissais n'était pas du genre à regarder en arrière. Elle ne parlait jamais du passé. Et Reeve cherche probablement juste à se foutre du nom à la con de ce mec.

« Oui, c'est nase, non ? Bref, ce n'était pas un mauvais gars. Il était beaucoup plus vieux qu'elle. Il avait la cinquantaine. Il était riche. Elle l'aimait bien, mais je ne sais pas, disons qu'elle avait fait mieux que ça avant. Mais elle disait qu'elle l'aimait. Vraiment. Et il était vraiment gentil et sympa avec elle, alors j'étais heureuse pour eux. »

Bridge tâtait un peu trop de la bouteille, mais elle était complètement accro à la coke à l'époque. Leur couple était équilibré sur ce plan-là. Je reprends :

« Moi, par contre, je venais juste de quitter connard *numéro il y en a trop pour tous les compter*, parce que quand je lui avais annoncé que j'étais enceinte, il a trouvé que c'était une bonne idée de me faire avorter en me battant jusqu'à y parvenir. »

Lui s'appelait Richard. Il était marié et s'était présenté aux élections sénatoriales. Il a perdu son siège. Parfois le karma fait des miracles.

« Tu étais enceinte ? »

Je lui réponds en hochant la tête. Admettre qu'on est tombée enceinte par accident ouvre toujours la porte à un jugement hâtif, plus qu'admettre une addiction à la drogue ou des penchants pour certaines perversités sexuelles. Non pas que j'aie parlé de mon bébé à qui que ce soit.

C'est peut-être mon propre jugement que je préférais éviter.

Comme pour confirmer cette dernière théorie, le visage de Reeve est dénué de toute condamnation mais plein d'une autre expression – de la compassion, peut-être ?

« Est-ce qu'il… ?

– Non, ça n'a pas fonctionné. Mais j'étais dans un sale état quand il m'a laissée. Et comme chaque fois que je me retrouvais dans la merde à cause d'un mec, Amber est venue à ma rescousse.

– Amber ? »

Reeve fronce les sourcils et je me rends compte trop tard de ce que je viens de dire.

Merde.

J'ai fait tellement gaffe depuis le début à ne jamais mentionner son nom et là, je viens de le laisser échapper dans la pire de toutes les histoires.

Merde, putain, fait chier !

Mon cœur bat tellement fort que j'ai l'impression qu'il rebondit entre mon estomac et ma poitrine. J'ai les mains moites et les cordes vocales desséchées. Je tousse, comme pour prétendre que j'ai un chat dans la gorge, tandis que je me convaincs que tout va bien se passer.

Beaucoup de gens portent le même nom, non ? Mon Amber n'a pas besoin d'être la même que la sienne. Il est complètement impossible de la reconnaître à l'histoire que je suis en train de raconter. Ça je ne peux pas le savoir, puisque je ne sais pas ce qu'elle a raconté à Reeve et ce qu'elle a passé sous silence. Tout ce qui me reste à faire, c'est espérer.

Quand j'ai assez repris confiance en moi, je reprends innocemment en lui souriant :

« Ouais, elle s'appelait comme ça. Amber. Pourquoi ?

– C'est juste étrange, répond-il l'air incrédule. Amber est le nom de la femme qui me fait penser à toi.

– Ah oui. Étrange coïncidence. Je ne savais pas que c'était un nom si répandu. »

Je ramasse un bâton par terre et agite les bûches dans le feu en espérant que ce geste calme ma crise de panique ou au moins m'en détourne l'attention.

« C'est marrant qu'on ait eu tous les deux une Amber dans notre vie qui ait eu un tel impact sur nous, dit Reeve avant de plisser les yeux et de m'observer avec attention. Quoi qu'il en soit. Je ne voulais pas t'interrompre. Continue. »

Je m'éclaircis la gorge et replonge dans mon récit comme si cette histoire de nom n'avait aucune importance :

« Je n'avais pas d'argent. Je n'avais nulle part où aller. On m'avait recommandé d'y aller doucement jusqu'à ce que mon corps guérisse complètement. Ce qui voulait dire que je ne pouvais pas déprendre de, euh, ma méthode de survie habituelle. En plus, j'avais décidé qu'avec un bébé je ne voulais ni ne pouvais plus faire ça. Il fallait que je me construise une meilleure vie.

– Tu allais le garder ? »

Une fois encore, pas de jugement dans le ton de sa voix. Même peut-être une certaine admiration.

« Ouais. C'était con. Je sais.

– Non, c'était pas con. C'était le tien. »

Ma gorge se serre. Même Amber n'avait pas compris mes motivations pour ne pas mettre un terme à cette grossesse. Mais Reeve a directement tapé dans le mille. Je n'avais jamais rien eu qui m'appartienne avant. Rien que j'aie gagné ou créé toute seule, pas quelque chose donné par quelqu'un d'autre. Cette minuscule multiplication de cellules, même si un homme était à moitié à l'origine de sa création, ces cellules dépendaient complètement de moi. De mon existence.

J'ai ressenti pour la première fois que ma vie avait un sens.

La seule fois, jusqu'à ce qu'Amber m'appelle.

«Alors elle m'a invitée à m'installer chez Bridge et elle jusqu'à ce que je me remette sur pied.»

Je jette le bâton par terre et chasse la fumée en prétendant que c'est à cause d'elle si j'étouffe et que j'ai les larmes aux yeux.

Toutefois, Reeve est loin d'être idiot. Il a compris. Mais il ne dit rien. Il attend que je continue à parler.

Je tousse tout de même encore un peu pour continuer mon petit jeu. Je m'éclaircis la gorge. Et replonge :

«Les premières semaines étaient super. Bridge semblait généreux. Il me donnait tout ce dont j'avais besoin. J'avais ma propre chambre dans sa grande maison. J'étais avec elle. Et un enfant grandissait en moi. Je vivais peut-être les plus beaux jours de ma vie. Mais c'était un mirage. Plus je restais chez eux, plus je m'en rendais compte. Sous ses extérieurs de mec sympa, Bridge avait des tendances plus sombres qu'elle n'avait jamais remarquées parce qu'elle était tellement accro à la cocaïne et qu'elle ne calculait plus rien.

– Des tendances plus sombres ?

– Eh bien, un jour où ils étaient défoncés tous les deux, je l'ai vu doigter un chat errant et elle le regardait morte de rire. Quand il a tendu la main vers le tisonnier, j'ai quitté la pièce.»

J'ai de la bile au fond de la gorge. Bon Dieu, si j'ai du mal à parler de ça, comment vais-je bien pouvoir passer à la suite.

Peu importe comment j'y parviens, mais les mots jaillissent et ne peuvent plus être arrêtés.

«J'ai essayé de lui en parler – à Amber. Mais Bridge ne lui avait jamais rien fait de mal et c'est tout ce qui comptait pour elle. Et je comprends. Vraiment. Il n'était pas marié et il la traitait comme bien plus qu'une simple maîtresse.

Comme une épouse. Il la laissait gérer leur foyer et jouer les femmes riches de Beverly Hills, et c'est tout ce qu'elle a jamais voulu dans la vie. Se sentir à l'abri du besoin, en sécurité et diriger son petit monde.»

Reeve baisse les yeux, comme s'il culpabilisait, et je veux lui faire comprendre qu'Amber et moi avions des ambitions très différentes dans la vie. Je ne veux pas qu'il s'inquiète en croyant que c'est tout ce que je veux, au cas où il se sente mal de ne pas me l'avoir offert.

Mais ce n'est pas le moment. Ce n'est pas *cette histoire-là* que je raconte et je lui ai déjà fait plusieurs sous-entendus au début de notre relation pour lui faire comprendre ce que, moi, j'attendais d'un homme. Alors je reprends :

« Quoi qu'il en soit, quand je lui ai fait part de mes inquiétudes sur Bridge, elle a tout nié en bloc. Elle a dit que c'était moi qui était "branchée trucs sadiques" et que je voyais les choses hors contexte.

– Aïe.

– Elle avait de bonnes raisons de me le dire. Elle m'a aussi dit que si je cherchais une invitation pour leur chambre à coucher, ça n'arriverait pas, parce que Bridge et elle étaient complètement monogames.

– Re – aïe.

– Non. Ça allait. Et c'était même nécessaire au regard de ce qui s'était passé dans certaines de nos relations précédentes, clarifié-je en voyant l'air sceptique de Reeve. C'était pour quoi ce regard ?

– Rien, continue, commence-t-il, mais au lieu de me laisser continuer, il me pose une question. Je me demande juste si tu ne te sous-estimes pas un peu.»

Peut-être que ça changera après cette histoire, après tout. Mais je lui réponds :

« Mon passé n'était pas joli joli, avant ça, Reeve. Je te l'ai déjà dit. Je méritais toutes ses suppositions.

– Les gens changent.

– Je n'avais pas changé.

– Mais tu as dit que tu essayais. Elle aurait dû t'accorder le bénéfice du doute pour ça.»

Il est étrangement sur la défensive, comme s'il prenait les accusations d'Amber sur un plan personnel.

«Oui, j'essayais. Elle savait mieux que moi que je n'arriverais à rien parce que c'est dans ma nature. Je l'ai accepté maintenant, mais à l'époque, je ne le savais pas. Peu importe ce qu'on fait, on ne peut pas se renier, Reeve. Je ne peux pas renier qui je suis.»

Son visage se fait dur et j'ai la nette impression qu'il n'aime pas me l'entendre dire.

«Continue», me dit-il.

Maintenant, c'est moi qui me sens sur la défensive. Est-ce qu'il s'attend à ce que j'essaye de changer cet aspect de ma personne? Je ne le ferai pas. J'en suis incapable et j'ai été bien claire sur la question. Et il m'a bien semblé que ça ne l'ennuyait pas plus que ça tout à l'heure.

Avec prudence, je lui demande:

«Est-ce un problème? Que je ne puisse pas changer?

– Non, répond-il en s'adoucissant légèrement. Non. Bien sûr que non. Continue.»

Sa réaction m'a un peu embrouillée, mais je mets ça de côté et retourne à mon récit:

«Alors, ce qui suit…»

C'est le pire, voilà ce que c'est. Les hématomes, le sang et la souffrance sont si profonds que je les ai sentis pendant des mois. Même plus. Je ressens une montée de stress rien qu'en y pensant, alors en parler…

Je ne devrais peut-être pas lui dire, en fait.

«Bon Dieu, cette histoire est vraiment déprimante. Je ne devrais pas te raconter…

– Balance, Emily, m'ordonne-t-il sur un ton auquel il est impossible de désobéir.

– Ok.»

Je passe ma langue sur ma lèvre inférieure, ma bouche est complètement sèche. Mieux vaut tout lâcher d'un coup. Froidement. Cliniquement. Je me concentre sur le feu et j'y vais :

« Un soir, quand tout le monde est allé se coucher, j'ai entendu frapper à ma porte. Je pensais que c'était elle, mais c'était Bridge. »

Je jette un regard à la pénombre, n'importe où ailleurs que vers ces flammes qui dansent devant moi, c'est comme si je pouvais le revoir, son visage déformé par la cruauté, son souffle chargé d'alcool, son regard animé de perversité, sa main armée.

« Je ne l'ai pas invité à entrer, mais il l'a quand même fait. Je lui ai dit que je n'étais pas intéressée. Je me suis refusée à lui. Mais il ne m'a pas écoutée. Il m'a dit qu'on lui avait raconté toutes mes histoires de vilaine fille et qu'il savait que j'aimais les trucs cochons. Et qu'il avait été généreux avec moi, alors je lui devais bien ça.

– Il t'a violée. »

Ce n'était pas une question et je sais que Reeve l'a dit à ma place pour m'épargner de le faire. Je le lui confirme d'un hochement de tête à peine perceptible. Deux petits centimètres d'inclinaison de la tête. C'est un mot tellement difficile à accepter, surtout à cause de tout ce que j'ai laissé les hommes m'infliger dans le passé. Il m'est difficile de me défendre comme le font toutes les femmes dès que ce mot est employé. Et Bridge n'avait-il pas raison à propos de moi ? Je suis mauvaise. Je suis attirée par la perversité. Non je ne pense pas avoir mérité ce qu'il m'a fait subir. Mais je n'en étais pas consciente non plus.

Je m'enveloppe dans mes bras, me demandant si Reeve pense la même chose. Me demandant s'il pensait que Bridge avait tous les droits. Je ne lui en voudrais pas s'il le croyait.

Me forçant à passer outre ces réflexions, je continue :

« J'ai essayé de me défendre. Mais il était costaud. Et il avait une paire de ciseaux. »

La seule fois de ma vie où j'ai essayé de me défendre. Ça ne m'a rien valu de bon.

Reeve marmonne un juron.

Je ferme les yeux, fort. Bloquant les images des souvenirs qui remontent. J'érige un mur de protection.

Une fois ma carapace en place, j'ouvre les paupières et m'éclaircis encore la gorge et saute directement à la conclusion :

« Quand ça s'est terminé…

– Non. »

Reeve est tellement déterminé, si autoritaire qu'il ne me laisse pas d'autre choix que de m'arrêter. Je lève les yeux vers les siens quand il me dit :

« Ne saute pas à la fin de l'histoire. Dis-moi ce qu'il a fait. Raconte-moi les détails. »

Mon estomac se retourne, mes inquiétudes sont confirmées :

« Je ne te raconterai pas ça pour que tu puisses prendre ton pied comme un gros per…

– Tu crois que je m'éclate à entendre ça ? demande-t-il en bondissant du rocher. J'ai envie de le faire tuer, Emily. Je veux savoir comme il s'appelle pour que je puisse le retrouver et le détruire. Mais d'abord, je veux savoir tout ce qu'il t'a fait endurer pour m'assurer qu'on lui réservera le même traitement. »

Sa rage me remue autant qu'elle m'étonne. Je suis émue de l'entendre dire qu'il tuerait pour moi, sauf qu'il pourrait effectivement être sincère et mes sentiments restent les mêmes, alors je culpabilise. Et quelles que soient ses intentions, je ne vaux pas tout ce dérangement.

« Reeve…

– Dis-le-moi. »

C'est un ordre. Je n'ai pas le choix.

Une fois encore, je me concentre sur le feu. Je prétends raconter une histoire arrivée à quelqu'un d'autre :

« Il, euh… Il m'a forcée à m'allonger sur le ventre. Il a coupé les embrasses des rideaux avec ses ciseaux et s'en est servi pour m'attacher les mains et les pieds aux montants du lit. Il a mis ses doigts en moi. Euh, comme, tous ses doigts à la fois. Il n'y est pas allé doucement. Puis il s'est servi de sa bite et m'a mis les ciseaux sous la gorge en me disant que si je faisais un bruit, il… »

Je couvre mes yeux de mes mains. Reeve peut insister autant qu'il veut, je ne peux pas lui répéter toutes les menaces qu'il m'a faites. Elles se sont terminées par la mort et c'est encore ce qu'il y a eu de meilleur dans tout ça. Je finis par me reprendre pour abréger ce moment :

« J'étais tellement discrète. Et j'ai toujours été douée pour obéir. »

Une fois encore, mes inclinaisons les plus perverses ne m'ont pas protégée. J'ai obéi à mon violeur. J'ai arrêté de me débattre. Peut-être qu'en mon for intérieur, j'avais vraiment envie de ce qu'il m'a fait.

Je lève les yeux vers Reeve qui maintenant fait des aller et retour devant le feu. Il est peut-être arrivé à la même conclusion que moi. Autant le dire à sa place :

« J'aurais dû faire plus d'efforts pour lutter contre lui. »

Il s'arrête brusquement, fait volte-face pour se tourner vers moi et répond :

« Ne fais pas ça, Emily. Ne t'accuse pas à tort.

– Ouais, c'est ça. »

Ce n'est pas parce qu'il l'a dit avec beaucoup de conviction, comme il le fait souvent, que je peux y arriver.

Finalement, je suis peut-être moins douée pour l'obéissance que je ne le croyais.

« Je suis sérieux, Emily. »

Je lui réponds d'un regard assassin, mais je ne suis pas d'humeur à me disputer, alors je continue :

« Il a fini par se lasser après un petit moment, alors il s'est attaqué à… à mon cul. »

J'ai dû faire une pause pour prendre une grande inspiration et quand j'ai expiré, je tremblais. Dans ma tête, je suis encore froide et détachée, mais ma voix est loin d'être stable, j'ai du mal à déglutir et elle est lacée de fêlures qu'il n'y avait pas auparavant.

« Il n'a pas utilisé de lubrifiant et je n'ai rien pu faire. J'ai crié. Il a dit que pour ça, je devais être punie. Il s'est servi des ciseaux. Il les a insérés, en moi.

– Dans ton cul ? »

Au ton de sa voix, je sais qu'il connaît la réponse à sa question.

Je hoche la tête.

Reeve laisse échapper tout un chapelet d'obscénités qui s'achève sur la collision de son pied et de l'une des bouteilles de verre vides qui traînent pour la faire voler.

Cette réaction m'est étrangère. Je ne l'ai pas expérimentée lorsque Bridge m'a blessée. J'étais en colère, mais je n'ai jamais débordé de rage. Et honnêtement, cette colère était surtout dirigée contre moi.

Observer Reeve dans cet état, le voir éprouver cette fureur qui m'a échappée est fascinant. On dirait que c'est libérateur de ressentir ces émotions qui peuvent si facilement être concentrées en une action apparente. Ma souffrance a toujours été tournée vers l'intérieur. Ma colère ne fait que me détruire.

Reeve, lui, par contre, a le pouvoir de blesser d'autres personnes que lui. Je le savais déjà. Là, j'en suis le témoin.

D'une certaine manière, complètement déglinguée, c'est inspirant.

Il reprend ses allées et venues. Il me fait signe d'une main de continuer à parler en même temps qu'il me dit :

« Que s'est-il passé ensuite. Dis-moi ce qu'il s'est passé après. »

Je me pince l'arête du nez. Maintenant, ça devrait être facile, mais le pire est encore à venir. En espérant que ça me fasse moins mal, je me dépêche de finir, laissant chaque syllabe presque tomber l'une sur l'autre :

« Quand il a terminé, je saignais. J'avais des bleus partout. Chaque fois que je bougeais, mon utérus se contractait, j'avais des spasmes très intenses. Bridge avait perdu connaissance et je savais qu'il fallait que j'aille consulter un médecin, mais j'étais encore attachée. C'est là qu'elle est entrée dans la chambre. »

Mon Dieu, la tête qu'elle a fait. Reeve fait un peu la même, mais elle n'était pas en colère contre Bridge.

Espèce de salope dégénérée. Tu savais que je l'aimais connasse.

Voilà ce qu'elle m'a dit.

J'aurais dû me sentir trahie, parce qu'elle a immédiatement pensé que j'étais à l'origine du pire, et que lui n'avait fait que du bien, mais le plus foireux dans tout ça, c'est que je la comprenais. Je la comprenais et je ne pouvais même pas me lever pour le lui dire si nécessaire.

Alors maintenant, je dis à Reeve :

« Elle a dit que c'était ma faute. »

Une fois encore, il s'immobilise pour me demander :

« Elle a dit que *tu* étais responsable ? Putain, mais comment elle a pu – comment n'importe qui – pourrait t'en vouloir pour ça ?

– Elle a cru que j'en avais eu envie, mais… »

Je lève la main pour lui intimer le silence et me laisser dire ce que j'ai encore à lui raconter :

« Mais… avant que tu sois en colère contre elle, rappelle-toi qu'elle m'a plus d'une fois vue me mettre dans ce type de situation. Elle ne m'avait jamais accusée de rien auparavant. Et elle m'a toujours aidée à m'en sortir. Et c'est comme ça que je la remercie ? À ses yeux, je lui avais volé l'homme qui ne m'avait jamais fait preuve d'autre chose que de compassion jusqu'à présent. »

Reeve a l'air complètement incrédule et dédaigneux. Je continue à la défendre :

« Elle m'a fait conduire à l'hôpital. Alors même qu'elle croyait que j'avais demandé qu'il m'inflige tout ça, elle m'a quand même aidée.

– C'est une satanée sainte, ta copine, commente-t-il sur un ton plus que sarcastique.

– Eh bien, pas une sainte. Mais elle s'est occupée de moi et se faisait du souci. Malgré tout.»

Je jette un coup d'œil à Reeve. Il a l'air complètement atterré, mais il n'ouvre pas la bouche, ses poings se serrent et se desserrent contre ses flancs.

Quoi qu'il en soit, je connais Amber. Il ne pourra pas me faire changer d'avis.

« C'est à peu près toute l'histoire, dis-je. J'ai fait une fausse couche le lendemain. J'ai porté plainte, mais Bridge n'a même pas été arrêté. Trop facile de faire jouer mon passé contre moi, ou alors il était trop riche. Je ne sais pas. Quand on m'a autorisée à sortir de l'hôpital, j'ai essayé encore une fois de tout expliquer à Amber, mais Bridge lui avait raconté une histoire qu'elle pensait tout aussi crédible.»

Elle n'a pas compris que les dix mille dollars qu'il l'avait autorisée à me donner avaient été une rétribution et non pas un acte de charité. Je ne lui en veux pas d'avoir choisi son camp. Et elle m'a dit qu'elle ne m'en voulait pas non plus, mais que peut-être il était temps de repenser à notre situation. J'étais d'accord. Je voulais me sortir de là, je voulais vivre une vie où je ne dépendais que de moi et de mon propre argent. Une vie où je pourrais me sentir en sécurité, pour une fois.

Je l'ai suppliée de venir avec moi. Je l'ai suppliée de quitter Bridge pour tout recommencer, pour une vie sans drogue et sans violence. Je lui ai rappelé cette phrase qu'elle m'avait dite : « *On a toujours dit qu'on trouverait notre voie un jour.* »

Et elle m'a répondu :

« *C'est le cas. Je suis sûre qu'un jour, ça viendra. Par contre, ça n'arrivera pas en même temps pour toi et pour moi.* »

Je me suis agrippée à elle quand nous nous sommes dit adieu. Elle a pleuré – elle a toujours beaucoup pleuré. C'est vraiment un dernier souvenir de merde, de la voir triste, les yeux rouges et gonflés. Chaque fois que je pense à elle, j'ai du mal à me l'imaginer autrement qu'en larmes.

Je me demande si elle m'a toujours vue comme une fille qui s'accroche aux autres. Et si c'est le cas, a-t-elle vraiment tort ?

J'offre une version abrégée à Reeve :

« Nous avons alors décidé qu'il était temps de continuer notre vie chacune de notre côté. J'ai déménagé à Los Angeles et j'ai fait de mon mieux pour me construire une nouvelle vie. J'ai eu quelques petits boulots de mannequin. Des petits rôles. Et me voilà.

– C'est tout ? Tu n'as jamais plus eu de ses nouvelles ? »

Jusqu'à ce qu'elle m'appelle d'ici pour que je vienne la sauver. Mais je déforme la vérité pour ne pas lui mentir totalement :

« Je ne l'ai pas revue depuis. C'était il y a presque sept ans maintenant.

– Mais putain, pourquoi j'ai l'impression que tu en parles comme si tu avais fait quelque chose de mal. »

Je bondis d'un seul coup pour le regarder en face et lui répondre :

« Parce que c'est le cas ! Je l'ai laissée retourner près de lui. Je l'ai laissée vivre avec un putain de violeur doublé d'un sadique complètement pervers. Je n'ai pas réussi à l'éloigner de Bridge ou de la drogue. Elle m'a sauvée chaque fois que j'ai eu besoin d'elle et moi, je ne l'ai pas fait. »

De tout ce que je lui ai dit, c'est maintenant que je suis le plus en colère.

Il avance vers moi pour me répondre :

« Tu sembles avoir beaucoup de regrets par rapport à une situation qui n'est en rien ta faute.

– C'est ma faute si elle s'est fait toutes ces idées. »

Ça paraît très con quand je le dis comme ça, à haute voix. Je ne peux pas lui expliquer ce que je veux dire, alors je me détourne en soupirant :

« Tu ne sais pas de quoi tu parles, Reeve.

– Très bien, je n'en sais rien », dit-il en levant les mains au ciel.

Nous restons là, en silence, à nous tourner le dos en boudant. Je mordille ma lèvre inférieure en essayant de trouver quoi lui dire ensuite. Je me sens mal. Et oui, je regrette beaucoup de choses – je regrette de lui avoir parlé de ça, parce que maintenant il est complètement retourné et moi aussi.

Par contre, je ne sais pas trop pourquoi il est dans cet état. À cause de Bridge, c'est sûr. Mais j'ai l'impression qu'il a aussi un truc contre moi.

Je tape du pied dans un petit tas de terre et marmonne :

« Tu es en colère contre moi, maintenant ? »

Avant même que je comprenne ce qu'il se passe, il m'attire contre lui et me dit :

« Quoi ? Non ! Non, jamais, impossible, ajoute-t-il en m'embrassant les cheveux et en me serrant un peu plus fort. Je suis en colère contre ce tas de merde pour ce qu'il t'a fait et je suis en colère contre… contre Amber, pour avoir laissé cette situation arriver. Je suis en colère aussi parce que tu te blâmes pour tout ça, mais je ne suis pas en colère contre toi. »

Il écarte mon buste du sien en posant ses mains contre mes épaules pour me regarder en face et me demande :

« Tu comprends, ça ? »

Je hoche la tête pour lui répondre. Je suis incapable de parler. Il m'attire à nouveau contre son torse et me berce quelques instants. Nous sommes tous les deux silencieux et il me dit des petits mots réconfortants alors même que je ne pleure pas. C'est tout de même apaisant. Pour nous deux, je pense.

Alors je le serre moi aussi un peu plus fort dans mes bras et je savoure sa tendresse et la douceur de se faire réconforter.

Il finit par reprendre la parole :

« Bon Dieu. Je ne peux pas m'arrêter de penser à ce qu'il t'a fait…

– Je ne voulais pas t'en parler.

– Je voulais que tu me le dises. Tu l'as vécu. Le moins que je puisse faire, c'est de le savoir.»

Il prend ensuite une grande inspiration qui me soulève en même temps que lui.

Lorsqu'il expire, il fait un pas en arrière et frotte ses mains sur les manches de ma chemise en me disant :

« Il fait froid. Je devrais te faire rentrer. Je vais te faire couler une douche chaude et tu pourras… Tu pourras te débarrasser de cette odeur de feu de bois.

– Seulement si tu prévois de te joindre à moi.»

Quand il me regarde d'un air incertain, je commence à paniquer, puis je lui dis :

« Putain de merde, tu vas me traiter comme si j'étais fragile, maintenant, c'est ça ? »

Il part d'un éclat de rire et me caresse la joue du revers de la main pour me répondre :

« Non. Vraiment pas. Je vais quand même te baiser en y allant le plus fort possible, parce que je ne suis pas un mec bien.»

Puis il devient soudain sérieux et me regarde droit dans les yeux pour ajouter :

« Si tu en as envie, je te rejoins sous la douche. Je veux juste m'assurer que tu as assez d'espace si tu en as besoin.»

D'un seul coup, ma poitrine se comprime. Comme si quelque chose qui y était coincé venait d'être libéré, mais que maintenant il y avait autre chose qui venait s'y substituer et qui prenait de plus en plus de place.

«Je pense que tu as une fausse image de toi, dis-je. Tu es vraiment un mec bien.»

Mais en fait, ce que je veux dire, c'est que *peut-être j'ai une fausse image de toi, moi, et qu'en fait tu es vraiment un mec bien.*

27

Reeve m'accompagne sous la douche, mais malgré ses beaux discours rassurants, il ne me traite pas comme il le fait d'habitude. Non, il me savonne, me rince et ne me touche que pour me nettoyer, jamais pour m'apporter du plaisir.

Par contre, il a beau s'occuper de moi avec beaucoup de douceur, ses épaules n'en sont pas moins crispées et son dos tout aussi tendu. Lorsqu'il m'enveloppe dans une grande serviette, il serre les dents et ses lèvres sont tournées vers le bas. Je suis à deux doigts de lui suggérer de me prendre sauvagement contre le mur, parce que ça nous ferait du bien à tous les deux, mais je me retiens. J'ai eu six ans pour apprendre à vivre avec la réalité de ce que Bridge m'a infligé. Je peux au moins accorder une nuit à Reeve.

Ou tout du moins, c'est ce que je me dis. Mais quand il dépose un tendre baiser sur mon nez au lieu de prendre possession de ma bouche avec fougue comme j'aimerais qu'il le fasse, je ne peux pas m'empêcher de lui faire remarquer :

« Alors c'est l'un de ces moments où l'on explore la tendresse, c'est ça ?

– On se nettoie », dit-il les lèvres pincées.

Comme si cette explication avait le moindre sens. Quand il va pour retourner dans sa chambre, je lui dis :

«Tant qu'on a l'occasion de se salir après, ça me va.»

Mais la porte s'est refermée derrière lui et je suis toute seule dans la salle de bain.

J'essuie la condensation sur le miroir au-dessus du lavabo et étudie mon reflet. Je vois le même visage que d'habitude, pourtant, j'ai l'impression de seulement commencer à comprendre ce que j'ai sous les yeux. Une personne brisée et endommagée. Quelqu'un qui a connu le sentiment de perte. À de nombreuses reprises. Mais aussi quelqu'un qui s'est reconstruit.

Ce visage est celui d'une femme qui travaille encore sur sa reconquête, mais ce n'est plus celui de la catastrophe ambulante qu'elle pensait être.

J'ai fait un sacré chemin depuis Bridge. Depuis Amber. Je ne m'en rends compte que maintenant. Je pensais avoir simplement fui et m'être cachée. Sans jamais regarder en arrière, il est difficile de voir la distance qu'on a parcourue. Revenir dans le passé avec Reeve me l'a permis. Je constate que j'ai survécu.

Et maintenant, tu t'inquiètes parce qu'un homme te traite trop gentiment.

C'est ridicule.

Puis, laissant la serviette enroulée autour de mon torse, je retire celle qui recouvre mes cheveux, je me brosse les dents et rejoins Reeve dans la chambre.

Le feu est allumé dans la cheminée, c'est la première fois. L'attention est très agréable pour une fraîche soirée de printemps après une douche brûlante.

«Merci pour le feu, dis-je en le désignant d'un mouvement de tête.

– Ah oui ? Oh. Je t'en prie.»

Il a enfilé un boxer et s'est assis sur le lit, les mains derrière la tête. Il a l'air ailleurs, mais il est aussi délicieux que l'un de ces mannequins pour sous-vêtements – pas les créatures androgynes toutes maigres, plutôt ceux qui sont bâtis comme des guerriers. Le genre d'homme qui semble capable de se battre pour une femme et remporter la victoire. Ceux qui peuvent la protéger du danger et ensuite peuvent la brutaliser, mais *juste ce qu'il faut.*

Ceux en qui on peut avoir une confiance absolue.

C'est à ça que ressemble l'amour ? Est-ce que l'amour ressemble à *Reeve ?*

Ce trousseau de clefs que je lui ai piqué montre que je ne lui fais pas encore confiance à ce point-là, alors non, pas vraiment. Et à l'évidence, lui non plus ne peut pas me faire confiance.

Cette idée m'égratigne à l'intérieur, elle est inconfortable, elle me démange. Ajoutons à cela que Reeve ne s'est pas déshabillé. Nous ne nous sommes jamais couchés avec le moindre vêtement entre nous. Nous ne nous sommes jamais endormis sans nous envoyer en l'air.

Je m'arrange pour faire disparaître le pli soucieux sur mon front et m'installe sur le banc avec un tube de crème hydratante. Si je ne suis pas encore couchée, alors le statu quo n'a pas évolué. J'ai la peau sèche sur les jambes. Voilà qui va me faire gagner un peu de temps.

Même si Reeve m'observe m'étaler de la crème sur le corps, j'en ai presque terminé lorsqu'il me dit enfin quelque chose :

« Est-ce que tu... »

Il hésite à continuer, jusqu'à ce que je le regarde en face. Ou peut-être qu'il hésite jusqu'à ce qu'il trouve les bons mots :

« Est-ce que tu as laissé quelqu'un te sodomiser depuis ce qu'il s'est passé avec l'autre vieille merde ? »

Je souris à cause du nom qu'il a donné à Bridge, mais aussi parce qu'il m'a enfin révélé ce qu'il se tramait dans sa tête. Alors voilà ce qui agitait ses pensées. Ça, je peux le gérer.

Je commence à enduire mes bras de crème et lui réponds honnêtement :

« Non. Avant, oui. Mais jamais après.

– Pourtant tu allais me laisser… ?

– Je te l'ai déjà dit, je ne suis pas très douée pour dire non.»

J'étale la crème sur mon bras gauche en espérant que si je me comporte comme si le sujet était anodin, Reeve adoptera la même attitude.

Même si c'est un mensonge, en partie. Le sujet est loin d'être anodin. Potentiellement.

Il change de position et, toujours assis, se penche en avant :

«Tu veux dire que tu ne me diras jamais non ?

– Sexuellement parlant ? J'en doute.

– Alors maintenant, je suis en colère pour ça aussi.»

Il se lève d'un bond et se met à arpenter la chambre dans tous les sens.

Je savais qu'il était troublé, mais je l'ai cru quand il m'a dit que sa colère n'était pas dirigée contre moi. Et la voix pleine d'une émotion que je déteste, je lui demande :

«Alors tu es en colère contre moi. Parce que je ne te l'ai pas dit ? Ou parce que je ne dis jamais non ?»

Il passe sa main dans ses cheveux maintenant presque secs et, les mains sur les hanches, en me regardant en face, il me répond :

« Non, pas contre toi. Contre moi. Si tu n'as pas de mot d'alerte, nous devons déterminer des limites entre nous.

– Je ne dirai pas *pas de sodomie. Ni d'objets.* Je ne pense pas avoir un jour à dire *pas de ciseaux.*»

Dans un geste de frustration, je referme mon tube de crème et m'attaque à mon bras droit. En fait, c'est une conversation nécessaire. C'est juste que je ne sais pas comment y participer. Je poursuis :

«Je t'ai déjà dit que je ne connais pas mes limites.

– Tu dois bien savoir quelques trucs, insiste-t-il. Tu ne veux pas être partagée. Ça, c'est une limite.

– Nous l'avons établie tous les deux d'un commun d'accord.

– Tu veux dire que si je ne l'avais pas dit en premier, tu m'aurais laissé te donner à n'importe qui et tu n'aurais jamais rien dit contre ? Même si tu n'en as aucune envie ? »

Il doit avoir senti ma réponse sans que j'aie besoin de la donner, parce qu'il continue à me questionner :

« Pourquoi ferais-tu une chose pareille ? »

Je me lève en attrapant brusquement mon tube de crème pour aller le remettre dans la salle de bain.

« Je ne sais pas. »

Mais en fait si, je sais, plus ou moins et, après avoir attrapé mon peignoir sur la patère fixée à la porte, je reviens dans sa chambre et j'essaye de le lui expliquer :

« Je le ferais, parce que tu voudrais que je le fasse. C'est plus… Comment dire ? Satisfaisant, je crois. C'est ce que j'aime le plus. Parfois, c'est ce qui rend une expérience vraiment plaisante, même. Parce que je n'ai pas envie de le faire, mais en me pliant à tes désirs, je te donne du plaisir. »

Il me concède un sourire contrit avant de commenter :

« Et c'est pour ça que ça marche aussi bien entre nous. Parce que moi aussi, j'aime ça, dit-il avant de faire disparaître toute trace de concession. Mais certains hommes sont allés au-delà de tout ça. Ils t'ont fait du mal. Est-ce que ça valait la peine de les satisfaire ? »

Comme il me voit lui répondre non d'un signe de tête, il continue :

« Alors tu sais qu'il y a certaines choses que tu ne veux absolument plus jamais explorer.

– Ok, ma limite c'est : *ne me blesse pas physiquement. Ne me détruis pas psychologiquement.* »

J'ai l'air exaspérée parce que le sujet est exaspérant. D'un côté, je devrais avoir des limites, non ? C'est assez embarrassant de rabâcher le fait que je n'en ai pas.

D'un autre, il semblerait que *ne pas faire de mal* soit quelque chose d'assez basique. Où la confusion peut-elle se nicher là-dedans ?

« Emily, je ne veux pas simplement te faire des choses parce que tu me laisses faire. »

Laissant tomber ma serviette, je glisse mes bras dans mon peignoir et lui adresse un regard incrédule qui le contraint à réviser son jugement :

« D'accord, parfois, si, c'est ce que je fais. »

Il traverse la pièce et me prend la ceinture des mains pour la nouer à ma place et continue :

« Mais je… Je ne veux pas te faire de trucs que tu ne veux pas que je te fasse, du moins à un certain degré. »

Je pose mes mains à plat sur son torse pour le rassurer en lui disant :

« Jusqu'à présent, ça n'a pas été le cas. »

Ses mains atterrissent sur mes hanches alors que j'ai envie qu'il m'attire contre lui, qu'il me prenne dans ses bras.

« Comment suis-je censé savoir quand ça changera ? », demande-t-il en fronçant les sourcils.

J'inspecte mes ongles, endommagés par la balade à cheval, la soirée autour du feu de camp et notre passage dans les écuries, et je lui réponds :

« Je ne sais pas, Reeve. Je suis malade. Je te l'ai déjà dit. »

Il me repousse. Gentiment, mais il me repousse quand même et mes lèvres tremblent quand je prends conscience qu'il est hors de lui :

« Tu es *vraiment* en colère contre moi.

– Oui ! Je suis en colère, répond-il en faisant volte-face.

– Que puis-je faire pour changer ça ? »

Je ferais n'importe quoi. Pas seulement parce que c'est ce que je fais toujours, mais aussi parce que si nous voulons donner une chance à notre relation, nous devons résoudre ce problème. Alors je lui demande :

« Dis-moi ce que je dois faire.

– Arrête de t'en vouloir d'avoir été violée. Arrête de t'en vouloir pour ton amie. Arrête de dire que tu es malade. Arrête de laisser les hommes…

– Je ne laisse plus les hommes me faire quoi que ce soit, dis-je pour l'interrompre, choisissant de me défendre sur ce point. C'est à toi que je laisse me faire des choses.»

Il laisse passer un temps et son visage se transforme, il a l'air plus calme. Avec une légère hésitation, il me demande :

« Parce que tu me fais confiance ? »

Une lueur d'espoir vacille dans son regard et je comprends d'où vient sa question. Je lui ai dit que pour moi, la confiance était l'équivalent de l'amour. Il me demande si je l'aime.

Je me tortille pour lui échapper et pose mes mains sur la commode pour me soutenir. J'ai envie de lui dire : « Ce n'est pas ça.» Plus que tout. Mais c'est compliqué et je suis paumée.

«Alors tu n'as pas confiance en moi.»

Il s'est placé derrière moi. Je sens sa chaleur corporelle irradier, m'attirer comme la gravité est liée à la lune.

Il mérite mon honnêteté. Autant que je puisse la lui accorder.

Je croise son regard dans le miroir au-dessus de la commode pour finir par lui répondre :

«Je ne suis pas certaine que tu te sois suffisamment ouvert à moi pour en être sûre.»

Ses mains se posent sur mes hanches et il presse son corps contre le mien pour me répondre :

«Tu as vu ce que je suis. Tu sais comment je suis avec toi – je serai toujours comme ça. Je ne te ferai jamais plus de mal que tu ne le souhaites. Je ne te blesserai jamais vraiment. Je ne déconnerai pas. Je laisserai des gens te regarder et t'entendre mais ils ne pourront jamais t'avoir.

– Ce ne sont que des mots.

– Si tu me fais confiance, ce seront des actes, répond-il en posant son menton sur le dessus de mon crâne. Est-ce bizarre que je te veuille tellement ?

– Seulement si c'est bizarre que je veuille la même chose, dis-je la gorge en feu et le cœur comprimé.

– Alors qu'est-ce qui t'en empêche ? Accorde-moi ta confiance, Emily. »

Ses mains passent autour de ma taille et il dépose une série de baisers dans mon cou.

Je laisse ma tête tomber en arrière, lui offrant l'accès à ma peau. Il peut avoir mon corps. Il peut avoir mon plaisir. Il peut avoir mon désir.

Mais je ne peux pas lui donner ma confiance. Pas encore. Pas seulement à cause de toutes ces questions encore sans réponses à propos d'Amber – Amber que j'ai plus ou moins abandonnée pour un joli visage et de magnifiques parties de jambes en l'air –, mais aussi parce que je ne suis pas sûre qu'il ne me le demande pas simplement pour satisfaire un besoin égoïste de se sentir important. Vouloir mon amour, alors que lui ne m'a pas donné le sien. Même si la réciprocité n'est pas nécessaire pour éprouver ces sentiments, je ne me sens déjà pas son égale dans cette relation. C'est la seule carte qui me reste en main.

Reeve se met alors à mordiller mon oreille et me demande :

« Que faut-il que je fasse pour la mériter ? »

Je me blinde de ma carapace pour lui répondre :

« Dis-moi ce qui s'est passé entre toi et la femme que tu aimais. »

Il s'immobilise.

Quelques secondes plus tard, il caresse ma hanche de haut en bas et me demande :

« Pourquoi est-ce si important, Emily ? C'était une autre relation. Ça n'a rien à voir avec toi. »

Je crispe les poings à nouveau contre le bois de la commode et rétorque :

« C'est important, parce que c'est une partie de toi, ton histoire. La confiance ne se limite pas au sexe, tu sais. La confiance, c'est aussi s'ouvrir à l'autre. Tu veux que je t'accorde la mienne et toi ne pas me donner la tienne ? Ça ne fonctionne pas comme ça. »

Il laisse tomber ses mains et je vois son visage se crisper dans le reflet.

Son retrait me fait mal et je commente sur un ton incisif:

« Hé, c'est toi qui as demandé.

– Je te l'ai déjà dit, répond-il en reculant avant de faire demi-tour. Je ne veux pas que tu connaisses la pire facette de ma personnalité.»

Je fais volte-face, mais je garde mes mains derrière moi, j'ai encore besoin de m'appuyer sur le meuble pour garder mes forces en lui répondant:

« Mais c'est normal que toi tu connaisses le pire de moi ?»

Il s'assied au coin du lit, toujours aussi coriace, mais je sens comme la plus légère des défaites en lui:

«Ton histoire, c'est le pire de ce qu'on t'a infligé. Pas de ce que tu as infligé aux autres.»

Pourtant, j'ai toujours cet impact sur lui. Mais il y a désormais un fossé entre nous:

« Et en quoi penses-tu que ce soit différent ? Parce que tu penses que je pourrais prendre mes jambes à mon cou et m'enfuir ? Au cas où tu ne l'aurais pas remarqué, je n'ai jamais été douée pour la fuite. Même quand je le devrais.»

Je prends une inspiration incertaine quand je me rends compte de ce que je viens de dire. Quand je me rends compte que je pense ce que j'ai dit. Peu importe ce que je découvre sur Amber, je ne partirai pas.

Comme pour le lui prouver, je m'approche de lui.

Il ouvre ses bras et je me glisse entre ses jambes.

« Peut-être ai-je peur de penser que tu devrais me fuir.

– Dans ce cas, me laisserais-tu faire ?»

Bon Dieu, je suis pathétique. Je le supplie de me donner un signe d'affection aussi ouvertement qu'il me supplie de faire la même chose.

«J'ai dit que je ne garderai jamais plus personne à mes côtés, commence-t-il en déposant un baiser dans mon décolleté. Mais honnêtement, Emily, ajoute-t-il en levant les yeux vers moi, je ne suis pas certain d'être capable de m'en empêcher si tu essaies vraiment.»

Je prends son visage en coupe et lui certifie:

«Je ne partirai pas, Reeve. Et *j'espère* que je ne finirai pas blessée et détruite. Alors ma confiance n'est pas vraiment importante, non ? Tu y gagnes de toute façon.»

C'est peut-être manipulateur de ma part, parce que j'ai toujours envie qu'il me confesse son secret. Parce que j'ai vraiment envie de lui faire confiance.

J'ai vraiment envie de l'aimer.

Il veut lui aussi vraiment m'aimer. Il me le confirme encore en retirant mes mains de son visage pour embrasser mes paumes et me dire:

« Si, c'est important. Pour moi.»

Son expression, sa posture, le ton de sa voix – quelque chose me dit qu'il n'essaie plus de me forcer à lui donner ce qu'il veut. Qu'il est prêt à la mériter.

Alors avec hésitation, je tente encore une fois:

« Comment le sexe est-il venu poser un problème entre vous, Reeve ?

– Ce n'était pas le sexe. Pas exactement », répond-il la mâchoire crispée.

J'ose à peine respirer et encore moins parler, mais j'essaie quand même:

«Alors c'était quoi, au juste ?

– Eh bien, commence-t-il en me caressant le dos des mains de ses pouces. Le truc qui l'embêtait là-dedans, c'était en fait un trait de ma personnalité, qui ne se limite pas seulement à la chambre à coucher. Elle pensait que j'étais, euh, dirigiste et autoritaire. Que je voulais tout contrôler.

– Mais c'est ce que tu es, réponds-je sur un ton railleur.

– Mais toi tu aimes ça.

– Parfois.»

Il grimace, alors je lui presse les mains pour le rassurer en précisant:

« Souvent, même, Reeve. Et quand je n'aime pas, ce n'est pas un problème parce que j'aime te satisfaire. Mais ce n'était pas la même chose avec elle ? »

Cette idée correspond à la personnalité de cette Amber que je connaissais. Celle qui aimait que les hommes cherchent à lui plaire plus qu'elle n'aimait plaire à un homme.

« Non, ce n'était pas son truc, me confirme Reeve. Au début, elle le supportait. Puis, quand c'est devenu un problème, j'ai tout fait pour me maîtriser. Je me contrôlais. Pour elle. J'en avais expurgé notre vie sexuelle, de toute façon, c'est là que cette tendance se manifeste le plus. »

Je m'écarte et m'assieds sur le lit à côté de lui. C'est difficile de l'entendre parler d'Amber sans en être jalouse et même si je veux lui prouver qu'il est bon pour nous de nous ouvrir l'un à l'autre, ça me turlupine assez pour avoir besoin de mettre un tant soit peu de distance entre nous.

S'il remarque ma mise en retrait, il ne me le montre pas. Il se tourne vers moi pour continuer :

« Plus je refrénais mes pulsions sexuellement, plus elles ressortaient dans d'autres aspects de ma vie. On s'engueulait en permanence. On essayait tous les deux de comprendre à quel point nous étions prêts à faire des compromis pour l'autre.

– C'est la nature des relations les plus saines. On trouve un équilibre, ou si on trouve qu'un des deux doit faire trop de compromis, on y met un terme. »

Non pas que j'y connaisse grand-chose en relations naturellement saines. Amber a mis un terme à notre amitié, du coup, je me demande si elle avait l'impression de devoir faire trop de compromis envers moi.

« Je voulais l'épouser. »

La déclaration de Reeve me refait revenir à la réalité au quart de tour.

« Tu lui as fait ta demande ? »

La question sort un peu comme si je m'étouffais. J'espère qu'il pense que c'est à cause de la surprise et non pas parce que ça me fait mal. En vérité, c'est un peu des deux. Beaucoup des deux, même.

Il détourne le regard pour me répondre :

« Je ne lui ai pas vraiment proposé.

– Laisse-moi deviner. Tu avais tout préparé, robe comprise, et ensuite tu lui as dit comment ça allait se passer ? »

Mes mots sont pleins d'amertume et d'envie. Mon intention est de lui faire mal. Je ne m'attendais pas à avoir vu aussi juste, jusqu'à ce que je lise la culpabilité dans son regard et que je lui demande :

« Tu te fous de ma gueule ? Tu n'as pas fait ça.

– C'était censé être une surprise. C'était romantique.

– On ne peut pas faire la surprise d'un mariage à une femme. À n'importe quelle femme. Même si elle est branchée domination et qu'elle apprécie ça chez toi. »

Enfin si, peut-être. Je vois le côté romantique de son geste.

Il recule un peu pour s'installer contre la tête de lit et commente :

« Je me souviendrai de ça à l'avenir, pour toi. »

Je n'ai pas le temps de digérer ses mots qu'il reprend :

« Apparemment, elle a pensé la même chose. Elle a refusé de m'épouser. Devant le prêtre et tous les gars. Ça s'est passé ici, au cas où tu ne l'aurais pas compris. Et au lieu de me donner une seconde chance, elle m'a dit qu'elle me quittait. »

Je me crispe, me rappelant d'un seul coup que cette histoire n'allait pas être mignonne. Je ne l'avais pas vraiment oublié. Il m'a averti que ce ne serait pas beau, mais il en faut beaucoup pour me choquer et j'avais oublié que, quoi qu'il ait fait, cela a poussé Amber à m'appeler. Elle a eu assez peur pour se servir de notre mot d'alerte.

Serrant mes jambes contre mon torse, je l'incite à continuer :

« Et ensuite… ?

– Je ne pouvais pas me résoudre à la laisser partir.

– Tu ne l'as pas laissée s'en aller ? C'est ce que tu voulais dire quand tu disais que tu avais *gardé quelqu'un*. »

Il me répond d'un hochement de tête.

J'essaie d'imaginer le pire :

«Tu l'as enchaînée ? Mise en cage ? Enfermée dans sa chambre ?

– Non.»

Il m'adresse un regard effaré que j'aie seulement demandé et il clarifie :

«Je ne lui ai juste pas permis de quitter le ranch. J'ai fait en sorte qu'il lui soit impossible de penser qu'elle pourrait partir.»

Je suis restée au ranch sans lui et non seulement j'avais toute liberté, mais en plus, je ne peux pas m'imaginer comment il a réussi à lui faire croire qu'elle était retenue captive.

« Comment as-tu fait ? Est-ce que le personnel était de mèche ?

– Seulement Brent et un homme que j'avais engagé pour être son garde du corps. Il est plus facile de contrôler quelqu'un que tu ne le penses, Emily, ajoute-t-il en me faisant lever les yeux au ciel. Même quelqu'un qui n'est pas toi.»

Un frisson me parcourt le dos et je ne peux pas vraiment identifier sa source. Il est si direct quand il me dit ça. Tellement franc quant à sa capacité à garder le contrôle sur quelqu'un. C'est effrayant. Surtout quand on pense qu'il n'y a pas grand-chose à faire pour y arriver avec moi. D'autant qu'il le sait parfaitement.

Je reste immobile tandis qu'il continue ses explications :

«Je l'ai menacée. Je lui ai dit ce qu'il lui arriverait si elle essayait de partir. Même quand elle n'était pas là, elle était constamment surveillée. J'avais déjà des caméras installées un peu partout sur le ranch. J'en ai fait mettre d'autres. J'ai mis des mouchards sur tous les téléphones.»

Mon cœur se met à battre à toute vitesse lorsqu'il évoque les téléphones. A-t-il entendu Amber m'appeler ? Mais je tente de me calmer en me rappelant qu'elle n'a rien dit de compromettant. Elle a fait en sorte que son message soit entièrement inoffensif. J'ai été la seule à reconnaître que le terme *imper bleu* était un cri poussé pour que je puisse lui venir en aide.

Mais mon pouls ne se calme pas à cause d'une autre chose qu'il a dite, et je lui demande :

« Elle avait un garde du corps pour l'empêcher de partir ? Comme Tabor m'a été assigné ?

– Non. Tabor est l'un de mes hommes. Il est là pour ta sécurité. Je te le jure. Tu peux toujours partir quand bon te semble et ça ne changera jamais. »

Son langage corporel m'indique qu'il est sincère. Et avant de venir ici, il m'a semblé réticent à l'idée de me voir me déplacer par moi-même et m'a encouragée à aller demander à Jackson de me conduire où je le souhaitais. Cette réticence est-elle intimement liée au souvenir de ce qu'il n'a pas permis à Amber ?

« L'homme qui la surveillait n'avait même pas été embauché pour ça au début. C'était un gars qui travaillait pour mon oncle et il lui fournissait de la coke de temps en temps. Et je n'ai appris que bien plus tard que c'était beaucoup plus que de temps en temps, mais là n'est pas la question. »

Un gars au service de son oncle. Michelis est bien un parent, alors ? Il a près de vingt ans de plus que Reeve. Est-ce comme ça que Vilanakis s'est retrouvé impliqué dans cette histoire ?

« Pourquoi l'avais-tu embauché, à la base ?

– Disons qu'Amber *aimait* beaucoup être partagée entre plusieurs hommes, dit-il après un long soupir.

– Oh. »

Alors ce gars du gang de Vilanakis a été engagé comme sex-toy. Amber a toujours apprécié les plans à trois. Et ça ne dérangeait pas Reeve. Ça ne le dérangeait pas de la partager, elle, mais par contre, il ne veut pas de ça pour moi.

Bon.

Merde, Emily, ce n'est pas le moment de chercher du réconfort dans ce qu'il te raconte. Mais ce n'est pas seulement du réconfort. Il y a aussi une bonne dose de fierté. Et puis il m'a bien dit qu'il avait voulu l'épouser, alors après ça, j'ai bien besoin de me remonter le moral. Je presse deux doigts contre mon front et reviens à ma concentration sur Amber.

«Tu as dit que tu l'avais menacée. De quoi ?

– À cette époque, explique Reeve en regardant ses genoux, à la fin de notre relation, c'était une droguée sans argent. Ce n'était pas difficile de la menacer de lui couper les vivres, ou de la priver de coke, dit-il avant de lever ses yeux vers les miens. Mais j'ai pensé à la menacer de mort.»

J'ai le souffle coupé de surprise et je manque de tomber du lit, mais Reeve m'en empêche en me rattrapant.

Même quand je retrouve mon équilibre, il continue à me tenir mais je n'arrive plus à le regarder dans les yeux pour lui parler :

« Emily. Emily. Regarde-moi.»

Fidèle à ma nature, je lui obéis et il continue :

«Je t'ai dit que c'était ce que j'avais fait de pire. Le pire absolu. Mais je n'ai fait que caresser l'idée. Je ne le lui aurais jamais dit. Je ne lui aurais jamais fait ça. Je l'aimais. J'étais au désespoir et complètement dingue, et honnêtement, la priver de drogue était une bien pire menace que de lui dire que j'allais m'en prendre à sa vie.»

Je hoche la tête, mais j'aimerais qu'il me lâche pour me laisser réfléchir.

« Emily, je te dis la vérité. Je ne laisse rien de côté, même si ce que j'ai dit et pensé a été très laid. Je suis toujours le même homme. Tu me connais.»

Je hoche encore la tête, mais je lui dis :

« Laisse-moi, Reeve.»

Parce qu'en fait, je ne le connais pas. Pas vraiment. Et il ne m'a pas encore raconté la fin de l'histoire.

Il me tient encore une seconde de plus avant de me lâcher les mains.

Je me lève précipitamment du lit et arpente la pièce en faisant des huit au ralenti. Presque comme lui lorsque je lui ai raconté mon histoire tout à l'heure. Il a raison – c'est très laid. C'est difficile à entendre. Mais des hommes m'ont infligé bien pire. Et il ne l'a même pas menacée comme ça. Si je le crois, il ne l'a pas fait.

J'ai assez rationalisé pour rester dans la pièce et le relancer :

« Que s'est-il passé ensuite ?

– Rien, dit-il. Après plus ou moins six semaines comme ça, j'ai pris conscience de ce qu'il se passait et j'ai compris que la priver de liberté n'était pas le meilleur moyen de la reconquérir.

– Ah ouais, sans déconner, dis-je les bras croisés sur la poitrine en reprenant mon parcours sur la moquette. Et ensuite quoi ?

– Je lui ai donné les clefs de ma voiture. Tu peux arrêter de faire des aller et retour comme ça ?

– Continue, dis-je en l'ignorant.

– Elle l'a prise, a embarqué son garde du corps et s'est tirée. Emily, viens t'asseoir à mes côtés.

– Non. »

J'ai besoin de la fin de l'histoire. J'ai besoin d'entendre le pire. Qu'il me dise qu'il a changé d'avis et qu'il avoue avoir demandé à son oncle ou au mec employé par son oncle de mettre fin à ses jours.

« Elle a pris ta voiture, s'est tirée, et ensuite quoi ?

– Et je ne l'ai pas revue depuis. »

Il se lève du lit d'un bond et vient se mettre devant moi pour m'arrêter dans mes pérégrinations en posant doucement sa main sur mon coude.

Je serre les poings et le regarde d'un air dur. Il fait immédiatement un pas en arrière en levant les mains en l'air dans un geste de reddition.

«Je l'ai laissée partir, répète-t-il, et je ne l'ai plus jamais revue.»

Nous nous dévisageons mutuellement. Je ne pense pas avoir en face de moi un homme qui cherche à me blesser. Du moins pas quelqu'un qui cherche à me nuire. Je ne pense pas non plus avoir affaire à quelqu'un qui mentirait à propos de quelque chose d'aussi horrible que ce qu'il a fait. S'il a ordonné sa mise à mort, me l'aurait-il dit ?

Comme s'il allait me dire la vérité – comme si j'allais le croire –, je lui demande :

«Tu ne l'as pas fait assassiner ensuite ?

– Non. Pas du tout. Je ne l'aurais jamais fait tuer, Emily. Jamais.»

Mais Amber est toujours morte. Il doit y avoir une explication.

«Tu n'as pas eu peur qu'elle aille voir la police après ?

– Amber est une droguée, répond-il après un bref éclat de rire. Elle n'est pas du genre à suivre les règles et les lois. Et pas très fan des services de police.

– Tu n'as pas eu peur qu'elle y aille quand même ?

– Non, Emily. Pas du tout. C'est vraiment ultra merdique de dire ça, mais même si elle était allée tout balancer aux flics, il ne se serait jamais rien passé. Tu l'as dit toi-même – elle a un passé et j'ai de l'argent. C'est pourri et déconnant, je sais. Mais c'est comme ça que ça marche.»

Son expression se fait grave quand il ajoute :

« Si tu veux que je sois puni pour mon crime, laisse-moi t'assurer que c'est déjà le cas. D'abord, elle m'a quitté. Ça m'a détruit. Même si, pour être honnête, nous nous sommes mutuellement détruits avant qu'elle ne parte au volant de ma voiture. Quand nous nous sommes rencontrés, elle ne prenait de la drogue que de temps en temps. À la fin de notre relation, c'était une véritable junkie. Quand je l'ai rencontrée, j'étais un homme qui aimait contrôler la situation et j'ai terminé comme un agresseur qui a maltraité la femme qu'il aimait et qui abusait de son pouvoir. Nous ne faisions que faire ressortir le pire de l'autre quand nous étions ensemble, dit-il en faisant un pas vers moi. Mais quand elle est partie, nous vivions un véritable enfer. Je suis encore puni maintenant en te voyant me regarder comme ça.»

Je baisse légèrement la garde.

«À quoi penses-tu, Emily ? Pitié, dis-le-moi.»

Je secoue la tête, complètement perdue. Je ne suis même pas sûre qu'il m'ait dit toute l'histoire. Peut-il me dire la vérité ? Est-ce même probable ? Je savais déjà que ce n'était pas Reeve qui l'avait effectivement tuée. Est-ce une raison pour croire qu'il n'a rien à voir avec sa mort ?

«Emily ?

– Je ne sais pas. Ça fait beaucoup d'un coup à digérer.»

Ce que je trouve suspect, c'est qu'elle soit allée d'elle-même rejoindre Vilanakis, soit quelqu'un de la famille de Reeve. Mais si Amber a quitté Reeve d'elle-même, où aurait-elle pu aller ? Vers quelqu'un qui aurait pu prendre soin d'elle. Et si son garde du corps travaillait pour l'oncle de Reeve, alors c'est parfaitement logique qu'elle ait voulu le rejoindre.

Reeve refait un pas vers moi, mais sans essayer de me toucher :

«Partage tes doutes et tes craintes avec moi. Nous pouvons digérer tout ça ensemble.

– Il n'y a rien à discuter.»

Alors pourquoi Vilanakis lui a-t-il envoyé cet e-mail, après tout ?

«Emily…

– Reeve, j'ai juste besoin de temps pour absorber tout ça. S'il te plaît.

– Très, bien, admet-il en serrant les dents. Réfléchis toute seule dans ton coin. Débrouille-toi. Moi aussi j'ai pas mal de trucs à ruminer, mais je vais me coucher.»

Il éteint la lumière, laissant la cheminée devenir la seule source de lumière dans la pièce.

«Tu peux te joindre à moi, quand tu auras terminé, annonce-t-il d'une voix dure, blessée, même. Ou pas. Je ne te dirai pas quoi faire ce coup-ci.»

Il grimpe dans le lit, se couvre de la couette et me tourne le dos.

Je reste immobile pendant au moins une minute avant de quitter sa chambre et de me diriger vers la mienne au bout du couloir.

28

Ma chambre est sens dessus dessous, ma valise jetée sur le lit et mes vêtements à moitié rangés. Tout ça ressemble à ce qu'il se passe dans ma tête – le chaos, la confusion, l'indécision. Mon choix est à moitié fait, un peu comme ma valise, je suis déchirée entre l'envie de partir et celle de rester.

Je m'assieds sur la chaise de la coiffeuse et j'essaye d'assimiler toute cette conversation. Et de prendre une décision. Et de ne pas pleurer, aussi. Ce qui est complètement con, puisque c'est moi qui ai repoussé Reeve. Il a tous les droits de se sentir vexé et d'aller se coucher sans moi.

Je ne suis même pas sûre de la source de mes larmes. C'est probablement un mélange de tout un tas de choses. Ce que Reeve a fait à Amber est horrible. À trop y penser – à penser à mon amie contrainte de rester auprès d'un homme qu'elle ne veut plus voir –, j'en ai mal au ventre.

Mais si je suis honnête avec moi-même, ce n'est pas si terrible. Surtout si l'on compare ça à tout ce que les hommes m'ont fait subir. Pas même comparé à certaines des choses qu'elle-même a dû supporter de la part de certains hommes. Il y a une petite partie de mon cerveau – elle est minuscule, mais elle est là quand même – qui pense qu'elle a bien mérité de morfler un peu. Parce qu'elle peut se montrer très arrogante, prétentieuse et imbue d'elle-même et il n'est pas difficile de se l'imaginer capable de conduire quelqu'un à vouloir l'étrangler.

Quand j'examine cette histoire du point de vue de Reeve, elle semble presque odieuse, ou au minimum pas le bon type de petite amie. Je ne pense pas seulement à ce qu'il m'a révélé, mais aussi à tout ce que je sais d'elle, et je confronte le tout à ce que j'ai appris sur lui. Bien entendu, sexuellement parlant, leurs préférences diffèrent complètement, mais leurs goûts en général aussi. Reeve est à l'aise en jean sur le dos d'un cheval. Amber tolère à peine le moindre animal. Reeve nage pour le plaisir de l'activité physique. Amber fait trempette dans les piscines pour se rafraîchir et retourner se faire bronzer au soleil. Reeve aime diriger son petit monde. Et Amber aussi.

Mais rien de tout ça n'excuse l'emprisonnement.

Non, pas du tout. Mais si elle n'avait pas été aussi accro à la drogue et à l'argent, elle aurait pu partir n'importe quand. Et Reeve a admis que c'était une erreur. Ne mérite-t-il pas d'être pardonné ? Sinon par elle, au moins par moi ? Tout le monde n'a-t-il pas le droit à une seconde chance ? Le droit de changer ?

Il me l'a dit tout à l'heure, quand on parlait de moi. Quand je lui ai dit qu'Amber ne m'avait pas crue pour Bridge, il m'a défendue. Je comprends pourquoi maintenant. Parce qu'il sait ce que ça fait de faire quelque chose d'horrible et d'avoir à vivre avec. Et il se déteste lui-même suffisamment pour ça, maintenant il a désespérément besoin de croire qu'il peut changer. Que les gens peuvent changer.

Je ne pense pas que ce soit possible. Pas autant. Mais je ne pense pas non plus que Reeve en soit arrivé à ce stade s'il n'avait pas autant essayé de devenir l'homme qu'Amber voulait qu'il soit. C'était impossible.

C'est véritablement impossible pour les gens comme nous – les gens comme lui et moi – de devenir des personnes comme Amber le voudrait. En comparant la situation de Reeve à la mienne, je peux voir ma vie sous un jour nouveau et je suis plus qu'un peu énervée de voir qu'elle a tellement essayé de me faire changer. Oui, elle est toujours venue à ma rescousse. Mais au lieu de m'aider à trouver un moyen de me protéger, elle m'a obligée à me cacher.

En fait, je ne suis pas seulement énervée. Je suis en colère. En colère parce qu'elle voulait que je devienne quelqu'un que je ne suis pas. En colère parce qu'elle ne m'a pas crue quand son petit ami m'a violée et a provoqué ma fausse couche.

En colère parce qu'elle m'a dégagée de sa vie. En colère parce qu'elle était complètement accro à la drogue pendant la majeure partie de notre amitié. En colère parce qu'elle m'a fait tomber dans sa dispute minable avec Reeve. En colère parce qu'elle a essayé de le transformer en petit chien-chien à sa mémère. En colère parce qu'elle s'est tirée et qu'elle est morte.

Et maintenant, je suis en colère parce qu'elle s'est immiscée entre moi et un homme qui pourrait être le bon. Un homme que je pourrais éventuellement être capable d'aimer.

En fait, je suis tellement en colère que je ne culpabilise même pas, comme je m'y serais attendue.

Mais même en plein milieu de ma crise de rage, je suis capable de discerner le vrai du faux. Ma fureur ne diminue pas l'amour que j'ai pour elle. C'est le genre de colère qui me fait regretter qu'elle ne puisse pas être à mes côtés pour qu'on tente de trouver une issue à tout ça. C'est une colère entrelacée de regrets et qui m'aide juste assez pour laisser s'envoler un peu de cette culpabilité que je porte partout avec moi comme un fardeau.

Est-ce que Reeve ne serait pas content de le savoir ?

Merde, Reeve…

Lui représente une énigme bien plus difficile à percer. Parce qu'il est en vie et que tout entre nous peut encore changer. Il m'a juré qu'il n'aurait jamais essayé de faire assassiner Amber. Il l'a juré et il a fini par la retenir captive, puis ensuite par la laisser partir. Soit je le crois, soit je pense qu'il me ment. Et qu'est-ce qui me dit qu'il ne me dit pas la vérité ? Il a répondu à des questions qui m'ont permis de la rechercher alors même que je ne les avais pas posées. S'il y a une autre version de cette histoire, elle est la seule à la connaître. Mais elle est partie et ne peut plus rien me dire.

Sauf que j'ai toujours les clefs de Reeve. Et il est allé se coucher. Et dans la salle de surveillance, on ne peut pas savoir ce qu'il se passe dans son bureau. Voilà mon opportunité de m'introduire dans cette pièce pour regarder les enregistrements de l'été dernier.

Je me lève d'un bond et me dirige vers le placard dans lequel j'ai jeté mes vêtements en revenant des écuries. Je fouille dans le paquet de tissu jusqu'à retrouver son trousseau de clefs. Les cachant dans ma main, je me glisse hors de ma chambre et pars à la recherche des réponses qui me manquent.

Je descends quatre marches et m'arrête brusquement.

Si tu as besoin de regarder ces enregistrements pour le croire, alors tu ne devrais pas rester avec lui.

C'est le retour de cette voix dans ma tête, celle qui ressemble beaucoup à celle d'Amber, celle que j'ai en partie cru être la sienne. Et qui m'a en partie fait croire que je devenais dingue.

Dingue ou pas, la voix n'a pas tort. C'est une chose de vouloir voir ces enregistrements pour comprendre ce qui a poussé Amber à m'appeler. Mais au cours de la soirée, mes motivations ont changé. Maintenant, il m'a raconté ce qu'il s'est passé. Voir ces films ne me donnera pas plus d'informations sur les circonstances de sa mort. Ils me permettront probablement de vérifier la version des faits que m'a livrée Reeve, mais comme il me l'a racontée, je ne pourrais probablement même pas déterminer si on l'a retenue contre sa volonté. Ces films ne pourront me donner une preuve sérieuse que s'ils me montraient que quelque chose de terrible s'était produit et que Reeve ne m'a pas dit la vérité. Et n'est-ce pas un peu tiré par les cheveux ?

Alors j'en reviens au même problème qu'au début : soit je le crois, soit je pense qu'il me ment. Si je dois voir un film pour me rassurer, alors ma place n'est pas plus à ses côtés qu'Amber n'avait la sienne.

Quand j'examine le problème sous cet angle, mon choix est simple. Je n'ai même pas à décider de lui faire confiance ou non. Je dois juste savoir si je lui appartiens. Et ça, je le sais.

Sans plus y réfléchir, je retourne dans la chambre de Reeve. Je trouve sa veste dans le placard. Je mets les clefs dans sa poche et pars le rejoindre au lit.

Il dort déjà, mais j'ai envie de le réveiller. Je dois lui dire que…

En fait, je ne sais pas trop ce que je dois lui dire. Je viens juste de prendre une grande décision, et j'ai besoin de lui faire comprendre que je l'ai choisi lui. Je nous ai choisis, *nous*. Et accessoirement, je dois lui dire toute la vérité. Lui révéler comment j'ai fini par atterrir dans sa vie et ce que j'ai cru qu'il avait fait. Ce sera difficile, peut-être ne me pardonnera-t-il pas. Mais qu'il le fasse ou non, je lui ai dit que je ne chercherai pas à m'enfuir.

Peut-être qu'il était sincère quand il disait qu'il voulait que je reste à ses côtés.

Je retire ma robe de chambre et me faufile sous la couette à ses côtés. Ma confiance viendra dans un deuxième temps, mais je peux lui donner quelque chose maintenant. Il change de position pour se tourner vers moi, comme s'il pouvait sentir ma présence, même au plus profond de son sommeil.

Je prends son visage en coupe et l'appelle.

Il ouvre les yeux et me regarde droit en face.

« Je ne veux plus rien te prendre de valeur, dis-je. Je ne veux plus d'échanges de valeur égale. Je ne veux plus être avec toi parce que tu m'offres des voitures ou des voyages. Je te veux toi, juste toi. Je veux juste que ma place soit à tes côtés.

Il ne lui faut qu'une seconde pour réagir. Sa bouche s'empare de la mienne, ses mains se lacent à mes cheveux et il m'embrasse comme un dingue. Durement, mais avec douceur et tout ce qu'il faut au milieu. Il m'embrasse encore quand je lui grimpe dessus. Mes lèvres quittent les siennes pour descendre plus bas sur son corps, plus bas, là où quelque chose pointe sous son boxer. Je le fais descendre juste assez pour libérer son sexe. Il est dur comme le béton. Épais et gonflé.

Ma chatte est déjà trempée et avide, mais ma bouche aussi. Je le prends dans mon poing et lèche son membre sur tout son long. Puis je passe ma langue autour du gland et je jurerais le sentir encore plus dur. Quand j'ouvre les lèvres pour l'aspirer en moi, il pousse un gémissement qui m'excite encore plus. Le satisfaire me met en surchauffe. Ma poitrine se gonfle de le voir mettre ses mains sous son oreiller pour me laisser jouer avec lui comme j'en ai envie plutôt que de reprendre son rôle dirigiste.

Je ne veux pas qu'il soit tout le temps comme ça, mais il semble comprendre que nous sommes en train d'avoir une conversation. Je suis en train de lui dire ce que je n'arrive pas à mettre en mots.

Je le lèche et le suce jusqu'à ce que sa respiration se fasse haletante. Quand il semble à deux doigts de jouir, je me mets à califourchon sur son bassin et aligne mon sexe avec le sien. Je me laisse glisser le long de son membre en poussant un grognement, l'accueillant dans ma chatte. Ses chairs complètent si bien les miennes, juste comme il faut. L'avais-je déjà remarqué ? Je n'en suis pas si sûre. J'ai l'impression de faire une découverte, et pourtant, j'ai l'impression de toujours l'avoir su. Je me sens chez moi. Comme si j'avais trouvé un foyer. Je serais contente de passer ma vie assise sur lui, à l'accueillir en moi, pour simplement qu'il savoure l'étroitesse de ma chatte alors qu'il étire les tissus délicats de mon intimité palpitante.

Mais Reeve aime y aller vite et fort. Alors j'active mes hanches, m'écrasant sur lui, le chevauchant comme lui m'a chevauchée de nombreuses fois déjà. Il ne faut pas bien longtemps avant que mes chairs commencent à se contracter en profondeur et que mon système nerveux se mette à frémir de désir.

Feulant plus que je ne parle entre deux respirations hachées, je lui demande :

« C'est bon ?

– Oui, grâce à toi. »

Et là, il s'assied brusquement et tire une poignée de cheveux, le sourire aux lèvres de m'entendre pousser un petit cri. Il mord ensuite ma lèvre inférieure et me dit :

« C'est aussi mignon que tu penses que tes stratégies de séduction puissent nous donner ce dont nous avons besoin tous les deux.

– Je ne sais pas. On dirait que mes stratagèmes nous ont conduits là où nous sommes, non ?

– Oui, je le suppose. »

La lueur qui anime son regard me dit qu'il sait ce qu'implique ce *là* où nous sommes et qu'il ne s'agit pas simplement de cet instant où je me retrouve à le chevaucher, sa bite entre mes cuisses.

Il m'embrasse et introduit sa main entre nous pour stimuler mon clitoris. D'un seul coup, je ne sais plus où je suis et moins d'une minute plus tard, je me retrouve à exploser entre ses bras, mon sexe convulsant autour du sien, en proie à mon orgasme. Une fois cela terminé, je m'effondre sur son épaule.

Je sens le torse de Reeve se soulever, animé par un rire lorsqu'il me dit :

« Oh, non. Tu n'as pas le droit. Tu ne t'effondres pas. Tu t'es bien amusée. Maintenant, à mon tour. »

Il m'entraîne avec lui et me retourne sur le ventre sans la moindre difficulté. J'oriente mon visage vers la cheminée où quelques braises finissent de se consumer. Reeve pose une main sur mes reins, puis je sens son poids changer de place sur le lit, comme s'il cherchait à attraper quelque chose derrière nous.

Avant d'entendre le tiroir être ouvert puis fermé, avant de saisir le bruit du bouchon de la bouteille, je comprends. Sans l'ombre d'un doute. Cette sensation d'excitation et de terreur que je connais bien me saisit. Ma gorge se serre et mon corps se prépare à pleurer, mais j'ai également envie de rire. Cet homme – *ce putain de connard* –, c'est toujours lui qui doit décider de tout. Peu importent les circonstances. Même quand il semble me confier les rennes, ça ne peut durer qu'un instant. Ce sera toujours lui qui prendra les grandes décisions.

C'est comme ça que je l'aime. C'est comme ça que nous avons tous les deux besoin qu'il se comporte.

Mais ça ne veut pas dire que je n'ai pas aussi un peu envie de lui donner un coup de pied dans les couilles.

Il insère d'abord un doigt dans mon anus. Je sens quelque chose de froid. C'est le lubrifiant. Il en met une couche épaisse et maintenant je le sens en étaler partout. J'ai déjà commencé à gémir et mon cœur bat à tout rompre. C'est tellement bon, j'ai envie de plus, enfin pas sûre.

Peu importe ce que je veux, de toute façon, parce que Reeve me dira ce dont j'ai envie, comme pour tout.

Fait chier qu'il ait décidé que ce soit ce que je voulais.

Mais c'est alors qu'il me surprend. Il retire son doigt et couvre son corps du mien sur toute sa longueur. Sa bouche près de mon oreille, il me dit :

« Dis-moi de m'arrêter, Emily.

Je pousse un juron silencieux. Tant pis pour son pouvoir de décision.

Il se répète :

« Dis-moi de m'arrêter, ou c'est toi qui choisis de continuer. »

Sérieux, ce mec est brillant. Je lui ai dit qu'il ne pouvait pas m'avoir comme ça et pourtant il me coince de plein de manières différentes. Il me force à lui dire oui ou non. Quelle que soit ma réponse, ce choix est le mien. Soit je lui demande d'arrêter, soit je lui demande de me sodomiser. Il me force à poser une limite. Il me force à passer outre ce que m'a infligé Bridge ou non.

« Dis-moi de m'arrêter », répète-t-il.

Le plus épineux dans tout ça, c'est que même en me disant quoi dire, je sais ce qu'il veut que je choisisse en réalité. Et si, en temps normal, c'est ce que je choisirais automatiquement – de le laisser faire ça, de ne pas l'arrêter –, notre conversation précédente a changé le cadre de réflexion et maintenant, je dois prendre position entre ce que je *choisis* pour lui et ce que je le *laisse* faire. Si je choisis de continuer, ça veut dire que je lui fais confiance. Ça veut dire que je l'aime.

Putain, je suis vraiment coincée.

Il attend que je lui réponde.

Eh bien, je n'ai pas nécessairement à le faire :

« Je ne dirai rien.

– Alors tu choisis de continuer. »

Il s'écarte alors. J'entends la bouteille être ouverte, puis refermée. Puis je sens son sexe se presser contre moi, son gland à lui seul me semble incroyablement large comparé à la taille de mon orifice.

« C'est toi qui choisis, Em. Si tu ne m'arrêtes pas, c'est ton choix. »

Je n'ai pas fait ça depuis des années, mais je connais la chanson. Je ferme les yeux et prends une profonde inspiration que je laisse lentement ressortir. Je me concentre pour me détendre. Je me prépare à pousser lorsqu'il me pénétrera.

Et tandis que je me prépare, je me demande si c'est vraiment ce que je veux, si ce n'est pas un piège, si je ne savais pas ce qui le rendrait heureux – qu'est-ce que je choisirais ?

Il pousse son sexe en moi, plus lentement qu'il ne le fait lorsqu'il passe par l'autre côté, mais sans douceur non plus. Son gland bute contre mon point de résistance et sans faire de pause pour me laisser le temps de m'ajuster à l'intrusion, il pousse encore pour le dépasser.

J'ai le souffle coupé par la douleur, les larmes roulent sur mes joues.

« Ça fait mal, hein ? me nargue Reeve. Je sais que ça fait mal. Dis-moi de m'arrêter. »

Il continue sa progression, je suis saisie de douleur, chacune de mes terminaisons nerveuses souffre. C'est douloureux – tellement douloureux –, mais ce n'est rien à côté du cauchemar que m'a infligé Bridge. Oui ça fait mal, mais c'est aussi bon. Ça fait mal et je sais quel est mon choix.

Ça fait mal et pourtant, je choisirais quand même ça.

« Dis-moi de…

– Ne t'arrête pas ! », réponds-je en criant.

Dès les mots sortis, dès que mon choix est fait, il change d'attitude. Il s'arrête, me laissant m'habituer à sa présence et s'allonge sur moi.

« Je ne m'arrêterai pas, ma jolie, dit-il en me caressant la joue. Je ne m'arrêterai pas. Et je ne serai pas attentionné, parce que ce n'est pas ce que je veux et je sais que ça te fait plaisir de me satisfaire. Mais je vais aussi faire en sorte que tu prennes du plaisir. »

Les larmes continuent à couler, elles sont moins liées à la douleur, maintenant, mais beaucoup plus à mes émotions. Il revient sur ses genoux et m'incite à me mettre à quatre pattes. Le temps que je prenne la position qu'il souhaite, j'ai eu le temps de m'ajuster à sa présence. Ce qui n'est pas plus mal, car, comme il l'a dit, il ne me ménage pas. Ses doigts creusent mes hanches et il se retire lentement, un peu comme le manège ralentit sur une crête dans un grand huit. Et lorsque le point culminant est passé, il replonge en moi à toute vitesse en faisant sauvagement claquer son bassin contre le mien.

Je crie à travers mes dents serrées, les poings crispés dans les draps alors que la douleur qui me déchire sollicite tous les nerfs opposés. C'est une agonie, mais alors qu'il m'étire et m'ouvre complètement, il transforme toutes ces sensations en une extase bouleversante. Elle enfle en moi comme une boule de feu dont la source n'est plus identifiable. Il m'est pratiquement impossible de déterminer quelles sont les zones qui ne sont pas touchées. Parce que j'ai l'impression que mon corps entier est sollicité, toute la surface de mes organes sexuels hurle sous la sensation d'avoir été stimulée.

Puis il passe son bras sous mon corps et appuie un doigt sur mon clitoris et j'explose, ruant sous lui, chacun de mes nerfs explose comme de la dynamite. C'est trop. Trop de tout, partout, d'un seul coup. J'ai l'impression de voir des étoiles arc-en-ciel danser dans mon champ de vision, je suis recouverte de chair de poule de la tête au pied et j'expulse le fruit de mon excitation comme une fontaine jaillissante.

À la poursuite de son propre orgasme, j'entends Reeve me dire des choses, des mots cochons, des encouragements, des jurons, des mots que je ne comprends ni ne peux me rappeler. Je suis encore en train de jouir, ou alors j'ai recommencé, je ne sais pas trop, mais il s'est immobilisé, enfoui au plus profond de moi, plaqué contre mes fesses encore sensibles d'avoir été fouettées dans les écuries.

Il se retire et je m'écroule sur le lit, complètement vidée. Complètement transformée.

Reeve s'effondre sur le dos à côté de moi. Son regard est brillant de plaisir lorsqu'il laisse échapper un soupir de plaisir et me dit :

« La prochaine fois qu'on fera ça, tu te mettras au-dessus, comme ça je pourrais te doigter en même temps. »

Si je n'étais pas déjà complètement épuisée, j'aurais éclaté de rire. Il en est déjà à penser à la prochaine fois ? C'est tellement lui de dire ça.

Il pousse encore un autre soupir et se tourne sur le côté pour me regarder, il m'attire contre lui, remonte mon menton et observe mon visage en me demandant :

« Comment te sens-tu ?

– Parfaitement bien, réponds-je honnêtement.

– Oui, commente-t-il en souriant. Tu es parfaitement parfaite. »

Il m'embrasse le front, puis les yeux. Puis le nez. Puis sa bouche trouve la mienne. Elle se moule sur la sienne comme si elles étaient faites l'une pour l'autre. Tout comme si chaque parcelle de mon corps avait été faite pour compléter le sien. Il est parfait comme ça, lui aussi. Parfait pour moi. Et je le lui dis aussi parfaitement que possible en lui faisant le plus parfait des baisers.

* * *

Je commence à peine à sombrer dans le sommeil, la joue pressée contre son épaule, que quelque chose me traverse l'esprit.

Pour mieux le voir, je lève la tête et repose mon menton sur le dos de ma main, posée sur son bras. Son autre bras est drapé sur ses yeux, je ne peux pas voir s'il dort déjà, mais je lui dis quand même :

« Tu ne m'as pas dit qui était l'autre femme que tu as aimée.

– Mmm. »

Et puis plus rien. Silence. Sa respiration est régulière et quelques secondes plus tard, je repose ma tête, décidant qu'il est trop parti pour parler maintenant.

Je lui demanderai plus tard. Ou jamais. Si c'est important, il me le dira. Je laisse mes paupières tomber. Mais c'est alors qu'il me dit :

« Le problème avec elle, c'est que c'est la meilleure amie de l'autre. »

J'ouvre subitement les yeux :

« Quoi ? »

Son téléphone se met à sonner sur la table de chevet, il résonne dans la pièce dans le noir et ce n'est pas la même sonnerie que d'habitude. C'est le genre de sonnerie qu'on attribue à quelqu'un en particulier. C'est peut-être le portail, à l'entrée du ranch. Ou Brent. Au milieu de la nuit, ça ne peut être que l'un des employés du ranch.

Mais alors même que le téléphone continue à diffuser sa sonnerie tonitruante, tout ce que je peux entendre dans ma tête, ce sont les cris de ma propre alarme.

« Attends, dis-je alors qu'il attrape son téléphone. Qu'est-ce que tu viens de dire ? »

Il semble réfléchir à ma question un quart de seconde, puis prend l'appel en disant :

« Mieux vaut que ce soit important. »

La voix d'un homme s'élève à l'autre bout de la ligne, mais je n'arrive pas à comprendre ce qu'il dit.

Quoi que ce soit, Reeve est alarmé. Il s'assied brusquement en disant « Quand ? », puis, après une légère pause, « À quel point ? ».

Il sort du lit en un bond et coince le téléphone entre sa joue et son épaule pendant qu'il enfile le jean qu'il portait tout à l'heure.

« Oui. Laisse-le entrer. Et va chercher Jeb. »

Il jette son téléphone sur le lit en passe un sweat-shirt à toute vitesse.

Il enfile une botte, maintenant, à l'évidence, il est sur le départ.

Je m'assieds à mon tour pour l'interpeller :

« Reeve, attends. »

Il me jette un coup d'œil mais ne me répond pas en enfilant son autre botte.

« Où vas-tu ?

– Reste ici », m'ordonne-t-il en sortant à toute vitesse.

Il ferme la porte derrière lui et je me laisse retomber sur le lit en grognant. Il a mentionné un certain Jeb. Je sais que c'est le vétérinaire du ranch. L'un des animaux doit être malade ou l'une des vaches doit avoir du mal à mettre bas. Pendant notre balade, Reeve a mentionné que c'était la saison du vêlage, disant que c'était la période la plus stressante de l'année parce qu'il pouvait y avoir des complications.

Quel bol, des complications pendant mes propres embrouilles.

La panique qui a commencé à me gagner depuis la déclaration de Reeve commence à partir en vrille, elle attend d'être soit calmée, soit attisée. Mieux vaut la calmer. Je n'ai certainement pas bien entendu ce qu'il m'a dit. Je rêvais peut-être.

Mais non, j'étais réveillée. Et je ne pense pas l'avoir mal entendu.

Ça ne veut pas dire non plus qu'il parlait de moi. Il est tout à fait possible qu'Amber se soit trouvée une nouvelle meilleure amie. En fait, c'est même plus que probable, non ? Ça fait bien six ans. C'est suffisant pour se lier avec quelqu'un d'autre.

Sauf que, quelles sont les chances qu'elle se soit fait une autre amie qui ait eu une relation avec Reeve ?

Alors s'il parle de moi, s'il est amoureux de moi…

Eh bien, pour commencer, je suis sidérée. Et bouleversée. Et folle de joie. Je ne m'étais même pas rendu compte à quel point j'espérais qu'il ressente ça pour moi jusqu'à ce que ce soit une éventualité.

Et je ne peux pas y penser, parce que si c'est bien de moi qu'il parle, alors il sait tout pour Amber et moi et sait probablement pourquoi j'ai cherché à me rapprocher de lui au début, et s'il déclare qu'il m'aime quand même, est-ce que ça veut dire qu'il s'en fout ?

Merde. Il faut que je lui parle maintenant.

Je repousse la couette et m'assieds au bord du lit pour réfléchir. Je pourrais aller dans ma chambre, m'habiller et essayer d'aller le trouver à l'étable. L'un des vigiles doit être sur le pont et doit pouvoir me dire où le trouver malgré la pénombre.

Mais maintenant que j'y pense, si c'est une urgence interne au ranch qui implique le vétérinaire, n'aurait-il pas dû être appelé avant Reeve ? Et en tendant l'oreille, je suis relativement sûre d'entendre des voix au rez-de-chaussée. Un animal blessé n'aurait pas été transporté dans la maison.

La panique enfle en moi. Il s'est passé quelque chose et ce n'est pas bon.

Ignorant l'ordre de Reeve de rester dans la chambre, j'enfile mon peignoir et me glisse doucement au rez-de-chaussée.

Les voix proviennent de l'avant de la maison. Restant dans l'ombre, je les suis jusqu'au séjour. Il y a plusieurs personnes à ma droite, mais mon regard tombe sur une silhouette familière juste à l'entrée.

La panique se déverse maintenant en torrent. C'est Joe, il a l'air sombre, son front est barré de plusieurs plis soucieux.

Joe est venu me chercher comme il a dit qu'il le ferait.

Merde.

J'aurais dû prendre ce téléphone anonyme dont il m'avait parlé pour lui faire parvenir un message. Quand j'ai disparu sans laisser de traces, il a probablement cru que j'étais tombée dans le même nid de guêpes qu'Amber.

J'aurais probablement dû être flattée, mais je suis trop inquiète, trop stressée à l'idée d'avoir à trouver comment expliquer sa présence à Reeve.

Joe a dû me repérer dans sa vision périphérique, parce qu'il se tourne vers moi et plante son regard dans le mien. Il ne semble pas soulagé à l'idée de me voir, par contre. En fait, il a même l'air encore plus inquiet. Il fronce des sourcils et se tourne vers le séjour.

Je suis son regard. Reeve est là, il y a aussi Brent, Jeb et trois vigiles. Reeve est accroupi par terre, les autres sont regroupés autour de lui et tous parlent comme s'ils étaient inquiets pour un truc. Inquiet pour *quelqu'un*. Une sorte de cri de lamentation étouffé sous-tend leur conversation, comme le ferait un animal blessé.

J'avance doucement d'un autre pas pour mieux voir ce qui les retient et je m'arrête net. Là, dans les bras de Reeve, se trouve la créature blessée. Non, c'est un être humain. Ses cheveux blonds sont collés par la crasse et son visage couvert d'hématomes, le V de son tatouage est exposé sur son épaule, ses sanglots sont contenus, mais distincts, maintenant que je sais ce que c'est.

Et c'est alors que mes larmes coulent avec les siennes, ma respiration suit le tempo des tremblements de son corps, mes poings se serrent et se desserrent tandis qu'elle s'agrippe au sweat-shirt de Reeve. Il n'y a pas d'autre mot pour l'euphorie bouleversante qui s'empare de mon corps. Aucun mot pour décrire la frayeur de voir mon monde entier s'effondrer devant la résurrection de la femme que lui et moi aimons autant que nous la haïssons. Amber.